自由生活

A Free Life

哈金 著

季思聰 譯

獻給麗莎和文，
本書裡有他們的身影。

目 錄

新版序

反觀《自由生活》

哈金

儘管移民文學當下很時髦，移民文學在世界文學中只是弱小的一支，主要在北美文化中佔據顯著的位置。而流亡文學才是世界文學的宏大主流。從《奧德賽》到《神曲》到《普寧》，流亡貫穿文學的心律和脈絡。移民文學如果要眞正輝煌，就必須與世界文學的主調相接以反應更壯闊的人類經驗。

許多讀者說《自由生活》有《齊瓦哥醫生》的影子。的確，這種對傳統文學的回應正是跟世界主流文學接軌的努力。不過，《自由生活》也有自己獨特的藝術，比如武男的詩歌筆記，是從漢語詩話的傳統中衍生出來的。又如，行文上《自由生活》更多地受託爾斯泰的影響，章節短小，以在小說中創造更多的內在湧動。長篇小說篇幅越宏大，章節就應該越短些。這樣能讓敘述更具衝力。

身爲移民，武男與眾不同，他要走完普通移民需要兩三代才能完成的衍變——除經濟上獨立之外，他還要成爲英語詩人。而這種藝術上的追求，本應該是第二或第三代移民的心事。然而武男卻憤憤地說：「我兒子有他的生活，我必須有我自己的人生。」顯然，他難以成功，但他最終願意接受失敗，明白了這種接受也是自由生活的一部分。

其實，這部小說的漢語譯文跟英語原文迥異。原文中移民的對話，基本上都不是標準英語，而是更接近他們平日的說話習慣——發音走樣，沒有時態，語法混亂，但他們的這種爛英語卻說得相當自然。這種英語是對標準英語的衝擊，但無法在譯文中再現。正是這種不規矩的英文讓一些美國作家不自在。他們要堅守英文的純正，因爲他們忽略了這個事實：英語的生命力和興旺正源自各種各樣不標準的英語；這種混亂正是英語的「源頭活水」。而文學寫作的目的之一就是要挑戰傳統和標準，甚至應該讓讀者不安。

常有人問我《自由生活》是不是自傳小說，我總是強調說不是自傳。在細節層面，我的確力爭寫自己經歷過的事情，因爲英文讀者比較熟悉移民經驗，我必須行文眞確堅定。就是說，許多微小的細節是我個人經歷過的，但整個故事並不是我的。我比武男幸運得多。我從沒在中餐館裡做過工，也沒當過餐館老闆；寫此書時我只去過多家中餐館——去看他們怎麼做菜及廚房裡怎樣操作。還有，武男的詩人朋友迪克．哈里森在埃默里大學教授詩歌寫作，而那正是我的工作。我在埃默里教了八年詩歌寫作，那是一份令人羨慕的工作。可以說，我比武男幸運多了，也比應當他走得更遠些。我基本作到了以寫作來謀求自己的自由生活和生命的意義。但在精神層次，我與武男有相通之處，能夠接受孤獨和失敗，也渴望走完兩三代移民才能走完的路程。

第一部

1

濤濤終於拿到了護照和簽證。幾個星期來，他爸爸媽媽心裡慌慌的，怕中國會閉關鎖國，限制公民出境。一九八九年六月四日天安門鎮壓發生，除了聯合航空公司以外，所有的美國航空公司都取消了飛北京和上海的航班。聽到兒子的好消息，萍萍一下子淚如泉湧。她趕快沖乾淨給蘿蔔絲控水的漏鍋，扔下正在做著的海蜇拌蘿蔔，摘下圍裙，就和丈夫武男一起，直奔伍德蘭鎮中心的國際旅行社。

因爲沒有提前三個星期預訂，飛機票比正常價要高出七成，但是武男夫婦毫不猶豫地買下來。祇要濤濤能盡快安全地離開中國，他們什麼代價也不惜。兩人又買了自己從波士頓飛舊金山的來回票。

萍萍和武男都不能回中國去接濤濤，濤濤跟著外公外婆，也就是萍萍的父母過了三年了。萍萍娘家人誰也沒有護照，更別說從美國大使館得到簽證有多難了，這孩子祇能自個兒坐飛機到美國來。萍萍的哥哥是中學物理老師，正好放暑假回到父母家，他說可以把外甥從濟南送到上海，再把濤濤交給空中小姐。濤濤還不到六歲，沒大人陪著，不能一個人轉機，所以濤濤的爸媽一定得去舊金山接他。旅行社那個橄欖色皮膚、長頭髮大胸脯的女營業員，幫武男在聯合廣場附近的一家旅館訂了間最便宜的房間，一家三口在返回波士頓之前要在那裡住一夜。這趟旅行總共花了近三千美元，他倆還從來沒有這麼大手大腳過。

七月十一日一大早，他們飛到舊金山。沒想到天氣這麼涼，料峭晨風吹亂行人的頭髮，弄得人睜不開眼睛。昨天夜裡下了暴雨，打得商店的招牌七零八落，濕淋淋的；有幾處的交通燈不靈光，不停地亂閃一氣。不過，一些高樓黑玻璃磚的牆面，倒被洗刷得又乾淨又光亮，大海的氣息隨風撲面而來。萍萍的衣著單薄，去旅館的一路上，禁不住渾身發抖，一個勁地打嗝。武男在她後脖頸上不停地按摩，想幫她緩解痙攣，還冷不防在她背上拍一下，想讓她驚一下，把嗝噎回去。這些土法子過去挺靈的，可今天都不管用了。

武男已經給聯合航空公司打過兩次電話，想打聽清楚濤濤是不是眞的上了飛機，可是沒得到準信兒。人家祇是告訴他，電腦裡查不到那孩子的名字。中國那邊的情況仍然很亂，很多旅客從其他被取消的航班轉到這架飛機上，所以一時還沒有一份全部旅客的名單。「不用擔心，武先生。」一個愉快的女聲安慰他說：「您的兒子應該一切平安。」

「我們聽說他就在『澤』（這）班飛機上。」武男往往發不好中文裡沒有的咬舌音，總把「th」發成「z」。

「那他就應該在這班飛機上。」

「你有沒有別的辦法查一查？」

「恐怕我沒有別的辦法，先生。我說過了，他應該沒事。」

可是，對於孩子的父母來說，「應該」和「就是」之間，卻是天差地別的懸念。要是他們知道兒子確確實實在哪裡就好了！

萍萍的哥哥在電話裡說，他把濤濤交給幾個美國乘務員了，其中一位是個亞裔，可以講幾句中文。現在武男夫婦惟有希望他確實在飛機上。

辦好入住登記三個鐘頭後，他們又乘旅館的公車返回機場。飛機要中午十二點半才會到達。因爲那是國際航班，武男夫婦不能進去接人，祇能站在海關外邊，緊盯著那扇似乎永遠不會敞開的栗色大門。他們在詢問台問了好幾次，濤濤是不是在這班飛機上，可詢問台的人也說不準。一個瘦瘦的、穿著深藍制服的寬臉女子過來了，長得像個中國人，可是祇會說英語。懷著多一條途徑打聽到兒子下落的希望，他們去請這個女子幫忙。她短壯的臉僵硬起來，搖著頭說：「要是詢問台的小姐都幫不了你們，我也幫不了。」

萍萍急得發狂，用半通不通的英語懇求：「你請幫我們查一查。我們就這麼一個孩子，剛六歲。我三年沒見他了。」

「我說過了——我眞的沒法幫你。我有我的工作，聽見沒有？」

武男也想懇求她，可那女子看上去很不耐煩，他就忍住了。她那眼睛裡，眼白多於眼黑，讓武男捕捉到一絲輕蔑。也許因爲她知道他們是從中國大陸來的，懷疑他們到現在內心還是赤色的，如果不說赤到骨頭裡的話。

他伸出一條胳臂攬住萍萍，小聲用中文說：「咱們再多等一會兒。我覺得他馬上就會出來了，現在還不用著急。」他們兩人之間都是說中文的。

他妻子懇求那女人的樣子讓他好生不快。萍萍三十三歲了，看上去比實際年齡差不多要年輕十歲，大眼睛，高鼻梁，精緻的下巴，體形很好。也許那女人是嫉妒她漂亮的面容，喜歡看到她著急痛苦。

那門終於開了，吐出了一行旅客。多數人都是一臉疲憊，目光呆滯，有幾個人走得趔趔趄趄的，拖著箱子或提包。武男夫婦倆向前又走近些，緊盯著出來的人們。旅客一個個走過。一個穿運動衫的高個子黑人叫起來：「嘿，托妮，見到你眞高興！」他伸出右臂，左肩上挎著個深色帆布吉他箱。托妮，一個極瘦的戴著鼻環的姑娘，滿頭短辮子，把臉埋進他一條胳臂的擁抱。除了這個歡快的時刻，大多數旅客似乎都頭昏眼花，而且情緒低落。幾個亞洲人東張西望的，似乎不知道該往哪裡去，也弄不清站在兩邊的人們中間有誰是來接他們的。

五分鐘之內，所有的旅客都出關了，那大門又慢慢關上了。武男心頭一涼；萍萍哭出了聲：「他們一定是把他丟了！他們肯定把他丟了！」她嗚咽著，一條胳臂捂著肚子。她扯著武男的手腕，繼續哭：「我跟你說了不要讓他冒險，可你就是不聽。」

「他不會有事的，你聽我的。」他的聲音遲疑，連他自己都不相信。

大廳裡又安靜下來，幾乎空無一人。武男不知道該怎麼辦，對萍萍說：「咱們再等一會兒，好不好？」

「今天從中國來的就這一趟航班。你別騙我了！他根本沒在這班飛機上。哎呀，要是讓他等到有人可以帶他來就好了，不該著急呀。」

「是啊。」

這時門又開了。兩個乘務員走出來，高個金髮的那個牽著一個小男孩的手，另外一個身材苗條，笑眉笑眼的，提著一個小紅箱子。「濤濤！」萍萍喊起來，衝了過去。她一把把兒子拉到懷裡，在他的臉上親起來。「急死我們了！你沒事吧？」

孩子穿著一件水手衫，滿臉笑著，嘴裡嘟囔著「媽媽，媽媽」，一邊把臉貼在她胸前，好像因爲被別人看著而害羞。然後他轉向武男，可他的表情卻是一副認不出來的樣子。

「這是爸爸，濤濤。」他媽媽告訴他。

孩子又看了武男一眼，露出個猶猶疑疑的笑容，彷彿他爸爸是個被介紹給他的比他大些的朋友。萍萍這時候仍在一個勁地親他，拍拍他的後背又拍拍他的頭。

兩個乘務員讓武男拿出身分證明來，他把駕駛執照遞了過去。她們核對了駕照上和手裡文件上的名字，便向他祝賀他們全家團聚。

「他在飛機上很好，很安靜，祇是有點害怕。」矮個子那一位看上去像是馬來西亞人。說著把箱子交給了武男。

武男兩手提著箱子。「『切切』（謝謝）你們一路照顧他。」他又發不出咬舌音了。

「沒什麼。」高個金髮那個空姐塗了睫毛油，燙了頭髮，笑起來臉上現出些皺紋，「看到一個家庭團聚了，是件大好事。」

還沒等萍萍能說出什麼來，那兩人已經離開了，好像這是她們的日常工作。「謝謝你們！」萍萍總算叫了出來。她們轉回頭來衝她揮揮手，就消失在門裡邊了。

2

武男四年沒見到兒子了。濤濤似乎比照片上柔弱一些，但也更漂亮，細細的鼻子，深褐色的眼睛，這點像他媽媽。全家三人一起向汽車站走去，爸爸媽媽各牽了孩子的一隻手。快到自動門的當口，孩子不知怎的停下來，不肯走出機場大廳。他問媽媽：「我們什麼時候回去？」他的普通話帶點兒山東腔，是因爲跟萍萍的父母一起生活的緣故。

「什麼?你在說什麼呀?」萍萍問他。

「舅舅和舅媽在上海等我們呢。」

「眞的？」

「對，他們在那裡接我們。」

「誰跟你說的？」

「他們讓我來，把你們倆接回去的。咱們現在就回家吧。」

「我們可不可以再多待一天？」武男插嘴了，他知道妻兒一定是用這法子哄著濤濤跟乘務員走。

「不，我要回家。」

武男強做笑臉，抑制住心頭的一陣酸楚。「你不想看看海豚和鯨魚嗎?」他問。

「眞的海豚鯨魚?」

「當然啦。」

「牠們在哪兒？在這裡嗎？」

「不在這裡。我們要到一個叫波士頓的地方停一下，那裡有很多鯨魚和海豚。你不想看看嗎？」

「對呀。」萍萍附和說。「我們回家之前先到幾個地方玩一玩。」

「好不好？」武男問孩子。

孩子猶豫起來。「那我們得告訴舅舅和舅媽一聲我們先不回家。他們還在上海飛機場等著我們呢。」

「我會給他們打電話。你不用擔心。」他爸爸說。

濤濤這才同意和爸媽一起先回旅館。去車站的路上，武男把他揹在身上，萍萍接著和他說話，問他在飛機上吃了什麼，有沒有暈飛機。人來車往的喧鬧淹沒了母子倆的聲音，武男聽不全他們的對話。他的內心被一片混亂塞得滿滿的，但他是高興的——兒子來了。他很有把握，這孩子漸漸會成爲一個美國人的。

可是他自己又會如何？他對自己的將來一點也不確定，也不知道自己的後半生該怎麼過，更別提他這婚姻的前景了。實際上，他對妻子並不那麼愛，而且她也心知肚明。萍萍知道他還在迷戀著以前的女朋友蓓娜，雖然那女人遠在中國。武男覺得，萍萍很有可能哪天就離他而去了。但是現在，他考慮更多的是他們必須生活在這個國家，讓兒子成長爲一個美國人。他得確保濤濤遠離祖國飽經了幾個世紀的暴力環境。中國人已經習慣了遭受那些無休無止、無緣無故的磨難，好像他們的整個人生都依賴於受罪，可兒子一定要離開那些苦難。無論如何，兒子一定要過上和父母不一樣的生活，把這塊土地當成自己的國家！武男一時間悲喜交集，被自己爲孩子做出的犧牲感動了。

汽車裡，濤濤坐在媽媽腿上。車子開出機場不一會兒，孩子忽然說：「媽媽，北京打仗了，你知不知道？幾百個解放軍叔叔被殺害了。」他爸媽吃了一驚。

「是那些當兵的開槍打死了很多老百姓。」爸爸開口糾正他。

「不是，我看電視了，是壞蛋進攻解放軍。他們燒了好多坦克，把卡車弄翻。外公說，那些人是暴徒，一定要鎮壓。」

「濤濤，爸爸說得對。」他媽媽插進嘴來，「解放軍變壞了，打死了好多好人，像我們一樣的老百姓。」

孩子聽後不說話了，看上去很不高興，咬著微厚的嘴唇。之後的一路上，他都沒再說話。

現在是下午兩點。他們打算先不回旅館，而去中國城吃午飯。在一個水果攤上，武男給濤濤買了一磅雷尼爾櫻桃，孩子還從來沒見過這種黃顏色的櫻桃呢，每一顆都大得像鴿子蛋。萍萍用自己帶的瓶子裡的水洗了幾顆櫻桃，孩子吃了，覺得太好吃了，便把餘下的都留起來，要帶給小表妹彬彬去──那是萍萍妹妹的女兒。櫻桃核他也不想扔掉，都放進外衣的貼袋裡，回頭好種在外婆外公家的院子裡，那裡已經有兩棵杏樹了。

他們一進中國城，就在布什街和格蘭特街的路口那個牌樓附近停下，進了一家廣東餐館。一個矮矮胖胖的女人帶他們來到靠窗的一張桌子。三人剛坐定，她就拿來了一壺紅茶和三個茶杯，一一放在他們眼前。她疑惑地打量了他們一眼，好像不明白他們幹麼到這個地方來吃飯。她一定看出來他們是從中國大陸剛來的FOJ（「才下飛機的人」），這樣的人爲了省錢是不會吃館子的。

武男把菜單看了一遍，又問了萍萍的意見，點了兩個菜一個湯，都要了大份的。他有意不去點便宜的菜，儘管他根本不知道「麻菇雞片」和「海鮮豆腐煲」都是什麼味道。這些菜名對他是陌生的。那個什麼「三鮮湯」也差不多同樣讓他不解其味，可是，不會講廣東話，又羞於啟齒問人家那裡邊都是些什麼，他就胡亂地點了它。他厭惡這些莫名其妙的菜名，是什麼就叫什麼不好嗎？這裡的華人祇想讓什麼東西都聽上去珍貴和奇妙。

女招待假笑著，收起菜單走開了。

「那是什麼？」濤濤問媽媽，指著玻璃後邊櫃台上方吊著的半片烤豬肉。

「金豬。」她回答。

「那些呢？」

「烤鴨——你想吃嗎？」

「現在不想。」

「一點也不好吃，太肥。」武男說。忽然想起濤濤小時候，剛剛學會使勺子，特別喜歡吃肉和海鮮，一頓飯給自己攢起好多，還直說：「我要把這些全吃光，我誰也不給留。」想到這些，他不禁笑起來。

武男四下看看，看見幾個客人在吃麵條和餛飩。廣東人午飯吃得簡單，不會像他這樣點好幾個菜。空氣中充滿了蔥花和醬油的氣味，武男平素是喜歡中國餐館裡這些氣味的，可是今天，這些香味卻有些刺鼻。他覺得手上黏乎乎的，就起身到廁所去洗手。

從廁所回來的路上，他瞥見一張叫《亞洲之聲》的社區小報，擺在餐廳旁門邊的鋼架子上，便順手拿起一份。回到桌前坐下，他打開報紙，看見一整篇最近在北京拍來的照片。有一張是一個裸體的士兵，被一截鐵絲吊著，懸在一輛被燒毀的汽車的窗框上，兩腳還套在靴子裡。他旁邊是一塊牌子，上面兩行豎排的標語：「他殺了五個老百姓，子彈打光以後被抓住。他罪有應得！」

菜來了，還配了白飯。冒著熱氣的三鮮湯，原來是雞片、蝦、雪豆，和筍片。兩個菜的味道都不錯，祇是濤濤不喜歡海鮮煲裡的魷魚。他喜歡蘑菇，媽媽便給他盤子裡添了幾塊。「我們幹嘛不用大碗呢？」他問。

「這裡的人在餐館祇在喝湯時才用小碗。」萍萍回答。

他小心翼翼地咬了一口雞片，好像是怕它沒熟。不過他很快就放心了，毫不猶豫地嚼起來。

吃了一半，武男把報紙上的照片給濤濤看，對他說：「你看這裡，這些都是被人民解放軍屠殺的老百姓。」

「拿到一邊去！他正吃飯呢。」萍萍抗議說。

「我祇是想讓他看看眞相。好吧，濤濤，你看他們殺了多少人？這裡都是被坦克壓死的屍體，還有壓碎的自行車。」

妻子懇求他：「你讓他安安靜靜吃完他的飯。」

「爸，那不是一個解放軍叔叔？」孩子指著被吊著的士兵。

「沒錯。但是他殺死了幾個老百姓，受到了懲罰。你不覺得那是他應得的嗎？」

濤濤沉默了一會兒，眼睛盯著盤子，然後小聲說了一聲：「不覺得。」

「爲什麼呢？」武男感到氣餒，覺得兒子眞是太固執，沒救了，他簡直要吹鬍子瞪眼。

「就算他壞，也不應該殺他呀。」濤濤小聲說道。

武男愣住了，好一陣子不知道怎麼回答。大眼珠子瞪著自己的兒子，胸腔裡滿滿的，什麼東西在翻騰，弄得他沒有了胃口。他勉強吃完盤子裡的東西，給自己續滿一杯茶。

「你不再吃點兒了？」萍萍問他。

「飽了。」他嘆了口氣，嗓音變得有些沙啞。「這孩子太厚道，一定不能再回去，他在那邊沒法活下來。我不知道將來去哪裡，可他一定要成爲美國人。」

「你早該這麼說了。」她大表贊同。

「我不當美國人，媽媽！」濤濤叫了起來。「我想回家。」

「行了。」她說。「別說話了，吃飯。你當然是中國人。」

武男的眼裡閃著淚光，面頰抽搐起來。他扭臉向窗外看去。在狹窄的街道上，遊人三三兩兩地閒逛著，幾個亞洲人，脖子上掛著照相機。

女招待又走過來，把一個小盤子放在武男面前，裡邊放著三個幸運餅，三支包在玻璃紙裡的小牙籤，和一張反扣著的帳單。儘管午飯祇有二十六美元，武男大方地給了五美元的小費。他有意要讓那女人看看，有些ＦＯＪ的錢包也不是癟的。濤濤從來沒見過幸運餅，把三個都裝進口袋裡。

旅館房間的電視裡正在放卓別林的電影。濤濤立刻被片子吸引住了，開懷大笑，弄得自己不斷地咳嗽和氣喘。他兩隻手一刻不停地在頭上揮舞，一有可笑的場面出現，他就在床上蹦上跳下。萍萍不禁擔心起來，讓他坐下來，不要笑得那麼響，免得讓隔壁房間的人聽見。可是，當那個留著小鬍子，拐著八字腳，弓著兩條腿，餓極了的小矮子出現在屏幕上，把一起幹活的工友看成一隻巨大的母雞，舉著斧頭就去追時，濤濤又跳了起來，到處亂蹦，興奮地尖叫。武男十分驚奇：這才多一會兒功夫，這孩子就把這裡當家了。他禁不住陷入沉思。的確，對一個孩子來說，哪裡有父母哪裡就是家，哪裡他覺得快活和安全哪裡就是家。他不需要一個國家。

武男累壞了，儘管濤濤那麼吵鬧，他卻很快就睡熟了。放完無聲電影，電視裡又放起動畫片《貓和老鼠》來。濤濤雖然一句也聽不懂，熱鬧的劇情還是看得他又跳又叫。萍萍生怕他會弄病了，他實在是太興奮了。

3

伍德蘭是波士頓西邊二十英里的一個郊外小鎮，海蒂．梅斯菲爾德的家座落在伍德蘭鎮一塊兩英畝半好地的中央。這座殖民式老建築的南側，長著一棵巨大的楓樹，到了夏天，它的樹蔭遮住幾扇窗戶，屋裡可以很涼快。一根粗樹枝上掛著一副秋千，兩條繩子繫著一把沒腿的小椅子。除了房屋後邊的平地，和通向公路的車道，這一大片地全部被平平整整的草坪覆蓋。紫丁香灌木環繞著院落，到了前門進口的地方，灌木改為石壘的矮牆。每年夏天，梅斯菲爾德一家會待在科德角半島，住在法爾茅斯附近的一個海灘房屋，所以伍德蘭鎮上這座大房子就衹有武男夫婦倆在住了。海蒂隔一個星期回來一次，取取信件，付付帳單。她和兩個孩子九月初小學開學的時候才回來。

兩年前，整形外科醫生梅斯菲爾德博士在一次帆船事故中溺水身亡，這樣他妻子需要有人幫著她管家和照看她的一兒一女。她丈夫的妹妹瓊，是武男在醫院大樓打工的上司，她把武男夫婦介紹給了海蒂。海蒂見到他們倆後很喜歡，看上去很可靠，又有禮貌，衣著乾淨，她當即就雇了他們。她讓武男夫婦使用頂樓的兩間臥室，作為他們替她幹活的交換——萍萍做飯洗衣，武男早上開車送孩子們上學，要是他們的媽媽太忙，他下午還要到學校去接他們。除了不要房租，海蒂還付給萍萍一個星期兩百美元的薪水。儘管很有錢，海蒂還是決定不經常帶孩子去餐館，免得他們養成在外邊吃飯的習慣，這樣，萍萍在上學的日子要給他們做早飯和晚飯。家務活不是很重，兩個黑人女清潔工，帕特和她女兒潔西卡，每個星期來做一次清潔，吸塵，打掃除了頂樓以外全家的廁所——活兒大多是媽媽做的，那個快二十歲的女兒就找個地方坐著看書。還有湯姆，是個上夜班的消防隊員，在伍德蘭鎮消防站工作，他定期來剪草和打理花草灌木，冬天他負責除雪和給車道撒沙子。爲海蒂工作還給武男夫婦帶來另一個預想不到的好處——他們的兒子現在可以進這裡很好的公立學校了。

讓人驚訝的是，濤濤一點時差反應也沒有。一整天裡，他都在樓梯上蹦上跳下，腳步聲在全屋迴蕩。不過，他還不敢一個人出門，衹是時不時地從廚房和書房的窗戶向外看。車庫的門，昨天夜裡竟能老遠就認出了他們的車，自動打開了，好像在歡迎他們回家，實在讓他驚奇。草地也讓他著迷，說：「媽媽，我要告訴外公，我們家外邊到處都鋪了綠地毯。」

「那都是草。」萍萍笑了。「你幹嘛不到外邊去看看草地？」

「你跟我一起去嗎？」

「你還害怕吶？」

「我也不知道。」

母子倆跑出屋去，他能用自己的手去觸摸草地了。萍萍穿了件淡紫色的裏身裙，濤濤穿了條白色短褲和栗色皮涼鞋。孩子非常喜歡草地在腳底下的感覺，在上面跑來跑去，好像在追著一個假想的球。他的兩腿很結實，但有一點向外彎曲，和他爸爸的腿一樣。他這麼玩耍了一陣子以後，萍萍就帶他到房子北邊不遠處的小樹林去，看看能不能揀到蘑菇。她胳臂下挾著一本厚書，她得對照著書上的圖片，來辨認能吃的蘑菇和有毒的蘑菇。母子倆一起走出院子，留下一院的小草起起伏伏，還有房屋和大樹在草地投下的一片片蔭涼。

武男看著妻子和兒子消失在樹林裡。他很高興整個夏天他們一家可以獨自住在這裡，可是同時，他腦子裡一刻也不能安寧，充滿了煩惱的念頭。最近一下子發生了這麼多事，直到現在他還覺得眼花撩亂。武男是布蘭戴斯大學攻讀政治學的博士生，六個星期前，當解放軍部隊準備攻進北京城鎮壓示威的關頭，學校裡的一些中國學生，談論過各種各樣可能制止暴力升級的措施。他們連續討論了幾個小時，但主要是發洩一些感情而已。在這種激烈氣氛中，武男未經腦子多想，就衝口而出提了個主意：他們可以把幾個國內高官在波士頓這邊上學的子女扣起來，尤其是在麻省理工學院的那些，然後要求他們的父親取消戒嚴令，從北京城撤出軍隊。他剛剛看了電視，看到士兵們揮著皮帶、棍子和鋼盔毆打老百姓，那麼多被打傷的臉上又是鮮血又是眼淚，正滿肚子怒火翻捲呢。出乎他意料的是，其他同學把他的氣話當了眞，眞的策劃起綁架來。可是還沒等他們抓到任何人質，北京的大屠殺開始了，什麼都來不及了。於是他們跑到華盛頓，在中國大使館門前舉行了示威。武男也去參加了示威，站在那座難看的磚樓前邊高喊口號，大使館裡的官員和工作人員全都藏起來不露面，但也有人在窗簾後面向示威的人群伸出V字手指以示支持，或搖動中指。

從華盛頓回來以後，武男又驚聞另一件事。哈佛大學東亞系的訪問學者韓松，也參與了流產的綁架計畫，和武男很熟的，持有一把應該交回給槍販的手槍。有傳言說，他的女友在天安門廣場失蹤，一定是被解放軍打死、又埋進哪個公墓了。一天夜裡，韓松在癲狂的狀態下跑出去，在水城的一個公園裡和一個無家可歸的人發生爭執，竟拔出左輪手槍打中了那老人的頭部。武男被這一凶殺，以及被自己介入未遂綁架弄得心神不寧，他對萍萍發誓，今後他再也不參加任何政治活動了。他還決定，放棄攻讀政治學博士學位，他從來就沒有喜歡過這個學科，那是國內大學在錄取他時分配給他讀的，後來在接著讀碩士學位的時候，他別無選擇，祇能留在政治學專業裡。現在，他感到實在受夠了，再也不想繼續念下去了。

他決定離開學校，可他又不知道下一步該怎麼走。據說，美國政府將會採取措施，保護那些不願再返回祖國的中國學生和學者，這樣他是可以合法留在美國的，但讓他心裡沒底的是，他從現在起就再也不能指靠學校裡的資助了，這種自己靠自己的狀態對他來說是從未體驗過的。在中國的日子，他總是有一個工作單位的，有固定的薪水，有住處（往往祇是一張床，頂多是一間房），布票糧票油票，公費醫療，有時候連保險套都是免費的。祇要他不跟當局作對，他的生計是有保障的。現在，他得自己想法子掙錢，還要養活一家人了。他自由了，可以自由選擇自己的生活方式，活出個樣子來。可是，他有哪些種選擇？他能在這塊土地上生存嗎？一種前途未卜的茫然籠罩著他。

一個星期前，韓松因爲神經錯亂，被送進精神病院。武男沒去看他，但他的朋友、從一開始就反對綁架計畫的丹寧到醫院去看了他，給他留下一聽茉莉花茶。武男心想，住病房的人上哪裡去弄開水泡茶。丹寧告訴武男，韓松對他笑嘻嘻的，沒有絲毫的悔意。「他現在眞是個精神病了。他那傻笑嚇得我頭皮發麻。」丹寧說。

幸虧韓松的精神狀態使他沒法說什麼了，要不然他可能已經說出綁架計畫，那他們所有的人可都要被帶上法庭了。

萍萍和濤濤衹揀回一個老大的黃色蘑菇，是被叫做 Slippery Jack 的那種。前一陣子乾旱，樹林裡的蘑菇大多消失了。武男注意到，自從他們從舊金山飛回來，兒子一次也沒有提過要回中國了。濤濤似乎適應得很快。雖然還不認得一個英文字，他卻已經被爸媽從教堂義賣書攤買回來的那套很舊的《大英百科全書》給迷住了。他翻了幾本，看那上面的圖片，提出各種各樣的問題。他很想考考他爸爸，甚至問爸爸水星和土星哪個更大？武男不能肯定，便瞎蒙說：「水星。」

「錯啦！」孩子得勝地笑了。他抓住所有機會尋爸爸的開心。他最喜歡的一個把戲就是把一串橡皮筋繫在武男的腳趾頭上，他從另一頭一放手，整串橡皮筋就打在爸爸的腳底板上。武男爲兒子的惡作劇感到欣喜，他覺得那表明這孩子已經接受自己是他的爸爸了。

雖說整個大房子都衹有武男一家人，他們還是衹在頂樓活動，除非他們必須使用樓下廚房的時候。在他們寬敞的房間裡，有一張大床，一張武男的書桌，朝北的窗前有張咖啡茶几。靠兩面牆的架子上擺的都是書，大多是梅斯菲爾德家的。武男有深夜讀書的習慣，所以他和妻子大多時候是分開睡的。現在兒子和媽媽睡大床了，武男就一個人睡在頂樓的另一間房裡，房間小一些，但家具齊全，有兩張單人床，中間放了張紅木床頭櫃。這間房偶爾被梅斯菲爾德家當客房用。

睡覺以前，武男會翻開一本羅伯特・佛羅斯特的詩集來讀。他非常喜歡佛羅斯特、奧登、惠特曼、李白、杜甫，不過有時候他不能完全理解用英文寫成的詩。今天夜裡他眼皮沉重，書上的字時不時地模糊起來，變成一團，然後從紙面上消失。一首長詩〈雇工之死〉還沒讀完，書就從他手上滑落，啪嗒一下落到地毯上，他都沒有意識到，人就睡著了。床頭櫃上檯燈還沒有關，他已經發出了輕微的鼾聲。

第二天，武男一家來到水城的購物中心，給濤濤買玩具。孩子對小汽車啦、槍啦、自行車啦、填充玩偶啦都不感興趣。他想要一架大的望遠鏡，好觀看星星。爸媽花了一〇五美元給他買了一架。他們一回到家，濤濤就打開了長紙盒，開始組裝望遠鏡。他不認得說明書，卻不讓爸爸幫忙。武男要是拿起一個零件或螺絲，孩子就會嚷起來：「別動！」也不知他是怎麼弄的，竟然把望遠鏡組裝起來了，好像他以前有過這麼個東西似的。一直忙活到把望遠鏡在三腳架上架好，他才下樓吃晚飯。

可惜那天晚上是個多雲的天氣，所以爸爸媽媽都沒有陪他出去看星星。這讓濤濤很不高興。吃過晚飯，爸媽叫他先上樓去，把那些包裝紙啦、塑料袋啦都收拾乾淨，扔到浴室裡的垃圾桶去，幹完就趕快下來，和媽媽一起看圖畫書。萍萍從社區圖書館借了些兒童圖書回來，準備教濤濤學點英語。

她和武男正商量著怎麼給濤濤到小學去報名，突然樓梯上「砰」地一聲響，接著是腳步聲和劈哩啪啦一陣亂響。「濤濤，」萍萍喊起來，「你怎麼啦？」

濤濤沒反應。忽然，那孩子氣急敗壞地衝進廚房，讓他倆大為驚詫。濤濤拖著他的小紅箱子，箱子的一個角已經摔癟了。「我在收拾東西，好回家去。」他沉著臉對爸媽說。

「你說什麼呀？」媽媽問。

「我要回家找外婆外公。」

這話讓爸爸媽媽吃驚不小。兩人愣了片刻，放聲笑起來。「好啊，你祇管走。」武男板著臉對他說。

孩子反倒爲難了：「我還沒收拾完呢。」

「沒問題，快點收拾吧。」萍萍也催他了。

濤濤丟下箱子，一屁股坐在地下，放聲大哭：「我想外婆外公！」

爸爸媽媽這才驚恐起來，他們剛才以爲他祇是因爲爸媽沒跟他出去看星星而撒撒嬌呢。媽媽趕快把他抱起來，讓他坐在自己腿上，用手給他抹去眼淚，輕輕地搖著他。爸爸則說：「行啦，等沒有雲彩我們就去看星星，好不好？」

「你是大孩子了。」媽媽也開導他，「你應該明白，我們再也不能回去了。我們祇能住在這裡了。我們要是回去，中國不會讓我們過安靜日子的。你知道，爸爸和媽媽要拼命幹活，將來有一天，我們好買自己的房子。」

孩子還在抽抽泣泣地哭著。他似乎明白了媽媽所說的意思，邊聽邊點著頭。

可不知爲什麼，從那次以後，他再也不想出去看星星了，望遠鏡祇是支在樓梯平台的窗戶旁邊。偶爾他會用它看看天空，可是每次也就祇看個一兩分鐘。沒有多久，他連外婆外公也不再想了。他一淘氣或不聽話，爸爸媽媽便會說，要用郵包把他寄回中國，可是沒過幾個月，這一招就嚇不住他了。

4

這些天來，萍萍高興得手足生風。內心的喜悅滋潤著她，使她常常顯得容光煥發。做飯或縫衣服的時候，她常常哼著中國民歌小曲。不論是去買菜還是去郵局，她都帶著濤濤，生怕把他一個人放在家裡他就會不見了。哪怕是在自己家院子裡玩，她也要陪著他。海蒂家房子後面，跨過藍莓灌木叢再走不遠，有一個網球場，富有彈性的綠色地面踏上去彷彿蒙了一層膠皮，四周圍著鋼籬笆網。不過武男夫婦沒有去過那邊，他們常常在前院的一個籃球架下面踢一踢排球。濤濤祇會踢足球。

萍萍明白，快樂的日子是暫時的，因爲夏天快結束了——梅斯菲爾德一家要回來，她就要接著幹家務了。而且，濤濤九月初就要上學去，對他來說那可不容易。她每天和濤濤一起念五六個小時的英文兒童書。因爲他常看電視，所以嘴裡開始冒出些簡單的英語單詞了，會說「哎呀」，「好」，甚至「丟了」。有他在身邊，萍萍覺得對自己的日子該怎麼過心裡更有數了。過去幾年裡，她一直做著回中國的精神準備，因爲武男打算回國，到他的母校、哈爾濱的一個小學院去教書。可是每一次她夢見家鄉，做的都是惡夢，夢見她四處亂找，想找到一個乾淨的廁所，但就是找不到。武男告訴她，這些年國內的很多城市都蓋了很講究的廁所；還發動了公共設施現代化的運動，要使用這些廁所你得付錢，像買一杯茶一樣。武男開玩笑說：「美國沒有免費的午餐，而中國再也沒有免費的廁所了。人口太多。」即使如此，萍萍依然不停地在夢裡尋找著廁所。可是自從濤濤來了，她的惡夢就很少出現了，她的腦筋也越來越清楚了。就算武男改變主意，哪天又要回中國去了，她也會留在美國，一個人撫養他們的兒子。這一點她很明確。

武男一九八五年夏天一個人來到美國。一年半以後，萍萍也總算離開了中國。可是當官的不讓她帶濤濤走，怕她可能再也不回來了，這樣，孩子就留給了她在濟南的父母，濟南是離首都四百來公里的一個省會城市。來到波士頓不久，萍萍就告訴武男，她要攢夠兩萬美元才回中國。武男很吃驚，對於他來說，這個數字實在太大了，雖說他在銀行裡已經有了三千六百多美元。他從來也沒想過要發財，便逗她說，她眞是個天生的資本家。可萍萍希望的是經濟上能夠獨立，也就是說，在銀行裡有一筆比較大的款子，他們就可以不用擔心長不長工資，不必受制於當官的了，不必像很多人，在當官的腳底下委曲求全。爲此她決心在美國努力掙錢，盡量省錢。在布蘭戴斯的中國人當中，武男進學校的第一年裡是出了名的闊人，主要因爲他一個勁地打工掙錢，好有足夠的存款給太太辦簽證——北京的美國大使館要求至少三千美元的銀行證明。武男和讀自然科學專業的研究生不一樣，衹是有學費獎學金，生活費則要自己掙出來。爲了爭取時間念書，他總是一次做出能吃好幾天的飯來。有時候他一天衹睡三到四個小時。他的日子過得太辛苦了，以致等到萍萍來美國時，看到他掉了二十多磅。

兩年半後，萍萍已經在一家老人院工作了一年，又給海蒂幹了有一年半，武男則打過各種工，他們攢下了三萬美元。可是這個數字並沒有給他們任何安全感，因爲現在他們打算永久留居美國了。如果武男退學不再攻讀博士，萍萍說不準他該做什麼去。儘管她知道他不愛自己，自己卻深深地愛他。和他結婚前，父親提醒過她，跟著武男，可能過不上安穩的日子。武男雖然是個正派的年輕人，卻天生不夠現實，是個難以改變的空想家。可她從來不後悔嫁給他，儘管時不時地受到傷害，甚至借酒澆愁（其實她很不喜歡美國紅酒，可這裡找不到瀘州老窖那類好酒，當她還是個孩子時，經常從她父親的酒瓶裡偷偷灌上一口）。她敢肯定，武男是不會棄她而去的。不論好歹，他還是值得信賴和可以依靠的。現在，濤濤來了，武男越發樂意當這個一家之主，用他自己的話說：「當服役的馬，拉全家的車。」

「我得找一份全職工作。」一天下午，他對萍萍說。兒子正在另一間房裡午睡。

「你想找哪類的呢？」

「我還能挑三揀四嗎？」他又語帶譏諷，聲音也高起來。

「別這麼兇巴巴的。我也可以打工的。」

她這一說讓他緩和了些。他嘆氣道：「我會盡力找工作的。」

萍萍沒有說下去，心中慚愧，因爲海蒂夏天裡是不付她工資的。他們最近花了好幾千美元，坐吃山空是不行的。可她想在濤濤上學之前先教他一些東西，所以需要武男找一個飯碗。

據說，美國政府將會給不打算回國的中國學生發綠卡。武男系裡的尼可森教授是美國國內政策專家，他向武男斷言，美國政府肯定要留下中國學生。這位大眼袋的學者對武男說：「相信我，任何國家都會願意留住中國年輕一代中的精英。」這話可能是眞的。確實，加拿大和澳大利亞都已經給所有中國學生和學者永久居留權了。得知他們不必像其他移民那樣，爲綠卡花幾千美元，等上幾年，萍萍和武男都大大地鬆了口氣。不過他們內心依然沒有底，對於這種新生活，他們還沒有精神準備。

5

還有兩個星期就要開學了，如果再不註冊，武男就不能繼續在學校圖書館工作了。他好多天來一直在找工作，但一個也沒找到。他喜歡在醫院大樓工作，雖然一個小時衹掙四塊六毛五美元，雖然一起工作的維修工尼克老是揣著個破荷包，在沒有窗戶的工作間裡抽大麻，爲了掩蓋氣味還攙些香菸絲。那份工作要幹的活兒不多，他可以有空看書。這些年來，武男堅持著一個原則——他衹出賣體力，而不出賣腦力，把腦筋都留到功課上。現在，學位不再是他要關心的事了，所以對工作他也就不太挑剔了。

他按照廣告投出去了很多求職信，可是沒人對一個身無薄技的人感興趣。他也去了幾家中國餐館，人家也不肯用他，因爲他不會說任何南方話，一開口，人家就聽出他是北方人。他們沒解釋爲什麼，但他猜到了原因。水城有家叫「南京村」的餐館，是一個高顴骨的老太太開的，她對武男說：「你上星期來就好了，我剛雇了一個人，就是那個胖姑娘。」顯然她喜歡武男，對他有幾分尊敬，好像他是個落難秀才，日後可能會發跡。武男還給幾個當地大學發去求職信，申請教中文，其中一所學校回信了，卻是一紙官腔，宣稱他們無緣雇他，儘管他們深感「遺珠之憾」，云云。

一顆衹有你媽能欣賞的珍珠！武男自嘲地想。

他給水城的一家工廠打去電話，沒抱多少希望，那裡登出廣告，招一個守夜的人。一個叫「頓」的人讓他到工廠來塡一張表。武男對這工作並不熱心，但還是去了。

頓是一個禿頂的中年領班，說一口帶義大利口音的英語。看到武男是個外國學生，三十多歲的年紀，對他似乎更感興趣了。兩人坐在辦公室裡，菸味塑料味十分難聞，朝西的窗戶骯髒不堪，雖然開著幾盞日光燈，屋裡還是昏暗。「你幹過這類的工作沒有？」頓問武男。

「幹過。我在沃特海姆醫療中心工作過一年半，是看門的。這是我以前『老班』（老闆）的推薦信。」武男的口音又冒出來了。

頓仔細看了推薦信，是海蒂那小姑子瓊在自己被解雇，不得不讓自己的三個手下也走人的時候，特地給武男寫的。頓抬起濃眉，問道：「告訴我，你爲什麼離開那個工作？」

「我的『老班』被開了，所以我們一起都被解了。」武男想說的是被「解雇」（laid off）了，卻不小心掉了off。

「你被怎麼著了？」頓嚇了一跳。另一張桌上的年輕女祕書噗哧笑出來，扭過一張蒼白的臉來。

武男意識到自己掉了字，趕快糾正：「對不起對不起，他們找到另一家公司，所以我們都給解雇了。」

「明白了。」頓會心一笑，「我們雇你之前，你得做個體檢。」

「那是什麼？身體檢『雜』（查）？」

「對。這裡是指定的診所。」頓在一張表格上用鉛筆寫了地址，然後把表推給武男。「醫生把這個表塡完，你就拿回來給我。」

「好的。你們提『空』（供）醫療嗎？」

「你是說健康保險？」

「是的。」

「我們提供福利。」

「『巴可』（包括）全家人？」

「是的，如果你買全家保險的話。」

武男很高興。離開學校以後，他就不再有資格享受學生健康保險了，必須給全家找到新的保險。不過體檢一事讓他感到不舒服。他的身體健康又結實，這工作一小時衹付四塊半美元，他們大可不必這麼多事吧。

再一想，他明白了，這家工廠是生產塑料產品的，很容易被雇員起訴。

武男去了沃特海姆展望街上的診所。這是一個小小的辦公室，剛開張，衹有一個醫生，連個祕書也沒看到，也許因爲正是午飯時間。武男把表格遞給那個大塊頭的醫生，醫生把他帶到另一間還沒布置妥當的房間。黑皮床是嶄新的，落地燈也是。醫生有一張灰白的臉和褐色短髮，讓武男想起在劍橋一家餐館見過的一個日本廚師。那醫生一副眼鏡掛在胸前，給武男測試聽力，武男鬧不清他是遠視還是近視。

聽過呼吸、敲過前胸、摸過肚子之後，醫生說：「好了，解開褲子。」

武男吃了一驚。「你什麼都要檢『雜』（查）？」

「對呀。」醫生咧嘴一笑，戴上一雙膠乳手套。

武男解開皮帶，褪下褲子和褲衩。他肚子的右側有一道疤，像隻短短的吸血螞蝗。醫生把食指和中指按在上邊，問：「這是怎麼來的？」

「闌尾。」

「闌尾炎？」

「是。」

「那不該有這麼大的疤啊。現在還疼嗎？」他重按一下。

「不疼。」

「有意思。它恢復得挺好。」他彷彿在自言自語。然後，讓武男沒想到的是，醫生抓住他的兩個睪丸，在手心裡搓了三四秒鐘，然後用力擠拉了兩次。一陣鈍痛傳到武男腹部，讓他幾乎叫出聲來。

「有問題嗎?」他強忍著問，注意到醫生在仔細觀察他的器官。

「沒有。生殖器官正常。」醫生咕噥了一聲，眼皮也不抬地在表格上勾畫一氣。

武男驚得說不出一個字來。繫上褲子以後，來到外邊屋子。醫生飛快地把表格填完，塞回給武男。「完事了。」他假笑著說。

走出診所，武男懷疑醫生可不可以摸他的生殖器官。他覺得受到了什麼侮辱，但他不知道該怎麼辦。要不要回去，讓醫生解釋體檢都包括什麼?不行。「醫生惹不起」——那是家鄉人們的口頭禪。還有，武男弄不明白表格上的一些術語。要是隨身帶上袖珍字典就好了，也許醫生衹是要看看他是不是有個正常的陰莖。可是，那也不應該那麼使勁地拉扯他的睪丸哪。武男越想越火，可他強迫自己別去多琢磨了，有份工作比什麼都要緊，還是別神經過敏了。

一個踩著滑板的十幾歲男孩在人行道上衝過來，差點撞上武男。「看著點兒!傻帽!」那傢伙喊了一嗓子，打斷了武男的思路。他趕快朝診所後邊的停車場走去。

6

武男喜歡工廠的這份工作。他是夜裡和週末上班，那時候，所有的機器都停了，車間都關了門。除了他以外，還有一個同事，叫拉里，長得瘦瘦長長，是艾達山學院死亡學專業的學生。他和武男交替著值班。武男上班的第一天，拉里就告訴他：「我可再也受不了了，哪天非辭工不可。」這伙計確實一臉病容，邋邋遢遢，臉上老是一層汗。不過說歸說，他卻是從來沒有誤過接班。

值夜班的人每個小時必須到三個車間和一個倉庫去轉一圈，看看是不是一切都平安無事。十六把鑰匙掛在工廠裡各處的牆上和木頭柱子上，去察看的時候他得帶上紀錄鐘，到一個地方就把掛在那兒的一把鑰匙插進鐘裡轉一下，留下紀錄，第二天早上老頓就可以檢查這些紀錄了。祇要鐘上顯示出每小時一次的紀錄，老頓就心滿意足。

走這麼一圈一般要花十五分鐘，巡邏了一遍，他就可以待在樓上的值班室裡，做什麼都隨他了。一張工作台上擺著一台黑白電視，旁邊是大剪刀，尺子，紅藍馬克筆，五顏六色的塑料布。他看書看累了，就看會兒電視。到了週末，他可以到屋頂上去，呼吸外邊的新鮮空氣。兩層樓的工廠建築後邊，離得不遠處，流淌著查爾斯河的一條支流。綠色的河水看上去好像沒在流動，河面不寬，也就是三十來米的樣子，卻相當深。有時候岸邊會有個把兩個垂釣的，武男上班時不可以離開工廠，就坐在屋頂上看他們釣魚。他們釣上來的，多是鱸魚、大翻車魚、河鱸、胡瓜魚，和一種美國人叫作「南瓜子」（pumpkinseed）的魚。但是河水污染得厲害，他們釣上了魚往往又扔回河裡，有一回武男看見一個人釣上來一條十三四公斤的鯉魚，牠那圓滾滾的身體已經不動了，尾巴還在拍打著岸邊的草地。

不巡邏的時間裡，武男就大量閱讀，主要是詩歌和小說，要是他沒在看書或在看電視，他就聽任腦子裡的念頭信馬由韁。最近，很多讀人文科學和社會科學的中國留學生，一看自己可以留在美國了，都開始轉換專業，以便適應市場需求。武男知道有些人本來一直在寫莎士比亞、杜威、托克維爾的博士論文，現在決定轉進商學院或法學院。更有意思的是，連有些人的導師都鼓勵他們改行，甚至幫他們寫推薦信。武男的教授帕特森先生則很不同，他說，武男放棄博士學位實在很可惜，因爲他相信，如果武男全身心地鑽研，他是能夠成爲一名優秀的政治科學家的。帕特森教授甚至試圖勸阻他，可是武男的去意已定。

武男決定放棄政治科學，但是內心深處並不想離開大學。他給芝加哥大學的著名學者克利夫德·史蒂文斯教授寫信，詢問在他指導下攻讀中國詩歌或比較文學學位的可能性，但是沒有得到他隻言片語的答覆。如今，美國大多數的研究生院，來申請的中國學生都已經過剩。更糟的是，天安門事件之後，註冊中國語言和中國研究的學生銳減，很多美國學校已經開始削減他們關於中國的課程。所以，目前武男沒有地方去學中國詩歌。

四年前，他原來在中國大學的一個教授，一個美國政治史專家，跟著一個美國研究代表團來訪問，他的學術成果是翻譯了托馬斯·傑佛遜的一些論著。老師到哈佛大學來的時候，武男到假日飯店去看望。老人家沒有鬍子沒有眉毛，好像患了白化症，他給武男講了在哈佛與卡羅琳·巴羅教授會見的情況。他說：「那老太太人眞好，還給了我六本她的著作。你看過她的東西沒有？」

「我看過她的一些論文。她因爲那些政治理論著作很受尊敬。」

「我想也是。」老師又說：「我送了她一套盤子。」

「這是什麼意思？」

「我帶來一些瓷器，給了她八件。」他微笑著，嘴唇噘起來。

這樣的描述讓武男大生反感。他的老師沒有表現出絲毫的不自在，好像他的瓷盤與教授的著作在金錢上的等價，就抵銷了這樣兩份禮物在性質上的截然不同。武男可以肯定，其他一些中國學者也做過同樣的事。他沒有跟任何人透露過，卻暗下決心，他拿到博士學位以後要寫很多書，要回祖國去教書。將來有一天重訪美國，他衹帶自己寫的著作來，作爲禮物送給美國學者。沒錯，他要寫出擺滿一整個書架的書，永遠不做老師所做的這類丟臉的事。

現在，那種因民族自豪感而膨脹的雄心全都沒影了。他可能永遠也不會返回自己的祖國，對他來說，如果離開了大學環境，用英語寫出學術著作來是不可想像的。更糟的是，除了詩歌，他對任何領域都毫無熱情，而寫詩，照目前來看是最不可能的一件事。

7

值夜班的人是不允許上班期間離開工廠的，可是武男發現拉里經常出去買東西。拉里說，祇要你每小時巡視一圈，老頓就不會管你。有時候，武男沒有帶飯來，就會悄悄溜出去，買份漢堡或是炒飯。

一天夜裡，做完十點鐘這一趟巡邏，他便開車來到附近的一家日夜開門的超級市場「瑞奇兄弟」，選了一聽午餐肉，一罐醃黃瓜，一袋法國麵包。他在快道上匆忙付了錢，就趕快出門。跨出自動門的當口，幾乎撞上一對三十歲左右的男女，他們正從旁邊的一家酒莊出來。那男的栗色頭髮拖到肩膀，個子高高的，運動員的體格，手裡拿著三盤錄影帶；那女的戴了頂棒球帽，窄臉，身材苗條，抱著一個半滿的紙袋子。他們都穿著黑皮夾克和牛仔褲，褲角都磨毛了，不過她穿的是藍色高跟鞋，而他穿的是一雙厚重的靴子。武男閃到一邊，她也一閃，免得撞上。「對不起。」他笑笑。她轉了一下水汪汪的眼睛，然後定睛朝他看。

武男向他的車走去。奇怪的是，那對男女轉身向他走過來。那女的跟男的小聲說著什麼，那男的聽著直點頭。他們追上武男，那男的粗聲說道：「嗨，伙計，想跟我們走嗎？」

「幹嘛？」武男嚇了一跳。一陣風刮起幾張碎紙，翻滾過裝滿兩行購物車的車欄。

「玩啊。」那男的眨眨眼睛，左邊那隻眼青腫得好像碰傷過，他張開嘴笑起來，但出來的祇是幾聲乾咳。酒氣衝天，隔他老遠都能聞見。

女的也挑逗地笑著，露出牙齒縫。武男搖搖頭說：「我得上班去了。」

「想不想來點酒？」那男的問。

女的掏出一罐啤酒，滋拉一聲拉開，喝下一大口。「嗯……清涼可口。給你來點。」她把啤酒向武男遞過來。

「不了，謝謝。我實在不可以喝。」

「得啦，你不想來點樂子嗎？」男的咧嘴一笑，嘴角翹上去了。

「什麼樂子？」

「和俏小娘兒們哪。」

武男驚得答不上話來；那女的鉤起食指，衝他打著「過來」的手勢。他痛恨這個手勢，這不是把他當哈巴狗了嗎？

她連哄帶勸：「跟我們來吧。我們那兒還從來沒有過一個東方男人呢。」

「不，我該走了！」

「喔喔！」那男的衝他背影吆喝，「跑什麼呀，中國佬！不想嘗嘗小妞？」

兩人一起大笑。武男發動車，開出停車場。讓他驚恐的是，那兩人竟跳進自己的小卡車，退出來，跟著他開來了。武男的心頭狂跳，但他不緊不慢地開著，好像根本沒看見他們。「鎮定，鎮定。」他一個勁對自己說，一邊從後視鏡觀察他們的動靜。他們並不加速，祇是在他後邊大約六十多米的距離慢慢跟著。一隻白蛾困在他車裡，翅膀直撲搧，武男揮手把牠掃了出去。

轉了四個彎以後，武男猛拐進工廠的前院。他跳下車來，見那卡車正開進停車場。他快步朝工廠旁門跑去，身上的手電筒啪噠一聲掉在地上，也顧不上停下來去揀，祇顧跑下去。他把鑰匙插進門鎖，打開門，趕快往裡衝，外衣口袋掛在門把手上嗤拉一聲。他沒顧上看那破口子一眼，就鎖上門，關掉燈，向左一拐進了黑洞洞的貯藏室，這屋裡有一扇窗對著院子。他看見那一對男女就站在外邊，看樣子有些不知所措。他們的車沒有熄火，可是車燈關掉了。兩人都挾著根棒球棒，眼睛盯著門，好像在準備自衛。他們小聲商議好一會兒，然後那男的在武男車門的窗戶上壓癟啤酒罐。他把武男的手電筒撿起來，對著廠房一通亂照。

那女的兩手圍在嘴上，對著大門嚷道：「出來吧，你這個傻屌！」

「我們會進去揍扁你！」男的叫道，用腳猛踢武男的車門，衝著車窗又吐唾沫又甩鼻涕。

武男緊盯著這對男女，感到熱血直往上衝。他把臉從滿是灰塵的窗戶拉開，不讓他們看到自己，心頭憤怒和恐懼交織，使他頭暈目眩、透不過氣來。不許踢我的車，你這蠢豬！他心裡喊著。老天爺，他們想讓我幹麼呀？我又不是他們要找的性欲狂。快滾吧！自己互相操去！

可是他們就是不走。兩人又小聲商量起來，顯然在計畫下一步行動。如果他們破門而入他該怎麼辦？他不會讓他們進來的，將全力阻止他們進來。他會藏在黑暗裡，用鋼條把他們打倒。對，他們進來他就狠打他們。滾，滾，滾！可他們就是不動。他們爲什麼非要傷害他不可？就因爲他們能？就因爲他的臉是黃的，不像他們那麼白？他們憑什麼認爲他會參加他們的惡作劇？瘋了！愚蠢！他們找錯人了。就算他們給他一千塊錢，他也不跟他們玩。他也不會讓他們踏進這裡一步。他們最好不要來惹他。

他們看上去十分有耐心地等著，盯著這個廠房。他怎麼才能把他們趕走？他們打算破門進來嗎？

終於，武男推開窗叫道：「要是你們還不走，我就叫警察了。」

「是嗎？」男的也喊道：「把警察全叫來吧，讓他們排隊來咂我的雞雞。」

兩人狂笑起來。

武男又喊：「我這兒有把槍。你們不馬上走我就開火了。」他拿起鋼條敲了敲鐵墩子，發出金屬的鈍響。

這一招把他們驚呆了幾秒鐘，然後連滾帶爬地鑽進車裡，把車門一關。車燈開了，那男的猛一加油，一聲長鳴之後，小卡車一下子拐上公路，飛快地逃走了。車輪稀里嘩啦地輾過幾個雨水坑。

武男重重地鬆了口氣，不知道他們除了喝多了，是不是還服了什麼藥。好嚇人哪！要是他們抓住了他，沒準會把他拖到個什麼鬼地方去傷害他。他懷疑他們一定是打算把他弄到個群交的場合，或是拍黃色影片的地方去。他很後悔深夜跑出去，還朝那個神經病女人微笑。

夜班紀錄鐘還放在車裡，可是他好半天不敢出去取。一直到快十一點了，他才去車裡取回來。還好，他那車門損壞得不嚴重，祇有幾塊癟痕。不過，他的手電筒丟了。

他那同事拉里，有一把像玩具樣的手槍，現在武男禁不住盤算，自己是不是也應該弄把手槍，或弄把刀。但是他想起對萍萍發過的誓：除了避開政治，他這一輩子還將永遠不會採取任何形式的暴力行為，他決定還是不帶任何武器。

第二天，他跟妻子說了這次遭遇，她聽後嚇壞了，爲了給他寬寬心，她故意逗他：「這下子學乖了吧，再不要跟女人擠眉弄眼了。」

「我沒跟她調情，祇是笑了笑。他們一定是吃了迷幻藥。」

「他們一定從你身上聞到什麼味兒了。」

「什麼？」

「你生來就是色鬼。」

「我根本不是。」

「你就是。」她咯咯笑起來，繼續縫他撕壞的外衣。

從那天起，武男值夜班時就再也沒有出去過。他去工廠上班就帶上一個電杯，這樣就可以在值班室裡煮煮速食麵，或做個湯什麼的，但多半是萍萍給他準備好吃的東西。她會包起一個香蕉、一個蘋果，或是桔子。她要他保證：再也不在三更半夜溜出工廠了。

8

梅斯菲爾德一家從科德角返回已經三個星期了。海蒂的兩個孩子，十一歲的奈森和八歲的莉維婭看到濤濤都很喜歡，尤其是莉維婭，對濤濤採取了一種保護態度。這小姑娘長著個寬額頭，大大的眼睛眼窩很深，又瘦又小。她在街坊四鄰有很多朋友，經常邀請大家來家裡，可濤濤不肯跟他們一起玩。他也不跟奈森玩。大部分時間他都待在頂樓。莉維婭一看見他和媽媽一起在廚房，便會教他幾個英文詞。「你想要什麼的時候，說『謝謝你』。」她告訴他：要不就是「你說：『請問，我可不可以要點這個？』」濤濤就跟著她重複。有時候，她會伸出兩手，豎起她的小短指頭問他：「這是多少？」濤濤總是回答正確。她待他各方面都像個朋友。她好像很想討濤濤的歡心，濤濤則依然是羞怯而安靜的。她常常對萍萍和海蒂說：「他那麼聰明，為什麼還害羞呢？」

武男一家單獨做飯吃。梅斯菲爾德一家吃完飯了，他們才進大廚房。這就是說，萍萍下午要做兩次飯。濤濤不像他父母，他喜歡吃美國食品，媽媽給他做飯比較容易。父母跟著他，也開始吃過去決不會碰的食品——披薩啦，奶酪啦，義大利麵條和通心粉啦，熱狗啦，等等。一開始，武男覺得奶酪簡直就像是肥皂，可現在他吃得津津有味，還可以吃出味道是足還是不足。不過，他發現牛奶喝下去胃不舒服，所以妻子便給他吃冰淇淋代替牛奶。

每天晚上，萍萍花很多時間給濤濤念書聽。她還教他一些算術，因為她用中文講，他可以聽得明白些。她在中國曾是一所職業學校的數學老師，但她不喜歡教書，那是國家分配給她的工作。現在，她用武男在鄰鎮一家二手書店買回來的大厚課本教自己的兒子，感到很愉快。她發現美國的數學書，寫得比中國的課本好得多，更詳細，更好懂，更適合學生們自己學習。每本書所包含的信息，都至少是中國課本的十倍。

有媽媽在家裡輔導，濤濤在學校情況還不錯，儘管他仍然在程度最低的閱讀班。武男幾次到學校去看兒子，發現有個滿臉雀斑叫羅倫的女孩子經常給濤濤念書。女孩用手指著一張圖片說：「這是一架飛往邁阿密的大飛機。」他兒子專注地聽著，武男被那場面深深感動了。他知道那女孩的爸爸是凱爾特籃球隊的，在一次家長會上，他看見他把羅倫抱在腿上。那漢子個子高大，但他女兒不知怎麼卻是又瘦又弱。濤濤告訴爸爸媽媽，羅倫對他很好，午飯時候還把自己的牛奶給他喝。不過，不是所有學生都對他好的，有幾個孩子管他叫傻帽。

十月中的一個下午，武男和萍萍去參加濤濤班主任加德納太太的家長會。教室裡學生都走光了，小椅子都推進小桌子下面。「坐吧。」老師聲音裡透著疲憊，招呼著武男和萍萍，慈祥地微笑著。她看上去四十歲出頭，圓圓的眼睛，胖胖的臉。

他們坐在加德納太太面前，她開始介紹濤濤的進步。這時候，濤濤蹲在走廊裡，等著爸爸媽媽。

「我剛把他放到另一個閱讀班去了，高了一級。」老師說起濤濤。

「謝謝你提拔他。」武男眼睛放光了。

「我們聽了很高興。」萍萍加上一句。

「武太太，濤濤的膀胱有問題嗎？」

「沒有啊。他小時候尿過幾次床，但是不算問題。」

「上課的時候，他十分鐘就要上一次廁所。別的孩子都覺得好笑。我看，他一定也很尷尬。我對這個擔心。」

「他可能是緊張。」萍萍提出來。

「可能是。我注意到，上數學課，他廁所就去得不那麼勤。」

「我在家幫他閱讀。」萍萍說。

「看得出來。他進步很不小。不過，要跟上班裡的進度，對他來說還不太容易。所以我想問問你們的意見——你們願不願意把他放到雙語班？學校很快就要開一個雙語班了。」

「不要！」武男反對說：「我們不想讓他到一個光為外國學生開的班。」

「沒錯，他不需要那樣。」萍萍附和道。

加德納太太一臉不解：「為什麼？那樣他會更自在的。」

「他是來這裡學習的，不是來自在的。」武男回答。

「我不明白，武先生，雖然我欣賞您把他的教育看得很重。」

「他能跟上『澤』（這）個班，相信我。請給他一個『期會』（機會）。」武男的中國口音又出來了。

「不要攆他走！求求您。」萍萍懇求道，「濤濤盡說您的好話，加德納太太。要是您把他送走，他會難過的。」

老師吃驚地看著她，接著笑了：「我不是說要把他送走。別誤解我的意思。如果你們堅持，我們不會把他放到雙語班的。」

那次談話以後，萍萍對濤濤的閱讀抓得更緊了。每個星期，她都會從社區圖書館借回十幾本兒童書來，和濤濤一起讀。即使孩子累得讀不動了，她仍繼續念給他聽，這樣可以他一邊玩拼板，玩積木，或玩武男給他借回來的玩具機器人，一邊聽媽媽念書。她往往並不全明白她念的內容。有一次，媽媽和兒子在讀一本關於威廉國王和他的騎士們攻破一個要塞的故事，孩子問：「媽媽，laid waste（蹂躪）是什麼意思？」

「就是……就是隨地拉屎撒尿。」她有點望文生義：lay有「亂放」的意思，而waste有「糞便」的意思。

她接著往下念：「國王對突襲的勝利感到非常滿意，獎勵了他的騎士們……」

又有一次，他們讀伊麗莎白女王傳記的縮寫本。讀到女王陛下對一個大臣太惱火了，就動手打了他那一段，濤濤問媽媽：「什麼叫 boxed his ears（打他耳光）？」

boxed可以當「裝起來」講，萍萍解釋：「就是把他的耳朵眼兒堵上，讓他什麼也聽不見。」

「好像不是那個意思。」

「好吧，我們把這句劃出來，等爸爸回來問他。」

從圖書館借回來的書中間，萍萍最喜歡那本簡寫本的《黑駿馬》。她嘆氣道：「我就好像那匹馬，總是從一個地方搬到另一個地方，爲別人服務。衹要戴著這個籠頭，我就不可能自己去尋找快樂，也不能躺下來歇歇。我衹能幹活，幹活，幹活，不死不算完。」她說著眼圈紅了。

濤濤並不能完全聽懂她的意思，可她的話讓一邊聽見的武男很不舒服。他知道她的年華一直都被耽誤了。萍萍還是孩子的年月，她媽媽曾經預言，說她長大以後運氣不好，是「小姐身子丫環命」。萍萍不愛聽，可是從來不敢還嘴。她一直渴望能夠像她父母一樣，將來當一名醫生，所以經常到她爸爸的診所去義務幫忙，給病人打針，熬中藥，扎針灸，拔火罐，給注射器和針頭消毒。所有的人都誇獎她，很多病人都要她來給做治療，大家說她那雙手可以起死回生，將來一定能成爲一個好醫生的。可是等她長大了，卻連護士學校都不能上，被分配到職業學校學數學。她多眼紅周圍那些靠父母的神通而上了大學，或參了軍的同學們啊。她心裡埋怨父親，沒有拉關係幫她上學，儘管她心裡也明白，父親生於富農家庭，是被劃歸「黑五類」的，他不敢，也沒法表達自己的意願。現在她要讓濤濤努力學習，希望他將來能進醫學院。如果有那麼一天，她會傾其所有來供他的。

9

十一月初，梅斯菲爾德一家到義大利，去看海蒂的姐姐羅莎琳。羅莎琳大部分時間都住在羅馬。武男抓住這個機會，邀請丹寧和另外三個朋友到家裡來吃飯。可是，除了丹寧，那三個朋友都謝絕了，說他們太忙，沒有時間。這話倒不假，其中兩個人要上夜班，在牛頓城的中國信息中心工作，那是由一群持不同政見者新成立不久的一個機構，旨在幫助國內的地下民主運動。可是同樣不假的是，自從武男退了學，很多朋友就開始疏遠他了。他們很可能把他看作一個失敗者。萍萍極力主張武男和他們徹底斷絕來往。「他們都是一群勢利眼，不是你的朋友。」她告訴武男，「誰需要他們？」

可是丹寧總是對拜訪武男夫婦很熱心。他快三十五歲了，在國內有個七歲的女兒。他妻子兩年前來美國探親，可在去年冬天離他而去。他們兩口子經常吵架，她衝他大叫大嚷，還罵他，說早晚有一天，她再也不給他當「美人奴隸」了。她喜歡自誇自己的容貌，其實她長的一點也不出眾，祇不過有雙閃光的眼睛和長睫毛，鼻子是扁的，嘴巴太大，還一邊臉大一邊臉小。她逢人便說：她從小一直有專門的保姆，在父母家從來沒做過一頓飯，可是現在她什麼家務活都幹，把她的臉都丟光了。一天夜裡，她和丹寧又打起來了，她抓起廚房的一把刀，就朝他撲過來。他「哎喲」一聲叫，覺得背上劇痛。看見他流血，她甩下刀子跑走了。跟他們合住在那個三居室公寓的朋友，開車把丹寧送到醫院，他被縫了十二針。他妻子過了幾天還沒回來，所以他就報了警——不是爲他自個兒的傷，而是爲她的失蹤。哪裡都找不到她，有人說：看見過她在中國城的超級市場買菜。有風言風語說：她現在和一個廣東來的富商住在一起。雖然萍萍並不太喜歡丹寧的妻子，卻從來也沒有責怪過她。她對武男說：「丹寧怎麼就看不出來，安妮早打算離開他了？他整天吹這個吹那個，就是看不見自己家的後院起火。」

「行啦，有點同情心吧。」武男不同意她，「他是個聰明人。他是不是意識到了自己婚姻出問題，我們怎麼看得出來？」

「我希望他能找到她。」

其實丹寧仍不知道她的下落，她沒給他寫過隻言片語，也從不給他打電話。奇怪的是，他好像很樂意當個單身漢，並不著急找她。他們的女兒在北京由他父母照看著。

吃飯前，武男先帶客人參觀梅斯菲爾德的豪宅。他把丹寧帶到網球場，衹見黃色的網球散在綠色球場上；磨破的球網鬆鬆垮垮，一看就知道這裡好久沒人來打球了。他們又去看球場外邊的游泳池，衹見小風吹皺了一池清水，一對塑料白鵝浮在一角，鵝的脖子上有根繩子，拴在一節鋼管上。看過這裡，武男和丹寧又去看車庫旁邊的一個工作間，海蒂在這裡做陶器。屋子裡鋪著硬木地板，有一個風扇，一個電暖氣，還有一張工作台，上邊堆放著幾個陶罐。離窗戶不遠，放著製作陶器的轉輪和座椅。一柱陽光斜照進來，照見微塵在翻滾。丹寧大受感染，說：「眞讓我難過，非常難過。」

「爲什麼？」武男感到驚訝。

「咱們幹了這麼多活兒，可怎麼才能達到像這家子這麼闊氣？」

「海蒂有一家銀行，和一家保險公司。新英格蘭的老家底。咱們別跟她比。」

丹寧嘆了口氣。「咱們永遠也過不上這樣的日子。在這幹到死可有什麼好哇？」

「她家經營了幾代才創下這份家業。她還從丈夫那裡繼承下來不少錢。」

「我不爭了。美國夢不是給我預備的。」丹寧鼻子不是鼻子、臉不是臉地說。

「我還以爲衹有我一個人是悲觀主義者呢。」武男不由地笑起來。他意識到，自己很長時間以來對掙錢提不起興趣，可能是因為在這塊地方，看財富看得太多了，以致逐漸失去了信心，不再懷有那種驅使新移民為金錢而搏鬥的渴望。

晚飯很簡單：茄盒、蔬菜沙拉、醃蛋、煎蝦，和牛肉白菜餃子。武男提醒丹寧不要喝酒，因為等會兒還要開車老遠回貝爾蒙特，可丹寧還是要喝啤酒。武男從冰箱裡拿出六瓶一扎的百威啤酒，給朋友開了一瓶。他們坐在廚房的餐桌上，從廚房窗戶可以看到豪宅的前院。花壇裡黃色的菊花和金盞花都謝了，花朵掉在地上，花瓣落了一地。樹葉時不時從樹上墜落，松籽無精打彩地旋飛，枯萎的橡樹葉子也晃晃悠悠地在乳白的夕暉中飄落。院子中間有一棵粗大的椴樹，樹枝上吊著一個玻璃餵鳥罐，兩隻山雀正忙著在啄罐裡的向日葵籽。丹寧胃口很好，一個勁兒地對武男說，一家人團聚在一起比什麼都好。他似乎很尊重萍萍的樣子，還時不時地拍拍濤濤的腦袋。他往自己盤子裡舀了些蒜泥，問武男：「你想好幹什麼了嗎？」

「還沒有，不過我在考慮做點有錢人做不到的事情。你看見了梅斯菲爾德家多有錢。夢想發大財對我來說沒有什麼意義。」武男轉向萍萍，萍萍心驚起來，臉上籠罩起一片陰影。

「你計畫做什麼呢？」丹寧把半個餃子放進嘴裡，閉上嘴嚼起來。

「也許我會寫作。我想當作家。」

「給報紙寫文章？」

「不是，寫詩。」

「哎喲，你可真是個理想主義者，夢想家！我脫帽致敬。」

「別挖苦人。我祇是說，我可能嘗試寫點詩。」

「就憑這個我也欽佩你，我欽佩你不辜負自己的心，堅持自己的愛好。說實話，我不喜歡物理，但我得完成博士論文，拿到那個該死的學位。」

「要是可以自由選擇，你會做什麼？」

「這個嘛，我會寫小說，一篇接一篇地寫。我知道我可以當一個多產作家，給大家講我們在美國的經歷。」

「你會在國內出版你那些書嗎？」

「當然啦，你用中文寫的話，你還能上哪兒找讀者去？」

「寫小說我不能想。我沒有那方面的本事。」

「你靠什麼掙錢呢？詩歌孵不出工資來。」

「我可以打工。」

武男不願多談他的計畫，因爲他自己也還沒拿定主意。他妻子插進嘴說：「他總是空想太多。」

「所以他不一般，對不對？」丹寧說。

「我衹希望我們在這裡過上和別人差不多的日子，掙到一些錢，有自己的家，今天知道明天。」她字斟句酌地說道。

「好啦。」武男對她說。「我會努力幹活，掙錢回來，你知道的。」

聽到這裡她不開口了，起身從冰箱裡拿出一缽水果。吃甜點時，丹寧說：「武男，中國總領事館找你沒有？」

「沒有，爲什麼事？」

「他們正在調查你是不是參與了綁架計畫。」

「眞的？你怎麼知道的？」萍萍插進來。

「胡副領事上個星期問我武男在這件事中的角色。我說我不知道。看起來，他們知道是武男提出了抓人質的建議，他一定是他們調查的重點。」

武男呆了，好一陣子反應不過來。他問：「你知不知道，他們會把我怎麼樣呢？」

「別害怕。他們在這裡不能把你怎麼樣。不過你一旦回國，那可就不一樣了。可別落到他們手裡。」

「他們怎麼會知道那個計畫？」

「我一點都不知道。一定是有人把你出賣了。」

「王玉明還是周滿友？」

「知道那個計畫的所有人都有可能，可是沒法確定是哪個人告密。任何人都有可能出賣你，好保住自己。」

「你的意思是我已經當成替罪羊了？」

「沒錯。」

武男轉向萍萍，萍萍滿臉驚恐，眼光閃爍不定。她的手放在濤濤的腦袋上，下意識地划拉著他的頭髮。

「我該怎麼辦？」武男問他的朋友。

「別緊張。在外人面前什麼反政府的話也別說，連給你家寫信和打電話也別說。如果那些高幹子弟找你來對證，你就說你不過隨口一說，沒想到別人會把它當真。你就是對他們道個歉也沒什麼了不得。」

「不，絕不道歉。」

「我知道你不會的。」

丹寧告辭時，萍萍謝謝他把官方調查的事情告訴他們。丹寧說：「我就是今天不能來，也想好了要給你們打電話的。」他咧嘴一笑，臉有點歪。他喝了三瓶啤酒，但不肯再待一會兒，讓酒勁過去點兒。他跟萍萍說，他已經兩個月沒吃家裡做的飯了。那討厭的消息也讓他感到不安，不過他們也不應該被嚇住。武男衹需小心一些，再不要魯莽行事。然後丹寧鑽進他那輛破舊的掀背車，開走了。

那天夜裡萍萍一直到十二點半武男該去工廠值班後才上床，兩人商議了他們的處境。看來，武男肯定不能回中國了，就是在美國，他也要保持低調才行。如果兩邊的家人，尤其是他們的弟妹們，不受到武男這事的牽連，那就是兩人的幸運了。

不久前，武男把護照寄給了紐約總領館，辦理到期更換，所以他現在擔心，總領館會給他找麻煩，扣著他的申請。他和他們打交道總是感到無能爲力。即使他遠離中國，依然好像有著看不見的手操縱著他的生活。

那天夜裡上班的時候，武男給父母寫了封信，告訴他們要好好照料自己，他這裡一家都好。信裡說：「我隨信寄去我的一根頭髮。如果你們在信封裡沒看見我的頭髮，就說明有人拆過信了。如果你們看見頭髮了，告訴我一聲。」他想檢驗一下自己的信件是不是被檢查了。如果被檢查了，那毫無疑問他已經上了黑名單。他眞後悔當著十多個人的面，脫口說出那個瘋狂的綁架計畫，現在他自食其果了。他越想自己的處境，就越相信，那些聽見他話的人任何人都有可能告他的密。怪不得他那些朋友和熟人最近都疏遠他，他們可能都急於撇清自己。

10

「呃，眞遺憾，我們要搬遷了。」在車間裡他那間四面是玻璃的小辦公室中，老頓對武男說。幾個工人剛剛打卡來上班，在屋裡喝著咖啡，把工具弄得亂響，但是所有的機器都還沒啟動。

「『曾』（整）個工廠都搬？」武男問老頓。

「對。」

「你們搬哪裡去？」

「我們在費奇堡郊外買了一塊地方。如果你願意，你可以到那邊繼續給我們幹活。」

「那太難了。我兒子在這邊上學呢。」武男沉默了，回想起他去過一次的費奇堡。一年前，他和丹寧到新罕布夏州的基尼，一個設在穀倉裡的四人小公司，去取他們給組裝的兩台便宜電腦。在回來的路上，他們在費奇堡停下來吃午飯，那裡有不少樹林環繞著的維多利亞式和殖民式漂亮房子。離伍德蘭太遠了，至少開車一小時。

「不管怎麼樣，考慮考慮再說。我們一月中旬就要把這裡關掉了。」老頓瞇起他的黃眼睛。

「我會的。」

「別忘了你那隻鳥。」

「好的，不會。」武男剛值完班。他把紀錄鐘掛在辦公室門背後，回頭老頓會去檢查，然後朝大冰箱走去。冰箱的一側貼著一張大海報，一個女黑人短跑選手，舉著一面星條旗，她好像是剛剛在賽跑中獲勝，表情是歡快和喜氣洋洋的。但在她油亮的雙腿上，有人用藍水筆寫了一行字：「如果你能追上我，你就可以睡上我！」武男打開冰箱的門，拿出那隻「鳥」——是隻火雞，那是工廠給每個員工的感恩節禮物。

外邊正在下著小雪，低低的雲彩在風中翻滾著。雪花紛紛亂亂落下來，一落到柏油路上，就化掉了，那條路蜿蜒伸向西邊的沃特薩姆城那模糊的輪廓。武男麻木地開著車，被工廠要搬遷的消息搞得不知所措。

二十分鐘後，他開回了梅斯菲爾德豪宅。他把火雞和上班用的東西交給萍萍，她正在廚房做鬆餅。然後他上了樓，沒吃早飯便倒頭就睡。

看到大火雞，孩子們都興奮不已。濤濤正和莉維婭聊天，評論今天早上那頭走進前院的跛腿母鹿，看見火雞，便轉過來問媽媽，這隻大雞怎麼做。他在學校吃過切成片的火雞，但不知道這樣的眞火雞是不是一樣的味道。他現在已經升到中級閱讀班，可以說不少英語了，雖然還衹能說短句子。和爸爸媽媽說話，他也把英文加到中文裡說。

吃完早飯，萍萍開車送三個孩子上學。出門前，她告訴海蒂，雖然感恩節還有兩天才到，今天晚飯兩家一起吃火雞。「太大了，我們吃不完。」她說。的確，火雞重達二十多磅。海蒂很高興地答應了。她要帶孩子們去小姑子家過感恩節，今年自己就不買火雞了。

對於奈森和莉維婭來說，武男帶回一隻免費的大火雞，眞是太了不起了。他們覺得，他在工廠當保安，那就跟當警察差不多。「哎喲，太棒了！」奈森坐在車裡說道，一邊舔著他擦破的嘴唇。他是個結實孩子，褐色的頭髮，皮膚光潔，可他不夠聰明，作業從來沒得過一次A，在班裡總是在平均分數線以下。他脾氣好，人又漂亮，萍萍說他就像那個後來當了總統、在好萊塢當電影演員時候的年輕雷根，他聽了便露出一個大大的笑容。

從學校回來，萍萍就開始收拾火雞，先洗乾淨，再撒上鹽和胡椒，放進冰箱。然後她上樓去，給濤濤準備些算術題。武男在另一間房裡大聲打著鼾，他一定是累壞了。萍萍都不敢用樓上的廁所，生怕吵醒他睡覺。快到中午的時候，萍萍去了趟明星市場，買回了紅薯、土豆、扁豆、一個南瓜派，和一些蔬菜。一回到家，她就開始烤火雞，這是她以前從來沒做過的。海蒂在一邊指點，教給她怎麼往火雞身上塗抹澆汁。這活兒對於萍萍來說沒什麼難的，她一貫擅長烹調，凡是她嘗過的菜，就敢自己動手燒出來。她還用奶油和葡萄乾一起和了些麵，準備做點心。

沒多會兒功夫，屋裡便充滿了肉香。海蒂高興得端了杯夏布利酒到處走，褐色眼睛裡閃著光，兩頰紅得好像搽了胭脂。她一般每天開一瓶葡萄酒，不過她從來沒喝醉過。在她家地窖裡，酒箱裡、酒架上足有幾百瓶葡萄酒，有些是二十多年的陳酒。武男夫婦都不沾酒，所以海蒂的酒窖從來不上鎖。

到了下午，武男把工廠要搬遷的事告訴萍萍。難怪老頓三個月前在工廠老地點雇了武男。如果武男是美國人，在他申請時，老頓就有義務告訴他，這是個臨時性的活兒。現在武男應該怎麼辦？他不在乎值上幾年夜班，不過，如果他要每天到費奇堡去上班的話，他就需要一部比他那輛老福特好一點的車。不用多想，武男和萍萍便一致認爲，他不應該隨工廠走，因爲濤濤在這裡可以進比較好的學校。而且，武男那工作一個星期的薪水還不到兩百美元，除去稅，除去汽油費，就剩不下什麼了。眼下他們最好還是住在梅斯菲爾德家，這樣他們至少可以存下萍萍的工資。

海蒂收拾開餐廳桌上的信件和帳單。這個餐廳的地板一踏上去便咯咯吱吱作響，平時很少使用。南面兩個窗戶之間的那段牆上掛著一個橢圓的鏡子，鏡子下面是一張靠牆桌。靠一個牆角放著一個紅硬木古董架，上邊擺著英國瓷器。離門不遠處，立著一個青銅大象，半米多高，是已故的梅斯菲爾德醫生從印度買回來的，現在成了擋門的東西。從一開始，這間不夠高的餐廳，就老是讓武男想起小說家霍桑在塞勒姆的故居，他和一個朋友曾去那裡參觀過。

萍萍在桌上鋪了張緋紅色桌布，然後把飯菜一一擺上去。晚飯四點半開飯，比平時早了一些。兩家人一起坐下，海蒂坐在首席，她那半滿的酒杯放在她自己做的手繪盤子旁邊。其他人喝牛奶或橙汁。奈森和莉維婭很愛吃火雞、小點心和烤紅薯，好像這頓飯比媽媽在週末帶他們去過的所有餐館裡的飯都好吃。濤濤則喜歡澆肉汁，要往他的火雞和土豆泥上多澆一些，萍萍幫他澆上。這孩子不愛吃燉茄子，海蒂卻特別喜歡吃茄子。海蒂給自己盤子裡切了第一片她愛吃的帶著脆皮的火雞胸脯肉。

三個孩子很快就吃完飯，離了桌子。莉維婭和濤濤去了客廳，在那裡用蠟筆畫畫，兩人的笑聲不斷從那裡傳來，讓萍萍感到心裡稍安。那天早上，萍萍偶然在奈森的臥室裡看到一本破破爛爛的《花花公子》，她可不想讓濤濤到樓上和那大孩子在一起。她和武男常常不解，爲什麼海蒂不把她丈夫留下的那些過期的色情雜誌，像《花花公子》、《閣樓》、《妓女》什麼的統統扔掉。讓他整天除了裸體女人和姑娘什麼也不想，這不是會讓奈森的心思變壞嗎？要是他滿腦子整天都是這些淫穢玩意，他怎麼能專心於他的功課呢？萍萍無法理解爲什麼海蒂這麼漫不經心。武男估計，也許海蒂想讓她兒子對女人多了解一點。萍萍不同意：這算哪門子的性教育？簡直是變態。

桌上祇剩下大人了，海蒂問萍萍：「中國和這裡的生活最不一樣的地方是什麼？」

武男和萍萍相視會心一笑。他知道，雖然萍萍在夢裡拼命尋找乾淨的廁所，她還是懷念家鄉的很多東西，尤其是她從小生活的那個小城，小城之外的群山。

「告訴我，什麼東西這麼好笑？」海蒂追問，眼睛轉來轉去。臉上兩個深酒窩，低領衣服暴露出來的前頸都泛紅了。她用叉子往自己盤子裡又來一塊炒花椰菜。

「這裡可以每天洗澡，非常方便。」萍萍說。

「你們在中國怎麼洗澡？」

「我們去公共浴室。我揹著濤濤，手裡端著個大臉盆，坐公共汽車到城中心。洗完澡，我再把他揹回來，還有那些東西。他累得睡一路的覺，我累得簡直站不住了。公共汽車很擠，我根本找不到座位。」

「你們多長時間去一次公共浴室？」

「一般一個星期一次。到處都人太多。」

「你們住在什麼地方——我是說，什麼樣的房子？」

「我們有一間屋子。」

「像微型公寓那樣，帶廚房廁所的？」

「沒有，衹有一間房。」

「眞的？大多數中國人都住那樣的房子？」

「一部分人吧。」

「我的老天，我想我這家可以住下一百個中國人了。」海蒂呵呵笑起來，喉嚨裡一陣咳嗆。

「不是的。」萍萍臉紅了，「武男的父母住一套四居室，我弟弟家有三間大房子。」

「我是開玩笑的。」海蒂微笑著，有點兒尷尬。她晃了晃杯裡的酒，喝了一口。

武男很驚訝，儘管萍萍更喜歡美國的生活，卻對海蒂無心的一句話如此敏感。她和他兩人之間經常用很刻薄的言辭抱怨中國，可是對萍萍來說，別人要是說了任何貶低他們祖國的話，都是對她的冒犯。要是他和妻子能夠徹底割捨中國，一點中國情結也不留就好了。

海蒂又轉向武男。「對你來說最大的不同是什麼？」她眼睛變小，好像睏了。

「在中國，我每天都想跳起來，和什麼人幹一『張』（仗）。汽車上，餐館裡，電影院裡，不管我去哪兒，我都想打架。在『澤』（這）裡要爲生存而奮鬥，可是我不想跟任何人打架了，好『強』（像）我喪了氣。」

「沒錯。」萍萍插嘴說：「他在中國可好鬥了。」

「我不明白。」海蒂搖了搖她頭髮蓬鬆、略有些斑白的腦袋，「你是說：在這裡你比在中國更平和、或更壓抑了嗎？」

「我也說不清。」他說：「在中國，我知道怎麼對付壞人，所以我要麼跟他們對抗，要麼躲開他們。可是在這裡，我不能跟任何人幹『張』。我不知道自己能走多遠，哪裡是盡頭。」

「太奇怪了。」

萍萍補充說：「他過去脾氣好大啊。現在他更像個紳士了。有些中國男人很不像話，覺得他們比女人高一等，把自己的老婆當僕人。」

「很多美國男人也虐待太太。」海蒂說。

武男沒作聲，腦子走神了。吵架和大喊大叫在這裡有什麼用？誰在乎我發出什麼聲音？我喊得越響，就越把自己弄成個大傻瓜。我在這裡感覺自己就像一個殘疾人。

萍萍還在說：「我很高興武男不再和他的中國朋友來往了。他們在一起就是談政治，沒別的可談。怎麼拯救國家，怎麼運轉政府，怎麼收回台灣，怎麼打敗日本，還有怎麼對付美國。所有的人都像個總理似的。」

海蒂吃吃笑了，武男卻苦了臉，知道妻子說得並不全錯。海蒂至此已經把整瓶葡萄酒喝光了。吃飯前，她聽萍萍說了工廠馬上要搬遷的事，於是問武男：「你會另外找個工作嗎？」

「當『鹽』（然）。」

「你有碩士學位，對不對？」

「對，剛拿到的。」

「你想讓我跟西牛津的校長提一提嗎？我認識他有些年了。他們可能會需要人教中文。」

武男猶豫起來，拿不準自己應不應該表示自己感興趣。他沒有中文專業的學位，那所私立中學可能根本不會考慮他。他以前找過教語言的工作，一次又一次被拒絕，因為他的專業是政治學。萍萍說：「謝謝你，海蒂。我想武男不應該去教小孩子。他有我們這一代人裡最好的頭腦，他在中國是發表過作品的詩人。大家都把他當學者看的。」

武男沒有開口，很感動，也很慚愧。他想著妻子的話。她說話那口氣好像他們還在中國。現在是在美國，不妥協是不行的。

他看看萍萍，又看看海蒂。妻子沉著臉，耳朵根兒都紅了，海蒂喝多了，迷迷糊糊地傻笑著。

11

感恩節過後兩星期，武男父母的信到了。他父親寫道，武男不應該疑心太重，他們確實在信封裡看見了一根粗頭髮，認得出來，那頭髮不是別人的，正是他們大兒子的。看見他這麼說，武男猛吃一驚：他其實根本沒在信封裡放什麼頭髮！那根頭髮一定是檢查信件的人放進去的。現在武男可以肯定：自己上了黑名單。他的心裡七上八下，努力回憶幾個星期前他和丹寧的那次談話，看自己有沒有漏掉什麼暗示。他害怕自己與當局的麻煩會影響弟弟妹妹在國內的工作，尤其他弟弟，是一家官方報紙的記者。

他父親在信的附言上寫道：

「兒子，我不想嘮叨，可還是應該再叮嚀你幾句。在家你可以靠父母，可在美國就全靠自己了，應該盡可能多結交朋友。記住，多個朋友多條路。別拿架子，別自我孤立。盡量多交朋友。你哪知道在你需要的關頭有誰會伸手幫你一把？」

老傢伙滿嘴屁話──武男對自己說。我們在這邊都是孤軍奮戰，根本不可能靠朋友求生存。所有的中國人到這裡都變了，變得自私了，根本不會拿出時間和資源來跟別人分享。所有的人都在掙扎奮鬥，生怕被淹死。不像在中國，你可以找上司當靠山，生活在朋友的關係網裡，祇要你不生事，不出頭，日子就可以過得很安穩。

武男和父親從來都很疏遠。父親看不上他，因為他祇是個大學裡的助教，連套像樣的房子都沒混上，還得住在從父親的研究所借來的一間房裡。老頭經常對萍萍說，武男頂多長了個二等腦筋，可萍萍一聽就會反擊：「他比你強，早晚有一天他會當教授的。」她公公一聽就笑起來，不過從未翻臉，仍然稱武男「天生的笨種」。五年前，老頭過五十六歲生日那次，不許武男上飯桌，因爲他邀請了一些重要的客人來，生怕武男不善言辭，無心應酬，會在席間出醜。武男的弟弟武寧，伶牙俐齒，又善於交際，一直在筵席上陪著父親的朋友們。這讓武男很受傷害。他對老頭更看不起：父親不折不扣是個官迷，生活在一群當官的關係網裡，愚蠢地熱衷於研讀歷朝歷代的歷史，尤其是明朝和清朝的宮廷史，以揣摩那些爲官的權術，儘管自己不過是一個衹有九十來人的部門的頭頭，離退休也不遠了。武男背後管他父親叫「終生馬屁精」。

家裡的來信同樣讓萍萍心煩意亂。她勸武男原諒他父親，別這麼討厭他。她甚至大膽地說：「他說得可能有道理。你是不應該像現在這樣過下去了。」

「我能怎麼樣，啊？」武男問。

「也許再去上學？」

「學什麼？法律還是商業還是電腦？」

「我不是說那些。你爲什麼不能選個你喜歡的專業？你英文寫得比很多人都強，幹嘛不好好利用一下你的優勢？」

「交學費需要錢。現在美國有那麼多中國留學生，學校都不像以前給那麼多助學金了。天安門事件以後，誰還想招收從那麼個殘忍的國家來的學生？」

「不過試試總沒什麼損失。」

他們是有些積蓄，那是兩人都同意決不動用的——他們手頭一定要有些現金，以備不時之需，現在孩子又在身邊了。「我想當個作家，寫好多書。」武男喃喃地說。

「用中文寫？」

「當然。」

「你幹那個可沒出路。」

「你怎麼這麼說？」

「你的作品上哪兒發表去？再說，你不可能跟咱們這邊那些中文作家合得來的。有些作家根本不是東西。你不是那類人，在他們中間找不到知音的。」

「你想得太多了。要當個作家，我不需要跟任何人交朋友。你的作品好，自然會有人肯出版。我的麻煩是，我還得掙一份生活費，得保證一份正常收入。我不知道怎麼辦的是這個。」他抓著自己橄欖綠的套頭衫前襟一陣亂揉，「我從來沒感覺到這麼沒用。在這裡我不知道怎麼推銷自己，不知道怎麼推銷任何東西，永遠當不了推銷員！好吧，我已經不值錢了，也就別做夢掙什麼薪水了。」

萍萍不說話了。武男的精神狀態讓她不安。如果他沉溺於寫詩，他們怎麼能過上體面的生活？她甚至弄不清他到底有沒有寫詩的天分，儘管他在中國的時候在幾家小雜誌上發表過十幾首短詩。她知道，如果他選擇人文科學或社會科學的任何專業，他最終可以成爲一個學者。但是不知怎麼回事，雖然他仍然滿懷幻想，每天要看很多書，他卻對拿學位失去了興趣。

不錯，他來美國後總在打工，可是他似乎一點也沒長進，也從來沒有過一個正兒八經的飯碗。在布蘭戴斯大學的中國留學生中間，武男有個外號，叫「車老板」，因爲在一次聚會上，他勸阻一個搞語言學的同學轉行到經濟學，引用了愛默森的那句「把你的馬車套在星星上」。一個河南來的長著弓型眉毛、學歷史的同學，提醒武男不要「拾那個所謂新英格蘭哲人的牙慧」，那人可是個種族主義者，一貫輕視中國人。

武男發出一聲嘆息，對萍萍說：「不用擔心，我會想出辦法來的。會讓濤濤過上比咱們好的生活。」

「那倒是，要不我們來這裡幹嘛？」

她沒再多說，不想給他增加壓力。在某種程度上，她得知他仍然想搞寫作，是很欣慰的，那表明他並沒有喪失勇氣，雖然同時她也害怕他會鑽進死胡同。她不知道她自己在這裡可以做什麼。和她相比，武男可要有本事得多，一旦找到辦法，應該有能力過上好日子。不管怎麼說，他一定要盡快拿定主意，這一家人都指靠著他呢。

12

「我是你的朋友。你可以信任我。」兩天後，武男對萍萍說。

他倆坐在武男房間裡天藍色的地毯上，兒子在另一間屋裡看電視，不時發出大笑。萍萍明白武男話中所指——不論怎麼努力，他都不能全心全意地愛她。她習慣了他這類自白，把目光移開，強忍住眼淚，一邊喃喃地說：「可我還是愛你。」

他嘆了口氣。「要是我能到一個誰也找不到我的地方去就好了。我眞累了。」

「你老是想甩掉我們！」

「不是，我從來沒想過那麼做。」

「行啊。我想離婚，讓你給濤濤和我付贍養費。」

「你知道我不會有錢付贍養費的。離婚衹會把事情弄得更糟，除非你嫁個有錢人。」他強裝了個笑臉。

「我恨你！你把我弄成你的傭人、你的奴隸！」

這話讓他啞口無言。他不敢再說下去——這個話題談得越多就越讓她狂亂。她甚至可能到城中心銀行旁邊那家律師事務所去，提出離婚的訟案。他很後悔又提到這個話題。

他不愛她，這是眞的，但同樣不假的是，他一直很珍惜她是自己的妻子，決心要做一個好丈夫、好父親。他同情她，知道她一心一意地愛他。她說了好多次，死對於她來說是一種極大的解脫，衹是因爲濤濤還這麼小，她必須活著好撫養他成人。她說武男是鐵石心腸，不管她怎樣地討他歡心和給他安慰，他都不爲所動。

事實上，因爲精神疲憊，武男現在沒有能力愛任何女人。自從他的初戀情人蓓娜八年前拋棄了他，他的心就一直是麻木的。那次夭折的戀愛結束不久，他遇見了萍萍，萍萍當時也剛剛愛情受挫，被一個海軍軍官甩了。武男很快和她結了婚，因爲他們挺願意待在一起，而且兩人都對約會感到了厭倦，另一個原因是，武男自以爲婚姻能夠幫他盡快解脫出來，至少強迫他忘掉負心的蓓娜。他知道他對萍萍的愛並不熱烈，可現在他懶得另外再找個女人，何不娶了她，讓她也解脫呢？而且，結婚以後，愛情是可以發展和培養的。基於害怕傷她的感情，他對她說，他愛她，打算和她廝守終生。她崇拜他，說他是她見過的人裡最誠實、最有才華的一個，雖然他顯得有點心不在焉，又太厚道了，會被別人占便宜。

要是他能從心裡根除蓓娜就好了！這樣的場景時不時會出現在他眼前：他站在寒冷的小雨中，渾身淋得透濕，懷裡是一束康乃馨，那些花朵在雨中越發顯得鮮豔嬌嫩，遠處，馬蹄踏在柏油路上作響，伴隨著隱約可聞的馬鈴聲；從北邊的渡船上傳來喇叭聲，好像在舉行什麼典禮。他已經等了三個多小時，可是那個愛發脾氣的女孩一直沒有露面。他估計，她一定是到湖邊旅遊區和另一個男人過她二十六歲生日去了。武男崩潰了！爲什麼？爲什麼？爲什麼？他心頭翻滾著數不清的問號。他感到挨了當頭一棒，渾身的血彷彿都流光了。兩天後，當他再見到她時，她豐滿的嘴唇上現出一抹讓人猜不透的笑意：「那麼糟的雨天，我不想出門。我不是跟你說過，我們之間完事了？」

「那爲什麼你又表示盼著一份生日禮物？」

「我可不是那意思。」她發出一串清脆的笑聲，甩著齊腰的頭髮。「我祇是說：『一個眞正的男人，勇猛起來應該像鷹，文雅起來應該像鴿子。給我一個那樣的男人吧，那才是一份眞正的禮物。』我可沒說想要你給我什麼東西。」她兩眼朝天望著星空，好像在對那上邊的什麼人說話。

武男煩得再也不想聽下去了，就大步走開，丟下她一個人等公共汽車回家。從那以後很久，他都生活在迷霧之中，他的心常常被一陣劇痛扭緊。後來他聽說，蓓娜的新男朋友是個日語翻譯，和她在同一個單位工作，經常代表他們縫紉機廠到日本訪問，帶回來些新奇玩意。那人送給她一輛紅色的山葉摩托車，她騎著去上班，招來一路羨慕的眼光。相比之下，武男連輛自行車也沒能給她買過。他從來也沒想到一輛摩托車就把她買下了。他覺得她就像是偷了他的心，又把它輾碎了，隨便丟棄到個什麼地方，他再也找不到它了。要是能把她從自己腦子裡趕出去、能把她從自己的系統中刪除掉就好了。

兩年過去，兒子出生以後，武男碰見一個過去的同學，那人把蓓娜的情況一五一十講給他聽。她最近去了北京，去參加聯合國一個英語翻譯職位的招聘考試，但是連初試也沒通過。即使如此，武男還是深受震動，回到家裡，他忍不住向妻子承認，他依然念念不忘他以前的女友。在萍萍的追問下，他承認自己和她結婚不是出於愛情，而是出於省事和同情。「除了蓓娜，我對任何女人都沒有強烈的感情。我要是從來沒有認識她就好了。」

萍萍默默無語，扭開了臉。眼淚彷彿從收縮的胸腔裡湧上來一般，從她臉上滾下來。他的坦白太讓她傷心了，她飽滿的奶水第二天就全乾涸了。

來到美國以後，在一年半的時間裡，武男是一個人生活的。他以爲，隔著一個大洋和一塊大陸，會使他對妻子的感情轉化成愛，因爲有時候他的確挺想念她，不過他內心的麻木一直存在。他也想過應該忘掉蓓娜；可是她來信了，請他幫忙，替她給幾所美國學校交申請費。他替她交了，不過後來就再也沒聽到她的下落。看來哪個學校也沒錄取她。不知怎麼的，連她的失敗都讓他痛苦。

偶爾地，他會覺得被女人吸引，特別是紅頭髮的女人，不過他知道自己無法熱烈地愛上任何人。他有欲望，但是沒有激情，所以從不試圖結識任何女人。事實上，在性欲方面，他是正常的、強壯的。萍萍常常說，他的床上功夫很好，可是他知道，那並不是她守著他的原因，她是爲了兩人的孩子。他對這一點很感激，因爲他也想給濤濤一個完整家庭。在這個地方，武男和萍萍都沒有外遇。他倆黏在一起，互相依靠，相依爲命。

他要是能夠熱烈地愛她就好了！要是他沒有這麼寒心徹骨就好了！他厭倦了，這種感情上的疲勞越來越深地滲入他的生命。不過，這些天來，他寫作的欲望十分強烈，這些欲望常常在心中湧動，非要馬上宣洩不可。在工廠上班的時候，他寫了一些詩，沒有一首滿意的，所以他把它們都擱到一邊去，把時間花在研讀佛羅斯特的《詩選》上。

13

自從老頓說工廠要搬遷以來，武男一直在找新工作，同時也在閱讀詩歌寫作方面的書籍。夜深人靜的時候，他會嘗試寫一些詩歌，但是落到紙面上的詞句，後來一看似乎都平淡無味，語無倫次。通常是開頭挺強烈的，再往下寫就乏味起來，好像哪裡裂了一個口子，把話語聲音的力氣給漏盡了。武男擔心他不再具有寫詩的激情了。十年前，剛愛上蓓娜的日子，他寫過一百多首詩，每一首都寫得很順手。有好多次，他一天就噴發出兩三首來；她的每個部分都成了他的主題——她燈火一樣的眼睛，她桃紅的臉蛋，她珍珠一樣的牙齒，她精緻的雙手，她跳躍的思維，她顫動的臀部，特別是她天不怕地不怕的精神。在她拋棄他以後，他就把寫滿愛情詩的筆記本燒掉了。要是他能夠再次燃燒起那種不顧一切的激情該有多好。恰恰相反，現在他雖然時常充滿了寫作的欲望，可寫出每一行都得費勁掙扎，既缺乏自信又行文澀滯。

他希望能夠保住這份工作。祇需要再多幾年，他就可以獲得學習的時間，可以閱讀很多書籍，除了寫詩歌的技巧之外掌握更多的文學精髓。可是這個希望祇能是夢想，他必須盡快找到新飯碗。他去了水城一家西餐廳，跟經理說他在中餐館當過招待。那禿頭的經理長長的手指頭捻著自己的八字鬍，用懷疑的眼光看著他。顯然武男做不到撒起謊來臉不變色。兩天以後，經理告訴武男沒法雇他的時候，他祇感到鬆了一口氣。他們那菜單已經把武男嚇退了，那上面盡是義大利文字，光是看一眼就讓他頭疼，更別提那個長長的酒單了，幾乎每一種酒名他都不認識。武男又找到劍橋鎮哈佛廣場附近的一家雜貨店，店主一表人才但塊頭很大，倒是有興趣雇他做夜班領班，可是申請人首先要出示綠卡。武男給他看自己的工卡，那先生卻不認，說是一旦讓移民局逮著了，他會被罰款幾千美元，除了綠卡他什麼也不認。武男已經遞交了綠卡申請，可是綠卡要等到下一年才可能拿到。接著武男又走進一家舊書店，他看見他們擺著發霉的皮邊厚書的櫥窗裡，立著一個「請人」的招牌。一個戴著夾鼻眼鏡、四十來歲的女人告訴他，他們要的是一星期最多工作十二小時的半職零工，不需要全職的。

終於，在聖誕節前一個星期，武男找到了新的工作。牛頓鎮離九號公路不遠的一個叫漢普頓花園的公寓社區要招聘一個保安；經理叫山迪，他讓武男過來填幾份表格。武男第二天一早就去了。這個社區有三個連棟樓，一百二十戶，樓後邊有一個游泳池，一個停車場，車子都泊在長長的兩溜頂棚下邊。這一百二十戶人家都走前大門，住戶們多半是退休的人們。

山迪是個四十來歲的結實漢子，頭髮花白，淺色皮膚，一張四方臉，一雙小眼睛。武男坐在地下室裡的經理辦公室，和山迪隔著一張金屬桌子。山迪把工作介紹一番，又問了武男幾個問題，然後說：「你在這裡可以掙到大錢。」

武男難以置信地咧嘴一笑。

「你那笑帶著嘲弄，年輕人。你不相信我的話？」經理問。

「說老實話，不信。你一個小時『乍』（祇）付我五美元，我怎麼能在這裡掙到大『全』（錢）？」

「這個嘛，我祇能付你這麼多了。」

「我知道在這裡掙不了大『全』，但我需要『澤』（這）份工作和健康保險。」

「相信我，這類的工作，你在別的地方都是拿不到福利的。」

「『澤』倒是。」

「不過，我喜歡你的誠實。」

「說眞話，不論我幹活多賣力，我永遠都不過是一個社安號碼。」這句話在武男腦海裡迴響好多天了，此刻竟衝口而出。

山迪驚訝地看了他好一陣，然後變得和藹起來。他說：「我也一樣。你是個聰明人，我知道你的意思。這是制服，來上班的時候要穿著它。」

通常情況下，漢普頓花園每班都有兩個保安。一個守在大門入口處的辦公室裡，另一個在樓後面的停車場巡視。那辦公室實在太小了，祇能放一把椅子。武男很高興他是負責後院的，由於所有來客都必須通報門衛，前門的保安還得留意過往人員，而停車場的保安就清閒一些。武男可以四處走走，但是不可以坐下來。如果碰上下雪或下雨，他可以待在那兩個車棚下邊，這兩個長長的、沒有牆的車棚，覆蓋了整個停車場。不過他站在那麼多窗戶下面的時候不能看書，裡邊住戶要是看見了，會向山迪報告的。於是他隨身帶了本英漢辭典，時不時拿出來複習幾個自己用鉛筆標出來的辭目。

停車場的保安還得幫著住戶裝車卸車。他們採購回來，他應該給他們搭把手，幫他們把買的東西拿進屋去。這對武男來說不是難事；而且，大多數情況下，他們都會給他一塊兩塊小費，要趕上運氣好，一班下來可以額外掙上十美元。有些中年人不肯使喚他，不願意掏小費，尤其是那些開著大爛車的。有個三十歲左右叫瑪麗亞的西班牙裔女人，總是請武男給她拿東西。她和那個通常上夜班的叫伊萬的保安關係密切，對武男也就很友好，管他叫「大好人」。但她從來不給小費，頂多給他倒杯酒，而他總是婉言拒絕。她長著褐色頭髮，身材很好，不論什麼時候進了停車場，都朝武男揮手打招呼。

除了日班，武男偶爾也在前門上夜班，他很不喜歡坐在門前讓所有的人看見，晚上十點以前也不敢看他的袖珍辭典。這裡還有其他四個保安，不過武男主要跟伊萬和蒂姆兩人排班排在一起。蒂姆從加拿大來，是個瘦瘦的黑人，大約六十歲，鬍子都白了，離婚好多年了，是個單身漢，卻戴著一枚粗大的戒指。他常和武男聊他的退休計畫。他另外還有一份工作，是在洛根機場到波士頓市中心開穿梭巴士的。他面帶神祕又有幾分自豪地告訴武男，他必須做兩份工作，掙到足夠的錢，好在多倫多郊外蓋起一座大豪宅。那是他的夢中家園，他退休以後的歸宿，要花掉他五十萬美元呢。

「你什麼時候回加拿大，去住你的豪宅啊？」一天下午，武男站在小門房的玻璃門前問蒂姆。

「房子一蓋好我就走，也就這一兩年吧。我不喜歡這裡。」

「你是說，不喜歡漢普頓花園還是波士頓？」

「我是說美國。」

「可是加拿大下雪特多，對不對？」

「我不在乎。」

「你在這邊不是有更好的工作嗎？」

「拉倒吧！」蒂姆咯咯笑了，說著他捲起他淺藍色衣服的袖子。「看這兒。」他指著自己的前臂。

「什麼？你是說你身上有毛嗎？」實際上，武男看見蒂姆的胳臂和自己的一樣光溜溜的。

「不是，是顏色。」

「哦，你是有色的。」武男說。

其實蒂姆不是很黑，他的膚色頂多是咖啡色。「對了。在這個國家，黑人被當成垃圾。」

「可你在這裡掙得比較多。」

「是，外加把人累得臭死。」

「你在這邊比在加拿大多掙多少？」

「不是數目的問題，是美元購買力的問題。比如，一包手紙在這裡是三塊錢，可到了加拿大你就得付四塊。」

「加拿大是個黑人住的好地方嗎？」

「是啊，所以我是個加拿大公民，並為此自豪。」

「少數民族在那邊平等嗎？」

「不，當然不。可加拿大人比美國人開明。」

「他們對中國人怎麼樣？」

「跟對黑人差不多吧，我覺得。」

武男想起了什麼，「我有個問題要問你，蒂姆。」

「什麼問題？」

「中國人也算有色人種嗎？」武男看了那些招聘廣告，說是鼓勵「有色人種」申請，但他不確切地知道他自己算不算個有色人種。這個詞多奇怪。白色不也是一種顏色嗎？為什麼把白人看成無色呢？從邏輯上講，所有的人都應該算「有色」的。

「這個我不大清楚。」蒂姆說。「在加拿大，沒人當著我的面叫我『有色人種』。」

「可是你確實皮膚很黑呀。」

「我騙你幹嘛？我是黑人，但不是有色人種。『有色』在加拿大是個壞詞。」

「我倒巴不得我是有色呢。」

「那為什麼？」

「要是有色，找工作就更容易些。」

「那是胡扯！武男。黑人祇能找到沒人願意幹的爛活兒。」蒂姆混濁的眼睛盯著他，眼角顯出光芒般的皺紋。

武男沒有答話，拿不准他說的是不是實情。政府工作和教書職位的廣告幾乎都在鼓勵「有色人種」來申請，他還考慮過自己是不是也去申請一份呢。要是能當個消防員或者郵遞員他會非常高興的，任何穩定的工作都是好的。不全是爲工資，也爲福利和安全感，讓自己比較安心。另一方面，蒂姆可能是對的——武男在伍德蘭還眞沒見過黑人郵遞員或黑人消防員。

後來武男思考過他和蒂姆的談話。儘管他欽佩老人的頑強，老人的話卻使他很不舒服。蒂姆這麼大歲數，還幹著兩份工作，像部機器一樣運轉得沒個間歇。這裡的人幹活太拼命了，都幻想著發大財。美國人常常貶抑日本人的工作狂，其實大多數美國人和日本人一樣拼命幹活，如果不是比日本人還拼命的話。在這個地方，你沒掙到錢，你就是失敗者，就什麼也不是。你的價值是用財產、用你在銀行裡的存款來衡量的。廣播裡《金錢要緊》的主持人會咋咋呼呼地問打電話進來的聽眾：「你價值多少？」你不能回答：「我有兩個碩士學位」或「我是個模範工人」或「我是一個誠實的人」。你一定要拿出一個具體金額來。電視裡，興高彩烈的老人會說：「我感覺像一百萬塊！」武男有一次在《波士頓先驅報》的徵婚廣告上看到一個男人尋找女友，說自己的職業是「百萬富翁」。錢，錢，錢——錢在這裡是上帝。

14

另一個經常和他一道值班的是伊萬，三十多歲，剛從俄國移民來不久。伊萬是一個矮胖的傢伙，寬寬的肩膀，挺著個啤酒肚，臉上經常掛著精明的笑容，粗糙的五官顯示出無窮的精力和狡猾。他開著一輛白色小貨車，車身很短，四個座位全在司機室裡。每天晚上他都帶來一個手提電腦，在上邊敲敲打打。武男以前從來沒見過這麼小的電腦，伊萬說這是他花了四千多美元買來的，讓武男很佩服他擺弄電腦的機靈勁兒。一天夜裡，大多數居民都進了家門以後，兩個保安聊起天來。伊萬說，他已經很有錢了，別看他來美國才六年。

「你用電腦幹什麼呢？」武男問他。

「做生意。」

「什麼生意？」

「運油。」

「往別的國家運？」

「往歐洲運。」

「你幹這個很久了？」

「是啊，好多好多年了。」

「這麼說你是個富人？」

「沒錯，我很有錢。」笑容浮上伊萬的臉，多肉的兩頰更寬了，讓武男想到一隻大貓頭鷹。

「那你幹嘛還上這兒來幹活？」

「你看，我跟俄國公司做大買賣，坐在這裡就把錢掙了，這工作可以合理利用我的時間。時間就是金錢。」

「『澤』（這）倒是的。」武男想起在中國的時候，什麼也沒有，祇有時間，沒誰按小時付錢，都是按月付。但在這裡，你是賣你的小時掙錢的。他又問伊萬：「你白天都不幹活嗎？」

「當然要幹，我去拜訪生意上的朋友。所以我在這裡多半都是上夜班。」

「你在這裡已經買房子了嗎？」

「沒有。我和我太太在多切斯特租了套公寓。」

「你幹嘛不買自己的房子？」

「房子是什麼？祇是一個遮風擋雨的地方。就好比一輛車，不過是一個交通工具。沒有必要追求華而不實的東西。我何必讓房子占去我的資金？跟你說吧，我們在瑞士有一個豪華公寓呢。」

「眞的？」

「在日內瓦河邊，風景可美了。你去過歐洲沒有？」

「沒有。値多少錢？——我是說你那公寓。」

「那可是機密。我們買它是爲了投資的。你知道房地產在那邊漲得很猛。」

「你怎麼能這麼快就在這邊掙到大錢了？」

「我按自己的方式。」

「你不想告訴我你的訣竅？」

「好吧，我來給你點勸告，武男。」伊萬哼道，大眼睛在昏暗的燈光裡閃爍。「在美國，獲得財富祇有兩種方式。第一，用別人的錢；第二，用別人的勞力。我是兩個都用。」伊萬「呵呵」地笑起來。

儘管武男知道伊萬說得沒錯，他還是產生了挫敗感。他曾經花了一年半的時間鑽研馬克思的《資本論》，懂得資本家是怎樣積累財富的。理論上說：所有的獲利都產生於剩餘勞動，工人的血汗。很顯然，伊萬本能地抓住了資本主義的精髓。可他，武男，怎麼可能像資本家那麼幹呢？除了沒有錢投資，他也不能想像自己去利用別人的金錢，或別人的勞動力。那不是意味著剝削嗎？可是要在這塊土地上成功，難道他不應該去做伊萬所做的那類事情嗎？也許他應該去做，問題是，怎麼做？

在某種程度上，漢普頓花園的情況十分罕見。如果伊萬說的是眞的，那麼老闆——山迪．特里普——可就比他手下的某些保安還要窮了。山迪一定是知道這一點的。也許就因爲這個，他對蒂姆和伊萬都很客氣。他沒有干涉過伊萬上夜班的時候用電腦，儘管有些住戶對此不滿。武男喜歡他的同事，但更喜歡老闆，山迪對手下人一點也不苛求，還常常不在，由著保安們照管整個社區。

15

二月底的時候，紐約的中國總領事館來了一封信，通知武男，他們不能給他延期護照，因爲他沒有提交原單位——哈爾濱師範學院的許可信。信上要武男給他們學校人事處寫信，取得校方同意他在美國繼續求學的證明。收到許可證明，總領事館才可以給他延期護照。武男氣壞了。他以前的那些領導，個個嫉妒他去了美國，沒有一個會開恩給他出具這個許可的。更糟的是，他在這邊已經退學了，如果他們知道他目前的非學生身分，會要求他迅速回國。武男不清楚哈爾濱師範學院和紐約總領事館之間是不是通過公函聯繫過，如果是，那就是有意要給他找麻煩了。可能是的——當官的總是沆瀣一氣，欺負和整治小老百姓。他給丹寧打了電話，丹寧已經聽說，有好幾個人因爲介入去年夏天的學生運動，不能延期護照。

武男該怎麼辦？他不能給原來學校的人事處長寫信，那傢伙不正派，曾經要武男給他買個冰箱，讓武男感到噁心，就沒回他的信。也許他應該找他以前的女系主任幫忙，衹當他還在布蘭戴斯上著學。不過那樣做可能風險比較大，因爲他和她從來交情不深，來美國以後又從未給她寫過隻言片語。他都不敢肯定她會不會給他回信。他在漢普頓花園的停車場踱來踱去，盤算著自己的困境，感到無比悲哀。要是他很快就可以拿到綠卡，還爲護照折騰個什麼勁？幹嘛讓自己掌握在那些看不見的手裡邊？他爲什麼就不能掙脫控制，自由自在？生在中國是多麼不幸啊，連護照延期這種小事都成了不可逾越的障礙！你若是個中國人，任何一個芝麻官都可以刁難你，讓你的日子過不下去。不論你到哪裡，掌權的都要求你服從。他要是個美國人就好了。

這些念頭占了武男滿腦子，他一直想到晚上下班回家。他肚子很餓，卻要等到梅斯菲爾德一家吃完晚飯，才能進廚房去吃東西。

萍萍清乾淨飯桌，從爐子裡拿出給自己一家做好的晚飯——一整隻雞、土豆丸子、大米粥，然後她又加了個黃瓜生菜沙拉。濤濤不喜歡烤雞，不肯吃媽媽給他切下來的雞腿。米粥他也不喜歡，剩下半碗就不再吃了。

武男是見不得浪費食物的，他總也忘不了，在六〇年代初的三年飢荒裡挨餓的滋味。「真應該把你送回中國！全慣壞了。」他對兒子說。

「狗屎！」兒子卻用英語咕噥了一聲。

「你說什麼？」武男跳起來，伸手要去抓他。

「別這樣！」萍萍搶到父子兩人中間，「咱們這不是在自己家！」

武男坐下，眼睛瞪著濤濤，追問說：「你哪兒學來的那髒話？」

孩子嚇壞了，滿眼含淚。萍萍命令他：「給你爸道歉。」

可濤濤怎麼也不吭聲，這就更讓武男發火。他訓斥道：「你這沒良心的小子！我在美國當牛做馬都是爲了你。你不說感激，還不把我放在眼裡，動不動就侮辱我。我告訴你，要不是爲了你，我明天就回中國。」

「你這不是眞話。」萍萍說。「我們不能回去，是我們自己造成的。你不該把我們的決定和他的錯誤攪到一起。」

「怎麼不是眞話？我什麼時候都可以回去，可是我願意把自己耗在這裡，全爲了他！」他指著兒子。

「那爲什麼總領館不給你延護照呢？你別怪別人了。我們打算好留在這裡，那就得克服所有困難。快點，濤濤，跟爸爸道歉。」

孩子低聲說：「對不起。」

「說對不起也不行，晚了。」武男說。

萍萍站起來，拉起孩子的胳臂：「咱們走。讓他一個人待在這裡。」她把兒子領走了。

「你再說髒話，我就用快件把你郵回中國去。」武男對著濤濤的背影喊道。

母子倆沒吭聲，走出廚房，上樓回他們自己房間去了。

武男接著吃飯。他並不覺得餓，但是氣得非吃不可。他也不管把什麼東西放進嘴裡，衹是一個勁地吃，吃，吃，狠狠地嚼著，卻根本不知道滋味。

連他自己都吃了驚，他竟把一整隻雞和所有土豆丸子都吃光了。說來奇怪，他竟然不覺得撐得慌。他內心裡感到噁心，後悔自己發那麼大脾氣，並開始自責。濤濤是對的。你就是滿口狗屎。你用自我犧牲當藉口，不承認自己的失敗和沒用，你還想叫別人憐憫你，讓別人也分擔你的怨恨。你是又愚蠢又可悲。

其實，他每天過日子過得不快活，大半是因爲他不喜歡自己的工作，他是爲了那份健康保險才幹下去的。他要在停車場裡不停地走來走去，一天下來，兩條腿又沉重又僵硬。他常常帶著一肚子氣回到家裡，老婆孩子都盡量躲著他，不和他一起吃飯，這就更讓他惱怒。結果，他吃得沒有節制，常常把萍萍端上來的飯菜吃得一點不剩。萍萍有一次開玩笑，說她眞怕他把盤子和碗也都吞下去了。就是這麼瘋狂的吃法，他的體重卻一點也沒增加，甚至比以前看上去更面有菜色了。

16

雖然每天不常看見爸爸，濤濤一有機會還是跟爸爸惡作劇。孩子愛父親，而且現在也知道爸媽不可能把他真的「郵」回外婆外公家去了。三月裡最後一個星期六的早上，武男下夜班回來，脖子和肩膀都僵了。他的車一開進院子，濤濤就跑進屋裡，鎖上外門。武男看見兒子了，但他又累又沒心情，搖搖晃晃往屋裡走，沒朝兒子看一眼就猛地一拉門，彈簧鎖「啪啦」一聲脫扣了。武男察看門把手時，孩子站在一邊一動不動。

海蒂從頭到尾都看見了。她對武男說：「你幹嘛故意弄壞門鎖？」

「對不起。它本來就鬆了。」他含糊地說，雖然那是眞話。

「可是濤濤看見你回來就把外門鎖上了，對不對？」

「是的。」

「那你應該負責修理。」

「好的，我會修的。」

「我這裡有鮑勃的電話，你可以打給他。」

「沒問題，我需要他的話就找他。」

鮑勃是木匠，去年春天就是他安的門鎖，海蒂以爲武男會給他打電話，叫他來裝個新鎖。可是，早飯後武男卸下了門把，然後把斷了的彈簧鎖放進紙袋子，帶著濤濤一起去了城中心的五金店。武男不知道他們買不買得到相配的，一路上不停地訓兒子，怎麼這麼不當心。這一次孩子沒有作聲。

五金店的店員看見武男有個兒子十分羨慕，沒費勁就找到了同樣的彈簧鎖，還不到七美元。雖然武男祇需要鎖，他還是要買下整套門把門鎖。回家的路上，他的情緒高漲起來，信口和兒子聊起天來。濤濤告訴爸爸，他現在有些個朋友了，馬克、拉爾夫、比利，好幾個呢。他在閱讀班上又升級了，現在是二級班了，算術測驗成績很好。

「那羅倫呢？」武男用英語問，想起了經常給兒子讀書的那個瘦弱、滿臉雀斑的女孩。

「她家搬走了。」

「去哪兒了？」

「她爸爸從凱爾特籃球隊退役了，他們就回印第安那去了。」

「你想她嗎？」

「不想。」

「她不是你朋友嗎？」

「就那麼回事。」

「她幫你好多，對不對？你不該忘了她。」

孩子沉默了。武男很驚訝他和濤濤用英語交談竟這麼容易。也許從現在起，他應該多和濤濤交談，來改進自己的英語。

父子倆安好了門鎖，整個過程也就花了幾分鐘。海蒂十分佩服，說：「上次換鎖，鮑勃收了我八十美元。我都不知道這事這麼簡單。」

這類活兒是這家的主要困難，萍萍和武男早就注意到了。來給海蒂幹活的人都會多收海蒂的工錢。那些機械工、水管工或木工經常把活兒祇做一半，好過不多久有機會再來一趟。海蒂一點兒都不清楚那些手工費該是多少。那個祇會說葡萄牙語的機械工，一個冬天裡來了三趟修爐灶，總算修好了兩個灶眼，卻每來一次就收海蒂一百五十美元，零件的費用還另算。有一次，一個推銷的上門來，推銷一個強力吸塵器，可以把直徑四英寸的鐵球吸起來，海蒂被他的演示給迷住了，竟付了一千美元買下那機器。

海蒂對武男修理小毛病的能力也很佩服。他總是自己給汽車換油，換電瓶，有一次還給奈森的自行車修理後車閘。去年冬天，他自己動手換了廚房旁邊那個衛生間馬桶裡的橡皮塞，解決了漏水的問題。萍萍很欣賞他的動手能力，經常誇他。在中國那會兒，他算是一個很笨手笨腳的人，連很多人都能自己幹的給自行車補胎都不會，街坊四鄰也都知道他很懶。他什麼家務事都不做，倒養了四隻雪白可愛的鴿子，每隻翅膀上都戴著銅哨，一飛起來就發出好聽的哨聲。有幾次，鄰居的太太們跟萍萍抱怨，說她們的丈夫都開始有樣學樣，不幹家務活兒了，她們強烈要求她至少要讓武男洗碗和洗自己的褲衩。她答應了一定督促他幹活，可他很少動一指頭幫她做家務。連武男的媽媽都說，她這兒子是個油瓶子倒了都不扶的人。

美國生活改變了他。現在他變得喜歡那些工具了——哦，美國各種工具多得數不清，每件都是專為一種用途而設計的，就好像數不清的英語詞彙，每個詞都明確地表示一件物品或一個概念。還有，現在武男隨時都準備給妻子跑腿辦事，雖然偶爾仍會發發牢騷。這主要是因為他的工作，他非常不喜歡，卻又必須幹著。連他自己都能感覺到自己的改變，他不再是一個軟弱的書呆子；不再羞於為金錢而苦幹了。

17

兒子不在旁邊的時候，武男和萍萍時不時會吵架。不過有一點他倆是一致的，那就是在濤濤沒有長大之前，他們不分手。有一次，武男問萍萍：「孩子長大以後你去做什麼？」

「去當尼姑，或自殺。」她說。當姑娘的日子，她就對尼姑的形象很著迷：長長的道袍，飄擺頭巾，白色的手套，光滑的念珠。

「那我就當和尚去。」武男說。

「那我們到同一個廟裡去，這樣我們就可以經常見面了。你答應我，每個星期和我一起待一會兒。」

武男喜歡她這種天眞，答道：「你說得好像那些和尚都會放過你似的。」

她捶了一下他的胳臂：「我說眞的呢。」

武男沒再說下去。他多麼希望自己能夠逐漸發展起感情來，以回報她的愛。他要是沒有這麼疲憊、這麼寒心就好了。要是他沒有被蓓娜那個狐狸精傷得這麼狠就好了。

有時候，萍萍感到再也無法忍受他的淡漠，就會抓起電話找什麼人聊聊。武男不痛快的話也會給什麼人打電話，他會跟丹寧聊聊，通常一聊就是很久。丹寧會勸他多替萍萍想想。不管怎麼說，她好歹爲了這個家願意犧牲一切，又對他絕對忠心耿耿，你還要她怎麼樣？你上哪兒能找到比她還好的女人？你應該感到幸運，應該感恩。

萍萍不像武男，她沒有自己的朋友，她煩惱和生氣的時候能跟誰去說呢？武男常爲這個替她擔心，又感到不安。有時候，電話剛一接通，她就掛掉了。有一次他問她剛才給誰打電話，她卻說：「你管不著，我想給誰打就給誰打。」

四月中旬的一個晚上他們又吵了架。她把他的茶杯扔到地上，他什麼也沒說，衹是拿來抹布，把地毯上弄濕的地方擦掉，生怕她急了會來撕他的書，以前她幹過這事。可今天，他的不作聲卻益發讓她發怒。她衝出房間，從櫃子頂上抓起電話就打。他跟著跑出來，按住了電話。她怒視著他，眼裡閃動著瘋狂。

「你想給誰打電話？」他問。

「你走開！」

「不行，你必須告訴我。」

「你才不管別人死活呢。」

「求求你！要是你想去見什麼人，我不攔著，說話算話。我衹要你告訴我。」他搆著了電話聽筒，但萍萍死不肯鬆手。

「放開我！」

「你告訴我給誰打我就放開。」

「我誰也沒打，我打了九一一，聽見沒有？」

「什麼？」他急促地叫起來，「你瘋啦！」

他聲音中透出的嚴重性讓她冷靜下來。她鬆開電話，呆望著他。

「他們會開救護車來的。」他對她說，仍有些摸不著頭腦。

「不會，我一聲都沒吭，他們怎麼會找來呢？」

「他們的機器上會顯示你的號碼，所以可以找到這地方來。」

她一聽嚇壞了，哭了起來。武男把電話放回去，一隻胳臂抱著她，說：「好了，別哭了。現在還沒那麼嚴重。」

「我眞的不知道他們會發現是我打的。我祇是想讓你吃醋。」

她後邊這句話讓他吃了一驚，但也讓他有幾分得意。他對她笑了起來：「你簡直就像個小孩子。好啦好啦，別哭了。可再別打九一一了。」

她點頭答應，又喃喃地說：「我恨你就像我愛你。我要是能走開永遠也不見你就好了。」

「給我點時間，好嗎？我會找到個體面的工作，那時候我的脾氣就不會這麼壞了，我就會變好了。」

「你確實該做點什麼了，救救你自己，也救救咱們家。我們不能老是這麼過下去。」

「我知道咱們不能總住在海蒂家，我會想辦法。」

「你就會說。」

「祇會用中文說。」他苦笑了一下。

「記得咱們第一次見面那次，你對我說什麼嗎？」

「我說什麼了？」

「你說：『人生是一場悲劇，但人生的意義就在於我們如何面對悲劇。』」

「那祇是句幼稚的廢話，我從海明威的書裡看來的。」

「可我就為那句話愛上你了。你那時候是個十足的男人，還從來沒有人對我說過那麼有水平的話。和別的男人在一起的時候我總是生氣，你和別人那麼不一樣，可你現在沒有你原來的精神了。你得振作起來，救救自己。」

「我知道自己在自暴自棄。」

「咱們得找到自己的生路。」

武男點點頭，沒再說話。他的心裡充滿痛苦和感激。如果妻子對他有二心的話，他們這個家老早就解體了。他一定要找到一條生路，過上像模像樣的生活，一定不能對自己失去信心。

18

萍萍在廚房裡和海蒂聊著天，手裡在縫補海蒂的浴袍，桌子上堆著三堆她剛疊好的衣服。外邊雨停了，雲開日出，電線和樹枝上還掛著水珠，亮晶晶的。紫丁香和山茱萸樹上潔白、粉紅的花朵，在下午強烈的陽光下都垂下頭來。兩隻野兔在灌木叢邊蹦蹦跳跳，一會兒停下來啃啃草，一會兒互相追逐。萍萍和武男都對花粉過敏，武男是對橡樹和山茱萸樹花粉極其敏感，而萍萍則說不出對哪種花粉過敏。四月末是她最受罪的季節，流鼻涕、鼻子發炎，她口袋裡總要帶著手紙。武男會不停地用英語說：「四月是最殘忍的月分。」他妻子卻不知道那是一句有名的詩。去年春天花粉季節，他們還以爲是得了流感，把藥店裡的感冒藥都買來吃了一遍，可哪種也不起作用。一直到五月中旬，武男才搞清楚那是花粉過敏，可到了那個時節，最厲害的階段已經快過去了。

萍萍很高興早上那場雨沖掉了很多花粉，這樣空氣會乾淨一兩天。她和海蒂在談論昨天晚上吵架的事。海蒂告訴她，死去的丈夫的弟弟埃里克，就是一個專討女人喜歡的人，所以她想武男是不是也是那類男人。

「武男不喜歡女人。」萍萍說。

海蒂神態很驚訝：「你說什麼？你是說，他更喜歡男人？」

「不不，他不是同性戀。」

「那他出什麼毛病了？哪有男人不喜歡女人的？」

「腦子。」

「我不懂。」海蒂搖著她新燙的頭髮。燙完頭，她的腦袋顯得比平時大了，兩頰紅潤放光，比上星期年輕了三四歲。

「怎麼跟你說呢？」萍萍說。「在中國的時候他喜歡過，可現在他總說，他累了。」她實在不好意思說出來他不愛她。

「我知道——男人是那樣的，尤其在有過太多女人以後。」

「武男沒有婚外情。」

「你怎麼能那麼肯定？」

「我就是知道。他先來美國的日子，我跟他說，要是他想找別的女人就去找吧，祇要別忘了我和濤濤，別傳染上什麼病就行。」

「喲，你那麼說了？」

「是啊。」

「那他怎麼說？」

「沒說啥。他說他沒時間追女人，他太累了。他要拼命學習，然後回國。」

「他腦子出問題了。你猜怎麼著？他應該去看精神科。」

「什麼？」

「心理醫生。奈森自從他爸爸死後，每個星期二下午都去衛斯理看布魯門醫生。」

「那管用嗎？」

「當然！管大用。他現在穩定多了，原來他可比現在喜怒無常。」

「也許武男也該看看那個精神科。要花多少錢哪？」

「不一定。我想大概是一小時七十美元吧。」

「知道了。」

海蒂戴上看書的眼鏡，開始瀏覽一本郵購商品價目手冊；萍萍把浴袍鋪在桌上，察看還有沒有其他要補的地方。這麼破的浴袍海蒂還不肯丟，萍萍很感動。兩人一時都不再說話。

下午晚些時候，萍萍問奈森，布魯門醫生星期二下午都對他做些什麼。孩子眨眨發白的眼睛，說：「什麼也不做。他就是聽我說。」

「眞的？他聽你說話就掙錢？」

「當然。他也問問題。」

「哪類的問題？」

「像『你今天感覺怎麼樣啊？』還有，『斯考特上星期惹你沒有？』」

「這些問題我都可以問啊。」她很驚訝。

那天晚上她跟武男講了和海蒂的談話，還告訴他海蒂建議讓他考慮去看看心理醫生。武男剛剛收到他的碩士文憑，那文憑用一個長方形的紙板襯著，裝在一個大信封裡。他的心情正愉快著呢，要和兒子下跳棋。聽到萍萍的建議，他回答說：「我才不信心理醫生。我們花那個冤枉錢幹什麼？」

「奈森說，看完醫生他覺得好多了。」

「可醫生並沒有把他眞正治好。你沒看見他時不時地還是會發脾氣嗎？」

「我怕你會精神失常。」

「我已經失常不少了，再沒什麼可失的了。」他笑了一聲，「別擔心，我跟你說，咱們倆可以互相當心理醫生。」

「起碼你應該試一試。」

「就算能有點作用，我也不看。你知道咱們掙一塊錢多不容易。咱們得盡量多攢錢。在這個國家，沒錢你什麼也幹不成。咱們應該早點搬出去，手頭的錢還得多些才行。」

事實上，武男不常跟萍萍談自己的感受，他的感受對他自己來說都是混亂不清的。如果安慰不了自己，他就把痛苦向萍萍傾倒出來，她有時候也一樣，向他傾瀉。外表上看，他很平和、文雅，但在內心裡他感到自己發著高燒，都要垮了。不過，他總是掙扎著給自己鼓勁，完滿地幹著每天的活。他現在都沒時間看書了，當然，在工作時間裡，一有機會他還是讀讀他那本小字典。他多麼懷念在工廠的那份工作，那時候他可以讀書，讀累了打個盹都行。現在，除了字典，他還隨身帶個筆記本，裡面摘抄些詩句，有英文詩也有中文詩，他想把自己喜歡的句子背下來。

19

武男沒有跟哈爾濱師範學院聯繫，也就拿不出學校開的許可給中國總領事館，好辦理他的護照延期。不過，他聽說最近的政策有所變動，這類的護照延期不再要求原單位的證明了。所以在五月中旬的一天，當武男收到來自總領事館的一封郵件，他滿心高興，從信封裡拿出一個小本子，心想那裡邊一定是給他延期的護照。護照倒是有一本，不過等他翻開燙金字的封面，卻見裡邊蓋上深紅的「注銷」二字，武男頓時傻眼了。

他和萍萍都感到天塌地陷，心裡清楚這是對他捲入綁架計畫的報復。武男既震驚又憤怒，幾個小時無法理清思緒，然而對這個「注銷」的含義，他漸漸還是充分體會到了。現在，回中國的大門徹底關上了，他已經成了一個沒有國籍的人。怎麼辦呢？他越想越冒火。憑什麼他這麼被動，讓中國總領事館隨便給他這一悶棍？憑什麼他要老給那個無情的國家當順民？如果當局所作的一切就是讓人民犧牲和受罪，人民難道沒有權利拋棄這個當局嗎？他要盡快歸化美國。無論如何，他應當丟掉中國這個包袱，輕裝前進。他一定要成爲一個不受束縛的人。

那天下午，武男帶著強撐起來的自尊和混亂的思緒去漢普頓花園上班。他在停車場沒有到處走動巡視，而是靠在一輛越野車上，那車門上有兩個彈孔。按說他不該這麼歇著，可今天他不管那些了。他正在呆想著那個作廢的護照，住在北樓三層的那個三十來歲的拉丁裔瑪麗亞走過來，衝他招手。武男不情願地走過去，問道：「你需要幫忙？」

她容光煥發，眨著黑睫毛。「我的燈管壞了一個，你能幫我換一下嗎？」

「當然，樂意效勞。」

那是一個暖和天，她穿著牛仔褲和一件粉紅色露臍衫，肚臍都暴露在外，下邊鼓出一節肚皮。武男從來沒見過這樣的肚臍，兩寸多寬，往裡凹陷。他跟著她上樓去。她邁步往上走時，寬寬的屁股挑逗地一扭一扭，他觀察到她半裸的腰肢線條很美，晒得黑黑的。緊包屁股的褲子祇靠前邊的一個鈕扣繫著。上到樓梯拐彎處，她告訴武男說：「我媽媽來看我，所以我要把房間裡收拾乾淨一點。」

「她從哪兒來？」

「新墨西哥州。」

壞掉的日光燈在廚房，陽光從朝北的窗戶傾瀉進來。天花板很高，武男得在高椅子上擱個凳子爬上去，這才搆得著。

「當心，親愛的，別摔下來。」她輕聲說。

「不會的。」雖然這麼說，他的右腿還是有點發抖。

燈管外邊罩著一個扇型燈罩，他擰鬆螺母，把玻璃燈罩遞給瑪麗亞。燈管一半都黑了，燒壞了。「你能不能把開關關掉？」他問。

她關了開關，又遞給他一支新燈管。「我來扶著你，親愛的，這樣你就不會摔下來。」她說著，一笑露出她整齊的白牙。她從後邊抱住他的小腿，把她的鼻子貼上來。「嗯，你真好聞。你的腿好結實。」

「胳臂也挺結實。」他把燈罩用螺絲擰上去。「你把燈『放開』好嗎？」他意識到自己用錯動詞了。

「什麼？」她問。

「打開開關。」

「好的。」

燈亮了。沒等她走回來，他就用右手按著冰箱一角跳了下來。他落到瓷磚鋪的地上，口袋裡的字典掉出來，正扣在瑪麗亞腳上。她揀起字典，翻了幾頁。「老天，你把整本書都劃滿了！」

「快滿了。我隨時都要學習英語。」他臉紅了。

她把字典還給他：「我也曾經讀此書，可是再也沒有時間了。」

他沒再說話，把凳子和椅子放回原處。她問：「我可以給你一杯葡萄酒嗎？」她看著他的臉，滿眼熱切，一眨也不眨。

「不，謝謝了。」

「你幹嘛總這麼禮貌啊，男？」

「我應該禮貌啊。」

「行啦，衹喝一點點，放鬆一下。外邊一點也不忙。」她倒了半杯金芬黛，向他遞過來。

「不，謝謝。喝了臉會紅，山迪該看見了。」

「你眞是個嚴肅的家伙。我敢肯定你跟女朋友不這麼說話。你怕我還是怎的？」

他笑了，有些尷尬。「我不怕任何人。」

「連女人也不怕？」

「我有妻子兒子。不上班的時候，我當然可以在家裡放鬆。」

「這麼說你在這裡是要敬業。」她吃吃一笑，又繼續說：「我不在乎你有還是沒有家庭。我們就不能做朋友嗎？衹是朋友。」她啜了一口杯裡的葡萄酒，也許是想掩飾她的急躁，同時她用眼睛抓住他，彷彿在把他往自己這邊拉。

「當然可以，不過我得走了。」他轉身朝門走去，「很抱歉，蒂姆在辦公室等我。」慌亂中，他忘了蒂姆剛剛辭了工。蒂姆發現肺出了問題，他告訴大家他得了肺氣腫，但山迪懷疑他是得了癌症。現在人手不夠，山迪這些天都要在門房值班。

「謝謝你幫忙，男。」瑪麗亞幽幽地說：「你是個甜蜜的男人。」

「樂意效勞。」

雖然瑪麗亞對他沒有吸引力，他的心還是有點跳。不過從她的熱切和不自然的態度，他看到了一個寂寞、輕浮的女人。她不是一個壞人，但他可不能跟她纏到一起。

從那以後，她仍是要他幫她拿買回來的東西，仍是不給小費。不管她對他多麼冷淡，他對她總是彬彬有禮。

瑪麗亞說他是「一個甜蜜的人」，讓武男想起了和另一個女人的一段往事。海瑟・伯特，是武男在布蘭戴斯的同學莫里斯・佛姆的那個女友。莫里斯是個瘦瘦的黑小伙子，從蘇丹來，經常掛著明朗的笑容。來美國以前，他在巴黎的索爾邦大學讀書。他不僅懂好幾種非洲語言，法語和英語也都流利，管汽車叫「運輸工具」，管水叫「雙氫氧」。他有很多女朋友，有黑人也有白人，有些女朋友還特地從英國法國跑來看他。她們一般祇住幾天，然後就走了，以後便不見再來。海瑟・伯特和其他女朋友不一樣，每隔一個月就來看他一次，開著她那輛天藍色的老轎車，大老遠地從俄亥俄揚斯敦跑過來。武男和莫里斯住在同一個宿舍樓，又是同一個導師，所以武男和海瑟很熟。她大約近三十歲，白晰的皮膚，臉上的茸毛像桃毛，嗓音像男聲一樣洪亮，可她又苗條又矮小，也就一米五六。

一九八六年七月底，她又來看莫里斯，打算在這裡住上兩個星期，和他訂婚。可當她走進他的宿舍時，卻見他處在恍惚狀態，坐在豆袋椅裡，滿嘴白沫，喃喃地說著一些誰也聽不懂的話。他不理海瑟，也不理任何人，根本認不出她來了。眼裡全是眼白，幾乎看不見瞳孔。

那天晚上，海瑟無處可去，祇好住在武男的宿舍裡，兩眼通紅，面色憔悴。坐在起居室的桌前，她告訴武男，莫里斯的父親，一個部落巫師，從蘇丹的大山裡在跟他說話。「他已經不是他自己了，也聽不懂我說的話。」她嘆了口氣，深深地吸著香菸。

「你是說他可以和他在非洲的父親通話？」武男想像不出來莫里斯會是這樣，懷疑他是假裝的。

「對，他可以的。」她認真地回答。

「你相信嗎？」

「相信。」

她喝了一口武男倒給她的綠茶，接著告訴他，她自己的父親是一個汽車技工，一開始反對她和一個黑人訂婚，可是無效，最後終於還是同意了，並祝福她。可她的不少朋友到現在都不贊成她的選擇。「他們問我，」她說：「『你眞的不在乎和一個黑人睡在一張床上？』我跟他們說：『黑人沒什麼不一樣。他很好。』看看現在，我這是落狗窩裡了。」兩行眼淚流下來，她用紙巾擤了把鼻涕，又抬手把一綹淡黃色的頭髮捋到耳朵後邊。

「你是說你陷入困境了？」武男沒聽到過「落狗窩裡」的俚語。

「我是說我遇到大麻煩了。」

一連幾天，莫里斯都認不出海瑟來，海瑟衹好繼續留在武男的宿舍，住在他室友加里的那間屋裡，加里暑假期間回以色列了。白天，武男去圖書館工作，晚上回來做飯給自己和海瑟吃。有時候，他們吃完飯後一連交談幾個小時，一起喝茶、吃冰淇淋。她似乎平靜下來了。

一天晚上，他剛上床，海瑟就來敲他的門，他並沒鎖門。「請進。」他說。

她走進來，臉色不對頭，問他：「我能和你一起過夜嗎？」

「你——你和我沒有那麼熟吧？」

「求求你！」

儘管很吃驚，武男確實感到一陣衝動，便招手讓她上來。一整年了，他沒有碰過一個女人，有時候他都擔心會喪失性能力了，所以他很渴望得到她。她褪下睡衣，鑽進了他的被窩。愛撫了他好一會兒後，她問：「你有橡皮兒[1]嗎？」她的絲內褲掉到地上了。

「你想要橡皮糖？」他猜道，想起口香糖。他的指頭仍在撫摸著她的乳房。

她笑起來：「我喜歡你的幽默感。」她用胳臂摟著他的脖子，狠命地吻起他的嘴唇來，好像要把他的五臟六腑都吸出來。

他們做起愛來，連加里那本《閣樓》上的「法式六十九招」都拿來試了。武男不喜歡那個，雖然把她弄到高潮，欲仙欲死地大叫，好像疼得厲害一樣。他很高興自己仍然像一個正常男人一樣跟女人做愛。高潮過後，他好痛快。沒多久就睡死過去。

第二天早上，他起身去上班，沒叫醒她，在廚房裡給她留了早餐——藍莓貝果，和白盤子裡的兩個單面煎蛋。晚上回來，她已經走了，沒留下隻言片語，不過她吃光早餐，洗乾淨盤子。他擔心了好幾天，因爲他們沒用保險套，他害怕她會懷孕。又一想，他覺得她會吃避孕藥的。她來看莫里斯之前，會給自己做好準備的，對不對？

然後，他又被可別感染上什麼性病的念頭攪得心裡七上八下。幾年前，他在中國的報紙上看過文章，說三分之一的美國人和加拿大人都有淋病、疱疹、梅毒。去年冬天他母親還來信警告他，不可與外國女人發生性關係，還說，要是得了梅毒，他的鼻子就會爛掉，他會變成個禿子、瞎子，還會傳染給自己的妻子、兒子和孫子。她告訴他，中國早年間，人們每天都把梅毒患者用過的碗筷放開水裡煮，好使家人不被感染上。武男越想那次一夜情，就越感到後悔。在和她做愛之前，先仔細看看她的身體就好了。無緣無故的她不會逃跑啊。碰見莫里斯的時候，武男忍不住仔細觀察他那細脖子上的小疹子，心想那會不會是疱疹出的水泡啊？

1 譯注：rubber，保險套的俗稱。

足有三個星期，他都在焦慮中度過，甚至想到學校醫務室去檢查一下，可還是決定不去爲好。快開學的時候，海瑟的信來了。她的字跡大大小小參差不齊，都向一側傾斜：

一九八六年八月二十六日

親愛的男：

我希望你能收到這封信，並知你一切都好。我沒有你的地址，所以就把這封信寄到你們公寓。非常感謝你讓我在逗留波士頓期間住在你宿舍裡。沒有你的幫助，我不可能度過那場危機。很抱歉我在波士頓期間把你拖進我個人的麻煩。你是個甜蜜的男人。那一夜你讓我覺得好極了，好像我又成為一個女人了。不過說實話，在那之後我感到內疚，所以第二天早上就不辭而別了。

別生我的氣，男。我們都犯了罪，當然，是我使你犯了通姦之罪。上個週末我在教堂裡坦白了一切，這使我的精神大大地輕鬆了。上帝是寬容的，已經饒恕了我。也許你也需要去懺悔。去試試，真的作用很大。

請不要把我想得太壞。我知道你是個善良和寬厚的人。我會懷念你的。

你的
海瑟

她的信讓他困惑。從來沒有人說他是「一個甜蜜的男人」，他也不知道「甜蜜的男人」該是什麼樣子。男人不是應該強壯和勇猛、充滿陽剛之氣嗎？他怎麼可能「甜蜜」？想不出來。

武男從來沒有想過，海瑟也和他一樣，急切地想證明自己。他要通過這次一夜情來證明自己還是個十足的男人，海瑟也一樣，不顧一切地想驗證自己還是一個十足的女人。一個女人怎麼也會產生男人才有的對喪失性能力的恐懼呢？也許對於海瑟來說，這種恐懼感覺倒不全是生理上的，而更多的是心理上的，因爲她在床上並不需要擔心能不能勃起。她一定是想證明給自己看，自己是能夠引起男人性欲的，或者，自己是有能力跟男人做愛的。

武男與其說是內疚，不如說是害怕，還有幾分煩惱。他答應過妻子，他在美國不會另有女人的。可是海瑟那次的情況不同，他不是眞的愛她。一年的獨身生活把他煎熬得太久，弄得他感覺自己的床上功夫也許再也不行了。「罪惡」的概念，是讀了海瑟的信以後，才開始在他頭腦中產生的。他是不可能跪在小木屋子裡向神父坦露所有心思的，別看他星期天也到教堂去過兩次。借助他的《韋氏大學生詞典》，他查了「通姦」和「性交」兩詞的差別。一夜的「通姦」他倒不覺得怎麼樣，他最擔心的是海瑟會不會有什麼性病。看她信的語氣很平靜，沒有焦慮不安的痕跡，這是不是意味著，她是一個乾淨的、健康的女人呢？

整個秋季他都被這個問題困擾著。他每次洗澡，都仔細檢查自己的陰莖，沒看出任何反常。他的身體仍然正常、健壯；他的視力和聽力都跟過去一樣清楚。所有一切都一如往常。直到冬雪飄落，他才勉強把腦子裡的擔憂趕走了。

20

在漢普頓花園，伊萬經常對武男談起女人，抱怨說，在這地方約會太貴了。他說，在俄國的日子，女人跟他出去，都是她們自己負擔費用的。武男不大相信是那麼回事。伊萬自稱，七〇年代末，他曾是是紅軍中一個不大的軍官，俄國女人總是對制服和肩章情有獨鍾。武男心想，如果眞是個有錢的商人，伊萬幹嘛對約會女人的花費那麼耿耿於懷呢？他不是在日內瓦湖上有房產嗎？那早該是百萬富翁了。一天晚上，伊萬又說起美國女人的當口，武男問他：「你不怕傳染上愛滋病嗎？」

伊萬發出一陣大笑：「我認識好多女孩兒，知道怎麼對付那些病。」

「這麼說你喜歡美國女人？」

「也不一定。有時候我需要有女人陪著。」

「那你太太怎麼辦？」

「她住在巴黎，我不用管她。」

「你是說你們倆分居？」

「不是。她在那邊管著生意。她生來就是個法國人，你知道。」

「她不在的時候讓你有『白』（別）的女人？」

伊萬笑而不答，臉上的表情似乎在說，他很會應付女人。這讓武男想起了那句話——「厚顏無恥是男人對付女人的最大法寶」。這時他發現伊萬的電腦沒在旁邊。「你的電腦呢？」他問。

「硬盤壞了，我就沒帶來。」

「你還做石油出口嗎？」

「這個嘛，我改行了。」

「現在幹什麼呢？」

「這個是超級機密。」伊萬又一次大笑，「說眞的，你喜歡瑪麗亞嗎？她可老說起你。」

「瑪麗亞不錯，但我沒精神跟女人拉扯。」

「你眞聰明。瑪麗亞有時候會犯傻。她那胃口眞不得了，上次我們一起吃飯，她吃了兩塊里脊牛排。」

「她喝得也不少。」

「跟頭母鯨似的。」

「那你跟她約會了？」

「也談不上。上個週末我們去了家餐館。老天，我可再不幹了，受不了。」

現在武男看出來了，伊萬和自己沒什麼大不同，不過是一個值夜班、打苦工的，別看這個從海參崴來的傢伙一副自信滿滿、神氣活現的樣子。跟自己不同的是，伊萬仍然在做著當大富翁的夢。

幾天後，山迪把武男叫進辦公室，要他別再帶那本字典來上班了。他強調說，衹要武男把工作做好了，他本人並不介意他帶不帶字典。不過在最近的居民會議上，有人在眾人面前對此表示不滿，所以他沒辦法，衹能禁止武男上班期間閱讀任何東西。「沒別的意思，男。」山迪說。「作爲這裡的經理，我得把話轉告你。」

「我明白。」武男答應上班時再也不帶任何書來。他知道一定是瑪麗亞說了他的壞話。可爲什麼呢？就因爲他不跟她調情，沒帶她出去，沒跟她上床？還是就因爲她能夠傷害他？他感到憤怒和厭惡。從這時起，不管什麼時候那女人出現在停車場，他都不再理睬她了。

21

天安門事件週年的日子快到了，哈佛大學的燕京研究所在大禮堂舉行了紀念會。一些知名人士，包括著名歷史學家和剛從中國逃出來的學生運動領袖，都要在會上發言，所以星期天一大早，武男和丹寧都趕去聽。武男對其中一個叫楚詠的詩人尤其感興趣，他來美國已經二十多年，在羅德島一家私立大學教書。這人令人驚嘆的是，在台灣、在大陸、以及在海外中國人中間都很有名氣，而他本人一直住在北美。武男曾被他的詩深深感動過，他的詩帶有古典詩歌的風格，看得出是受宋詞影響。詩人尤其因這句詩出名：「我胯下的母驢不知不覺，跑進混亂的小夜曲。」

會議不像武男想像的那麼精彩。兩個學生領袖講了他們通過地下通道逃出中國的經歷。因為有些聽眾不懂中文，一個年輕的女研究生便坐在台上給大家翻譯。不過，她的聲音太小，加上害羞，說話的時候眼睛都不敢抬。學生領袖講完，在耶魯大學當教授的一個中國思想史專家，開始大談孔子價值體系對當代中國的必要性：中國，一個綱常脫序、思想混亂的國家，由於沒有宗教的引領，那裡的民眾正瀕臨精神支柱坍塌的危機。武男聽得膩歪，對丹寧說：「我真還不如不來呢。真沒勁！」下午的小組討論他肯定不聽了。

教授講完，著名異議人士劉滿屏走上講台，開始發言。劉滿屏有五十多歲，曾經是中國體制改革研究所的負責人，由於頭一年春天捲入學生運動，他逃出中國，現在住在紐約。他有一張堅毅卻瘦削的臉，嗓音宏亮而帶有磁性。他講了在共產黨內發展民主的必要性：因為中國不可能存在另外一種能夠抗衡執政黨的政治力量，這樣一旦共產黨的統治垮台，權力出現真空，是中國無法承受的。他的觀點和分析令人信服，能夠抓住聽眾。他強調說，中國的希望在於共產黨自身的演變。武男看過劉先生的一些文章，對他的觀點已經熟悉，可是今天，他覺得劉先生的演講不大入耳，雖然他還是尊重他作爲學者的眞誠。大家都看得出來。劉先生的話是發自內心。武男一直注意他的手——不大，精緻得像個年輕女性的手，隨著他的講話比劃著。那手是一個眞正學者的手，天生就是搖筆杆子的。

在他之後，詩人楚詠拿起了麥克風。他爲台灣國軍當過五年飛行員，在台灣海峽上空與共產黨的米格飛機進行過空戰。雖然已經快六十歲了，可看上去很健碩，長了一張又黝黑又結實、像農民一樣的臉。據說，他能一次喝下一整瓶伏特加而不醉。他的詩常常表現出一種陽剛之氣，這在中國當代詩人中是很罕見的。祇聽楚先生用激揚的聲音說道：

「天安門民主運動是人類歷史上最偉大的事件。它展示了中國人民的勇氣和決心。那個獨身阻擋一隊坦克的青年王維林，是一名民族英雄，他的形象已經銘刻在全世界人民的腦海中，他的英名將永遠載入史冊。他那無畏的一舉，消除了我臉上所有的恥辱。他向全世界表明，中國還有英勇的人，願意爲一種理想獻出自己的生命。他是我們的驕傲，是中國的驕傲，天安門廣場上爲民主而獻身的所有英雄們都是我們的驕傲，中國的驕傲。他們的不朽的業績使我們個人的成就顯得微不足道，使我感到自己無比渺小。我在這裡宣布，我的全部詩歌，抵不過天安門廣場的烈士們流出的一滴血……」

這番話聽得武男很反感，他對這位大師的幻想一下子化爲烏有。他不明白楚先生爲什麼要讓國家的驕傲取代自己詩歌的價值，好像愛國主義和文學藝術應該用同一種標準去衡量。作爲一個有造詣的詩人，他應該看得到，他的詩歌的力量是超越歷史、有著更持久生命力的，一個詩人應該更多地對他使用的語言負責。可是他卻這麼慷慨激昂，像一個主管宣傳的官員。

會議還沒結束，武男就和丹寧一起離開了大禮堂。丹寧邀他到自己住處去吃晚飯。現在丹寧有了個女朋友，叫思榕，是北京來的一個訪問學者。可武男要早點回家，晚上上班以前他需要睡一會兒，於是他們改去哈佛科學中心喝咖啡。

在咖啡廳裡，武男拿了杯不含咖啡因的咖啡，丹寧拿了杯摩卡，兩人找了張桌子。「我下個月回中國。」兩人剛一坐下，丹寧就告訴武男。

「眞的？你去哪兒教書？」

「人民大學。」

「人民大學有物理系嗎？」

「他們開了電腦課，我去那裡教課。其實我對教書沒那麼感興趣。我一直在寫小說，有個中篇，《春風》答應了發表，秋天就出來。」

「恭喜呀！」武男很驚訝，他知道《春風》雙月刊是個省級文學刊物。

「謝謝。我打算專心寫小說。」丹寧說。

「那你那個物理博士學位幹什麼用？」

「我拿它掙一份工資。」

「這個安排眞不錯。我很佩服，也很嫉妒啊。你做的是自己想做的。」

「不管我走到哪兒，都覺得自己骨子裡還是中國人。我最近想家想得厲害，也許因爲人老了，意志薄弱了。」

「你才三十五歲。」

「可我覺得在這個國家我老得特快。」

「說實話，我現在不考慮自己的國籍了。國籍就像穿在我身上的衣服。」武男的聲音裡有太多的辛酸，讓他的朋友很是驚愕。

「不是那麼回事，那衹是你的想像。比如，你說中國話像個電視主播，可你的英語永遠說不了那麼好。」

「語言和國籍是不同的問題。我祇想做一個正派的人。」

「沒有對國家的愛，對祖國的愛，你能做個體面人嗎？」

「中國不再是我的國家了。我唾棄中國，它對待自己的公民像對待容易受騙的孩子，總是不想讓他們長大，長成眞正獨立的人。它要求你的祇有服從。我看，忠誠得是雙向的，中國背叛了我，所以我也就不再當它的順民了。」

「行啦，你還不是美國公民呢。」

「我把中國從心裡挖走了。」武男皺起眉頭，眼裡滿含著淚水。

「你祇是一時生氣。其實你也明白你永遠也挖不走中國，怎麼努力也白費。我知道中國傷了你的心。你發火，就表明你感情上還是離不了祖國，你做不到完全超脫。」

「我巴不得更憤怒一點，那我就能成爲詩人了。我覺得心殘缺了，這兒是木的。」他把手放在胸前。

「就因爲你想把自己連根拔了。」

「別說什麼愛國主義的胡話了，夠了！愛國主義是當局手裡最後一根棒子，拿著這根棒子他們想打誰就打誰。」

「好啦，我不跟你爭這個。我們從現在起各走各的路。不過我們還是朋友，對不對？」

「沒錯，一輩子的鐵哥兒們。祝你好運，祝你成功。」

「祝你家庭幸福。你有一個可愛的妻子，一個好兒子，我很眼紅。你應該珍惜你的一切。」

「我和萍萍合不來。」

「我看得出來，不過那些會過去的。你要留在這裡，有個穩定的家庭就有一切。家就像大海裡一條結實的小船，你要渡過海去，就得待在船裡。」

「我會記住你說的。」

「還有，跟其他中國人可別說你剛才那套，那你會麻煩更多。你不知道誰會把你賣了。」

「當然，我在別人面前會更小心的。」

走出咖啡廳時，武男說他現在這份工作把他都弄成個半苦力了，讓他感到厭倦。丹寧告訴他，紐約有家中文詩歌雜誌，正在找一個編輯，不過他對薪水和工作量都不清楚。武男很感興趣，跟丹寧要了總編輯的電話號碼。兩個朋友擁抱後在麻薩諸塞大道分了手，向兩個相反的方向走遠了。

第二部

1

武男決定接受紐約的工作。總編輯元寶在電話裡跟他說，雜誌《新航線》是一份季刊，每出一期他只能付武男一千美元，不過他可以爲他提供一個小房間住，不收租金。元寶還許諾幫他在布魯克林或曼哈頓找工作。萍萍支持武男去，怕他不早點辭掉漢普頓花園的工作，人就要得精神病了。她還想著，去紐約他準會碰到更多的機會。這份編輯工作薪水雖然不起眼，武男可以把它當個立足點，打開一個新天地。武男夫婦聽說有個從上海來的人，原來是塔夫特大學學人類學的，後來去了華爾街，掙了大錢，在麥迪森大道上買了一個大公寓。不過，萍萍最大的擔心是醫療保險，武男在紐約不可能給全家弄到醫療保險的。但是，很多移民根本沒有保險，也過下來了，所以她還是讓他接受了這份工作——這可能是他擺脫困境的唯一機會了。

「爸爸，我想你。」母子倆在河邊車站送武男上灰狗巴士時，濤濤對武男說。

「我也想你，爸爸不在家的時候聽媽媽話，聽見了嗎？」

「我聽話。你什麼時候回來？」

「『澤』（這）個月底。你乖乖的。想要什麼東西，就跟爸爸說。」

「嗯。」

濤濤穿著長到膝蓋的短褲，把臉靠在媽媽腰上，一臉沮喪。他比夏天長高了近七公分，也壯實了一些。武男上了車，坐在窗邊，轉臉看著他們母子。濤濤也朝他來回揮手。萍萍笑著，飛給他一個吻，武男也飛一個給她，其實他的心頭沉甸甸的。在波士頓一帶，他找不到一份像樣的工作，全家人沒有一個自己的住處，濤濤從現在起就沒有醫療保險了，所以學校的各種體育活動他只好避不參加，以免萬一受傷。武男覺得自己不是一個好父親，是一個失敗的廢物。他希望自己能夠成爲一個更能幹的人，儘早返回家來。

這是他第二次去紐約。兩年前，一個朋友隨教育代表團從中國來訪問，武男到紐約去會他。中國總領事館傳達室的老門衛不讓他進去，武男出示護照也不行，說他朋友就住在裡邊也不行。外邊下著雨，可看門的堅決不鬆口，說來訪的人一律不許進入大樓，武男和朋友只能站在進門的地方，那裡已經擠了十多個人了。武男很惱火，對那個花白鬍子看門的說：「你讓我爲當中國人而臉紅！」「那你去當美國人好了！你夠格嘛！」那人叫著，嘴都扯歪了。後來，武男和朋友只能在毛毛雨中，沿著哈德遜河漫步，連把傘也沒有。那次狼狽的紐約之行，給武男留下了至今不快的記憶。

這一次，他在汽車總站下車，乘C號地鐵直接去了布魯克林。他在尤蒂卡大道出了地鐵，沒費什麼勁就找到了他要去的地方——離一所小學校不遠，在麥克多諾街上一個白漆門面的房子。《新航線》雜誌的總編輯元寶熱情地把他迎進門。元寶三十來歲，四方臉上鬍子拉碴的，長髮披肩。他拿過武男的箱子，說：「房間都給你準備好了。」

兩人一起沿著窄窄的樓梯上到頂樓。元寶推開一扇門，那門上邊是斜的，一打開便咯咯吱吱地響。天花板也是斜的，地上攤了張床墊子，一個長方型咖啡茶几立在離窗不遠處，桌邊有個落地檯燈，黃色燈罩很破舊了，屋裡一股強烈的霉味。「希望你還滿意。」元寶說，舔了舔牙齒。

「挺好。」武男喜歡地毯，這樣他可以坐在地上，用不著去找椅子了。

「你可以用樓下的廚房和廁所。」

「好的。」

「這房裡住的人合用客廳裡的電話。」

「行，我也攤一份。」

「我們今兒晚上談編雜誌的事。」

「好極了，我是爲這個來的。」

收拾好東西以後，武男出門去買點吃的東西。街道上的垃圾讓他吃驚不小——塑料瓶、咖啡杯、紙屑、啤酒易拉罐什麼的。空氣中雨意仍濃，人行道上有幾個烏黑的水窪子，寬得跨不過去，他只好繞過去。他沿著馬爾孔大道朝地鐵站走，剛才來時他在那邊看見過幾個小店。他進了一家小超市，拿了一包奶酪，一把香蕉，一袋麵包。回家的路上，經過一家夜總會，霓虹燈招牌上閃爍著一杯馬丁尼和三個霓虹X，一個大腹便便的黑人跟他打招呼，叫道：「嘿，給幾個子兒好嗎？」

武男搖頭表示沒有，抱著紙袋加快步子走開了。他沒想到這一帶住著這麼多黑人，不過他感到幸運，在這裡有間自己用的房子。聽說在紐約住下可不容易，一個月三百塊的房間還要跟人合住呢。

那天晚上，武男和元寶在廚房裡喝茶。客廳裡太吵了，兩個房客在看洋基隊和白襪隊的棒球賽。元寶的女朋友溫蒂和他倆一起坐在飯桌前。她是個白人，頭髮都花白了，一張胖胖的臉，比元寶大出快二十歲，武男心想，她當他媽都可以了。元寶幹嘛不找個年輕點的女朋友？

元寶似乎並不在乎兩人年齡的差別，當然，在武男面前，他也不大對溫蒂表示親昵。溫蒂喝不含咖啡因的咖啡，不喝元寶沏的沱茶。茶葉被壓縮成一塊像碗一樣的茶磚，元寶從茶磚上敲下一塊來，放進茶壺泡開。茶有些苦，可武男很喜歡，上回喝這樣的茶還是七年前在南京那次，當時他去那裡參加一個國營企業改革的會議。

元寶跟武男一談雜誌就興奮起來。雜誌雖然是份季刊，可有時候一年出五期。「你看過《新航線》的英語欄目嗎？」元寶問武男，抓搔著他的短鬍子。

「看過，很有意思。」其實，武男對那翻譯不敢恭維，英語部分占了每期幾乎三分之一，放在最後。

「丹寧跟我說，你的英語特好。你看你能不能把英語那部分也管起來？」

「行啊。」

「也許你時不時可以翻譯此詩。」

「可以。我自己也寫詩。」

元寶驚訝地看著武男，厚眼皮的眼睛現出懷疑。他喝下一口茶，把茶杯放在左手裡。接著說：「我們的發行量只有三千。希望我們能儘快贏利。」

「我們要自負盈虧嗎？」

「暫時還不必。自從五個月以前我接手雜誌，我是到處求錢哪。到目前爲止我弄到點錢，誰知道明年拿不到基金會怎麼樣。」

溫蒂打了個哈欠，用疲憊的聲音說：「親愛的，我上床去了。你別太晚睡。」

「知道。」元寶說。

「你會很快來上床嗎？」

「對的。」

武男弄不清元寶明白她的意思沒有。溫蒂蹣跚地朝他們的睡房走去。從後邊看，她顯得更臃腫，歲數更大。元寶對武男說：「你有了詩就給我看看。」

武男濃眉揚起來，滿臉放光：「我一定會的。」他讀過元寶的一些詩，實驗派，只是一些華麗、曖昧詞藻的堆砌，常常令他不知所云。不過元寶在流亡藝術家和作家圈裡有不少熟人。如果他願意幫助武男，武男或許可以有一個良好的開端。

元寶站起身，到客廳給他在上海的姐姐打電話去了，武男則上樓回了他的閣樓。

2

武男從《新航線》拿到的薪水連他自己都養不活，他還得另外再找工作。星期六早上，他坐A號地鐵到曼哈頓去面試。他提前了一個半小時出門，好在那邊先轉轉。唐人街和小義大利區讓人驚奇的是，每條街的味道都不一樣，什麼吃的都有，街上到處都在賣食物，價格還不貴。武男享受著滿街的香味，尤其是爆米花、烤洋蔥青椒、義大利香腸的氣味，雖然爛水果的臭味也時不時挺衝鼻子。他注意到，這裡的女孩們大多蒼白、苗條、漂亮，往往噴著香水，特別是在服裝店裡上班的姑娘們。在堅尼路上走著時，他感覺就像走在上海或廣州的某條商業街上。到處都是中文招牌，人行道邊的小攤子上擺著各種各樣的小商品：繡花拖鞋、廉價珠寶、T恤衫、毛巾、帽子、雨傘、自動鉛筆、名牌手錶、瑞士軍刀——全是「Made in China」。海鮮攤上十分喧鬧，擺著很多魚：三文魚、紅鯛魚、胖頭魚、鯧魚、鱸魚，都放在冰塊上，魚眼塌了，魚鱗掉了，看上去黏糊糊的已經很不新鮮。還有螃蟹、牡蠣、龍蝦、蛤蜊、海膽什麼的。儘管所有魚都是死的，有些海鮮攤的招牌上還是寫著大字：生猛海鮮！

第一個面試地點在中華文化中心，它的前門又厚又重，黑得像包了鐵。武男來早了十五分鐘，於是先等在進門的地方，隨手翻了翻公用電話旁的白頁電話號碼本。他看了上面的一些名字，希望能看到認識的人。每到一個新地方，武男都會把當地電話本翻查一下，企圖找到個朋友或熟人。第一個名字自然是蘇蓓娜。不管去哪裡，他都幻想著也許可以碰上她。她看見他的時候會多麼狂喜啊，會用多麼大的勁擁抱他啊。是的，他們隨時可以重新開始。此刻，儘管沒有看到熟悉的名字，曼哈頓中國人之多卻令武男大開眼界，光是叫

「張偉」的就有六個。

面試的時間到了。一個年輕女子讓武男到二樓去見勞瑞──這兒的經理。沒想到勞瑞纔二十幾歲，高個子，留著馬尾辮，穿件藍T恤，衣服長得腿都顯得短了。他讓武男想起了嬉皮士，其實他長得像蒙古人，一雙眼睛很明亮。他身後的牆上有一塊佈告板，上面釘著招貼和廣告。勞瑞伸出手來，武男和他握手的時候，感到那手肉乎乎的。「你的國語眞好聽。」勞瑞笑著說，舔了一下也是肉乎乎的下嘴唇。他們兩天前通過電話。

「『切切』（謝謝）你考慮我的申請。」武男說。

「謝謝你來申請。你現在在做什麼工作？」

「我是一家文學雜誌的編輯。」

「好極了。雜誌叫什麼？」

「《新航線》。」

勞瑞低下頭，想了半天，然後說：「好像沒印象。」

「這是本新雜誌。」

「明白了。你會講廣東話嗎？」

「不會。」

「一點也不會？」

「實話跟你說吧，那對我就像一門外語。不過，我可以學。」

「那我們就有困難了。你知道，我們很多學生只會講廣東話。你總得用他們能聽懂的語言給他們講解。」

「這麼說我不合格了。」

「我沒那麼說。我們要先面試完所有比較好的申請人，纔可以決定。」

「你可不可以告訴我，我在他們中間算好的算差的？」

「這個我不能說。我跟你說，我可以免費送你一張我們展覽的票。」

「好的。『切切』你。」

下一個面試是一點鐘，還有一小時間歇。於是武男就去了最高層樓上的華人移民文化博物館。展覽卻讓他很失望，辦得眞差。牆上有不少照片，可藝術作品只有幾件，其中一件是個叫 chum kahm 的樂器，像吉他也像班卓琴。還有幾個硬木箱子和早期華人移民穿過的長袍，就連報紙、木刻板、算盤、毛筆、舊賬本也都被當了展品。給人印象最深的是一隻用淺粉色手紙作成的禿鷹，站在一個玻璃盒子上邊，象徵著渴望自由。走近細看，武男看出來那禿鷹是由幾百隻摺紙小鳥組合而成的，出自一群被關押的非法移民之手，這些「人蛇」乘坐的偷渡輪船在夏威夷擱淺，被美國的海岸警衛隊抓住了。至於文字作品，只有當代作家湯亭亭、譚恩美、任碧蓮等人的幾本書。離一個窗戶不遠處放著一個垃圾桶，接著從天花板上漏下來的水滴。展廳裡照明很差，除了武男再沒有別的參觀者了。整個展覽實在不怎麼樣！

武男走出大樓，情緒低落。心裡升起一個接一個的問題。他們爲什麼把這地方叫文化博物館呢？爲什麼展品中幾乎沒有什麼藝術品呢？移民中間怎麼就出不了個畢卡索、福克納、或莫札特呢？難道說，第一代華人移民缺少創造力、缺少藝術細胞嗎？也許是吧，因爲早期移民都是窮困和沒有受過教育的，他們都必須通過做苦工來養活自己，養活全家，他們的精力都只能放在如何在這塊陌生的、遭人歧視的、可怕的土地上安身立命了。光是從自己的老家被拔根而起，就足以破壞他們的生活、耗盡他們的體力，更別提他們的創作力了。從一群驚魂未定、疲憊不堪、飽受虐待、命運悲慘、只剩下求生本能的苦力中，怎麼可能崛起一個掙脫桎梏的天才？沒有閒暇，藝術怎麼可能萌發、昇華？

武男越想下去，就越感到悲哀。

3

懷著被這些念頭引起的愁緒，估計文化中心肯定不會僱他，武男走進了派爾街上的丁家餃子館。老闆叫霍華德．丁，一臉疲倦，翹著二郎腿，坐在櫃檯後邊，在看《紐約時報》。可當他抬眼把武男一打量，臉上頓時現出機靈和黠慧來。他站起身，和武男握了手。雖然已經五十幾歲，他的腰杆還是挺得筆直，滿頭的黑髮讓武男覺得可能是染過的。霍華德站起來有將近一米八三，可他的每一部分都細：細眼睛，細鼻子，細胳臂細腿，細手細腳。和武男談了幾分鐘後，他遞給武男一本書，灰色封面，紅字書名：《餐館人員實用英語》，對武男說：「你的英語很流利，不過你可能還需要熟悉一下我們這個行當用的單詞和表達法。」

「這就是說，你僱我了？」

「對。我喜歡你。」霍華德說話聲音不大，卻很清晰。「我再問你一個問題，我不喜歡老是換人——你在紐約會住多久？」

「我不知道，大概一兩年吧。」

「臨時工我可不僱。我這裡剛走了兩個人，都是三個月前剛來的。」

「你是說，他們是學生吧。」

「沒錯。他們回馬里蘭了。」

「我會待久一些的。我不上學，你不必擔心。」

「好，聽你這麼說我很高興。你當過侍應生嗎？」

「沒有。」

「那你在中餐館都幹過什麼？」

「什麼也沒幹過。」

「我喜歡你這麼坦率。那從收碗工做起怎麼樣？」

「可以。」武男不由自主地一皺眉頭。

「別灰心，每個人都是從底層做起的。我對員工很公平。你還可以在廚房裡幫大廚。你的英語好，所以還可以當侍應生——先給侍應生當替工。如果你眞的能幹，最後會升到經理的。我在別處還有幾家餐館，什麼樣的人都缺。」

「好吧，我就從收碗工開始。」

「記住你還要在廚房裡幫忙。」

「看樣子你想要我熟悉餐館的所有工作。」

「的確如此。」

武男還惦記著他申請的一份報紙工作，不過他又不敢放過這裡這個機會，便問：「我什麼時候開始上班？」

「明天上午十點。」

「好的，我會準時到。」

話雖是這麼說，他卻沒想好是不是眞打算就幹這個。今天回去他要給那家報紙打打電話，看看那邊有沒有希望。

他跨過堅尼路，不知怎麼走到勿街了，這裡有個遊藝集市，聚集了很多人。人們成群地圍著變戲法的、看手相的、投環套椿的、玩具槍打靶的、用紙牌占卜的，甚至還有披著紅斗篷的吞火魔術師。路邊攤販在賣著很多吃的東西：人腿那麼粗的香腸，在玻璃爐子裡旋轉著的巨大的椒鹽捲餅，烤肉叉上吱吱作響的羊肉串，煮鍋裡翻滾著的餛飩餃子。三個青年男子穿著黑色T恤衫，胸前都印著一個「忍」字，正在給幾個叉腿坐著的人做推拿按摩，按摩椅的背上都有一個圓孔，是讓顧客趴著時臉擱在上面好出氣兒的。走到集市盡頭，見有兩個華人畫家，坐在馬札上，一個三十歲出頭，另一個中年模樣，都戴著芝加哥公牛隊的球帽。年齡大點兒的那個正嚷嚷著：「誰想畫張像？」

沒有人注意他們。一群肥肥的鴿子落在不遠處，目中無人地昂首闊步，啄著地上的麵包渣和爆米花，發出咕咕咕的聲音。武男看著兩個畫家中間立著的肖像樣本，下邊都標著價碼：黑白像——二十美元；彩色像——四十美元；加框——加八美元。太便宜了。靠這個他們怎麼維持生活？那個中年畫家揚起粗糙的下巴，用中文問武男：「想畫張像嗎？兄弟？」

「不。」他搖頭。

那人微笑著小聲說：「麻煩你幫幫我們的忙，坐下，不收你錢。」

「那可不行。」武男聽了他的話很驚訝。

「你幫幫忙吧。我們得給人畫著，好吸引顧客。請坐。」

「要是你給我畫得好，我給你十塊錢吧，怎麼樣？」

「行啊，只要你坐下來。」

年輕的那位遞給他一把馬札。武男一坐下，就有人圍過來看。老點的那個畫家揮起一支炭素鉛筆，幾筆就勾出武男臉的輪廓，然後開始畫他濃密的頭髮、寬闊的前額。一邊畫著，一邊時不時用一張紙巾擦一下他的扁鼻子，不知怎麼回事他的鼻涕不停地在流。他一會兒抬頭仔細端詳一下武男，一會兒又埋下頭去，飛速地在紙上揮灑。

「你們從哪兒來的？」武男問那個年輕點的畫家。

「武漢。我們原來是湖北美術學院的老師。」

「你們是教授？」

「他是。我是講師。」

「你們在街頭畫畫，能維持生活嗎？」

「不容易，可我們已經這麼幹了好幾年了。」

老畫家抬起眼睛，眉毛擰起來：「別老說話。你不要動，一動就畫不像了。」

武男不再開口，眼睛去看別處。遠處有兩棵樹長在樓頂上，再往遠看，一架大飛機無聲無息地在如絮的白雲間穿行。武男不知道那兩棵樹是種在花盆裡放在樓頂上的呢，還是種在花壇裡？三隻海鷗在空中盤旋，發出的叫聲像嬰兒在叫疼。圍著武男看畫像的人們一邊看一邊在議論。「眞像他。」一個女孩說。

「畫得好。」另一個聲音附和道。

「纔二十塊錢，很上算吶。」

「我也該在這裡畫張像。」

「就是，不過二十塊錢。」

「看那『杯』子（鼻子），和那『潤』（人）的一模一樣。」

「嗨，笑一笑。」一個長著招風耳的男子對武男叫道。

「我又不是在照相。」武男故意板起臉，一邊擺弄著書包帶。

二十分鐘後，肖像畫好了。武男看著畫像，對自己的臉感到意外，那上邊的表情絕望無助，彷彿剛剛不是誤了火車就是誤了輪船，一下子發了蒙，不知道該去哪裡、該幹什麼。畫中的他眼睛凝視著遠方，嘴巴的樣子好像在忍著極大的疼痛。這是一個迷惘、疲憊的人才有的面孔。顯然，畫家抓住了他眞實的精神狀態。武男心頭湧起一陣悲哀，眼睛濕潤了，但他苦笑了一下，雙頰痙攣起來。老畫家又俯身在畫像的右下角題上日期和地點。「畫好了。」他說著，擦著雙手，那年輕人把畫像從畫架上取下來，捲起來交給了武男。

武男給了老畫家十塊錢，把畫像夾在胳臂底下離開了。在地鐵裡，他想不出怎麼處理這張畫像。誰要看這麼一張不吉利的臉？會讓人覺得晦氣的！他決不會給妻子和兒子看這張畫的——濤濤會笑話他，而萍萍會失望的。在尤蒂卡大道一下車，他就把畫扔到車站的垃圾箱裡去了。

一封從《北星時報》的來信正在溫蒂家裡等他，信裡告訴他，報社登廣告招聘的編輯助理一職已經僱到人了。武男很惱火，懷疑他們登廣告之前就已經內定了人選了，像他這樣的申請人不過是給人家當個陪襯，湊個數。現在他別無選擇，只能從明天起到丁家餃子館打工去了。

4

丁家餃子館的賣點是上海菜，特色是不辣，卻帶點甜。這裡的看家飯還有麵條和餃子，餃子有好幾種不同的餡：有豬肉的、魚的、蝦的、蟹肉的、牛肉的，再加上各種蔬菜。餐館很小，只有十二張桌子，卻是名聲在外。每張桌子的玻璃板底下都壓著《紐約時報》上的一篇文章，稱讚這裡的飯菜味道正宗，價格公道。這裡和別的中國餐館不大一樣的是，每張桌上的調味品的小架子上，除了醬油、醋和辣椒油之外，還擱著一個糖罐。就餐區的主牆是一面玻璃大鏡子，各種海洋動物點綴其上，烏龜啊、劍魚啊、龍蝦啊、螃蟹啊、鯊魚啊。靠街的窗戶上畫著一個胖男孩扛著一根壓彎的扁擔，挑的是兩個大籃子，一個籃裡是金幣，一個籃裡是銀元寶。

武男的工作是在地下的廚房裡洗盤子。除了廚師和收碗工，這裡還有三個侍應生，都聽一個叫菁菁的女帶位指揮。菁菁從台灣來，人倒隨和，但很饒舌，喜歡傻笑。她常常穿一件粉套裝，腳上是一雙米黃色便鞋，她亮色的服裝襯得她暗色的皮膚更顯得灰黃。一有機會，她就跟幾個大陸來的侍應生插科打諢，說他們都是「共產黨的走狗」，紅透骨頭裡了，還沒有脫離一身的匪氣，夢想著要共產共妻。那兩個女侍應生和一個男侍應生跟菁菁不一樣，全穿著餐館的制服——黃T恤、黑褲子、茶色圍裙。武男穿著同樣的衣服，不過大多數時間都待在地下室裡，顧客太多了他纔上樓，幫忙收拾桌子。他不上來時，由侍應生把用過的盤碗送下樓來給他洗。

老闆霍華德很少在這兒露面，餃子館裡還有一個小酒吧檯，都交給他的遠親菁菁去管。通常客人只點現成的葡萄酒或啤酒，所以酒吧檯很少使用。霍華德在城裡還有另外幾家餐館，一家在世界貿易中心，另一家在五十五街，離現代藝術博物館不遠。最近這些日子，他在皇后區又開了一家，人整個被拴在新地方了。他很有錢，每年都會收到來自喬治．布希總統的一封請柬，邀他去白宮參加總統晚宴，儘管他一次也沒有去過。「太貴了，」他跟自己的僱員說：「你以爲美國有免費的午餐嗎？這樣的籌款晚宴，你一去就得掏一萬五千塊錢。再說了，我又不是共和黨。」

武男在丁家餃子館打工後一個星期，一個黑人壯漢出現了。他一跨進門，菁菁就向女侍應生示意，喊道：「當心！來了個黑鬼。」一個月前，餐館被兩個黑人搶過，他們一個戴著羅納德．雷根的面具，一個戴著理查德．尼克森的面具。警察至今沒有破案。

讓他們吃驚的是，那黑人用標標準準的國語開口說道：「請放心，我不是強盜。我是你們的朋友。」大家尷尬地你看看我，我看看你，都說不出話來。武男第一個忍不住大笑，其他人也跟著笑起來。那個苗條的、微微有點腫眼泡、剪短髮、垂著大耳環的女侍應生麥雨，把客人帶到一張靠樓梯的圓桌前。那黑漢子個頭有一百九十公分，端平肩膀坐下來，兩手扣著桌面。他一頭灰髮，打著領帶，上邊印滿古錢幣；穿著深藍西裝和帶袖扣的黃色襯衣。他衝著麥雨微笑，露出大嘴裡結實的牙齒。他看上去超過四十了，可他臉上的皺紋讓他很有男子氣，也很英俊。「嗨，外邊好極了，是不是？」他對麥雨說。

「是的。你要吃點什麼？」麥雨說話的時候，柔和的眼睛閃爍不定。

「揚州炒飯和三鮮湯。」他用中文點菜，像個老主顧。

「你怎麼說中文？」插腰站在一邊的男侍應生陳恆插嘴問道。陳恆是麥雨的丈夫，兩人去年在他臨來美國的時節結的婚。

「我七〇年代在北京外語學院學了三年。」那人說，盯著麥雨扭著勻稱的腰身輕輕快快地向廚房走去。

「你現在在做什麼？教中文？」武男問他。

「沒有，我老早就辭去教職了，那是個倒楣的職業——我是說在這個國家，錢掙得不多，倒很累人。現在我當私人調查員了。」

「你是偵探？」戴眼鏡的愛敏也插進來問，捻著她的細辮梢。

「是的。我幫客戶找到別人或公司的情報。」

麥雨拿著一壺茶回來了。那黑人斜眼看她一眼，說：「你眞漂亮，迷倒人的那種。」

雖然對「迷倒人」一詞不熟悉，她還是臉紅了。她看了一眼丈夫，他皺了眉頭。

「我叫戴維．凱勒曼。你叫什麼？」那人問她。

「麥雨。」

「你能給我寫下來嗎？」他從內兜裡拿出一支圓珠筆，一個深藍色地址本，翻開讓她在上面寫了她的名字。

他仔細看了她寫給他的漢字。「這名字很美，『麥—油』。」

「不對，『麥—雨』。」

「我再試試。『曼—雨』——我念得對嗎？」

「差不太多吧。」

「謝謝你給我寫下來。我回去查查字典，把它學會。下次我來，我會把你的名字念準的。這是我的名片。如果你需要幫什麼忙，只管給我個鈴兒。」

她一臉驚訝，盯著他看，臉變得緋紅。她丈夫陳恆跳過來：「她可沒戒指[2]給你！」

「什麼？」凱勒曼滿臉問號，然後又鬆弛下來。他爆發出一陣大笑：「老天，這眞滑稽！你以爲我在談訂婚戒指或結婚戒指哪？多大的誤會！不過我倒眞是巴不得和這個漂亮姑娘有那麼檔子事。」

武男跟陳恆說：「他是說，如果需要他幫忙，就給他打電話。」

「一點沒錯。」凱勒曼說，兀自咯咯笑個不停。

「謝謝你。」麥雨喃喃地說。她轉身匆匆去了廚房，去拿他點的飯菜。陳恆的三角眼仍不能離開凱勒曼。他妻子經過他時，他搖搖頭向她示意：別對那個自以爲福爾摩斯的傢伙說得太多。

武男回到廚房，繼續切菜，切牛肉。今天大廚的抓碼請假了，所以武男承擔了廚房裡的雜活。他喜歡在廚房幹雜活，因爲他很想看看廚師怎麼做菜。

從那天起，凱勒曼一個星期至少到這裡來三次。只要他一來，滿屋子就迴響著他的笑聲。武男喜歡他，儘管覺得這人有些魯莽，公然和麥雨調情，從來看不到她丈夫冒火的眼睛。凱勒曼忘情地跟麥雨聊天，麥雨起先似乎不太情願多開口，不過他一來，她的臉就變得開朗起來。陳恆卻恨死他了，可他又不能把客人轟走。他既沒有肌肉和膽量與這個大塊頭比試拳頭，又沒有英語跟他比試嘴皮子，凱勒曼那張嘴一打開，滿屋子都是他的大嗓門。有一天，凱勒曼一走，陳恆大發脾氣，責怪他妻子變得這麼美國化了，簡直墮落成一個無恥的女人。

菁菁開口訓斥他，要他心胸別那麼狹窄。她一個勁搖頭，橢圓的臉上還留著青春的痕跡，嘴裡對他們幾個侍應生說：「你們這些人都被共黨洗腦了，把男女之間的事看得太嚴重。太太吸引了別的男人，當丈夫的應該覺得驕傲纔是。陳恆，就因爲麥雨跟凱勒曼多說了幾句話，你就覺得她對他有什麼了？你完全錯了。講老實話，我很高興凱勒曼現在成了常客。要是我們多有幾個漂亮姐兒就好了，那樣你們就都能多拿點小費。」她突然住了嘴，看了一眼不漂亮的愛敏，愛敏眼睛正從厚鏡片後邊盯著菁菁呢。

但是陳恆怒火難消，每次看到凱勒曼進來，他都明顯地神經過敏，性情乖戾。於是菁菁把麥雨和他的上班時間分開了。結果，武男經常要來替補當侍應生。當收碗工一小時的薪水是四美元，武男很高興又可以得

---

2 譯注：ring，可解為「電話鈴」，也是「戒指」。

點額外的小費——當侍應生的薪水每小時只有一塊半，因爲他們有小費的收入。

武男會在早上上班之前給萍萍打電話。她偶爾也會打給他，特別是碰到什麼麻煩的當口。近來有一天，她沒法用武男的信用卡通過電話訂貨，因爲她說不出他母親的娘家姓了。她和武男都不知道「娘家姓」到底是個什麼名字。三年前，他倆去銀行合開帳戶時，銀行女職員問他母親的娘家姓，他傻了眼，可當時又馬上就得告訴她，只好說：「峰口」，那是他外公外婆生活的那個鄉村小鎮的名字。問到萍萍時，萍萍對她說：「我媽媽的娘家姓也一樣。」女職員不解：「那是怎麼回事？」武男解釋說：「這在中國很常見，十幾億人才一百個姓麼。」從那時起，他們兩人的母親就姓同一個姓了——「峰口」，一個從來沒被人當姓氏用過的詞。

有時候，武男去上班之前沒工夫給萍萍打電話，她就會在中午把電話打到他餐館去。他的工友經常逗他，說他太太沒他在床上又睡不著覺了，還問他倆是不是一起長大的。有一次他一本正經地說：「當然，我們還是娃娃親呢，要不我這麼怕老婆？」

他們都被逗笑了，卻又不知道他說的是不是實話。

5

三個禮拜後，霍華德又僱來一個收碗工，升了武男當抓碼，因爲原來的抓碼娶了個古巴華人女子，到邁阿密去了。武男的時薪也加了一塊錢。廚師張師傅需要武男幹的活兒很多，主要是切肉、切菜、炸雞塊，和包餃子。武男仔細觀察廚師是怎麼炒菜的。張師傅吩咐他得記牢整個菜單，每道菜裡邊都放什麼，這樣武男就可以把一道菜所需要的所有東西都放在一個碗裡、盤裡，或保麗龍飯盒裡，讓師傅去炒。偶爾地，張師傅會讓武男做個炒飯或麵條湯，他站在一邊指點。他還教給武男怎麼調製各種澆汁。不忙時，武男就上樓去和侍應生聊天。張師傅從來不離開地下室，他跟武男說，別跟樓上那些娘兒們扯那些淡。

侍應生都不喜歡廚師，部分是因爲他們掙錢的方式不同。廚師是按小時拿薪水的，武男和菁菁也是，可侍應生他們主要是靠小費。生意好的時候，老闆和侍應生會高興，而大廚就不高興，因爲要手腳不停地忙。老張常常用拳頭捶腿，好幫助血液循環。武男發現他痔瘡很嚴重，因爲他每天在廚房裡一站十多個鐘頭已經好多年了。活兒一忙，他就疼癢難熬。他對武男說：「幹這一行的好多人屁股都有這個毛病。你當心點，不要也弄得像我一樣。」

武男終於明白，爲什麼唐人街上到處都是治療痔瘡的廣告了。不管他多累，上床前都要沖個淋浴。還有，夜裡他會在腳底下而不是在頭底下放個枕頭，以防止兩腿靜脈曲張——這也是因爲站得太久而患上的一種職業病。他對給霍華德的餃子鋪當經理毫無興趣，但是他很想學會怎麼做菜。他也不覺得自己能當好侍應生，肩膀上托著個大盤子，在窄窄的樓梯上上下下。更糟的是，當侍應生就必須在顧客面前陪笑臉，哪怕有些客人十分無禮，對服務不滿意的話就不留小費。所以武男覺得他天性裡就只屬於廚房，在廚房他不必面對任何顧客。張師傅似乎挺喜歡武男，只要不忙，就教給他怎麼炒菜，怎麼拌餃子餡。他常說：「你有福氣啊，武男。我學徒那時候，頭一年連炒鍋的邊都不許我碰的。」

武男聽到過很多人講，在紐約的中國餐館裡找份工作有多困難。女侍應生告訴他，要是你不會講廣東話，很多地方根本不僱你的。丁家餃子館是唐人街上爲數不多的幾家老闆不懂廣東話的餐館之一。陳恆說，他曾經幹過的一家餐館，要求所有男侍應生都得打領結，讓他感到喘不過氣來，眞受不了。菁菁在這之前曾在很多家餐館工作過，也說侍應生被老闆剝削和辱罵得很厲害，連幹吧檯的那些白人也欺負他們。相比之下，霍華德算是個好老闆了，你碰到了什麼急事，上班晚來一小時，他也不會扣你薪水。武男覺得自己運氣眞好，得到了這份差事。

6

《新航線》的發行量最近幾個月跌了百分之九。元寶很擔心，召開了編輯會議，連他跟武男，一共有五個人。他們要決定該不該擴充雜誌，換句話說，加進關於時事和社會問題的文章，甚至加進一些廣告？北美住著不少異議人士，他們願意給雜誌寫一些政論文章。不過，除了元寶本人，到會的人全都反對這個主意，都說《新航線》應該保持純文學的路子。元寶說，想要雜誌獲得生路，沒有別的辦法。作爲一種折衷，他們同意每期登兩三篇小說，不過現在不能給作者付稿費。

元寶認識紐約的很多異議人士。一個星期六早上，他帶武男到布魯克林的諾斯特蘭德大道，去拜訪劉滿屛，那個頗有名氣的政治經濟學者。他們希望雜誌能得到老人的支持。武男去年六月在哈佛見過劉先生，很想再見到他。劉先生開了門，他的眼睛和嘴巴都凹陷了，對他們說：「歡迎光臨寒舍。」他的公寓在一樓，雖然只有兩間屋，可他的袖珍後院卻被充分利用，種了些向日葵和菊花，已經開始枯萎了，還有些三腳支架——把竹條劈開，將頭上一紮，種蔬菜用的，這時都謝架了。起居室兼書房那間屋裡擺滿了書，窗邊一個小書桌，攤著些手稿。劉先生在華人社區裡很受尊重，不僅因爲他寫得一手深刻文章，更因爲他爲人正直。一九八九年六月，當解放軍部隊在北京開始對民眾動手鎭壓的當口，他買了一個大花圈，打算親自把它送到天安門廣場去，被他的朋友們拼命攔了下來，他掙扎號哭大家也沒鬆手。沒幾天，他的名字就出現在通緝名單裡，幸虧他和妻子逃到南方，從那裡通過地下通道偷渡到香港。他不肯像其他在美國的異議人士那樣，堅持不從任何組織接受財政援助，一直靠給中文報紙雜誌寫文章補貼家用。他妻子的適應能力也很強，現在曼哈頓下城一家禮品店打工。

元寶和武男坐下來，說明來意，劉先生愉快地答應給他們的雜誌寫幾句祝詞。他有好一會兒沒說話，好像在想什麼，然後他走到書桌前，拔出鋼筆，在一張卡片上寫了幾個字。他轉回身，把卡片遞給元寶。那上邊寫著：「我對《新航線》的年輕作家們十分欽佩。祝願他們的心血開花結果，祝願他們的作品永存於世！」

元寶和武男都對他連連道謝。這時他妻子走進來，提著一壺開水給他們沏茶。她是一個結實的女人，一張瓜子臉，看上去很疲倦，說昨天晚上工作到很晚。沏好茶以後，她就回自己臥室去了。

劉先生說，他記得武男幾年前發表在《政治經濟學報》上的一篇文章。不過聽說武男已經不搞政治學了，他說：「我理解。這裡生活不容易，生存是第一位的。」

「也不光是因爲那個。」武男告訴他。「我發了誓，不再沾政治。我這人不適合幹政治。」

「明白了。」

元寶插嘴說：「武男一直在寫詩。」

「好哇。條條大路通羅馬，」劉先生說：「中國需要各種人才。」

武男沒再接話，不知道對老人該說些什麼。劉先生說話的口氣好像還是個國內官員。他們的話題很快轉入這裡的生活。「我剛買了輛車。」劉先生告訴他倆。

「新車嗎？」元寶問。

「不是。我怎麼買得起新車？」

「多少錢買的？」

「四百美元。一輛很不錯的豐田。我一個朋友開了開，說比他那輛一千多美元的車還好呢。」

「您會開車嗎？」

「我剛拿到駕照。」

「您眞勇敢，」武男插嘴說：「我可不敢在紐約城裡開車。」

「我在這裡必須學會開車，不然我會覺得沒有了腿。還有，只要我住在這裡，我就得靠自己能力來謀生。一張駕照，就是自立的工具。等我能把車子開好了以後，我就給餐館送外賣去。」

「您可別幹那個。您眼睛不好，對不對？」元寶說。

老人由衷地大笑起來：「也許我可以白天去送電腦零件。不管怎麼說，駕車跑在高速公路上，給我一種自由的感覺。多來勁啊！讓人多快活啊！你們要不要看看我的車？」

「要啊，咱們去看看。」元寶響應。

往外走的路上，武男說：「劉先生，我們《新航線》從現在開始，每期要發兩三篇短篇小說。您要看到什麼好小說，請一定推薦給我們。」

「我一定留意。其實，我太太就寫過小說，是用的筆名『紫丁香』。她現在打工太辛苦，不過她可能再寫起來。」

元寶說：「她寫完一篇，就先拿給我們拜讀。」

「一定的。我會告訴她。」

她的筆名讓武男想起來，在國內時讀過劉太太的一篇中篇小說。給他的感覺像是一篇報導文學，但她確實有點小名氣。

三人走出大樓。樓前停著很多車，有些車身已是坑坑凹凹、鏽跡斑斑，有一輛車兩個前車燈都碎了，還有一輛車前輪安上了「鐵靴子」，被鎖住了。武男前後看看，不知道哪輛是劉先生的。老人帶他們繼續在街上走，嘴裡叼著一支菸斗，頭上冒出一股煙。

「這一輛。」他終於指著一輛掀背車說，那車的前擋板已經翹起來了。

武男仔細看了半天，還是看不出來這車是什麼顏色。車被撞壞過，重新噴過漆。像是深棕色，但渾身到處又有些鮮橙色的補丁。「這車還不錯。」元寶勉強說道。

「不同凡響。」武男也附和。

「上去兜一圈？」劉先生問。

元寶和武男交換了一下眼神。「不過，我們該走了。」元寶說。「武男下午還要上班。」

「那我送你們去車站吧。」

「您行嗎？」

「當然。我開車技術還不夠好，要不我把你們一直送回家去。」

他們上了車，武男坐後邊，元寶坐前邊。座椅都裂了，裡邊的黃色海綿綻露出來，座上還有菸頭燒過的痕跡。車裡發出一股衝鼻的汗味和菸草味。

「這車幾年了？」元寶問劉先生。

「十年多了。」

引擎一啟動，車就開始抖起來，又咳又喘地好像一頭受傷的野獸疼得在叫。武男看見一個過路人回頭朝他們看，心裡怕起來。他伸長了脖子去看里程表，看見上面只有一排七個零。「這車開了多少英里了？」他問劉先生。

「說不準。也許二十萬英里了。」

「什麼？」元寶叫起來。

「亂猜的。這樣的日本車能永遠開下去。」

一路上，車子顛簸得好像開在鵝卵石上。雖是如此，武男很快心裡就另有所思。劉先生以前的日子很優裕，有司機、有祕書，可現在，他在美國必須重新開始生活，像個窮文人那樣給報紙和雜誌寫文章，甚至準備開始打粗工。可是，他似乎挺輕鬆的，對流亡的生活一點兒也沒有後悔的意思。武男心中又是酸楚又是敬佩。

他們終於開到了諾斯特蘭德大道地鐵站。武男人雖下了車，心驚膽戰的感覺卻還擺脫不掉。「這可眞算是一次經歷。」他告訴劉先生。

「下次我可以一直把你送回家。」老人咧嘴笑道，露出一口被煙熏黃的牙齒。

「您多保重，劉先生。」元寶說。

「你們也是，年輕人。」

他們看著那破車拖著一股藍煙開遠了，消失在街上的車流裡。兩人轉身進了地鐵站，趕下一趟車。武男問元寶：「劉先生經常說起他要回中國嗎？」

「是的。不過他一定看明白了，短期內那是不可能的。所以他纔要學會怎麼養活自己。」

「他眞是個了不起的人。」

「而且還是一個有意思的人物。」

武男很反感元寶的刻薄，不過他沒再說話。然後他們分手，各自換上不同的火車，武男去下城，元寶回家去。去上班的一路上，武男一直在回想今天和劉先生見面的情景。和他不一樣，劉先生對自己生活的改變沒有流露出任何悲傷，彷彿對所有的困苦視而不見，他和那些被大學和基金會供養起來的異議人士，是多麼不一樣啊。另一方面，武男也感到很不舒服，因爲他清楚，一個上了年紀的人，開始新的生活談何容易，像劉先生這樣的人，在美國是不可能過上體面生活的。儘管他努力奮鬥著要獨立，劉先生仍舊是屬於中國的，他的生存依然受中國政治中心的左右，他永遠是那個政治中心的一部分。事實上，他考慮去打那些粗工，恰恰表明了他並沒有計畫長期留在美國。也許到了夜晚，他忍不住還是要夢見過去的那些日子。

武男不像他，要是武男過著他那樣的生活，開著他那樣的破車，得到的只能是鄙視和嘲笑。武男必須找到自己在美國的生存方式，不能是一個流放者或流亡者的生存方式，而是一個移民的生存方式。他還年輕，一定要奮鬥。現在的問題是，他還沒有找到自己的戰場在哪兒。

7

元寶不像武男，他不上班，一直在寫他的回憶錄。他說這書一旦出版，沒準兒能讓他出大名，獲大利。所以他自己不管雜誌的編輯，而僱武男來幹。他似乎下決心要過藝術家的日子，除了寫作和繪畫，別的什麼也不幹。他的畫室在頂樓，在武男房間的對面，房間裡，幾張沒畫完的水粉畫靠在牆邊。元寶告訴武男，他正在試驗繪畫新技術，包括用手指作畫，或用調色刀作畫。如果有人問他靠什麼生活，他會說：「我畫畫和寫作。」在某種意義上，武男欽佩他，不過同時，武男又看不起元寶利用溫蒂。

更糟的是，元寶酗酒成性。他經常舉著一瓶廉價葡萄酒到武男房間來，要和武男乾兩杯，但武男一般都拒絕。元寶似乎很孤獨，白天裡，溫蒂出門去看朋友或參加社區活動，他就沒個人說話了。半瓶葡萄酒下肚，他就開始話多，可很多話又說得含含糊糊，弄得武男往往聽不懂他的意思。他是想起什麼說什麼，講過他九歲那年怎麼從父母那裡偷了錢，給小夥伴買糖買冰棒，他和一群淘氣孩子怎麼偷跑進果園，偷吃裡邊的瓜果。有一次他喝醉了，竟然吹噓起溫蒂的奶子是多麼堅挺，因爲她從來沒給孩子餵過奶，她的陰道是多麼緊，因爲她從來沒生過孩子。還有一次，他酒後吐眞言，說他愛上了武男之前的那個年輕女主編。還有一天，武男不肯喝完元寶倒給他的那杯加州夏敦埃酒，元寶竟然發了火：「如果你想寫出詩，你就得喜歡喝酒，像酒仙李白！」可武男第二天早上上班之前，一定要看稿件，是不能多喝的。再說，他也不相信酒精是靈感的來源，能夠引發詩興。在他看來，那不過是冒牌作家放縱自己的藉口罷了。

有一天，元寶把他的回憶錄中的一章給了武男，十九頁手寫的稿子，要武男給他看看。那是關於他父親的一章。寫他父親，一個高中化學老師，在「文化大革命」初期的遭遇，如何被迫在鎮上掏大糞，在街上推垃圾車。因爲父親挨整，元寶除了每天挨罵以外，還經常挨學校同學的打。行文很粗糙，故事也太一般，太平鋪直敘。那些經歷在他筆下從頭到尾都毫無光彩和枯燥無味，缺乏具體細節的支撐。讀完之後，武男告訴元寶：「我看這稿子還要加工。你應該把它改得更鮮活一點兒，更獨特一點兒，要是寫得能一波三折、出人意料就更好了。」

「老天知道我寫得有多苦。」

接著，讓武男吃驚的是，元寶竟然請他把這一章翻譯成英語，好在《新航線》上發表。武男勉強答應下來。翻譯過程令他煩得要死，花了他整整一個星期。他一邊幹一邊詛咒，一邊拍腦門，好像被人騙了。他寧可用鐵鍬去挖壕溝，也不願被這種陳詞濫調、賣弄聰明的膚淺文章折磨。當他終於翻譯到最後一個詞，眞是大鬆了一口氣。

看到手稿變成英語，元寶簡直欣喜若狂，甚至給武男鞠起躬來，說要請武男吃飯。他一遍又一遍地看這份英文稿，雖然幾乎沒法看懂。溫蒂看了以後跟武男說，她對他英文的運用方式很欣賞，流暢、優雅、略帶一點守舊風格，但非常適合主題。

這些天來，元寶經常跟武男說，他想家想得厲害，甚至覺得是不是應該回家看看父母去，雖然他連買機票的錢和給家人朋友買禮物的錢也沒有。武男勸他別想那個了，因爲人人都知道元寶是個異議人士，已經上了黑名單，他要回國，不是被拒絕入境，就是在中國海關被警察逮捕。「冒這個險不值。」武男說。

「要是我已經入籍就好了。」元寶嘆道。

「入籍了會怎麼樣？」

「你如果是美國公民，中國警察就不會把你怎麼樣了。你聽說過蔡偉夫嗎？」

「聽說過。他上次要入境的當口，不是被逮捕了嗎？」

「沒錯，不過他們一個月以後就把他放了。他剛剛從美國一個人權基金會拿到一大筆基金，一共三萬美元。你看，他拿美國護照，所以中國政府不能把他怎麼樣。要不然，他們至少會判他五年。」

「我不知道他回來了。」

「我幾個星期前看見過他，看上去身體不錯。我要是美國公民就好了。」

「那你就會爭取回去了？」

「肯定的。」

武男想起海外中國人中間流行的一句話：「只有成爲外國人，你纔會被中國人當人待。」

8

在丁家餃子館，侍應生判斷顧客是好是壞，主要是看他們給小費是多是少。愛敏和麥雨經常抱怨說，有些美國人太苛求，太愛抱怨，要是這家餐館是義大利餐館或法國餐館，他們就不會這麼無禮了。「他們上這裡來，就是因爲他們賤。」愛敏噘起薄嘴唇說。

「要不就是我們賤。」麥雨加上一句。

有那麼一對，女的是個超級噸位的白女人，男的是個留范戴克式小鬍子的年輕黑人，他們一個星期來兩次。他們總是點餛飩湯、北京鍋貼，和魚餡餃子，但是從來沒超給過一美元的小費，通常是把一些零蹦子扔在桌上。他們一露面，侍應生都避之唯恐不及，所以菁菁就指派愛敏和麥雨輪流接他們的桌。有時候，一大家子人來吃晚飯，小孩子在桌子底下爬，大點的孩子甚至借上廁所之便，偷偷從半層的樓梯轉角，跑進樓上的小宴會廳。兩個中年同性戀男人每星期三晚上都來，當眾擁抱親吻起來從來毫不猶豫。一天下午，一對白人夫婦帶著四個女兒來了，幾個孩子長得很像，都很漂亮，卻略帶病容。侍應生告訴武男，那家人每個月來這裡吃一次飯，都是在那個衣冠楚楚的父親發薪水的日子。很顯然，他們不富裕，可他們的餐桌規矩很好。武男在一邊聽見，那個大約六歲的最小女孩，想要一塊核桃酥當飯後甜點，可是媽媽說不行，那孩子就不再要了。他們吃完飯，那父親總會留下十美元的小費。

「他們總給這個數，人很好。」愛敏對武男說，皺著鼻子笑。

和其他顧客相比，戴維・凱勒曼給小費是最大方的。他一般是下午來，那時的客人很少，他會叫麥雨來接待他。他會對菁菁的衣著一通恭維，然後兩人互相開開玩笑。不過，麥雨把飯菜一端來，他們倆的逗嘴也就結束。他對著麥雨滔滔不絕，有一次當著所有人的面邀她出去，說要帶她去看百老匯節目，然後再去個好地方，兩人一起度過一段快樂時光。

「我已經結婚了。」她笑著告訴他。

「眞的？你這麼年輕，像個十幾歲的孩子。可這也沒關係，我們會玩得高興的。」他說話聲音很大，別的客人都扭頭朝他看。

武男有幾分佩服凱勒曼，那傢伙似乎心情愉快，自由自在，顯得挺闊綽，考究的外衣，袖口都綴著字母。而且，凱勒曼似乎什麼事情、什麼人也不怕，想說什麼就說什麼。他又對麥雨說：「告訴我你丈夫是誰，誰是那個有福氣的傢伙。」

「不，我不告訴你。」

「你還是別告訴我，我會掐死他的！」他捧腹大笑起來。

看樣子麥雨被這個人吸引了。她對他的好感常常把她丈夫氣得厲害，尤其是他們兩人一起上班的時候。陳恆會發怒，兩眼冒火。從他的憤怒中，武男可以看出那種絕望，那種表明一個男人在這個地方找不到出路的絕望。武男見過不少這樣的男人，他們沮喪、迷惑、無望，會在妻子或女朋友身上發洩怒火，儘管他們在別人面前幾乎沒有例外都顯得沉默寡言。他們每個人，在內心裡都像個火藥桶，隨時可以爆炸。武男憑直覺，感到麥雨和陳恆的婚姻已經風雨飄搖了。

不久凱勒曼就不再來了，接著麥雨也辭工了。有傳言說，她搬出自家公寓，和那個黑人同居了。沒人敢找陳恆去核實，生怕他會歇斯底里發作起來，但他妻子離他而去，這已是一個公開的祕密。陳恆常常一邊幹活一邊嘆氣，比以前更沉默寡言了，但偶爾還對工友沒有原因地大吼幾聲。

爲補麥雨的缺，老闆霍華德面試了幾個人，選中了高雅芳——一個二十四歲的女子，一個星期前剛到紐約。她復旦大學畢業，英語流利，對所有人都微笑，好像她已經在這裡工作很久了。她豐滿的臉上顯出一種天生的善良，圓鼻頭和小虎牙都讓她看去很年輕。她的友好讓武男感到她的童年一定很快樂。霍華德僱她主要是因爲她會講上海話，這裡的人都聽不懂上海話，可是上海話纔符合這家餐館的上海風味。四十年前，霍華德也生活在那個大都市，所以在面試雅芳時，他講的是上海話，在武男聽來有點像外語，又甜又膩的。武男偶然聽見霍華德用英語對雅芳說：「又說起家鄉話了，我好開心！」他同樣給了雅芳一本《餐館人員實用英語》，從那時起，他就叫她「我的小老鄉」。

因爲高雅芳需要先安頓後纔可以上班，霍華德讓武男先當幾天侍應生，雅芳上班後，武男再回到廚房，他從那時起就在張師傅的指點下開始炒菜了。他喜歡這個工作，陶醉於把生的材料炒成可口的一盤菜。他儘可能多學，相信霍華德總有一天會讓他幹大廚的。

雅芳竟然認識武男好幾個過去的校友，他們都去了上海，在她母校讀研究生。她和武男經常一起聊天，很合得來。兩人都驚訝，中國這麼大個國家，其實也很小，很多出來的人，原來都互相認識。武男的很多研究生同學都離開中國了，只要會一門外語，就必定爭取出國。有的人甚至去了捷克斯洛伐克、波蘭、匈牙利、俄國、南非。「我花了三年時間，系裡纔同意我訪問美國。」雅芳告訴武男。來之前她在上海的一個技術學院教英語。

「怎麼會這麼久？」他問。

「系主任說，我還年輕，應該把機會先給老同志。」

「你覺得幸運嗎？」

「當然啦。你見過美國駐上海領事館外邊申請簽證那隊排得有多長。有人頭一天晚上就去排隊了，可美國領事把大多數人都拒簽了。」

「我覺得人們並不明白他們爲什麼想到美國來。」

「他們怎麼不明白，爲了更好的生活啊。」

「可是這裡的生活一點也不容易。」

「可是，這裡有自由。」

「要是你不知道怎麼利用自由，那麼自由就是沒有意義的。我們被壓迫和限制得太久了，所以要我們改變思維方式、獲得眞正的自由，是很難的。我們習慣了被遁詞和虛無所限定的現實存在。我們的個人品味和正常欲望大部分都被謹慎和恐懼束縛了。打破我們內心認可的暴政，可比打破外部的束縛要困難得多。簡而言之，我們純眞的內在本我已經失掉了。」

「哎喲，你說話像個哲學家，這麼深奧。」

陳恆打破他一貫的沉默，說：「武男還是個詩人呢。」

「眞的呀？」雅芳眨著她閃亮的眼睛，下意識地舔著上嘴唇。

「我學著寫詩。」武男承認。

「那說明你的心仍然年輕得很。」

陳恆又插嘴：「呵呵呵，武男確實是有一顆年輕的心，而且非常浪漫。更棒的是，他不喝酒不抽菸，絕對是個乾淨人，一個模範丈夫。」

武男想甩給他一句「窩囊廢」，或「二茬光棍」，但又覺得沒什麼意思，便只是說：「我得下樓做鍋貼去了。」就快步回到廚房去了。

9

九月底，武男回家看望妻子和兒子。萍萍和濤濤對他回家來都欣喜若狂，可海蒂見到他並沒顯出熱情。也許海蒂擔心，要是武男拋棄妻兒，她就得收容萍萍和濤濤。萍萍跟海蒂解釋了幾次，武男去紐約只是爲了一份工作；武男在電話裡跟海蒂保證過，他一在餐館實習完畢，很快就會回來。現在，爲了向她證明他一直在學習當大廚，他給海蒂和自己全家做了頓晚飯——餛飩湯、檸檬雞，和蝦餃。他的烹調手藝大獲成功。小莉維婭太喜歡那餛飩了，所以想讓武男教她包、教她煮。武男告訴萍萍餡裡都放了些什麼，萍萍答應莉維婭，回頭到伯靈頓的中國菜店去買回餛飩皮來，就包給她看、煮給她看。武男和萍萍都知道莉維婭是三分鐘熱乎勁，一兩天就會把這事忘得乾乾淨淨。這小姑娘做任何事都沒什麼長性。

武男只能在家待一個週末，星期一早上又得乘灰狗返回紐約了。濤濤在另一間屋裡午睡那會兒，他們做了愛，不過夜裡他沒和萍萍睡在同一張床上。她後來嘆道，想他想得厲害，覺得沒有他在身邊，自己就像殘疾了一樣，因爲有那麼多的事情她自己幹不了。「爲什麼我們不能生活在一起呢？」她問。「你不在家的日子，我坐立不安，夜裡睡不好覺。」

「我在紐約也睡不好。太吵。」

「海蒂問我，咱們是不是分居了。」

「我很快就會回來。說實話，那份編輯工作我並不在乎，不過餐館那份工作倒是我謀生的一個機會。就把我不在家當成出差吧，好嗎？幾個月以後我回來，就像一個眞正的大廚了。」

「濤濤也想你。」

「我知道。」

「要是你在紐約碰上喜歡的女人，你可以跟她在一起，只要別把什麼病帶回來傳給我們就行。」

「你拉倒吧！我累得哪兒還有力氣另外找女人？一個就夠受了。」

聽了這話她住嘴了。武男想起來，他臨來美國時，她也說過同樣的話。不知怎的，她總覺得武男會讓女人見了就傾倒。實際上，他覺得自己一點也不吸引人，口才不好，過於內向，哪裡會讓女人傾心？何況他從來就不會調情，不會甜言蜜語。來美國以前他就聽說，美國大學裡會開一些稀奇古怪的課程。在布蘭戴斯拿到課程表開始註冊時，他逐個看了課表，想看看有沒有教人調情或引誘的課程。要是有這樣的課程，他肯定會去上的。

武男嘆了口氣，手裡仍在擺弄著萍萍的髮梢。萍萍臉朝窗戶側身躺著。做愛以後，他心裡仍是麻木的，這種麻木令他沮喪。他知道她能感覺到自己的精神狀態，知道她一定很受傷害。

他不知道的是，她有時候憎恨和他一起上床，因爲性事讓她感到可恥。「比妓女還賤。」她事後譴責自己。儘管她確實愛他，儘管她努力要攏住這個家，她還是無法擺脫自責，感到跟一個不愛自己的男人發生性關係，等於是一種自討強姦。因爲這個，她不那麼介意武男和別的女人睡覺，雖然她很怕失去武男。要是他能明白她的眞實感受該有多好。

她呆望著雨水潑在窗上流下的水簾，耳邊是武男輕微的鼾聲。

第二天一早，武男開車帶濤濤去了鎭上的圖書館，濤濤借了一大堆書。回家的路上，父子倆聊起濤濤在學校裡的小夥伴，武男心不在焉地開著車。孩子現在進了數學小組，可他很不喜歡爲將來的競賽而做的練習，他說那些練習就是看你搶答的速度，而不是看你的知識。在老城公墓附近出現了一點塞車，因爲前邊出了車禍——一輛小貨車撞上了一輛白色旅行車。在出事現場武男折進了被桔黃色的交通路標新開出來的車道。開出這一段以後，他車的右邊蹭上了一輛小車的膠皮前擋板，可是蹭得很輕，輕得武男一點也沒有覺察到，他繼續往前開。

小車朝他大按喇叭，然後衝了上來，跟在武男後邊。武男以爲那車是公路上的「暴走族」，並沒在意也沒停下。他又加了點速。不多會兒，那車追上來，又按了喇叭。「靠邊停下來！」開車的衝武男大叫，武男還是不知道他怎麼了。

他在快到減速障礙包的地方停下，從車上下來，兒子還留在車裡。一個穿著軍用雨衣的矮壯漢子從那小車上下來，直衝上來。讓武男吃驚的是，那人掏出警徽在武男臉前一晃，可他那沒繫扣的外衣表明他沒穿警服。他鷹一般的眼睛裡冒著火，喊道：「我是警察。你爲什麼撞了我的車又逃跑？」

「我幾時……幾時『髒』（撞）了你的車？」

「就是剛纔。你甭跟我頂嘴！」

「我眞的不知道是怎麼回事。」

「不許狡辯。你犯罪了，你懂不懂？」他拍拍腰間，「我這有槍。」沒錯，他帶著手槍，雖然他沒在執勤。「把你駕照拿來！」他命令道。

「幹嘛？」

「我說的。拿出來！」

武男轉身看了看濤濤，孩子還在車裡，不知道外邊出了什麼麻煩。他把駕照交給警察，警察開始抄下他的資料，一邊說：「今天你很走運。下次再不停車，我就開槍打你。」

武男心裡忽地升起一陣灰心和自憐，回答道：「你何不現在就開槍打死我？打死我吧，求求你！」

「我想開槍就開槍。」警察繼續抄著，眼皮都沒抬。

「來吧，警官，掏出你的槍，把我結果在這裡吧。我受夠了這不是人的日子。求你打死我吧！」他的態度讓那警察吃驚，盯著他的臉看了看，咕噥道：「你神經了！」然後他繼續用一種公事公辦的口氣說：「你別虛張聲勢！你這樣的瘋子我見得多啦，拿別人的財產不當回事。」

這時候濤濤出來了，站在爸爸身旁。警察把駕照還給武男，說：「你這執照被吊銷了。你不能再開車了。你他媽的麻煩大了。」

「幹嘛不乾脆殺了我？來呀，別讓我受這份罪了！我受夠了這種不確定的日子。求你開槍吧！」武男忍住眼淚，痛苦得臉都歪了。

「忍著點，夥計。咱們誰都有罪受，在美國只有死和稅是確定的。你開車多加小心吧，尤其是有孩子在車上呢。」他看了一眼濤濤，孩子也淚汪汪的。他沒再說一個字，轉身大步走開了。

回家的路上，濤濤說：「爸爸，你不應該那樣和警察說話。」

「爲什麼？」

「你會被打死的。」

武男眞想跟兒子說，這樣不知道出路何在、讓他淪爲廢物的生活，他寧可死了算了，可他忍住了自己的衝動。一種羞愧湧上他心頭。「我以後不再那樣了。」他說。

這次事故深深地震撼了他。他不知道自己的駕照是不是眞的被吊銷了。如果是，他怎麼纔能拿到新的駕照？目前他沒有駕照還可以應付，可是以後回到波士頓來，可是決不能沒有駕照的。他不敢找海蒂去討主意，擔心引起不必要的懷疑。想到最後，那天晚上他給當地的廣播電臺打了電話，化名吉米，去向脫口秀主持人諮詢。

電話接通了。主持人現場告訴武男：「吉米，吊銷駕照不是那樣做的。沒在執勤的警察沒有權力吊銷任何人的駕駛執照，連給你開交通違規罰單他都沒資格。也就是說，你的駕照好好的。別爲它擔心啦。」

「要想避免今後遇到麻煩，我該怎麼做？」他的心怦怦直跳；這是他第一次對著電臺說話。

「你可以去警察局，提交一份申訴。你知道那位警官是哪個警局的嗎？」

「我不知道。」

「想辦法打聽打聽，然後去提交一份申訴。我們不能讓這類警力過當的行爲免受懲罰。在沒有執勤的情況下，用槍威脅行人，這是不能容忍的。好了，我們時間到了。您正在收聽的是法律漫談，我們的免費電話是一－八〇〇－七二三……」

武男不知道「免受懲罰」這個詞，他也懶得去提交什麼申訴，因爲根本不知道那個警察是哪家警局的。他現在只顧高興自己的駕駛執照沒事。

10

陳恆好幾天沒在丁家餃子館露面了，武男便一直當他的替班。樓上的幾個人常常議論陳恆，武男有時候也跟他們一起說幾句。大家都認爲，陳恆一定覺得沒臉再在這裡幹下去了，因爲這裡人誰都知道他太太把他甩了。現在，國內來的年輕太太把丈夫甩了，去找白人和美籍華人司空見慣，但陳恆的情況不同，他輸給一個至少比他大十五歲的黑人，所以菁菁認爲，他一定感到更爲丟臉。武男卻並不以爲然。在他看來，凱勒曼對女人是很有吸引力的，特別是對那些需要一副有力的肩膀來支撐的女人。凱勒曼是那類可以一個星期裡給女朋友買好幾次鮮花的男人，他可以帶著女人去電影院、劇院、博物館、音樂會，相比之下，陳恆自己在這裡還沒找到東南西北呢。他只是一個勁幹活、幹活，對麥雨來說，他這樣一定很枯燥無味。他過去是一個很有前途的年輕歷史學者，現在卻混得越來越連她都不如了，這是麥雨不能忍受的。更麻煩的是，國內來的一些男人，尤其那些過去在國內的時候曾被視爲天之驕子的研究生們，來美國以後脾氣還變得越來越大，因爲他們的優越感沒有了。到這裡來以後，他們和別人一樣，都要從零開始了，對這種巨大的反差，他們在精神上缺乏準備。更糟的是，過去的優越生活，使他們在扎根美國土地的過程中，缺乏一種在逆境中生存所需要的體力和毅力。結果，移居國外的經歷，把他們當中很多人給毀了。陳恆無疑就是這些人裡邊的一個。

陳恆有一次曾對武男說過，他父母每隔一個星期就從他鄉下的家裡給他打一次對方付費的長途電話，其實他們又沒有什麼急事要告訴他。對他們來說，這是向鄉親們顯示一下的方式，那些鄉親的孩子們沒有哪個進了大學，更不要說人在紐約掙大錢了。他父母會到村公所去，用村裡兩百戶人家唯一的一部電話機打這些電話。家裡來的每一通電話，都要花掉陳恆至少五十美元，所以陳恆和麥雨經常會爲電話帳單吵架。他對武男承認，在某種程度上，這也怪自己，因爲他給家裡寄過一張照片，在照片裡，他站在一座都鐸式豪宅旁的車道上，靠在一輛嶄新的捷豹車上，樣子好像那房子和車子都是他的。

菁菁轉著她的大眼睛，揶揄地說：「你們大陸人，共產黨教出來的，一定是共妻共夫的，所以這對陳恆來說也不算什麼。要是麥雨嫁的是個台灣丈夫，那她可就要小心點了——他會宰了她的。」

「陳恆不是個男人。」愛敏說。

「你們不應該怪他。」武男插嘴說。「他在這裡生存不易，他怎麼比得了凱勒曼，麥雨要什麼他有什麼？」

「凱勒曼不可能像他表面上那麼闊氣。」菁菁說。

「可他有自己的生意，有很強的自信心。」武男從櫃檯上的紙巾盒裡抽出一張紙巾。「麥雨一定是感到脆弱，想獲得安全感。」

「也許陳恆床上功夫不行。」愛敏咬著大拇指的指甲說。

「行了，不要落井下石了。」武男制止道。

「我敢保證陳恆性教育受得不夠，不能滿足麥雨。」

「愛敏，你這張利嘴眞不饒人。」菁菁說。

奇怪的是，雅芳從一開始就一言不發。今天她臉色蒼白，愛敏問她：「雅芳，你對陳恆怎麼看？你看他像個男人嗎？」

「他是條餓狼。」

「喲，你怎麼這麼火大？」菁菁說。

「他是個瘋子，色狼！」

「你怎麼知道他是色狼？」愛敏問。

「我就是知道。」

武男對雅芳的話感到吃驚。她好像比誰都瞭解陳恆。也許在自己週末回波士頓的日子，他們倆之間發生了什麼事。到底發生了什麼呢？陳恆爲什麼不回來上班了？雅芳爲什麼那麼生氣？

武男在廚房裡剝著大蔥，想著剛纔和樓上幾個女士的談話。陳恆雖然個子又小人又弱，可武男覺得性的問題不應該是麥雨離他而去的原因。他想起在布蘭戴斯大學的頭三個學期，他宿舍的那個室友加里·澤梅曼來。加里從以色列來，很瘦小，又窮，還是個跛子，一條腿比另一條短，左胳臂不能伸直，可他從來沒斷過女朋友。有時候他會同時約會兩個女孩，甚至和兩個女孩一起睡在他那大床上，同時作樂，鬧出的動靜之大，讓睡在另外一間屋裡的武男都沒法睡覺，直到凌晨他們纔安靜下來。除了宏亮的嗓音，加里再沒有什麼過人之處了，可他英語說得流利，在美國如魚得水，所以他的風度和自信吸引得女孩子圍著他轉，尤其是那些跟他學希伯來語、並同情他是殘疾人的女孩子。相比之下，陳恆的問題在於，他在這裡氣短、畏縮。英語不好，既無希望又無信心，他怎麼敵得過凱勒曼？

11

那天晚上打烊以後，武男和雅芳一起出了餐館，往地鐵站走去。她穿了件掐腰呢外套，顯出她的腰身。外邊正下小雨，霓虹燈照進堅尼路上的水窪，不時過來一輛車輾過水窪，遮斷一下燈光。不遠處，一團蒸汽從一個下水道井口冒出來。雖然大多數商店都已經打烊，路上仍有不少行人。街對面，一個中國人迎著急風騎在自行車上，白色雨衣在背上被風鼓起一個大包，弄得他樣子怪異，活像個鬼。好像是看不遠，他眼睛緊盯著自己自行車的前輪，車把上掛著一個塑料袋，還在冒著熱氣。武男轉身看著那個外賣郎的背影，看他在下一條街拐進街角不見了。

在地鐵裡等車的站臺上，雅芳告訴武男，陳恆也許永遠不會回來上班了。「爲什麼？」他問。

「他不敢。」

一列A車叮叮噹噹減速進站停下來，吐出一群乘客。武男可以坐這趟車，可是它在雅芳下車的金斯頓大道沒有站，於是武男陪她一起等C車。

站臺上又安靜下來以後，他又對她說：「我還是不明白爲什麼陳恆不會回來上班了。他怕誰？」

「我。」

「你？爲什麼？」

「要是他再靠近我，我會拿刀捅了他。」

「出了什麼事？」

「他……他強迫我跟他睡覺。」

「什麼？他那樣的人還能那樣？」

C車出現了，尖叫著停下來。武男和雅芳上了車，車上只有幾個乘客，有的在打盹。武男和雅芳在一個角落裡坐下。「怎麼會出這樣的事？」他問她。

「他使壞招騙我。」

「怎麼使的？我不是要多管閒事，我是從來想不到他這麼危險。他那麼瘦小的一個人。」

「三天前，霍華德的女兒都來餐館幹活，所以陳恆和我都不用上班。我們住得不遠，他說那天晚上他要帶我去看電影。我問他哪部片子好，他說：『你看過成人電影嗎？』我說：『沒看過。』我根本不知道那都是黃色片子，我還以爲是孩子看不懂的嚴肅片呢。他把我帶到附近一個地方，我們看了美國人都是怎麼做愛的。以前我從來沒看過那種東西，很吃驚，老實說，也有點神魂顛倒。黑地裡陳恆就開始抱我親我，我也不知道怎麼阻止他，羞得不敢出聲。後來我們就到他住的地方去了。」她哽咽了，吸了吸鼻子。她的臉忽然間變老了，出現了皺紋。她接著說：「我很興奮，而且從來不知道幹那事有那麼多姿勢。陳恆說，他很會幹那個，可以教我怎麼做愛。我想拒絕他的進攻，可他求我，說：『咱們在這裡同是天涯淪落人，應該互相幫助。這就好比你櫃子裡有吃的，而我在挨餓。性可以幫你忘掉苦難和孤單，可以讓你快樂。』忽然之間他變得那麼健談，那麼可憐，我都被感動了。我爲他難過，讓他得逞了。他就像頭野獸，還咬我掐我，半夜了纔放我走。可是天那麼晚了，我一個人沒法回自己住處，就睡在他客廳裡了。他想讓我上他的床睡，我沒答應。第二天一大早，我纔從他家偷跑出來。」

武男一直沒說話，不知道說什麼好。她是自願到陳恆的臥室去的，儘管肯定是他設局引誘了她。她的話讓武男很難受，因爲他意識到，那些受了傷的人們，反過來又去傷害別人。他很難想像，外表羞怯的陳恆，會這麼大膽，這麼卑劣。

「我該怎麼辦？」雅芳問武男。

「我也不知道。」

「這事要是發生在國內，我一定叫我哥帶他的哥兒們來揍他，可是我在這裡誰也不認識。這事我只告訴了你一個人。你是一個我可以信任的好人。你說，他這叫不叫強姦了我？」

武男很吃驚，手指在眼角擦來擦去，好一會纔把手放下，說：「實際上他是強姦，可是很難證明，因爲你和他一起去看電影，然後又進了他的臥室。他可以說你倆在約會，結果就是你同意上床。不外是你的說法和他的說法相抵而已。」

她又哭了起來，這次聲音更大了。武男把手放在她肩膀上，小聲勸道：「不要太難過。在這種地方我們就得堅強，就得忍受很多屈辱。有時候你就得打碎了牙往肚子裡咽。」

「可是我從來沒想到自己同胞會……會……對我這樣！」她抽泣得喘不上氣來。

「像他那樣的人，不敢惹白人，也不敢惹黑人，只能轉過來坑害中國人了。」他嘆息著，把手從她肩上拿開了。

「你今晚上可不可以陪著我？」她淚眼朦朧地問他，「我好孤單，好害怕。這裡沒人管我。我室友今晚不回來，公寓裡空空蕩蕩的。你跟我來吧，我會對你好的。」

「雅芳，你太激動了，一時糊塗。你是個好女孩，你會忘掉這事的。我今晚不能到你家去，去了就是趁人之危了，以後你會鄙視我的。」

她點點頭，腦袋垂下去：「你誤會我了。我是邀請你睡在客廳裡。我只是想讓公寓裡有個人在。我害怕。」

「那就原諒我剛纔說的，但我不能跟你去。」

「我明白。」

「這件事別跟別人說，除非是你絕對信任的人。如果你忍不住要說，給家裡打電話跟你哥哥姐姐說。」

「我不能跟他們說，他們會告訴我父母的。我一直告訴他們這裡一切都好極了。」

「那你想聊聊，就給我打電話吧。」

「謝謝你，我會的。」

她在金斯頓大道下了車。拖著突然好像沉重了很多的身軀，慢慢走遠了。

那天夜裡武男滿腦子都是雅芳所說的一切。他覺得很消沉，還有幾分後悔沒有跟她回家，可他又怕會和她陷得太深——他自己的生活已經是一片沼澤了。在這個意義上，他不想和任何女人有什麼瓜葛，他得集中精神讓自己和一家人生存下來。他想得越多，就越苦惱，想起萍萍常說的看法，和自己的熟人攪在一起，要比和陌生人攪在一起更危險。雅芳的遭遇就證明了這一點。這裡的很多同胞已是窮途末路，互相傷害起來，是毫無顧忌的。陳恆一定遠不止光是占占雅芳的便宜。他妻子的背叛，可能使他對女人產生憎惡——不，他顯然還是貪圖女人的。也許他太絕望、太走投無路，於是控制不住，性急地誘姦年輕女人。但他又害怕吃官司和遭報復，只能以剛從自己國家來的女孩爲獵物了。

雅芳從沒給武男來過電話。工作中她對武男客客氣氣，但是能避開就避開。武男知道他一定是傷了她的自尊心，她可能覺得武男置她的危難於不顧。他看到她對愛敏和菁菁話很多。好幾次他看見她用渴望的眼光看他，可是他一加入談話，她就噤聲。她似乎避免和他交談，儘管她告訴他，她很喜歡他送她看的那些《新航線》。

12

劉先生打來電話，說他妻子邵婭寫完了一篇短篇小說，他想看看《新航線》能不能用，如果能用，他就馬上交給他們。武男告訴他：「那是一定的，我們很想看到她的小說。是個什麼故事？」

「關於紐約的地下血汗衣廠，寫中國女工幹活辛苦到什麼程度。」

「很好啊，我們可能會用的。」

「那我寄給你？」

「不用。我明天去印刷廠，可以路過你家去取，省得你花郵費了。」

「謝謝你想得周到，武男。那我等你來了。」劉先生聽上去很疲憊，像是有些失聲。

武男告訴元寶邵婭寫了小說的事。兩人都認爲，如果她願意重新啟用她的筆名「紫丁香」，他們就應該發表這篇小說；不過，在沒看到小說之前，他們還不能做最後決定。元寶一個勁地說，這是一個好兆頭：有了此小說可以提高雜誌的發行量。

第二天早上，武男去了劉家。找他們家公寓很費了一番工夫，因爲他走到旁邊那座一模一樣的大樓去了。在他終於找對了大門，走近了時，聽見一個女人的尖叫聲，喊的是中文，可是聽不出來她喊的是什麼。一個黑人從樓梯間衝出來，幾乎撞上武男，武男閃身讓他過去。那人黃套頭衫前襟上有幾個大字：「討厭一切！」他衝武男點點頭，就信步走開了。武男進了一二七單元，那女聲現在可以聽清了——是邵婭的聲音。

「我累得半死地掙回錢來，你就這麼隨隨便便地弄光了！」她喊著。

「我不是故意的。」是劉先生馴服的聲音。

「你必須把錢撈回來。」

「你知道我身無分文了。要是我還有錢，你全拿去都可以。」

「你不要再炒股票了！你聽見沒有？」

「人生就是冒險。我們——」

「閉嘴！跟我說你再也不炒了。」

武男該不該進去？他決定還是敲了敲門。劉先生答應著，開門看見是他，先是吃了一驚，接著老人做了個鬼臉，說：「請進。」他攤開胳臂，好像在引導武男走進一個會議廳。

「對不起，我大概來得不是時候。」武男說。

「沒事。我們只是小小地交換一下意見。對不對，老婆？」他問邵婭，邵婭依然一副怒容，黑著臉。她像對一個老朋友一樣對武男埋怨：「他拿我掙來的血汗錢去玩股票，昨天一天就賠了兩千多美元。」

「好啦好啦。」她丈夫說。「股票市場就像戰場，勝敗乃兵家常事，基本靠運氣。對不對，武男？」

武男嚇了一跳，因他對股市一無所知。勉強答道：「一定是的。每天都有賠的有賺的。」

「可他不應該一上來就冒險。」她說。「天知道我在禮品店幹活多辛苦。上星期我幹了五十八個小時，每天晚上下班回來腿都是腫的。可他待在家裡，用我掙來的錢打水漂玩。」

「好啦好啦，我再不幹了。」她丈夫說。

武男拿到了小說，邵婭也同意用她過去的筆名。在回家的路上，武男仔細回想著在劉家看到聽到的情景。他對老人竟會到股票市場去投機感到吃驚。大家都以為劉家很窮，可是劉先生一輸就是上千，怎麼可能呢？難道他祕密地接受了什麼財政援助？可能的。要不然他是不會那麼揮霍的。

再一想，武男對自己的判斷又沒把握了。劉先生已經樹立了做一個獨立人的形象；如果他從什麼人那裡拿了錢，口風一定會露出來的，流亡社區一共就這麼大，多少雙眼睛盯著給異議人士的那點基金呢。不會，老人簡直不可能在沒人注意的情況下拿到任何資助。武男意識到，劉先生表現出來的自立，其實主要靠的是他太太辛苦打工和自我犧牲。

13

元寶認識一個著名詩人，叫山姆·費舍，住在格林威治村。他邀請費舍當《新航線》的名譽董事，費舍答應了。雜誌在封底摺頁上列出了他和其他幾個人的名字。元寶還向詩人討幾首詩，費舍慷慨地答應給他三、四首。星期天早上，元寶和武男一起到詩人家拜訪，去取詩稿。

費舍住在西十街上一座黃磚大樓裡。他向元寶和武男微微鞠躬表示歡迎，伸出胳臂指向自家屋裡。他看上去睡眼惺忪，可他下垂的眼睛是敏銳的，他看著你時，彷彿可以洞穿你的心思。他已經完全謝頂了，可鬢角的頭髮向上翹著，活像兩隻犄角。他家裡顯得挺擠，牆上排滿了書架，還有很多巨幅照片，有些照片上是一些不同姿勢的裸體男青年。有一張是一個十幾歲男孩，呈坐姿，一手握著他勃起的陰莖，好像在手淫。山姆·費舍還是一個頗有成就的攝影家，定期向收藏家出售他的攝影作品。另外，他還是個禪宗信徒。走廊的牆上掛著一支西藏寺廟裡用的長號。他把客人帶進客廳，這裡有叢林的氣味，地板很光亮。坐定後，他叫他男朋友泡茶來。

武男意外地看到一個年輕的中國男子走進來，端著個茶盤，裡邊是一把陶茶壺和四個杯子。「這位是牛敏，從長沙來的。」費舍把他介紹給客人。

他們用國語跟這位男朋友打了招呼，然後武男跟費舍改講英文。他看著年輕人倒了茶。牛敏相當柔弱，長著一張聰明的臉，光滑無毛的下巴，肯定只有二十多歲。他怎麼會和山姆是情人呢？山姆少說比他大出三十歲。

在玻璃咖啡茶几上，放著兩本費舍的傳記，厚的那本幾乎比薄的那本厚一倍。呷著滾燙的茉莉花茶，元寶指著兩本書問山姆：「這兩本哪本更眞實？」

「哪本也不眞實。」山姆說。「這本用馬克思主義的觀點，那本用佛洛伊德派的觀點。兩本都很有意思，但是他們描述的人並不是我。」他大笑起來，眼睛閃著光。又站起身來，走進他的書房。

武男轉向牛敏：「你來美國多久了？」

「去年秋天來的。」

「你在做什麼？」

「在紐約大學讀書。」

「學科學的？」

「不是，學亞洲歷史。」

「眞的？哪段？」

「我還沒確定呢。也許我會寫一篇古代中國同性戀的論文。」

山姆拿著幾張紙回來了，把紙遞給元寶，說：「這些你可以拿去發。」

元寶好像能看懂英文一般把詩稿掃了一遍，眼睛亮了，說：「謝謝您的幫忙。」

「您的詩會給我們雜誌增光的。」武男也附和說。

山姆點點頭沒說話。這時有人敲門，牛敏走過去開門。進來一個高個子年輕人，留著披頭四髮型，高顴骨。「嗨，過來見見我的朋友。」山姆喊道，衝那人揮揮手。

「迪克．哈里森。」那人自我介紹，跟元寶和武男握了握手。他在山姆對面坐下來。牛敏把一個茶杯放在他面前要倒茶給他，迪克謝絕了，問山姆：「我們不是要出去嗎？」

「出去，我們去來來吃午飯。」他轉向元寶和武男：「我們一起出去，好不好？」

牛敏小聲用中文說：「他今天情緒不錯。」

「他說我什麼？」山姆問。

「說你興致很『靠』（高）。」武男說。

「沒錯，我很高興。咱們出去吃午飯。」

「我要做作業，山姆。」牛敏說：「我就不去了。」

「那就待在家裡吧。我們自己去。」

武男給丁家餃子館打了電話，告訴菁菁他會晚來一個小時，然後四個人走出大樓，向東走去。在路過一家叫「聰明讀者」的小書店時，一個描著眉毛的年輕女子朝山姆揮手叫道：「嗨，費舍先生，您可好啊？」

「我挺好。」

她給他飛了一個吻，拉著一小車舊書走開了。然後一位留著V型髮尖兒的青年男子從書店走出來，一看見山姆便說：「喲，費舍先生！請等一秒鐘，我進去買本您的書，您能不能給我簽個名？」

「好吧。」

那人跑回書店，這邊四人站在外面等著。「我在街上經常被人叫住。」山姆對元寶和武男說，似乎覺得很好玩。他把兩手放在肚子上，十指交叉。

沒多大一會兒，那人拿著山姆的一本詩集《噢—噢—噢》回來了，他的拇指夾在封面和扉頁之間：「請您給我在這上面簽個字，行嗎？我今天可真有運氣！」

「沒問題。」山姆接過那人遞給他的筆，開始題字。武男伸長脖子，只見他畫了一個大肚彌勒佛，接著圍著佛的頭畫了幾顆星，寫上「哈哈哈！」然後在圖案下邊花體簽上自己的名字。

那人看了看圖案和簽字。「太棒了！謝謝您。」他伸出手來，山姆跟他握了握。

四人繼續向六大道上的來來走去。迪克告訴他們，來來是山姆最喜歡的一家麵館。山姆手插在褲兜裡走著，時不時踢一踢人行道上的東西：啤酒罐啦、小石子啦、菸盒啦、紙杯啦。拐了一個彎，他們就到了那家小餐館，可在臨進門的當口，一個大胖子又迎上了山姆。「費舍先生，我喜歡你的新書，我是您的大書迷啊。」

「怎麼樣呢？」山姆好像挺煩的，「你想讓我操你屁股嗎？」

「不要不要，千萬別。」那人後退了，卻又回過頭來衝著山姆笑了笑。

武男被山姆的粗話驚得目瞪口呆。迪克解釋說：「山姆就那樣。大家跟他都很熟，不生他氣。」

「去他媽的。」山姆哼了一聲。「我不想每五分鐘就被人叫住。要是他買了我的書，那當然就不一樣了。」

四人都大笑，走進了來來麵館。

14

來來麵館裡坐滿了人。一個像是越南人的年輕女侍應生把他們帶到裡邊的一間屋子。這裡只有兩張桌子。她帶著認識的笑容，問山姆：「今天您吃什麼？」

「先問我的朋友們。」山姆說。

「好的。」她轉向元寶：「您點什麼？」

「將軍麵。」

武男也要了將軍麵；他以前沒吃過日本麵條，想嚐一嚐。迪克和山姆點了泰式炒河粉。

等菜的時候，大家聊起了宗教。山姆說他認識達賴喇嘛，實際上，他的師傅就是達賴的遠房堂兄。「你照佛教徒規矩生活來嗎？」武男問他。

「我每天打坐冥想。」

「我們每年秋天都去安娜堡。」迪克插進來說。

「為什麼？」元寶問。

山姆神祕地笑著。「我師傅的寺廟在那邊，所以我們每年去祈禱。」

「還聽師傅講經。」迪克補充。

麵條和河粉端來了，辣味飄起。見他們對佛教如此投入，武男心中稱奇。他從碗裡舀起一隻蝦，咬了一口。蝦很新鮮，但太硬了一些。他問山姆：「你為什麼要研究佛教？」

「佛教讓我平靜。對我的便祕也有好處。」

武男一下子笑出聲來，元寶卻給弄糊塗了。迪克說：「佛教可以開啟頭腦。」

「你師傅讓你生活中遵守什麼戒條嗎？」武男問。

「沒有，我們完全自由。」山姆說：「在我們這一派佛教裡，什麼都不受限制，毒品、性、婚姻、酒精，一切隨你，除了暴力以外什麼都行。」

「我們是極端的一派，」迪克說：「所以很多人反對我們。」

「我纔不管他娘的他們怎麼想我們。」山姆往嘴裡塞了一口米粉，「你知不知道西藏什麼時候對遊客開放？」他問武男。

「我不知道。」

「我希望明年可以去西藏。我一直在向中國領事館申請入藏許可，可每次都被那幫官僚拒簽了。」

「你一定在黑名單上了。」武男說。

「我是個有神經病的猶太佬，我在所有政府的黑名單上。」

「包括美國政府嗎？」

「那還用問。我在ＦＢＩ的檔案一定能裝滿一推車了。對所有的當權者我都是敵人。」

元寶插嘴說：「要是你去中國，知道會怎麼樣嗎？」

「知道，祕密警察會把一顆子彈從後邊射進我腦袋，然後政府會說，我自殺了。」

大家都大笑起來。吃完飯，山姆給所有人付了帳。「我一個人掙的比你們三個加起來還多。」他不肯讓大家自己掏錢。

天上的雲層濃了，好像要下雨。他們在街角道別時，山姆擁抱了武男，在他臉上很響地親了一口。武男又吃驚又有些尷尬。迪克．哈里森給武男寫下自己的電話號碼，說他可能也會投些詩歌來。大家約好以後還要見面。

武男和元寶朝地鐵站走去。「山姆還眞挺喜歡你的。」元寶邊說邊斜眼看著武男。

「行啦，我又不是同性戀。我只迷女人，一刻都忘不了她們。」

儘管那個吻讓武男心神不定，這次和山姆．費舍的會面，還是讓他很感動，他看到了一個詩人的自由不羈的精神，不怕任何事情，不怕任何人，人格完全獨立。武男還沒有讀過山姆的詩，不過他喜歡這個人。如果他是同性戀，他會樂意和山姆更經常見面的。

元寶給他講了牛敏的更多情況。牛敏是湖南師範學院英語專業的，他先是給山姆寫信，表達了對他詩歌的仰慕，然後兩人之間通過信件發展了關係。山姆當了他來美國的經濟擔保人，幫他得到了簽證，甚至還給他在紐約大學付了學費。牛敏來美國以後就和山姆住在一起了，當了他家的管家。他還給山姆做飯，有時候還當山姆的祕書。元寶在山姆家吃過一次晚飯，牛敏只用了一個小時就做了四個菜和一大碗湯。那天晚上他做的每一個菜都很好吃。山姆付他一份很可觀的薪水。

武男被打動了，說：「牛敏多幸運啊。」

「我看，如果你願意，你是可以取代他的。」元寶衝武男一擠眼。

「不願意。我倒很想爲一個和山姆一樣有名的漂亮女詩人工作。你認不認識什麼人？」

「你以爲我會免費給你提供人名嗎？」

兩人大笑，引得一個路過的老婦人轉身看他們。他們不再笑了，繼續聊著紐約詩歌界的軼聞。

15

萍萍把電話打到丁家餃子館，請求武男立刻回來。她和海蒂吵架了，考慮要搬出她的家。原來，奈森找不到他的新計算機，懷疑是萍萍拿上樓給濤濤用了。海蒂上樓來問萍萍：「你拿了奈森的計算機嗎？」萍萍說「沒拿」。她帶海蒂到二樓奈森的房間，在他桌子後邊的窗臺上看見掉下去的計算機。萍萍便當面對海蒂說，不管她多窮，她不會偷東西的。

她的話梗得海蒂說不出話來，因爲她明白那是眞的。有很多次，萍萍洗衣服時看到他們的鈔票或硬幣，從來都是把錢交還給海蒂，有時候多達三四十美元。可作爲萍萍的僱主，她又不肯向萍萍道歉，一言沒發就走開了。這就讓萍萍更加生氣，打算要辭工，不過她還沒跟海蒂提出來。

武男在電話裡勸她，現在不要考慮搬出來的問題，因爲搬出來的話濤濤就上不了這麼好的學校了，現在離開伍德蘭是不上算的，總得等到學期末。「我很快就回來，好吧？」他對她說。

「多快？」

「我得先安排好纔能走，不能不跟老闆打個招呼就走啊。」

「好吧，你儘快回來。」

整個一下午，武男做事恍恍惚惚，切黃瓜丁的時候還切了指頭。他很生海蒂的氣，因爲他不在家，她就這麼對待萍萍。也許她害怕他的老婆孩子會永遠待在她家不走，所以找點碴刁難他們，好把他們趕走。

晚上快收工時，武男告訴菁菁，他要請幾天假，因爲家裡有點急事，他得趕回去。大家都以爲他只是離開幾天，下個星期就回來了。他也樂得讓他們那麼去想，因爲還是要給自己留條後路。但他決定辭掉《新航線》的工作。他不喜歡幹編輯，也怕再幹下去的話，說不定哪天元寶會要他把他整本回憶錄都翻譯了。

第二天一早，他下樓找元寶，去說他辭工的決定。快走到元寶臥室門口，他聽見溫蒂正在痛罵男友，聽上去她今天氣瘋了，叫著：「你這個寄生蟲！」

「我不是！」元寶也在叫。

「你活像個寄生蟲。我再也受不了你了。滾出去。」

「不過幾塊錢的事。」

「幾塊錢？我一個月只能拿七百美元的社會保障金，你喝酒就花兩百塊，還別提你打的那些電話帳單。你怎麼敢把那些錢叫幾塊錢？」

「可你收房租錢。」

「那都是付貸款的。你少跟我吵。我已經決定了，我要你搬出去。」

「行，行，我搬出你家。」

「好啊。帶上你的同性戀朋友一起滾。」

「你媽的，武男不是同性戀！」

「甭跟我說這個。我知道他是什麼。」

「你不想跟我結婚了？」

「我嫌你噁心。你就是想利用我拿你的綠卡，現在我可幫不了你了。出去。」

「行啊，我不會拖個你這樣的爛包袱。」他平靜地說。

武男敲敲他們的門。溫蒂的話讓他火冒三丈，不由得狠狠瞪著她。她避開了他迸著火星的目光，頭轉向窗外。窗外有幾隻黑鳥在梧桐樹上拍著翅膀，有一隻嘴裡還叼著一角手紙。武男看見溫蒂臉上泛起紅暈。她對他一向很友善，他還幫她修前門，在後院幫她釘籬笆樁，可突然一下子，她把他說得這麼難聽，實在把他傷得太厲害了。

「我要回家了。」他對元寶說。

「你是說不再回來了？」

「是的。我家裡出了點麻煩，我得立即回去。」

「好吧，我馬上也要搬出去了。受不了這臭屄了。」他指了一下女友。

武男看了一眼溫蒂，她聽不懂元寶用中文罵的髒字。兩人簡單地討論了一下關於雜誌的問題。元寶下期就沒錢辦了，所以，武男現在辭職也許正是時候。內心裡，武男對元寶無法不鄙視。如果他將來成爲一個藝術家，他一定不會像元寶這樣。他首先要能夠養活自己。現在是重新開始的時候了。紐約不是他這樣的人待的地方，他必須回家去，和老婆孩子待在一起，共同奮鬥。

16

電話裡，萍萍還沒有把整個事情全部講給武男聽，其實這裡邊還涉及濤濤和莉維婭。幾天前，兩個孩子一起在廚房裡做功課，萍萍在屋外修理木頭垃圾筒的蓋子。這兩個孩子現在很要好，莉維婭總說濤濤是她最好的朋友之一，儘管他仍然不跟她的朋友們一起玩。有好幾次，萍萍跟兒子說，別太依戀莉維婭了，可一看見莉維婭，孩子就忍不住變得興奮起來。海蒂並不怎麼喜歡濤濤，儘管承認他很聰明很漂亮。萍萍俯身在筒蓋的轉軸上釘了兩顆釘子，又開開關關，看是不是釘緊了。搞好以後她轉身回到廚房。可這時候她聽見兩個孩子在說話，就站下來聽。

「我想他不會再回來了。」莉維婭用一種很嚴肅的聲調說。

「纔不是呢。我爸爸是到紐約上班去了。」

「跟你說吧，大人總是沒眞話的。」

「我爸爸不騙人的。」

「你怎麼知道他不騙人？」

「我媽媽跟我說的。」

「他連你媽媽也騙了。我可聽說了，他把你們倆甩了。」

「你是個大騙子！」

「別衝我發火。我不會因爲自己沒爸爸了，就想讓你也沒爸爸。」

「我再也不要你這個朋友了。」

「好啦，我可不是要傷你的心，我只是告訴你我媽媽和她朋友們說的話。」

萍萍跨進廚房門，對莉維婭說：「她們是一群無聊的闊太太，沒別的事可幹。她們就想讓別人都倒楣。」

莉維婭嚇得不敢作聲。萍萍接著說：「別信那些屁話。武男在學當廚師。他做的餛飩你沒吃嗎？」

「我吃了，好吃，比我在所有中餐館裡吃的東西都好吃。」莉維婭似乎緩過點氣來。

「他只是去一段日子。」

「他也是這麼告訴我的。」濤濤也說。「他說將來我們要自己開個生意。」

莉維婭垂下眼睛，眼淚湧上來。她跟萍萍說：「我媽媽的朋友都說，你和武男分居了。我媽媽怕你會永遠住在我們家。說實話，我不在乎你們住。」那是眞的，莉維婭喜歡萍萍，霍恩伯格醫生預言，莉維婭將來長不過一百五十三公分，連她媽媽都信了那個德國佬，只有萍萍一個人不信。

「他們都胡扯。」萍萍說。「武男不會甩了濤濤和我。他是好人。」

話雖這麼說，萍萍卻比過去任何時候都更加焦躁。她看得出來這些流言蜚語都是怎麼來的。要是武男在紐約碰上了對心思的女人怎麼辦？他會不會來一場婚外情，然後甩了濤濤和她？這事要是發生在國內還不至於毀了她，在那邊她是一個完整的人，靠自己幹什麼都行。可是在美國，她有很多事情要靠他，濤濤也需要一個爸爸。的確，在他們決定定居美國之前，她還盤算過，回到中國就和武男離婚，她會一個人把濤濤養大。所以前幾年她決意要多攢些錢。但在這個地方她離開武男可沒法生存，無論如何，她都得先保住這個家，要給濤濤一個安全的、充滿愛的家。眼下她一想到武男可能會找另外的女人，就感到再也不能忍受了。她知道如果那樣的話，自己會嫉妒得發瘋。所以現在她一定要讓他回來。他在紐約待得越久，就越可能出麻煩。

17

武男回到家來，和萍萍商議了，她同意不急著搬出去。可是讓他們驚愕的是，海蒂決意要辭退他們了，雖然允許他們再住半年。她說：「我夏天反正是要人看房子的。不過八月一過，我不能再僱你們了。我們都說清楚了吧？」她板著臉說。武男夫婦謝了她延長半年時間給他們。

武男拿不定主意自己該不該回紐約，不過他最後還是決定不回去了，現在他炒菜的水平已經很專業了。他給霍華德打了電話，告訴他自己的打算。老闆說他理解，會把最後一個星期的薪水寄來。這讓武男很感動，他沒有想到還可以拿到那錢。

那天晚上，他和萍萍一起上了床，但發現所有的保險套都被戳破或剪斷了。「一定是兒子幹的。」萍萍笑著說。

武男沒有責怪濤濤，知道孩子一定是怨恨他老不在家。他笑著對妻子說：「他怎麼可能瞭解性事呢？我到快十三歲了還對性一無所知呢。」

「這裡的孩子發育得早。他看了些生物方面的書，小孩子是怎麼來的他懂得不少呢。」

「不過他現在就對這些感興趣還是太早了點。」

「沒關係，只要我們都愛他，把他培養好就是了。」

他沒再說話，繼續和萍萍做愛，她很快達到高潮，但她不敢叫喚，怕把兒子吵醒。她舔著武男的胸脯，含著眼淚小聲喃喃著，說沒有他她就活不下去。要是他能在家裡守著她一輩子該多好啊！

第二天，武男開始在英文的《波士頓環球報》和中文的《世界日報》上找招聘廣告。這一次，他想當大廚。兩家中餐館面試了他，其中在耐蒂克城裡一家名叫翡翠餐館的，僱他當了二廚，要他下星期一就去上班。

第三部

1

一九九一年初夏的一天，武男在《世界日報》上看到一則廣告，喬治亞州一家餐館有意出讓，要價兩萬五千美元，僱主說，餐館一年的生意額超過十萬，可以有很不錯的贏利。廣告上還說：「適合您的家庭」。武男把報紙帶回家，拿給萍萍看。那天夜裡他們商量到很晚。

他們已經考慮好幾個月了，全家應該往哪兒去？留在波士頓地區，還是搬到生活比較便宜的地方去？

他們一直在打工，再加上三年沒有爲房租花過一分錢，現在他們銀行戶頭裡的存款更多了——兩筆定期存款，一共有五萬美元。可即使有了這些錢，他們還是不可能在這裡買房子或自己做生意，麻州什麼東西都太貴了。武男在翡翠小館每小時掙十美元，憑這個薪水，想從銀行申請貸款是不夠格的。武男聽說，在南方的喬治亞、佛羅里達、密西西比、和阿拉巴馬那邊的中餐館都很便宜，他一直注意報上的廣告，看到的行情，的確是這樣。在翡翠小館幹了四個月以後，他做廚師已經是一個熟手了。

可是濤濤的上學怎麼辦？他們考慮，如果離開波士頓地區，這不會是個大問題，因爲萍萍可以教他數學，武男可以在語文上輔導他。別看武男講起英文來有時會出錯，他對英文語法卻爛熟於心。問題的關鍵，在於他們願意不願意到南方去，他們聽說那邊的種族偏見仍然比較厲害，三K黨仍然活躍，甚至膽敢大白天就招搖過市。可另一方面，他們也看了生活在南方的華人寫的一些文章，都很滿意那邊生活的品質。路易斯安那的一個婦女還誇耀說，她家後院有六十四棵橡樹和楓樹，是住在北加州的時候做夢也想不到的。有人則讚揚南方的氣候，說跟在中國家鄉那裡的氣候差不多，夏天濕潤，冬天沒雪，更不可能有暴風雪了。

那天晚上，武男夫婦決定和喬治亞那家餐館的老闆聯絡一下。第二天早上，武男把電話打過去，是一個有氣無力的男人接的。一聽說武男有興趣買餐館，那人馬上就來了精神，說自己就是老闆——王先生。「我保證你在這邊可以掙大錢。」他對武男說。

「那你怎麼還要把餐館賣掉？」

「我和太太都老了，做不動了，太辛苦。有時候我們要回台灣看看親朋好友，可我們不在的時候，這裡很難找到人來照料餐館。」

「這家店你們開了多久了？」

「二十多年了。老實說，由一個家庭來經營是很理想的，非常穩定啊。我們要做得動，是不會賣的。」

「可是現在經濟不景氣，麻州很多餐館都關掉了。」

「我知道。我們這邊也有很多生意倒閉的。最近我們的客人也少了些，不過我們還算不錯。相信我，經濟會復甦的。我說了，這個地方非常穩定。」

武男又向他打聽了亞特蘭大郊外的生活環境。王先生讓他放心，這裡對孩子成長絕對是個又合適又安全的地方。他聽說過三K黨，但只是聽說，從來沒親眼見過。再說，亞特蘭大的亞裔移民成千上萬，這裡幾乎像個新移民的處女地。王先生居住的格威納特郡，是全美國成長最快的郡之一，每兩年就得新建一所小學或初中，就這樣，每個班教室裡還總是擠得太滿，每個學校總有一些學生在活動房屋裡上課。所有這些信息都令人鼓舞。武男打算南下喬治亞，去看看那家餐館。他跟王先生說，他在這邊餐館一請好假，就馬上過去。

武男跟萍萍轉述了王先生在電話上講的情況，她越聽越興奮。要是這個買賣談成了，他們不就自己開餐館了嗎？不就快有自己的房子了嗎？她催著武男這個星期就出發到喬治亞去。要是看到餐館條件和當地生活都不錯，他就先把定金付了。他還應該到周圍轉轉，看看那裡的房價大概是多少。只要有亞裔移民住在那邊，那地方就該是安全的。

2

三天後，武男動身到南方去。他沿著九十五號公路一直開到維吉尼亞州，在理奇蒙德又轉上八十五號公路。他一連開了十四個小時，直到累得再也開不動了，纔在北卡羅萊納的理奇維停下來過夜，就在一個休息區的停車場上，睡在自己車裡。天還沒大亮，樹葉還浸透在露水裡，薄霧升起，他就又上路了。進入北卡州的杜倫時，他看見一輛紫紅色摩托車，一下子讓他想起了蓓娜騎過的那輛三葉摩托車。他加大了油門，可他的車開不了那麼快。沒多一會兒，眼看著摩托車手那白色的頭盔時隱時現，漸行漸遠，消失在前面的車流裡了。武男嘆息一聲，又使勁搖了搖頭，把他前女朋友的影子趕出腦海。

因爲沿途的公路施工，武男用了一整天才跨過了北卡和南卡州，直到傍晚，纔開到喬治亞州的錢伯利——位於亞特蘭大北郊的一個小城。他在布福德公路上的雙喜旅店住了下來，經理是個韓國人，說一口流利國語，但口音很重。武男累壞了，洗完澡就上了床，晚飯也沒吃。其實萍萍給他裝了一大包吃的東西：即食麵、麵包、兩罐肉腸、魚片、夏威夷果仁餅乾、風乾鴨、開心果、橘子——好像喬治亞買不到這些東西似的。她還把咖啡壺也塞進來了，讓他可以燒開水沖麥片和泡茶。

第二天一早，武男去見王先生。「金鍋」餐館在李本鎮——在亞特蘭大市東北二十四五公里遠。餐館位於一個半死不活、叫比佛山廣場的購物中心最西端，旁邊連著幾家織品店、洗衣店、照相館、健身房之類，還有一家小超市。有幾家空鋪子，貼著「出租」的招牌，看得武男心情喜憂參半。這些空店說明餐館要續租是非常容易的，但它們也表明，這裡的生意不是很好做。

王先生個子高高的，四肢如柴，鬍子稀稀拉拉，比武男想像的要老得多。他背駝得太厲害了，簡直像個羅鍋，脖子上和胳臂上長了很多褐斑。他一邊跟武男說話，一邊不住地按摩著右膝，像是有嚴重的關節炎。他使勁想直起身子，就是直不起來。他苦著臉，說他的慢性背痛一年比一年厲害了。武男不禁覺得他是不是還患有脫肛，因爲聽說這兩種病痛在長期幹餐館的人中是很普遍的。老人和他老伴見到武男來都很高興，熱情地帶他在店裡到處看。武男進了廚房，察看了爐灶、烤箱、貯藏箱、冰櫃、洗碗機，還有洗手間的馬桶、照明設備。他很高興地看到，這些設備的狀況都還不錯，就是飯堂有些破舊。飯堂有六張桌子，八臺褐色皮革面的火車座，幾面牆上貼滿了壁畫，畫的全是馬，奔馬、立馬、吃草的馬、甩著尾巴歡蹦亂跳的馬。從後邊一個角落裡飄出一陣蒙古曲調，大約是要和牆上這些馬的主題相匹配。王氏夫婦只僱了一個女侍應生，一個皮膚黑黑的叫塔米的馬來西亞年輕女子。塔米會說廣東話和英語，但不會說國語。武男打開菜單，上面有二三十種菜，大多是外賣，沒有一樣超過五美元。雖然不可能像廣告上說的「年生意額超過十萬」，但餐館的狀況完好。

武男走出廚房時，一個戴著飛行員眼鏡、穿著灰色運動衫的年輕人蹓躂進來，嘴裡銜著根牙籤。武男閃到一邊，讓他過去。那人一言未發逕直走進去。不一會兒，武男聽見了鍋鏟刮炒鍋的清脆聲音。

「我跟你說過，這地方最適合像你這樣的家庭。」王先生對武男說。

「您太太懂英語嗎？」王太太問。她是個沒有腰身、四肢短短的女人，穿著一件麻布襯衣。

「會說，她什麼都會做。我再問問您，我沒看見很多客人。這裡客人不多，是不是？」

「星期二比較清淡。」她回答道。

「你會炒菜嗎？」王先生問武男。

「我是大廚。」

「好極了，要是這樣的話，那就不同了。我可以向你保證，你很快就可以發財的。」

「是嗎，我可沒把握。」

「你看，我還要給大廚發薪水，就是廚房裡那小子，一個小時八美元。原來我是自己炒菜的，可現在太老了，做不動了。要是你和你太太都在店裡幹活，掙的錢就都到你們自己腰包裡了。」

「你僱了大廚？」武男不禁驚訝，想不到這麼個地方還能付得起那樣的薪水，他還以爲那個戴眼鏡的是王家的什麼人或是親戚呢。

「是啊。你可以去問問他，我付他多少薪水。所以我們沒法再開下去了——掙的錢到最後都進他錢包了。我成了專給他提供飯碗的了。」

這可讓人大受鼓舞。要是他們僱得起一個大廚，那餐館一定生意不錯。

老夫婦留武男吃午飯，說他遠道而來，他們這樣招待一下客人是起碼的。武男答應了，和王先生一起在一張桌前坐下來。他先給主人倒了杯茶，再給自己倒一杯，接著聊這裡的生活。老人肯定地告訴他，格威納特郡的公立學校是非常好的，他鄰居一個女孩上完伯克瑪高中，現在進了杜克大學，是醫科大學預科生了。這話讓武男印象深刻。王先生還告訴他，跟亞特蘭大這一帶其他各郡相比，格威納特郡的地稅要低得多，所以很多從亞洲和拉美來的新移民都願意住在這裡。

十分鐘後，王太太端著一個大盤子小心翼翼地走過來，放到他們面前，盤子裡邊有一碗鍋貼、一盤扇貝和蝦炒雪豆竹筍、一罐白飯、兩雙一次性筷子，和兩隻空碗。「你想吃也吃一點吧。」她跟丈夫說。

「好啊，我還眞有點餓了。」但老人只夾了一個鍋貼，跟武男說他現在都不吃午飯的。

武男把筷子掰開，開始吃起來。他覺得飯菜做得並不高明，鍋貼的回鍋油已經用得變味了。

接著他向王先生打聽了租金、各種稅率、水電煤氣的費用，以及當地送菜、送肉、送海鮮、送佐料等等的送貨服務。這期間來了三個客人，一個叫了外賣，那兩個是一對中年夫妻，被塔米領到屋角的火車座。大眼睛的女侍應生不時地朝武男瞟一眼，好像有話要說，但把話又咽了回去。

吃完飯，武男向王家人告辭，說他明天早上再來。他在李本和諾克羅斯的幾個居民小區都轉了轉，主要沿著勞倫斯維爾和布福德公路和吉米．卡特大道，走走停停。他看見小區裡很多房屋在出售，這些房子大多是四個臥室、磚砌前牆的新房子，標價在十二萬到十三萬美元之間。可是在這些新建的或正在施工的小區外邊，就都是些老房子了，有的甚至標價還不到八萬美元。他從來沒有想到，一個磚房連十萬美元都不到就賣，在波士頓那邊，這樣的房子，就連三臥室的都至少要這個價錢的三倍。

武男的車裡沒有空調，他不斷地從旁邊座位上拿起百事可樂的瓶子喝上一口。天氣又熱又悶，一出車子就感到熱浪撲面。由於悶熱，他感到呼吸都很費勁。平生第一次，他親身體會到什麼叫「潮濕」。在波士頓，當人們說「眞潮濕」時，他並不能感覺到潮濕。現在，他的身體終於把乾熱和濕熱之間的差別告訴他了。但是，一旦把家安在這邊了，天氣的濕熱應該不是個問題，因爲不管在哪兒，室內都是有空調的。在中國的日子，他有一年夏天在濟南市待了一個月，不論什麼時候走在街上，衣褲都被汗水濕透了，而且屋裡和外邊是一樣的熱。那時候，三伏天的酷熱你是沒處躲藏的，但喬治亞的潮濕和高溫沒什麼了不起。更讓人鼓舞的是，確實有很多亞裔移民住在亞特蘭大東北郊外。不過七八公里的一段路，武男就看到一個中國教堂和兩個韓國教堂。這裡無疑是一個安全的好地方。

那天晚上他給妻子打電話，告訴她在這邊看到的聽到的情況。萍萍非常動心，催武男明天就和王家把買店的事定下來，把不到售價二〇%的定金交了。她還提醒他，討價還價不要太過，只要生意穩固，多一兩千、少一兩千都差別不大。

掛電話之前，她用英語說：「男，我想你，我愛你。」千里之外，她的話倒更自然了。他很久沒有聽到她對他這麼熱烈地說話了。

「我也愛你。」雖然這樣說，他卻不能確定自己的情感。他對她仍舊沒有強烈的感情，但他感覺依戀她，也明白他們或多或少地變得分不開了——沒有對方，他倆誰也不能在這塊土地上生存下去，而且更重要的是，孩子需要他們倆。如果搬到喬治亞來，就意味著他們從現在起必須過得更像夫妻。在某種意義上，他並非不樂意看到那個前景，因為不論什麼時候，和萍萍在一起，他都感到安寧。這些天來，他的思緒依然經常轉到蓓娜身上，不論他到哪裡，她似乎都跟他在一起，引誘他進入幻想。夜裡一閉上眼，她那張生動的臉就常常出現，好像在撩逗他，或熱切地要跟他說話。接著他又會聞到她頭髮上青草般的清香。要是他能同樣地愛萍萍，使她能夠取代他腦子裡那個女人該有多好，他知道，那女人不過是個輕浮的狐狸精。

第二天上午，快十一點，他又去了金鍋，但沒有馬上進去。他把車停在離餐館稍遠的地方，待在車裡觀察，看看會有多少顧客。正下著毛毛雨，粉狀的雨水糊住了車窗。天氣不太熱，所以在停車場多待一會，聽聽收音機裡的佈道，他倒也不介意。一個男聲正在講〈馬太福音〉裡的一段，闡述「新酒裝新瓶」的必要性。武男對他的辯才和熱情著了迷，儘管那人的聲音奇特地沙啞和刺耳。不到半小時的時間，有五個客人在金鍋出現，三個像是從附近建築工地來的墨西哥工人。他們看上去都是常客，出來時，每人除了拿了一盒飯，還拿著一高杯飲料。

武男跟王先生夫婦說他想買下這餐館，他倆一副大鬆一口氣的模樣。接著開始討價還價。武男當場提出比售價減少三千美元，因為他不喜歡牆上那些馬，和火車座的桌面。這是他平生第一次跟人殺價，事後他感到很得意，感覺像個眞正的生意人了。他省下的錢，可以折合成兩萬五千元人民幣呢，是他在中國一年薪水的三十倍。不知怎地，每當武男處理一筆大錢時，都忍不住在腦子裡把美元折合成人民幣，這個習慣使他過得非常節省。不過，有好幾次，他都希望自己能夠跳出這種思維定勢，因為他明白，這裡的人發財靠的不單是省得多，更要緊的是靠掙得多，人在美國，就應該過得像個美國人。

「你什麼時候過來接手？」王先生帶著幾分開心問武男。

「大概一個月左右。」

「太久了。兩個星期怎麼樣？」

「我爭取吧。這不應該是大問題。我到家以後很快就會告訴你。」

武男給他開了張二千二百美元的支票──百分之十的定金。王家人請求他留下塔米，她從不滿二十歲起就在這裡幹活，到現在都快十年了。「可以啊。」武男答應了。他反正是要僱個人的。現在他們付她每小時一美元，因爲所有的小費都歸她。

當天下午，武男又上了高速公路，開車回北方去。

3

兩天後，他回到伍德蘭。聽了餐館和亞特蘭大郊區的情況，萍萍高興得不得了。他們得知王先生是從台灣來的，都覺得欣慰，一般來說，台灣人比不講規則不講法律的大陸人更可以信賴。他倆認識的人中間，被自己從大陸來的同鄉騙了的大有人在。

武男和萍萍都忘了考慮在哪裡住。武男看見在李本鎮旁邊的諾克羅斯鎮有幾處公寓群，但他沒有帶回任何住房的信息。所以，第二天他就給金鍋打電話，向王太太請教附近有沒有不太貴的住處。王太太說，她會給武男寄來一本公寓信息手冊。「我們門外就有，都是剛送來的。」她跟他說。

他記得在餐館門口旁看見過一個紅鐵絲架子，上面放了幾種手冊和傳單。「您可不可以馬上寄過來？」他問。

「我今天就寄過去。」

一切似乎都按部就班了，武男夫婦開始盤算怎麼搬家。連濤濤都要決定哪些玩具、哪些書要帶走，哪些捐給圖書館後邊那家由唯一神教派教堂經營的廉價商店。

最難辦的是武男那些書。他的書大多都裝在紙箱裡，存在海蒂車庫旁的那個工作間裡。幾年前，武男仍計畫回中國的時候，曾收集了四十多箱舊書，打算回國後，建起自己的小圖書館。可是當他們住進梅斯菲爾德家時，書沒處放，武男就只好都留在水城了。他跟水城的房東瓦多里諾先生商議，每月付租金六十五美元，租下房東的地下室兩年，來存放他那三千冊書。後來他意識到，他要付的租金，到最後就足夠他重新再買這些書的了。萍萍主張把那些書處理掉，因為他不能再回中國了。武男曾拿了幾箱，送到當地圖書館和幾家書店，可誰也不想要這些書，都跟他說，這些書太專業了。確實，一般讀者誰可能用得上俄語版的安娜．阿赫瑪托娃的《詩歌全集》，或者漢斯．摩根索的《國家間的政治》？沒地方可送，武男只好痛心地把那幾箱書留在路邊一排垃圾箱旁邊，與雪堆為伍了。在下一個星期裡，他又丟掉了三箱。

扔書之後的一個月裡他都失魂落魄，幾乎病倒。要是有什麼辦法能保留這些書就好了！他盡力試過了，硬不起心腸來把它們都扔掉。所幸他的一個朋友要回中國去，找他來拿去了十三箱，武男幫她裝上車，還開了輛小貨車，一路把她送到紐澤西，幫著把書用海運發到天津。然後他又懇求海蒂，讓他在她的手工間裡占用一個角落，堆下他剩餘的十一箱書。現在，為了省掉郵費，他不得不再一次扔掉一些。美國的每個城鎮都有公共圖書館，他幹嘛要在自己家裡存這麼多書呢？他把所有書箱都翻開來仔細看了一遍，自己留下了三分之二，一共七個箱子，把剩下的都扔掉了。

其他東西都很好收拾了，武男夫婦自己沒有多少東西。萍萍給海蒂打了電話——她和孩子們去科德角半島避暑了，告訴她，他們一家馬上就搬走了。海蒂似乎很興奮，也很解脫。兩天後，她回伍德蘭來。她付了萍萍一千二百美元——十二張百元大鈔放在一個信封裡——讓武男夫婦買床墊子，因為這裡的床墊他們搬不走。她還叮囑萍萍，走之前要把頂樓房間打掃乾淨。莉維婭也和媽媽一起回來了，回來的路上她給濤濤買了一個魔方。現在，趁大人們在說話，她和濤濤待在客廳裡，給濤濤演示怎麼拼魔方。她和矯形牙醫十一點有個預約，去調整她的牙套，幾分鐘後海蒂就叫她出門，準備去看牙醫了。

「保持聯絡啊，濤濤。」莉維婭一邊跟著媽媽出門去上車，一邊對濤濤說。

「一定。」濤濤點著頭。

「記著，我是你朋友。」她揮著那隻瘦瘦的、指甲短小的手。她的涼鞋似乎太大了，走在路上吧嗒吧嗒的。

「一定，謝謝你的魔方！」

武男夫婦向海蒂的車揮手道別。濤濤回到客廳，繼續轉他的魔方。

亞特蘭大公寓手冊寄來了，一大厚本，上邊有幾百處選擇。萍萍和武男對那租金喜出望外，比波士頓這邊便宜得太多了！他們折了標著東部郊區住房的幾頁。不過讓他們失望的是，這些房子只有一處在李本，而且那個地方租金太貴了，所以他們只能在臨近的鎮子裡找。他們發現，在李本以南不到十公里、屬於迪卡布郡的一個叫石山鎮的一帶，房子要便宜得多。武男打了兩個電話過去，沒費什麼勁，就在桃樹巷租到了一處三臥室公寓，從地圖上看，這裡仍屬於格威納特郡，開車到餐館只需要十五分鐘。武男打算把第三間臥室給自己當書房。萍萍希望的理想住處是可以步行到餐館，但武男告訴她，亞特蘭大可不像波士頓，那地方是個向所有方向攤得很散的城市，到哪裡去都需要開車，所以他們還是住在桃樹巷比較好。租金是每月五百五十美元。

一輛UPS的貨車來運他們的行李——總共有三十五個紙箱。司機是一個高個子女人，方下巴，臉曬得黑黑的。她穿著褐色制服，短袖衫顯出她肌肉發達的胳臂和高聳的胸部。武男和她一起把箱子裝上車，她搬起那麼重的箱子，再放到車裡的貨架上，竟是那麼輕鬆。他喜歡看那女人用有力的雙手幹活，並感覺到她強健的身體散發出的能量。

所有東西都裝上車以後，她向他保證，全部行李都會完好無損地運到。在一個別著圓珠筆的硬板上，她在一張表格下方劃了一個×，請武男在那裡簽字，然後把表格交給他。武男簽了字，囑咐她搬箱子的時候小心一點，儘管他沒說，行李裡有一臺微波爐，一個小烤爐，一台電腦，甚至一部電視。他給了她十美元小費，讓她喜形於色，答應武男，一回到總部，就把他們所有的行李都貼上「易碎」的標籤。

多棒的女人，這麼能吃苦，這麼自立！武男看著她登上褐色貨車，開出了院子。

4

六月六日，是星期六，早上四點，武男一家就起了床。萍萍頭天晚上已經把毯子枕頭放在車後座上了。按照海蒂囑咐的，她檢查了所有的門、窗，然後把鑰匙留在廚房飯桌上，把大門鎖好。外邊還很潮濕，涼意十足，她朝他們停在車庫前那輛裝滿行李的福特車走去時，禁不住打起哆嗦來。

九十五號路上沒什麼車輛，籠罩著一層薄霧。朦朧的空氣似乎被他們的車燈攪起來，像一縷縷輕煙掠過。路邊的小樹林黑黑的，看上去堅實得像一排礁石。萍萍又快活又激動。儘管知道武男並不十分愛她，儘管動不動就暈車，她和武男在一起，還是感到充滿希望，感到安全。他們往喬治亞搬，表明了他願意和她生活在一起，共同撫養濤濤。她跟自己說，只要我們在一起，走到天涯海角也無妨。人挪活，樹挪死，在海蒂的屋頂下實在過不下去了。我們終於可以有個屬於自己的地方了。

她看看武男，他好像很平靜。事實上，他這些天來脾氣好多了。他穩穩地開著，儘管他們的舊車跑起來有點抖，一路上沒法超過任何一輛車。在他們前頭，柏油公路望不到盡頭，神祕莫測，可萍萍堅信，它會通向新的生活。她深知武男一定會勤懇地幹活，他們一道打拼，一定會過上體面日子的。

他們經過康乃狄克州的新倫敦時，太陽突然露了出來，一個碩大的圓盤把東邊一大片天空燒得通紅。公路上的車子多起來了，他們一路開去，不時見到海洋的淺灘閃著微光。萍萍一個勁讓濤濤看太陽，看海灘，可孩子只是哼哼幾聲。他睏得睜不開眼睛，一路都在打盹。

因為車是滿載，武男一開始不讓萍萍開車。她不時地給他捏一捏後脖頸，好讓他肌肉放鬆。她看得出來他很緊張，尤其在大貨櫃車超他們車的時候，帶起的震盪讓他們的小車顫抖起來。他們開近斯坦佛時，大貨櫃車更密集了。可是她卻感到很安寧。只要他們三人在一起，她不怕在任何地方重新開始生活。

他們不想陷進紐約的車龍裡，於是一出康乃狄克州界，武男就拐上了二八七號公路。他向西開了二十來公里之後，哈德遜河出現了，這一帶的河面寬廣、安詳，像大洋一樣讓人感到驚心動魄。東河岸上矗立著一座燈塔，像一隻巨大的企鵝，凝視著遠方。西河岸上有很多白房子，沐浴在陽光裡，在沿河山丘上的樹林中時隱時現，蒼鷺和海鷗在水上滑翔、飛舞。在遠方，一艘快艇劈波斬浪，拖起一道白尾。一大群帆船停泊在西南邊，船帆像翅膀一樣張揚。除了這些小船，寬闊的大河上再也沒有紛亂的痕跡。塔潘吉大橋下面，一艘又短又粗的小紅船在河中泊住不動，插著釣魚杆，兩個人坐在船上，正抽著菸喝著啤酒。武男換到靠外邊的車道上，減慢了些，好看到更多的河景。他要是能住在這樣一個地方該多好啊，這麼乾淨，這麼寧靜。哈德遜河雖然寬廣浩瀚，卻沒有大海上那樣的風暴和颶風。儘管是遠遠地看過去，岸邊的山丘卻明亮得似乎每根樹梢都清晰可見。多麼讓人靈魂淨化的地方！那些山丘上住著的幸運人們都是誰？他們多有福氣，能夠享受這樣的和平與安謐。要是武男有了來世，能夠選擇在哪兒居住，這裡肯定是他的選擇之一。

「這裡的景色比長江好。」萍萍說。

「比黃河也強多了。」武男響應道。

他們都笑了，武男興奮地按響了喇叭。「別鳴笛，」萍萍說：「別的車鬧不清你怎麼回事。」

他們很快進入了紐澤西。天氣熱起來，路邊的野草在乾熱的微風中搖曳。山丘出現了，大多被樹林覆蓋，有些山上全無人跡。萍萍昏昏欲睡，卻強掙著與武男說著話，好讓他保持警醒。他讓她睡一小會兒，別為他擔心，因為有美景可供欣賞，他不會打盹的。

他們轉上七十八號公路以後，地形依然起伏，很多地方的房屋和建築排列得很密集。一過德拉瓦河大橋，武男一家就在高速公路旁的第一個休息區停下來吃午飯，也好避一避中午的酷暑。大約下午兩點半，他們又上了路。濤濤不停地問，賓州大片田野裡都是些什麼莊稼。爸爸告訴他，那些是玉米和大豆。武男被起伏的大地打動了，這裡是這樣的地廣人稀，以致有些農舍看上去就像根本沒人居住。農莊裡幾乎一個人影也看不見，奶子脹得鼓鼓的花奶牛，悠悠閒閒地在草地上吃著草，遠處還有些大馬小馬，有的踱步，有的倒臥。這裡的土地富饒，保養得極好，只是有些牧場用鐵絲圈起來，略有些煞風景。這景象讓武男想起六年前，他剛到美國時候的第一印象——他給國內一個朋友寫信說，美國的大自然格外地豐饒；和這裡一比，我們自己的鄉土就顯得使用過度，疲憊不堪了。

他們從七十八號公路轉上八十一號公路。萍萍和武男開始閒聊，要是他們有幾百英畝的農田，他們會種什麼莊稼。武男想，要開一片果園，種蘋果樹和梨樹；萍萍卻要種一個蔬菜園子，收下來蔬菜可以賣錢。

「那可活兒太多了。」武男說。

「咱們又不老，應付得了。」她回答說。「很多活兒都是用機器幹的。」

兩人意見一致的是，要是他們有一個農場，就要多生幾個孩子，蓋一個起碼有六間臥室的大房子。

從後座上傳來一個小聲音：「我可不想要弟弟妹妹。」濤濤用英語發著牢騷，手裡不停地轉著魔方。爸爸媽媽都笑了。

「別擔心，」武男用英語對他說：「我們不過是『射射風』。」

「射什麼？」萍萍問。

「『射射風』，就是說，只是閒聊聊。」

黃昏時分，他們在不到四十分鐘裡，就馳過了馬里蘭州的小尖角，又跨過西維吉尼亞州窄窄的一小條。一越過西維吉尼亞州界，進入維吉尼亞州，他們就在溫徹斯特市停下來，在一家經濟旅館住下過夜。進了屋，萍萍就趕快用單頭電爐煮麵條，武男累壞了，這功夫已經在靠窗的那張床上鼾聲大作地睡了。濤濤迫不及待地打開電視，看「辛普森系列」動畫片，媽媽讓他把聲音調小點。他看到開心處，剛一大笑，萍萍就會說：「別吵醒了爸爸。」

晚飯做好後，萍萍叫醒武男，讓他不要睡太久，應該吃完飯再洗個澡。武男東倒西歪地坐起來，喫麵條和罐頭火腿。

那天夜裡，武男鼾聲如雷，響得萍萍都害怕了，怕他這麼打鼾打下去，會把喉嚨打破，便把他推向右側躺，好讓他鼾聲小一點。她和濤濤睡在另一張床上。雖然武男鼾聲那麼大，雖然空調機嗡嗡作響，媽媽和兒子一夜還是睡得很香。旅館裡提供歐式早餐，武男一家在貝果上抹上奶油乾酪吃起來，還吃了一盤哈密瓜。武男喝了兩杯咖啡。然後他們又啟程，跨越維吉尼亞州。

武男喜歡看一路上的農場和群山。連草地上的牲畜都顯得那麼自在和溫順。他反覆地問萍萍，就在維吉尼亞過日子怎麼樣？她就說那可太好了。最打動他的是大地的開闊，這麼寬廣、這麼富饒，把人都襯得成了侏儒。紅色黑色房頂的農舍、穀倉、卡車，看上去都像積木似的。一眼望去，看不到什麼人，除了偶爾看見一輛開不動的車停在路邊，司機和乘客坐在車裡或車旁。不知怎的，武男忍不住想，要是死了，他願意埋在這個廣袤、沒被人糟蹋過的地方。這裡實在是一片純淨如初的土地。

武男累了的時候，就讓萍萍替他開一陣，自己好打個盹。最愉快的一段旅程是在維吉尼亞州中部。快到中午時分，一場好雨，讓暑氣降了不少，空氣變得更清新了，陽光下，所有的一切都被洗得清清爽爽。綠色的山丘在前方升起，又從兩邊閃過，滿山綠葉，顯得深不可測，遠處的大山仍在烏雲籠罩之下，卻是靛青顏色。高速公路上車輛稀少，只看得見幾輛拖車，而且，所有的車輛似乎都被馴服了——沒人鳴笛，每輛車都像小船一般，無聲無息地沿著柏油路向前滑動。

他們上了七十七號公路以後，地形就變了。跨過阿帕拉契山脈的山脊，便進入北卡羅萊納州。武男驅車一直向南奔往夏洛特市，這裡的土地呈紅顏色。兩條車道上，車輛越來越多。開過夏洛特，一直沿著八十五號公路，他們開始看見花生和菸草地。脖子上肉耷拉著的荷蘭乳牛在牧場上吃著草，尾巴懶洋洋地掃著後腿和屁股。接著果園出現了，大片的桃樹上，桃子綴滿茂盛的枝頭，樹枝被果實壓得彎下腰來。偶爾地，他們會看見一排活動房屋立在果園邊上，裡面好像沒有人，房主人似乎都到果園深處摘桃子去了。武男和萍萍一看見小農舍或小房子就說，要能住在這樣的活動房子裡，他們會挺樂意的。兩人又問濤濤願不願意，可濤濤沒有回答——也許他想住更好一點的房子。

5

快傍晚的時候，他們到了喬治亞州的格威納特郡。桃樹巷很好找，一下石頭山高速公路就到了。武男在一座磚樓前停了車，下車去找拿著公寓鑰匙的那個女人。萍萍和濤濤在車外等著時，在停車場裡滑旱冰的幾個黑孩子和墨西哥孩子圍過來看這些新來的陌生人。他們你推我搡的，不跟萍萍和濤濤說話，只是好奇地盯著他們，有的還嚼著口香糖。萍萍不能完全明白他們的話。

「『搭』（他）們不是日本人，」一個豁了顆牙的孩子說。

「你怎知道？」另一個問。

「『得』（這）車不是好車。」

「是美國車。明白嗎？」一個大塊頭穿短褲的孩子一邊說，一邊踢著車的後輪，輪上的福特標徽已經丟了。

「明白。他們日本人不想住這裡。」

「『大』（那）就是中國人了。」

「纔不是呢！」

濤濤緊靠著媽媽，媽媽也有點緊張。天快黑了，潮濕的空氣讓人感到厚重和壓抑。大蛾子在停車場的橘黃色路燈周圍上下撲騰。燈柱和樹梢上邊，天空中閃爍著星星，被雲彩和煙霧弄得昏暗了不少。從西邊的高速公路上傳來車流的呼呼聲。

二十分鐘後，武男拿著鑰匙回來了，一邊用手按摩著發酸的脖子。他們的房間在大樓的地下室，走廊裡芳香劑的味道太重了，弄得萍萍一路只能屏住呼吸。要是武男付押金之前先問問房間在幾層就好了。怪不得租金這麼便宜。他禁不住責備自己，兩個星期前他人在這裡的時候沒先來這裡看看。萍萍跟他說不必擔心，他們已經安全地、囫圇個兒地開到這裡，這就應該慶賀。他們先把全屋走了一遍，每間房裡都髒兮兮的，一股霉味直衝鼻子，臥室和客廳裡的地毯都半泡在水裡。死蟑螂到處都是，爪子朝天。武男揀起前邊房客丟下的電話——居然還通著。沒時間多想了，他們得趕快卸車。萍萍和武男一起把大包小件先放到裡邊那間臥室去，只有那屋地板沒濕，但也夠髒的。

濤濤坐在全屋僅有的一張椅子上，悄聲地哭起來。萍萍問：「怎麼啦？」

「我想要一個眞的家！」他哭著說，蠕動嘴唇。

「這家不錯。你看多大呀。」的確，三間房間都很寬敞。

「這不是我想要的家。又濕又髒，像個豬圈。」

「這你不用擔心。咱們可以把家打掃得乾乾淨淨，弄得舒舒服服。咱們長了手就是幹這個的，對不對？過幾天你就會看到家裡多漂亮啦。」

「那我們今天晚上睡在哪兒？」

這倒確實是個問題，她還沒想出好辦法來呢。他們沒有床墊，每間屋的地板都髒得要命，牆板的隔音也很差，都能聽見隔壁人家的吵嚷。更糟的是，從他們進屋起，頭頂上人家走來走去的響聲就沒有停過。

他們都餓了，於是萍萍先動手做飯。這個不難，因爲他們帶了很多罐頭。番茄湯在爐子上冒著泡時，她又拿出一棵生菜、一袋麵包。武男開了一罐鳳尾魚，一罐香辣筍。十分鐘後，他們把一塊粉色罩子鋪在裡屋乾燥的地板上，就坐下吃飯了。一邊吃著，一邊商量怎麼個睡法。因爲浴室的地板革是可以擦乾淨的，他們決定今晚先睡在浴室。吃完晚飯，萍萍開始用紙巾擦洗浴室，武男去洗碗了。

她在地上鋪了塊毯子，一家三人就一起躺在馬桶和浴缸之間狹小的空間裡。濤濤睡在父母中間，全家湊合著睡了。雖然有兩層厚毯子隔開地下的涼氣，萍萍和濤濤還是睡不著，只有武男睡得很香，儘管沒像他一個人睡那樣打鼾。只要他累了，他總是腦袋一沾枕頭就睡著了。要是他不累，他就會看一會兒書，這樣不到一個小時他也就入睡了。今天晚上他累得要死，儘管浴室裡又擠又潮，他還是睡得很沉。馬桶就在他右肩處，隔壁一有人家沖廁所，那動靜就斷斷地傳來，同時，萍萍和濤濤也在他旁邊輾轉反側，但所有這些嘈雜都沒能把他吵醒。要是他們能夠自己調節中央空調就好了，現在那製冷機開足了馬力，一刻不停地送寒風，好像要把屋裡變成冰箱。更糟的是，地板又硬又霉味大。萍萍眞怕一隻蟑螂或老鼠爬到她身上來。一整夜她都是半睡半醒，一醒來就拍著濤濤，幫他入睡。

因為擔心公寓裡不安全，他們第二天一早就去了銀行，開個戶頭，把他們帶來的支票存進去。武男和萍萍坐在那裡，濤濤坐在媽媽腿上，耐心地等著那個下巴向後削的年輕女職員給他們辦理手續。開一個帳戶花去了足足一個小時，要是在波士頓，辦這點事最多也就二十分鐘，可是這就是南方。那女的似乎對他們存進這麼大一筆錢——五萬美元——很有些驚訝，時不時瞟他們一眼。萍萍明白那眼神的意思，知道自己一家不像是能有這麼多現款的人。這張支票裡所包含的犧牲和辛勞，是那女人根本無法想像的。萍萍從來沒給三個人買過新衣服，在超市裡，她總是揀最便宜的食品買。

從銀行出來，他們去了購物中心的「床墊王」。雖然武男提議全家至少買一張大一點的床，這樣兩個人睡的時候可以舒服一點，可萍萍堅持買三個小號雙人床墊，加彈簧墊。她不喜歡大雙人床。在買東西的問題上，全家總是她說了算，武男在比較價格方面不如萍萍，而且經常對錢感到厭惡，因為那是他幹了不喜歡的工作纔掙來的。推銷員是個長了個啤酒肚的傢伙，他笑著對萍萍說：「夫人，我來把這些床墊給你做些防蟲處理，好吧？」

「多少錢要花？」她的語法還是有些彆扭。

「每張九十九美元，夫人。你應該把它們處理一下，不然在這樣的氣候裡你用不了多久的。」

「嗯……行，行。」他這麼禮貌很討她的歡心。在東北地區，售貨員常常跟著她，怕她會偷店裡東西，從來沒有人對她像這位先生這麼親切有禮。

最後的總帳是九百六十二塊八毛二，包括送貨費。萍萍給了那先生十張百元大鈔，把他驚呆了，遲遲疑疑地好像不願意碰這些現金；然後他拿了鈔票，到後臺去檢驗它們是不是真錢。過了一會兒他出來了，把找錢和收據給了萍萍，答應他們床墊當天就可以送到家。

買完床墊，全家在紀念路上的一家舊貨商店裡採購了一番，挑中了一些二手傢俱：一張沙發，三把椅子，一張書桌，一張六角飯桌。這些東西總共一百七十美元，外加二十五美元的送貨費。他們又到百貨店裡買了個吸塵器──用好價錢買了已經組裝好的那個樣品。

一回到家，他們就打開所有窗戶，給屋裡換換空氣，也讓濕地毯乾一乾。武男把吸塵器插上電源，給地板吸塵。客廳朝著後院開著一扇門，後院裡有一塊被灌木圈起來的窄窄草坪，灌木又厚又高，足以讓人踏不進草坪。不過萍萍和武男一般還是把那門關著，怕萬一有什麼人偷偷鑽進來。

床墊和傢俱下午就運來了，從客廳那道門拖進屋。萍萍察看了床墊，還聞了聞，說：「根本就沒處理過。」武男也看了看，看不出來那推銷員到底按他許諾的做了沒有。沒有時間後悔和抱怨了，所以他們繼續打掃。眨眼之間，整個公寓就有個家的樣子了。連濤濤都高興起來，在乾爽了不少的臥室裡的新床墊上，不停地又蹦又跳。他嘎嘎大笑著捉弄武男，踢爸爸的腿，從後邊扯爸爸的皮帶。媽媽不斷地對他說：「別搗亂！幫大人幹點事。」

那天晚上武男給王先生打了電話。然後他動手記下一些他一路看到的景色，希望以後能寫出一兩首詩來。他仍處在被那些美景的感動之中，雖然他不知道如何戲劇化地生動描繪那些美景。萍萍在一邊教濤濤怎麼解乘除混合的數學題。

6

在錢伯利的唐人街廣場那家「尙氏律師樓」裡，武男夫婦和王先生正在辦理將餐館轉手的法律手續。讓武男吃驚的是，法律公文上沒有包括萍萍的名字。尙律師解釋說，王先生從來沒提過她也是合買人。雖然武男把妻子的名字留給了王先生，老人卻忘了，也許因爲他自己一直是金鍋的唯一業主吧。現在，武男要求在文件上把萍萍列爲合買人。尙律師看上去很不高興，說，重做這些文件要花好幾天，他們還得再來一次。萍萍阻止了，說這又不是什麼大問題，沒必要浪費這麼多時間。她催著丈夫儘快把協議簽了算了。其實她是惦記著濤濤，他一個人跟著王太太待在餐館裡呢。

武男簽了合同。萍萍開了一張一萬九千八百美元的支票，遞給王先生，然後又開了一張一百二十美元支票的律師費，交給律師。「恭喜恭喜！」尙先生祝賀道，他是個瘦弱的人，戴著金絲眼鏡，「這是你邁向百萬富翁的第一步。」他對武男說著，一邊抓著耳朵。他向大椅子仰回身去，刺耳地大笑起來，花白的鬍子直顫。他把合同給了王先生和武男一人一份，然後和每個人握了手。

武男夫婦和王先生一起返回到金鍋。萍萍說，其實她不該去律師事務所，但願濤濤在這裡沒事。

武男和萍萍都激動難言。現在他們買下一家餐館，變成自己的老闆了。儘管武男知道，有了餐館他們也發不了大財，但他還是忍不住去想像經營自己生意的前景。他沉浸在一種陶醉感中，同時，又努力保持著頭腦冷靜。他這一輩子從來還沒有對掙錢感興趣過，可是現在他把自己投入到掙錢之中，成了個小業主。他明白，沒有妻子做後盾，他是不敢嘗試幹這個的。

王先生王太太是拜財神的。餐館大堂裡有一個小小的神龕，供著一個很像彌勒佛的瓷像，腆著個大肚子，臉頰紅潤光滑，赤著雙腳，面前供著幾碗橘子、蘋果、桃子、餅乾，兩杯米酒，銅香爐裡插著四根香，青煙裊裊。武男和萍萍對這種迷信的做法感到很矛盾，可是他們應該把財神趕走嗎？要是真的有這麼一種神奇力量存在，可以主宰他們的財運，那可怎麼辦呢？不管怎樣，他們不能冒犯那神仙，於是他們決定把瓷像留在原地，繼續供著。

一連幾天，即使武男在案板和炒鍋上忙著，他腦海裡都回響著波普的詩句：「他必定是快樂之人／只關心父輩的幾畝土地／滿足於呼吸家園的空氣／腳踏著故土不離。」他知道，在這裡自己並不算是身在家鄉，可他仍然覺得，自己的雙腳終於站在堅實的、獨立的土地上了。

武男家和王家不一樣，他們保持著餐館裡的安靜，不放任何音樂。他們是在嘈雜聲中長大的，到處是高音喇叭，咆哮的歌聲，震耳的口號，霸占著他們的日常生活，所以他們煩透了那種不管人們的心境如何，都不由分說強迫你非聽不可的噪音污染。他們也對菜單做了改變，武男增加了幾種炒菜，決定所有菜餚一概不用味精。他還改變了一些菜式的擺法，比如，以前的五香牛肉冷盤，都是在盤子裡用黃瓜片墊底，牛肉片擺在上面。這是一種誤導，或者說算欺騙，因爲這樣做實際上素菜多於肉片。現在武男把牛肉片和黃瓜片在一個盤子裡分開放，這樣顧客就可以看清楚這道菜裡有多少是葷菜，多少是素菜了。他希望誠實待客。他明白，這裡不像國內，誠實是一個人最好的信譽。他妻子和兒子都喜歡他用各種做法做出來的雞，尤其是那「怪味雞」。另外一個改進是，他炸東西每三天換一次菜油。很多中國餐館一個星期纔換一次，這就常常使他們的食物有一股不新鮮的味道。很多美國餐館都是每天換一次油的，可是在中國人看來，這是浪費，簡直是一種罪孽。幾十年來，食用油在中國都是限量供應的，每個城市居民一個月只有三兩油；至於農村的人，全家人一年才分給幾斤油。這些天來，武男常常想，要是他父母看見他把那麼多炸過食品的油倒進塑料罐扔掉，不罵他纔怪呢，更別說他每天扔進垃圾桶的大堆雞皮和肥肉了。

女侍應生塔米非常喜歡濤濤，一有空閒就來和他說話。因爲學校還沒開學，孩子便每天跟著爸爸媽媽到餐館來。早上和下午生意不忙的時節，萍萍就讓他在一個火車座裡看書或者做算術題。武男注意到，塔米常常避免和萍萍說話，也許因爲妻子比她好看得多。他意識到，塔米的日子大概很寂寞，她至少有二十七八歲了，很可能盼望著能有一個家庭，可她那張大臉盤和那副大塊頭，想找個新郎可不容易，除非她很有錢，或是有綠卡，偏偏這兩樣，她一樣都沒有。武男知道，他僱用她，要是給移民局抓到了，他是會有大麻煩的，但是移民局是不可能爲這家小小的餐館大動干戈的。塔米經常說，她想爸爸媽媽，他們都是四〇年代從中國南方移民到馬來西亞的。武男付她一小時三美元，外加她拿到的所有小費，因爲她還幫著洗碗和給廚房打雜，主要是摘菜豆、包餛飩、包餃子、包春捲。這樣他就不用再另外僱人了，塔米也很高興能多拿薪水。武男最喜歡她的地方，是她總在講英語，這對他和萍萍都是一個很好的訓練。塔米可以聽懂中文，不過講得不流利。

第一個星期，餐館贏利近六百美元。武男和萍萍很驚訝。這個地方是個小福地，到了秋季生意幾乎肯定都是旺的。如果他們把金鍋經營得好，看起來他們的確可以創下一筆小財富。

王先生家就住在比佛山廣場的側面。他們家那個兩層磚房是灰顏色的，在餐館就可以看得見。武男和萍萍很羨慕他們家離金鍋餐館這麼近。要是他們也能在這麼近的地方有幢房子該多好。他們開玩笑地問過王先生，願不願意把房子也賣給他們。「給我十五萬美元，那房子就是你的了。」老人認眞地告訴他們。他那個價錢太高了，比那房子的估價至少高出四萬了。

因爲王家住得近，武男什麼時候需要幫助，就會找王太太來店裡幹幾個小時。王太太非常高興來幫忙，掙幾個零花錢。有時候王先生也會過來，跟武男和萍萍嘮叨幾句。雖然家裡裝了「小耳朵」衛星電視天線，他可以收看國語和廣東話的電視節目，他在家裡還是常常感到很無聊。周圍幾乎沒有中國人居住——大多數亞裔都住在東北邊離這裡十二公里的德盧斯——王先生在這邊似乎又沒有朋友。他們有個女兒，在一家台灣航空公司做事，住在西雅圖，她去那裡是臨時性的，所以王先生夫婦沒有過去和她同住。老人跟武男和萍萍嘆氣說：「美國人是年輕人的地方。一旦你老了，就會覺得住在這裡真不好。」

「你幹嘛不回中國？」萍萍問，她知道他老家是福建，「我聽說好多人在那邊買了房子退休養老呢。」

「我能那樣就好了，買不起呀。再說，我也不相信大陸政府。」

「那台灣怎麼樣？你不能到那裡去住嗎？」

「一樣的。法律系統一塌糊塗，不是個退休的好地方。很多人都拼命從那裡跑出來呢，不想到了大陸攻打那一天被陷在那裡。」

「那新加坡怎麼樣？」

「那個小國家就像中國的一個省。中國政府把那裡什麼都控制了。這裡有一張《聯合晨報》，是新加坡的報紙。你應該看看，可怕。不僅用的是共產黨的語言，而且還把大陸媒體的歪曲報導搬過來了。」

「你打算就在這裡待下去嗎？」

「很難講。」

在某種程度上，武男和萍萍對王先生的處境感到擔心，經常談論這對老夫婦。他們禁不住想到自己到老了的歲月，雖然離那一天還早得很。過著那樣孤單的日子一定是讓人害怕的。他們的晚年也會像王先生夫婦那樣，漂泊得像稻草人一般，在這裡生活了三十年還不得其所嗎？

也許不會。武男和萍萍不像他們，英語說得好一些，又從來不怕孤單。他們想在這裡生根，沒有別的地方可去。所以武男抓住一切機會提高自己的英語。他明白，在這塊土地上，語言就像一片汪洋，他在水裡要學會游泳和呼吸，即使他用起英語來感到格格不入。如果他不努力適應這種水裡生活，不生出新的「肺和腮」來，他的生活就將受到限制、開始衰退，逐漸枯萎。

工作中間一有空閒，武男就拿出《牛津高階英語詞典》來研讀，因爲那是全英文的詞典。他仍會使用他那本被他翻爛了的英漢詞典，尤其是當看了英文解釋還弄不懂一個名詞的意思的時候。他可以看出來，用英語對一個詞的解釋，基本上要比中文的註釋更準確一些。而且，使用全英語詞典，是逼自己用英語思考的一個好辦法。他把自己不熟悉的單詞和短語都劃出來，好在看完整個一節以後，再回頭來複習。他還給萍萍買了一本簡裝的《新英漢詞典》，可她很少有閒心翻看它，甚至在閱讀碰上生詞，她也不去查字典，大多數時候她就從上下文領會生詞的意思了。她聰明得幾乎用不著字典。

7

星期六早上，UPS的貨車把他們郵寄的東西送到了。所有紙箱上都貼了「易碎」的標籤，有幾個還裹上了膠條，有一個摔破了，裡邊填充的泡沫球漫溢了出來。武男發現第二十一號紙箱不見了。他很懊惱，因為那箱書都是詩集，雖然此刻他記不得具體書名了。送貨員答應他回去找找，一兩天就送來，可實際上再也沒送來了。武男用小推車，從客廳的門把所有紙箱從外邊運到屋裡，可他們白天要去餐館，直到夜晚回家纔有時間拆箱。

那天夜裡打開紙箱以後，他們發現微波爐摔壞了。濤濤幫爸爸把電腦安置好，發現電腦也不好使了。只有那臺三洋牌電視機還能看，可現在噪音大了，而且只能找到兩個頻道。所有東西都沒買保險，所以也沒處索賠。

「破財免災嘛。」萍萍這麼說只是為了安慰兒子和丈夫。可濤濤還是沮喪不已，希望能把他的電腦修好，他好繼續用它玩象棋。這臺機器是在新罕布夏州基恩的一個車庫公司組裝的，武男只花了七百美元，所以不值得再修了。於是濤濤想買一個新電腦，可爸爸媽媽不肯買那玩意，說他們每一分錢都要攢下來，將來好買房子。

「你想每個月白扔五百五十塊錢嗎？」萍萍問濤濤，她指的是每個月的房租。

「不想。」

「那我們就別這麼浪費錢了。等我們買了自己的房子，就給你買電腦。」

濤濤知道爭也沒用，可他又不甘心就這麼罷休。他說：「我不想再去餐館了，讓我一人待家裡吧。」

「那是違法的。」爸爸插話。

「你一人在家不安全。」媽媽著急地補充說。「要是有人撬門進來，把你抓走了怎麼辦？他會把你賣給不認識的人，你就再也見不著我們了。你想那樣嗎？」

「不想。我就是不想再待在那個破餐館裡了。一聞那味兒我就噁心。」

「你只能跟著我們。」

住在樓上的那對男女又開始打架了，武男家聞聲便不再爭了。武男和萍萍都沒碰見過那一對，每天一大早就出門，夜裡纔回來。可他們聽夠了他們的對罵，對他們很熟悉了。那兩口子就不能安靜點，平和點麼？他們總是互相大嚷大叫，好像一天不打架就活不下去。有時候大半夜的他們還把萍萍吵醒。

濤濤踢著一個壓癟的紙箱，含著眼淚沉著臉。

「你這個性欲狂，」樓上那女的說：「這個星期我已經讓你搞了兩次了──你什麼時候纔有個夠啊？我每次完了都睡不著。明天早上我還有個面試。今天晚上你就饒了我行不行？」

「別這麼跟我說話，」那男的厲聲說：「要是你那麼不愛性事，幹嘛跟我住一起？」

「你搞清楚了，是你求我跟你同居的。我恨我自己聽了你的話。」

「我要能弄明白你的心思我就不是人。」

「你永遠也不明白女人，要不然你老婆也不會甩了你找別人去了。」

「閉上你的嘴！」

接著是一聲巨響。鞋子開始在地板上刮來刮去。他倆一定扭打起來了。

萍萍看見她兒子豎起耳朵聽。她說：「濤濤，去浴室刷牙。」那意思也是該上床了。

第二天，他們在餐館後邊的貯藏間裡清出一塊空間，放進一張小書桌，濤濤暫時可以在那上邊做功課。萍萍和武男都覺得孩子有些可憐，每天都要和他們一起，在餐館待十二個小時還不止，十點纔能一起回家。爲了讓濤濤舒服一點，武男給他弄來一臺十三英寸的電視，不過他們要他保證不能看得太久。他們還在慈善舊貨店裡買了張雙人沙發，讓濤濤在上面午睡。活兒不忙時，萍萍會到後邊來，看看他怎麼樣。要是他閒著什麼也沒幹或在看電視，她就會催他快去做功課——做她布置的作業。他很少到前邊去看爸爸媽媽。

有天下午，萍萍訓斥兒子：「別這麼懶，一天到晚看電視。」

「我累了。」他一臉不服氣。

「累了？我們在這裡都過快生活，你也得過同樣。」

「媽，你語法都不對。」

「什麼？」

「人家都說：『生活很忙』，不是『快生活』。」

「我是說，蠟燭兩頭燒。」

「你怎麼可能兩頭燒？」

「我是說，要做百分之二百的努力。」

「不可能！」

「好吧，你日子很忙了。看完這個節目，就去做功課。」

「好吧，好吧！」

她一說什麼不合語法的英語，孩子就會糾正她。有時候他甚至當著別人的面找她的錯。她雖然惱火，卻從來不阻止他，因爲她打算把英語學好。她和武男不知道的是，濤濤對他們的蹩腳英語一直積攢著火氣，有時候他們讓他感到尷尬。他尤其受不了萍萍，她會自造集合名詞，還用錯複數形式。開學的第二天，孩子大動肝火，埋怨父母把他的英語都搞亂了，因爲那天早上，應該說「桃毛」的時候，他脫口說出「桃髮」，班上同學聽了都笑話他了。他知道這詞是從媽媽那裡聽來的。「你毀了我的前程！」那天下午他對著萍萍叫道。萍萍聽完他發火的原因，爆發出一陣大笑，回到廚房以後還忍不住地笑。

除了學校的功課，她每天還額外給他布置一些算術題。不管他怎麼發牢騷，她都要他在餐館關門之前把那些題做完。

8

武男一家搬到亞特蘭大來時，還不知道桃樹巷的孩子們上學是到更南邊的另一個學區，也就是說，濤濤該進的，並不是李本的小學。如果他放學後家裡有大人陪著，他們倒不介意讓他去斯奈維爾上史羅小學，那個學校聲譽不錯。可是孩子下午放學後必須到餐館來，這樣他就需要在餐館附近的小學就讀。所幸王先生一家允許武男使用他們家的地址，濤濤便得以進了麗貝卡小學。校長辦公室的祕書給王家打電話核實，王太太說，濤濤是他們的侄孫，住在他們家。王先生跟武男夫婦說，他們應該住得離餐館近一些，節省每天來回路上的時間和勞頓。而且，由於波灣戰爭，現在汽油也貴了。武男夫婦意識到，他們必須儘快搬到李本來住，可是這裡沒幾家公寓出租，而且都很貴。每天早上，他們去餐館前先把兒子送到麗貝卡小學，濤濤下午放學後，會在比佛山廣場東側下校車，來餐館和父母會合。

上班中間，武男夫婦很不放心家裡會出什麼事，因爲桃樹巷不是個安全的地方。有時候，夜裡他們會聽見大樓裡響起槍聲，警車會趕來，停車場上警燈閃耀，人們圍著觀看警察實施逮捕。每次有這樣的事情發生，武男夫婦都說，他們一定要儘快搬家。

一天夜裡，武男一家下班回來，發現做書房的那間屋子的窗戶大開。武男立刻把所有的燈都打開，看看丟了什麼。電腦和微波爐沒了，萍萍的一雙皮涼鞋也不見了。除了這幾樣，別的什麼也沒丟。幸虧他們把所有重要證件都存在銀行的保險箱裡。客廳的地毯上，伸展著兩雙平行的泥鞋印子，一雙約二十厘米長，另一雙約三十厘米。很顯然，入室盜竊的是兩個人，一個成年人和一個少年。起初，武男和萍萍都氣炸了肺，痛罵這兩個賊，並考慮要不要報警。不過，後來還是決定不報了。一報警，警察就會要他們到警察局去，他們不想耗在那裡，哪有一上午的閒功夫？也許還要搭上半個下午呢。實際上，他們的損失並不大，電腦和微波爐本來就壞了。平靜下來後，他們不禁笑了，笑那兩個賊怎麼那麼傻，這會兒不定怎麼絞盡腦汁擺弄那兩件破東西呢。

「我眞高興他們把咱們垃圾搬走了。免費清理。」武男說。

「我還想要我的電腦呢。」兒子哭道。

「電腦已經壞了，不値得留著了。」

「我想要，那是我的。」

媽媽插進來說：「別不講道理，濤濤。偷走了還省得我們費神扔呢。我們只給那倆傻瓜一雙舊鞋的工錢。」

「那是我的電腦。」

「好啦，咱們一有了自己的房子，就給你買臺新的。」武男說。

「咱們什麼時候纔能有自己的房子？我再也不想住在這兒了。」

爸爸媽媽互相看了一眼。武男意識到，萍萍想的也是同樣的問題。他勉強回答兒子：「我馬上就開始找個新地方。」

「沒錯，爸爸會安排的。」萍萍說。「你可不能什麼都留著了。」

武男和萍萍都說不清楚濤濤從什麼時候起變成個守破爛的了：什麼東西一成了他的，就再也不鬆手，連個鉛筆頭和曲別針都收著。有時候他爸媽都擔心他是不是出毛病了。武男還在北方時，有一天去納提克上班的路上聽收音機，偶然聽見一個心理學家正和一個打電話進來的聽眾討論，那人有個兒子也有同樣的問題——「眞正的狗占馬槽。」那孩子甚至不讓自己的新生表弟穿自己多年前就穿不下的小鞋子。那人和妻子分居了；心理學家說，他兒子問題的根源可能就是他們不穩定的婚姻——那孩子下意識地老想把東西都攏在一起。武男聽了以後想到，這些年來萍萍和他不在孩子身邊，濤濤一定是產生了恐懼感。現在濤濤一定是依然害怕會失去父母，從他抱住所有東西不放，就可以看出這種恐懼。看看他那旅行包裡，裝滿了各種小東西：各色電池、不走的手錶、尺子、鞋拔子、鑰匙鏈、身分牌、鉛筆刀、棒球卡、貝殼，還有莉維婭給他的各國硬幣。在麻州的時候，他甚至把每期《波士頓環球報》上的漫畫都留下來攢著，搬家來南方之前，爸媽強令他都扔了，可他現在又開始攢《亞特蘭大新聞憲政報》上的連環畫了。濤濤壁櫃裡有個紙箱，裝著爸爸媽媽給他訂的《國家地理雜誌》，令武男不解的是，濤濤把連環畫往那紙箱旁邊一堆，就從來沒有再看過它們一眼。孩子這毛病讓爸媽很難過。武男和萍萍達成了默契，再也不在孩子面前提及他們夫妻間的矛盾。

「不知道那賊怎麼沒拿濤濤的望遠鏡？」濤濤去浴室刷牙了，萍萍纔對武男說。

「他們一定是覺得電腦値很多錢。」

「要是他們把望遠鏡偷走了，那可要他命了。」

「也許咱們應該把望遠鏡放到餐館去。」

於是，第二天早上去餐館，他們便把望遠鏡帶上了。那天一整天，武男一直在看公寓手冊，還有星期天《亞特蘭大新聞憲政報》上的「尋找家園」廣告版，想在附近找一個安全的住處，可是一處也沒看中。李本這裡出租的房子實在稀缺，全都很貴。

讓武男高興的是，第二天下午王太太來了，說她和王先生要回台灣看親戚，至少要去三個月。她會很高興讓武男一家替他們「看房子」。武男和萍萍明白，那也是希望他們付些房租的意思。他們提出一個月付她六百美元，王太太欣然接受了。「男，我們像對自己兒子一樣信任你。」她說得動了感情。

她的話讓武男覺得牙根酸酸，他知道王家沒有兒子。萍萍卻嗤嗤笑了，問她：「那我就是你兒媳婦了，對不對？濤濤就是你孫子了，對不對？」

「沒錯。」

「那我們住你家，你就不應該收我們房錢了，是不是？」

王太太給難住了；她的小眼睛黯淡了，眉頭在額前擰成疙瘩。萍萍說：「我跟你開玩笑哪。我們會好好照料你的房子。」

武男擔心，桃樹巷那公寓管理處可能不會輕易就讓他毀約。他跟那個黑人女管事的紹娜一談，她表示，如果武男願意放棄押金，她就同意把他的合約註銷。武男心裡不樂意，可也沒辦法。不過，他們搬走一個星期後，武男收到紹娜寄來的一張二百七十五美元的支票。她一個字也沒寫，只是把押金的一半退給他，讓武男夫婦好高興。

搬進了王先生家以後，武男夫婦一直沒弄清他家信箱上的小紅旗是什麼意思。在麻州的時候，梅斯菲爾德家的信箱上沒有小紅旗，海蒂又總是到郵局去寄她的信件。現在每天早上去餐館前，武男都會把小旗子豎起來，以此對那位開著右座駕駛郵車的郵遞員表示歡迎。直到後來有一天，萍萍在郵箱裡看見一張紙條，上邊寫下這麼一行字：「不要讓你家孩子玩小旗！你們有信要發時再把小旗豎起來。」

濤濤很喜歡王家的房子，夜晚經常在後院架起他的望遠鏡看星星。他很高興他終於可以隨意使用望遠鏡了。有幾次，爸爸媽媽也和他一道觀看星空。不過亞特蘭大和東北地區不同，秋天空氣裡的濕氣都還是很重，所以連這架二百二十五倍的望遠鏡，都無法完全看穿霧濛濛的大氣層。有一次濤濤生氣了，拼命地旋鈕調整焦距和鏡筒。武男跟他說：「冬天的時候天空就晴朗了。幹嘛不等到冬天再看？天冷的時候我保證你可以清楚地看到星星。」

孩子同意了，把望遠鏡收進壁櫃裡。不過，冬天到來的時候他沒再把望遠鏡拿出來，秋天經歷的煩惱大大地掃了他觀看星空的興致。他再也沒有碰過那架望遠鏡，好像那只是個小時候玩的玩具，只是還不想扔掉而已。

9

武男和妻子經常夢見自己的家鄉。可是兩人都並不太想念各自的父母，因爲他們都是在幼兒園和寄宿學校長大的。萍萍不像武男，有時候想起父親來還是很喜愛的。對母親她沒有對父親那麼愛，母親總是不高興，尤其工作中不順心的日子，經常拿孩子當出氣筒。萍萍是老大，要幹很多家務，還要照顧弟弟妹妹。要是她洗衣服沒清乾淨，媽媽就會罵她；她弟弟妹妹和別人家的孩子打架，被人家媽媽找上門來告狀吵架了，她媽媽甚至會搧她的耳光，所以萍萍從來不想媽媽。可她仍會經常夢見中國，不過在夢裡她時常被尿憋得夠嗆；她會在夢裡突然喊起來：「廁所在哪兒？」有好幾次她把睡在屋裡另一張床上的武男吵醒了。

武男會夢見跟她不同的人和事。有一次，在惡夢中，他似乎被一群揮著棍子、戴著印有納粹黨徽頭盔的人追著逃命，可那地方是他的母校，哈爾濱那所小學院，所有的納粹都明明是中國人的臉。他沒命地狂奔，身後傳來惡狗狂咬落在後邊的人發出的吠聲。還有一次，他夢見自己的一個朋友被警察逮捕了，被押往一個設在水庫大壩下面的刑場。他的朋友沒挨槍子，而是被人踢得半死，武男一身冷汗地嚇醒過來。更多的時候，他夢見蓓娜，那個任性的女人。她會到他這裡來，或笑或哭；有一次她甚至摟著他的脖子，用她濕潤的嘴唇吻他臉頰。她和十年前不大一樣了，鵝蛋臉光滑又蒼白，像是病了。在他夢裡，她從來沒有快樂過，更多的是一臉怒容或愁眉不展，大眼睛裡含著淚；她也從來沒跟他說過一個字。她的沉默讓他感到不安，因爲她的聲音清脆動人，也因爲她的寡言與她放任的個性不符。有一次，武男夢見自己和她一起，在他們學校教學樓後面的運動場上慢跑，她在他後邊頑強地跟著，雖然她穿了雙笨重的靴子，雖然寒風刺骨。有好幾次，他在和別人說話的時候她出現了——她站在背後，但離得不遠，仔細地聽著。不論何時，他從這樣的夢裡醒來，都會感到胸口一陣悶痛。要是能把她忘掉就好了。要是只和她玩一玩拉倒就好了，不該跟她陷得這麼深，把自己傷得這麼重。也不知道她有沒有哪怕一次夢到過他。

「我知道你又想她了。」一天早上，把濤濤送上校車以後，萍萍對武男說。現在他們就住在餐館旁邊，不用趕時間了。

「你在說誰呀？」他假裝糊塗。

「蓓娜。你昨天夜裡又夢見她了。」

「我也不想夢見她。」

「既然你那麼愛她，爲什麼又和我結婚？騙子！爲什麼說你愛我？」她轉過臉，哭了出來。

他沒再作聲，突然感到一陣劇烈的頭疼。他站起身，胡亂披上他那件綠外套，向門口走去。

「回來！」妻子叫道。

他頭也不回地走出門。外邊很冷，綿綿細雨幾乎像霧，但沒有一絲風。很多樹上的葉子已經掉了，枯葉鋪滿了沿路的草坪，有一些貼在樹幹上，還有一些落在常青灌木上。武男腦海裡浮現出另一場毛毛雨，他和蓓娜頂著他的雨衣，一起向他們的教學樓走去。他一隻手臂緊緊摟著她的肩膀，兩人的體溫交融在一起。在他的臂彎裡，她是那麼嬌小，像個孩子，忍不住地一個勁兒大笑。滿校園都是青蛙呱呱的叫聲。通往白楊樹林的小路霧濛濛的，似乎通向一個遙遠的地方……要是他們能一直這麼走下去就好了。

武男朝金鍋走去。斜泊在比佛山廣場上的車輛被雨洗得比往日顯得明亮，光可鑑人，柏油地上到處可見漏下油跡的虹斑。他沒有去餐館，而是繼續向北，朝兩百米以外的勞倫斯維爾公路走去。他想著昨天晚上的夢，蓓娜在他夢裡又是無言地流淚。他納悶她爲什麼顯得那麼淒慘？她丈夫虐待她嗎？她有麻煩了嗎？她需要他的幫助？從那雜種手裡把她救出來？她在他夢裡爲什麼總是哀怨？

同時他也努力勸自己不要陷在這種幻想之中。你多麼荒唐啊。夢不是別的，正是你自己腦子裡的胡思亂想。她那時候不需要你，現在也不需要你。你忘了她的話了——「我再也受不了你了」？和別的女人一樣，她也想要一個有錢有勢的男人。你算什麼，一堆被她扔掉的垃圾而已。別幻想了！不要再沉湎於悲觀。把你的魂收回來，把精神集中到這裡和現在的一切吧。

可是，疼痛是眞的，他喉頭發緊。他穿過勞倫斯維爾公路，朝克羅格超市走去，因爲別的商店這時還都沒有開門。一走進超市，他就給自己倒了杯咖啡，拿起半塊藍莓鬆餅，這些都是給顧客免費品嚐的；他轉了一圈，推著一輛他其實並不需要的購物車。在一排貨架的盡頭，他在陳列降價手錶的桌子前停下了：所有手錶都大減價。他的手錶幾天前不走了，於是他決定買一塊。他不喜歡皮錶帶，因爲夏天的時候他在廚房裡出汗太多，皮錶帶要不了一年就爛了，他便選了塊鋼帶的巴西產日曆手錶。原價一百四十美元，現在標價只有十九塊九毛九。他摸摸口袋，發現錢包忘在家裡。不過在後兜裡，他摸出一張二十元和一張十元的鈔票，他很高興身上裝了這些錢。

在快速過道上，一個靦腆的紅臉男孩收款，對他說：「二十三塊四毛七。」電子屏幕上顯示的也是這個數字。

武男不解，但還是把錢遞給那男孩。收款機找錢時，武男說：「標價明明是十九塊九毛九。怎麼差這麼多？」

「百分之六的稅，先生。」那男孩咧嘴一笑，淡藍色的眼睛眨了眨。

「那也不該這麼多。」

那男孩想了一想，然後指著一個櫃檯，說：「電腦可能出毛病了。去顧客服務檯吧，他們會幫你。實在抱歉，先生。」他把找回的錢和收據遞給武男。

顧客服務檯那個四十歲左右的黃髮女人看了看收據，又看了看手錶，一句話沒說，就在鍵盤上敲了起來。「我這就把錢還給您，好嗎？」她對武男說。

「好的。」

她轉回身，把二十三塊四毛七連同手錶一起遞給他。武男糊塗了，說：「我想買這隻錶。」

「您可以把錶拿去。」

「可你把所有錢都退給我了。」

這個胸前戴著「薩拉」姓名牌的女人笑了，瞇起眼睛。「商店有了個新規定——如果電腦多收了您的錢，我們就把商品免費送給您。我們爲出錯向您道歉，先生。」

「哎喲，『切切』（謝謝）你！」

武男戴上手錶，走出超市，被商店爲了贏得顧客信任所作的努力打動了。他的情緒振奮了一些，而且驚訝自己其實是這麼容易滿足。不過是個免費的小手錶，就可以讓自己高興起來。在快要橫穿湖邊路時，他看見一盒維吉尼亞牌香菸躺在路邊草地上，玻璃紙上佈滿雨珠，一根菸從盒子裡冒出來。他把菸盒揀起來。雖然不抽菸，可這一整盒幾乎沒動過，裡邊的菸還是乾的，所以他把它放進口袋。帶著輕鬆起來的心情，他往家裡走去。

10

武男走了，萍萍跌坐在廚房桌前，抽起菸來。通常情況下，她是不碰香菸的，可是在痛苦的時候，她需要點上一支。她平時總給自己準備著一包，藏在武男找不到的地方。要是她不這麼毫無希望地愛著他該多好。她總是在愛和痛苦之間、愛和恨之間掙扎著。儘管她痛苦，覺得受了虐待，每天夜裡睡覺前她還是反覆告訴自己：「我只愛我的丈夫。」好像這個念頭是她走出愛情迷宮的唯一途徑，她和武男都陷在這個迷宮裡走不出來。現在很明朗了，她永遠也不能再回到中國、做個完整的人了，可是她也不後悔搬到喬治亞來定居，願意接受這樣的前景：她和武男不得不在很長的一段時間裡——可能是他們的一生——生活在一起。可是，武男怎麼就不能放棄他對第一個情人，那個負心女人的感情呢？為什麼他還讓她繼續吸光自己所有的能量和心血呢？傻瓜。要是他老這樣對她走火入魔而不自拔，他會越來越衰弱的。他怎麼就不明白，她的人生屬於別的地方，跟他在這裡的日子毫不搭界呢？他真是一個可悲的人，一個產生苦惱和疼痛的自動發電機。

萍萍不像他，她從來不懷念前男朋友，武男比他好多了；武男毫不猶豫就娶了她，而且從不逃避自己做丈夫、做父親的責任。要是他能更多地回應她的愛、她的忠誠該多好啊。要是能有辦法軟化他的鐵石心腸就好了。

廚房的門開了。一看見武男，萍萍就轉開自己的眼睛，吸了一小口菸。他嚴厲地說：「你在這個房子裡不能吸菸。」這話剛一出口，他就改變了聲調，「這裡不是咱們自己的家。」他拿出揀來的香菸，又把什麼東西插回菸盒。

她吐出一口煙。「我不在乎。」話雖這麼說，她還是在當菸灰缸用的茶托裡把菸按滅了。

「那我這裡還有一包給你。」他微笑著，把揀來的那包開封的維吉尼亞牌香菸遞給她。「這裡頭還有兩千分的幸運錢。」

「你給我買的？」她一臉迷惑，眼睛睜大了。她把菸盒搖了搖，「我的天，二十美元！」

「我剛跟你說的，對不對？」

「你從哪兒弄來的？你也抽菸？」

「不是。我在大街上揀的。」

「誰丟的，你知道嗎？」

「不知道。」

他還給她看了腕上的新手錶。聽說是他免費得來的，她吃驚不小。她趕快給兩人做了麥片粥。吃完早飯，兩人一起走到餐館去，好像他們的爭吵根本沒發生過。武男驚訝地意識到，只是一塊免費的手錶，就避免了兩人之間的一場危機。想到他以前從來沒像這樣過，他感到挺瑣屑的。他在中國的時候曾鄙視金錢，從來不攢什麼錢，在遇到萍萍之前，他每個月薪水總是花得一分不剩。另一方面，他覺得一份好日子就應該平淡無奇，沒有什麼戲劇性時刻；倒是應該充滿小小歡樂，每一個小歡樂都應該被珍惜，像份禮物那樣被享受。萍萍和他的生活中太缺少這樣的歡樂，所以一個小小的意外所得，一塊免費的手錶，就可以把他們放倒，把他們的情緒轉到另一檔上去。他不知道這個小幸運在一個關鍵時刻降臨到他頭上，是不是純粹的巧合。生活眞是一個謎。如果他是一個基督徒，他可能會相信這是上帝送來的禮物，可他不屬於任何教會，所以沒讓自己的想法朝天國的方向發展。

11

比佛山廣場上新開了一家珠寶店，在金鍋的東面，和餐館中間隔了五家店。女店主叫珍妮特・米歇爾，三十多歲，赭石色頭髮，削肩膀。她是去年跟著在通用汽車公司工作的丈夫從紐澤西搬到亞特蘭大來的。珍妮特身材勻稱，不過走起路來有點不利索，那是三年前一場車禍造成的。她獲得的賠償費使她有了資金，開了這家店，主顧大多是住在格威納特郡的青年婦女。她僱了一個女售貨員在櫃檯前接待，她自己在後邊那間有玻璃隔窗的屋裡做耳環和項鍊。一個星期裡總有個兩三次，她到金鍋來買午飯，特別喜歡武男家的麵條和麻婆豆腐。從一開始，珍妮特就引起了武男夫婦的注意，因爲她不用叉子，要是用筷子挾不起來，就用手指頭去挾肉絲或炒菜。她和萍萍很要好，不管什麼時候她來了，兩人總是又說又笑的。讓珍妮特驚訝的是，萍萍學英語主要靠耳濡目染，竟達到勉強可以看英文報紙的程度。

餐館不太忙時，萍萍會去珍妮特的店裡，看她怎麼做珠寶。除了給她看手工藝品，珍妮特還告訴她在哪裡買珠子、貝殼、石頭和珍珠，甚至讓萍萍只爲了好玩，自己動手做了一個項鍊；萍萍做出來的跟拿去賣的一樣漂亮，讓珍妮特佩服得不得了。兩人一見面，就山南海北無所不談，珍妮特向萍萍提了很多問題：爲什麼中國孩子在學校成績這麼好？爲什麼中國人裡很少看見胖子？她怎麼看中國的一胎化政策？爲什麼有人家拋棄女嬰？中國人眞的對老人很尊敬嗎？萍萍離家這麼遠，也必須贍養父母嗎？

對最後一個問題，萍萍回答：「不一定，」雖然每一年的春節前，她都會給自己的父母和武男的父母各寄去五百美元。他們的父母都退休了，有退休金，有免費醫療，所以他們那錢主要是讓他們春節過得更歡喜。

一天下午，在金鍋餐館，珍妮特問萍萍，爲什麼中國女人比中國男人長得好。這問題把萍萍難住了，她以前從來沒想過這點，不過她承認，有些中國男人太瘦，也許是因爲他們年輕時候挨過餓。如果一個男人看上去身體不結實，他是會被視爲軟弱的，尤其在美國。「可是中國有很多的英俊男人，」她告訴珍妮特，「武男就很俊，對不對？」

珍妮特笑著沒說話；顯然她不覺得武男英俊。接著她又問了一個問題：「有一天我看見電視上說，中國婦女都喜歡像西方人那樣的雙眼皮。上海有些女孩子們通過整容手術割眼皮。她們已經很好看了，幹嘛還要整容呢？」

「她們喜歡雙眼皮，但不是眞正西方人那種。你看，我是雙眼皮，對不對？」萍萍指著她的深棕色眼睛，眨著眼皮。「我是自然的，對不對？」

「是的。大家以爲中國人都是蒙古人那種細眼睛。」

「中國是個大國，什麼樣的人都有。」

武男正在廚房切肉片，隔著餐廳窗戶豎著耳朵聽她們說話。他最喜歡萍萍高興和話多的時候。儘管對珍妮特近乎管閒事的好奇心感到不舒服，儘管他告誡過妻子不要跟珍妮特說太多他們自己的事。不過，他覺得珍妮特沒有惡意，她是個常客，又那麼喜歡濤濤，常常在她丈夫戴夫・米歇爾面前誇濤濤。戴夫是個強壯漢子，一張娃娃臉，胸肌發達，週末就跟太太來金鍋吃飯。

武男伸長了脖子從窗戶往外看萍萍和珍妮特，她倆正坐在不遠的一個火車座上，面前放著一壺茶。他又轉回案板，手裡動作慢下來，好能把她們的對話聽得更清楚。珍妮特用她那女低音的聲音在說：「行啦，可別說你這裡掙不到錢。誰都看得出來這裡是搖錢樹。你和武男讓這裡大變樣了。」

「我跟你說眞的。」萍萍說：「我們需要錢買房子。這餐館賺的錢不夠。」

「這個嘛，要看你們想買什麼樣的房子了。」

「就是個小房子，住得下我們三個人就行。」

「那在喬治亞這邊就不應該很貴。要是你住在紐約或舊金山，你還能說你付不起，可這裡房地產很便宜。」

「我們眞的錢不夠。」

在武男看來，金鍋的生意算很不錯了，但贏利也不多。現在他知道了，一個他們這樣的小餐館是賺不到大錢的，不過有了它，就可以根據政府的小企業免稅的條款省下不少錢。自從接手了餐館，他們全家人生活上的開銷都大大削減了。他們在餐館吃，所買的大部分材料，比如燈泡、咖啡、茶、洗潔劑、紙巾、甚至汽油，年終都可以從收入中扣除而免稅。逐漸地，他們可以自己留下餐館贏利的絕大部分。怪不得很多美國人要守著一個小生意，哪怕他們在大公司裡都有份正規的工作。所有的人都在跟國稅局過招比誰更精明。

12

武男夫婦接手了金鍋，從法律上說，武男是唯一的店主，這一事實一直苦惱著他。要是他生病死了，或出車禍意外身亡可怎麼辦？他擔心州裡會收走他的餐館，他老婆孩子豈不就失去生計了？他跟萍萍談過這個問題，讓她明白，他們應該把兩人的名字都放到餐館契約上。十月末的一天，他給尙律師打了電話，預約了下個星期去見他。

星期一早上，武男和萍萍一起來到錢伯利的尙律師事務所。他們進去時，尙律師穿著兩肘打著皮補丁的花呢西裝，正在喝咖啡。他的辦公桌上放著個油光紙包著的甜甜圈，咬了一口的地方露出裡邊糊狀果餡。他示意兩人在他面前坐下，「你們的文件我已經準備好了。」他告訴兩人。

「謝謝。」武男說。

「我來解釋一下我們應該怎麼做——我給你們申請備案一個『空頭』。」

「什麼東西？」萍萍問。

尙律師責備地掃了她一眼。他用拇指往上推了推眼鏡，接著說：「一個『空頭』，又叫『空頭保證人』，我們從英國法律借來的詞。過程是這樣的：你們把你們餐館以一美元賣給我，然後我再以同樣價格把它賣給你們兩人。」

武男聽得發毛：「還有沒有別的方式？」

「沒有，這是唯一的方式，因爲你們不可以在家庭之內轉讓財產。」尙律師拿起咖啡杯，很響地喝了起來。他那個大眼睛、茶色頭髮的肥碩女祕書走進來，把一個棕色文件夾放到他桌上。「別走，凱西。」他對她說：「我們需要你當個證人。」

武男低聲跟妻子解釋了這個過程，她似乎對這個什麼空頭東西感到很不舒服。他說：「咱們現在就把它辦了，好不好？再來的話咱們也麻煩。」

讓他們嚇了一跳的是，尙律師用生硬的國語對萍萍說：「相信我，這是讓你成爲女業主的唯一辦法。」於是，當著祕書的面，武男作爲賣主，先在一張單子上簽了字，然後尙律師簽了另一張單子，把餐館賣給武男和萍萍兩人。律師保證，馬上就去契約辦事處註冊這一轉讓。武男給他開了一張兩百美元的支票，付了註冊費和律師費，凱西把收據交給武男夫婦。

一回到金鍋，武男和萍萍就談起這個「空頭」，越說越感到不安。要是尙律師不把兩個買賣都註冊該怎麼辦？換句話說，尙律師只註冊「空頭」的第一步，而不註冊第二步，他自己成了餐館的買主，可餐館不賣回給他們了，那可怎麼辦？他們越想這種可能性，就越是疑神疑鬼，後悔當時沒有要一份拷貝在手裡，現在他們手裡只有一張交費的收據。再說，尙律師滿可以毀了那支票，那他們這番轉賣可就什麼證據也沒有了。

第二天早上，武男給律師事務所打電話，討要所有文件的一份拷貝，可凱西說，她老闆不在，讓他們等他回來。武男目瞪口呆，忍不住想像，他們這不是一美元就把餐館給賣了嗎？但同時他又提醒自己，不該疑心這麼重，把尙律師想得那麼壞。他可以看出萍萍神經極度緊張，所以他應該表現出沉著和高興。按尙律師的話說，他們兩個月內會從契約辦事處收到註冊通知。等待期間他們能做什麼？看起來除了焦急地等待他們什麼也做不了。

13

感恩節後，武男每個星期都給律師事務所打一次電話，可祕書總是含糊其詞，說尚律師不在，而他們很快會收到契約註冊的通知，所以他們應該把心放到肚子裡。可她又不能確切答覆那些文件是不是申報了。有時候，武男覺得他打電話那會兒，尚律師其實就在辦公室裡，可他躲著不想跟他說話。

武男越想這僵局，就越疑惑，越憤怒。看尚律師的名片，他是在加州上的法學院，一定是在美國長大的。他不可能幹出像中國腐敗官員幹的那樣的事。可武男又感到無望，好像又回到中國，回到那些官僚的手心裡了。他應該怎麼辦？他完全不知所措了。

一天下午，珍妮特來餐館買擔擔麵。她一邊吃著，一邊又和萍萍聊起來。萍萍偶然提到他們的困境，珍妮特很詫異：「你們應該起訴這個可惡的律師啊！」她紫色的眼睛忽閃著。

「可我們不知道他犯什麼罪。」

「就告他讓你們受罪，告他給你們帶來的精神損失。這太可惡了。」

「那要花更多的錢了。他是律師啊，知道怎麼保護他自己。」

「那又怎麼樣？」

「我們只想收回自己的餐館，不要更多麻煩。」

「不用擔心。他逃不掉的。我去問問戴夫，他也許更知道該怎麼做。」

武男覺得萍萍把家裡的麻煩告訴珍妮特恐怕不妥，他覺得珍妮特太愛搬弄是非。他擔心她會把他們家的事傳出去，那會讓他們在別人眼裡顯得像傻瓜。不過，要是她能幫著他們找出解決辦法，那他會非常感激。這種搞不清狀況的僵局，他簡直不能再忍受下去了。

珍妮特第二天下午又來了，她告訴武男夫婦：「戴夫說，這事沒什麼大不了，你們隨時可以到契約登記處去，自己提交文件申報。」

「眞的？」武男一時說不出話來。怎麼早沒想到這樣呢！「律師說，得他親自去纔行。」

「他只是想多攬生意。好多人一直都是自己申報生意經營的。這是戴夫告訴我的。」

「契約登記處在哪兒，你知道嗎？」武男問。

「在勞倫斯維爾的郡法院裡。」

「眞的？」

「肯定沒錯。」

第二天早上，珍妮特跟萍萍一起去了尙律師事務所。尙律師正接待客戶，凱西讓她們在會客室裡等一等，說她老闆很快會來見她們，並給她們每人一杯咖啡。

尙律師完了事，來見她們。萍萍問他，申報了她家文件沒有。他回答說：「我這些天一直忙得還沒顧得上去呢。」他看了一眼珍妮特，她正盯著他。

「我們可以自己申請嗎？」萍萍問他。

「當然可以。凱西，到我辦公室把她的文件取來，律師費退給她。武太太，我很高興你自己去申報。」他好像是鬆了口氣，繼續說：「請原諒，女士們。有客戶在等，我得去了。」他朝坐在會客室進門處一個正翻著一本時裝雜誌的青年女子走去：「請進來，韓小姐。」

萍萍發現律師腳上穿的襪子不是同一雙，而是一隻黑，一隻藍。尙先生肯定不會是個心不在焉的人，那麼他大概是個色盲。

祕書給萍萍開了張八十美元的支票，把文件都交給了她。萍萍和珍妮特離開律師事務所，朝珍妮特的廂型車走去。「他還不是那麼壞。」她們開出停車場時萍萍說。

「律師都一樣。」珍妮特回答：「你出錢僱他們時，應該知道自己的權利。」

「我沒想到他會退錢。」

「他非退不可，那是申請費。」

她們在亞洲廣場給武男買了份《世界日報》。武男總要看週末版報紙，尤其是裡邊的週刊，上面有知名記者和專家寫的文章。住在紐約的異議人士劉先生在上邊開了一個專欄，武男喜歡看那老人寫的文章。在她們去契約登記處的路上，萍萍心想，不知道是不是因爲珍妮特陪著她，要跟律師爭辯，尙先生纔退給她八十美元的。他不可能忘了申報，因爲郡法院是他替客戶出庭常去的地方。可是不知怎的，她覺得律師並不像她想像的那麼貪婪卑鄙，儘管她明白他有意要折磨她和武男。他們早就應該申報更名，省卻所有這些懷疑和痛苦，這些感覺會毒化人的精神，催生醜惡的念頭。她不明白，當她說要自己辦理申請，尙先生爲什麼顯得像鬆了口氣？也許把武男夫婦折騰得夠了，他覺得是得結束這件事了？或者，也許她的要求挫敗了他掠奪客戶的企圖，於是制止了他一直猶豫著還沒犯下的罪行？要是這樣，說明他還有心腸，還不敢像個徹頭徹尾的壞蛋那樣行事。

萍萍和珍妮特在郡法院裡找到了契約登記處，完成了申報。整個過程只花了幾分鐘，讓萍萍驚訝不已。

14

武男很著急，因為王先生王太太已經在台灣待了三個月，再過兩個星期就回來了，武男一家又非得搬家不可了。武男這些天來一直在考慮該往哪兒去。他和妻子住在離上班這麼近的地方已經習慣了，現在眞不想再往遠處搬。要是他們買得起王家的房子就好了。武男常常看《格威納特創意休閒》上的廣告，希望能在附近找到一處又安全又不太貴的公寓。

到目前爲止，武男夫婦在銀行裡的存款有三萬二千美元。他們注意到，有些小點的房子，不到九萬美元就可以買下來，不過那些房子離金鍋都很遠。他們的餐館不那麼値錢，靠它不可能從銀行申請到貸款。現在考慮買房子，看來是不可能的。

二月初的一個早上，珍妮特路過金鍋。她說：「萍萍，我看見沼澤街上有家房子在賣，房子不大，不會很貴的。」

從沼澤街到比佛山廣場走路只要五分鐘，所以武男夫婦一聽都注意起來。武男問珍妮特：「你知道賣什麼價嗎？」

「嗯，我估計十萬美元吧，頂多了。」

「可我們沒有那麼多錢。」萍萍說。

「而且『葉』(也）拿不到貸款。」武男也說。

「我要是你們，就找賣主談談去，看看能不能通融通融。」

第二天早上，濤濤一上學，武男和萍萍就去沼澤街看那房子。那是一座一層磚房，座落在一個小湖的北岸，周圍空地足有三分之一英畝大。後院青草覆蓋，緩緩的斜坡，坡下是綠色湖水，院兩側被鐵籬笆圍著，一群加拿大野鵝在湖邊棲息，舒舒服服地曬著太陽。十幾棵松樹和香楓立在兩個半圓的由猴子蘭圍起來的草圃裡，草圃就像兩個大花壇，不過裡面沒有花草，只有幾棵小柏樹，掛著些枯葉。一隻啄木鳥在樹上開始啄起來，其他所有聲音立刻消隱了，只響著那飛快的啄擊聲。看完房子周圍的環境，武男夫婦來到前門，按響了門鈴。

一個老人出來開門。看到武男夫婦有意買房，就讓他們進了屋。老人叫約翰·伍爾夫，退休了，一個人生活。他戴了助聽器，但看去身體狀況很好，肩膀厚實，肚子扁平，兩腿很細，白髮茂密。他帶他們在房裡走了一圈，地下室是半完工的，兩間小臥室，一間大的主臥室，兩個浴室。看完之後，他告訴武男夫婦，房子開價是八萬五千美元。不知怎的，這房子在裡邊感覺不像在外邊看著那麼大。兩人在客廳的沙發上坐下，武男解釋了他們對房子的興趣和貸款的困難。「我們從銀行拿不到貸款，因爲我們的生意太小了。」他告訴伍爾夫先生。

「我知道金鍋，那裡的湯做得很好。王先生退休了嗎？」

「是的。『拿』（那）地方現在歸我們了。」

「你們買下了，還是只在店裡經營？」

「我們兩人一起買下了。」武男把手放在妻子肩上。

「要是我把這房子賣給你們，你們能付多少頭款？」

武男看看萍萍，然後說：「大概百分之『山』（三）十。」

「我的天哪！沒想到你們會付那麼多現錢。那就行了——我是說，我們可以核計出個辦法來。那麼，餘下的錢怎麼付？你們願意付此利息，比如百分之七的利息嗎？」他的右腳敲著米黃色地毯。

「『澤』（這）對我們來說太高了點。」武男說。他轉向萍萍問道：「你覺得怎麼樣？」

「如果鎖定，百分之七可以。」她說。

「鎖定百分之七。」武男跟老人說。

萍萍補充說：「我們爭取在三年到四年內全部付清你。」

這的確是可能的，因為餐館一年可以贏利三萬多美元。伍爾夫先生似乎不相信，說：「我可不是愛打聽。告訴我，你們兩人一年能掙多少錢？」

「大概『山』（三）萬五。」武男回答。

老人的臉笑得皺起來，大鼻子直顫。他坦白地說，他不想讓經紀人拿走百分之五的賣房佣金，所以這個辦法好極了。經過計算，協議出來了：除了百分之三十的頭款，武男夫婦每月至少付給他一千美元，直到貸款付清。

武男急於買下這地方，主要因為他喜歡房子南邊那片湖；按照風水說法，南邊有水，預兆著生活富裕。而且，東邊離房子不到兩百米，有條無名的小溪繞過樹林子，那也是吉祥的標誌，意味著生命之泉。武男從來不把風水很當眞，但一看見這房子，不知怎的就禁不住想到那套玄妙的學說了。再聊下去，他們纔明白老人為什麼這麼急於賣掉房子。他前妻去年跟他離了婚，他在佛羅里達州龐帕諾海灘那邊有了個女朋友，要儘快到她那裡去。

不過，萍萍很懷疑這房子的風水，至少一個婚姻是在這裡瓦解的。她不認同武男買這房的那種熱情和迷信的想法，不過她贊成這筆交易，付了五百美元的押金。這房子離購物中心不遠，雖然屋頂低一些，到處都挺結實。房子是伍爾夫先生自己蓋的，磚活和木工活都很好——客廳的牆都是橡木板的，連車棚都是用櫻桃紅磚，跟房子用的一樣。

走出伍爾夫先生的家，武男和萍萍直奔金鍋。他們好高興，從來沒夢想過這麼快就買了屬於自己的房子，還有一塊土地。

15

星期四早上，他們帶著伍爾夫先生到尙律師事務所去簽合同。他們又去找尙先生，因爲他只收一百二十美元的費用，是伍爾夫的律師費用的一半。萍萍對尙律師事務所在不到一個月內發生的變化感到吃驚。現在事務所的房間被隔成兩部分，一半變成了一家禮品店，成排的貨架上，擺著可供海外華人送他們在台灣和大陸親戚朋友的商品——威斯康辛人參、多種維他命、魚油、乾海參、西班牙蒼蠅水、性愛潤滑劑、生長激素代乳品、化妝品、小電器等等；另外一半還是尙律師的辦公室。顯然他的生意不太好。這一帶很多小企業最近紛紛倒閉，中國城裡很多鋪面和房間都閒置了，貼著「出租」的招牌。尙先生再次見到武男夫婦，顯得十分熱情洋溢，一副爲他們高興的樣子。離他辦公桌遠遠的坐著一個中國女孩，胖胖的，一臉疙瘩，戴著耳機在敲電腦。鼠標墊旁邊有一個小小的放碟機。她一邊敲鍵盤，一邊有節奏地晃著腦袋。尙先生大聲對武男說：「我跟你講過你會成爲百萬富翁的。」武男納悶祕書凱西怎麼不在。也許她被解僱了。

「那只是個小房子。」萍萍笑著告訴他。

「可這卻是一大步。」律師說。

伍爾夫先生插話說：「家是你開始建立財富的地方。」

「沒錯，」尙律師附和道：「這是實現你美國夢的重大一步。」

武男禁不住納悶：伍爾夫先生爲什麼突然之間像一個中國老人了。他自己在沼澤街的房子裡建立了什麼財富了？只有一個破裂的婚姻。

過戶手續挺簡單。伍爾夫先生已經把他們關於房價和付款形式的協議寫好了，需要律師做的，只是把合約看一遍，確定買賣的合法性，起個見證人的作用。尚律師從老人手裡拿過那幾頁紙，仔細地看起來。看完後他對三人說：「很好，所有問題都講得很清楚。因爲不向銀行貸款，就很簡單了，只是在你們兩家之間。」

「那我們只管在協議上簽字了？」武男問。

「對。」

伍爾夫先生搖著頭，但一個字沒說就草草簽了字。武男夫婦也跟著，兩個人作爲合買人都簽了名。萍萍拿出一個信封遞給伍爾夫先生，裡邊是一張兩萬五千美元的支票。老人看到支票，不禁面露喜色。他仔細把支票看了一番，又把它放回信封，微笑著揣進他外衣的內兜。

在事務所的停車場，他對武男夫婦讚揚尚律師說：「他是個好人，不敲客戶的竹槓。我離婚的時候該請他的。」

16

伍爾夫先生一個星期後就去了佛羅里達。武男夫婦每天早上去餐館之前，先到新家去打掃。和房子一起，老人給他們留下了一些傢俱，和所有居家的工具，給他們的打掃帶來很大便利。一天早上，他們發現門口擦腳墊上放著一個花瓶，裡邊是一束黃白相間的番紅花。花瓶上一張小卡，寫著「歡迎新鄰居——洛芝太太。」他們把花放在客廳的圓茶几上，頓時滿屋生輝。他們不知道洛芝太太是誰，也不知道是不是應該把花瓶還回去。武男夫婦以爲，以白人爲主的街坊四鄰，不一定都樂於見到有色人種搬入，所以沒有想到會受到這種歡迎。洛芝太太的禮物使他們非常喜悅。去餐館的路上，因爲這一帶的街上沒有人行道，他們便沿著沼澤街的左邊走，可以迎面看到過來的車。一路上留神看了幾家信箱上的名字，在離家十幾戶的地方看見了洛芝的家。洛芝家是一個高坡上的單層房，門前走廊上懸著一個吊椅，保養得很好的草坪上，有一棵大橡樹和一棵巨大的木蘭，木蘭闊葉上的露珠在陽光下閃爍。一群鷯哥正走在草地上，大都張著嘴，好像噎著了一般。突然，其中一隻飛起來了，接著整個一群都跟著飛起來，在空中鳴叫、盤旋，像一片翻滾的雲。有幾隻還焦躁不安地大叫。武男和萍萍想過進去謝謝洛芝太太，但決定還是不去——不知道這時候去合不合適。「來日方長。我們總會有機會回報的。」武男對妻子說。

據說，與東部相鄰的勞倫斯維爾，曾經是三K黨的大本營。武男夫婦聽到一些白人讚頌三K黨，自豪地宣稱自己是「紅脖土包子」，不過他們從來沒有親眼見過三K黨人。他們確信，周圍地區是安全的、和平的，當然也不是沒有種族偏見。比如，在和餐館同一廣場上、武男家經常買菜的「A與P」超市，有兩個女收銀員，就經常不給他們好臉，一個二十多歲，細胳臂細腿，蓬鬆的蜜色捲髮，另一個是個中年人。有一天，那年輕的收款時，甚至把武男夫婦買的每一樣東西都翻倒過來，而那老點的在旁邊幸災樂禍地盯著。從那以後，武男夫婦總是離那兩人遠遠的。武男注意到，他倆的躲避，似乎讓那老點的有些尷尬。有一回她打手勢，讓他們到她那裡交款，可他們假裝沒看見。一個月後，超市倒閉了，雖然有那兩個女收銀員對他們不好，他們還是爲超市的消失感到不舒服和不方便，因爲從現在起，他們就得到更遠的地方去買東西了。而且，一個大店都說關門就關門了，金鍋這樣的小買賣，一旦經營不善，倒閉也是很容易的。

萍萍總是捨不得老東西。一旦她習慣了什麼，她自動地就把它視爲自己生命的一部分，所以她非常懷念已經倒閉的那家超市。兩年前，海蒂淘汰了她的舊洗衣機和烘乾機，買了新的，萍萍幾個月都不能釋懷，老是提起舊的，說它們還挺好使的呢。現在，她念叨倒閉的「A與P」好幾個星期了，還擔心它的僱員們都怎麼辦。武男讓她少操閒心。這裡是美國，什麼東西都是來得快去得也快。不過內心裡，他也同樣受到震動，更加用心要把自己的餐館經營好，決不能誤了每月給伍爾夫先生的付款。

王先生王太太回來的頭一天，武男一家搬出了王家，在沼澤街五百六十八號安了自己的家。

17

武男記得，兩個星期前，在尚律師事務所簽協議時，他看見伍爾夫先生臉上掠過一道狡黠和欣然的神色。他當時還不明白是為什麼，直到聽到鄰居艾倫·約翰森的一番話。艾倫五十三歲，是通用汽車公司的一個工程師，當時正在他家草坪上整修籬笆。一看見武男，艾倫停下手來和他打招呼。兩人聊了聊這裡的學校。最近，本郡的學區重新劃分了，沼澤街上大點的孩子開始在格威納特郡的頂尖學校園景高中上學了，所以家長們都很高興。這就意味著這條街上的房子估價更高了。他們談著談著，艾倫話題一轉，咧嘴笑了，說：「你跟傑拉爾德談過嗎？」傑拉爾德家在武男家旁邊。

「沒有，談什麼？」武男問。

「讓他家保持環境整潔啊。你前邊的房主約翰，時不時就得跟他吵一吵，有一次幾乎鬧上法庭。」

「因為什麼？」

「傑拉爾德太懶，真給我們社區丟臉。大家都對他很生氣。你看他把家園弄得這麼亂七八糟。」艾倫指著傑拉爾德的房子和院子。可不是嗎？信箱壓癟了，小旗子也沒了，放在一摞磚頭上，好像一陣大風都可以刮走。草地上有好幾塊都枯了，弄得整個草坪很難看。幾棵細長的松樹幾乎已經被野藤纏死。房子的走廊被膠合板遮住了一半，上面堆著傑拉爾德從他當電工的建築工地拿回來的各種東西：成捆的電線、一罐罐油漆、碎皮氈、成桶的灰泥、磚頭、瓷磚、成盒的釘子和螺絲、壞掉的電扇，甚至還有一臺舊空調。房子的東邊停著輛貨車，擋風玻璃和一個前輪不見了，用木墩子支撐著。雖然武男家注意到傑拉爾德家的狀況，他們卻沒有在意過。說鄰居家太破爛會影響他們自家房子的形象和價值，他們頭腦中還沒有這一概念，因爲以前從來沒買過任何房產。

「他怎麼回事？」武男問艾倫。「失業了？」

「沒有，他掙錢並不少。他老婆兩年前和他離婚了，他要付孩子的贍養費。」

「他有孩子？我沒看見哪？」

「他有一個男孩，一個女孩，都是好孩子。家庭破裂眞是作孽。」

武男想問問他關於約翰的妻子，又忍回去了。這一帶怎麼這麼多破裂的婚姻？這是不是個壞兆頭？前些天萍萍跟傑拉爾德聊天，他說他一小時掙十六美元，可是帳單子太多了，都沒錢換屋頂。確實，房子的褐色屋頂看上去都破舊不堪了，被太陽曬得褪了色，有的地方都被冰雹砸壞了。房頂上甚至住了一窩松鼠，把西北邊的房檐都啃壞了，西部屋頂的小窗少了一塊板，就被牠們當了入口。

武男夫婦還看見傑拉爾德後院的那些破車、油桶、成堆的木柴、和塑料管子，那堆破爛當中扔著一個大彈簧床。湖邊的所有樹木都被野藤盤繞，幾乎封住了觀望湖水的視線，給人以一個大沼澤的印象。一棵松樹倒在湖裡；樹根上靠著個倒扣的小船，那船傑拉爾德從來沒划過。傑拉爾德的那條蘇格蘭長毛牧羊犬果比，被一條長鏈子拴在籬笆杜上從來不解開，牠的狗屋看上去就像個雞窩。傑拉爾德從來不遛牠，那狗似乎已經給鎖得發狂了，常常喘著咳著。果比長了憤怒的眼睛，時常狂吠不止，有時候在深夜裡發作起來，引得湖邊人家的十幾條狗都跟著亂叫。從武男家搬進來的那天起，果比就衝著他們大吼小叫，濤濤一次又一次地想用食物安撫牠，都沒有用。有一次萍萍看見一個白人進了傑拉爾德的後院查水表，那狗卻一聲也沒吭。確實，果比對白人從不亂叫，不管是鄰居還是生人。「那狗種族歧視。」萍萍說。武男和濤濤都覺得她說得沒錯。

武男一家對傑拉爾德家的混亂並不十分在意，他們也不打算像艾倫催促的那樣跟他談什麼。相反，他們挺可憐他的，不打算像其他鄰居那樣給他施加壓力。他們覺得自己和傑拉爾德差不多，都是窮人。

武男現在明白，伍爾夫先生接過萍萍遞給他的支票，為什麼偷偷地笑了——老人一定是相信，沒有人願意和傑拉爾德這樣的人做鄰居，他那破房子會讓旁邊的人家房價貶值。武男一家卻不介意有這麼個鄰居，因為他們短期內是不會賣房子的。他們只後悔一件事：要是在跟伍爾夫先生討價還價時，提到傑拉爾德家的破房子，他們買房的價錢可能會降低不少呢。

18

他們在新家安頓後一個月，在一個星期六夜裡，下雪了。喬治亞州下雪是很稀罕的。第二天早上，地上厚達七八厘米的積雪讓周圍四鄰的孩子興奮不已，紛紛跑出來，滑自製雪橇的，在白色草坪上打滾的，打雪仗的，尖叫聲震天。有些樹枝，尤其是松枝，承受不住冰雪的重量，劈劈啪啪折斷，掉到地上。到處都有損壞的電線，電工們四處忙著搶修，電鋸聲此起彼伏。武男家的後院，香楓樹上還掛著冰凌，將投在湖中的樹影都加大加厚了。湖上水鳥全沒了蹤影，都到對岸灌木叢裡藏著避寒去了，偶爾傳出朦朦朧朧的幾聲哀鳴。

濤濤習慣了自己玩，沒有出去和鄰居孩子玩雪，而是在自己家院子和媽媽一起玩。透過玻璃門，武男看著在後院的妻子和兒子：他倆都是一副在北方冬天的裝束——戴著皮手套，蹬著高腰靴。萍萍戴著鮮艷的絨線帽，穿著過膝的羽絨服。濤濤穿著藍色風雪衣。母子倆一起在滾一個大雪球，已經有半米多高了，兩人臉前都哈出一團白霧。孩子想多攢下些雪來，所以他們推著雪球到處轉。武男看著他們，被這副祥和的景象感動了。妻子和兒子的神情都很快活，很親密。突然，萍萍在通向湖邊的水磨石磚鋪的小徑上踩偏了，摔了個仰巴叉，濤濤不禁放聲大笑，拍起巴掌來。媽媽狼狽地從蓋著一層冰的草地上爬起來，武男這邊笑得一口茶差點噴出來。

雖然被這和平的情景感動著，他心中仍然感到一種疼痛揮之不去。昨天夜裡他又夢見了過去的情人蓓娜。睡夢中，他兩人在昔日校園的外邊散著步。月光透過楊樹林灑下來，在半融化的灰色雪地上閃著微光。不知爲了什麼，他們又吵了起來，她生氣地甩下他，快步朝她宿舍樓的大門走去。他大喊：「蓓娜，蓓娜，等一等，你聽我說！」她不要聽，消失在門裡的黑暗之中。他的朋友丹寧從一棵粗大的白樺樹後面出現了，把他拖走，說：「她不值得你愛。忘了她。我的朋友，你要救救你自己！」不知怎的，後來又是蓓娜在一個火車站擁抱著他，可憐地抽泣著。他醒來後，默想著她的眼淚，卻想不出她為什麼哭。但願她丈夫對她不太壞。她看上去臉色蒼白，一定是病了。為什麼孟丹寧，就是那個在布蘭戴斯大學學物理、兩年前回中國去的朋友，會出現在他這個夢裡？武男肯定丹寧和蓓娜根本不認識。多麼古怪的一個夢。

一陣響亮的笑聲從外邊傳來，把武男的思緒拉回到自己的妻子兒子身上。他繼續看著他們，看到他們這麼快樂，他很開心。他剛剛讀完奈波爾的《畢司沃斯先生的房子》，仍很鮮明地記得，主人公在屬於自己的一角之地，為自己爭得一個棲身之所而進行的奮鬥。武男感到幸運的是，自己在短短幾年裡就達到了這一目標。雖然他們的房子欠的債還沒付清，他卻已經踏上了成為一個獨立之人的道路。他的心裡充滿快樂和感激。他終於開始渴望掙錢，掙很多錢，有了錢他一家人才能生活在祥和與安全之中。

他用手背貼貼臉，今天臉不熱。從入冬開始，他就經常發低燒。他一生都是住在寒冷地區，他的身體已經適應了抵抗寒冷，而現在，在喬治亞溫暖的冬天裡，沒有了那種嚴寒。難怪這裡夏天的蟲子會這麼多——這麼暖和的冬天是凍不死任何小蟲子的。武男注意到，伍爾夫先生留下垛在西邊籬笆下的木柴堆裡，有很多蟑螂在那裡過冬。他剛剛和傑拉爾德聊過天，傑拉爾德告訴他：「這場雪可以殺死很多蟲子。明年夏天桃子可以大豐收了。」要是再多有些這樣的冷天就好了。

在這樣一個清新的早上，武男覺得精力充沛、頭腦清醒。他進入了寫詩的狀態，要寫一寫後院的情景，要寫生活中的快樂和寧靜，可是他不知道從哪裡下筆。他想了好一陣子，這樣一首詩應該以這樣的句子開頭：「雪落在了東南方土地上，」可是下邊他就不知道怎麼繼續了。一個小時以後，他就要去餐館了，那裡有雞肉要切，有魚要洗，有春捲要包。星期天總是很忙的，他要在餐館中午開門以前，把所有準備工作做好。於是他回到自己房間，在床上躺下來，在出去上班以前，再好好歇一歇。

19

現在，濤濤放學後不再待在餐館了。他們家離得這麼近，他可以隨時來去。他一個人在家時，萍萍會給他打電話問問他怎麼樣了。有時候她會回家來，看看他是不是在做功課。武男給孩子買了一臺便宜的電腦，因爲濤濤說，他要自己裝一臺。這孩子認識兩個大孩子，人家就是自己給自己組裝了電腦，爸爸媽媽同意給他買零件。這樣安頓下來讓武男和萍萍覺得很幸運。他們急於還清債務，不過萍萍堅持在銀行裡留點小存款，作爲後備資金。整個經濟雖然開始慢慢復甦，但仍在蕭條之中，她要確保即使在生意不好時，也有足夠的錢付每月該付的房屋欠款。他們爭取平均每個月付給伍爾夫先生一千五百美元。

幸運的是，金鍋的生意一直不錯。爲了增加菜式的種類，武男新添了蒸餃和幾種麵條，比如牛肉雪豆炒麵、香菇炒麵、海鮮炒麵。新菜式招來了更多的顧客，勞倫斯維爾公路上新房建築工地墨西哥工人很喜歡金鍋。武男一直在想辦法讓餐館賺到更多的錢，可它實在太小，沒法發展。不過，有個顯而易見的賺錢路子，就是添個酒吧。金鍋是有酒牌的，賣酒很賺錢，可是武男和萍萍都不會調酒，目前只賣瓶裝啤酒和葡萄酒之類。武男夫婦考慮了幾個星期，要不要弄起一個吧檯？設了酒吧就得僱調酒師，這都是要花大錢的。

在紐約打工那會兒，武男聽到過不少在中餐館開酒吧的情況。很多酒吧都是請白人來照應的，因爲大多數亞洲人不能用英語很好地與顧客交流。那些美國出生的中國人，不把調酒師當作一個眞正職業，所以他們都不管酒吧。在中餐館裡，調酒師和侍應生之間通常都在暗中較勁。有些餐館的酒吧還提供些開胃小吃，直接從餐桌上搶侍應生的生意。調酒師在中餐館裡氣粗得像個君主，侍應生們都怕他，因爲他只需稍稍改一下顧客點的酒，就足以給他們帶來麻煩了。要是客人不滿意，老闆怪罪下來，調酒師可以往侍應生身上一推，說聽不明白他們訂酒說的英語。更糟的是，老闆幾乎不可能在吧檯盯著生意；所以調酒師可以隨心所欲向吧檯常客送酒，尤其向年輕女酒鬼獻殷勤，有些調酒師甚至把該交給收銀的錢裝自己口袋裡。總之，酒吧可能是個金庫，但也可能是個最大的麻煩。

萍萍不知道有了酒吧會是怎麼樣，所以武男一一講給她聽。他甚至想找個中國人來，把他送到亞特蘭大的調酒學校去，學完了再僱他來做。可萍萍堅決反對設酒吧，她說酒吧進來，只怕餐館就再無寧日了。餐館的面積是無法擴大的，那就不應該安個酒吧毀了他們的安寧。他們最需要的，是一個穩定的顧客群，這個顧客群，甚至都不必很大。武男同意了。

一連幾個月，武男每天工作至少十四個小時，有時候一個星期看不到日頭，因爲他一早就要到餐館做好準備工作。他要切牛肉片，切雞肉，熬骨頭做高湯，備好茶爐，切芥蘭，切蔥，蒸米飯，炸豬塊和雞塊……下午，他的兩腿又沉又腫；一有空就趕快坐下歇歇，甚至在炒菜中也是能歇就歇，以防止靜脈曲張。餐館占據了他整個身體和精神，就連在夜裡，他都常常夢見迎接客人，給他們炒菜，他的腦子裡充滿了廚房裡的嘈雜，由於長時間幹活，四肢一直是又熱又疼。他兩手上總是有傷，不是切了口子，就是燒傷或燙起水泡，每天早上醒來，總有些陣陣抽痛。雖然工作這麼繁重，這麼疲勞，他卻是心滿意足，決意要成功。生活終於變得簡單明確了，彷彿所有的迷惘和不確定，都不曾在他頭腦中盤桓過。

一天下午，萍萍遞給武男一封信：「你的。」

「我的？誰來的？」

「我怎麼知道？一定是哪個祕密情人來的。」她嗤嗤笑了，卻見他眼裡閃過一絲厭煩。

他沒想到，山姆．費舍會給他回信。一個月前，武男寄了一首詩和一封信給他，告訴他自己搬到喬治亞來了。他談了金鍋，和自己繼續寫詩的打算，其實他幾乎什麼詩也沒寫了。他只是想跟山姆保持聯繫，萬一他需要請教他關於詩歌寫作的技巧。除了告訴山姆，他很喜歡他的書《激情佛經》，他還藉此機會向迪克·哈里森，那個高個子年輕詩人問好，武男在紐約的日子，迪克對他很友好。山姆·費舍在回信裡鼓勵武男繼續寫詩，說他有天分，應該堅持發展下去，最根本的，是要在內心裡「保持充沛的情感」。山姆還提到，他最近愛上了杜甫的詩，希望哪天他能翻譯一些。

這封信讓武男既感動，又煩惱。他最近已經這麼投入地去賺錢了，以致當詩人的欲望幾乎全消散殆盡，儘管他夜裡入睡前仍會讀讀詩。他非常喜歡那本厚厚的叫《偉大的詩》的選集，尤其是每首詩前面的介紹短文，一有時間，就仔細研讀。其中有些詩他知道，有些則從來沒讀過。他給山姆回了信，說如果山姆著手翻譯杜甫，他願意助他一臂之力。

20

武男夫婦在這裡不認識什麼中國人，他們也不去任何華人教堂，或造訪唐人街的中國社區中心。他們只想過安靜的生活，並不介意這麼離群索居。

但是，三月中旬的一個下午，兩個華人來到金鍋，一個是個年輕男人，另一個是個三十多歲的女子。他們沒理會塔米的招呼，逕直向櫃檯前的萍萍和武男走來。那女子長了一張瘦臉，皮膚光滑，一雙熱烈的眼睛，燙了頭髮，自我介紹說，她是喬治亞理工大學一個研究生的陪讀太太，那男的則說他是該校中國學生聯誼會的負責人。他們到這裡來，是爲給大陸水災的災民籌集捐款的。武男沒有興趣，便說他沒錢。

那女子叫洪梅，堅持說：「你看，武先生，您是從中國來的，對不對？就算您現在是有錢的美國生意人了，也不應該忘了您的祖先和祖國。想想您能夠爲國家做些什麼。」

「中國不再是我的國家了，而且我也不是有錢人。」武男說。「我一天到晚累得半死，纔維持了這個生意。還有，你不該在這裡對甘迺迪的屁話鸚鵡學舌。每個公民都有權問問，我的國家能爲我做些什麼。」

她一時語塞，盯著武男看了好一會兒，纔接著說：「您知道去年秋天的長江大水造成了多大損失嗎？」

「我知道，可是水災過去了。現在是春天了。」

「沒有。七千萬災民仍在遭受災後的困苦，好多人無家可歸，等待您的幫助。有十八個省仍在災後艱難的恢復之中——」

「你行了！我怎麼能當那麼多人的救世主？我們很久以前離開中國，永遠地。我們不欠中國什麼了。」

那男人拉了拉洪梅的胳臂肘，說：「咱們走吧。跟這個忘了祖宗的守財奴沒什麼可爭的。」他不停地推著自己的扁鼻子，眉毛都歪了。

萍萍對武男說：「何不給他們幾塊錢，讓他們走了算了？」

「不，這是個原則問題。我的錢不會這麼花的。」

洪梅繼續說：「你跟美國政府沒什麼兩樣。你不覺得慚愧嗎？」

「我沒有山姆大叔那麼有錢，」武男聲音提高了，「我不向別人徵稅。」

「好吧，你知道中國去年秋天向美國尋求幫助嗎？你猜美國政府給我們國家多少錢？」

「多少？」

「兩萬美元。」

「沒錯，只夠買那麼一輛車的，」年輕人指了指停車場，「美國，世界上最富的國家，故意拿這麼一點點錢來羞辱中國。」

「這和我有什麼關係？」武男問道，「要是我的生意破產了，中國不會跑來救我，對不對？我上哪兒去拿到一塊錢？」

「可你是個中國人，有義務做點什麼。」洪梅說。

「我給中國做得夠多了。再也不想慷慨大方了。」

「你在中國就沒有父母兄弟姐妹嗎？」

「我有。」

「那你怎麼能這麼冷酷，這麼絕情？你怎麼能看著自己的人民受苦和受難，而不出一點力呢？」

「因爲就算我捐了一百萬，那錢還是到不了災民手裡，那些當官的會把錢都侵吞了。我不想餵肥那些寄生蟲。」

「我們知道你說的可能在某種程度上是真的，但我們也知道我們捐的錢會被送到災民手裡。所以有這麼多人捐款呢。有個喬治亞州立大學的，窮得只能住在一輛破車裡，就連他都捐了二十美元。」

「沒錯，」那年輕人補充說：「一個化學教授捐了一千。他是從南京來的。」

洪梅繼續說：「我們應該把中國政府和普通人民區別開來。我們幫助的是災民。」

他們的話讓武男平靜了一些。萍萍插嘴問：「五十美元怎麼樣？」

洪梅說：「六十美元怎麼樣？我捐了七十，可我還沒有你們有錢呢。我去年夏天才來的美國。連我女兒都捐了十二美元——那是她所有的零花錢。」

「給他們六十讓他們走吧。」武男對萍萍咕噥了一聲。

她打開支票本：「我把支票開給誰？」

「喬治亞理工大學中國學生聯誼會。」

妻子寫支票的時候，武男對那兩人說：「我們捐這錢不是因爲災民是大陸人。如果他們是香港或台灣或別的地方的人，我們也會一樣捐的。我們只是不想和中國政府打什麼交道。」

「我們理解。有些老華僑也這麼說，因爲他們被革命和政治運動傷得太重了。」洪梅承認道。

這話讓武男另有所思。他知道萍萍和他其實就是捐款給了中國，他們要不是來自中國，這兩人也不會來找他們。

「拿去吧。」萍萍把支票遞給他們。

那兩人接過支票，鞠了一躬，這讓武男夫婦覺得承受不起。臨出門前，洪梅懷著發自內心的真誠說：「我們代表大陸所有水深火熱中的中國人，代表我們的國家，從心底裡對你們表示感謝。你們會從中國領事館收到一封感謝信的。」她又鞠了一躬，那年輕人也跟著鞠了。

「他們的感謝就不必了，」武男說：「他們連護照都不給我延期。」

「我們知道你們的感受。」洪梅說。「我們這樣不知害臊地替祖國四處討錢已經好幾天了。我們只希望，當我們國家富裕強大起來以後，我們的孩子們將來不會重複我們今天的行爲。」

武男和萍萍都很吃驚，無言地看著他們離開了。他們走出門以後，武男搖著頭對妻子說：「瞧他們那個勁兒！好像他們代表了國家似的，這麼他媽認眞，好像整個中國都擔在他們肩上，都不覺得沉。」

「你不該那麼說。」

「不該怎麼說？」

「說我們和中國沒有關係。」

「我知道，」他嘆氣，「我只是生氣。要是我們能從血裡把故國擠出去就好了。」

武男曾經想使自己完全脫離這裡的中國社區，過一種隱居的、不被打擾的日子，但現在很顯然，中國是永遠不會放開他們的。不論到了哪裡，那塊故土都跟著他們。

第四部

1

喬治亞的春天對武男和萍萍簡直是災難，他兩人都對花粉過敏。白天裡空氣都是微黃的，早上起來，樹上的花粉撒落滿地，讓路面都變了顏色。每天去餐館之前，萍萍都要在涼臺上掃掉一層黃花粉塵。有一次，她在超市的停車場竟找不到自己家的車了，因爲花粉在車上鋪了厚厚一層，把車原來的顏色都改變了。這邊的花粉季節比新英格蘭地區要長得多，從二月底直到五月中旬。萍萍只要一出門，就會戴上口罩，完全不管別人怎麼看；武男卻不肯戴，他的鼻子也就比原來腫大了一倍。他們盼著：趕快下一場雨！雨過之後，把空氣沖洗乾淨幾天，他們就可以在外邊走走。爲了抗過敏，萍萍每天都給濤濤和武男吃幾粒蜂蜜花粉片，起點小作用，只是武男如果空腹吃它會覺得胃疼。他們還服用大量維他命，增強對過敏的抵抗力。一直到五月中旬，旱季到來，他們纔開始覺得好一點。不可思議的是，濤濤的過敏症今年大大地減輕了。在麻州的日子，他花粉過敏得厲害，可現在，他可以在外邊玩半天，既不流鼻涕，眼睛也不癢。武男逗他說，他這麼適應南方，慢慢就會變成一個「紅脖子」鄉巴佬了。

「我不是紅脖子！」兒子抗議道，學著班上同學的口音，在最後一個音節「脖子」處向上一挑。

「不要那樣說話。」他媽媽提醒他。

「是了，太太。」

三人都笑了。其實，武男和萍萍都和濤濤一樣，都開始適應這裡的生活了。有時候，萍萍用粗糧做早飯，全家經常吃甘藍葉、芥菜葉。武男和濤濤還喜歡豬肉皮、煮花生、炸秋葵、炸玉米麵包球、燒烤醬等等典型南方風味。不過濤濤不喜歡這邊的奶酪，和東北部的奶酪相比，這邊的確實味道淡薄些。玉米麵包就像酥油點心，成了他們的最愛，一碰到降價促銷他們就會買。在中國的時候，萍萍和武男吃玉米麵窩頭吃了好多年，不過那和玉米麵包不是一回事，那玉米麵就光是玉米麵，既沒有糖，也沒有牛奶。有一天，萍萍做了幾個中國式窩頭給濤濤，他跟媽媽要了好幾次了，可是剛咬了一口，他就再也不肯碰它了，「像屎一樣！」

他爸媽卻吃得津津有味，吃了還給塔米帶了一個去。塔米一看窩頭就興奮起來，可嚐了一小口以後，她也皺了眉頭，說：「你們大陸人老說要統一台灣，可我想沒有一個台灣人想吃這東西。你們應該先淘汰這種窩頭，再談統一。這東西絕對不是給人吃的。」

儘管這麼說，儘管只吃了四分之一個窩頭——按萍萍教的，夾著熏鯡魚吃的，塔米還是很高興武男夫婦帶這東西給她嚐。她把剩下的窩頭包起來，要帶回家跟她室友分享。

2

兩年來，武男時刻擔心妻子和兒子會生病，因爲他們沒有醫療保險。武男曾經認識一個住在波士頓的年輕人，是加拿大公民；那夥計從來不買任何醫療保險，要是生病了，他就回加拿大的蒙特利爾去看醫生。武男希望自己全家也能那樣。

他跟于京生談過這事。于京生當過解放軍上尉，現在是很有名氣的保險經紀人，亞特蘭大地區很多亞裔和拉丁裔都找他買保險。于京生告訴武男，買個標準的全家醫療保險，每個月的保費高達八百六十美元，這個價錢武男一家不可能付得起。在京生建議下，武男只給全家買了意外保險，每月九十美元。他頂多能買這一種了。就是這點最低的保障，也讓武男心安了不少。他知道有很多亞裔移民是任何醫療保險也沒有的。要是生了病，他們會先找草藥鋪。華人開的草藥鋪，開藥的幾乎都是中醫師，可以治些頭疼腦熱，還可以開藥方。亞特蘭大地區不少中醫在國內還是醫學院的教授呢，可是在美國他們不能掛牌行醫，因爲他們只專中醫，又不懂英語，所以職業考試考不過，拿不到行醫執照。很多人因爲怕惹上官司，就不給白人或黑人看病，只賣給他們一些草藥和藥片藥丸。

武男夫婦都不相信中醫，儘管中醫採用的是整體方法，強調的是人體內的陰陽平衡、寒熱均等，可他們的朋友珍妮特經常向萍萍打聽些關於中草藥的問題。珍妮特曾找過針灸師治療過背傷，所以她對中醫很是著迷。另外，她還想知道有沒有治療不育症的草藥，對這個萍萍可不清楚。

快到五月底的一天下午，珍妮特到金鍋來，穿著半長褲，腳趾上戴了個大指環。今天不像往日，她待了很久還沒走，和萍萍坐在角落的火車座裡說說笑笑；塔米用海綿布在擦拭餐桌上的調味瓶和鹽瓶，身邊凳子上放了個溫水盆。遠處牆上還是十年前畫上的壁畫，畫上那些大馬小馬有的奔馳有的騰躍。珍妮特把她那隻指甲長長的手放在萍萍小臂上，說：「我有件事要問你。」

「什麼？」

「你想再要個孩子嗎？」

「我喜歡孩子，可我不能再要。」

「爲什麼？」

「我得掙錢，要照顧武男和濤濤。武男想要好多孩子，可我們養活不起。」

「要是有人給你錢呢？給你好多錢。」

「這是什麼意思？」

「我是說：我願意給你錢，讓你爲我和戴夫生一個孩子。」

「戴夫和我不能生孩子，我們什麼法子都試過了。是我的問題，我的卵子不好。」

「我不明白。」

「我怎麼給你生孩子？」

「有兩種辦法。」珍妮特來了精神，眼睛睜大了，放出光來。「一是你跟武男給我們生一個孩子，我們付你一萬美元。要麼你和戴夫生一個孩子，我們付雙倍。」

「眞噁心。我怎麼能跟戴夫生孩子！」萍萍臉紅到耳朵根，覺得受到了侮辱。

「別生氣。你誤會我了。你沒聽說過『代理孕母』這個詞嗎？」珍妮特抓著自己滿是雀斑的胳臂。

「我在電視上聽說過，可那到底是什麼意思？」

「醫生可以讓一個女人的卵子和一個男人的精子人工受精，然後把受精卵放到女人的子宮裡。那樣她就懷孕了。」

「然後怎麼樣？」

「孩子出生以後，父親有權利得到它。」

「那媽媽就不能再看見她自己的孩子了？」

「大多數情況下她不能了。在人工受精之前，她要和那男人及其妻子簽下協議，然後她必須遵守協議。不過在生物意義上，她還是孩子的母親。」珍妮特的臉繃緊了，好像在強忍住笑。「要是我可以像你一樣懷孕，我就生它一大幫，讓全城都是我的後代。」

「太難了，珍妮特。」萍萍皺眉頭喃喃地說：「你幹嘛不領養一個孩子？好多美國夫婦領養中國女嬰。」

「我們想過領養，不過我們覺得最理想的是要一個你的孩子。」

「你幹嘛給我出這麼大的難題？這事對我來說太難了。」

「聽我說，萍萍，你這麼漂亮和健康，讓我們眞想要一個你的孩子。你比我只小一兩歲，可你看你——你的皮膚和身材就像個年輕女孩。說你二十五歲都有人信。」

「你不明白，珍妮特。中國女人在五十歲以前不像白人婦女老得快，我們長得慢。我十六歲了纔來月經。可是我們一過五十，就突然變成個老太太了。」

「五十歲以後誰都老了。」

「但白人婦女五十以後老得非常慢，我猜是因爲營養好吧。你看洛芝太太，她都八十九，還種菜園。」

「哦，我明白你的意思了。要是你能給我們一個孩子，那是戴夫和我的福氣。」

「那個我做不到，抱歉了。」

「你看，代理孕母價碼通常是一萬美元，而我們願意加倍。現金，你不用付稅的。你知道戴夫喜歡濤濤，我看得出來，他做夢都想有一個濤濤那樣的兒子。」

「幹嘛不要女孩？我喜歡女孩。」

「女孩也非常好。能得到她我們會幸福得發昏。」

「我不能答應你，珍妮特。也許我應該和我丈夫商量一下。」

「當然，我理解。這應該是全家的決定。跟武男談談，好不好？」

「好吧。」

儘管並不願意考慮，萍萍還是覺得這是一個幫助他們減輕貸款壓力的機會，貸款一直是她心中的負擔。買房子以前。他們從來沒有借過錢。她害怕欠債，總是及時付掉帳單。要是他們生意不好了，該怎麼辦？或者武男病了，不能工作了怎麼辦？那樣他們可能就什麼都失去了。要是他們每月付不出錢來，伍爾夫先生肯定會回來把房子收回去，就像銀行把無償付能力的房子或車子收回去一樣。她越想這個可能性就越感到恐怖，覺得他們非儘快把欠款還清不可。

當天夜裡，濤濤睡覺了以後，她和武男提起米歇爾夫婦這個想法。「不行！」武男說著，眼裡突然冒出火來，「你瘋了。你怎麼會以為我會讓你當代理孕母，懷上別的男人的種？我可丟不起那個人。你要是喜歡孩子，我可以給你一個。你眞的想給我們自己要個孩子嗎？」

「我不是爲了要個孩子。咱們需要錢，好減輕咱們欠的債，是不是？」

「可你也不能那樣出賣自己呀。要是有一天，濤濤問你爲什麼把他弟弟或是妹妹賣了，你怎麼跟他說？」

「我不是要賣孩子。只不過是因爲珍妮特需要我的幫助。她是朋友。」

「可是事實上，你接受了她的錢，就得和自己的孩子脫離關係。要是濤濤問你，他弟弟妹妹哪兒去了，你怎麼面對他？」

萍萍受不了，忍不住哭了出來，把武男嚇了一跳。他緩和了口氣，說：「好啦，你別哭。我是不會讓你冒那個險的。」

「我知道這事困難，要冒風險，但我可以爲你和濤濤去做。咱們一定要儘快還掉貸款。我太害怕了。」

「你怕什麼？」

「要是有個什麼災難，咱們就可能失去現在的一切。」

「別自尋煩惱了。咱們小心經營好餐館，就什麼事也沒有。看人家美國人。大多數人不都揹著貸款嗎？他們像咱們這麼發愁了嗎？能拿到貸款，好多人還覺得幸運呢。咱們得擺脫中國式思維，在這裡帶著風險過日子是件平常事，咱們也得學會這個。」話雖這麼說，武男還是被妻子自我犧牲的意願感動了，胸中湧起一陣感激。

她嗚咽道：「從現在起，咱們一定不能性生活太頻繁了。咱沒有個眞正的醫療保險，生不起病，也生不起孩子。」

「好吧，我會控制自己的。我不是一直睡在自己房間嗎？」

她苦笑一下，嘴唇濕了：「答應我，你永遠不拋棄我和濤濤。」

「你怎麼會那麼想？我不會離開你的，好吧？我只有你們倆了，我能上哪兒去？」

第二天下午，萍萍對珍妮特說武男反對。讓她驚訝的是，她朋友接受了這個解釋，並沒有任何不滿，甚至說：「我知道這是困難的事。我們別再提它了。」

後來，珍妮特照樣定期到金鍋來買午飯。萍萍繼續五美元一個幫她做項鍊；她一個星期可以做出六個來。她們仍是好朋友。戴夫和珍妮特這麼不記仇，讓萍萍和武男都挺驚奇。要是他們拒絕的是一對中國夫婦，那兩家的交情也就隨之告終了。武男開始對米歇爾夫婦比以前好些了，他們來點五柳魚時，他總是給他們挑大魚——這道菜是炸魚上面蓋著五種蔬菜切絲。

有一次萍萍問珍妮特，爲什麼她拒絕了他們，她卻不怨恨。珍妮特說：「要是你同意給我們一個孩子，那孩子一出生我們就得搬走，好讓你再也見不到我們。現在呢，我仍然有你這個朋友。」

3

每個星期一早上，武男都去亞洲廣場的中國書店買一份《世界日報》週末版。《世界日報》不像英文報紙來得那麼早，每天總要到下午纔會來。他不能每天都買，所以每星期一次，他會驅車十六公里，到多拉維爾去買週末的報紙；這是他對中國和海外華人保持瞭解的一條渠道。除了買報紙，他還要去菜店和超市看看食品價格。他星期一的購物中心之旅，對他來說是一種消遣，一種奢侈，因爲除了店裡沒客人來的重大節日，他是從來不休一天的。六月底的這個早上，他又來到世界日報社開的中國書店，書店後面的兩間屋裡是報社的東南地區分社，有幾個編輯和打字員正在裡邊忙著給地方版編排廣告和地方新聞。武男和平時一樣，拿了份週末報紙，然後在兩張展臺上看看新書，在架子上翻翻雜誌月刊。所有出版物裡，他最喜歡《明鏡月刊》，裡邊關於文化和熱門話題的文章質量比較高，多是那些在香港、台灣和北美頗有名氣的作家、學者寫的。

他看到一本關於美國生活的新書，叫《星條旗下》，是一個最近從大陸來美國訪問的作者寫的。他不喜歡這類專給從來沒到美國來過的人看的文字，因爲作者經常講些異國情調的故事，曲解了美國眞相。他記得有個作者甚至誇張說：美國妻子們很理解丈夫，男人出門旅行時，女人會幫他們把保險套放進行裝，意思是她們不介意丈夫暫時跟別的女人偷歡，只要不把心留給別的女人就行。一個過去在解放軍裡當政工幹部的小說家吹牛說：他一個人夜裡走過紐約的唐人街都沒有害怕；在一次採訪中，當被問到美國民主什麼樣，他回答：「塡不完的表格，稅收很高。」一個女作者宣稱，她在美國僅僅六年，身家就從三百美元暴升到五百萬，現在她是一家紡織公司的CEO，她的貨櫃不停地在太平洋和大西洋之間穿梭。還有個暴發戶甚至吹噓，他的雄心是在太空間擁有幾個衛星。

武男一翻這些書，心就往下沉——幾乎每一個人都把自己描繪成成功的典範。誰會抒發失敗者的心聲？他想一定沒有。更糟的是，這些書的文字都很粗糙，新聞筆法，不少書是一堆單篇文章的大雜燴，文章之間一點關聯都沒有。作者們在美國還沒待多久，對這塊孤單寂寞、深不可測、吞噬一切的土地，還來不及生成眞正的感受，就急於報告小小成功的聳動新聞。看看書架上這些書名吧——《這是一個眞美國》、《征服美利堅》、《我在灣區當律師》、《中國名人在北美》、《我們在美國的成長》、《華爾街老闆》、《嚐嚐紐約大蘋果》……

武男打開六月份出版的《豐收》，上海出版的大型文學雙月刊，視線被一個作者的名字吸引了——「孟丹寧」三個字，印在一篇小說〈阿拉斯加海鮮罐頭廠風雲〉的標題下。朋友的名字出現在這本一流雜誌上，讓武男十分吃驚。他翻開小說的第一頁，飛快地看了幾段。作者無疑是自己的朋友丹寧，因爲故事的場景在美國，還提到了波士頓。他買下了這期《豐收》。

沿著巴福特公路回家的路上，一遇紅燈，他就拿起雜誌，看看插圖和目錄。有些作者的名字是他熟悉的，有些不熟悉。在吉米．卡特大道的十字路口，他幾乎撞上了一輛嶄新的麵包車，那車上貼著一條銀色的達爾文魚——那是揶揄基督教進化論的象徵符號，還有一個紅字貼標，上邊寫著：「有權喊怨！」把武男嚇出一身冷汗，強迫自己開回金鍋以前再不要動那雜誌了。

那天白天，只要一有空，他就看一兩頁丹寧的小說。夜裡回到家，躺在自己床上，他接著看起來。他不覺得小說有什麼特別之處；文字不夠乾淨，故事倒還不錯，有可讀性。敘事是第一人稱，用回憶錄的形式，描寫了阿拉斯加一個罐頭廠的老闆，是怎麼剝削那些來自越南、南韓、中國、墨西哥和東歐的新移民工人的。敘事人以丹寧替身的面目出現，他是個威斯康辛大學農藝學的研究生，夏天到阿拉斯加去打工，好掙出下一年的學費。罐頭廠被描繪得像一個國內的工廠，辛苦幹活的工人們總是處處碰壁，被同伴們說壞話，而偷懶的人卻因爲能說會道、弄虛作假而受到信任和獎勵。很多人早上打卡早來，晚上打卡晚走，可工作中卻偷奸耍滑；還有人找各種藉口加班，好拿加班薪水。除此之外，工廠裡種族偏見十分普遍，工頭們以強凌弱，多數工人趁工頭不注意就偷吃海鮮。每天都有打架的，女工們爲爭一個壯漢大打出手。雖然工人裡也有正派體面的人，有個人過去在越南軍隊裡當中校，還有一個從前在羅馬尼亞是個哲學教授，幾乎不會說英語。儘管敘事人語氣輕鬆，這小說卻是一篇黑色故事。

關燈以後，武男還在琢磨這篇小說，不知怎的，這篇東西讓他感到彆扭。故事倒是可信的，很多令人信服的細節讓人身臨其境。丹寧顯然做了大量的研究和思考，武男也知道丹寧去過一次阿拉斯加，不過他不相信丹寧在哪個罐頭廠幹過活兒。讓武男更不舒服的是小說調侃的語氣，充滿著不著邊際的嘲諷和信口開河，一味地追求搞笑的效果來取悅讀者。結果，幽默變成了矯揉造作和油腔滑調，而不是來自戲劇內部，好像觀眾還沒笑，敘事人先笑了，作者處處開涮，卻弄巧成拙、適得其反，把自己搭進去了。更讓人討厭的是，丹寧用了太多的下流詞句，每一頁都碰得到。不過，武男還是很高興他朋友回國纔不過兩年就取得了這樣的突破，丹寧無疑已經進入文人圈子了。《豐收》的小說編輯在介紹這一期「留學生文學」特刊時，呼籲讀者注意丹寧的小說。確實，同期的這一組作品中，其他四個作家要麼曾經、要麼仍然居住在國外的，丹寧的小說似乎是最重頭的一篇，因爲其他作品要短得多，最短的一篇只有兩頁半。

武男把雜誌給萍萍看，這篇寫罐頭廠的小說讓她看了好幾天。她同意武男對這篇小說的看法。「丹寧用不著那麼刻薄和下流。」她對武男說：「他沒說所有的工人裡，中國人是最差的，比越南人和墨西哥人壞得多。」萍萍在一家老人院工作過，老人院僱了很多外國人，她覺得，在所有人裡，韓國女人是最好的工人。

「丹寧一定混得不錯。」武男說。

「他很聰明，知道怎麼推銷。不過別把他的小說太當回事。」

「那又怎麼樣？你要是寫，一定比他寫得好。起碼不會用那麼多對兒感嘆號。」

「這可是《豐收》。」

「你是不是嫉妒他呀？」

「我從來沒想當作家，爲什麼要嫉妒？聽我的沒錯，你可以比他寫得好。」

「老天，你是不是太抬舉我了。」

「他太拼命討好讀者了。還有，這樣的東西會誤導國內沒來過美國的人。」

不知爲什麼，萍萍就是不願肯定丹寧的成就。她爲什麼這樣說這部小說呢？武男仔細想想她的話，最後覺得她說得有道理。他也同樣不能把丹寧的小說看作文學，頂多是一篇會寫東西的文人寫出來的報告文學。不過，很顯然，他朝著和自己截然不同的方向往前邁進了。也許有一天，丹寧會成爲中國文壇上的一員。中國那地方，名人的起落是不講什麼邏輯的。武男決定給朋友寫封信。

4

武男沒有馬上給丹寧寫信。一連幾天，他一直在試驗做木樨肉，這是一道他沒有做過的菜——把雞蛋和豬肉、胡蘿蔔絲、白菜絲拌在一起翻炒後，捲在小薄餅裡抹海鮮醬吃。在他小時候，他曾一年吃一次春餅，春餅的做法和吃法跟木樨肉是一樣的，只不過他媽媽用的是黃豆醬，而不是用海鮮醬。在中國，「木樨肉」一詞指的是木耳炒雞蛋或豬肉或蝦，和美國化的木樨肉完全不是一回事。武男意識到，這道菜的好處，在於配料選擇的靈活性。你可以分別炒好豬肉、海鮮、雞蛋、蔬菜，這樣你就可以任意組合這道菜了。也就是說：木樨肉可以是各種各樣的，豐儉由人，甚至素的也行。更妙的是，武男可以用現成的墨西哥薄餅代替蒸餅，上菜前在微波爐裡一熱就可上桌——這就省了很多事。於是，他決定在菜單裡加上木樨肉，不是通常的菜式，而是「本店特色菜」。

他把捲好切好的一盤木樨肉放在桌上，讓萍萍和塔米嚐嚐。

「嗯，好吃極了！」萍萍津津有味地嚼著說。

塔米也愛吃。她幾步跑到貯藏間，叫道：「濤濤，快出來嚐嚐木樨肉。」

孩子剛下校車，正用刮刀削胡蘿蔔皮。他把手洗了，走出來，揉著眼睛打著哈欠。他咬了一口薄餅捲豆芽瘦肉絲。「這是墨西哥玉米捲還是什麼？」他問。

「不是，這是木樨肉。」武男說。

「哦，我記得這個！」濤濤一邊嚼著，眼睛亮了，「我姥爺也做過這個，可他放的是僞菜。比這個好吃多了。」

「我們可不能給客人吃僞菜，他們不會喜歡的。」爸爸說。「還有，僞菜也太貴了。也許我們什麼時候給自己做的時候可以放僞菜。」

實際上武男幾乎沒給自己做過木樨肉。全家大多數時間都在餐館裡吃飯，趕上什麼就吃什麼。濤濤反正有的是可吃的，所以孩子也不抱怨。

武男終於有了空閒時間，他給丹寧寫了一封信。

一九九二年八月三日

親愛的丹寧：

在上一期《豐收》上看到你的小說時，我簡直說不出的驚奇。恭喜恭喜！我很欽佩，看來你是前途輝煌。我祝你好運，並為你祝福。

我想你現在又結婚了吧。要是結婚了，請代我向你夫人問好。我們一家還好，去年夏天搬到喬治亞州了，現在住在亞特蘭大東北郊，我在這裡開了家小餐館。工作很辛苦，很乏味；萍萍和我經常一天工作十二小時以上。不過到目前為止我們還沒有倒閉。說真話，我們在某種程度上還是成功了；在附近買了一幢小房子，後院有片二十英畝大的湖。你看，我現在是個勞工了，一個職業廚師，不過是我自己願意的。坦率地說：我覺得對現狀挺知足的。總算在一個我們可以稱為家的角落安居了。

那天我看到你的小說，覺得彷彿咱們已經分別了一輩子。你一定和過去完全不一樣了，但我肯定，隨著這篇小說的發表，你的人生一定改變了，一定是前程似錦。

你有了新作務請告訴我。這邊有家很好的中國書店，大陸出的雜誌這裡有賣，我在地球的這一端，可以隨時關注著你的成功。

朋友
武男

他先是想在附言裡坦白地表達自己對小說的看法，可是又改主意了，不想讓丹寧懷疑他是在眼紅。他不知道丹寧現在的地址，就把這封信寄給了《豐收》編輯部，相信他們會替他轉交給丹寧的。

比佛山廣場裡那家「一元店」門前有一個郵筒，武男出去把信寄出去。外邊潮濕悶熱，一團熱氣撲面而來，但兩個十幾歲的孩子在停車場裡騎自行車兜圈，時不時興奮地互相叫喊著，雙手脫開把手，腳下還一個勁蹬著。酷暑對他們好像根本沒有影響。這幾天濕氣太重了，弄得武男在街上開車時老看見車前水波蕩漾。他還想，自己可能是出問題了，幻視了，可萍萍告訴他，她也看見柏油馬路上有水窪。塔米聽見了，咯咯笑著說：「那只是幻景，夏天路上常見，連北方也會有的。」塔米曾經在紐約上州住過一年，怕死那邊的冬天了。

「沒錯。」萍萍同意她的話，「不過在這邊看見的時候更多。」

武男在麻州路上從來沒見過這種水影，不過，他可能是太心不在焉，沒注意過。他可真不喜歡喬治亞的夏天，這裡的濕熱讓人食欲不振，害得他生意清淡，顧客減少。王先生安慰他，夏天的清淡很正常，到了九月中旬以後，生意就又會回升的。

5

一天晚上，珍妮特和戴夫來金鍋吃飯。戴夫身高一米八三，好像最近體重又增加了，起碼一百一十公斤。他有一點禿頭，戴著眼鏡，鏡片幾乎遮不住他那對溫和的大眼睛。武男和萍萍都喜歡這個沉默寡言的人，他從來不高聲說話，塔米給他們端飯上來，他總是微笑，像個男孩子。武男總給他們額外加點什麼，一碟燒牛肉，或一碗北京餃子。戴夫會朝武男揮揮手，細聲細氣地說聲：「謝謝！」他喝茶時，茶杯在他的大手掌裡幾乎看不見，那手的皮膚和他臉上一樣白皙無毛。

戴夫有一次跟武男說：他是個共和黨人。他在紐澤西的坎登長大，家裡住的是政府的廉價公寓，由單身母親帶大。武男還不是美國公民，不能投票選舉，要不然他一定少不了跟戴夫就政治問題和即將來臨的總統選舉爭論一番。他無法理解，戴夫這個受益於福利制度的人，會堅決反對福利體系。有一次他請戴夫解釋，戴夫回答：「我不願意付太高的收入稅，我也痛恨大政府。要是民主黨贏了，他們會再次提高稅率的。」

「可是，你反對大政府也不一定非當共和黨不可呀。」武男說。

「確實。我隨時可以加入自由黨。」

「為什麼不當民主黨呢？」

「民主黨是反男性白人的。」

武男不知道該怎麼說了。

這天晚上，米歇爾夫婦比平素來得晚一點。因為客人太多，萍萍都沒空和珍妮特說說話，武男在廚房裡一直在炒菜，忙得出不來。不過米歇爾夫婦好像特意等到其他客人都走光，在飯堂裡終於安靜下來以後，珍妮特搖著手指，招呼萍萍過來。萍萍朝她走過來說：「別那樣。」

「別哪樣？」

「別那樣搖手指頭。讓我覺得像個奴隸或僕人，好像你只用一根手指頭就可以牽著我到處走似的。」

「好吧。」珍妮特笑著說，臉上泛紅了，「好傢伙，你這麼敏感。我不再那樣了。聽著，我想問你點事。」

「問吧。」萍萍坐下來，希望不會又是代理孕母的事。

「你去過南京嗎？」珍妮特問。

「哪兒？」

「南京，長江上的一個大城市。」

「啊，懂了。沒有，我從來沒去過，不過我爸爸老家是那一帶的。你想去中國？」

「還沒定。戴夫和我正考慮領養一個女孩。」

「那好極了。不過你眞的想領養一個中國孩子嗎？」

「還沒百分之百確定。說說你怎麼想。」

「所有人都看得出來她不是你生的。」

「戴夫和我也想到了。我們不在乎。我們喜歡中國孩子。」

「爲什麼不領養美國孩子？」

「太難了。在美國你沒有選擇，是孩子的親媽挑選領養人。還有，你得等好長時間，有時候要好幾年。你還得僱個律師，非常地繁瑣，要花很多錢。所以很多人都到別的國家去領養孩子。戴夫和我見到過不少領養了中國孩子的夫婦，他們全都很幸福。」

「中國人爲什麼拋棄女嬰？」戴夫不解地問。

「農村人需要男孩子當勞力，所以他們不想要女孩。」萍萍回答。

「那中國家庭怎麼不領養她們呢？」珍妮特問。

「我想，是因爲每個家庭只能有一個孩子吧。」

武男已經過來一會兒了，站在一邊聽著他們的談話。這時他插嘴說：「一胎化政策是主要原因。如果已經有了一個孩子，你就不能再有另一個了。所以有些家庭把女嬰扔掉，留著生育指標，好要一個男孩。封建思想，你懂吧？」

「那些女嬰都健康嗎？」珍妮特繼續問。

「這個不必擔心。」萍萍回答說：「農村人幾乎沒有吸毒的。很多人飯都吃不上，沒錢買毒品和酗酒。孩子的父母都年輕、健康、乾淨，不過有些父母是文盲。」

「那個我們不擔心。」珍妮特說：「我們可以給領養來的孩子提供很好的教育。」

萍萍的意思本是說：雖然女嬰都是健康的，你不知道她們父母的教育程度和智力。她沒有解釋，而是問珍妮特：「你眞的想領養？」

「我們跟南京一個孤兒院聯繫了。一有他們的信兒，我就告訴你。我們要聽聽你們的意見。」

「沒問題。南京出美女是有名的。」

武男補充說：「那裡的女孩皮膚好，身材好。南京是大城市，我開會去過一次。」

「那太好了。要是決定了領養，戴夫和我可能會去一趟那孤兒院。」

他們繼續談著，武男悄然離開了，去收拾廚房。他很高興米歇爾夫婦考慮領養孩子，這就是說，他們不會再提代理孕母的話題了。

6

武男沒想到丹寧一個月內就寫來回信了——從美國到中國的航空信一般至少要走十天，武男的信是通過雜誌編輯部轉到他朋友手裡的，這一轉，又得耽擱幾天時間。丹寧的筆跡龍飛鳳舞、不易辨認：

一九九二年八月二十九日

親愛的武男：

看到你的信真是激動。時間怎麼過得這麼快！是的，思榕和我去年結婚了，我們現在住北京。我沒去人民大學教書，只待在家裡寫小說，還給雜誌寫寫文章。不過我不能一直這樣下去，很快得找一份穩定一點的工作。可能我會到作家協會工作，他們對我感興趣，因為我懂英語。

說老實話，我對自己阿拉斯加那篇小說並不滿意。編輯刪掉太多，結果那東西結構就亂了，顯得粗糙。編輯還加很多她自己的句子進去，又加得不是地方，有些地方很明顯地前言不搭後語。雜誌太急於迎合讀者對異國情調的興趣，所以編輯部要求所有故事都發生在國外，弄得越洋味越好。我沒辦法，只好讓步，要不然他們就不給我發表。唉，你知道這就是中國，沒有多少改變。我常常覺得自己生活在一張網裡，不得不在很多看不見的網眼之間穿行。有時候我很懷念在麻州劍橋的昔日時光，那時候沒人管我，可以一個人做夢，懶洋洋地靠在公寓外邊的長椅上，舒舒服服地曬太陽，看著天上的白雲飄過。

我一直在寫著兩部小說，都是關於在美國的。美國生活的故事現在是大熱門了。你看過《曼哈頓的中國女人》嗎？在這邊暢銷得不得了。出版社希望我也拿出一本那樣的書來，跟我催了好幾次稿了。我必須儘快把書寫完，可我不知道怎麼給大眾寫書，也許我的編輯會失望的。

向萍萍和濤濤問好。再聊。

握手

孟丹寧

武男記得丹寧住在劍橋的時光，不過在現實裡，他朋友可不總是信裡描述的那般優哉游哉。丹寧有一次向實驗室請了三天假，得以有幾天閒散，不過那次是因為一隻寄生吸血的扁虱吸在他耳朵上，引起了低燒和關節腫痛。從這封信開始，武男和丹寧一直保持了通信聯絡，雖然兩人都寫得不勤，一年只通四五封信。武男關注著丹寧在國內繼續鬧出的動靜。漸漸地，丹寧成為一個知名作家，可是他再也沒寫出過比阿拉斯加罐頭廠那篇更好的小說。

有一次丹寧宣布，他要寫自己「偉大的中國小說」，要從技術上窮盡所有小說的類型。武男想像不出這會是一部什麼樣不朽的傑作，想要請丹寧給解釋一下，但忍住了，覺得丹寧已經變成一個耍嘴皮子、甚至是信口開河的人了。他跟萍萍提起丹寧的雄心，萍萍一笑，說那不過是吹牛。無論如何，她就是沒法欣賞那人的作品。

7

九月底，當天氣涼快一些時，餐館的生意開始回升，可武男和萍萍並沒有感到安心。雖然據說經濟在好轉，可失業的人仍然很多，比佛山廣場裡三分之一的店鋪仍然關門空在那裡。在「A與P」超市留下的店面裡開了家「好心」舊物連鎖店，停車場裡白天又可以半滿了。

一天下午，武男趴在櫃檯前，看著他那本《牛津高階英英詞典》。他胳臂肘旁邊，靠牆不遠，放著一個小魚缸，一對天使魚在游來游去。一串泡泡不停地從缸底石子裡旋轉著升上來。讀到詞條「點」下邊列出的動詞短語時，進來一個高個子黑頭髮男人；他紅潤的臉看上去有點眼熟，可武男沒認出他來。那人穿了件黑T恤衫，微笑著衝他點頭，接著伸出手來，「你好，武男，不記得我了？迪克．哈里森。」他用悅耳的聲音說道。

這下武男認出他來了——那位年輕詩人，山姆．費舍的朋友，在紐約見過幾次的。武男欣喜地握了他的手，「什麼風把你吹來了，迪克？我都認不出你來了，你現在頭髮剪短了。你這麼年輕，我還以為來了個學生。」

「謝謝。我在愛默里大學找到份工作。」迪克把胳臂肘放在櫃檯上。

「什麼樣的工作？教書？」

「對，駐校詩人。」

「你教寫詩嗎？」

「對，還教文學。山姆告訴我，你在亞特蘭大東郊開了家餐館，所以我一看見中餐館，就進去看看是不是能碰見你。」

「謝謝你找我。」

「找到你了我眞高興。」

武男把迪克介紹給萍萍，然後帶他坐到火車座上，兩人坐下。他讓妻子弄點開胃菜，叫塔米泡一壺龍井茶來，那是好綠茶，可不是他們給顧客喝的紅茶。現在萍萍也和武男一樣會炒菜了，只是她通常都在櫃檯前當帶位和收銀。兩個朋友繼續交談起來。時不時地互相看看，又仰頭大笑，好像誰說了個除了他倆沒有人能懂的笑話。

「山姆好嗎？」武男問。

「他還行，但就是喝酒太多。」

「我不知道他酗酒。」

「可不是，他迷戀酒精。」

「他的男朋友牛敏怎麼樣？」

「牛敏喝得不多。他們有一天大吵一架，牛敏就搬出去了，然後山姆道了歉，牛敏又搬回來了。」

「這麼說他們還是一對了？」

「當然，山姆少不了牛敏的。」

武男很驚訝，牛敏敢跟山姆．費舍，一個著名詩人吵架。

「你怎麼樣？」迪克繼續問。

「還不錯。我們在附近買了幢小房子，這餐館也買下來了。」

「眞了不起。我看你要變成美國資本家了。」

「行啦，我還有房屋貸款要付。你怎麼叫我資本家呢？」

「好好，你還不是富翁，不過你在一步一步實現你的美國夢，是不是？」

「我只是想自食其力。」

塔米過來，把茶壺和兩個茶杯放在桌上。迪克揚起頭，對她說了句毫無四聲起伏的中文：「尼豪（你好）。」

她沒回答，只是傻笑，兩眼盯著他，圓眼睜得更大；上下嘴唇合不攏，又抖了幾下，不過還是什麼也沒說。迪克端起武男斟滿的茶杯，品了一口。「嗯，好茶。謝謝你！」他對她說。

她咯咯笑了，看了一眼他尖下巴和多毛的脖子。「這是龍井，今年的新茶。」她告訴他。

萍萍在廚房裡叫塔米，她走開了。兩個男人繼續談愛默里大學，武男聽說它被稱爲「南方的哈佛」。迪克說，愛默里大學得到了可口可樂公司提供的一大筆基金，所以付他的薪水很不錯。他還提到，去年他出版了第二本詩集，獲得很多好評。所以另外還有一所大學也給他一份工作。武男很佩服，很高興迪克選擇了這所學校。

塔米又來了，端來兩個盤子，一盤放著春捲，另一盤放了油炸鳳尾蝦。她剛把盤子放在桌上，迪克就拿起一個春捲咬了一口。「眞好吃，武男。我聽說你是一個很棒的廚師。我以後會到你這裡來吃飯的。」

「隨時歡迎你來。帶你朋友一起來。」

迪克接著給武男講他搬到亞特蘭大的經過。他已經安頓好了，在巴克海特地區買了一套公寓。今天他去雷尼爾湖，回來的路上他下了高速公路，走鄉間小路，很幸運地看見了金鍋，儘管他沒想到這麼容易就找到武男了。他說：「眞是個奇蹟。我還以爲我在這個紅脖子鄉下會一個熟人也沒有呢。」

「現在你在這裡有我了。其實亞特蘭大是一個不錯的地方。很多從中國南方來的人，都覺得這裡比新英格蘭地區更像自己的家。」

「你不是逗我吧——為什麼？」

「氣候和他們家鄉非常相像，房子比較便宜。」

「這倒是。說老實話，我這一輩子還是第一次可以買得起一個公寓房。亞特蘭大的餐館和商店很不少，是個挺方便居住的地方。」

「你去過農貿市場沒有？我以前從來沒見過那麼多的水果和蔬菜。」

「我還沒去過。」

「那去去迪卡布農貿市場吧，棒極了。」

「哦，太喜歡這蝦了。謝謝你，武太太。」他朝萍萍揮揮手，她正在櫃檯收集優惠券。她回應道：「你喜歡吃我眞高興。叫我萍萍就好，我結婚以後沒改姓。」

「好啊。謝謝你，萍萍。」迪克大聲說。

他們都笑了，塔米也笑了，笑完兩人繼續聊。他們談到元寶，那個畫家詩人兼《新航線》主編，那份雜誌已經停刊了。迪克說：元寶考慮離開紐約，雖然他的畫開始有人買了。他剛在蘇活區一個畫廊舉辦了一次個人畫展，辦得挺成功，賣出了不少幅作品。可是，元寶還是覺得不能繼續住在紐約了，正在別的地方找工作。武男知道那是很困難的，因為那傢伙不會說英語，也一點都不花力氣去學。他和溫蒂同居了快一年，還是說不成一個整句子，眞是夠嗆。正像大家相信的，學英語的最佳途徑，就是和一個英語是母語的人在床上學，可元寶白白浪費了這個機會。如果他不肯改變，在美國是根本沒法生存的。「他聰明過頭了。」武男對迪克說。

「你指的是什麼？」

「他有很好的機會，可他的精神不能集中。他太依賴小聰明，凡事不努力。」

迪克表示同意。接著，像想起了什麼，他說：「山姆告訴我，你還在寫詩。寫得怎麼樣了？」

「哦，我最近寫得不多，不過我記了很多筆記。我還在考慮怎麼利用這些筆記。」

「你用中文寫還是用英文寫？」

「說實話，自從我來了南方，什麼都還沒寫出來呢。」

「我記得山姆有一次鼓動你用英語寫，你應該試試。你的英語很好。」

「我覺得寫不了。」

「爲什麼寫不了？」

「我還沒見過任何人用第二語言寫出好詩來。」

「其實不然。那查爾斯・西米克呢？他十幾歲纔來美國，後來成了非凡的詩人。」

「誰？」

「查爾斯・西米克。」

「我從來沒聽說過他，但我要去看看他的作品。」

「男，你應該更大膽一點。日他娘的『蚌殼』——說你用後娘的舌頭就寫不出詩來?!要是別人不能，那你最好更加勁地試試。那你會進入一個無與倫比的境地，讓你自己具有獨創性。跟你說實話，你的英語提高了這麼多，讓我驚訝。你比過去說得更流利了。」

「謝謝你的忠告。順便問一句，你剛纔說的『蚌殼』是什麼？」

迪克放聲大笑：「你還是那麼認眞，是『胡說』的意思，縮寫的。」

「明白了。」武男說是這樣說，其實那個「胡說」對他也是個生詞。他的嘴唇翕動著，彷彿在咀嚼這個生詞，不願把它吐出來。

三點以後，有顧客進來了，於是迪克起身告辭。他和武男互相留了電話號碼，並答應以後還會再來。

8

詩人迪克的到來在某種程度上改變了武男的生活。每個星期，他都會到金鍋至少來吃一次飯。不管他點什麼，武男都使出渾身解數好好給他做出來，兩人一起談新聞，談詩歌，談書，談電影，談佛教。武男對宗教瞭解不多，而迪克正在研究一本中英雙語對照的《妙法蓮華經》。他會把書拿來，問武男一些中文短語的意思，他懷疑翻譯以後難免會有謬誤之處，雖然他很尊重那些被叫作「緘默之舌」的翻譯人員。

不管迪克什麼時候來，武男都很高興。他贊賞迪克無憂無慮的樣子和對詩歌的投入，還有他對禪修的認眞。不過武男沒有像迪克建議的那樣用英語寫作，主要是因爲每天的勞作使他疲憊不堪，拿不出精力來。經濟蕭條的陰影仍讓他擔驚受怕，這廣場裡最近又有一家商店關門了。剛過去的這個夏天，他的餐館每月只贏利一千美元，他們要從銀行存款取錢來付帳單。塔米也掙得比以前少多了，因此牢騷不斷。武男表示，只要她願意，儘管到別處找一個收入更好的工作去，可她說生意會回來的，一直留了下來。他爲此很感激。夏天以後，雖然來吃飯的人多了，生意還是不像應該的那麼好。萍萍找珍妮特要求多做些項鏈耳環給她，可珠寶店的生意也不景氣，此時也不能再積壓更多庫存了。最讓武男夫婦擔心的是，要是哪天他們月底拿不出一千美元給伍爾夫先生，他們的房子可能就保不住了。這樣的恐懼使他們更下了決心，要儘早把貸款付清。付清以後，即使餐館掙得不夠，他們總還有個房子，總可以設法度過難關。

武男後悔，有半年了，他們一個月付給伍爾夫先生一千五百美元。從現在起，他每月只付一千，多餘的錢都存起來。一旦他們攢夠了現金，馬上就一筆清帳。這樣，他便可以總有些錢在銀行裡，以備萬一。

不論迪克什麼時候來，塔米都明顯地好興奮。她似乎很喜歡他。一般時候她都是沉默寡言的，可迪克一來，她就變得口若懸河，給他介紹每個菜都是怎麼做的，纏著他問問題，他家裡情況，他學生的情況，還有他寫作的情況。迪克會利用這個機會向她學一些中文詞。即使他意識到她高興的眼光，他還是笑得很自然。萍萍看到塔米的變化直搖頭，知道塔米迷戀上他了。可她不知道怎麼跟塔米開口談這個話題，塔米有時候還是避免和她講話。

迪克走了以後，塔米會向武男打聽這個紅臉漢子的情況。他們怎麼認識的？他家人住在哪裡？他在紐約朋友多嗎？他總是這麼滑稽和樂觀嗎？看樣子他不會超過三十五歲，卻已經成了大教授，出了兩本書，這不令人驚奇嗎？

武男很同情塔米，他知道愛上一個人是怎麼回事，那常會讓你變得很傻，而且言行失當。愛可以像一種癮，甚至是一種病。武男和萍萍兩人私下議論塔米的糊塗，知道這樣下去這可憐的女人會受傷的。於是有一天，武男坦率地告訴她：「其實迪克是同性戀。」

「你是說：他不喜歡女人？」她難以置信地看著武男，大眼睛閃著光。

「對。在紐約的時候，我看見他和一些男人在一起。他的朋友都是同性戀。」

「那太可怕了！」

「要是他跟那麼多男朋友在一起又不當心，我怕他會染上什麼病。」

「可是他看上去很健康啊。」

「是的，我只是想到哪兒說到哪兒。他知道怎麼保護自己。別把我說的太當回事。」

這一天塔米都恍恍惚惚的，什麼話也不說。武男覺得抱歉，可是在她受到傷害之前，讓她從白日夢中醒過來，這對她比較好。從那以後，迪克再來時，塔米再也不像以前那麼快活多話了。

9

「媽，明天早上你能不能開車送我去學校？」一天下午，濤濤背著沉重的大書包，一進餐館就問。今天他應該在沼澤街下車，待在家裡做功課。

「你怎麼不能坐校車？」媽媽問他。

「我不想坐了。」

「怎麼了？」

「我不喜歡校車了。」

他爸媽知道其中一定有他沒講出來的原因，所以就要他講出來。反覆追問了他幾番，濤濤說了實話：他怕兩個同學，肖恩和麥特，他們在校車上一看見他，就擰他耳朵，揪他鼻子。

「他們爲什麼要擰你揪你？」爸爸問。

「他們壞唄，不整別人就難受。」

「那不理他們不就行了？」

「不行。」媽媽打斷爸爸。「他不能被別人這麼欺負。」

「媽，他們誰都欺負。」

「那別人怎麼不怕？」

「我是新來的。」

「這不是理由，你坐校車都一年多了。我不會開車送你的，你得自己想辦法。」

孩子滿臉委屈，嘴扁了，眼淚湧上來。爸爸跟他說：「你自己跟他們講理。」

媽媽接著說：「你想讓我明天跟你一起上校車嗎？我要問問那倆孩子，他們幹嘛老作弄你。」

「不要，媽！你別上校車。那我不成三歲孩子了？」

「那你就得自己跟他們鬥。從明天開始，他們揪你耳朵，你就揪他們耳朵。」

「不過你不要和他們打架。」爸爸補充說。「讓他們知道你不害怕就行了。明白了嗎？」

孩子沒回答，開始哭起來。塔米走過來，拍拍萍萍胳臂，指了指兩個等在櫃檯前的客人。萍萍走過去招呼他們，武男也去廚房做他們點的外賣了。

塔米撫摸著濤濤的頭髮：「怎麼了，濤濤？」

「所有人都對我這麼狠！」

「你爸媽只是想幫助你。你媽媽天天教你功課，誰家媽媽這樣啊？好啦，大孩子啦，別哭了。」

濤濤沒有回答。塔米聽見他們剛纔的爭論了，所以她說：「你應該聽爸媽的話。要是你害怕那些壞蛋，他們就會不停地欺負你。」

第二天早上在校車裡，肖恩坐在濤濤旁邊。他爸爸剛把他媽媽拋棄了。汽車一轉彎，肖恩就用胳臂肘杵濤濤，咧開嘴壞笑，露出一嘴鋼絲牙套。濤濤不理他，只顧看自己的新球鞋，那是媽媽剛給他在清倉降價時買的。肖恩又捏著濤濤的耳垂一擰，「小東西好可愛。」他嘴上說著，擰得更狠了。

「少擰我！」濤濤把他前胸一推。

「怎麼著，小妖？」肖恩也推他一把，又豁嘴一笑。

濤濤一聽這個詞，突然感到一陣暴怒。「不許叫我那個！」衝著肖恩的臉就是一拳。

「哎喲！你把我臉打碎了！你把我牙打流血了。」肖恩俯身捂臉，聲音被巴掌蓋住了，帶血的唾沫從手指間流出來。

麥特是個紅頭髮的五年級學生，聞聲跳過來，「濤濤，你這怪瘋子！他是逗你玩的。」

「我受夠了他的狗屎！」

其實，濤濤打得並沒有多重，可是鋼絲牙套戳破了肖恩的腮幫，所以流了血。看見血唾沫，濤濤發抖了，心怦怦直跳。

丹頓太太停下校車走過來。「你打了他？」她用嚴厲的聲音問濤濤，嘴裡露出小小的牙齒。

「他每天都擰我耳朵。剛纔他還罵我。」

「我就說『小妖』。」肖恩哀號著，把鼻涕吸回去。

「可你擰我耳朵。」

確實，濤濤的耳垂還紅著。丹頓太太知道肖恩是個「惹事精」，便只是抽出一張紙巾遞給他，「拿去，擦擦臉。你們兩個到校長辦公室去好好解釋吧。」

大鬍子副校長哈伯曼先生批評了濤濤，還給他家長寫了封信，要他們跟兒子談一談，採取措施制止這類暴力。武男很不安，馬上寫了回信道歉，向學校保證，濤濤不會再打同學了。他還同意讓孩子去見學生顧問本森太太，肖恩也要見她。武男責怪萍萍讓孩子還手，她卻不聽他的，說：「我在這個國家已經是膽小如鼠了，咱們家不能再出個窩囊廢。我寧可不要他，也不能讓他被那些欺負人的孩子嚇倒。」

武男沒有和她爭辯，自知不能讓她改變想法，不過他和兒子談了話，兒子答應今後不再動手打人。

實際上，用不著濤濤下保證——肖恩和麥特從那以後再也沒來惹過他。有好些天，小點的孩子都不敢坐在濤濤旁邊，都知道他不好惹了。但過了沒多久，大家就把打架的事忘了，接納了他為他們的一員。

雖然嘴裡強硬，萍萍對那次打架還是很擔心。她跟珍妮特說了濤濤的暴力行為。讓她吃驚的是，珍妮特讓她放心，「不要緊。只要他們不再惹他，這事就過去了。在某種程度上，濤濤做得對。不然他還能怎麼讓他們住手？你應該為他驕傲。我哥哥就曾經被鄰居一個大孩子欺負，要是他不回到街上去教訓那孩子，我媽就不讓他進門。」

「你哥哥現在怎麼樣？」

「他幹得不錯，在北卡州當財政企劃，掙錢不少。」珍妮特笑著，上嘴唇一層金色茸毛更顯眼了。

萍萍沒把珍妮特的話告訴丈夫，拿不準珍妮特會不會只是偏袒濤濤。她知道米歇爾兩口子都喜愛他。

10

十月中旬以後，金鍋的生意興旺起來。萍萍晚上再也沒有時間回家檢查濤濤做功課了，便讓他晚飯後待在餐館做功課，一直到爸媽打烊。學校裡，同學們都在談論萬聖節，他卻閉口不提，知道自己不能像在麻州那樣出門要糖了。爸媽倒是問過他，要不要化妝服，可他說沒有興趣。

萍萍買了兩個大南瓜，放在家裡前門口。濤濤把南瓜挖空，刻成南瓜燈，但沒有在瓜裡點蠟燭。街對面艾倫家院子裡，一棵梨樹上掛著好多小南瓜，都畫著笑臉，微風一吹，這些橘黃色的果實，會不斷地隨風搖晃，活像大蘋果。

萬聖節晚上，天一黑，萍萍和濤濤轉回家，把摺疊桌拿出來，架在離車棚不遠的車道上。他們在上面放了盞燈，和三籃子糖果：花生醬糖、太妃糖，還有小巧克力蛋。因爲還得回餐館，他們就用長方型硬紙板，在桌上支起個牌子，上面寫著：「請給別人留一點！」

那天晚上金鍋的客人很多，濤濤滿臉不高興，又坐立不安，雖然他爸媽讓他在貯藏間看電視。快九點時，珍妮特來了，對萍萍說：「我在家等濤濤，可他沒來。我們給孩子準備了很多好糖，你應該讓他跟孩子們一起到我們家那邊要糖去。」

「你家太遠了。」萍萍說。

「瞎說，開車只要五分鐘。」

「濤濤還要做功課。」

「哎呀，萍萍，這是萬聖節。讓他出去玩玩嘛。」

「他一個人去不行，我們現在又正忙。」

「我可以帶他去轉轉，要點糖來，你不反對吧？」

「當然不反對，不過不晚嗎？」

「不晚。」

萍萍到貯藏間叫濤濤。能跟珍妮特去要糖，孩子高興得不得了，不過他需要件化妝服。「我不能就穿這個。」他指著身上的綠色V領衫。

「我問你要不要件特別的衣服，你說不要。現在怎麼怪我呢！」

「沒關係。」珍妮特插嘴說：「我家裡有一個吸血鬼的面具，你可以用它。」

「我喜歡那個大傢伙！」孩子在米歇爾家見過那個鬼臉掛在遊戲室的牆上。

「是嗎？」珍妮特說：「你可以戴上它。我再想想給我自己穿什麼。」

武男跟兒子說，早點回家，濤濤答應了。珍妮特帶孩子走後，武男、萍萍和塔米就開始擦桌子、拖地板，雖然還有六個客人沒有吃完飯。

打烊以後，他們馬上回了家。那是個晴朗的夜晚，星星似乎都比平常離得近了。空氣中瀰漫著青草和木頭的氣味。湖對岸的街上，手電筒的燈光搖曳閃動，一群群裝扮成妖魔鬼怪的孩子還在到處走著，有些旁邊還跟著狗，跟著大人。也有燈籠在遠方忽隱忽現，好像鬼火。不時傳來歡快的笑聲。

武男家的車道上燈還亮著。讓萍萍和武男吃驚的是，三個籃子裡的糖都沒拿光，全是半滿的。原來的那些巧克力、太妃糖、花生醬糖中間，又加了些其他糖果——薄荷糖、口香糖、胡椒薄荷糖、豆型軟糖，「M&M」，等等，糖堆裡還埋著一個紅蘋果。武男和萍萍都大笑起來，驚嘆孩子們多麼天眞，以爲那牌子「請給別人留一點」的意思，是在請他們把自己的糖留下一些給別人。武男夫婦被感動了。武男若有所思地說：

「這要是在中國，燈、電線、籃子、南瓜、甚至桌子都會被拿走的，更別說糖了。」

「沒錯。」萍萍深以爲然。

他們說話間，一群披著塑料甲殼的忍者神龜出現在街上，嘰嘰喳喳，蹦蹦跳跳。武男雙手握在嘴上衝他們喊：「喂，你們還要糖不要？」

「要哇——」一個女孩尖聲回應。

萍萍趕快拿起一籃子，放到車棚裡他們那輛福特車底下。她想給濤濤留起來。孩子們衝過來，揮舞著橡皮劍，斗篷飄飄。

一個男孩問武男夫婦：「我們能拿多少？」

「想拿多少拿多少。」萍萍說。

不大一會兒，孩子們把兩個籃子裡的糖席捲一空，又奔下一家還亮著燈的房子去了。武男轉回身，用一條胳臂攬起萍萍，在她臉上親了一下。萍萍驚訝地笑著問：「這是爲了什麼呢？」

「我高興啊。要是我們的童年也像那些孩子一樣就好了。」

11

買下餐館以來，武男和萍萍一直考慮給濤濤找一個法律監護人——萬一他倆都出了意外，他們希望兒子能平平安安，被關愛他的人撫養成人。他們想到了幾對在北方認識的華人夫婦，但是沒覺得誰最合適，主要因爲這些人都已經有了孩子，可能不會對濤濤視如己出。要是在美國有家人和親戚就好了。反覆考慮了很久，他們決定請米歇爾夫婦，在他倆同時喪失生命的情況下，當濤濤的監護人。戴夫和珍妮特都是好心人，經濟上也有保障。更重要的是，他們喜歡孩子，可以爲濤濤提供一個溫暖的家。

武男和萍萍跟珍妮特一提，珍妮特又驚又喜，滿臉放光，說：「當他的監護人，我們是求之不得啊。」

「我們該做些什麼，在法律上把這事辦好呢？」萍萍問。

「要是你們想有份書面的東西，也許我們應該找個律師。戴夫聽了會樂瘋了。」

於是，十二月的第一個星期一，兩對夫婦一起到中國城，來找尙律師。尙律師一隻眼睛剛剛做了一次手術，還戴著綠色遮光眼罩，讓武男想起了詹姆斯·喬伊斯的一張照片。武男夫婦反覆跟他講了兩人的意圖——如果兩人同遭不測，他們想把濤濤和餐館交給米歇爾夫婦照管。尙律師說：「這是一個好主意，你們現在是有財產階層了。」三天前，武男給律師來過電話，把簽協議需要的所有人的名字和信息都給了律師，所以他以爲協議已經寫好了。

尙律師改用中文，用刺耳的聲調問武男：「你把餐館和房子也給他們？」他用那隻好眼斜了一眼坐在他桌旁沙發上的米歇爾夫婦，同時嘴一歪，嘴裡的一顆金牙露出來了。戴夫盯著律師，上嘴唇抽搐起來，好像很惱火被排除在外——聽不懂他們說些什麼。

「是的，如果他們照顧我們兒子，那我們所有東西都應該歸他們。」武男說。

尙律師又改回英語：「我明白，只是再確認一下。」

「他們是一對好人。」萍萍插嘴說：「我們認識他們很久了。他們是我們的朋友。」

「我不知道你們認識他們時間夠不夠長。」尙律師搖著頭，用中文說。

「我們在美國沒有家人和親戚。」武男解釋說。

「你就沒個中國人朋友可以託付兒子的？」

「沒有。」

「多悲哀呀！你眞是個邊緣人。我覺得你的白人朋友未必適合你兒子。誰都看得出來孩子是他們領養的，不是親生的。」

「我們不在乎那個。」

「好吧，好吧，我按你說的做。我只是要確定一下，你完全知道這麼做的後果。」尙律師轉身去小窗戶下面的一台電腦上準備協議。他已經寫了一份草稿，現在要把它打印出來。他在鍵盤上敲打時，電腦的灰色屏幕閃爍不定。他一邊打字，一邊不時用他的細手指捋捋稀疏的頭髮，電腦邊上放著一罐雪碧，他隔一會兒舉到嘴邊喝一口。武男夫婦坐在米歇爾夫婦對面的沙發上，武男覺得尷尬，律師剛纔和他們說中文，就低聲跟米歇爾夫婦解釋與律師說了些什麼。他說：尙律師覺得，要是把濤濤交給珍妮特和戴夫照管，別人很容易就會看出來他是個被領養的孩子，但武男和萍萍告訴律師他們不在乎那個，因爲米歇爾夫婦是他們的朋友，而且非常喜歡他們的兒子。

四人繼續談下去，談到濤濤長大以後應該上哪個大學。「麻省理工學院最好。」戴夫堅定地宣稱。武男沒有爭辯，可他希望兒子受文學院教育。

從大學又轉到人壽保險的話題，武男和萍萍不知道怎麼個買法，也沒覺得自己應該買。要是兩人中死了一個，要一大筆錢幹什麼呢？要是你不覺得花起這筆錢來是個享受，那麼錢就不會給你買來幸福。珍妮特不像他們，她為戴夫買了意外死亡保險。

尙律師回到桌前，拿著兩張印好的協議。他給了每對夫婦一張，說：「你們都把這個看一遍。」

武男把協議看了一遍，只見上面寫著：

我們，武男和劉萍萍，現居喬治亞州格威納特郡李本鎮沼澤街五六八號，茲同意如果兩人在兒子武濤濤十八歲以前均死亡，則由現居喬治亞州格威納特郡李本鎮微風林街五十二號的珍妮特和戴夫·米歇爾夫婦做武濤濤的法律監護人。我們還委託珍妮特和戴夫·米歇爾夫婦做我們的遺囑執行人。我們委託他們在我們亡故之後償付我們的債務、葬禮費用，和管理我們房產的費用，上述費用從剩餘遺產中扣除。我們將全部剩餘資產，包括房產和存款，不論在誰名下、是何種類，贈與珍妮特和戴夫·米歇爾——倘若他們仍是婚姻配偶。米歇爾夫婦有義務以愛心和關懷撫養武濤濤，並為他的大學教育提供財務支持。

這一協議是在雙方在場的情況下、經雙方自願簽字達成的。只有當武男和劉萍萍的死亡發生在武濤濤十八歲以前，該協議方可生效。

「很好。」武男說完，把協議遞給萍萍。同時，米歇爾夫婦也看完了他們那一份。兩對夫婦對措辭都表示認可，於是，在尙律師從旁邊店裡叫來的兩個年輕女店員面前，他們都在協議上簽了字。

尙律師不慌不忙地擰開他粗粗的自來水筆，龍飛鳳舞地在協議的三份拷貝上簽上自己的名字，又將簽好的協議做了公證。對武男說：「八十美元。」

武男給了他四張二十美元的票子。尙律師把一份遞給米歇爾夫婦，一份給武男夫婦，自己留了一份存檔。「好了，我希望誰也用不上這張紙。」他說著，睜大他那隻好眼。

「我們也這樣想。」戴夫說完笑了，用指尖敲著他的禿頂。他妻子和武男夫婦也都笑了。

他們一走出事務所，珍妮特就問萍萍：「過程怎麼這麼簡單？」

「你指的什麼？」

「要是找一個美國律師，他會花好幾個小時，問你好多問題，還會收你好幾百美元。」

「所以我說來找尙律師。他不是個好人，不過他總是把事情弄得簡單，讓你拿到想要的。」

武男插嘴說：「其實他就是個美國律師，洛杉磯一所法學院畢業的，不過他幹事經常按中國方式。另外他收費不高。」

「我看。」珍妮特說：「他寫協議眞不像律師──我是說：他的英語沒那些囉嗦詞，像什麼『由此』啦、『及彼』啦的。」

「他得把語言弄得簡單，華人客戶纔好明白。」

「中國的律師都像他嗎？」

萍萍答：「我們來美國以前，從來沒用過律師。我這輩子從來不知道律師。」

「沒錯，我也不知道。」武男也這麼說。

「你是說：人們不互相起訴？」

「人們很少進法庭。」武男說。「黨領導，當官的，街道居委會掌握你的生活，所以你不需要律師。」

「那現在呢？還是一樣嗎？」戴夫也開口了。

「聽說有了些律師，不過他們不能眞正獨立於政治。法律常改的。」

戴夫觀察得很仔細：「我很驚訝尙律師連祕書都沒用一個。」

「他有一個祕書，不過她只是半職。」武男說。

這次見律師後，珍妮特和萍萍更加親密，不過戴夫來金鍋比過去少了，因爲工作時間比過去多了。他們夫婦給濤濤買了一個與他電腦匹配的遊戲棒，這樣他就能玩更多的遊戲了。武男覺得輕鬆了許多，知道就算萍萍和自己都不在人世了，濤濤跟著戴夫和珍妮特一起也會幸福和安全。

12

武男當眞以爲迪克是個同性戀，可是一月中旬的一天晚上，迪克帶了個研究生模樣的年輕金髮女郎來餐館。迪克把她介紹給武男和萍萍，說：「這是埃莉諾。」

那女子穿著牛仔褲，高個兒，長腰身，頗有些男人氣。用她南方的慢聲慢調對武男說：「老聽見迪克說起你，他說你是個極棒的廚師。」她笑著，嘴角上方的美人痣向上翹著。

「歡迎歡迎。」武男很高興他的朋友那樣說他。

他們坐下以後，塔米走過來，把不鏽鋼茶壺砰地放在桌上。「你想點什麼菜？」她用一種十分不滿的聲音問道。萍萍聽著不對，從櫃檯上瞟了她一眼。

「你今天好嗎？」迪克咧嘴一笑，又指著埃莉諾，說起他那四音不全的漢語：「踏是沃女研右（她是我女朋友）。」

「你現在點不點？」塔米眼皮都不抬地問。

雖然被女侍應生突如其來的火氣潑了冷水，迪克還是轉向埃莉諾：「你想吃什麼？」

「木樨怎麼樣？」

「很好，不過這菜要多費點功夫。」

「喲，我八點要趕到曼雷家。」

「那我們點別的吧。」

「你說這家有鯊魚，菜單上怎麼沒見著？」

「武男只給朋友做。」

「我們點鯊魚吧？我這輩子只吃過一次鯊魚。」

「塔米，你知道武男可以給我們做鯊魚嗎？」

「我不知道。」

「那我去問問他。」迪克又點了開胃菜——炸餛飩、湯，和五香牛肉，另外他倆每人要了一罐啤酒，他要青島啤酒，她要了米勒淡啤。

武男跟王先生學會了炒鯊魚和蒸鯊魚，不過他沒有把這道菜印在菜單上，因為擔心如果知道餐館做鯊魚，有些孩子可能會阻止父母到這裡吃飯。王先生曾把這道菜放在菜單裡，於是有幾個孩子跑來跟他歷數鯊魚的種種好處，可王先生聽完還是繼續做鯊魚。結果，那幾個孩子弄起一幫人來抵制吃鯊魚的金鍋餐館。沒過多久，王先生只好不再做這道菜，給附近數百家居民寄去了沒有鯊魚的新菜單。

迪克走進廚房問武男：「你今天可以給我們做鯊魚嗎？」

「沒問題，我們今天有很新鮮的魚肉。好傢伙，你夠快的——剛在這裡開始教書，就有了女朋友了。」

「我應該更多地瞭解南方女人，對不對？其實，埃莉諾是我們系裡的博士生。」

「哎，那不太符合職業道德吧，你可是不應該和自己的學生約會的。」武男衝他眨眨眼，把白菜和蝦扔進鍋裡。

「所以我應該讓她開心。給我們做一大塊鯊魚，好嗎？」

「炒的還是蒸的？」

「炒的。」

「我十五分鐘就好。」

迪克一出廚房，萍萍就進來，跟武男說了塔米剛纔對那兩人的態度。他們估計塔米是出於嫉妒，可是，那她也不該對客人無禮呀。爲了防止麻煩，武男讓萍萍去照料迪克這一桌。如果迪克是一個人，武男自己就可以時不時過去和他閒聊幾句，打個圓場，不過今天迪克帶了女朋友。埃莉諾似乎挺自在，甚至直接拿來迪克的酒瓶痛飲。他們一定已經一起做過不少事情了，所以武男不去打擾他們。

看見塔米樂意讓萍萍來幫忙，他鬆了一口氣；其他桌上和火車座上的客人已經讓她占滿了手。可是塔米一直沒斷地朝迪克和埃莉諾那邊投去一瞥。她的眼睛發亮，滿臉紅漲。

吃完飯，迪克留下了五元小費，萍萍讓塔米拿了。關門之前打掃時，武男對女侍應生說：「塔米，你今天爲什麼不高興？」他不過是找話說，因爲他清楚她悶悶不樂的原因。

「我不知道。」她說。

「你應該對迪克和他女朋友態度好點。」

她瞪著他問：「爲什麼你說他是同性戀呢？」

武男想起他們好久前的一次談話，也迷惑了。他仍然相信迪克可能是同性戀，但不知道怎麼解釋，於是他說：「我不知道他有個女朋友。我剛問了他，他說他想更多瞭解南方女人。」

「那他怎麼會是同性戀呢？」

「這我也不懂了。」

「我知道你覺得我又賤又蠢。還有你，萍萍，老把我當個傻瓜。」

「不是的，我們從來沒有那樣想。」萍萍抗議。

「別不承認！如果沒有，武男爲什麼騙我？」

「我沒有騙你。」武男說。

「你跟我說迪克是同性戀。」

「我在紐約看見他和男人在一起。我現在還是覺得他可能是同性戀。」

「那他怎麼還和那水蛇腰女人在一起？」

「可能他也喜歡女人，我哪裡看得出來？他來亞特蘭大以前我跟他也不熟。」

「你騙我，因爲你覺得我爲他昏了頭。我告訴你，我纔不管他媽的他是個什麼。我就是煩透了你們的詭計！」

「塔米，別發這麼大火。你眞的誤會我的用意了。」

「再見。」她把拖把往廚房門後一扔，拿起她的挎包，頭也不回地奪門而出，朝她的車走去了。

第二天塔米沒來。武男和萍萍很擔心，給她打電話，可沒人接，她也沒有電話留言機。武男兩人不知怎麼辦好。眼下的生意不忙，就是沒有塔米他們也能應付。可不能總是缺人手，萍萍又收銀又當侍應生是沒法堅持太久的。武男一連給塔米打了幾天電話，都沒找到她。要是知道她住在哪裡，他會找到她門上去求她回來，可就是找不到她。有一次是她室友接了電話，答應了把武男的話轉告給她，但塔米從沒有回音。

13

塔米的離去讓武男和萍萍十分狼狽。一個星期後，他們聽說她已經到迪凱特的大佛餐館當侍應生去了；她在那邊顯然掙得更多。那家中餐館是一家韓國人開的，有酒吧，和四十多張餐桌。塔米有更好的去處了，武男便開始另找一個侍應生。有幾個人表示感興趣，可他一個也沒僱，因爲她們都是在校學生，可能都待不長。來幹幾天就走的，他可折騰不起，他想用的是一個眞需要這個飯碗的人。

他想到一個主意：可以給紐約的丁家餃子館打個電話，看看有沒有人願意到亞特蘭大來給他幹活。他知道很多中國人離開東北地區到南方來，因爲這邊的生活比較舒服和便宜。還有，丁家餃子館的人都把那裡當個過渡的地方，一旦有了足夠的工作經驗，就到別家去了。一天下午，武男給紐約打了電話，正好是高雅芳接的。「你好嗎？」他問她，「我以爲你已經離開丁家餃子館了。」

「我還好。現在當帶位了。」

「恭喜你呀！你是主管了嗎？」

「基本上吧。」

接著武男說起需要女侍應生，說了在金鍋可以掙到多少錢，要是生意好，一個星期至少兩百美元，而且是現金。他還告訴她，和紐約相比，這邊的房租非常便宜。

「也許我應該來。」雅芳用開玩笑的口氣說，讓武男吃了一驚。

「不行，我可付不了你現在賺的。」他知道當帶位她是按小時拿錢的。另外，她在丁家餃子館的工作也輕鬆一些。

「這麼著吧——要是你跟你太太離婚，我就過來。」她咯咯地笑了。她現在像是另外一個人了，輕佻，滿不在乎，再也不是那個被陳恆騙進成人電影院，又騙上床的羞怯年輕女子了。她一定是丁家餃子館裡能幹的女帶位了。

碰巧雅芳有個遠房堂兄，在喬治亞的什麼地方上學，她不清楚是在哪個學校，他妻子剛從江蘇來到美國。雅芳覺得他妻子或許會對武男的餐館感興趣，便把他們的電話號碼給了武男。

武男又問起以前在紐約的同事和熟人。雅芳告訴他，戴維・凱勒曼和麥雨去年春天結婚了，菁菁到康乃狄克大學念護士學校去了，愛敏和表哥一起，在法拉盛開了家點心鋪。

「陳恆怎麼樣？」武男頓了一下，「抱歉，我不應該提起他的名字。」

「那傢伙回中國了。」她的聲調並沒變化，也不帶感情色彩。

「眞的？他出什麼事了？」

「在這邊混不下去了，這窩囊廢。」

「他闖禍了嗎？」

「沒有，他不回去不行。麥雨說：他受不了美國，來這裡只是爲了掙錢的。」

「他一定帶回去不少錢啦。」

「什麼錢哪，他連給爹媽和親戚們買禮物的錢都不夠，所以他賣了一個腎。」

「什麼？眞的？」

「我騙你幹嘛？」她現在聽上去有點歡快了。

「他一個腎賣了多少錢？」

「兩萬五。」

「我知道他父母經常要他匯款回去，但我萬萬沒想到他會賣自己的器官。」

「他是典型的『小男人』，在美國混不下去，天生的膽小鬼。」

「賣腎可是要有很大膽量的。」

雅芳又咯咯笑了：「武男，你還沒改你那冷面幽默呀。」

她這評價讓武男很傷腦筋，自己根本不是要開玩笑的意思。事實上，和雅芳的這次談話讓他心裡感到難過。不過，她提到的親戚卻是幫了大忙。雅芳的堂兄高樹波恰好是喬治亞大學的博士生，住在附近的勞倫斯維爾。他接了武男的電話，讓他妻子妮燕來見武男。她很想要這份工作，說她待在家裡沒事都快煩死了。第二天她丈夫就陪她來到金鍋，萍萍一看就喜歡她了。妮燕不到三十歲，人長得挺好看，蒜頭鼻，長睫毛，鵝蛋臉。武男夫婦當下僱了她，兩天以後就開始上班。妮燕懂英文，只是跟客人說話好像在背臺詞，長元音和短元音沒有區別。武男夫婦有了她很高興，金鍋的秩序又回復正常了。

一連幾天，武男都在想著雅芳電話裡用的詞——「小男人」——那是一個在海外中文報紙雜誌上很流行的一個詞。幾個月前，一位女士在一篇題爲〈譴責小男人〉的尖刻文章裡，批評了一些中國男人，說他們沉湎於過去，不作任何融入美國社會的努力。按她的話說：這些「沒有骨氣的男人」，不能適應這裡的生活，光會在他們的妻子和女朋友身上撒氣，把自己的失敗歸咎於美國。在愛國主義和維護中國文化的託詞下，他們拒絕向其他文化學習任何東西。對他們來說，連美國的鹽都沒中國的鹹。一說美國，他們只知道脫衣舞酒吧、賭場、妓女、ＭＢＡ，ＣＥＯ；他們在其他種族人群中沒有朋友，也拒不學英語。他們就像陷在缸裡的螃蟹，互相踩踏，誰也爬不出去。有人在這裡居住了十餘年，還不能看懂諸如《雨人》、《與狼共舞》、《彼得·潘》一類的電影。他們從來不去博物館，也從來不到歐洲或拉丁美洲旅行。不知道一場棒球有多少局。不知道艾維斯·普里斯萊是誰，更別提欣賞貓王的音樂了；聽不出爵士樂和搖滾樂、鄉村音樂和福音音樂的差別；一想家了就唱革命歌曲，首選就是〈國際歌〉。可他們還堅信自己是天才，來到美國是虎落平陽，英雄無用武之地，好像全世界沒人比他們更倒楣了。在美國的大多數中國女人，天性裡並不想當女強人，可她們的小男人逼得她們承擔更多的責任，同時扮演妻子和丈夫兩個角色。人所共知的是，陽如衰、如弱，則陰必盛、必強。「這些小男人可以成爲你們身體上和精神上苦難的根源。」作者下了結論，「姐妹們，如果我們不能改變他們或扔掉他們，那就讓我們避開他們。」

自從《環球報》發表了那篇鋒芒畢露的文章，這個話題就被熱烈地討論起來。很多男人被激怒了，說作爲同胞，那作者應該至少對他們有些同情心。人在美國，爲了生存而進行的艱難掙扎，已經使他們在精神上矮化，喪失了許多社交能力，所以他們不需要她的這些廢話，這些廢話只會對他們構成更大壓力。在幾個美國和澳大利亞的城市還開過幾次研討會，就作者的觀點展開了辯論。很多男人寫文章譴責她是賣國賊，「不過是香蕉人」——外黃裡白。

武男看到，有些男人的確越來越脆弱和無能了，可他們還都越來越自高自大。至於他自己，他覺得自己比過去更好了。另一方面，他知道大多數貼了標籤的男人都是孤獨的人，在這邊受著煎熬。據說，一個外國人或移民在美國住了五年沒有親人或親密朋友，會出現情感問題；而如果住了十年與親朋隔絕，則會出現精神錯亂。

如今，女人用「小男人」的稱呼去攻擊男人是很普遍的。那意味著：那男人是個該被所有女人鄙視的、毫無希望的窩囊廢。

14

珍妮特來了，她告訴萍萍，戴夫和她決定領養一個孩子，但他們要等三四個月纔能從南京孤兒院得到確切的答覆。等孩子的人很多，因爲最近許多美國夫妻都開始領養中國孩子，弄得那邊的領養部門忙不過來。他們夫妻二人不知道，該繼續等著代理領養的中介人的消息呢，還是該尋找其他途徑，快點得到一個孩子。她問萍萍：「你在南京或附近地方有沒有什麼親戚朋友？」

「我有個表哥在南通，都在一個省。可我們一直沒什麼來往，因爲文化大革命中他爲了保護自己，想入黨，出賣過我父親。你問這個幹嘛？」

「戴夫和我想，不知道能不能在中國找到什麼人，幫我們快點領養一個孩子。按常規手續一輩子也等不來。」

「我可以問問我表哥，不過他那人靠不住。讓我和武男想想，好嗎？」

「當然嘍。要是你能幫我們找到內部關係，那整個事情就容易多了。」

武男插嘴說：「找中介人收多少錢？」

「最多一萬。我們預付了三千。」

「我要是你，我就用中介人，不依靠私人關係，只要你找的中介人有好的信譽。」

「爲什麼？很多人在中國不是都利用個人關係纔辦得成事嗎？」

「沒錯，不過到最後你可能花錢花得比找中介人更多，而且還會擔很多心。任何芝麻官都可能插一槓子，給你找個麻煩。中國的官僚體系就像個黑洞，一旦陷進去，很少有人能潔身自好。另外，你在中國的關係得在每一個環節都向官員行賄。你會支付這些賄賂的，對吧？」

「我想是吧。不過我們想的是雙管齊下，用我們的中介，同時也找內部關係。」

「別那樣，你應該完全委託中介人。」

「武男說得對。」萍萍說：「一找當官的，麻煩就多了。」

於是米歇爾夫婦繼續和舊金山一個華裔婦女聯繫，那人已經成功地幫助幾十個家庭領養到了孩子。珍妮特把那中介人的資料拿給萍萍和武男看，他們倆都覺得那女的比較可靠。萍萍甚至代表米歇爾夫婦和她通過電話，告訴她，他們和她是朋友很久了，夫妻倆都是靠得住的、有愛心的人，剛在高尚地區蓋了他們夢想的房子——一個維多利亞式大豪宅。萍萍還提到，一旦她和丈夫意外死亡，他們夫婦將是濤濤的監護人。那個叫如華的代理聽後印象深刻，用廣東腔的國語說：「謝謝你提供的情況，對我們很有幫助。我會給米歇爾夫婦安排一個家庭調查。」

「您是說您會到這邊來嗎？」

「哦，不是，我會找一個當地人，有執照的社會工作者，那人會面試一下戴夫和珍妮特，確定他們是負責任的人，經濟上有能力撫養孩子。還有，他們不能有任何虐待孩子和吸毒的紀錄。移民局和中國方面都要求掌握這些信息。」

「明白了。」

如華答應盡力幫助米歇爾夫婦。萍萍應珍妮特的要求，爲她和戴夫寫了一封證明信，說明他們是善良、可靠、仁慈的。武男把信譯成英語，因爲如華希望把翻譯件附在原件後面——雖然她的中文能說得很流利，卻讀不了中文信，也不會寫。米歇爾夫婦一共需要三封證明信，於是珍妮特又找了她的另一個朋友，加上在她珠寶店當售貨員的蘇西，各人寫了一份證明。

15

早晨的陽光下，湖面上波光瀲灩。雖然是冬天，卻有一群野鴨在水裡游著，沒有了綠色植物，湖水的色彩變得單調了。武男曾經喜歡觀看加拿大野鵝，可現在受不了牠們了——簡直是一群強盜和吃貨。只要牠們到院子裡來，就會大啃地上的青草，每隻都給自己圈好地盤，如果有哪隻進了他人領域，別的公鵝母鵝就會拍著翅膀、直著脖子、張著大嘴衝過來，發出難聽的叫聲。湖邊已經看不見草地，都被這些水鳥啃光了。從秋天以來，武男家後院的草地就越來越小，野鵝在那裡越吃離他們房子越近，有時候甚至都吃到陽臺下邊了，在草地上不停地又是扯又是啄。萍萍一看見牠們走得太近，就把牠們攆開，可是沒多會兒牠們就又回來了，接著在草地上啃，總是先揀嫩的吃。

去年春天伊始，萍萍在猴子蘭圍起來的半圓草圃裡種了些蒜和蔥，可是幼苗出土沒幾天，就被野鵝都拽出來吃光了。後院本可以種成菜園子的，可是這些貪吃的水鳥把所有菜苗都吃掉了。

讓武男驚異的是，悶熱的夏天到來以後，野鵝們並沒有按照本性飛到北方去，牠們就棲息在湖對岸有蔭涼的灌木叢裡，傍晚和早上纔出來。住在湖上的人家經常餵牠們，大多是麵包和玉米花，所以牠們總有充足的食物。武男意識到，這些加拿大野鵝長得太肥，太懶，太舒服了，都失去遷徙的本能了。

這個想法使他厭惡，一道鄙視的神情爬上他的臉。只是爲了嗟來之食，這些野鵝就選擇了一種安全的、留滯的生活。武男注意到，牠們很少飛到附近其他水域去。向北不過十幾公里，就是拉尼爾湖，湖裡魚類和水藻都很豐富。據說，湖裡有一條名叫小博比的大鯰魚，重達三四百公斤，每年秋天，廣播電臺都會鼓動聽眾去捉牠，捉到的人可以在鯰魚大賽中贏得百萬美元。更何況，拉尼爾湖水清澈、浩渺，可那些加拿大野鵝就是懶得去，只要有吃的，就寧可把自己窩在這麼個小池塘裡。牠們已經長得又肥又笨了，可牠們的胃口依然貪婪，好像牠們不再是應該常在天上翱翔的野鳥了。

「一群廢物！這些野鵝過得跟百萬富翁似的。」一看見牠們在湖中戲水，武男就會對妻子這樣說。萍萍會笑著說他簡直太憤激。幹嘛不讓野鵝過點安逸日子？牠們窩在這小湖裡又怎麼樣呢？

「從現在起誰也不應該餵牠們。」武男接著說：「完全被慣壞了，這樣下去牠們會喪失動物天性的。怪不得長那麼肥。」

「誰不是生來喜歡舒服和安逸？」妻子問。

「可牠們會失去野性。」

「你幹嘛跟牠們這麼較勁？」

「牠們不應該過得像家養的動物。」

「你把牠們說得好像人類似的。別忘了，牠們不過是些鵝。」

「咱們不要再餵牠們了。」

指責歸指責，蔑視歸蔑視，他還是從餐館往回帶剩的食物給這些水鳥。野鵝和野鴨都喜歡武男家後院，有幾隻鴨子甚至在水邊的猴子蘭裡做了窩。

陽臺的欄杆上，頸型鋼條上掛著一個鋼絲包著的餵鳥器。武男家以前用過一個白色塑料筒的餵鳥器，是珍妮特去年春天給濤濤的禮物。米歇爾夫婦也愛鳥，他家房子周圍有六個餵鳥器。夏天裡，武男夫婦經常把剩米飯、剩麵條帶回來餵鳥。所有水裡的天上的鳥都來了：黑鳥、松鴉、紅雀、知更鳥、金絲雀、黃鸝鳥，甚至烏鴉。有時候牠們來得太多，落到草地上，草坪的顏色都變了，武男家陽臺上經常到處都是鳥屎。飛鳥中間紅雀似乎是最蠢的，尤其是雌雀，往往是雄雀在餵鳥器裡吃食，雌雀只在地上揀些掉下來的顆粒吃。後院橡樹上住著兩窩松鼠。橡籽有的是，所以牠們不需要餵，可是松鼠還是會來偷鳥食。

去年冬天，武男去餐館之前總要給餵鳥器裡裝滿葵花籽。他喜歡會唱歌的鳥，什麼時候看到牠們站在餵鳥器上啄食，都會讓他心情愉快。起初，他把鳥兒當作小客人；給牠們餵食給他帶來某種滿足，好像是一個好客的主人。不過他那種心境沒有延續很久，天氣暖和的幾個月裡他都沒再餵鳥。一開始，他買混合鳥食，特別是餵草地鷚、金絲雀、鸝鳥、黑冠山雀等鳥兒的，不過每天牠們都把一筒子鳥食全部吃光。他被牠們貪得無厭的胃口弄得爲了難，便改餵葵花籽，這個比較便宜——六美元，他可以從沃爾瑪商場買回十餘公斤一大袋子。每天早上一看，餵鳥器裡仍是被全部吃光。有一天，他看見一隻松鼠在白筒子上尾巴朝天，從洞裡往外掏葵花籽吃。他用噓聲把松鼠趕跑了，可是旁邊一沒人，松鼠就回來撕扯餵鳥器。很快地，筒子上的洞被越撕越大，彷彿那些小動物打算把塑料都吃下去。武男便買了個新的餵鳥器，用鋼絲包著的，廣告上說：這種餵鳥器「松鼠毀不掉」。

讓他困惑的是，用了這個新玩意，葵花籽在夜裡還是被偷吃光。沒錯，松鼠可以用牠們的小爪子往外掏葵花籽，掉到地上，白天好揀起來吃，可是，每天夜裡，一兩公斤的葵花籽都被吃光了，松鼠怎麼吃得了這麼多？武男跟戴夫說及此事，戴夫也想不出來這是怎麼回事，他家的鳥食也是一樣。戴夫稱在他家周圍的松鼠是「心腹大患」，下套子逮住過幾隻，再把牠們放到四五公里以外的樹林裡（據戴夫說，其中一隻居然又找回米歇爾家來了）；不過武男並不想那麼大動干戈——何苦要把人家從現在住的地方攆走呢？再說，他後院裡不過只有四隻松鼠。另外一家三隻松鼠在傑拉爾德的房頂上搭了窩，有時候牠們也來偷鳥食。

一天夜裡，武男正在讀杜甫的詩，忽聽見陽臺上一陣熱鬧，好像什麼動物扭打做一團。他跑出去看，但天太黑了，周圍什麼也看不見。只有對岸樹林後面一輛車在無聲無息地飛馳。武男打開屋檐下的一盞燈，看見一隻肥肥的浣熊臥在欄杆上。那傢伙不管你開燈不開燈，只顧把餵鳥器拉過來摟過去，手忙腳亂地往外倒葵花籽呢。武男用膝蓋敲了敲後玻璃門，可是一點兒也嚇不著那傢伙，牠毛茸茸的尾巴拍打著，搖擺著，大嘴叼著餵鳥器外邊的鋼絲籠拼命地搖。武男又拍拍門；牠還是不理。直到武男拿著掃帚衝出去，浣熊纔跳下陽臺，消失在黑暗裡。

從那天起，武男每天夜裡把餵鳥器拿回屋，早上再掛出去。現在一筒葵花籽可以吃三四天了，白天裡好多鳥兒聚到陽臺上，圍著餵鳥器轉。即使在雨天，有些鳥還是不離開。武男不喜歡牠們越來越懶，越來越肥，把陽臺當成家，不過他還是餵著牠們。

在後院剪草時，他注意到蹦出來逃命的昆蟲似乎越來越多，草裡的癩蛤蟆、青蛙和蜥蜴也越來越多。有一天，他驚恐地看見一條綠蛇，約九十公分長，在剪草機轟鳴、草浪翻起之間，向湖邊爬去了。他不知道那是有毒的還是沒毒的，但他肯定牠到院子裡是來找癩蛤蟆和蜥蜴的。他又想到，癩蛤蟆、青蛙和蜥蜴到這裡來是因為院子裡蟲子多了。而蟲子的增加，一定是因為他餵的鳥兒都不找吃的了，使蟲子得以在草裡大量繁殖。結果，青蛙和蜥蜴來得勤了，而牠們又把蛇吸引來了。

這一認識，使武男完全停止了餵鳥。他可不想讓蛇埋伏在後院，到處爬，沒毒的也不行。鳥兒從現在開始都必須捉蟲去。漸漸的草裡的癩蛤蟆和蜥蜴減少了，蛇也就少來了。武男有時候看見蛇在湖裡逶迤地游著，小腦袋揚出水面，牠們可能都住在東邊小橋下的岩石裡。

到了冬天鳥兒們就得挨餓了，於是武男又開始餵牠們。讓他失望的是，現在的鳥兒來得不多了；不過，他每天還是把餵鳥器加滿，夜裡還是把它拿回屋裡來。

16

一天早上，王太太打來電話，懇求武男立即到她家來，她丈夫心臟病發作了，必須馬上送到格威納特醫院去。她請武男陪她一起去，因爲醫生和護士使用的那些醫學名詞她很多聽不懂。武男跟萍萍說：要是她和妮燕兩人應付不過來生意，就關門幾個小時，等他回來再開，交代完後他就出了門。趕到王家時，看見一輛急救車開進了他家車道，兩個救護人員從車上跳下來。武男加快腳步，趕上那兩個人。王太太讓三人進了屋。她丈夫躺在床上，眼睛閉著，蒼白的手放在肚子上。不過他神智還挺清醒，知道來人了。太太告訴他，他們要送他去醫院，他點了點頭。救護人員一邊把他抬出去，一邊跟他說著話，不知怎的王先生的英語全忘掉了，喃喃地用中文回答他們。

急救車上，武男坐在王先生身邊，老人面無血色，滿臉皺紋。老人一個勁對妻子說：「我好累。」他嘴唇青紫，濕漉漉的白髮凌亂不堪。

他妻子終於控制不住感情，懇求他不要這麼突然地拋下她。他睜開浮腫的眼睛，喃喃說道：「我想回去。」

「你想回哪兒去？」

「回家。」

「我們很快會回家的。」

他似乎想笑，嘴唇翕動著，顯然正忍受著心絞痛。他又開始喘不過氣了，喉嚨裡發出的聲音，那個結實的救護人員把氧氣罩給他戴上，不到一分鐘，病人的呼吸緩和下來。武男不知道老人的「家」指的是這裡的房子，還是指的台灣或他的老家福建。

王先生被送進急診室。他妻子和武男在外面的橘色椅子上坐著。武男讓王太太打個盹，因爲她可能要在這裡守一整天，現在應該休息一下。不多會她就在人來人往的等候室裡打起瞌睡來。武男在一邊踱著步，後悔沒帶本書來。他往公用電話裡塞了兩個五分硬幣，給金鍋打了個電話，看看萍萍怎麼樣，告訴她王先生看樣子情況嚴重。萍萍顧不上多說，因爲她和妮燕正忙得焦頭爛額。

大約半小時後，一個滿眼倦意，鬢角捲曲的年輕醫生走出急救室，對王太太說：「他情況不好。」

「求您救救他！」她哀求道。

「我們正在盡全力。」醫生把手裡喝了一半的咖啡杯遞給護士，轉身又進去了。

護士問：「他有聯邦醫療保險嗎？」

「有，這是他的保險卡。」老太太把卡從包裡拿出來，遞給她。護士交給她兩份夾在硬板上的表格。王太太不會塡，武男就替她來塡。

王太太又合上眼睛，爭取睡上一會兒，武男坐在那裡看著來來往往的人們。他腦袋發木，不能集中在任何思路上，一半是因爲那天早上，爲了提起精神到廚房幹活，他喝了兩大杯咖啡。一個小時後，一個脖子上掛著姓名卡的高個子護士出來了，說王太太現在可以進去看她丈夫了。老婦人和武男跟著她走進急救室。那年輕醫生一看見他們就微笑起來，他的眼裡閃著光，大鼻頭上一層汗。「不錯，他現在穩定了。」醫生告訴他們：「我們要把他搬到另一間觀察室去。明天如果他仍然穩定，就可以出院了。護士會告訴你在家裡怎麼護理他。」

「謝謝您，醫生。」王太太說。

「沒問題。我會給他開些藥，吃完再看看他需不需要動血管成形手術。那是個小手術，用一個小氣球清理變窄的血管。」醫生還說，王太太要定期帶先生來醫院，這樣他就可以把王先生當個門診病人定期檢查了。

武男把醫生的話翻譯給王太太聽，她邊聽邊點頭答應。他很驚訝他們不把老人多在醫院留幾天。他記得，國內父親的那個畫家朋友趙叔叔，也犯過一次輕微的心臟病，在醫院裡住了一個月。

王先生躺在床上，抬起他乾枯的手，向太太和武男搖了搖。他臉上有點血色了，眼睛也有生氣了。武男沒跟他們去病房，他告訴王太太他得回去幫萍萍了，老人出院時，請她來電話，他好開車接他們回家。她看去有點驚愕，但沒有強留他。武男叫了輛出租，回金鍋去了。

聽說王先生心臟病發作大難不死，萍萍放下心來。她很高興武男下午就回來了；不然她就得讓剛剛十歲的濤濤在櫃檯前當收銀了。

儘管王先生後來可以下床走路了，老夫婦倆還是被他的心臟病嚇壞了，決定搬回台灣，那裡所有人的醫療都是公費的。他們考慮過是不是去西雅圖和女兒住在一起，可是她在航空公司的工作地點是可能變更的，沒準會調到別的地方去。他們很快把房子上市出售，標價十四萬五千美元。這個價格是大減價，很多人都來看他家那磚房。妮燕和樹波兩口子也來看了，都很喜歡那房子，尤其是地點這麼方便，可是這價錢對他們來說還是太高，何況高樹波還沒博士論文答辯，將來的工作還不一定在哪裡。儘管如此，他妻子還是對王太太說：「要是你把價錢減掉兩萬，我們就買你的房子。」

「不行，」老婦人搖著滿頭銀髮，「爲了儘快脫手，我們已經減了很大價了。問問武男和萍萍，我們房子是不是給他們出價十五萬？那是兩年前的事。」

妮燕和樹波眞的問了萍萍，萍萍證明確有其事，所以他們不再動買那房子的念頭了。一個星期後，一對從伊利諾來的退休夫婦買下了房子，沒有幾天，王家夫婦就徹底搬走了。

他們的離去非常安靜，以致沒有引起幾個鄰居的注意，可卻讓武男和萍萍很難過。王家夫婦並不很喜歡台灣；可是，他們還是能回去。相反，沒有一個地方能夠讓武男稱爲家，一家子只能在這裡紮根了。他們喜歡喬治亞，但他們可以預見，一旦老了，這裡的生活可能是孤獨的，可憐的。他們經常和妮燕談到王家夫婦經歷的孤苦，可妮燕卻認爲，那種生活是老夫婦自己願意的，因爲他們總可以加入一個集體。妮燕用乾脆的聲音說：「他們應該去教堂，去了就可以或多少或少對這裡有家的感覺了。要是覺得台灣不是個安全的地方，他們就不該回去。你生活和埋葬的地方，就是你的祖國。」

妮燕的話讓武男和萍萍想了很多。他們夫妻間商議過加入一個教堂，但決定先不著急。無論如何，他們不能對宗教問題太輕率，他們也不應該僅僅爲了與人交往而去上帝的殿堂。不過，孤單和寂寞常常讓武男感到不安生。萍萍不像他，她異乎尋常地平靜，說只要全家人在一起，他們就不需要其他人。「誰又有很多朋友呢？」她對他說：「大多數人都是只有伴侶。我們不需要很多朋友。」

武男意識到她的忍耐力和獨立性都比他要強得多，這讓他感到慚愧。她連父母弟妹都想得不那麼厲害，儘管她也定期給他們寫信。他對自己的父母也不依戀，但他不習慣這種孤獨的生活，還不能區別獨居與孤單的不同。他的本性是愛交際的，曾經喜歡喧鬧、熙熙攘攘的人群，可是命運把他放在這樣一個環境，他只能以完全獨立的個體而存在。他感到，有萍萍和他在一起，他是多麼幸運啊。

17

武男還為自己有迪克．哈里森做朋友而感到幸運。迪克在他生活中的出現，增強了他對詩歌的興趣。一天，迪克邀請武男參加一個著名詩人的詩歌朗誦會。一開始武男不太想去，因為他一不在餐館，就得請樹波來幫忙。樹波正在家裡寫他社會學的博士論文，所以一旦金鍋需要他幫忙，他多半都是可以來的。可武男不在餐館，萍萍是不高興的，一是樹波在前台，他們要付他一小時六美元；二是沒有武男，萍萍就得在廚房炒菜。可是，迪克對那詩人愛德華．尼爾瑞的大力讚揚，對武男產生了極大吸引力，武男懇求妻子讓他去參加愛默里大學的詩歌朗誦會。萍萍滿心不樂意，但後來讓步了。

校園裡有很多大理石面、紅陶瓦房頂的建築，朗誦會在懷特廳裡舉行。在禮堂入口處放著兩張摺疊桌，一張上擺著愛德華．尼爾瑞的書，大學書店的一個魁梧漢子守著桌子賣書。武男穿了件雙排扣的上衣走進禮堂，裡邊已經坐滿了學生、教職員工和市民，連沿牆的台階上都是人。聽眾中女性多於男性。武男找不到座位，就站在後邊，靠著通向放映室的樓梯上的鋼製扶手。

八點左右，在迪克和其他幾個教師陪同下，詩人到了。尼爾瑞是個瘦長個子，短脖子，滿臉皺紋密密麻麻像網一樣，但從他那鷹鉤鼻和淺綠色眼睛可以看得出來，他年輕時一定是挺英俊的。他們一行都在前排預留的座位上坐下。不一會兒，迪克走上講台。他簡單介紹了一下尼爾瑞，列舉了詩人獲得的獎項和榮譽，稱他是「我們時代詩歌的聲音」。

接著，愛德華．尼爾瑞拿起麥克風，開始念一首長詩，〈幸福的詮釋〉，他說這詩他還沒有寫完。他的聲調沒精打采、漫不經心，好像是在一個小房間裡，同幾個人在說話，可聽眾們聽得很專注。時不時地，聽到幽默的句子或機智的警句，有人會發出「嘿」或「哈」的呼應聲。尼爾瑞頭也不抬地一個勁讀下去，似乎有幾分難以集中精力，不斷地把重量從一條腿換到另一條腿，右手不時在臉上撫摩著。

武男對尼爾瑞的朗誦不是全懂。很快就開始走神了，四周環視台下的聽眾，發現別人也有覺得枯燥的。詩人至少念了二十五分鐘，纔念完全詩。在他翻閱一本書，找另外一首來讀的時候，一個女學生喊起來：「我們要聽〈今夜是同一個月亮〉。」

「對，請朗誦那一首。」另一個青年女子附和道。

「好吧。」詩人說。「那是我很多年前寫的一首愛情詩，給一個我已經忘了名字的女朋友。」聽眾都大笑起來，尼爾瑞先生咧嘴一笑，手指捋了捋已經灰白的亞麻色頭髮。「我想，到了我這把年紀，是不會再寫這類詩了，不過我還是朗誦一下吧。找到了。」他一手舉著書，開始帶著些感情念起那首詩來。武男很喜歡那詩。那是一個年輕寡婦，在回憶她因飛機失事故去的丈夫時吟出的一首輓歌。韻律是流暢的、溫柔的，與那哀婉渾然一體。

之後，尼爾瑞又從不同的書中選了七八首詩歌來朗誦。然後不慌不忙地把書摞起來，表示他朗誦完了。迪克站起來，拍起了巴掌。在一陣熱烈的掌聲之後，他宣布：「現在我們到門廳繼續一個招待會，尼爾瑞先生會高興地為他的書簽字的。請加入我們，同飲一杯酒。另外，不要忘了明天下午三點在這裡舉行的尼爾瑞先生的研討會。」

門廳裡，武男喝了一杯兌了果汁、糖水的賓治酒，吃了一塊菜花和幾片蜜瓜。雖然迪克宣布有葡萄酒，實際上桌上只有這類軟飲料。武男在這裡覺得不自在，因為除了迪克他誰也不認識，而迪克忙著照顧詩人，又要和排隊等簽字的人說話。武男朝他走去，說：「我還是走吧。」

「等這裡結束了你不想和我們一起出去？」

「去哪兒？」

「找個地方喝一杯。跟我來吧——我們和愛德華一起待會兒。」

武男同意了。他對那詩人很好奇，那人似乎沒有激情，無憂無慮，還有幾分玩世不恭，完全不同於熱情的山姆・費舍。他走到一張桌前，拿起一小串紅葡萄，然後走到一邊去，在角落裡等候。

招待會結束後，迪克和一群年輕女子帶尼爾瑞去校園門外的一家酒吧。武男跟著大家，陪詩人走了一路，迪克則和五個女子又說又笑地走在前邊。尼爾瑞先生走起來拖著步子。他幾年前去過中國，和武男聊起北京的八月有多熱。他動情地回憶起文化部派來給他當翻譯的一個青年女子。

然後他問武男：「你認不認識元寶，住在紐約的一個中國流亡詩人？」

「太認識了！我們可以說是朋友，還一起編過一本雜誌。」

「他是個有趣的傢伙。他正翻譯我的詩歌。」

「眞的？」

「他還採訪過我。」

「他現在會說英語了？」

「他帶個年輕女子給我們當翻譯。他可以讀英語，但說得不太好。」

武男不能相信，元寶憑他那糟糕的英語，還打算翻譯尼爾瑞的詩歌。他一定是靠什麼人先給他拿出草稿來，他纔能夠憑此進行翻譯。「他把那些詩送哪兒去呢？我是說，中國哪家雜誌？」武男問。

「他在一家叫《外國文學》的雜誌上發表了六首了。」

「那是家很有名望的月刊，文學性很強。」

「我也聽說是如此。」

「我很高興元寶還在寫詩。他還是個畫家。」

「是的，他給我看了他的一些作品，很不錯。他有很好的感受力，很有天分。可是流亡必定極大地阻礙了他的發展。他說他從來沒有時間寫他計畫要寫的作品。」

他們走過大學旁門時，尼爾瑞先生向武男詢問愛默里大學周圍房屋的平均價格，那天下午他來學校時看到了那些房子。很多房子看上去很大，全是用磚蓋的。雖不十分清楚價格，武男斗膽估計超過四十萬，可那數字並沒有嚇住詩人。尼爾瑞先生說，他在羅德島的紐波特有一處比那些還大的房子。武男很驚訝，因為在他印象裡，大多數詩人都是勉強餬口的藝術家，沒有那樣大筆的錢。

在酒吧裡，尼爾瑞先生要了啤酒、油炸雞塊、辣味玉米片澆上切達奶酪和胡椒。年輕女士們興奮得嘰嘰喳喳；顯然她們都仰慕尼爾瑞的詩歌。最高的那位叫勞拉，兩隻手腕上戴著景泰藍手鐲，一直看著詩人微笑，目光灼灼。唯一的亞裔女子叫愛米莉，似乎有點害羞，但也歡快地笑著，不時和同伴捅捅搡搡，她可愛的臉，像是只有十幾歲。尼爾瑞先生很喜歡她，問了她在亞特蘭大的生活和她家人的情況。她父母是從韓國來的，但她生長在密蘇里，三年前搬到喬治亞，很喜歡這裡。尼爾瑞先生以為她是中國人，可她說她姓崔，覺得自己是個韓裔美國人。

最矮的那個叫安妮塔，是個嶄露頭角的詩人，中學老師。她甚至可以不加思索地脫口吟出尼爾瑞先生的詩句，讓詩人非常高興。另外兩個女子也是尼爾瑞迷，在邦諾書店工作。她們五個人同屬一個詩社，定期聚會，寫了詩互相拜讀和討論。武男什麼話也沒說，只是聽他們談。

一邊聊著一邊喝著，尼爾瑞先生嗓門越來越大，也越來越健談。他說自己一直在替紐約一家出版社編輯一本青年詩人的詩集，出版社的名字他不便透露。說著朝迪克瞥了一眼，迪克會心一笑。然後他又對女子們說：「我孩子的保姆一直幫我挑選好詩。沒有她我不知道怎麼能編得出來。我沒有時間把人們寄來的所有詩集和期刊都讀完。你們都應該把作品拿給我。男，你也應該把你的詩寄給我。」

「我寫好了就寄給您。」武男眞切地回答。不過幾個女詩人都沒有響應這一熱情的邀請。武男不知道她們爲什麼沒有欣然接受這樣的機會；她們都在寫詩，想發表出來也不容易。

勞拉不經意地問：「你的保姆也寫詩嗎？」

「現在不寫了。她十幾歲的時候可能寫過。」

幾位女士互相看了一眼，矮個子的安妮塔笑起來，又趕快用餐巾紙捂上嘴。尼爾瑞先生又一次對她們說：「只管把你們的詩寄給我。我是個製造詩人、也葬送詩人的人。你們知道，我是個有權威的人。」

武男看得出來詩人喝多了。他看見一道懷疑的表情掠過迪克的臉。尼爾瑞先生手裡捏著一塊炸雞塊，自己對自己笑著，好像想起了什麼事，然後他抬起頭，問那些女子：「這麼說你們不相信我了？你們以爲我只是個老瘋子？」

愛米莉．崔說：「你不老。你的詩很精彩，很有震撼力。」

「你知道，我還是個有錢人。」尼爾瑞先生接著說：「想想看，一個詩人去年付了六萬美元的聯邦稅。一個詩人都能成爲一個百萬富翁，這眞是一個偉大的國家。」

「太不一般了。」愛米莉咕噥著，垂下眼睛。

安妮塔插嘴說：「這麼說加拿大不再是你的祖國了？」

「不是了，我是個美國人。」

迪克衝武男眨眨眼。武男茫然了，他知道尼爾瑞先生生於加拿大安大略省，三十歲出頭纔來到美國。他不解詩人爲什麼要這麼大談權勢和金錢，那些和他的詩歌有什麼關係？他幹嘛表現得像個商業巨頭似的？

女侍應生走過來，把帳單放在桌上，尼爾瑞先生抓去了。武男看見上邊是八十多美元。幾個女子彼此看看，安妮塔說：「尼爾瑞先生，我們付帳吧。是我們帶您來的。」

「不，不。」詩人擺擺手，舔舔上牙，「這次是爲我來的。不過我可以跟你們另外找個地方再喝，一個一個來也行，一起來也行。」他大笑著，把收據折起來，在帳單盤裡放了五張二十元鈔票。

幾個女子沒再說什麼。大家都站起身，準備走了。酒吧就要關了，幾個人一起朝門口走去。

屋外的夜色清朗，街面在銀白的月光下閃著微光。一陣微風襲來，搖動著剛發芽的白楊。遠處的車流依然繁忙。幾位女子向尼爾瑞先生道了別，一會兒便消失在北迪卡托路的黑暗之中。迪克要陪客人向北走近一公里，一直走回愛默里旅館。武男和他們一路走了一兩百米後分手，轉向大學圖書館後邊的停車場，他的車停在那裡。他一邊走遠一邊回頭看了看他們。

他聽見尼爾瑞先生說：「我把今天晚上的收據給你。」

「沒問題。」迪克從詩人手裡接過那張小條。

18

接下來的幾天裡，武男想了很久與愛德華．尼爾瑞的相會，還有詩人在酒吧裡所說的那些話。星期五下午，迪克到餐館來時，武男問他，尼爾瑞先生所說自己是「製造詩人，也葬送詩人的人」，是什麼意思。迪克解釋道，一般來說，把一個年輕詩人的作品收進一部有影響力的詩選，是有助於詩人獲得認可的。作爲編輯，愛德華．尼爾瑞決定誰的詩入選，所以他是「製造詩人」的人；反過來說，他也必須把一些人排除在外——一旦被剔除出去，那些詩人的前途也就受挫了，所以他又是「葬送詩人」的人。

「你覺得他會故意剔除什麼人嗎？」

「當然，每個人都剔除自己的敵人和自己不喜歡的人。」

武男很驚訝，詩人也可以這樣惡意報復。「他眞像他自誇的那樣大得不得了嗎？」

「哈哈哈！」迪克大笑了，「你眞逗。我不知道愛德華有沒有個大雞巴，不過他是麥克阿瑟會員。」

「那是什麼？他和麥克阿瑟將軍家沾親嗎？」

「不是不是，那是一個基金會，爲天才藝術家提供優厚的基金，至少三十萬美元吧。以愛德華的年齡，一定還不止這個數，因爲會員年齡越大，得到的錢就越多。」

「我從來想不到一個詩人會那麼有錢。」

「有些詩人過得像王子和公主。」

「那山姆呢？」

「他也掙得不少。」

尼爾瑞先生說話這麼有分量，竟能決定一些年輕詩人的命運，這讓武男覺得眞是荒唐。「他把你的詩收進他的詩選了嗎？」他問迪克。

「那當然，不然我不會邀請他來，還付他三千美元。」

「眞的？他掙錢這麼容易？他不過花了兩三個小時，就比萍萍和我一個月掙的都多。」

「生活眞不公平，對不對？不過那是他這一級詩人的價碼。」

「那你呢？」

「如果有哪個學校邀請我去朗誦詩，我就夠幸運了。偶爾得個五百美元。」

「那也不壞了。」

「不壞了，我知足。我的事業在這個時候還不能讓我考慮錢和權勢。」

「你是對的。」武男眞誠地說：「你如果眞喜歡權勢，就應該競選州長去。」

迪克放聲大笑：「我會記住的。」他用叉子把麵條轉成一束，補充說：「因爲在詩歌界能得到的好處實在微不足道，競爭便更加激烈。事實上，這個領域挺混亂的。而且，大多數詩人都有幫派，否則很難生存。關係網是很關鍵的。」

「那麼你是屬於山姆圈子裡的？」

「你可以那麼說。」

在某種程度上，迪克說的，令武男感到幻想破滅。對他來說，詩歌世界應該相對純潔，眞正的詩人精神自由，應該是熱情而又廉潔的。但是按迪克所言，很多詩人竟是拉幫結派、排外的。像他這樣的人會屬於任何小圈子嗎？不可能。他想像不出來被任何圈子接納。此外，最重要的，是他想成爲誰也不靠的人。

迪克舉起茶杯喝了一口。他尖下巴一歪，朝武男咧嘴一笑，神色詭祕地探身過去，低聲道：「男，我給你看樣東西。」他從褲子後兜裡掏出兩塊小疙瘩，像完全風乾的生薑一般。武男看著眼熟，但想不起來叫什麼。迪克問：「你也用這東西嗎？」

「這是什麼呀？」

「當歸，一種春藥。我以爲你們中國人都用它呢。」

武男放聲大笑，把他朋友都弄糊塗了。「什麼事這麼好笑？」迪克問。

武男沒回答，反問道：「你們也用萬金油做春藥吧？」

「當然，不過沒有印度神油好使，而且把皮膚燒得太厲害。」

武男再次捧腹大笑，眼睛都笑得沒影了。「告訴你實話，在中國，女人用當歸調理月經——當歸是補陰的，不是壯陽的。我從來沒聽說過哪個男人爲雞巴堅挺吃這玩意的。」

迪克驚訝了，然後咧嘴一笑：「男，你是個詩人。」

「怎麼呢？」

「你用我的名字做了個雙關語。」[3]

「眞是啊。」無意間的機智，連武男自己也吃驚。

「公平地說，這東西很有勁。」迪克接著說：「我已經用了一段時間了，這東西眞的改善了我床上的表現，讓我覺得強壯了。它還有助於我的寫作。至於萬金油，我已經不往我藥櫃裡放了。」

「中國人把萬金油抹腦門上防曬的，還抹在太陽穴上減輕頭疼，孩子也用萬金油——我們叫它『清涼油』。沒誰把它當增加性快樂的東西。」

「啊呀，這是不同文化間發生誤解的一個很有意義的案例，你覺不覺得？」

「確實很有意義。它反映了圍繞兩個S的美國文化的核心。」

「兩個S？是哪兩個？」

「自我（self）和性（sex）。」

「太對了。」迪克的眼睛放光，由衷地大笑，「你從哪兒來的這想法？有關於這個的文章和書嗎？」

「沒有，只是我自己的印象。」

「太精彩了。」

那次談話以後，迪克到餐館來得更勤了，埃莉諾倒是很少和他一起來了。他似乎被武男這個人和他那種叵測的幽默給迷住了。而且，武男在他叫的菜之外，總是再奉送他一些小吃——一對蒸餃子，或兩個春捲，或一塊蔥花餅。萍萍有一次問迪克，埃莉諾怎麼沒跟他一起來，迪克搖搖頭說：「她想野外玩玩。」萍萍沒聽懂那句土話，去問武男，武男說：「埃莉諾想盡量多見識一些男人。」

「怪不得迪克這些天一副苦臉。」她若有所思地說。

「我想，他挺孤獨的。他說我是他在這邊唯一的朋友。」武男對自己的話感到吃驚，因爲他從來不相信迪克在亞特蘭大感到孤獨。

「我覺得不是這樣。他在愛默里有很多同事。」

「可是同事不等於朋友。」

「他還是個大男孩呢，內心脆弱。」

「不管怎麼說他是我朋友。」武男看看萍萍，萍萍一臉揶揄地朝他笑。「什麼呀？」他問。

她沒說話。武男揪住她的耳朵一擰，命令：「坦白。」

「放開！」她尖叫起來。

他馬上鬆了手，她從櫃檯上抓起蒼蠅拍，追著他打。武男在餐廳當中圍著桌子轉，順時針轉了又逆時針

3 譯注：迪克的英文原文為Dick，但在英文中，dick意即男人的性器。

轉，總和她的方向相反。他倆似乎都忘了是爲什麼追打起來了，雖然氣喘吁吁，面紅耳赤，他們是高興的。

妮燕看著他們，一邊笑一邊搖頭。

19

武男跟著迪克出去，讓萍萍感到不安，雖然他頂多一個月出去一次。他們倆會一起去看莎士比亞的戲，看木偶劇，還去了老作家約翰．厄普戴克的作品朗誦會。她理解武男偶爾需要調劑一下，可是金鍋的活兒沒有他在就忙不過來。樹波現在可以做幾樣簡單的東西了，但武男不在的話，萍萍大半時間就得在廚房裡忙。更糟的是，武男不在她就坐立不安，這個地方就陌生得好像是別人家的餐館。他爲什麼要花那麼多時間跟那個輕浮的迪克在一起？她經常想不明白。朗誦會完了他們又去別的地方了嗎？他們兩人單獨待著嗎？沒別人就他們兩個人？我眞的不介意他們是朋友，但我想讓武男守在這裡。他不應該像個單身漢一樣，他應該對我們自己的家更上心。他應該在濤濤身上多花些工夫。

萍萍一埋怨武男，妮燕就很同情她。有一天妮燕跟她說：「武男和你星期天爲什麼不去教會？你們在教會可以遇見很多有趣的人，還可以玩得開心。一旦你屬於一家教會，你就不會覺得孤單和沒有安全感了。」

「其實，」萍萍說：「好多人上我們家門來，邀請我們去他們教會，可我們不是基督徒，所以我們沒去。」

「哎呀，怎麼少一根筋呢？你去星期天的活動，不是基督徒也沒關係。」妮燕摸弄著她的耳環，咬著下嘴唇。她略微有點鼓的眼睛緊盯著萍萍。

「我們還沒有相信耶穌基督。」萍萍說。

「那麼看重信不信的幹嘛？我們有幾個眞信徒？教會就是個你和人接觸、交朋友的地方。教會還有夜校，和給單身提供的舞會。周圍有很多中國人，會讓你感覺好多了。」

「我們又不是單身。」

「我是說，一旦你加入教會，大家會幫助你，你的生活會更安全、更輕鬆。」

「你眞覺得那樣？」

「當然，我騙你幹嘛？」

「好吧，我跟武男說說。」

「跟他說，樹波和我在我們教會可開心了。你可以參加星期天早上的佈道會。聽了你會感覺特好，內心裡平靜。」

萍萍同意說服武男，主要是因爲她還有別的想法。迪克・哈里森剛和女朋友吹了，萍萍擔心他可能是雙性戀，開始和武男勾搭。她不明白武男怎麼也那麼依戀那個輕浮的人。他們兩人之間一定是互相吸引。爲防止丈夫變成同性戀，她甚至一天給他好幾粒維他命，因爲她看過一本很老的書，說很多同性戀都是因爲缺少維他命。她不敢明確地對武男表達她的擔心，不管她給什麼，武男都只管吞下去，從來沒問過是爲什麼吃的。

第二天早上，在一起去金鍋的路上，萍萍跟武男提起去教會的話題。天下著濛濛細雨，所有的樹木房屋模模糊糊。她和武男共撐著一把條紋大雨傘。在潮濕的風裡她微微發著抖，武男一隻胳臂摟著她肩膀，給她一點自己的體溫。他說：「這件事一定不能輕率。如果我們去教會，我們就應該信上帝。教堂是做禮拜的地方。」

「你不去聽講道，你怎麼能理解基督教？」

「我這輩子到目前爲止，還沒覺得想加入什麼宗教群體。我只想誰也不靠。而且，如果需要，我可以把寫詩當我的宗教。如果你想去教會，你只管去。」

「咱們怎麼就不能靈活一點呢？其實，從妮燕的教會那邊還可以拉點生意來。」最近，萍萍發現有些顧客跟妮燕像朋友一樣打招呼。妮燕跟她說，他們都是勞倫斯維爾她教區裡的人。

「不行，教會是個神聖的地方，上帝的家園。」武男說。「如果我不是基督徒，我在那裡會覺得不自在的。」

幾天前，他對那個一臉粗糙的黑人傳道士說過同樣的話，那人到他們家來讀了幾段《新約》。萍萍沒再說什麼，知道自己說不動他。另外，在某種程度上她也同意他說的。還是做自己比較好。這裡沒有人能眞正幫助你，只有你能夠救自己。另外，她也不想裝假，就像她在中國那樣，大家都得說假話纔能辦成事，纔能避開危險。六年半前她剛來到美國的時候，好幾個月都不能舒舒服服說話，因爲她都不知道不說謊該怎麼跟人交談了。結果，她大半時間都沉默寡言，半年以後她纔習慣了怎麼想就怎麼說。現在，她希望誠實地生活，誠實地做事，正像武男所堅持的。

20

萍萍告訴武男，領養機構已經給珍妮特和戴夫寄來了兩個女嬰的照片，請他們挑一個。顯然，中介人如華有意要對米歇爾夫婦特別關照，可是這反倒使他們陷進了困境。他們怎麼能選擇其中一個孩子，而捨棄另一個呢？珍妮特給如華打電話，懇求她同意他們將這兩個孩子都要下來，這樣孩子可以有個姐妹。可如華拒絕了她的請求，說所有的文件都是爲領養一個孩子做的，再從頭開始實在太困難，而且，很多人都急著要領養呢。米歇爾夫婦很苦惱，今天就想和武男夫婦來商量這件事。因爲餐館不是談這事的地方，萍萍告訴珍妮特，晚上十點半到她家裡來談。

武男和萍萍到家後都累得要死。濤濤在他的電腦上玩遊戲《致命格鬥》。「關了。」媽媽跟他說：「該睡覺了。」

「我玩完這一盤，行吧？」

「別忘了刷牙。」

武男剛洗完澡，米歇爾夫婦來了。他們給武男夫婦看了照片，想聽他們的建議：兩個孩子，該要哪個好？戴夫靠在沙發上，一臉愁雲，偶爾發出一聲輕微的嘆息。他想要杯咖啡，因爲他和妻子今夜一定得做出決定，早睡不了。武男在爐子上坐了一壺水。

「你腦子裡的女兒是什麼模樣，珍妮特？」萍萍問。

「我不知道。」

「那你呢，戴夫？」

「我看她們兩個都好。老天，我從來沒覺得這麼揪心地決定一件事。」他顯然很痛苦，深陷的眼睛黯淡無光。

「都是我不好。」萍萍說。「我不該要如華給你們特別關照。」

「不是。」珍妮特插進來說：「我們感激你的幫助，萍萍。可是現在我們陷在這兩個孩子的難題裡了。該怎麼辦呢？幫我們選擇吧。」

武男在給米歐爾夫婦準備的兩杯速溶咖啡裡加了一點榛果糖漿，然後和萍萍一起來看照片。嬰兒長得都差不多，可愛的小鼻子，杏核眼，只不過一個孩子的臉比另一個寬一點。武男嘆氣：「這可難爲我了。我不知道說什麼。我怎麼看得出，她們哪個會是你更好的女兒？」

「我們著急的不是那個。」戴夫說著把咖啡杯子放在茶几上的小草墊上，「我們主要的難題是，實在無法面對負疚感了。兩個孩子是從不同孤兒院來的，如果我們沒要的那個孩子被一個好人家領養了去，那我心裡還好受。可要是最後被一個很差勁的家庭領養了去，或是留在孤兒院了，那可怎麼辦？」

「沒錯，這纔是最難的問題。」珍妮特同意說。

武男驚訝了。接著，讓武男夫婦更吃驚的是，戴夫哭了出來，用紙巾不住地抹著臉：「對不起。這樣的選擇太折磨人了。」

武男和萍萍都被感動了。武男知道米歐爾夫婦星期天早上經常去教堂。也許是他們的基督徒信仰給他們灌輸了負罪感，使他們比武男夫婦對嬰兒更有憐憫心。武男從來沒有考慮過米歐爾夫婦不能要的那個孩子的命運。他猜想，米歐爾夫婦的心胸裡一定存在他武男所沒有的另一維度。

萍萍說：「這麼想吧，珍妮特。你看到照片時，哪個你突然覺得抓住了你的心？」

「這一個。」珍妮特從茶几上拿起那張寬臉的照片，「我一看見她，就覺得一震。」

「你呢，戴夫？」萍萍又問。

「我覺得是另一個。」

「天哪，我們沒法幫你們了！」萍萍舉起手，宣告失敗。

武男說話了：「我覺得你們兩個需要反省一下，自己做出決定。你們什麼時候把決定告訴中介人？」

「明天下午。」珍妮特回答道。

「抱歉。」武男說：「我們眞的幫不了你們，不是我們不想分擔負疚感，孩子情況的信息再多一些就好了。另一方面，就算有了足夠的信息，假如只能領養一個，你們也還是會有負疚感的，對不對？」

「我想是的。」戴夫說。

雖然僵局仍在，米歇爾夫婦還是待到深夜，談了他們去中國把他們女兒接回來的計畫，直到十二點半他們纔離去。

21

兩天後，珍妮特告訴武男夫婦，戴夫同意她的選擇，要那個寬臉的孩子，因爲是她首先動念領養的。他們得到了關於孩子更多的信息，將與移民局聯繫，爲孩子申請綠卡。從現在起，他們必須耐心等待可以去南京接孩子的時間。整個過程並不像想像的那麼令人生畏和冗長，這讓他們有幾分意外。

被那天晚上戴夫的哭泣所感動，武男一連幾天都在思考米歇爾夫婦的負疚感，這使他對去教會有了新的看法。他開始考慮，任何宗教都可能改善人性，至少使人變得更慈悲、更謙恭。所以他決定去附近城鎮德盧斯的華人基督教會，只是去看看自己喜不喜歡那裡。萍萍打算和他一起去，可是星期天早上，她覺得不舒服，肩膀疼，就待在家裡了。武男出門前給她做了一番背部按摩，使她的疼痛大大緩解。

教堂是一座現代風格的灰泥建築，座落在一個山坡頂上，周圍種著還沒長高的柏樹。那天天氣很熱，熱浪從新鋪好的停車場上升騰，忽隱忽現，好像縷縷紫煙。武男走近教堂時，一些人正站在門廳裡互相打趣，門廳很像旅館或劇院的前廳。他看見了幾張熟悉的臉，但一個也不認識，只有一個女的曾來過金鍋，爲洪水災民募捐。他想起了她的名字，洪梅，而且她也認出他來了；可是不知什麼原因，她只是上下打量了他一眼就走開了。武男走進佈道廳，坐在後排長凳上，拿起一本讚美詩。有幾百人已經坐在那裡，寬寬的聖壇上坐著兩個人，穿著深藍西裝，打著深紅色領帶，都戴著眼鏡。一個大肚子花瓶裡插著一大束各種各樣的花，放在講台前的地上。

禮拜開始了，聖壇上年輕的那位牧師走到麥克風前，叫大家起立。一個瘦小的女人在牆角用一架巨大的鋼琴伴奏，他們一起唱起了讚美詩，〈主爲堅城〉。唱畢，大家鞠躬默禱了片刻，大廳裡變得鴉雀無聲，武男瞥一眼左右，發現他前面的一個老婦人在翻著放在她前排長椅背上的一本聖經。一個孩子哭起來，但立刻被父母制止了。接著是唱詩班唱詩，穿著紅領袍子的八女六男走上聖壇，唱起了〈禱告之時，甘甜之際〉。他們的歌聲激揚卻安詳，時強時弱，好像他們在領著鋼琴。唱完以後，另一個戴著眼鏡的姓卞的牧師走上講台，以〈新希望〉爲題開始佈道。大部分時候他的聲音很輕，但偶爾會變得有力、熱烈和歡悅。他談了耶穌十二門徒之一保羅，說他是主的模範追隨者，一個理想的人物。他引用《新約》中的段落，來說明保羅最初是個不信神的人，是基督教的迫害者，但後來轉變成一個有著寬闊胸懷的人。保羅從來沒有失去過希望，總是保持著謙虛，對自己的成就從來不驕傲，只讚美主。他愛自己的兄弟姐妹，儘管他們對他施詭計，儘管他們犯下罪行，因爲他會忘記過去，只往前看。「想想奧林匹克運動會上的賽跑選手。」他用帶有福建口音的國語宣講著，「他們怎麼能跑得那麼快？他們衝向終點的時候向後看嗎？當然不看。兄弟們，姐妹們，我們要放下過去的紛爭和敵意，向前看，考慮未來，未來是我們的希望所在。不然，我們怎麼能看到任何光明？……」

武男的目光始終沒離卞牧師那張厚下巴的長臉。他覺得以前見過他，可是在哪兒呢？他想不起來了。他斷定這人是從大陸來的。

卞牧師現在談起如何擺脫罪惡。他說：「如果你有一杯混著醬油的水，你怎麼纔能把水再變成乾淨的呢？很簡單。你一直往杯子裡倒純淨的水，一直到把醬油全洗掉。兄弟們姐妹們，我們的主是純淨之水最豐富的源泉。把神的源泉接進來吧，你會得到淨化，乾淨得像個新生的嬰兒，獲得無邊無際的愛。」

接著他又談了通過在地上行善而在天國積累獎勵的必要性。他甚至宣稱，他眞想快點見到上帝，好收穫他存在上帝銀行裡的獎勵。

武男被牧師講述的這些比喻抓住了，儘管他對牧師的雄辯並不是完全信服。他記得孟丹寧曾經告訴他，有一次在星期天禮拜上他止不住地流淚。在麻州時，丹寧一個月至少去一次在懷特城裡的一家天主教堂。相比之下，武男現在感到的是平靜和超然。佈道結束後，唱詩班再次到前邊來，熱情唱起〈把自己獻給主〉。唱完之後，牧師通報了幾件事：教區裡一對夫婦添了個孩子，重三點三公斤，母子平安；他還談到教會最近接到的一筆捐款，號召人們多奉獻，好達到一年募捐五萬美元的目標。宣布完後，年輕牧師再次叫大家全體起立，對著在聖壇旁邊的牆上映出的歌詞，一起唱讚美詩〈我只贊美主〉。

大家一唱完，年輕的牧師就說：「請接受卞世明兄弟的祝禱。」人們又坐下，低下頭，卞牧師舉起雙手，做了最後的禱告：「珍貴的主，我們感謝你使這個教會興旺發達。請讓我們強壯而謙恭，勇敢而溫順，正直而慈悲。請賜給我們眼睛，使我們能看得更遠、更深。請賜給我們耳朵，使我們能聽到你的聲音和不出聲的真理。願你的光和愛指引我們每日的生存，使我們能永遠做你的信徒——」

「阿門！」整個大廳喊道。

武男在祝禱中沒有低下頭去，因爲一提到牧師的名字，他想起來了，那人是個流亡的異議人士，曾經是中國出類拔萃的記者，因其揭露官員腐敗和濫用權力的報告文學而名聲大噪。這個人的照片每年都會在中文報刊雜誌上出現幾次，他有一句名言，形容中國流亡者在北美的生存狀態：「得到天空的自由，卻失去大地的引力。」怪不得看他這麼臉熟呢。祝禱之後，武男沒有隨著大家魚貫而出，而是朝卞牧師走去，自我介紹是當地的商人。他告訴卞先生，他讚佩他的文章，能親眼見到他，感到很高興。他把自己的名片給了卞先生，說：「你什麼時候願意，就到我的餐館來，也歡迎你的朋友一起來。」

卞先生看了一眼名片：「哦，武男，我知道你。」他驚訝地說：「我喜歡你在《新航線》上發表的那些詩，尤其是那首〈只不過是又一天〉。你還在編雜誌嗎？」

「不了，我現在是廚師。」

「那好哇。我現在也腳踏實地了，勞動掙生活。另外，你知道劉滿屏，對不對？」

「當然，我在紐約還拜訪過他。」

「他下星期二來演講。」

「眞的？什麼題目？」

「台灣和大陸的關係問題。我希望你能來聽。他見了你會高興的。」

接著，卞先生告訴武男，演講是在阿爾法利塔公立圖書館，那是一個富裕的鎮子，很多紅磚豪宅，在李本西北一、二十公里的地方。武男答應去參加。

22

武男很興奮，快三年沒見劉先生了。他甚至從餐館往紐約給劉先生打了電話，邀請他住在自己家。老人很高興，但說他在亞特蘭大的朋友已經安排好了他的食宿。他聽上去很高興武男打來電話，說盼望著星期二晚上能見到武男。武男答應去參加他的演講，雖然他還沒跟萍萍提過。

他跟萍萍提出來時，她很不願意讓他去，但後來武男說服了她。星期二晚上，八點半以後，金鍋最忙的時間過去以後，他來到圖書館，演講已經開始了。他在後邊一個角落坐下來。劉先生看上去老多了，嘴巴更下陷了，可他的聲音依然鏗鏘和熱烈。他在談大陸統一台灣的必要性，因為如果台灣獨立，中國就會失去通往太平洋的通道，除了美國以外，日本也會全面控制中國南海。武男很驚訝，劉先生的觀點，怎麼和中國政府一個口徑？好像這些年的流亡一點也沒有改變老人的思維方式。

發言之後，聽眾給演講人提問題，有人還站起來，在劉先生的回答後加上自己的觀點。有個年輕人一定是從台灣來的，問道：「劉先生，您是中國民主運動最重要的人物之一，說不定有一天會執掌中國政府的某個重要機構。如果您成爲中國的主席，那麼台灣一旦宣布獨立您會怎麼做？」

劉先生沉默了好一會兒，然後回答說：「首先，我永遠也不會成爲國家領導。不過如果我是主席，我可能會命令人民解放軍攻打台灣。除此沒有其他方式。中國必定要保護領土完整。誰失掉了台灣，誰就是中華民族的歷史罪人。」

有人鼓起掌來。劉先生的話讓武男感到意外，他舉起手來，得到了機會發言。他兩腿打著抖，但用平靜的聲音說道：「劉先生，你所講的，政治上說得通。但如果從不同的方面看這個問題，從人道的角度，我們就可以得出另一種結論。對一個個體的人來說：國家是什麼？只是從感情上凝聚一群人的一個概念。可是如果國家不能給個人提供更好的生活，如果國家對個人的生存構成傷害，難道個人沒有權利放棄國家、對國家說不嗎？同樣，中國的所有地區都是中國大家庭中的一員——如果因爲一個弟弟想分家單過，就去搗毀他的家，把兄弟痛打一頓，那豈不是太野蠻嗎？」

聽眾一片嘩然，許多雙眼睛對武男怒目而視，武男撐著自己不要退縮。劉先生微笑著說：「武男，我的朋友，我明白你的看法。我可以同情你對人道的關切，但你的論點是行不通的，也太幼稚。如果中國不把台灣收回來，讓它到了別的國家手裡，在那裡建立軍事基地，就會對中國構成威脅。有時候，一個民族是必須靠犧牲來求生存的。」

那個矮個子、長著一張瘦臉的洪梅站起來，尖聲說道：「我完全同意劉先生所說的。約翰・甘迺迪說：『不要問你的國家爲你做了什麼；而要問你爲國家做了什麼。』連美國人都把國家利益放在個人利益之上。沒有台灣，我們的海岸線就被攔腰斬斷了。而且，如果台灣獨立了，那西藏、內蒙、新疆怎麼辦？如果我們讓他們獨立，中國就會分裂成多個小敵對國，我們的祖國就會陷於混亂，數以百萬計的人民就會無家可歸，死於飢荒，全世界就會充滿難民。」

武男質問道：「你是個基督徒。你的宗教教你殺戮嗎？本世紀以來，打著愛國主義的旗號犯下的罪行還少嗎？」

牧師卞世明插嘴說：「基督教是不容忍邪惡的。任何想毀滅中國的人都是自取滅亡。武男，你太情緒化了，所以你無法理性思考。即使像美國這樣的民主國家，爲了保持國家的統一，也是會打內戰的。」

武男叫起來：「難道現在的中國政府不是一個把你放逐的邪惡政權嗎？爲什麼你跟它一個鼻孔出氣？」

劉先生也插進來，說：「我們必須把政府和我們的國家和人民區別開來。政府可能是邪惡的，但我們的人民和我們的國家是好的。我是樂觀的，因爲一旦對我們國家失去希望，我就完了。這個世界已經有太多的悲觀主義者了，一塊錢一打，所以我們應該振作起來。」

這話讓武男閉了嘴，但他並沒有被說服。他想用劉先生經常引用的黑格爾的話來反駁，「有什麼樣的人民，就有什麼樣的政府」，但他坐下了，沒再說話。會場繼續提問和回答。

沒等演講結束，武男就離開了。第二天早上，他給卞牧師的住處打了個電話——劉先生住在那裡，給他們留了個言：邀請他們兩人到金鍋來吃晚飯。但他們沒有回電話。武男對劉先生和卞牧師都很失望，所以在很長一段時間裡，他再也沒邁進那座教堂。

23

亞特蘭大地區居住著幾百藏人，其中有些人是研究生。到了週末，這些學生會聚在愛默里大學的一間教室裡做靜修，聽喇嘛講佛經。迪克也應邀參加了這種聚會，還經常鼓動武男和萍萍也來參加，但武男沒有去。週末餐館走不開。他們發現，只要對金鍋略一鬆心，就肯定出問題，客人就會抱怨。他們只能竭盡全力，保持飯菜和服務的質量，保持餐館的清潔和秩序，時刻注意讓每個環節都不出岔子。

劉先生在公立圖書館演講後沒幾天，迪克興奮地告訴武男，達賴喇嘛這個星期要來愛默里大學演講。武男和萍萍都想去聽演講，請迪克給他們弄票。迪克答應了幫忙。

第二天早上他給武男打來電話，說三千張票都已經沒有了。武男和萍萍倒也不太失望，因為他們兩人要想同時出門，還是很困難的。他們最近在電視上見過達賴喇嘛，很尊敬他。他有一種自然的風度，與他高貴的身分並不吻合。在一次電視轉播的會議上，一個記者問他，明年會發生什麼大事，他大笑著說：「你這問題太難回答了，泰德！我連今天晚飯吃什麼都不知道，我怎麼能預測明年的事情呢？」觀眾爆發出一陣大笑。

那天晚上迪克又給武男打電話，告訴他達賴喇嘛將在明天下午兩點在麗思卡爾頓大酒店接見一些中國學生。「我要是你我就去。」他跟武男說：「這個機會太難得了。」

接著，迪克跟他描述了達賴喇嘛在大學禮堂發表的兩小時演說。剛開始進行得挺好，達賴喇嘛談了寬恕、仁慈、愛和幸福。人們被他的幽默和坦率強烈地感染了。可是達賴喇嘛剛講完，一個粗壯的搞政治的人走上講台，開始譴責中國占領西藏，挑起朝鮮戰爭和越南戰爭，鎮壓少數民族和異議人士，譴責中共支持的紅色高棉進行大屠殺，支持古巴和北朝鮮專制政權。他過激到宣稱中國領導人應該感謝美國，因爲他們每天早上醒來，發現台灣仍是中國的一部分。他這番抨擊，便把一次精神生活的聚會突然變成了一場政治交鋒。有些中國學生在禮堂後邊衝著發言的人大喊：「不許侮辱中國！」「滾下台去！」「不許攻擊中國！」會場一片混亂，直到發言的人說完。

第二天，武男和萍萍驅車來到巴克海特的萊諾克斯廣場。這時間很好，因爲沒有他們，妮燕和樹波也可以應付下午的生意。武男和萍萍走進大酒店時，只見前廳擠滿了從大禮堂出來的人群。達賴喇嘛站在講台上，正和幾個官員握手；他剛剛向四百多社區領袖發表了演講，兩條哈達還掛在脖子上。湧出大門的人太多，使得武男夫婦無法走近些去看看他。他們看見一些中國學生在走廊裡朝一個會議室走去，就趕快跟上他們，只當自己也是研究生。一個戴著厚厚眼鏡的男子用英語說：「我倒要問問他多長時間手淫一次。」萍萍沒明白他的話，可武男聽了驚駭不已。接著一個臉色蒼白的女子也說：「沒錯，一定得好好質問他。」

武男夫婦跟著他們進了一間屋，裡面十幾排摺疊椅占了屋裡大半空間。七十來個中國學生和學者已經坐在那裡。前邊擺了張小桌子和兩張高背椅子。武男和萍萍坐下沒多會兒，達賴喇嘛就走了進來，旁邊跟著一個矮壯的男子，寬寬的臉被曬得黝黑。達賴喇嘛兩掌合在胸前微微鞠躬，聽眾全體起立。他和前邊的幾個人握了手。「坐下，請坐下。」他用標準的國語說道。

他和他的翻譯在椅子上坐了下來。他看去有幾分疲憊，沒有了他剛纔臉上的喜氣。「很高興和你們大家在這裡見面。」他用不太流利的英語說：「相互溝通對我們來說是很重要的。我總告訴藏人，與中國人民對話吧，嘗試和他們交朋友吧。現在我們來了。」

一個理著平頭的矮個子斜視男子站起來問：「自從一九五九年離開中國，你就試圖建立一個獨立的西藏，卻沒有成功。你覺得你的運動會把你引向何方？」

翻譯員把問題翻譯過去。達賴喇嘛鄭重地說：「這裡有些誤解。我從來沒有謀求一個獨立的西藏。你去看看我歷來的主張，就會看到，我從來沒有請求從中國獨立出去。」

「那麼你謀求什麼？」那人改用英語，加強了語氣。

「更多的自治，給我的人民更多的自由，讓我們能夠保護藏人的生活和文化。我們需要中國政府幫助我們達到這個目標。藏人有過上更好生活的權利。」

這個謙和卻有尊嚴的回答讓武男驚奇。來這裡以前，他也一直以爲，達賴的訴求就是西藏的完全獨立。一個女研究生站起來問：「作爲一個政治領袖，你可以代表在印度和其他地方的藏人，但是誰給你權利代表中國的藏人？」

達賴喇嘛臉上掠過一道陰影。他回答道：「我不是一個政治領袖，對政治完全沒有興趣。但是作爲一個藏人，我有義務在精神上和物質上幫助我的人民。我必須替那些不被聽到的人們說話。」

接著，一個高個子男子舉起了手。他用一種微弱、滑稽的聲音問道：「你對一九五九年以前的農奴制怎麼看？」

達賴喇嘛不帶任何情緒地回答：「我們有我們的問題和落後的一面。老實說，我自己就計畫廢除農奴制。和其他社會一樣，我們的社會從來就不是完美的。」

後邊有人站起來，嘎聲說：「幾個世紀以來，西藏就是中國的一部分，你的前輩曾是中國人民的精神領袖。你很智慧，沒有謀求一個獨立的西藏，獨立是中國永遠不會允許的，因爲中國必須保持領土完整。說實話，西藏永遠不可能成爲外來勢力的眞空狀態。如果它不是中國的一部分，其他國家就會占領它，對中國構成直接威脅……」武男覺得這聲音好熟，他回頭一看，驚訝地看見劉先生站在後邊正在發言。他以爲老人已經離開亞特蘭大了呢。

達賴喇嘛沒有直接回答劉先生，只是說：「我以前也聽到過同樣的論點，但它不是建立在公正的基礎上的。把不公正理性化並不困難。」

這裡有些中國人這般好鬥，這般缺乏對他人的同情，以致武男和萍萍都感到尷尬。武男看得出來，達賴喇嘛內心悲苦，幾次都被問得難以應付。他顯然是受著傷害的人，與他的公眾形像完全不一樣。武男來是爲了看他那張快樂的臉的，可是從談話一開始，他就連一次都沒笑過。

一個敦實的男學生尖銳地問道：「你能不能告訴我們，你逃往印度之前，過的是什麼樣的生活？」好多雙眼睛轉向他怒視著，有人發出噓聲試圖制止他，覺得他的問題太輕佻，可是那矮個子似乎對聽眾的憤慨視而不見。達賴喇嘛平靜地回答：「我過得和前輩的一樣，穿得好，吃得好，但我也得努力工作，處理事情，掙我吃的住的。有時候，當個達賴喇嘛是非常累的。」

有人笑起來；達賴也笑了。緊張的氣氛緩和了一些。

接著，一個看上去身體不佳、教授模樣的老人站起來說：「我一直同情你們藏人，儘管我是從中國來的。你可不可以告訴我們，在共產黨統治下，有多少藏文化丟失了？」大家聞言都看著他，顯然他是痛恨中國現行政府的。

達賴喇嘛嘆了口氣：「有些剛剛跑出來的藏人告訴我，好多人都不再吃青稞和奶茶，改吃饅頭和米粥了。現在連孩子互相罵人也用漢語，很多年輕人只會寫漢字，不會寫藏文了。」

從這時起，會見的氣氛變得活躍起來，達賴喇嘛和聽眾不時發出笑聲。他謙和的態度和詼諧的用詞很具有感染力。大多數聽眾都能感受到從他身上透出來的寬宏和仁慈。回答最後一個問題時，他說：「請原諒我又老又慢的英語，因爲達賴喇嘛也老了。」

聽眾再次爆發出大笑。他們都到前邊和他一起合影。武男和萍萍跨步上前，伸出手去；讓武男意外的是，和他們握完手後，達賴喇嘛把他的左掌放在武男肩上，一邊給一個在他面前打開書的女孩簽字。武男突然感到一股壓倒性力量，彷彿他在這隻有力的手底下將要坍塌。他顫抖起來。那手已經放開他了，但他還站在原地，中了魔一般。達賴對他周圍等著合影機會的人們一直點著頭，人群把武男夫婦擠到一邊去了。

劉先生朝武男走過來，說感謝他的邀請，不過他去不成金鍋了，因爲他當天晚上就要回去了。接著他說到達賴：「他很狡猾。」

「可他是一個了不起的人，對不對？」武男說。

「你總是那麼天眞，武男。你拿了個政治學的碩士，可你怎麼仍然不懂政治？」

「所以我放棄博士學位了。」

劉先生在武男肩膀上一拍，大笑著說：「你的確應該做詩人。」他們再次地、也是最後一次地握了手，道了再見。

「咱們走吧。」萍萍拉了拉武男的袖子。

他倆挽著手，向停車場走去。「我討厭那些人。」武男指的是會見中的聽眾。

「沒錯，他們心術不正。」

「我們還是躲他們遠點。」武男伸出拇指向後一指。

「他們靠折磨別人取樂。」

「他們似乎什麼都懂，就是不懂得謙卑和憐憫。」

見了達賴喇嘛深受感動，武男一連幾天都覺得快生病了，好像在發燒。最讓他感動的，是達賴喇嘛在和那些好鬥的中國人談話之間，從沒有表現出任何憤怒。他是親切的，又是堅強的，也許因爲他超越了那些有害的情緒，儘管武男相信，在內心深處，達賴喇嘛和常人一樣受苦受難，而且也許比大多數常人更爲痛苦。

24

見到達賴喇嘛之後的那個星期，武男到斯奈維爾的博德書店去買他的書。架上有好幾本，他選了最新的一本，《智慧的海洋：生活指南》。逛書店帶給他一種純粹的享受，不論什麼時候，一進書店，他一待就是一兩個小時。今天他仔細看了幾個書架，尤其是詩歌部分，看看最近又出了什麼新書。他看見山姆．費舍又出了本新詩集，《所有的三明治和其他詩》，便把這本也買下了。

回家的路上，他忍不住時時伸手去摸旁邊座位上他新買的書。一跨進金鍋，萍萍就遞給他一封信，說：「你爸爸來的。」她眼睛一轉，走開了。

信封上的大紅公雞圖案的郵票貼歪了。武男抽出兩頁紙，放在櫃檯上，開始讀起來。信是用的是毛筆寫的。

一九九三年八月二十二日

男：

沒你的消息，你母親非常擔心。今後你要常來信。讓濤濤也寫幾句話來。

最近我讀了幾篇關於中國異議人士在美國的文章。毫無疑問，那些人不走正道，你一定要避開他們。一個不愛自己國家和人民的人，不會是好人，靠出賣祖國的人，得意不了多久。有些異議人士簡直就是賣國賊和乞丐，無恥地依賴美國資本家和海外華人中的反動派所提供的金錢。不要跟他們糾纏到一起去。不要做任何可能有損我們國家形象的事情。時刻牢記你是個中國人。你就是被打成碎片，你每一片都還是中國人。你明白嗎？

這信我也是代表趙叔叔寫的。他最近畫完了一大批畫，想請你幫他在美國舉辦一個畫展。男，趙叔叔是我三十多年最好的朋友。他童年很苦，自學成才，所以大家都很欽佩他。你八年前去美國前夕，他送了你四幅作品，你一定不要忘了他的慷慨和好意。現在是你報答他的時候了。請你找一家願意資助他訪美的畫廊或大學。不用說，畫展的資助方應該付他的旅行費用。還有，看看有沒有可能讓他被邀請為駐校藝術家，好使他在美國待上一年。他已經六十歲，這可能是他唯一舉辦國際畫展的機會了。他跟我說，他到美國訪問，意味著對他的對手和敵人是個超越。所以你要盡你最大可能幫他的忙。

在遙遠的家鄉祝福你。

父字　不具

武男看完嘆了口氣，對萍萍說：「這是什麼？他以為我是博物館館長還是大學校長？我在電話上告訴他了，我沒法幫趙叔叔在這邊舉辦畫展。我算什麼呀？」

「你爸爸還當你是十幾歲孩子呢。你都三十七了。」

「真噁心。我不會回信。」

「不管怎麼樣，他的信還是要回的。」

「你給他寫。」

「我該說什麼？」

「告訴他我很後悔接受了趙叔叔的畫。告訴他我們每天像苦力一樣幹活，跟藝術一點不沾邊。告訴他，他和我媽應該知道咱們不過是美國底層的體力勞動者——我們對他們沒用。」

「他會氣死了。」

「讓他氣去。那老榆木疙瘩盡是餿主意，好像我一輩子都屬於他。他整天閒得沒事幹不知道怎麼打發時間，就想著利用我。咱們生意要是破產了，家也就沒了，什麼都沒了，我爹媽能幫咱們嗎？他們還會照樣每年來要錢。他們永遠也不會明白這邊生活是怎麼回事，就算知道我現在在餐館裡掙扎，他們也以爲我將來會當教授呢。他們就是自私。見他們的鬼去，讓他跟我脫離父子關係好了！我纔不在乎呢。」

「他們可不會那樣。」萍萍高高興興地說。

「當然，他們還以爲我們這裡掙了大錢呢，吃香的喝辣的，過得跟神仙似的。」

武男越說越激烈，萍萍只好不聽他了，拿了一堆毛巾到貯藏間去洗。

趙叔叔確實送了武男四幅畫，不過其中兩張由於裱糊得太差，已經損壞了。還有兩張，很多年前分別送給帕特森教授和海蒂了。武男不明白趙叔叔爲什麼用這麼差勁的材料裱這些畫，天氣略微潮濕一點，就變形了。那兩張壞掉的，還在萍萍臥室的壁櫃裡呢，絕對是拿不出手的，他也不知道該拿它們怎麼辦，不願意花幾百美元給它們裝上框。

收到父親那封信後，武男再也沒給父母寫過信。他覺得他們不可能理解或相信他的話。四年前濤濤沒來美國時，已經學會了寫字，可現在他的中文字幾乎都丟光了，所以他也沒給爺爺奶奶寫信。這些天來，雖然他滿心不願意，萍萍和武男還是讓他每天學些中文生字，可他忘掉的要比學會的多。他顯然從來沒有眞正「雙語」過，像大多數華人家長希望自己的孩子那樣。他可以說中文，但不會讀也不會寫。

每次武男父母來信，萍萍都是要回覆的。她甘願做這件事，因爲武男的精力全放到餐館上了。在某種程度上，她喜歡處理這類信件，因爲他們結婚後，武男的媽媽經常向萍萍誇耀：「猴子聰明，不僅能騎羊，還能管羊。」武男屬猴，萍萍則屬羊，所以按他母親的說法，他能管住她。現在，由她給公公婆婆寫信，可以表明武男和她之間的關係反過來了。這不會讓她婆婆這個控制狂高興，萍萍暗自幸災樂禍地想像著婆婆多麼生氣。

武男最近調整了金鍋的服務，平日的午餐，現在改成自助餐了，晚上纔有點菜。這一變化大大增加了生意。在附近上班的很多人都來這裡吃午飯，自助餐有兩種湯，四種開胃小吃，十樣菜，每餐只要四塊七毛五。武男和萍萍八點以前就來上班，十一點半以前把所有飯菜準備好。晚上關門以後，武男再多留一會兒，準備好第二天需要的肉類和蔬菜。這樣一來他就更忙了，但是餐館的贏利比以前多了百分之十，妮燕得的小費也多了。武男夫婦打算很快就把房子貸款還清。

第五部

1

一九九四年的春天，米歇爾夫婦準備動身去南京，把他們領養的女兒接回來。他們給她起的名字叫海麗，不過把孩子原來的名字「帆」保留下來做中名。孩子姓的「張」其實是孤兒院給她定的。戴夫請了十天假，珍妮特離開的這段時間，她的珠寶店還照常開門。她跟櫃檯小姐蘇西說好，如果發生了任何她應付不了的情況，就找武男夫婦。

米歇爾夫婦最初打算在香港中轉，停留一兩天，因為戴夫以前去過那城市，非常喜歡。不過他們最後還是決定，和另外兩對住在亞特蘭大、也去領養中國孩子的夫婦一起，直飛中國大陸。珍妮特管這夥人叫「我們小組」，他們幾家的確經常碰頭，互通信息，分擔焦慮、失望和喜悅。因為他們都需要到北京的美國大使館，給自己的孩子申請簽證，所以米歇爾夫婦打算把北京而不是香港作為他們在中國的基地了。珍妮特買了本學中文的書，她和戴夫學著用中國話說幾個詞和一些簡單句子。她常問萍萍怎麼用中文打趣，怎麼點菜。雖然她記性很好，可是漢語的四聲她區分不好，有些詞她念起來好像鼻子不通氣。

這些天，米歇爾夫婦用一條約七十公分寬、幼兒可以搆得到的高度的牆紙，把他們家二樓安排給海麗的房間打扮了一番。牆紙上畫著嬉鬧的動物——跳舞的公牛、拉小提琴的熊、搖搖擺擺的企鵝、跳躍的大象、吹薩克斯風的狗。房間裡的天花板上貼上好多磷光小星星，黑暗中星光閃爍，但白天就幾乎看不見。一個新搖籃放在窗子旁，窗子俯瞰著白柵欄圍起來的後院。地板上放了幾摞嬰兒的衣服，有些是米歇爾夫婦要帶到南京捐給孤兒院的。他們還帶了給女兒用的代乳品和尿布。萍萍看了他們要帶去的東西，那麼多，兩人怎麼拿得了：兩件長袍、一筒棒球、一摞印著球隊標誌的棒球帽、麥片餅乾、蘇打餅乾、水果糖、肥皀、曬衣繩和衣夾、錢夾、電池、止痛藥、防曬油和驅蚊劑、一個短波收音機，更別說一個行李小推車和十幾盒寶麗萊膠捲了。他們要拍很多照片，來紀念海麗的出生之地。萍萍告訴他們，給自己想感謝的人們拍些照片，當場把照片交給他們，這個小禮物，會讓大多數中國人喜歡。

武男夫婦私下議論著米歐爾夫婦爲孩子做的準備。他們注意到，戴夫平時非常節省，近乎到吝嗇的程度，在金鍋吃完飯總是要打包，哪怕只剩下一口。他們剛認識那會兒，武男給他一聽啤酒或軟飲料，戴夫總是欣然接受，卻沒有付錢的意思。武男和萍萍不介意一罐飲料，還覺得看著戴夫這麼容易滿足怪有趣的。可現在，他和珍妮特爲這次旅行一定花了幾千美元，而且還要給收留了海麗的孤兒院捐款五千美元。

離米歐爾夫婦計畫的啟程日期只有四天了，中國方面忽然通知他們把旅行推遲兩個月。爲什麼突然來了這麼一個延期？米歐爾夫婦到處打電話，也沒得到一個明確的回答。中介人告訴他們，中國方面想調查清楚那女孩是不是眞是個孤兒。這消息使米歐爾夫婦陷入混亂。更讓他們煩惱的，是另外那兩對夫婦將按原計畫出發去中國。珍妮特和戴夫來到金鍋，跟武男夫婦談了情況，武男他倆也想不出會是什麼原因。珍妮特不停地說：「我們已經和海麗不能分開了。現在我們覺得就像有人把孩子從我們這裡拐走了一樣。我們實在是受不了。」

「太可怕了！」戴夫搖著頭，用紙巾擤著大鼻子，眼裡淚光閃閃。

萍萍說：「中國那些官僚纔不管你的感受，所以你要自己想辦法高興。也許你們可以利用這個時間學習中文，學習怎麼當父母。」

「這倒是個有意思的想法。」珍妮特說：「也許我晚上可以去參加一個父母培訓班。可是我們又害怕，要是海麗不是孤兒，我們可能就得不到她了。」

「別想太多，」萍萍說：「那只是官僚的藉口。如果她不是孤兒，她怎麼會待在孤兒院？那些當官的纔不管那女孩子是誰，他們只是想給你找麻煩。別讓他們得逞。記住，在中國，當官的工作就是讓老百姓受罪。」

「我們的中介人也覺得這不是我們女兒的身分問題，也說這事就是因爲官僚。」

「一旦你們當了父母，會有很多頭疼事的，」武男插進來，「所以不要這麼容易就煩惱。」

「好吧，」戴夫說：「我想這纔剛剛開始。」

大家都笑了。戴夫拿起面前的茶壺，給自己續滿一杯。一個黑人婦女抱著個孩子走進來，點了兩份炒麵，小姑娘手裡抓著一小塊胡蘿蔔。武男給了她一個棒棒糖，就回廚房了。

幾天後，珍妮特報名參加了一個父母培訓班，一個星期兩個晚上，到亞特蘭大去上課。什麼時候一有海麗的消息，她就來告訴萍萍。

2

「把腳後跟轉過來。」萍萍對武男說，戴著膠皮手套的手裡拿著把大剪刀。她正給他修腳。兩人坐在矮凳上，中間放著一個不鏽鋼盆。他的左腳泡在溫水裡，右腳擱在她蓋著卡其布圍裙的腿上。這是早上，兒子剛剛上學去了。一隻布穀鳥在湖對岸的樹林深處鳴叫，使空氣有節奏地抖動。在牠鳴叫的間隙中，鳥啼洶湧，此起彼伏。一群野鴨在後院嘎嘎叫著，四處蹣跚，有幾隻奮力地拍打著翅膀，直拍得發出輕微的哨聲。兩隻母鴨正在湖邊的猴子蘭草裡孵蛋，所以武男一家都不往那邊去，怕打擾了牠們。陽台旁邊的山茱萸樹上，兩隻松鼠在互相追逐，把開滿花朵的樹枝上的露珠抖落下來。

「你的腳癬比上次好些了。」萍萍說：「小心點。春天裡很容易惡化。」

武男點點頭，仍然沉浸在一本奧登詩選裡，書的封面和書脊上都有奧登的照片。武男喜歡奧登，還在中國時就熟記了他的一些詩句。昨天早上，他在去上班的路上，在舊貨店裡偶然發現了這本詩集，便用兩毛五買了回來。令他高興的是，他在書裡看到了〈一九三九年九月一日〉，這是奧登自己在很多詩集裡都沒選的一首，而且書這麼便宜。在格威納特郡，公立圖書館經常淘汰兩年內都無人借閱的書，把它們非常便宜地賣掉，現在武男有了自己的房子，於是他又開始收集圖書了。他會在舊貨店裡賣書的地方仔細搜尋，有空就去參加圖書館的舊書拍賣。有時候，萍萍會抱怨，這個家很快就會被書塞得滿登登的。

自從他倆結婚，萍萍就給武男修腳，一年五六次的樣子，因爲他自己修剪不徹底。起初，他的腳把她嚇壞了，只見腳後跟和腳趾之間的皮已經全被眞菌侵蝕，她想給他治好，免得她和孩子被傳染上。她先把他的腳在溫水裡泡，然後用剪刀剪去硬皮，用砂輪擦去死皮，再塗上殺菌藥膏。逐漸地這就成了習慣，武男很喜歡讓她給治腳。雖然他的腳癬從來沒有根除，她卻把它控制住了。即使如此，武男還是襪子從不離腳，即使在睡覺時也不脫。他喜歡泡熱水澡，萍萍卻勸他不要泡，怕腳上的病菌傳到全身別的地方。但是泡澡很解乏，他忍不住幾天就泡一次。到現在爲止，身上別的地方並沒有被傳染上病菌。自從搬到喬治亞，他們看到這裡的很多人都有皮膚病，也許是由於潮濕的氣候。有時候在超市裡，他們會看到收銀員的手上和前臂結了痂、長著癬。

「哎喲！」武男叫起來。

「我弄疼你了？」萍萍停下剪刀。

「別剪得太狠。」

「好，不過我這個春天不會再給你修腳了。夏天之前，咱們都會病懨懨的。」

的確，花粉已經來了，開始折磨他們，從現在起，他們就得保存體力，關上所有門窗。這些天來，他們每人隨身帶一瓶噴鼻劑，防止過敏大發作。這個痛苦的季節讓他們虛弱，甚至讓他們安靜——他們互相之間變得更平和，好像提高聲音的勁頭都沒了。

另外，萍萍已不再擔心武男對他第一個情人的癡迷。她現在很少看到曾經籠罩在他臉上的愁雲。她是對的：武男確實成熟多了。過去兩年來，他沒有經常想念蓓娜了，儘管她還是會偶爾出現在他夢裡。他胸口還是會有些悶疼，不過再不像以前那麼劇烈了。每日裡他忙得顧不上幻想，晚上到家後，他洗完澡再讀幾頁詩，不到一個小時就睡了。他感到現在他身體強壯了，可他精神上卻是空的。他簡直沒有力氣動腦子，東西寫得少多了，在某種程度上，他喜歡目前的狀態。他腦子裡會響起陶淵明的詩句：「人生歸有道，衣食固其端。」武男是平靜的，決心腳踏實地，當一個顧家的男人。

3

高樹波去年秋天已經從喬治亞大學拿到了博士學位，他想找一份教社會學的教職，可到目前為止，還一點眉目都沒有。他常和武男談及找工作之艱難，自嘲說已經準備好「翻一新頁」——重新開始，意思是要放棄他的社會學專業。他冬天在舊金山的一次會議上接受了六次招聘初試，可那些面試他的人都感到他的英語口音太重，這樣儘管他的簡歷很出色，甚至用中文出版過著作，還是沒有一個學校邀請他去學校複試。後來，樹波又發出去一百多封求職信。每個星期都會收到一批拒絕信，他本人還不太在乎，可妮燕覺得再也受不了了，白天裡她都不去開信箱，生怕敗壞了胃口。

雖然英語不好，樹波卻對詞藻極為偏愛，喜歡用各種成語，有些是他從中國成語翻譯成英語的，像什麼「一山不容二虎」、「大海撈針」、「火上澆油」、「一箭雙鵰」等等。他有一個小筆記本，裡面收集了上千個英語習慣表達法。武男便逗他，管他叫社會語言學家。他還告訴樹波：「你要是真的想精通英語成語，先弄本好詞典，朗文或柯林斯版的，學點眞東西。」他跟樹波解釋說，中國人尊敬一個知道很多成語和諺語的人，而一個英語說得好的人則不一樣，是不會一再使用成語的，可是樹波還是繼續往小本子上記那些陳詞濫調，時不時地甩出幾句。

儘管已經是博士了，樹波還是尊敬武男，經常和他說笑，說武男可惜了，不應該把他的才能浪費在經營一家小餐館上。有一次他給武男看手相，然後板著臉說：「你生來是要當官的，掌握大眾的生殺之權。你知道，很久以前你就該升到顯赫位置了。可現在你是落草鳳凰不如雞啦。」

武男回答：「你幹嘛不回四川去？有你在喬治亞大學的博士學位，你肯定能在黨校或武警學院當個教授。」

「我寧可給自己當老闆。」樹波的臉色沉下來。

其實，樹波經常說他再也不回中國了，因爲他申請護照到美國來讀研究生時，所有的幹部對他都像對待罪犯，挨了一年纔給他開了證明，可這邊學校已經撤銷了給他的資助。他告訴武男，他去的那些衙門，沒有一個人對他說過一句好話，只有美國駐北京大使館裡那個有印第安血統的年輕女子，以一手拒簽了大多數簽證申請而聞名的，對他笑逐顏開，把簽證遞給他的時候說：「恭喜你！」

樹波可以自嘲目前的處境，可他妻子卻失去了內心的平靜。現在他找到教職是沒多少戲了，那他該做什麼？妮燕常常對萍萍和武男說他。最近，他堂妹高雅芳已經答應了，如果他去紐約，她會幫他在丁家餃子館找份工作；可他必須在那裡至少幹一年，因爲那裡的老闆霍華德不僱臨時工。妮燕跟武男夫婦說，雅芳自己幾個月前也離開丁家餃子館，去紐約大學商學院念書了。

樹波跟武男談起在紐約的餐館工作，拿不定主意自己應不應該去，也不太想和妻子分開。武男不知道樹波是否仍然打算留在學術界，但樹波肯定地說：如果能找到全職工作，他會毫不猶豫地離開自己的專業。樹波一點也不喜歡教書，他曾教過一門社會學概論課，有三十多個學生，不少學生不按時交作業，還抱怨他的口音，有幾個人甚至假裝聽不懂他的英語。教課的頭幾個星期，他老覺得噁心，在家經常跪在洗手間的地上對著馬桶嘔吐，他太太只能拍他的後背幫他減輕肚子的疼痛。後來，他嘗試在班上時不時開開玩笑。有一次他甚至把美國人比作胖火雞，把中國人比作瘦仙鶴，可是，除了他自己以外，笑的只有一個胖黑女學生。整個課程對他來說完全是折磨，可是他必須取得教學經驗，將來纔可能找到教職。在期末評估時，有個學生寫道：「平庸陳腐，令人憐憫！」現在樹波對那個班還心有餘悸，他會毫不猶豫地離開大學的。聽到他眞的不在乎放棄專業，武男建議他去上個調酒學校。一旦學會調酒，他在中國餐館就總能找到工作。妮燕和樹波都覺得這是個好主意，所以樹波付了三千美元的學費，在亞特蘭大市中心一家調酒學校報了名。

妮燕和樹波不像武男夫婦，他倆還像對新婚夫妻，時時刻刻不願分離。他們喜歡喬治亞的低消費，還有和他們老家的氣候很相似的溫暖氣候，不想搬到別的地方去。可自從他們到了這裡，就一直忙於爲生存而苦鬥，到現在還不敢要孩子。他們有的朋友，把孩子生下來就送回中國，託付給爺爺奶奶。但妮燕和樹波的父母身體都不好，不能帶孩子，要是妮燕生了孩子，他們也不能到美國來幫他們。結果，她仍然戴著避孕環。

「瞧瞧，我都三十了。」一天下午她對萍萍說：「你想我還能等多少年？」

「我知道你的心情。在中國那會兒，我從來沒擔心過生一個孩子怎麼養。」

「也許樹波和我到最後就得像米歇爾夫婦那樣領養個孩子了。」妮燕苦著臉自嘲道。

「你現在就想那個還太早了。」

由於現在不可能有自己的孩子，樹波和妮燕都非常喜歡濤濤。他們告訴萍萍和武男，好羨慕他們有個好兒子。濤濤的成績單一到，他們就都來看，對他誇獎有加。樹波說了很多次，武男是個有福之人，什麼都有了——忠誠的妻子、聰明的兒子、湖邊的房子、自己的生意。他的話讓武男陷入深思：應該滿足啊，爲什麼自己還是感到不滿足呢？

4

春末時節，濤濤在朋友扎克——一個八年級的學生——的幫助下，組裝了一台大電腦。他跟爸爸媽媽說，這台電腦功能很強，就像個小電台。有了這台電腦，他的很多時間就花在上網、和朋友聊天上了——他們主要是發發牢騷，罵罵老師；他還和一些歐洲亞洲的孩子們一起玩遊戲。他們夫婦倆總是忙於餐館的生意，沒法老管著他。他一上網，就進入了父母未知的電腦空間，不論他說什麼，父母都只能接受了。

萍萍和武男都試圖約束一下他在網上的行為，一次又一次地警告他，不要浪費太多時間。孩子答應，父母不在家時，他一定自覺，不在網路上逗留太久。每天晚上，萍萍至少會打兩次電話回家檢查，可是十有八九電話是忙音——顯然濤濤占著線在上網。一碰上這種情況，武男和萍萍都會非常惱火，夜裡回到家後便會訓斥兒子。

濤濤和武男從來沒有眞正親密過，也許因爲武男沒在他身上花過太多時間，孩子纔兩歲的時候他就到美國來了。近幾年來，武男總是幹活幹活，時間都給了他的餐館和他的書。結果，父親和兒子交談很少。要是武男對他說話嚴厲了，濤濤就只當沒聽見，要不就是小聲嘀咕「閉嘴」，武男聽了總是火冒三丈，罵兒子是沒有良心的東西。不過孩子總是聽母親的話，媽媽知道怎麼讓他守規矩。有時候，她叫他「小驢兒」，意思是說：只要耐心哄他，他會聽話的。

五月末的一天晚上，武男給家裡打電話，一聽又是忙音，便勃然大怒，跟妻子說，他要回家，當場抓住濤濤。她也發火了，不停地低聲罵著兒子。武男出了餐館，沿著昏暗的街道往家走。空氣十分潮濕，他疾步走得有點氣喘，只聽得樹上傳來蟲鳴，不知道牠們聒噪是在求偶還是熱得厲害。他路過洛芝太太家時，老婦人在門廊上靠在藤搖椅裡衝他揮了揮手。「今天關門早啊？」她歡快地問道，搖著萍萍給她從一家韓國店買來的芭蕉扇。

「不是，」武男喊道，「我回家拿點東西。」

「跟萍萍說，我要給她些天竺葵。」

「好的，謝謝。」

他繼續往家走，納悶蚊子怎麼一點不咬洛芝太太。這老婦人九十多歲了，還那麼健旺和硬朗，還自己收拾院子和花園。從艾倫家後院的巨大橡樹上方看到了北極星，略有點被霧氣遮蔽，發著橘色的光芒，遠處路上的車流呼呼作響。螢火蟲這邊閃起來，那邊落下去，畫出一道道短短弧光。武男走進自家前院時，一棵小楓樹突然沙沙作響，彷彿被他的走近嚇了一跳。接著是房子一側的空調機啟動了，在那裡嗡嗡作響。濤濤的房間燈黑著，可是武男從半開的百葉窗簾縫隙間看見他電腦的亮光。他悄聲打開門，躡手躡腳地進了屋。

走廊裡一塊地板嘎吱一響，濤濤從他的轉椅上突然轉過身來。他像是要說什麼，但一個字也沒吐出來。武男把燈打開，燈光刺了兒子的眼，孩子不由自主張開嘴。武男騰地一陣怒火上升，撲向濤濤，抓住他的肩膀，把他摔在床上。「你爲什麼又玩電腦？」他責問道，「混蛋！你答應過媽媽和我，我們不在家的時候做功課和看書，爲什麼說話不算話？」

「我剛打開……我已經做完功課了。」

「撒謊！電話占線兩個小時了。我非把這東西砸了不可。」武男從牆角的架子上抓起一塊大磁鐵，就要朝顯示屏上扔。

「別，爸，別砸！我再不了！」濤濤兩手抱住武男的胳臂，含著眼淚懇求他，可他父親拿著磁鐵不放手。

武男把磁鐵舉過頭，掙扎著要扔過去。父子倆扭做一團之際，武男看見電腦屏幕上有字。他把磁鐵扔到椅子上，湊近去看那幾行字，只見上面寫著：

濤濤，你好，

真想你。你是我最好的男朋友。我經常告訴我在這邊的朋友們，你是多了不起的一個人。他們都不相信我們是情人，說我吹牛。給我寫點甜蜜的，甜甜蜜蜜的話吧，我好給他們看看。

吻你一千次。

莉維婭

武男再一次怒火攻心，他一把抓住兒子的前胸，左右開弓抽起他的耳光來。「你這小畜生！怪不得你老開著電腦，原來你一直在和莉維婭勾搭。」

武男打著打著，濤濤不再抵抗了。他哭訴著：「我沒寫信。哎喲，別打我啦！你打疼我啦，爸！」可是父親無情的巴掌繼續落在他臉上和頭上。他的臉一下子腫了起來，布滿手印。武男氣消了一些時，看見兒子的臉，驚得呆住了。他放開濤濤，孩子仍然上氣不接下氣。有好一會兒，武男一動不動地站在那裡，彷彿失去了知覺。突然，他想起來，很久以前他答應過萍萍，他這一生裡，決不採取暴力。自己竟然對沒有反抗能力的孩子施暴，這讓他多麼震驚。他轉過頭去，慚愧得無法面對兒子。

接著，他衝進廚房，抓起無線電話，又轉身回來。「好，別哭了。」他喘著氣說，把電話交給濤濤，「給警察撥電話，告訴他們我打了你。」

「不，我不撥。」孩子把兩手背在身後，嘴扭歪了。

「撥！」武男把電話硬塞給他，「讓他們來逮捕我。告訴他們我是個暴力的傢伙，應該被終身監禁。」

「不，我不撥。」

「媽的，我叫你撥！幫幫我的忙——我過夠了這種破日子。讓他們來把我帶走吧。省得我再這麼擔驚受怕，這麼絕望了。讓警察把我關進監獄吧，那你就可以日日夜夜地玩你的電腦，想要多少女孩就要多少。拿著，撥號。」他指著貼在電話機上的緊急呼叫號碼。

「我不撥。」

「爲什麼？我剛揍了你。爲什麼你不讓我被抓走？我是一個虐待孩子的父親，應該蹲監獄。撥吧！」

「不，我不撥。」

武男開始瘋狂地撥打警察的號碼。濤濤撲上前來，從父親手裡抓過電話。武男一條胳臂挾住孩子，另一隻手去奪濤濤手裡的電話。父子倆扭成一團，又一起摔在床上，可孩子仍然用兩手抓著電話。武男用盡力氣，也搶不過來。

「放手！」武男怒吼。

「不！」

漸漸地，武男放鬆了一些，接著停了手，坐起來。他凝視著兒子，濤濤也起了身，從爸爸旁邊挪開。孩子還在抽泣和氣喘，兩手塞到背後，好讓父親看不見電話。他站在牆角，緊緊靠在牆上。看著濤濤的眼淚和驚恐的臉，武男呆住了，一時困惑不解。突然，他意識到，兒子這是不顧一切要把爸爸留在家裡。看看他的臉吧，嚇成什麼樣子了。你就是砸碎他的手，他也不會交出電話的。武男痛悔不已，站起來，一言不發地走出房門。他朝金鍋走去，不停地用手背擦著眼睛，哭了一路。

5

武男告訴萍萍他在家裡看到了什麼，又做了什麼，她第一個反應就是一拳打在他肩膀上。然後她警告他：「再也不許打濤濤，否則我要你吃不了兜著走！」

武男向她保證，再也不會打孩子了。

儘管萍萍一年中有一兩次打兒子一巴掌，她不允許任何人動他一指頭。可在她內心深處，明白濤濤該讓爸爸揍一頓，所以她忍不住嘰嘰咕咕怪孩子，甚至說她也要揍他。妮燕聽見了，抗議說：「別把他管得那麼死。他應該有點娛樂。」

「娛樂？」萍萍反駁道，「我們在這裡累得半死，他在家裡跟女孩調情。」

「他快十一歲了，應該對女孩感興趣了。」

「我可不想讓他大學畢業前就交什麼女朋友，那是浪費時間。」

「老天，你可眞是個老古板。咱們不是在中國了，這裡的孩子發育早。不管用什麼標準，濤濤都是個好孩子，你有他這樣的兒子，應該覺得福氣。我有個朋友，她那兒子十幾歲，經常上色情網站，甚至還給女人打電話呢。到月底他爸爸收到一張九百多美元的電話帳單。」

「我的天哪，這是什麼時候的事？」

「兩年前，孩子剛滿十三歲的時候。」

「那孩子父母怎麼處置他了？」

「他爸爸拿皮帶抽他，可那孩子還是去色情網站，對網上色情上癮了。他還說要告父母虐待孩子呢。」

「就沒一點辦法讓那孩子學好嗎？」

「前年夏天他父母把他送回北京，可去年他們又把他接回來了，因爲他跟不上那邊的中學。他中文有限，課聽不懂。你要有個那樣的兒子，你會怎麼想？」

萍萍沒再說話，其實她還是生氣濤濤跟莉維婭調情。她一生中最大的悔恨就是在認識武男以前有個男朋友，浪費了她五年的生命。那時候她週末就去男朋友家，給他們洗衣服做飯。因爲伺候他們，她不能集中精力忙自己的功課，雖然她成績很好。要是沒有那個男朋友，她可能就去讀研究生，會更有出息。那些跟那個後來拋棄了她的男人一起度過的日子，是她一生中最悲慘、最空虛的一段。不管花什麼代價，她都不能讓兒子重蹈自己的覆轍。

那天晚上回到家，她對濤濤說：「你不許再給莉維婭寫信了。」

武男補充說：「她一定有一打男朋友，你不過是其中之一，跟玩具一樣。」

「你怎麼知道？」濤濤問。

他媽媽插進來：「我看管了她好幾年，我知道她什麼樣。她不是個正經女孩，離了男孩子不行，她要你玩呢。」

「她是我朋友。」

「你永遠別找一個她那樣的女朋友。」

「爲什麼？」

「爲什麼？咱們家和他們家不是一路人，咱們窮。咱們家沒有八個壁爐吧？有嗎？」

「沒有。可這也不等於她就壞。」

「別頂嘴。我伺候梅斯菲爾德一家時間夠長的了。你想讓我當兒媳婦的奴隸嗎？」

「你說什麼呀，媽？」

武男也覺得萍萍把這事扯得太遠，不過他沒再說一個字。他也不想讓濤濤和莉維婭做親密朋友。再看見梅斯菲爾德一家，會讓他覺得不自在，而且他也怕他們會對濤濤不好。

「你想一輩子當個僕人嗎？」萍萍問兒子。

「不想。」

「那就別理莉維婭。你是個窮孩子，像她那樣的闊女孩，只會把你當個玩物。記不記得費爾？」費爾是海蒂的姐夫，一個沒有錢的西班牙人，梅斯菲爾德一家，甚至當著海蒂姐姐羅莎琳的面，都毫不掩飾對他的白眼。

「記得，他是個好人。」濤濤說。

「梅斯菲爾德一家尊重他嗎？」媽媽問他。

「好像不尊重。」

「你想和他一樣嗎？」

「見鬼呀，媽！我不會和莉維婭結婚的，聽見沒？你瘋了，胡思亂想什麼呀。」

「那你為什麼和她拉拉扯扯的？」

「我們只是找些樂趣。」

「你給我把這美國人的狗屁『樂趣』忘掉！我可不想讓你學會怎麼玩弄女孩子。你要做一個嚴肅的、有責任心的男人。」

濤濤臉色轉陰，但一副並不信服的樣子。媽媽繼續說：「這麼早就有女朋友，只能是浪費時間。我要你集中精力把學校功課弄好。至於女朋友，你可以等到大學畢業以後。」

孩子沒有回答，轉過臉去，用懇求的目光看著他爸爸。武男是同情兒子的，但也覺得孩子不應該跟那女孩走得太近，不然他會受到傷害的。另一方面，在他長大成人、開始任何正式關係之前先認識一些女孩子，對濤濤是有好處的。要是武男能夠重新開始人生，他就要和許多女孩先鬆散地約會交往，而不是一來就把心全撲在一個女人身上。「好啦，」他對妻子和兒子說：「該睡覺了。」

「我要他答應咱們跟莉維婭斷了。」萍萍不依不饒。

「我把她當個一般朋友，好了吧？」

萍萍沒再說話，知道濤濤很倔，不會馬上就什麼都答應。她回了自己房間，拿起毛巾去洗澡，嘴裡還在嘮叨著，說兒子變得多麼意志薄弱了。

第二天，地理課老師斯皮勒太太在班上問濤濤：「你臉上怎麼啦？有人打你了？」

「沒有，我昨天夜裡上廁所，自己撞到牆上了。」雖然有些慌亂，孩子還是勉強露出笑容。

「你樣子好可怕。」

「疼得像見了鬼，不過現在好了。」

「哎，注意用詞。」

「抱歉。」他低下頭去，又去忙他的地圖了。老師給全班留了作業，每個學生要創造一個自己的國家，按照自己想像的邊境，畫一張含有不同時區、有幾個城市、有森林、平原、高速公路、港灣和航線的地圖。濤濤很喜歡這個作業。

6

米歇爾夫婦六月初動身去了南京。先延遲了兩個月，後來又推後了一個月，結果，他們只好給海麗重新買了一些衣服，那孩子現在又長大些了。儘管如此，中國方面最終的批准還是讓米歇爾夫婦歡天喜地。終於可以把女兒接回家了，他們興奮得逢人便講。在他倆去中國期間，萍萍會經常去珠寶店看看，和高個子蘇西聊一聊，蘇西把店裡一切都照料得很好，就像照料的是她自己的店一樣。從去年春天起，蘇西開始全職為珍妮特工作。她告訴萍萍，她老闆是個吝嗇鬼，不給她帶薪假期。萍萍站在自己朋友一邊，說：「可你有醫療保險，對不對？」

「沒錯，可是這保險並不好，每次我去看醫生，都要自己掏二十美元。」蘇西一噘嘴，舔了舔上嘴唇。「我們有個孩子，可我們沒有任何像樣的保險。你很幸運了。珍妮特給你買保險要花不少錢呢。」

蘇西一臉不快，不停地擺弄著染了指甲的手指。她搽了太多的胭脂，就像被太陽曬狠了似的。「我知道你們倆要好，」她小聲說著，「別告訴珍妮特我說她不好。」

「當然，我不會告訴她。」

蘇西經常到金鍋來買午飯，主要是因為方便。她沒有車，她男朋友是個木匠，兩條胳臂的二頭肌上各刺了條蜈蚣，他開車送她上班，晚上關門時候接她下班。

今天，下午兩點以後餐館裡幾乎沒有客人，所以大家都可以喘口氣了。萍萍和武男在一張桌前坐下來喝口茶，削蘋果吃。武男看看《時代》週刊，這份雜誌是他為餐館訂的。他們通常不吃午飯；誰餓了就在廚房吃口東西。不過他們晚上關門前會一起吃一頓正餐。武男給家人的晚餐常常是做些清淡、家常的東西，比如魚頭湯、炒芹菜、榨菜青豆豆腐。

武男正舉起咖啡杯，心不在焉地送到嘴邊，電話響了。萍萍拿了起來。「你從哪裡打來，珍妮特？」只聽她激動地問道。

「還能是哪兒？我在南京！」珍妮特說。

「你接到海麗沒有？」

「還沒有。我們還得等一天。」

「那裡很熱，是不是？」

「是，熱得我都想念亞特蘭大了。我從來沒經歷過這種天氣。白天外邊火辣辣的，可是當地人似乎都不在乎。」

「所以都管南京叫『火爐』呢。」

「昨天我們去看了那另一個孩子。」

「哪個孩子？」

「就是和海麗的照片一起來的，記得嗎？」

「記得，她什麼樣？」

「她也很可愛，比海麗高一點。我的心被她勾去了。好消息是，一個費城的單身婦女就要領養她了。這讓戴夫和我心裡好受了點。」

「這樣就不要負疚了，對嗎？你還去了別的地方嗎？我是說，到處看看，買買東西？」

「我們去長江了，還去了一個公園。南京是個迷人的城市，有好多好吃的東西。」

「你去長江大橋上走走沒有？」

「走啦，挺嚇人的。」

「怎麼會？」

「一有火車從底下過，橋就跟著抖起來。戴夫和我都怕橋塌了。你知道他不會游泳。」

萍萍大笑。「你眞逗，珍妮特。到目前爲止一切都順利吧？」

「順利。我打電話看看家裡怎麼樣。」

「一切都好。你的房子和院子都安全、乾淨，我昨天早上去過了。你家草割了，看上去一切都很漂亮。不必擔心。蘇西把你的店也照料得很好，她對一切都很小心。」

「多謝了，萍萍。我們見到女兒以後，要去北京辦些手續。然後我們去看長城，看完再飛回來。」

「幹嘛呀？帶著嬰兒去長城，不太困難了嗎？」

「我們想，一旦有了海麗，很長時間內就沒法旅行了。還有，我們想拍些照片，將來好給她看。」

「明白了。那注意旅途安全。別牽掛家裡的事。」

掛上電話以後，萍萍對武男說：「他們要帶孩子去長城。是不是有點瘋了？」

「海麗眞是個有福氣的孩子。」武男一本正經地說：「要是哪個美國人在我小時候把我領養來，我可能已經是個電影明星了，至少是個公司執行總裁。」

這話讓大家都笑了。

那天下午，武男在新創刊的《海外日報》上看到一篇報導，說劉滿屛已返回北京治療癌症。老人有天正用銀色膠帶補他破車上的消音器，突然昏倒了，被送到當地一家窮人醫院。診斷出是肝癌，醫生說，如果治療不見效，他的日子就不多了。有傳言說，老人給政治局一個委員寫了信，請求准許他返回中國。「請讓我死在我們的祖國吧。」他寫道。出於憐憫或政治考慮，他們允許他回國，甚至在北京一家醫院給他安排了病床，還可以恢復他逃出中國以前的工資，條件是他要對敏感問題保持沉默，還有，如果他要會見任何外國人，必須事先向公安報告。劉先生接受了條件，和妻子一道，悄悄地回國了。

他的事讓武男心中五味雜陳，一連幾天他都在思忖劉先生的回國意味著什麼。爲什麼老人這麼輕易就向當局屈服了？沒錯，他很想家，而且在北京他可以得到比較好的治療，可以活得長久一些。可是他的回國，不是會破壞他的原則，有損他的氣節嗎？武男無法肯定地回答。即使他在做著飯，心裡也忍不住想著劉先生。

漸漸地，他領悟到自己和老人之間的根本區別。劉先生是個流亡人士，他的生活是由過去決定的，只有跟將他放逐的權力中樞保持著關聯，他纔可能存在。這就是劉先生的悲劇——他不可能把自己與那個能夠時刻控制他、折磨他的國家機器分開。沒有在故國已經構成的框架，他的生活就會失去意義和支撐。這一定是那麼多懷舊的流亡人士會頌揚苦難和愛國主義的原因所在。他們人在這裡，可是因爲受了輝煌過去的束縛，他們不能適應在新大陸的生活。相反，武男是個移民，沒有顯赫的、也是沉重的過去。對當局來說，他什麼也不是，根本不存在，他連個可以去懇求的官員也沒有。他不過是個移民、甚至是個難民，誰會聽他說什麼？他這類的人——「草民」——像蟲子、小草那般或枯或榮，對國內的那些人來說都絲毫不用掛在心上。對於在中國的人來說，自己這樣的人已經等於沒有了。怪不得有位高官最近對一群海外華人宣稱：「你們一定得夠資格纔能成爲眞正的愛國者。」言外之意是，中國只需要那些能夠爲其經濟和技術發展做出物質貢獻的人們。武男對這些問題越想下去，就越感到煩惱。另一方面，他願意接受移民生活給他提供的環境，使他成爲一個自立自足的人。他感激美國的大地接納了他全家，給了他們白手起家、另起爐灶的機會。

7

第二天，電台發布了暴風雨警報，很多人都趕到超市去買保鮮的食品，瓶裝水，還有其他東西。下午四點以後，金鍋就沒客人了，武男夫婦也就早早關了店，回家去為晚間暴風雨的來臨做準備。他們擔心房子東邊不遠的那棵大橡樹。要是它被颳倒了，就可能把汽車棚和客廳的房頂砸破。這棵樹是武男家和傑拉爾德家共有的，兩家房產的界線正好從它的樹幹中間穿過。武男和萍萍跟傑拉爾德談過好幾次要把大樹砍掉，因為樹倒了也有可能砸到他家房頂上，可是他不肯分擔六百美元的費用，說沒有錢。不過，艾倫告訴過武男，橡樹根扎得很深，不是那麼容易被颳倒。松樹纔更可能出危險；所以艾倫兩年前把他的十九棵松樹都砍掉了，卻在院子裡留下了橡樹。現在武男家能做的就是祈禱和看電視了，電視上播出了被暴風雨摧毀的房子和颳翻的汽車。一個新聞播報員說：「除了暴風雨，據報北部郊區一些地方還將受到龍捲風的襲擊。一旦獲得消息，我們將向您報告更多詳情。」

武男一家人一起動手把沙發移到飯廳裡，在這裡待著，萬一橡樹倒下來，也不至於被砸到。九點鐘左右，一串霹靂之後，夜幕突然變得刷白——所有的樹和湖那邊的燈光立刻都看不見了。接著傳來可怕的沙沙作響，那聲音就好像收割機在割莊稼，不過速度要迅疾得多。窗框不斷地咯咯發聲，濤濤想過去看看，武男沒准他去，怕暴雨沖進屋子。話音剛落，停電了。武男一家意識到：龍捲風來了！三人一言不發，蜷縮在屋角的沙發裡。武男努力聽，還是聽不見大樹倒地發出的隆隆聲，不知怎的，所有的嘈雜都消聲了，只有他們的屋頂不斷傳來什麼東西劈里啪啦打在上面的聲音。他不知道是不是還下了冰雹。

三分鐘後，龍捲風過去了，可是黑夜比以往更黑，因爲燈光都熄滅了。武男一家從餐廳的大窗戶往外看，只見粗細不等的樹枝在草地上七零八落。讓他們鬆了口氣的是，所有大樹都還在後院站著。北邊傳來救火車或救護車的鳴叫聲。因爲電力一時可能恢復不了，他們便都早早睡了。

第二天早上，濤濤上學以後，武男到街坊四鄰轉了一圈，看看災情。有幾家房子被倒下的松樹壓壞了，街道上到處是颳斷的電線。所幸龍捲風沒有殃及比佛利山廣場，餐館沒有斷電。武男高興地看到凍箱冰櫃仍在嗡嗡響著。他意識到今天可能生意會很忙，因爲這一帶很多人家都斷電，沒法做飯了。他趕快回家，告訴萍萍別打掃前院了，他倆一起出門趕到餐館。

確實，一整天不停地有客人來。武男夫婦和妮燕忙得團團轉，但生意好大家都高興。由於家裡停電，濤濤放學後也待在餐館，做他的功課。天擦黑時，這一帶終於來電了，周圍戶外烤肉和炸雞的味道依然繚繞。

那天夜裡，武男一家回到家中沒多久，傑拉爾德就來敲門了。武男去開門。傑拉爾德最近病了，又失業。他看上去憔悴不堪，老了好多，穿著滿是油點子的牛仔工裝褲；臉上的鬍碴都發白了，眼裡閃著瘋子一樣僵硬的光。一個星期前，他失去了他的狗果比。是濤濤那天早上發現狗死了的——兩隻烏鴉站在果比的肚子上，瘋了般的尖叫，濤濤就把爸爸媽媽喊來了，他們跑過來，但叫不醒牠。果比是死於犬惡絲蟲。據傑拉爾德說，這狗在幼崽時就攜帶病毒了。在某種程度上，果比不在了，讓武男一家鬆了口氣，因爲現在深更半夜裡再也沒有狗的狂吠，把他們吵醒了。

「我可、可不可以跟你們借點『汁』？」傑拉爾德問武男，顯得有些尷尬。

「橘子汁？」

「不，我是說，電[4]。」

4 譯注：英文中的juice（果汁），用作俚語，又作「電」的意思。

「噢，你家房子怎麼了？還沒有電？」

「沒有。我給他們打電話了，他們說明天來修。」

「電你怎麼借？」武男不解，心裡知道電力公司一定是把傑拉爾德的電給斷了，因為他沒付帳單。

「我可以接根線到你家車棚。」

「明白了。」確實，房子旁門外附近有一個電源插座。「兩天。你不用借，我可以讓你用兩天。」

「用不著兩天，我家電就來了。」

傑拉爾德看上去很餓了，也許一天都沒做飯。事實上，武男一家已經很長時間沒看見他了，現在他不出家門，跟冬眠了一樣，任憑鄰居艾倫敲他的門，提醒他草該割了，或是樹該剪了。傑拉爾德會說：「我覺得願意的時候會幹的。我可不能被別人催著幹。」可他從來不收拾他的房子院子，除了偶爾用個割草機剪剪草。他一在前院開起那傢伙來，就揚起炸雷般的動靜和雲一般的灰塵。為了表示對武男一家的感激，他有一次還用他那台傢伙來幫他們割草，可是那機器刀葉調得太低了，割完以後，草都變黃了，枯萎了好多天。所以萍萍求他千萬別上她的草地。

傑拉爾德本性是個善良的人，也有手藝，時刻準備幫助別人。他會爬上洛芝太太的房頂，幫她吹掉樹葉。他幫同一條街上退休的尤特雷夫婦家安了排水管，這樣雨水可以直接流到湖裡去，而不至於把道路和他家院子都沖出溝槽來。他還幫著兩家人鋪過木地板。周圍鄰居到這兩家去參觀，所有人都說傑拉爾德：「活兒幹得漂亮。」可他就是不愛打理自己家的房子院子，也許因為幹了也沒人付錢給他。

「前幾天我在他家前院看見他前妻和女兒。」傑拉爾德走後，萍萍告訴武男。

「她什麼樣？」

「她樣子很年輕，燙了頭，在伯克瑪高中附近那家華芙屋當侍應生。」

「可我記得傑拉爾德有一次說，他前妻比他年齡大。」

「我想她是比他大，不過她看上去真是年輕漂亮。她說她受不了傑拉爾德了，因爲他老是收集這麼多垃圾。她管他叫『打包耗子』。」

「那不可能是離婚的理由。」

「她還說，他過去喝酒太多。」

「可他現在不再酗酒了。」

「沒有他她似乎挺快活。也許她另外有人了，我拿不準。他女兒樣子也很快活。」

武男打開水龍頭，讓熱水流進他用來泡腳的塑料桶裡。他今天晚上太累，不想沖澡了，打算明天早上再沖。他想著傑拉爾德的處境，如果自己的生活也像他那樣，恐怕早就自殺了。在某種程度上，傑拉爾德是個堅強人。武男覺得慶幸，自己能夠把這個家維繫在一起。

8

米歐爾夫婦帶著女兒回來了，武男夫婦第二天一早就去看他們。戴夫和珍妮特住在一條死胡同裡的一座幽獨的大宅子裡。一條私人車道跨過木橋通向他家前院，院裡一棵細細的松樹，旁邊是一個大理石的飲鳥池，被幾天前的暴雨注滿了水。大門處，米黃色門廊上方是一個帶欄杆的陽台，這座維多利亞式房子還有斜上去的角塔和拱頂的窗戶。他們的家是微風林公園小區裡最貴的房子之一。

米歐爾一家高興地迎接了萍萍和武男。雖然累壞了，可珍妮特和戴夫情緒極高，兩人似乎都有點消瘦，也許是被南京的酷熱給烤的。嬰兒室的地板上到處扔著塡充動物玩具，其中有一隻小狗趴在那裡，兩隻長耳朵耷拉到地上。還有一隻玩具象，坐在地上，鼻子朝天伸到腦袋上，小象旁邊是一個手提搖籃，也許對孩子來說已經太小了。海麗躺在小床裡，半蓋著一條紅毯子。她不時發出咿咿呀呀的聲音，伸出一隻手，那小手讓萍萍想起一個剛出爐的小麵包。孩子快樂又舒服，好像急於要和俯下身來的大人交談。她完全是一個普通的中國嬰兒，微微發紅的雙頰，杏核眼，眼角積了些眼屎。儘管骨骼強壯，聲音洪亮，海麗看上去卻不那麼健康。珍妮特說，這孩子春天裡剛得了急性肺炎，那纔是他們的旅行被推遲的原因，下個星期她就要帶孩子去看醫生。

戴夫的臉洋溢著快樂，他的大額頭比以前更亮了。他抱起孩子時，萍萍覺得他的大手簡直會把她捏壞；不過他非常小心，大多數時候讓珍妮特抱著海麗。孩子在妻子懷裡時，他便常常圍著妻子轉。兩對夫婦來到客廳喝咖啡。米歐爾夫婦說，他們的中國之行可眞讓他們大開眼界。那個國家不像他們以爲的那麼落後，很多人在那裡過得似乎很舒服，到處都在破土動工。在美國遊客間有個笑話，說中國的國鳥就是大吊車。很顯然這個國家在快速起飛。珍妮特問萍萍和武男，為什麼南京的中國人跟在美國唐人街裡的中國人長得不一樣。在南京和上海，他們看見很多漂亮男女，女孩都很苗條，皮膚細膩，常常穿著得體，很多男青年也都身材很好，有些簡直是運動員體型，不明白為什麼這裡的中國人就好像是另一個種族的。萍萍告訴他們，要是他們去了農村，就會看到很多更像唐人街上的那些人了。如今，大城市裡的年輕人營養更好，所以都比家長那一輩長得高。

「那這邊的中國孩子就不吃營養高的食品嗎？」戴夫問。「可他們看上去還是和中國那邊的人不一樣。」

「可能他們的基因被美國化了。」武男一本正經地說。

「那他們就應該更高、塊頭更大才對。」戴夫繼續較眞說。

他們都大笑。萍萍解釋說，唐人街的那些人大多是從中國南方沿海地區來的，那裡的人吃大米，因為氣候炎熱，也因為飲食關係，他們都個子不高。一般來說，北方人比南方人高大一些；不過上海和南京不也在南方麼，南方人不是應該個子矮些？武男和萍萍努力半天，還是拿不出一個能說得通的解釋，儘管他們相信米歇爾夫婦的觀察一定是對的。他們也發現唐人街的華人和中國大陸華人之間的差別。

米歇爾夫婦給他們看了這一路照的很多照片，廟宇、公園、英語角、孤兒院的工作人員、筵席，還有那個他們不得不放棄的女孩。珍妮特又拿來另一本相冊，塑料套裡夾的全是給海麗留下的紀念品，除了像彩色羽毛書籤的小藝術品和用透明紙夾起來的剪紙，甚至還有他們飛機票的存根，出租車收據，和南京市的一張小地圖。萍萍感動得眼裡浮起一層淚光，忍不住想，海麗是個多麼幸運的女孩。

接著她揭開透明紙，仔細去看那套剪紙，是六種動物——豬、野牛、家犬、鹿、喜鵲、公雞。珍妮特告訴武男夫婦：「我們從一個小攤上買的。是不是特精緻？」

「不怎麼樣。」萍萍說：「看這豬，鼻子太長，好像把大象鼻子削去了一半。」

「萍萍剪得更好。」武男插嘴說：「她媽媽是剪紙獲過獎的。」

「這可是藝術！」珍妮特難以置信地喊起來。

「當然，所以我娶了有一雙巧手的女孩。」武男大笑，搔了搔頭皮。

「別聽他瞎說。」萍萍說。

珍妮特看著她的眼睛：「你眞的可以創作出這樣的藝術品嗎？」

「對，我會剪這些東西。」

「那你應該給我剪一些。」

「這是要花時間的。」萍萍愉快地笑著。

談著談著，米歇爾夫婦說起海麗親生父母的話題，不過先生和太太在這個問題上看法不一致。珍妮特請孤兒院的領導把海麗父母的信息寄給她，最理想的是有一些照片；雖然孤兒院的頭頭——那個碎了一顆牙的英俊年輕人——沒有許諾提供更多信息，卻向她保證，要盡力爲她收集資料。

「我想你不會收到他們來信了。」武男對珍妮特說著，把咖啡杯放在玻璃茶几上。

「幹嗎要知道她親父母呢？」萍萍問，「你和戴夫就是她的父母了。」

「就是嘛。」戴夫表示贊同。

但是珍妮特不爲他們的話所動。「我想看看她親生父母長什麼樣子，也想知道這個家庭的醫療史。」

「他們沒有醫療史。」萍萍說。

「你是什麼意思？」珍妮特糊塗了，眼睛一眨一眨的。

「中國農村的人得了病不做紀錄。」萍萍解釋。

「他們沒有醫療紀錄。」武男補充說。

「可是他們肯定知道這個家裡誰得什麼病死的。」珍妮特說。

武男回答道：「你不該費神找她的親生父母。就算你找到了他們，他們可能會給你帶來很多麻煩。」

「我也是這麼想的。」戴夫說：「海麗是我們的女兒，沒什麼說的。不管發生什麼事，她是我們的，我們撫養她。我不必知道她親生父母家庭的醫療史。」

「我不是說一旦發生了不好的事情我們可以放棄她。」珍妮特說：「要想把她從我手裡拿走，你得先殺了我。」

他們一直談著做父母的問題。讓武男夫婦意外的是，米歇爾夫婦請他們來當女兒的教父教母。萍萍說：「我不去教堂，怎麼當個教母？我當她繼母吧。」

米歇爾夫婦嚇了一跳，武男則大笑起來。他告訴他們：「萍萍的意思是，她可以當個乾媽。這是中國方式，跟宗教沒有關係。在中國，一個孩子是可以有乾爹乾媽的。」

珍妮特說：「我在南京聽說過乾爹乾媽。」

於是萍萍答應了當海麗的乾媽，可武男卻不願意當乾爹，說他不可能是個好父親。珍妮特和戴夫都一臉驚愕。的確，他們都答應了一旦濤濤的父母去世就做他的法律監護人，爲什麼武男不回報好意呢？萍萍解釋說：「武男從來就當不了好父親，你們看，濤濤都跟他不親。」

「因爲他小時候我和他在一起的時間不多。」武男說。

萍萍不理會他的話，繼續說下去：「濤濤生下來以後，武男三個月沒跟我們一起睡覺，每天晚上睡在他爸爸辦公室裡。」

武男沒說話，滿心羞愧。萍萍常常把這事拎出來，他便會爲自己辯護，說他早上要上研究班的課，晚上沒睡好覺不行。現在，在朋友面前，他覺得與她爭辯徒勞無益。他對米歇爾夫婦說：「乾爹的問題，讓我考慮考慮，好不好？」

「當然，不急。」珍妮特說。「我們覺得，要是海麗有一對中國教父母或乾爹乾媽，該多麼好。」

「我不知道我能不能像撫養自己的孩子那樣撫養她。」武男承認，好像是對著自己喃喃自語。

「要是我和戴夫都不在了，你不必爲海麗做任何事情。」

「好吧，我很快會給你們一個答覆。」

武男夫婦告辭以後，珍妮特把海麗抱到樓上嬰兒室去，戴夫跟著她。戴夫喜歡武男，但有時候覺得跟他交流比較困難。毫無疑問，武男是個正派人，可他太內向，經常超然得好像老僧入定。你跟他簡直沒法談什麼釣魚、體育、養狗養貓——更別提談什麼女人和姑娘了。他管SUV叫「大吉普」，也不會仔細聽戴夫給他講解美式橄欖球的規則，別看他自誇在大學裡踢過足球的中衛。武男天生就是個書呆子，是在大學環境裡可以大有作爲的那類人，卻不知怎的，餐館生意也適合他——他是個優秀的廚子，懂得如何讓客人滿意。戴夫不喜歡他的是，有時候武男行事讓人十分掃興。戴夫有一次聽見他跟珍妮特、萍萍和妮燕說，所有的肥皂劇都是垃圾。那可眞令人尷尬。

「武男眞是個怪人。」戴夫對珍妮特說，她正把孩子放進搖籃。

「我也驚訝，他竟不想和海麗沾一點邊。」

「我看他是不喜歡孩子。」

「那他幹嘛還結婚，早早成了家？那不是對萍萍和濤濤很不公平嗎？」

「他那樣的人想得太多。」戴夫把孩子的紅毯子掖了掖。

「我希望他對海麗改變主意。」

「那無關緊要。我們有的是朋友願意當她的教父。」

「不過我很高興萍萍願意。」

「我也高興。她總是比武男肯幫忙。」

9

武男覺得自己確實當不好乾爹。一旦戴夫和珍妮特眞的去世了，他不知道自己是不是有能力承擔一個父親所有的責任。按照中國習慣，如果戴夫和珍妮特去世，乾爹就有義務把海麗當自己孩子來撫養。和戴夫不同，他不是很喜歡孩子，內心裡不願意爲撫養另一個孩子而做出犧牲。他的朋友迪克·哈里森經常到紐約去看望他的教子，參加那孩子的生日派對、大提琴演奏、足球比賽、受戒儀式。武男可不想像迪克那樣。他有個濤濤，就已經忙不過來了。

另一個煩擾他的問題是，米歇爾夫婦從未提及如果萬一他們去世，萍萍和武男應該撫養海麗的話，他們是否繼承他們房產？而武男夫婦卻是把自己擁有的一切都託付給他們的。戴夫有個大家庭，在南方有很多親戚，也許他和珍妮特並沒打算把海麗交給武男夫婦照顧，也不想把財產轉給他們，所以珍妮特纔說：「要是我和戴夫都不在了，你不必爲海麗做任何事情。」武男沒想到教父教母與法律監護人有什麼不同，他揣測戴夫和珍妮特想要他們當的，只是不那麼正式的教父教母，也許因爲米歇爾夫婦富有，不願意把財產交給他們。萍萍起先沒有從這個角度考慮這件事，現在她明白了武男的意思。她不再因爲武男當即拒絕做海麗的乾爹而責怪他了。因爲米歇爾夫婦並沒有回報武男夫婦所寄予他們的那種絕對信任，責怪武男就不公平了。

「這是因爲我們是黃種人而他們是白人嗎？」她問武男。

「他們的女兒也是亞洲人。我覺得更可能是因爲他們富有，有個大家庭，不像我們孤孤單單。」

於是夫妻倆便考慮，是不是應該撤銷與米歇爾夫婦簽訂的那份關於濤濤監護人的協議。最後決定還是不那麼做，因爲，要是兩人都去世，除了珍妮特和戴夫，他們不知道還有誰能對濤濤更好。還是讓這事原封不動爲好。兩人都認爲這樣是不對等的，有點受傷害，可他們別無選擇。這事更糟的一點是，主持他們簽署協議的律師尚先生，已經離開了唐人街，誰也不知他去哪裡了。武男夫婦想過通知米歇爾夫婦尚律師不見了，但現在他們改了主意：暫時還是讓這事擱置下來吧。他們只希望兒子十八歲以前，自己不要遭遇致命大難。

兩個星期以後，武男在餐館裡告訴珍妮特他不能做海麗的乾爹，她說：「別放在心上。海麗已經有三個教父了。」這些天來珍妮特好開心，連眼睛都止不住地在笑，都沒有過去那麼圓了。

三個教父的說法讓武男夫婦很吃驚。萍萍問她：「那她有幾個教母了？」

「連你是四個。」

「我的老天，要這麼多幹嘛？」

「我們想和朋友們分享海麗。」

一陣沉默。萍萍和武男都困惑了，因爲這種和其他朋友分享孩子的概念，他們是絕對沒有的。同時有這麼多教父教母，也表明了米歇爾夫婦並沒把讓武男夫婦當乾爹乾媽看得多重，根據中國習俗，乾爹或乾媽差不多就像孩子的另一對父母，至少應該被當成個家庭成員。所以一個孩子頂多有一對乾爹乾媽。萍萍很高興武男拒絕了米歇爾夫婦的請求。

一個年輕的混血兒，蓋房頂的臨時工來到櫃檯前，武男去接待他點菜了。

「我想給你看點東西。」萍萍對珍妮特說。

「什麼？」

萍萍走到櫃檯後邊，拉開一個抽屜，拿出一個薄薄的本子，然後走到珍妮特面前，打開了第一頁，驕傲地展示出一張紅色剪紙：一隻鴨子。「我給你剪的，按我媽媽的樣子。」

「天呀，太漂亮了！眞的是給我的？」

「眞的。」

珍妮特用食指輕輕摸著那鴨子，彷彿害怕會弄壞它。確實，那鴨子不僅精緻逼眞，而且活靈活現，好像還會動，身上的羽毛被微風吹得豎起來，身下的水波也在流。更引人注目的是，它翅膀下邊還有一對小鴨子。誰都看得出來，這張剪紙，刀功嫻熟，風格優雅，比米歇爾夫婦帶回來的那些剪紙要高超得多。珍妮特愛不釋手：「看這鴨子的眼睛！還有眼皮呢。你是個眞正的藝術家，萍萍。」

「我會剪的不多。我妹妹比我會剪，因爲我媽樂意多教給她。我是大女兒，要幹家務活。」

「我有個主意，你應該開個工作室。」

「幹嘛？」

「教大家用紙和剪刀創作藝術品啊。」

「我不喜歡教別人，你知道的。離開中國前，我發誓我再也不教課了。」

武男轉回來，把一盒叉燒炒飯裝進塑料袋，放在櫃檯上，給客人扔進幾張餐巾紙和叉子勺子。他沒有再和妻子一起聊天，而是坐下來繼續翻看《消費者報告》，耳朵聽著兩位女士的談話。她們聊了一會兒剪紙藝術，珍妮特又告訴萍萍：「我在愛默里大學的中文班註冊了。上帝呀，這種語言太難學了。怪不得你們中國人這麼耐心和勤勞。」

「你爲什麼要學中文？」

「我想教女兒。她應該會說自己的母語。」

「爲什麼？她長大以後會跟美國人一樣說英語。」

「可是中文是她的傳統。我們應該幫她保持自己的傳統。」

「我有個主意。你幹嘛不僱個華人保姆呢？海麗可以跟她輕而易舉地學會中文。」

「不，根據一些領養家庭的經驗，這是最不應該做的一件事。」

「為什麼？我敢肯定，這是她學中文的好辦法。」

「你知道，領養一個孩子實際上是彼此互動的。海麗也領養了我們，所以戴夫和我也一定要努力調整。戴夫也想學些中文。從現在起，我們就開始過月餅節和春節了。」

萍萍不知道怎麼回答。後來武男夫婦談起這個「互相領養」的概念，武男相信米歇爾夫婦是對的，儘管他懷疑他們學不學得會說中文，更別說讀和寫中文字了，對中文不是母語的人來說，掌握中文的讀和寫是幾乎不可能的。

10

七月四日獨立節的晚上，金鍋關門放假。儘管天陰多雲，周圍鄰居還是有人去城中心看焰火。武男一家呆在家裡，很高興放一次假。武男躺在床上讀佛羅斯特的詩。他被〈給予，給予〉一詩智慧的結尾感動了，思考著那句「買來的友誼」是何等的眞實。突然，萍萍闖進來，把一張薄紙扔到他臉上。他吃驚地坐起來，問道：「這是寫的什麼？」

「寫的是你和你的情人！噁心！」她說話的時候嘴都歪了。然後她轉回身，大步走出去，把門狠狠一摔。

武男看了一眼那張紙，認出來是蓓娜寫給他的一封信。他把信一直夾在韋氏辭典裡，都幾乎把它忘了。讓萍萍發怒的一定是那信的日期，只有「十一月十二日」，沒有年分，好像是最近纔寫的。蓓娜在信裡請他幫忙給三所美國學校交報名費。他替她交了一百四十美元，但後來就再沒有聽到她的隻言片語。

他走進客廳，妻子在那裡，躺在沙發上，重複地用英語唱著：「我愛你，你愛我。我們是個幸福好家庭！」雖然她用一條剛從烘乾機裡拿出來的毛巾蓋著臉，她的聲音仍是尖銳和癲狂的。武男走過去，摸著她的胳臂，上面生著細茸茸的汗毛，那是他總喜歡撫摩的。他說：「好啦，別胡思亂想的。這是一封老信，我都快八年沒聽到她的消息了。」

她停下來，盯著他。他接著說：「我眞的跟她沒有聯繫。」

「可你打算幫她到美國來！」萍萍怒叫，毛巾掉到地上，「誰知道？你是個大騙子。也許你還像以前一樣和她關係密切呢。你老在我背後幹些事。」

「說實話，我和她沒有聯繫，也不知道她在哪兒。」

「滾一邊去！你把我們的血汗錢花在那個無情的女人身上。她要對你好，我也就不說什麼了。你就是被那個狐狸精迷住了。」

「我說過了，這是你來美國以前的事。」

「明白了，你眞的打算把她帶到這裡來。要是我沒來和你團聚，你早跟她住一起去了。」

「你這不是胡說嗎？她只是利用我。」

「可你就喜歡被她利用，總是惦著她。你怎麼這麼賤？她對你越壞，你對她越好。」

兒子走進客廳，聽著他們的對話。武男讓濤濤走開，可是孩子不走。武男懇求萍萍：「別發這麼大火，我道歉。我不應該留著這封信。」

「幹嘛不留著？那是她欠你人情的收條。她總有一天要回報的。可你爲什麼不把它藏嚴實點？我纔不管你偷偷幹什麼，只要你別讓我知道。」

「說實話，我沒有跟她調什麼情。」

「一邊去！我不想看見你那張臉。」

武男一言不發，朝門口走去，萍萍接著唱起來：「我愛你，你愛我。我們是個幸福好家庭！……」

武男從家裡走出來，懷著一顆麻木的心。和萍萍一吵架，他就走開一陣子。他不在家裡往往讓她更憤怒，可今天是她把他攆走的。家裡太吵鬧、太瘋狂時，要是有個地方可以讓他待上幾天就好了。要是有個朋友能讓他傾訴一下就好了。迪克·哈里森住在二十多公里以外的巴克海特，可是武男覺得迪克可能會很無趣，如果去找他尋求安慰，還會被他看不起，只要有辦法可想，自己就不會找他。每次和萍萍吵完架，他就去圖書館或是書店待上一個小時，要不就到金鍋的廚房去，用幹活來慢慢消氣。可是今天晚上他無處可去，所以他獨自沿著湖邊亂走。空氣中瀰漫著臭鼬的氣味，越到夏天這臭味就越濃。蟲子在一陣陣尖叫，彷彿一場大戰正在展開，不時有幾隻水鳥從夢中驚醒，從湖對岸的樹林中發出叫聲。所幸的是，空氣很潮濕，而且蚊子不多。南邊天空中有一架直升飛機，隱約傳來盤旋的聲音，一會兒隱入雲間，一會兒閃閃爍爍像一盞飄浮的燈籠。

武男腦子裡充滿各種念頭。內心深處，他知道自己錯了。萍萍對他大發脾氣，不全是因爲他給蓓娜花了錢，更多的是因爲他把她的信當個紀念品保留著。結婚以前，她給他看了前男朋友，那個海軍軍官寫給她的所有情書，然後，當著他的面把所有的信都付之一炬。說也奇怪，當時他手裡沒有蓓娜給他的任何信件，沒法讓未婚妻信服，因爲都住在同一個城市，他和前女友之間沒有信件往來。爲了讓她相信自己，武男給她看了蓓娜的照片，然後把它扔進爐子。現在，妻子一定以爲他這些年來一直都在和蓓娜保持著聯繫，而且從一開始他就沒跟自己說實話。對萍萍來說，他是個兩面派。

繞著湖走一圈，他花了將近一個小時，其實走一圈頂多花這一半的時間。快走到家門了，他考慮要不要現在就進去。屋裡的燈全熄了，北邊的天空開始變化，不斷把閃電反射在窗戶玻璃上。好像要下雨了，橡樹葉子在越來越大的風中嘩嘩作響，所以他決定還是進屋去。

他一跨進客廳，一雙胳臂就抱住了他，萍萍的熱乎乎的臉貼上了他的面頰。她喃喃說道：「男，原諒我。我看出來了那信是老早的了，紙邊都發黃了。我剛纔不好。你能……？」她的話被他壓上來的嘴唇堵住了。她響應著，開始狠命地親吻他，好像要跟他的肺一起呼吸。他可以感到她的心在他半麻木的胸前狂跳著。他去摸她的乳房，溫暖又飽滿。感情的死結在他體內迅速解開了，他的手從她背後滑下去，要解開她的衣服。

「別，濤濤會聽見的。」她說。

他停下手，走進兒子的房間。孩子仰面朝天在床上睡著了，腳還放在地上。他用件襯衣把濤濤的肚子蓋上，關上房門，回到萍萍身邊。「他睡著了。我會輕輕的。」他說著，兩手重新抱住她。

她滑倒在地上，把他也一起帶倒了。接著兩人開始剝下對方的衣服。

很快她就開始喘息，微微戰慄著。幾滴眼淚湧出她的眼眶。他沒有對她粗魯，而是輕輕舔著她淚濕的面頰，她的眼淚有點鹹，讓他想起了兩天前吃的苦瓜湯。他把她的身子調整了一下，讓她躺得更舒服，這樣他可以在她體內多待一會兒。

「別哭，」他低聲說道，「只管放鬆，想像著我們在度蜜月。」

這話讓她哭了出來，把他嚇了一跳。他馬上後悔那麼說了，因爲他們在哪裡也沒有度過蜜月，他的話勾起了她對他們生活的傷心。他說：「原諒我那麼說。」

「讓我快活。」

他聞著她的脖頸，輕輕咬著她的耳朵。

11

雖然他們和解了，萍萍對那封信暴怒的反應，又勾起了武男對蓓娜的記憶。一連兩天，他一刻不停地想著他的前女朋友。他想岔開思路，可不知怎麼的，就是忍不住又回到那女人，他痛苦的源泉那裡去。記憶中的每一個細節——她特有的皺眉、一個懶洋洋的姿勢、生氣時的噘嘴——似乎都蘊含他以前沒有想到的意思，他一空下來，就試圖去破譯那些隱藏的信息，彷彿它們一直藏在那裡，而他一直都忽略了。有件事情，他一想起來仍然刺痛他的心。蓓娜宣布和他分手的三個月後，武男一天早上在公園裡碰見了她，她正挽著她新男朋友的胳臂在那裡散步。那是一個風天，大地上了凍，通向小樹林外小白樓的那條鵝卵石小道上蒙了一層冰。武男轉過臉，假裝沒看見他們。可是他突然一滑，兩腿不穩；他伸出手去抓住一棵白樺樹纔沒摔倒。可他手裡恩格斯的《家庭、私有制和國家的起源》掉到了地上，作者在扉頁上的大鬍子忽忽閃閃，書頁被風颳得亂翻。身後傳來女人銀鈴般的笑聲，清脆又冰冷，刺穿了他的心。他揀起書，箭一般跑開了，驚得一群烏鴉和鴿子都飛上天去。他跑、跑、跑，直到跑得幾乎喘不過氣來，直到他的心幾乎要炸開了。

他不知道她笑得那麼響，是不是要激他發狂，讓他又想起她來，或者就是想傷害他。他寧可相信那是她的又一個詭計。

幾個星期前，他燒掉了寫滿他獻給她的詩的筆記本。他當著她的面宣布，已經把所有那些可笑的詩都銷毀了。可是還有一首他從來沒給她看過，只有他自己知道。他把它藏在自己那本《詩經》的護封裡了。他把這本《詩經》帶到了美國，這些年來那首詩就這麼一直留著。

一天夜裡，妻子和兒子都上床以後，他拿出那首詩，又讀了起來：

最後一課

你在電話上告訴我
渡船又取消了。
這一次船長沒有抓住個乘客，
自己卻被打得鼻青臉腫。
船真的快散架了，
停在港灣緊急修理。

沙灘上，我的身影拉長了一倍。
剛買的救生圈躺在旁邊，
在下午的陽光裡扁了一半。
我獨自坐在蘋果箱上，
看一群孩子
在淺水區悶水，
比誰憋氣憋得最長。

傻瓜！為什麼要主動

教你學游泳？
我自己都難以掙扎出
你隨意攪起的漩渦。

讀完詩，他微笑了，他不能說自己仍然喜歡這首詩，它也許感情脆弱，又是未完成的詩稿。但它是曾經貼近他心的一樣東西，他就是想留著它。他把它又藏回《詩經》的護封，把書放回他桌邊的書架上。

躺在床上，他又一次地琢磨起，自己是不是對蓓娜太性急了。比如，在海灘等她沒有來，他就不再教她游泳了。然後就是兩人的那次絕交。儘管表面上強硬，他其實不能眞正和她分開。有一天，他甚至跑到她宿舍附近的食堂去，就是爲了看她一眼。她看見他了，但假裝沒看見，繼續和排在她前邊一個男的大聲聊著，時不時地瞟一眼武男。買了午飯，她轉頭朝他方向走過來，眼睛卻看著別處。等她走近時，他一轉身，衝出了食堂。

要是他和她說了話，也許他下一年夏天還是可以教她游泳，那會給他更多接觸她身體的機會。沒錯，她不會改變什麼，但他可以用自己的泰然遷就她的任性和反覆無常，來顯示自己的寬廣心胸。慢慢地他可能就會在她面前占上風了。可他卻太苛求，太過分自尊。都是他可笑的自尊，漸漸在他二人中間築起了障礙。要是他臉皮厚點就好了；要是他玩弄了她就好了；要是他可以讓她感到痛苦就好了。

「全是病態，病態……」他念叨著這幾個字，漸漸沉入夢鄉。屋裡的燈一直亮到天明。

12

海蒂·梅斯菲爾德給金鍋打來電話，問萍萍最近有沒有聽到莉維婭的消息。莉維婭從家裡跑出去了，海蒂已經找了她好幾天，還是不見蹤影。萍萍震驚之下，懷疑濤濤是不是還在和那女孩保持聯繫，雖然他保證過不再給她寫信了。她對海蒂說，她回去問問兒子，看濤濤是不是知道莉維婭的下落。「我今晚給你打電話，海蒂。」她說。

「請你務必打來。我不明白她為什麼要對我這麼做。」

「希望她沒和什麼人在一起。」

「你是什麼意思？」

「你給警察打電話了嗎？」

「還沒有。她三天前不見了。我以為她去祖父母家或朋友家了。」

「也許你應該報告警察。」

「要是今天晚上還沒有她的消息，我就報告警察。」

萍萍沒有問她莉維婭為什麼離家出走，她也沒有表現出害怕莉維婭已經落入性罪犯的手裡。從簡短的談話中，她猜測那女孩為一個男孩跟媽媽吵翻了，那男孩對她可能有壞影響。莉維婭剛剛十三歲，似乎就已經和好幾個男孩子糾纏不清了。電話裡，海蒂透露莉維婭最近經常「玩鉤子」（play hooky）。萍萍聽了幾乎嚇死，她不知道這句俚語的實際意思，以為是和妓女（hooker）有什麼關係。她來到廚房，把電話裡講的事告訴武男。廚房裡有架收音機，放在架子上，武男正在聽《車上交談》節目。他很喜歡這個節目，尤其喜歡馬格里歐茨兄弟倆中那個哥哥湯姆的笑聲。湯姆放肆的笑聲很有感染力，經常引得武男一邊炒菜一邊咯咯笑起來。廚房的活兒是很枯燥的，所以每個星期六他都把《車上交談》節目從頭聽到尾。他喜歡馬格里歐茨兄弟對待聽眾的那種看似漫不經心的口氣——逗一逗他們，讓大家都能開懷大笑一番。他經常希望自己能像湯姆那樣，發自肺腑地哈哈捧腹大笑。萍萍也喜歡湯姆的笑聲，不過覺得他饒舌得太厲害，她走進來把收音機聲音擰小，說：「海蒂打電話來。莉維婭離家出走了。」

武男的笑臉僵住了：「但願咱們兒子沒牽扯進去。」

「她是個壞孩子，還『玩鉤子』呢。」

「我上小學的時候也『玩鉤子』。」

「你說什麼?」她衝他睜圓了眼睛。

「我們在山上野一陣子，玩玩孩子的遊戲。」

「那不是你和妓女一起幹的事。」

武男不禁放聲大笑。

萍萍有些惱怒，說：「沒什麼可笑的!」

「『玩鉤子』是說逃學。跟娼妓沒有關係。」

「哦，明白了。」她也笑了，接著說：「那莉維婭也是個壞孩子。」她揭開一個鍋蓋，裡面燉的肉湯快溢出來了。

那天下午，他們跟兒子說了莉維婭的事。孩子對她的失蹤一無所知，但是知道她和海蒂不和。近來，莉維婭經常跟他抱怨她母親，說海蒂有了個男朋友叫喬。莉維婭不喜歡那人，覺得他不過是一個「自作聰明的傢伙」。她和奈森都勸海蒂別再去見喬，可是海蒂鬼迷心竅了，因為喬不像她約會的其他男人，他倆出去總是喬付帳。他倆一起已經旅遊過巴黎和倫敦了。喬是個銀行家，但在給濤濤的信裡，莉維婭叫他「小精人」。她還寫道：「我從來沒想到我媽是這麼一個愛逗雞的。」

「什麼意思？」萍萍問兒子。

武男解釋說：「一個太喜歡男人的女人。」

「差不多吧。」濤濤認同，「那是一個委婉的說法。」

「我纔不信呢。」萍萍說：「莉維婭對她母親從來沒委婉過。」

「我說的是爸爸的解釋。」

「不管怎麼說，她不能那麼說她母親。她是個壞孩子，還發瘋了。」

那天晚上萍萍給海蒂打了電話，告訴她莉維婭對她有了男朋友很生氣。海蒂說，有人三天前在火車站看見莉維婭。她都急病了，向警察報告了女兒的失蹤。她不介意莉維婭叫她什麼，只要孩子能安全完好地回家。

13

讓武男夫婦吃驚不小的是，兩天後莉維婭出現在金鍋！這孩子比三年前長高了三十來公分，現在幾乎跟萍萍一樣高了。她穿著牛仔裙、高跟鞋，嘴唇上塗了厚厚的口紅，幾乎成了紫色的。儘管臉頰上有幾顆粉刺，她還是端莊又婀娜的。她捲曲的紅褐色頭髮在腦後紮成個馬尾，讓她看上去很有個少女的樣子了。萍萍和武男都禁不住對這個女孩感到驚奇，他們從來想像不出，莉維婭會出落成這副模樣。雖然對她的突然出現心裡不安，萍萍還是擁抱了她，說：「我跟你說過你會長得很高的。」

莉維婭臉上放光：「你是唯一瞭解我的人。」

這句話讓萍萍的不安一下子消除了，她把濤濤叫到前邊來見他的朋友。濤濤過來了，兩人笨拙地擁抱了，笑著一言不發，彷彿在大人面前害羞，又彷彿他一直都知道她會來。

莉維婭沒有帶多餘的衣服，一身菸臭，她說是在灰狗車站她旁邊的那人傳給她的。「不管怎麼說，別以為我抽菸了。」她跟萍萍說。說完，她看到了坐在壁龕上的財神，便問濤濤：「那個斜眼傢伙是誰？幹嘛給他那麼多好吃的？」

「他是財神。我們從原來這家店主手裡接過來的，我父母不想冒犯他。」

「他會讓你們家發財嗎？」

「我也不知道。」

她拍了拍財神的肚皮，又親了親他的笑臉。「他好胖啊，典型的肥胖症。我可以拿這盤子裡一個橘子吃嗎？」她拿起一個萍萍早上放在財神腳下的水果。

「我不知道你現在能不能吃。那些都是只供奉給他的。」萍萍說：「我們家裡有橘子，咱們回家。」她想讓莉維婭洗個澡，換換衣服。莉維婭把水果放回盤子，和萍萍一起出了門，朝沼澤街走去。

這是八月初的上午，雖然天空晴朗，還是很悶熱潮濕，弄得萍萍和莉維婭一路走來要張開大嘴呼吸。離十字路口不遠的路邊亂丟著些餐巾紙、一個威士忌酒瓶、幾塊炸雞塊和炸蝦；草地上有卡車輪子壓過的車轍，紅泥巴翻著，好像化膿的傷口。幾張照片撒了一地，都撕成了兩半。「哎呀，好悶熱！」莉維婭對萍萍說。

「這是喬治亞，不是波士頓。這還不是夏天最熱的時節呢。」

「比這還熱？」

「當然，可以達到華氏九十八度。」

「老天救救我！這哪裡是人住的地方！」

萍萍沒有回答，不過她很高興她兒子似乎和女孩的出走沒有什麼關係。她不知道莉維婭是來找他們的，還是主要來看濤濤的。在某種意義上她很高興莉維婭跑到這裡來，那一定意味著她覺得對他們有幾分依戀，而且她媽媽現在也不必四處亂找她了。

一隻烏龜出現在他們前邊，正在過馬路。莉維婭一看見那傢伙，就發出一聲叫喊，跳了過去。「唷，牠好可愛！」她拍了拍牠的黑殼子，把牠嚇得一頓，頭一下縮得看不見了。她用腳尖把烏龜翻了過來，牠的肚皮呈褐色，橡膠一般，半透明。萍萍彎下身，抓著牠殼子的一邊，把牠又翻了回去。可牠還是不動，假裝死了。一對藍蜻蜓圍著她們盤旋，翅膀嗡嗡地搧著，在陽光下忽閃忽閃。

「這附近有一個湖。」萍萍告訴莉維婭，「在這裡你可以看到很多鳥和動物。」

莉維婭還要把烏龜搬起來，但萍萍制止了她，說要是她不當心，牠可能會咬了她的手。可是女孩擔心，要是牠這麼待在路當中，過路的汽車會壓到牠。萍萍伸出腳，輕輕把牠一直推過了馬路，推到路邊草地上。烏龜開始爬開了，頭也又伸出來了，眼睛清澈得像鳥的眼睛一樣。

萍萍和莉維婭一進家，女孩就到浴室洗澡。她在玻璃門後蓮蓬頭底下沖澡時，萍萍把給她換的衣服放在浴缸旁邊的馬桶蓋上。「你可以穿我的衣服吧？」

「多謝多謝。」莉維婭說：「哎呀，又洗上熱水澡了，眞舒服！我一定和臭鼬一個味了。」

「你多少天沒洗了？」

「四天。」

「慢慢洗，好好洗。冰箱裡有橘子，你想吃多少吃多少。」

「一定，我吃一個。」

萍萍看了看在半透明的玻璃後邊的莉維婭，可她只能看見那個發育期胴體的輪廓。顯然，莉維婭已經長成一個健康的女孩了，儘管她還是顯得神經質和脆弱。萍萍出了浴室，給武男打電話，商量拿莉維婭怎麼辦。

在金鍋，濤濤坐在火車座上，吃著豬肉包子。他爸爸問他：「莉維婭是你的女朋友嗎？」

「不是，她只是個朋友。怎麼啦？你幹麼那樣子笑？」孩子不滿地說。

「我只是問問。女朋友和朋友有什麼不一樣？」

「你和一個女孩約會，那她就是你的女朋友。我沒有和莉維婭約會，所以她只是朋友。」

「那很好。她不適合你。」

「關你什麼事！你怎麼能告訴我她適不適合我？」

「她太大了，幾乎是個女人了。看看你自己。你嘴上還沒長毛呢。」

電話響了，武男接了起來。萍萍問他，他們應該怎麼處理莉維婭。兩人都擔心他們兒子和這女孩之間會發生什麼事，所以他們需要想個辦法不讓兩個孩子單獨在一起。簡短談過之後，他們決定讓濤濤和莉維婭都到餐館來幹活，每小時付他們每人五美元。雖然現在生意清淡，這卻是控制這女孩的唯一辦法。

萍萍一掛上電話，武男就給海蒂打了電話。海蒂聽到女兒的下落，頓時淚雨滂沱。她懇求武男和萍萍不要驚動她女兒，說她馬上過來接她。「不要把自己急病了，海蒂。」武男說。「我們會好好照料她的。我們準備僱她給餐館幹活。」

「你覺得她能幹嗎？」那邊傳來海蒂關切的聲音，被突然一陣靜電干擾打斷了。

「這裡不像波士頓那樣到處都有可玩的。莉維婭哪裡也去不了。濤濤也和她一起幹。我們僱他們爲一個小組，這樣我們可以看住他們。」

「這眞是一個好主意，武男。讓我怎麼謝你和萍萍呢？」

武男考慮是不是應該邀請海蒂住在他家，可是又不知道對她來說，他們家是不是太寒磣了，就沒說什麼，知道她反正是會自己安排住處的。他心裡還徘徊著一點對讓兩個孩子來打工的不舒服，因爲付給他們的工資，會把這樣清淡的生意所能獲得的薄利又占去很大一部分。另外，妮燕的工資也得付，這個星期甚至談不上贏利。他希望海蒂兩三天後就能趕到。

14

莉維婭和濤濤都不在乎待在金鍋。他們以前從來沒拿過一小時五美元的薪水，欣然服從萍萍的指點，興致勃勃地幹活，收拾桌子，把盤子、碗從洗碗機裡拿出來，削水果，剝堅果，摘菜。莉維婭問過武男，亞特蘭大有什麼地方值得看看；他告訴她有馬丁．路德．金中心，有可口可樂世界，你去參觀時可以來個「飲料旅行」，免費喝各種飲料。這兩個地方她都不感興趣，說：「喝可樂讓人肥胖，我很久以前就已經戒了。」讓武男不安的是，濤濤提到石頭山公園，說在那湖上坐坐船是件很好玩的事，可莉維婭覺得待在露天會太熱了。聽她說不想去遊覽，武男鬆了口氣。

和莉維婭比，濤濤似乎小好多歲，像個小弟弟，所以他父母並不眞正擔心他和那女孩在一起了。可武男注意到，有莉維婭在，濤濤變得更活潑、更健談了。他甚至努力討好莉維婭，覺得她跑這麼遠是爲了來看他的。武男斷定，要是濤濤再大幾歲，會開車了，他一定會帶莉維婭去看電影，或去石頭山公園，或去拉尼爾湖，而不會願意在餐館幹活的。也許有個女朋友對他有好處，至少可以教會他怎麼和女孩子相處，等到他約會女人時，就可以很放鬆自如了。武男總是後悔自己年輕的時候把女孩子看得太重。

莉維婭縱情於餐館裡讓她任吃任取的食物。她告訴武男一家，她和哥哥奈森都懷念萍萍做的飯。現在這裡可吃的東西更多了，而且每樣都做得講究，不再是萍萍做的家常便飯。她不住地問武男和萍萍：「我可不可以一夏天都留在這裡幹活？我恨死科德角的魚腥味了。」

「其實我們沒法僱你很長時間。」武男說：「你不夠年齡，要是剝削童工，我會有麻煩的。」

「不會有人知道，求求你！」

萍萍說：「那我們得問問你母親。」

莉維婭把自己當個正式僱員了，學著妮燕的舉止，甚至問妮燕掙多少錢。妮燕不告訴她，光是笑，覺得這個無憂無慮的女孩挺好玩。其實餐館裡沒有什麼小孩子可以幹的活，沒事幹了，兩個孩子就坐在火車座裡，嗑嗑五香瓜子，吃吃花生，聊聊自己的學校和共同認識的同學。時不時地，兩人發出大笑，惹得旁人都看他們。

莉維婭伸出脖子，小聲問濤濤：「你爸爸媽媽合得來嗎？」

「當然。他們幹活很努力。現在我爸爸是個眞正的廚師了。你看，客人都喜歡他做的菜。」

「我是說，你爸媽不再吵架啦？」

「很少吵。」

「這麼說武男不會拋棄萍萍了？」

「你怎麼還會那麼想？」濤濤盯著她，眉頭皺起來。

「沒什麼。」

「好啦，告訴我你爲什麼那麼說。」

「你爸爸眞的沒有別的女人？」

「你神經病啊。他從來沒有拋棄我們。」

「那怎麼你爸和你媽不在一屋睡？」

「他們一直這樣。」

「我不懂。」

「我爸爸夜裡看書寫作。他不想吵我媽媽。」

「眞奇怪。那他們不再一起上床了？」

「那只是你的愚蠢念頭：丈夫和妻子必須睡在同一張床上，否則就是婚姻出了麻煩。」

「我阿姨先不跟費爾睡一床，然後他們就離婚了。」

「可我父母不是那麼回事！」濤濤怒道，眼裡冒了火。

「好了，好了，別犯凶。」

的確，武男和萍萍自從搬進沼澤街就沒睡在同一間房裡。但是跟莉維婭以爲的正相反，他們有時候是會做愛的，多數時候是武男一大早悄悄鑽到萍萍床上，莉維婭很久以前感到的婚姻危機，已經大大緩解了。夫妻倆現在的生活很穩定，全部注意力都放在餐館和孩子身上。莉維婭來了，他們把濤濤搬出房間，讓莉維婭睡他的床。濤濤到爸爸屋去，睡在朝南窗下的沙發床上。他一點怨言也沒有，很願意把自己房間讓出來，反倒是莉維婭覺得不可思議，武男是跟兒子，卻不是跟太太睡在一屋。其實萍萍要濤濤跟她睡到主臥室去，是濤濤自己不肯。因爲家裡來了莉維婭，他固執地堅持跟爸爸睡一屋。武男很高興兒子住到他屋裡來。

不過，濤濤和莉維婭晚上一起在客廳裡看電視，半夜纔肯上床，而武男和萍萍一回家就上床睡了。有天夜裡武男看見兩個孩子靠在沙發上看一部約翰．韋恩的片子。莉維婭一個勁打哈欠，濤濤也是目光呆滯，睡眼朦朧，爸爸突然出現，他都沒反應，好像正在打盹兒。他纖細的手指間捏著什麼東西，像是根極小的香菸。武男湊近些看——不是香菸，卻是根大麻菸。武男吼起來：「要死啦，你在吸大麻！」

「就一點點。」

「這是毒品！」

「跟香菸沒什麼大不一樣。」

濤濤衝他傻笑著，鼻子微微抖著，似乎昏昏欲睡得無法說下去。武男從他手裡抓過大麻菸，用拇指和食指掐滅。他轉向莉維婭：「你給他的，對不對？該死的！」

「他——他要的。我跟他說不應該在屋裡抽菸，可他不聽。」

「可你這就是毒品販子。我這就去通知警察了。」

「不要叫警察，求求你！我只是偶然有了點菸。」

「都交給我。」他伸出手。

她從口袋裡掏出一個白信封交給武男，信封有十五厘米長，十厘米寬，裝了三分之一滿。這時候萍萍進來了，裹著睡袍，沒頭對什麼人地大聲說道：「不能在屋裡抽菸。」她盯住濤濤，見他一副呆傻相。「他這是怎麼啦？」

武男講了事情經過，又給她看了大麻菸。她衝著莉維婭喊起來：「你怎麼敢教他『吃』毒！我現在就給你媽打電話。」

「求求你，萍萍，不要發火！我媽知道。」

「什麼？她知道你是個毒鬼？」

「我不是毒鬼！我只是從男朋友尼爾手上得了點兒菸。我媽一發現把他趕出我們家了。」

武男插進來：「你跟我們說的都是實話嗎？」

「我對天起誓，都是實話。」

萍萍關掉電視。「濤濤，你吸了多少次那鬼玩意？」

「就一次。」

「這是他第一次。」莉維婭插嘴。

「很顯然，你在教他變壞。」武男說。

女孩低下頭，沒再說話。在她和濤濤都保證再也不吸毒，又把他們打發上床以後，武男萍萍坐下來商議對策。武男說，是不是應該把莉維婭吸毒的事告訴海蒂，可萍萍認爲海蒂已經知道。不論好歹，莉維婭還不至於說謊。可能他從家裡逃出來就是因爲跟她媽媽在這件事上吵架了。武男和萍萍決定，在海蒂到來之前，把兩個孩子盯緊點。

15

海蒂兩天後到了。她看上去比三年前老了很多，脖子上皺紋更多，灰色的瀏海現在幾乎都白了。人是變瘦，可臀部仍然寬大。她擁抱並親吻萍萍和武男，謝謝他們給莉維婭吃住，莉維婭見到媽媽似乎很高興。

武男要去廚房做菜了，海蒂和萍萍坐在桌前聊著。濤濤在櫃檯前當收銀，莉維婭幫著妮燕收拾桌子。

海蒂在亞特蘭大市中心的希爾頓酒店給自己訂了房間，房間裡有莉維婭的床，不過她沒跟莉維婭提這個，不知道她願不願意跟她一起住。武男放一大盤開胃小吃在桌上，海蒂已經吃過早中飯，便只拿了一個牛肉餃子。她時不時偷偷瞟一眼女兒。女兒看也不看她，正對一個穿著茶色絲襯衫的年輕人拋媚眼，那男子坐在靠窗的桌子前，和他一起的是個印度女子，臉上的化妝太重，弄得萍萍看不出她實際年齡——也許不到三十歲。

「莉維婭沒救了。」海蒂低聲對萍萍說：「去年冬天，她開始和男孩子們糾纏不清，功課也一塌糊塗。」

「她這孩子心眼挺好。」萍萍安慰她。

「要是她能聽進去我的話就好了。」

萍萍擔心他們的談話會讓似乎正偷聽的莉維婭覺得討厭，便提出帶海蒂到她家去看看。她倆出門上了武男家的車。武男通常把車的後座放平，把這車也當個運貨車，不過莉維婭來了以後，萍萍在車裡吸了塵，把後座的靠背還原，立了起來。

海蒂對武男的家很感驚奇，不光是房子本身，還特別是那個湖，和後院的大樹。她轉向萍萍。「現在，再告訴我一遍，你到美國來多少年了？」

「武男來了九年，我來了七年半。」

「瞧瞧，不到十年，你們已經有了自己的生意，一棟房子，兩部車。看你們過得這麼好，我眞爲你們高興。」

「我們只是努力撐著，還有貸款要還。」

「欠的貸款很多嗎？」

「倒也不多，還剩四萬。」

「了不起。也就是在美國纔能這樣。你和武男這麼快就實現了你們的美國夢，讓我很感動。我爲這個國家自豪。」

萍萍笑了，對她的感情迸發感到有點發窘。海蒂跟那個坐在湖對岸、拿著釣魚竿的羅馬尼亞老人揮手致意。那個臉色紅潤的老人一句英文也不會說：經常一個人在那邊釣魚，身邊放個金屬桶。有一次，萍萍看見他釣起六條大魚，兩條鱸魚、四條大頭魚。那情景讓她感到好像被打劫了，好像這湖不是公共場所，而是她們家的私宅——這種感覺可能因爲每天早上當她往窗外看時，總看見有魚躍出波光粼粼的水面而產生。

一隻白鷺單腿站在淺灘上，她們看著那白鷺，萍萍問海蒂：「莉維婭說你現在有了個男朋友。」

海蒂點點頭：「他叫喬，一個好人，可是莉維婭和奈森都不高興。」

「他們會長大，離開家。你不能老了以後一個人住在那大房子裡。」

「你說得對。我也有我自己的生活。」

她們還聊了格威納特郡的公立學校。萍萍說，總的來說，這邊的語言課程很不錯，學生們得以大量閱讀和寫作，而科學課程相對就比較薄弱。她聽到過幾個鄰居抱怨，高中裡不提供科學項目，把錢都花在體育項目上了，因爲學校的橄欖球隊贏了好幾次全州冠軍。去年冬天，濤濤的英語老師留了一個作業，讓每個學生寫一部長篇小說，濤濤已經開始寫了，但寫的什麼不給父母看。剛開始，萍萍覺得這個作業挺好玩，但很快她就懷疑那老師可能在圖省事，知道沒幾個學生會完成這樣的作業，交給老師去判分。

她們的話題又轉向武男。萍萍告訴海蒂，他現在更像個顧家男人了，爲了維持金鍋的生意，他工作很努力。「你在這邊快樂嗎？」海蒂問，她清澈的淡褐色眼睛直盯著萍萍光滑的臉。

「是的，只要我們全家在一起，我就很快樂。」她回答說，抓了抓前臂上被蚊子叮咬過的地方。

那隻白鷺從湖邊飛了起來，像隻風箏一樣飄然遠去。海蒂踩到了野鵝糞，一個勁在草地上擦著她的鞋子。她一邊擦著，一邊看著傑拉爾德的院子，那院子裡的東西比過去更亂了。彈簧床倒著，像一道臨時的牆，狗屋也塌了，幾乎認不出是什麼。一堆劈過的木柴靠在車邊，從上一個冬天就等著給垛起來。最糟的是，房後陽台上玻璃安裝了一半，另外一半就剩著個大窟窿，好像這房子的內臟被挖出來了一般。傑拉爾德幹一陣停一陣，已經搞了一年多，看樣子他似乎永遠完不了工了。

「隔壁住的是誰呀？」海蒂問萍萍，指著那失修的房子。

「傑拉爾德·布朗。是個電工，好人。他妻子離開他了。」

「眞不像話，不好好照料他的房子。你們鄰居應該採取點行動。要是他不把屋子收拾好，就應該把他攆出社區。這麼好個地區中間出這麼個破房子，多刺眼哪。」

萍萍沒說話。不快的感覺湧上來，她嘆了口氣，搖了搖頭，表示想讓傑拉爾德有所改善是不可能的。

16

沒費太大勁說服，莉維婭就跟著母親走了，萍萍和武男大鬆了一口氣。一連幾天武男夫婦都在談論鄰居傑拉爾德，他最近又不出屋子了。從六月以來，他就一直生病、失業，前院比以前更亂了。他家草地三個月沒剪了，有時候，夜裡居然有小貨車停在他草地上幽會，扔下啤酒瓶、紙袋、飯盒、甚至用過的保險套。武男和萍萍剪草，總把相鄰的傑拉爾德家那邊也剪一剪，可是那反而顯得傑拉爾德家的草坪更不像樣子。

一天早上，武男夫婦正要出門去餐館，三輛警車開進傑拉爾德的車道和草坪。他家前院裡聚集了幾十個左鄰右舍的住戶，都來看他被趕出屋子。土豆一樣的洛芝太太也在人群裡，一個勁地搖著她全白的頭說：「可憐的人。眞不像話。」

艾倫也站在一邊。他悄悄走近武男和萍萍，咧嘴一笑，眼角都起皺了。他說：「是他走的時候了。他們總算採取了行動。」

武男正在驚訝之中，問道：「傑拉爾德在哪兒？」

「我也不知道。他們找不到他。」

「他們爲什麼要這麼做？」萍萍說。

「傑拉爾德好久不付帳單，所以銀行煩透他了。現在他們來收回他的房子。」

武男夫婦目瞪口呆地看著，他們從來沒看見過什麼人被趕出自己的家。一隊墨西哥工人正在從房子裡和地下室把傑拉爾德的東西都拖出來，扔在草地上。屋裡什麼東西都有，多半是他從建築工地拿回來的，小片和成捲的地毯，斷了腿的椅子和桌子，壞了的檯燈，油乎乎的器皿，一堆塑料桶，兩個沒了輪子的手推車，幾百本舊雜誌，成箱的電線，幾把生鏽的豎鋸，嶄新的馬桶和橡木蓋，兩台舊空調。一個壯實的警察，挎著一副手銬，踢著一輛快散架的兒童車，對圍觀的眾人說：「限傑拉爾德二十四小時把他東西搬走，二十四小時以後沒拿走，你們想拿什麼就拿什麼。」

從後院傳來拖車的聲音。傑拉爾德的大破車從屋角處冒了出來，被拖走了。武男注意到，很多雙眼睛在熱切地掃視著被扔在草地上的傑拉爾德的東西，他可以斷定，天黑以前就會有人來到這堆東西裡尋寶。他擔心那些人會踩壞他的草地，因爲傑拉爾德的東西已經氾濫到武男家前院了。武男和萍萍不能再耽擱了，就先去了餐館，一路說著今天這事。

兩人都被現場震動了，那場面提醒了他們，房屋貸款還沒付清。他們仍欠伍爾夫先生三萬八千美元。如果他們的生意倒閉，或是人得了重病，他們的房子也會一樣被收回的。想盡一切辦法他們也要儘快擺脫房屋貸款的包袱。

下午樹波到餐館來，找妮燕拿他們銀行保險箱的鑰匙。現在他在大佛餐館當調酒，薪水很可觀。他和武男很合得來，所以常來聊聊，或給武男帶份有意思的雜誌或報紙來。樹波的舉止讓武男很詫異，完全沒有他學術界背景的影子了。誰能想像他有一個社會學博士帽？怎麼看他怎麼像一個底層勞工——一張飽經風霜的臉，和一雙朦朧的眼睛。武男夫婦把鄰居遭驅逐的事情講給他聽，樹波說：「美國人很強硬。他們活得更自然，更接近動物。」

武男大笑，問他：「『接近動物』是什麼意思？動物可不用上班掙錢付房屋和汽車貸款。」

「我的意思是說：這裡如果你強，就生存；你弱，就死亡。」

「那在哪裡都是這樣。」

「可是很多美國人厄運來了沒有怨言。他們把壞運氣當做正常發生的事情。」

武男說不好樹波的觀察是不是準確，儘管他也注意到，美國人總的來說不太抱怨，似乎更能忍受挫折和災禍。

那天下午，餐館最忙的時段過去以後，武男回去看看沒收傑拉爾德房子的事進行得怎麼樣了，也照應一下自己的家。他擔心搬東西的人會把隔開他和傑拉爾德後院的鋼籬笆弄壞。快走到家時，幾百隻黑鳥突然從傑拉爾德前院草坪上飛起來，打個旋飛走了，翅膀呼呼作響，在地上投下飄動的陰影。傑拉爾德家沒有人了，他的東西撒在屋子周圍，房子被封了，一個帶鎖的箱子掛在門把手上。除了沒輪的推車，所有東西都還在。武男走了一圈，看見他後院的籬笆完好無損。他走進傑拉爾德的前門廊，在一個窗台上，立著一本攤開的雜誌，上面一對青年用狗一樣的姿勢在交媾。武男一揮把雜誌掃到地上；這是一本過期的《皮條客》雜誌，大多數紙頁已經被雨水泡皺了。傑拉爾德一定是從哪裡揀來的——說不定從垃圾箱裡。武男想著留它一兩天，又一轉念還是算了，一腳把它踢到一堆報紙和招貼畫裡去了。

從門廊裡出來，他吃驚地看到傑拉爾德站在他院子的邊上，握著一輛藍色自行車，一雙大大的、茫然的眼睛盯著他那一堆堆東西。看他那樣子，彷彿害怕踩到草坪，兩腳踩在路邊上，右手握著自行車的車把。他抬起頭，看見了武男。武男從沒看見傑拉爾德這麼小、這麼脆弱，眼睛黯淡無光，下巴上一層灰鬍子。武男衝他揮揮手，朝他走過去，不知道應該說什麼話安慰他。可是傑拉爾德一轉身，跳上自行車，騎走了，車鏈子在擋泥板下叮叮噹噹地響。一陣風吹起他的頭髮，把他灰色襯衣後背吹起一個鼓包，使他活像一隻大鳥。

武男不禁發出一聲長嘆。

17

海麗九月十六日就滿週歲了，珍妮特忙著準備生日派對，武男夫婦也收到邀請。作爲乾媽，萍萍答應了會去，可武男不想去。六個星期前，他和妻子參加了米歇爾家的一個派對，他在人群中覺得格格不入。這一次，害怕再次感到格格不入，他打算派對那天晚上留在餐館。另外，餐館裡活太多，在高峰時間裡他或萍萍必須留一個人應付。所以萍萍一個人去了米歇爾家，帶了本中文圖畫書，作爲給孩子的禮物。她到那兒時，大多數客人都還沒來。珍妮特告訴萍萍，海麗的幾個教父教母都會來。

戴夫正把女兒抱在腿上看棒球比賽，珍妮特則在廚房裡忙著，拆開一包奶酪，把一罐莎莎醬倒進一個湯碗。一個大個子女人拿著一瓶礦泉水向萍萍走過來，自我介紹說，她叫克莉斯蒂，她們便聊了起來。萍萍沒想到，克莉斯蒂在台灣一家醫學院教了一年護理，回憶起那段經歷她很愉快，說她很懷念台北路邊小餐館裡賣的夜宵。萍萍注意到她的左眼充血，有一點腫，便問她：「你眼睛怎麼了？」

「哦，我剛做完雷射手術。」她用指尖碰了碰她大鼻子的上端，好像她還戴著眼鏡。她臉上灑滿了雀斑。

「那你現在可以看得更清楚了。」

「絕對的。我一生中第一次可以用自己的眼睛看見樹梢上一片片的葉子。我七歲就開始戴眼鏡了，七歲以前，我視力很差，老讓我以爲樹冠就是一大塊綠東西，不是由一片一片葉子組成的。眞是太棒了，我現在不戴眼鏡可以開車了。」

門鈴響了，兩對夫婦走進來。克莉斯蒂認識這些客人，趕快去迎接他們。珍妮特端著一盤燻鮭魚正要去餐廳，停下腳步請萍萍幫她把菠菜捲從烤箱裡拿出來，因爲她要去招呼客人。萍萍高興地進了廚房，戴上棉手套，把開胃小吃從烤箱拿出來。然後，她接著幹起珍妮特放下的活兒，搗碎酪梨，好做吃玉米片的蘸汁。珍妮特已經做好自助晚餐，幾個大盤子裡裝著肉，還有兩大缽有機綠葉菜沙拉。不一會兒，珍妮特返回廚房，兩人一起把晚飯往餐廳的橢圓飯桌上端。

屋裡現在熱鬧起來，迴響著笑聲和閒聊聲。一切就緒後，萍萍也加入客人的閒聊。一個肥碩的大腦門先生一個人坐在雙人沙發裡。由於有一張麵糰似的臉，和一雙小眼睛，使他看上去像是昏昏欲睡。儘管他的嘴唇肉嘟嘟的，皮膚白皙，卻不知怎的讓萍萍想起列寧。她朝他走過去，愉快地說：「嗨，你好啊？」那人抬起眼睛，臉上突然繃緊了，瞳孔變化起來。他似乎驚慌失措，不知該怎麼回答。萍萍正不知說什麼好，一個長著一張浣熊般的臉的女人拿了兩杯紅葡萄酒走過來。她瞪了男人一眼，然後尖聲問萍萍：「我能幫你嗎？」她的V字領開得很低，乳溝都露出來了。

萍萍給鬧糊塗了，結結巴巴地說：「我——我是萍萍，珍妮特和戴夫是我兒子的『候補父母』。」慌亂中她忘了「法律監護人」英語怎麼說了。

「你是說教母教父？」那女人問，把一杯酒遞給男人。

「差不多吧。」

「哦……對不起。我是金，這是我男朋友，查利。這麼說你也領養了孩子。」

「沒有。我兒子已經上中學了。」

「明白了。查利是海麗的教父，我是她教母。」

萍萍想提一下自己也是那孩子的教母中的一個，但是忍住了。她很驚訝，米歇爾夫婦要一對沒結婚的人來做孩子的教父教母。跟金和查利說話讓她覺得有點不自在，但卻說不上來爲什麼。她肯定剛纔金對她很無禮，所以又寒暄了幾句話，就走開找海麗玩去了。

她不愛吃珍妮特做的飯，只吃了一小塊雞胸肉和幾個櫻桃小番茄——那是她喜歡的，不過她和孩子玩得很開心。海麗正咬著一塊小橡皮魚嚼器，萍萍把那東西從她嘴裡拿出來，教她用中文說「媽媽」和「爸爸」，可孩子一次只能發一個字。海麗愛笑，嘴裡涎水直流，她握著萍萍的手指頭，拖著萍萍在波斯地毯上爬來爬去。來客沒有誰停下來和萍萍聊天，大概以爲她是孩子的娛姆。的確，她看上去就像不到三十歲的年輕人。

生日大蛋糕端出來時，屋裡再一次喧鬧起來。在人們「祝你生日快樂」的歌聲中，萍萍把海麗抱到客廳來，幾個女客人，蘇西也在內，迎著海麗向蛋糕方向退著，邊唱邊拍著手。海麗給鬧糊塗了，不肯去吹那一根蠟燭，於是珍妮特替她吹了。

九點過後，武男開車來接妻子，餐館交給妮燕收攤關門。這一次，他和米歇爾的客人們混得很融洽，特別是和一個瘦長結實翹著山羊鬍子的男子。那人是一個圖書館員，喜歡中國古代哲人莊子，他還認識迪克·哈里森，曾經邀請迪克到他圖書館去朗誦詩歌。武男和他邊喝酒邊聊了好一陣。然後又跟克莉斯蒂聊了一番她應該看一看的中國城市，因爲她申請了一個到中國教書的項目，如果能拿到這筆錢，她會很高興到中國去教書的。

戴夫過來了，喜形於色，把手放在武男肩膀上，問他：「你吃了我做的乾酪雞沒有？」

武男沒吃，但支吾著說：「我還不知道你會做菜呢。」

「我剛開始學著做幾樣東西。」

克莉斯蒂附和著插進來：「他現在是當爸爸的人了，應該做個家庭多面手。」她大笑起來；武男和戴夫也笑了。事實上，那雞火候不夠，在兩個盤子裡剩下一半。

回家路上，萍萍很不高興，不跟武男說話。她經常埋怨武男到哪裡開派對都是把她一個人晾在一邊。這次他又是如此，沒跟她一起待上哪怕一分鐘。她今天眞不該來米歇爾家，簡直不喜歡海麗的某些教父教母。

武男知道妻子為什麼生氣，所以他也就不多嘴多舌。

第二天早上，萍萍去餐館的路上先到珍妮特的珠寶店看看她。珍妮特問她昨晚的派對玩得開不開心，萍萍說：「不怎麼開心。我喜歡克莉斯蒂，但說實話，我不喜歡金和查利。他們對我無禮，好像是怕我還是怎麼的。」

珍妮特神祕地笑著。萍萍追問：「怎麼啦？我從來沒對他們有什麼威脅。」

「你知道，金很敏感。查利做她男朋友快兩年了，她可不能失去他。」

「她瘋了！她怎麼會覺得我想要她男朋友，那個胖墩查利？我有武男，有他一個就夠我嗆了。再來一個我還活不活了！」

珍妮特在架上收起一盒各類珠子，轉回身來說：「幾年前，金的男朋友被一個日本女孩搶去了，所以她一定是害怕你又跟那個日本女孩一樣。」

「她有病了。」

「好啦，萍萍，你不知道自己多漂亮。你可以不費力氣就迷倒一堆男人。昨天你走以後，金和查利都說，你和武男是可愛的一對兒。金聽說你結婚了，委實鬆了一大口氣。」珍妮特吃吃地笑著，用手背揉著鼻子。「你聽說過『黃熱』一說嗎？」

「聽說過。是一種病？」

「沒錯，你說對了。這詞還有另一個意思，那就是很多男人為亞洲女人而癲狂。信我的沒錯，要是你沒結婚，你會有很多約會的。」

「我不想和男人約會，我想要婚姻。沒別人，只有武男纔想和我結婚。」

萍萍走後，珍妮特回想兩人的談話，覺得她這朋友的天眞實在有趣。她常常和戴夫說及萍萍和武男，知道兩人的婚姻一直有問題。戴夫說，武男是身在福中不知福。而讓米歇爾夫婦驚訝的是，雖然婚姻如此，武男和萍萍卻極少吵架，也沒有婚外戀情，好像他們兩人都很滿足於現狀，並不努力去改善。珍妮特有一次鼓動萍萍帶著武男去找婚姻顧問，但萍萍拒絕了，說：「我們不需要精神病醫生。」也許由於餐館的繁重工作，萍萍和武男都沒時間和精力去另找情人。還有，他們兒子也占去了所有注意力，把他們維繫在一起。

更讓人驚訝的是，武男夫婦什麼都在一起——一起開銀行帳戶，一起付所有帳單，他們擁有的一切也都在兩個人的名下。武男讓萍萍一人處理餐館裡所有和錢有關的事宜。相反，珍妮特和戴夫各有各人的銀行帳號，每人每月各往共同帳號裡放三千美元，所有家庭開銷從這裡出，包括房屋貸款和出去吃飯。假日和生日，他們用自己的錢給對方買禮物。珍妮特發現，萍萍負責給全家買衣服買鞋，往往給武男和濤濤買一樣的東西，好像武男是她另一個孩子。而且，武男夫婦從來不給對方買禮物。有一次，萍萍過生日，珍妮特問她為什麼武男沒給她禮物，萍萍說：「我不需要武男的禮物，他買什麼都是花我的錢。我給他買什麼，也是花他的錢。」

珍妮特可以看到這句話中的邏輯，對他們的婚姻狀態就更感到迷惑，這婚姻似乎是十分穩固的，儘管萍萍否認武男愛她。情欲和性難道不是婚姻生活的實質部分嗎？沒有這些基本要素，一個婚姻能夠長久嗎？有時候珍妮特會向自己提出這些問題，卻無法回答，她想像不出來，沒有占有戴夫的欲望、沒有對戴夫深深的愛，她還能跟他生活在一起。她可以斷定，如果戴夫不愛她，一定會找別的女人，然後兩人的婚姻就會解體了。可是武男家，他倆似乎和睦相處，對婚姻中激情的缺失，兩人誰都不真正介意。另一方面，萍萍對珍妮特承認，她和武男時有做愛，而且兩人在一起生活得越久，和武男在床上她就越感到舒暢。奇怪。也許他們是愛著對方的，只是以他們自己獨特的方式。

18

武男一邊刮生薑皮一邊看著ＣＮＮ新聞。電視機放在櫃檯後邊一個角落，屏幕上有個小小的光點。攝像機轉向擁擠著亞洲人面孔的街道，塗了眼影的女主播說：「一個中國異議人士昨天下午在北京被逮捕。旅居紐約的流亡藝術家元寶先生，上個星期返回中國，打算在自己祖國出版一份文學刊物。目前罪名尚不清楚，但據ＣＮＮ消息來源，他被控犯有破壞罪……」

武男大吃一驚，停下手裡的刮子，眼睛盯住屏幕。他想看到元寶，可元寶的面孔沒有出現，卻出現了一個和他的擔心沒有直接關係的場面：一群警察押著四個戴著手銬的罪犯，走向一個蒙了帆布的六輪卡車，看樣子他們是被綁赴刑場。

一下子，元寶成了餐館裡的話題，雖然萍萍和妮燕從來都不曾見過他。武男給她們講了他怎麼靠溫蒂過活，她怎麼叫來自己的兄弟，把元寶從她家扔出去。他們都覺得元寶可能是故意要被逮捕，好引起公眾注意；否則只有傻瓜纔會冒險闖關回中國——那邊警察正等著他呢。樹波在上班路上經過這裡，給武男帶來一份《世界日報》，也說元寶一定是發瘋了。他趕著去大佛餐館上班，不能跟他們多聊。武男還來不及逗他，說他今天沒刮臉，讓人想起澳大利亞的國寶無尾熊，樹波就已經出門朝他的車大步走去了。樹波的禿頂從後邊看更引人注目。

武男翻開報紙。頭版上把元寶的被捕作爲主要新聞，第三版是關於此事的長篇報導，題目是「中國對人權的新破壞」。文章配了元寶的照片，他面帶嘲諷，好像在努力抑制著大笑。文章報導說，他帶了幾百份

《新航線》，打算在中國散發。他還打算探尋在大陸出版雜誌的可能性，但是還沒來得及找到合作夥伴，警察就把他逮捕了，沒收了所有雜誌。有傳言說，當局將對他進行公開審判，武男懷疑這種審判會不會發生，因爲那會引起更多的國際輿論壓力。他肯定元寶已經有了綠卡，所以，政府如果像對一般中國公民那樣關押他，將是很困難的。更讓當局頭疼的是，美國各大城市裡的異議人士已經在行動，要發起抗議和舉行聲討。文章中說，紐約和華盛頓的一群自由活動家，已經開始徵集簽名，呼籲一些美國國會議員干預元寶一案。

武男在電話裡把元寶的麻煩告訴了迪克。迪克吃吃笑了，說：「我聽說了。他現在出名了，連我亞洲學的同事都在談論他的勇敢。」

「什麼？他們覺得他勇敢？」

「當然，他們怎麼能不覺得他勇敢呢？」

「他可能意在引起注意。」

「可能的。但親自把雜誌偷帶進中國，還是需要些膽量的，你不覺得嗎？」

「我估計他帶去的都是過期雜誌。那雜誌早就停刊了，你知道的。」

「也許他打算在中國復刊呢。」

「這個，我可拿不準。」

「呀，武男，你太苛求了。這麼想一想，只是因爲堅持言論自由和出版自由，他可能會在監獄裡待很多年。」

「不是這麼簡單。我覺得他不會成爲一個良心囚犯。」

「爲什麼你那麼想？」

武男在電話裡沒法詳細解釋，所以他建議兩人見個面，談談這件事。迪克正忙著修改他的詩集手稿，本星期內要送交編輯，所以他要到下個星期三纔能過來。

19

迪克星期三下午到金鍋來時，元寶已經被釋放、並被驅逐出中國了。據說，一些國會議員為讓他獲釋，對中國政府施加了壓力。武男覺得自己判斷準確，對迪克說：「你看，我跟你說過他不會被關多久的。」

「我不明白。他們為什麼沒判他入獄呢？」迪克搖著頭，下巴上都是汗珠。

「那會讓他更出名。」武男說。

「我估計現在他寫書就有些材料了。」

「我在紐約工作那會兒，他正寫一本回憶錄。」

「我知道。我看了翻譯過來的一些章節，糟糕透頂。我跟他說全部放棄，重新開始。」

「可能他已經寫完了。」武男想說，也許元寶現在找個出版商會容易了，但他忍住沒說。

迪克從他後兜裡掏出他新書的封面樣子。那是一張光滑的紙，三十五公分長，二十五公分寬，從中間分開，右半邊是紅色，左半邊是白色。右半邊的中心，立著大大的手寫體字，「意外的禮物」，大字上方是作者的名字，「迪克．哈里森」，大字下邊是一籃水果：蘋果、梨、番茄、葡萄。左半邊紙上，印著些讚揚迪克另一本書的語錄，還有山姆．費舍對這本書的推薦，稱讚迪克有「準確的耳朵」。武男總體上不喜歡這個封面，對用水果體現禮物的創意卻很欣賞。

「你覺得這封面怎麼樣？」迪克問。

「說實話，我不喜歡深紅，太強烈，像一本鬧革命的書的封面。」

「顏色不錯啊。紅色搶眼，可以賣得好點。」

迪克的回答讓武男吃驚，他從來沒想到，一個詩人還這麼關注他的書的銷售。儘管他自己在努力地掙錢，但一到詩歌，武男便無法想像把它看作商品了。他不知道怎麼對朋友表達這個意思，只好指著封面上的柳條籃子說：「這些水果很不錯。」

「我恨的正是這個！」迪克說。

「怎麼呢？」

「多陳腐啊。他們為什麼不能弄一籃子更獨特點的東西，像南瓜、松果、鮭魚、野雞什麼的？我今天早上上課前還跟出版商吵了一架。天哪，那人不可理喻。」

「他們會改嗎？」

「我不知道。那傢伙說，現在太晚了。我跟他說沒有太晚，因為他們剛開始做這本書。我們在電話裡都跟對方急了。他是個蠢貨，可他是我的出版商。也許我不應該跟他那麼吵。」

「一個平庸的封面也不會有太大關係。讀者會根據內容來評判一本書的。」

「我想要事事完美。」

武男沒再說話。他覺得迪克為這封面反應過度了，就算它可能是缺乏新意。迪克告訴武男，這本書的第一次印數是一千冊，如果全賣出去了，這書就算成功了。武男很吃驚，原來印得這麼少。出版商答應迪克，只能給他書價百分之五的版稅，靠賣書他根本掙不到什麼錢嘛，不明白他為什麼還這麼急切地要賣書。迪克說，有些雜誌可能會為《意外的禮物》寫文章。如果評論是正面的，是可以幫助書的銷售的。

「是的，獲得好評更重要。」武男說。

「沒錯。」迪克贊成說：「其實，我比對銷售更在意的，是評論。」

「這纔是正確的態度。詩歌不管怎麼樣也是不贏利的。」話雖這麼說，武男並不完全理解迪克的理由。他也不知道，如果詩集獲得承認，迪克可以間接地掙到錢，因爲他們學校會給他提薪水，他會接到更多學校和作家會議的邀請，去朗誦詩歌和主講寫作討論會。

兩個朋友聊著天，萍萍和妮燕在角落裡包餛飩。屋裡只有迪克一個客人，所以在生意忙起來之前，武男可以跟他在一起坐得久一些。

20

迪克繼續參加佛教徒小組的活動，週末在愛默里大學北邊一個廟宇裡打坐冥想。他試圖說服武男也來，說這可以緩解壓力，使他安寧。武男不解，既然要寫詩，迪克爲什麼需要心靈的安寧。詩人難道不需要強烈的創作欲望嗎？難道不是情感越奔放，他的詩就越有氣勢嗎？不過，出於好奇，武男還是在一個星期天早上去參加了佛教徒小組的打坐。

廟宇在一個林木森森的大院裡，只有兩座房子。這裡是最近纔建起來的，每間房子都被遊廊環繞，有十多個門。這地方讓武男想起了汽車旅館，房前是一個很大的停車場，幾個花壇裡長著鐵線蓮、茉莉和菊花。除了一些小紙燈籠掛在屋檐下，這裡和一個家庭經營的汽車旅館似乎沒有什麼不同。迪克帶著武男到第二座房子去，不過在去的路上，他們碰上了他自己小組的人。所有的人都如蓮花姿勢，盤腿趺坐在兩房中間寬闊的草地上。一半是當地人，中間有四個是西藏人，都有一張堅韌又充滿活力的臉。這天是個輝煌的秋日，溫暖、乾燥，空中沒有一隻蒼蠅或蚊子。強壯的尼泊爾長老，裹著泥色長袍，衝迪克和武男揮手，又點頭微笑。他長著鬆弛的下巴，凸起的眼睛，一笑就更寬了。他坐在一個圓草墊子上，身邊草地上有一台盒式錄音機。一個盛了沙子的小銅缸放在他面前，上面插著線香，冒出縷縷輕煙。

迪克和武男在一個穿著毛線背心和白褲子的年輕女子旁邊坐下。又有幾個人陸續到了。每個人在廟裡提供的卄製跪墊上坐定後，長老開始演講今天的練習。他的英語帶有鼻音，起起伏伏，使武男很難聽出每一個字，但可以明白他說的大意。他正在講，打坐冥想是清洗心靈的一種方式。「事實上，」長老說：「在我們努力改善之前，我們的心靈處在一種混亂狀態。一個未加改善的心靈容納著很多混合著的東西，仁慈與毀壞，卑鄙與崇高，行善與邪惡，同時存在。我們都知道一個人有生物基因，但眞相是，一個人還有文化基因和心靈基因。所有這些遺傳因素都會影響一個人的內心生活……」

長老關於基因的見解讓武男驚奇。他斷定，那人一定很博學。武男瞥一眼坐在他旁邊的白人女子，她的臉上滿是天眞和快樂的微笑。「在我們今天的練習中，」長老繼續說：「我們要努力排空我們的靈魂和我們的心。忘掉一切，不要有任何情緒，既不要快活，也不要悲傷。最首要的是，忘掉你自己，忘掉你是誰。這樣我們纔能深深地沉入我們的起始，經歷完全的虛空，達到眞正的寧靜。」

一對圓盤開始叮叮噹噹，接著，從錄音機裡傳出笛子演奏的舒緩、柔和、夢幻的音樂。聲音常常漸漸弱下去，彷彿快要消失了，卻又總是上升起來。長老的聲音幾乎聽不見了，儘管他的嘴唇還在翕動著。所有的信徒都閉上眼睛，手放在膝上，掌心朝上，緩緩地呼吸。武男傚仿著眾人，但他只是半閉著眼睛，感覺那長老好像輕輕浮起了。

武男不像其他人，他無法集中於自己的呼吸。他睜開眼睛到處看看。每張臉似乎都快樂而恬靜，很多人掛著會心的、向內的微笑，看上去有幾分神祕。武男合上眼，努力讓自己隨著音樂走；但他還是不能接近其他人似乎進入了的那種超脫狀態。他的思緒忍不住地信馬由韁：他還應不應該繼續中文的寫作？兩個月前，他給台灣的一家文學刊物寄去了三首詩，但到目前爲止還沒聽到回音。至於大陸的雜誌，有位編輯回過一次信，要他刪掉幾個政治上太敏感的辭句——今後他不會再寄作品去了。武男沒有給那編輯回信，所以那首詩也就從來沒機會發表。也許他應該把幾首自己的詩翻譯成英文，到美國的小雜誌去試試運氣。也許，經常衝擊他的悲哀，來自於他看不到用中文發表作品的任何可能性，更不用說當詩人了。就好像他的面前立著一堵石牆，誘惑著他把腦袋往上撞。要是他再早十年來美國就好了！那他肯定就可以放棄母語，在英語中開拓出一條路來……

不知怎的，他腦海裡冒出兩句古詩來：「野火燒不盡，春風吹又生。」對，他一定要有野草的精神。不管他面前的牆有多厚，有多難穿透，他一定要在它下面、甚至在它上面成長，就像不屈不撓的小草，最終將頂開岩石。這就是惠特曼頌揚的美國精神，對不對？沒錯，肯定是。他一定要找到自己的方式來寫詩，而且——

「好了，現在你們可以醒來了。」長老用平靜的聲音說。

所有的人都睜開了眼睛，每張臉都變柔和了，說話聲更小了。長老對大家說：「願你們守住內心的寧靜。下星期天見。」

大家都站起來的時候，迪克問武男：「你覺得怎麼樣？」

「我看這法子對所有的人都靈，唯獨對我不靈。」

迪克大笑，在他背上一拍：「好啦，我來給你介紹幾個朋友。」

武男看了一眼手錶，說：「現在我得走了，十一點多了。」金鍋星期天十二點開門，所以他要趕回去。

迪克沒有挽留，但要武男下星期天再到這裡來。武男說他爭取吧。實際上，他對打坐冥想不感興趣。他是不會再來了。

21

傑拉爾德的房子終於進行拍賣了，正像草地上的牌子所宣布的那樣，「就地出售」。一連幾個星期，都有人到這裡來看房子，看見武男家的人在前院，便向他們打聽周圍四鄰和過去房主的情況。雖然終於把垃圾全搬走了，那房子看上去卻比以前更顯荒蕪。地下室一個管子爆了，水在地上淹了好大一片；裝了玻璃卻沒完工的後陽台像條被砍成兩半的船，露出一個黑洞洞的船艙。更糟的是，有兩扇窗戶碎了玻璃——有人朝房子裡扔過石頭。鄰居們都期盼著拍賣的日子，那日子已經延期過一次了。

一個星期六的早上，艾倫對武男談到那房子，「要是超過一萬，我就不會買它。」

「要是你可以把它修理好再賣給別人，可以賺不少錢呢。」武男說。

「可是房子修繕是要花大錢的。太多東西要換了。」艾倫在大腿上拍了一下，像是有小蟲爬到腿上，他另一隻手上拿著把鏟子，他用它把草坪上的蒲公英挖出來。

武男繼續說：「我的朋友樹波可能有興趣買，可他不知道怎麼修房子。」

「你這朋友是誰啊？」

「你知道我們餐館的女侍應生嗎？」

「知道，是個漂亮姑娘。」艾倫猛一拍強壯的脖子，一隻蚊子落在上面了。

「樹波是她丈夫。他們住在勞倫斯維爾，想搬得近一些。」

「我想我見過那人。好啊，告訴他，他不受歡迎。」艾倫隨口說道，可他似乎是故意說得隨便。

不對？」

武男嚇了一跳：「爲什麼？」

「我喜歡你和萍萍，坦率地說，你們是好鄰居。不過這地方的中國人已經太多了。我們需要多元化，對不對？」

「可我們大概是這裡唯一的中國人家了。」

「湖對面那一大家子呢？」

「哦，他們是越南人。」武男記得有一天看見過七八輛車停在那座磚房前的院子裡。他在這一帶也見過兩對青年亞裔夫妻，不過肯定不是中國人。

艾倫繼續說：「洛芝太太、佛萊德、特利、內特，我們都議論過這事。我們不願意讓這一帶變成個唐人街。」

武男反感頓生，卻不知怎麼跟他辯。他勉強說：「好吧，我把你的話告訴樹波。你想讓這裡的中國人保持少數，但你不覺得我們這個地區應該是個熔爐嗎？」

「可有些人是熔不化的。」

「那可能這爐還不夠大，弄成個鍋爐吧，這樣所有的人就都能熔在裡邊，包括你也在內。」

兩人都笑了。艾倫說：「說實話，最壞的可能是出租貧民窟的房東買下這房子，修好了租出去。那我們社區可就遭殃了。」

「你看，我朋友買的話比那可強多了。」

「是啊，和貧民窟房東相比。」

武男腦子裡閃過一個念頭，肯定有些鄰居一直把他家視爲不受歡迎的闖入者，他們也許會繼續這麼認爲，不管自己入不入美國籍。他把艾倫的話轉告給樹波，樹波氣得眼都變形了，臉幾乎氣成紫色。鄰居的反對使他更堅定了買這房子的決心，儘管他不知道怎麼把這房子修繕起來，儘管一開始他和妮燕都擔心，由於就在武男家旁邊，這房子賣的時候會貶値。他一個房屋修理業的人也不認識，只能找承包商，人家會狠敲他一筆的。更糟的是，他不可能時刻盯著修理，因爲他在餐館的酒吧一個星期要工作六天呢。儘管如此，他依然怒氣難消，越想艾倫的話，決心就越堅定——他和妻子一定要進入社區，成爲種族主義者們的肉中刺。

現在妮燕也和珍妮特是好朋友了，所以珍妮特自願陪她和樹波來參加十一月六日的拍賣，他們都預料，拍賣者會根據行情自動落價的。樹波從銀行裡開出了張一萬五千美元的支票，這是賣房廣告上開出的成交人需要當場交付定金的數字。武男力勸樹波夫婦冷靜考慮買與不買，只把它當成一次正常的交易。大家商量以後一致同意，如果不超過四萬美元，樹波和妮燕纔買這房子。如果高於四萬，他們就應該不買。

讓所有人驚訝的是，這次拍賣進行得如此安靜，以致周圍鄰居都沒什麼人知道。來了七個房地產經紀人，樹波是他們中間唯一一個給自己買房的。拍賣場沒有椅子給眾人坐，高個子拍賣人是從南方信託銀行來的，根本沒有叫出任何價碼；也沒有任何人舉牌報回價。除了欠六萬五千銀行貸款，傑拉爾德還好幾年沒付地產稅和其他帳單了。銀行、市政府、電氣公司，甚至還有家二手車行等等，無論如何都要把他欠款的窟窿塡上，所以房屋起價是八萬一千美元。樹波、妮燕和珍妮特都目瞪口呆，站在那裡看著其他人爭來爭去。沒有高聲，氣氛好像是開會期間休息一下，喝喝咖啡、聊聊閒天。一個長著麵包臉的人，一直吸著一根哈瓦那大雪茄，只是跟銀行拍賣人揮手指而一言不發。到了九萬時，兩個經紀人退出，但沒動感情，好像厭倦了這樁事。

最後的價碼是九萬三千，房子到了一個年輕西班牙裔經紀人手裡。樹波和妮燕回到金鍋，依然感到難以置信。妮燕把成交價告訴了武男夫婦，沒有一個人不意外的，都難以想像，把這筆錢付出去，誰還能從這房子獲什麼利。樹波一個勁搖著他的圓下巴腦袋，說：「在美國，沒錢你就別想跟種族主義鬥啊。」

「就跟你得有錢纔愛得起自己的國家是一碼事。」武男補充說。

武男跟艾倫他們一樣，也害怕房子買主是貧民窟房東；不然誰會付那樣高的價格買那房子？也許經紀人打算把它改建成雙家庭房子，租給兩家人，好獲更大的利。大家越談這房子，就越感到惶惶不安。

讓武男一家疑惑不解的是，整個一個冬天，那買主碰都沒碰那房子。雖說冬天裡施工不是很方便，可喬治亞人建房修房，在冬天裡並不停工。據說新房主打算把房子修好了再賣，卻似乎把這房子忘了，直到第二年春天，都沒來再看它一眼。

三月中旬，修繕工程終於開始了。一群墨西哥工人刷牆洗地，粉刷門窗，補種草坪。他們把玻璃後廊拆了，重新建了個陽台。眞正的信箱也在前院盡頭豎起來了。新修好的房子儘管外表光鮮，武男知道屋內損壞的地方都給遮掩起來了。屋頂本來該翻新，有些管子也該換掉。不到兩個星期，院裡就栽上一個牌子，一捆賣房廣告包在塑料套裡掛在牌子下面，房價是十一萬三千。這價錢給武男和萍萍帶來幾分歡喜，因爲這表明他們自己的房子一定也增値不小。不過，他們還是忍不住擔心，有誰會出這麼高的價錢買這種房子？

他們的擔心是多餘的。一個月後，朱迪．古德曼，一個中年單身婦女買下了它。她是格威納特購物中心裡的眼鏡商，喜歡這個安靜社區和那片湖。接著，她母親從佛羅里達的聖彼得堡搬來和她同住。周圍鄰居看見古德曼搬來都鬆了一口氣。她們搬進來後的那天，洛芝太太又把一瓶鮮花放在她家門口的小地毯上，這回是一束鬱金香。

第六部

1

一年多來，武男全力投入掙錢。他的烹調手藝如此精湛，價格如此公道，以致連《格威納特報》上都登出了關於金鍋餐館的報導，讚揚這裡「最物美價廉」。有時顧客成群地來，妮燕顧不過來招呼這麼多人，樹波如果有空就會來幫忙。武男夫婦盤算過再僱一個侍應生，但又覺得還是算了，誰知道好生意能維持多久？

同時，萍萍儘可能削減家庭開支，好早日付清房屋貸款。冬天裡，白天她不開暖氣燒熱整個房間，而在濤濤做功課的餐廳裡放了一個小電暖器。夏天裡，她會關掉客廳和她自己臥室裡的所有通風口，這樣空調會啟動得不那麼頻繁。平時儘可能不在家裡做飯，如果濤濤沒到餐館吃晚飯，她就帶回東西來給他吃。晚上他可以待在家裡，但他一天用電腦的時間不能超過一小時。萍萍還在交稅上想法省錢，甚至把兒子也算作「半職僱員」——孩子也的確幫廚房幹點活——說給他去年發了兩千元薪水。武男經常和妻子開玩笑說：「我是摟錢的耙子，你是盛錢的匣子。不怕耙子斷個齒兒，就怕匣子掉了底兒。」

她便說：「我摳門節省都是爲你們，不是爲我自己，別這麼取笑我。」那倒確實是眞的，她從沒給自己買過一件新衣服。

一九九五年十二月，他們把最後一張大支票寄給了伍爾夫先生，並向他討要房契，兩個星期後，老人把房契寄給了他們。他們的腳終於踩到可以稱爲自己的地上了。武男胸中充溢著自信：他終於給全家掙下了一份安全感。他得意洋洋，足足有一個月。現在，就算餐館倒閉了，他們一家仍然可以平安度日，只要他幹著點什麼，一家人溫飽就不成問題。他推論，這就是自由：不欠任何人一分錢，不用害怕被解僱。

但是他的高興如曇花一現。不知怎麼，擁有房子這事讓他困惑。他沒有想到，五年不到他就夢想成眞。他對《畢司沃斯先生的房子》那本書印象深刻，至今同情著那位主人公，一個小人物，他的畢生奮鬥就是擁有自己的房子。而在喬治亞，土地便宜，房地產是買方市場，他根本沒有經過太久的奮鬥，就擁有了房子。他有點希望這個奇蹟發生在波士頓，或者舊金山，或者紐約，在那些地方擁有一所房子，就可以號稱「成功」。而在這裡，大多數人只要努力工作，慢慢都會當上房主的。接著他又想起原來的鄰居傑拉爾德，這又提醒了他，即使在喬治亞，也還有很多失敗者，因此他應該感恩。

但隨著時間推移，一種失望感滲入他的心頭。奮鬥結束得這麼早，以致他感到美國夢的整個概念彷彿都是假冒的，是一個騙局。他與內心的困惑搏鬥著，這種困惑已經開始使他失去幹勁，工作不像以前那麼賣力了。他努力說服自己，房子眞的是自己的了，車和餐館也眞的是自己的，實現的夢不僅僅是一個空頭心願。要是他們一家沒有到美國來，以他最瘋狂的奢望，也無法想像擁有這一切。他納悶，不知道自己這是怎麼了？爲什麼他不能和妻子同樣地高興呢？爲什麼他無法享受他們辛勤勞動的果實呢？他應該感到成功，可不知怎的，這個成功對他來說，卻沒有它本應該有的重大意義。

漸漸地，他想明白是怎麼回事了：在僅僅幾年的時間裡，他走過了大多數移民需要一生纔能走過的歷程。通常情況下，第一代移民靠做苦工給自己和家人提供溫飽，到一生快結束時，他們可能掙到了一幢房子，或者一套公寓，要是更幸運的話，可能擁有了一家生意。他們那些在父母打下的基礎上成長起來的孩子們，則會有不同的夢想和雄心，上大學，成爲專業人士和「眞正的美國人」。他們大多不會再重複父母的生活。換句話說，第一代移民意味著爲了孩子們而耗費掉，或者說犧牲了，就像肥料使土地肥沃，新種子纔得以發芽、開花。

可武男剛四十歲，人生道路還長著呢。他下一步該幹什麼？努力幹活再獲得另一爿生意？絕對不。這一點他是肯定的。他不想至死就是個成功商人。

武男想起他六年前對丹寧重複的信條：做點有錢人做不到的事。這一記憶在他心頭引起一股突如其來的悲傷。他似乎已經忘記了自己的目標，而迷失在掙錢之中了。他爲什麼沒有專心於詩歌寫作？這些年來反倒就像一個沒有頭腦的機器一樣轉動。他努力說服自己，這個「改道」也許是必需的過程，是邁向更高檔次成就的第一級台階，因爲按邏輯講，只有吃得飽住得暖，你纔能考慮到形而上，纔能享受藝術創造所需要的悠閒。可是他的失望並沒有減少，全都沉甸甸地壓在他的心頭。

他忍不住在內心中怒斥自己：「你活得像條蟲，一個酒囊飯袋，一具行屍走肉。」這些天來，他脾氣暴躁，妻子和兒子又開始在飯桌上躲開他了。

2

樹波經常來給武男送他自己看過的《世界日報》。趕上餐館不忙，兩人就聊上一陣子。一天下午，武男告訴樹波，打算多花些時間在寫詩上，樹波搖著他漸禿的腦袋說：「你太不切實際了。」

「我爲什麼要實際？」武男反駁道：「這個世界是被不切實際的人創造出來的。」

「我是說，你不應該『咬的比嚼的多』。」

「你要說中文『貪多嚼不爛』，就別攙合英語成語了。你什麼時候學會這句的，昨天？」武男火氣上升。

「你看，這正是你的問題。」樹波說著，咽下一口烏龍茶。

「你含沙射影指的是什麼？」

「你不耐心，說這說那像火燒了屁股。」

武男頂煩他這些不中不英的說法，問道：「什麼叫『不耐心』？」

「我們是外來人，不可能一生走完百萬里。寫詩是你孫子輩的職業——比如，我覺得濤濤都將不會去寫詩。你想讓他學科學好掙飯票，對不對？」

「也許對，可那跟我的生活不相干。」

「別提什麼你的生活。你應該爲孩子犧牲你自己，孩子是你生命的延續，他們也會爲他們孩子犧牲的。這是我們中國人的生存和繁衍之道——每一代都爲下一代而活。」

「所以孩子們必須孝順父母，是不是？」

「是。」

「你猜怎麼著？我纔不信那一套呢。爲什麼我應該犧牲自己？我做過犧牲了——做夠了。還有，『犧牲』不過是我們膽小懶惰的一個藉口。我兒子有他自己的生活，我也要有我的生活。」武男想提醒樹波，你連一個孩子也沒有呢，不夠格說什麼父母的犧牲，不過他忍住沒說。

「武男，你太不耐心。在你的人生跨度內，你想走完三代人的路程嗎？你把雄心立得小一點，就好實現得多。你如果眞打算寫東西，就用中文寫。那纔比較合理。」

「我不想合理。」武男冷笑道：「我們就是被這些所謂合理不合理啊、功利主義，弄得窩窩囊囊。」

「咱別這麼爭下去了，原地打轉。我不過是說，一個人首先在經濟上要有保障，然後纔考慮藝術啊，寫書啊。換句話說，新移民要幾代的時間，纔能超越物質層面。」

「那是庸人之見。」武男說。

「不，那是美國方式。別忘了，班．富蘭克林的父親不就是禁止兒子當詩人，說寫詩的多半是叫化子嗎？」

「那富蘭克林他爸爸就是美國頭號庸人。」武男乖戾地說，一雙長眼睛閃起來，「我不相信美國的藝術家都挨餓。我見過很多藝術家。他們可能會窮，會潦倒，但都沒挨餓。就說迪克．哈里森吧，他當詩人過得很不錯。」

「武男，你太固執。迪克的曾祖父是上個世紀到美國來的，我不是說了嘛，你的孫子可以過迪克那樣的日子，但那日子不是給咱們過的。」

「所以我們只好妥協啦？」

「不妥協你還想怎麼樣？」

妮燕過來，把支票本放在丈夫面前，他今天不上班。他們的空調機昨天被雷電擊中，約了修理工下午三點來看看。樹波站起身，伸展了一下雙臂，兩手在腰上按摩起來。他在大佛餐館一天十小時，一星期六天，最近背疼得厲害。「這話咱們下次再聊。」他對武男說著，把支票本塞進口袋，就告辭了。

武男苦著臉沒說話。

3

武男決定再開始寫詩。繼續用中文寫，似乎沒有出路——他沒有名氣，沒發表過東西，與以紐約爲中心的中文作家圈子是完全隔絕的。多倫多也有一群小說家，雖然已經移居海外，仍然在用母語寫作，並把作品寄回中國發表，但他們的文稿常常被審查，或被拒絕，因爲主題不符合官方精神。按武男的情況，很顯然，用中文寫作會是死路一條。他能用英文寫嗎？同樣的老問題這些天來再一次折磨著他。他知道，對於他來說，中文意味著過去，英文意味著未來——和他兒子一致的語言。他也明白，用另一種語言寫作，他可能會偏離中文傳統更遠，可能會不得不忍受更多的孤獨，冒更多的風險；逐漸地他可能不得不荒疏自己的母語，一個他這種情況的作者——實際上所有的海外中國作家——都會被母語邊緣化的。但是用英文寫詩，就好比爬一座大山，他無法看見或想像那大山的頂點。非常有可能的是，他還沒寫出什麼名堂就已經把自己的生活搞得一團糟了。可是，如果他決心寫作，還有別的方式嗎？

接下來的星期四，迪克來吃午飯，武男請他給自己開一份應該閱讀的英文當代詩歌的書目。迪克毫不猶豫就在武男準備好的便箋紙上寫出了十一本書名：

《更黑暗》，馬克．斯特蘭德

《尖叫！》，山姆．費舍

《幸運的旅行者》，德瑞克．瓦科特

《降臨的形象》，路易斯・格呂克
《身體之書》，佛蘭克・比達特
《美國的解釋》，羅伯特・品斯基
《北方》，謝默斯・希尼
《別處》，林達・德維特
《蒼穹和其他詩》，阿蘭・格羅斯曼
《莫街道》，尤瑟夫・科蒙亞卡
《下午的約會》，理查德・哈里森

「多謝多謝。」武男說。他撕下那一頁，仔細折起來。「我決定用英文寫作了。」

「好極了。你猶豫不決了太久。」迪克說。

「你覺得我慢慢可以寫出來嗎？」

「取決於你那『寫出來』是什麼意思。」

「我的意思是，如果我堅持不懈，能不能成爲一個像樣的英語詩人。」

「那是無疑的，武男。你會是一個好詩人。」

「我可能會把生活搞得一團糟。」

「那是常有的。我已經毀了自己的一大半生活了。」迪克大笑，眨了眨眼。

「你爲什麼這麼說？」

「我父母想讓我當個律師。我甚至在哥倫比亞法學院念了一年，然後退學了。浪費了好多錢，我爸爸氣死了。在我父母眼裡，我是個失敗者。」

「可你現在成功了，你有了很好的教職。」

「我隨時可能失去。如果愛默里不給我終身教職，我就不知道上哪兒去了。你看，你有妻子，有孩子，你有一個家。這就已經是成功了。我除了自己啥也沒有。美國的很多詩人比我情況還糟。我認識一個中年詩人，死於急性肺炎，因爲他沒有健康保險，生病了沒法去看醫生。說實話，在某種意義上你很幸運，武男。不論你發生了什麼，你的家人會跟你在一起，會愛你。而且，你有自己的房子，自己的生意，一個堅實的基礎。」

迪克的話讓武男吃驚。他從來沒想到，他的家庭在他自己想像的作家生活中，可以扮演這麼重要的角色。確實，即使他把自己完全毀掉，他妻子兒子也會留在他身邊的。毫無疑問，對於迪克來說，這就是一種成功，至少是家庭的成功。這個意識給了他一些自信，現在他知道自己沒有什麼可失去的。他可以做的就是努力。

他跑了三家圖書館，借到了迪克給他開的十一本詩歌中的七本。爲另外四本，他去了格威納特購物中心的波德書店，買到了兩本。他又在書店裡訂購了林達·德維特的《別處》，可是那裡也找不到理查德·哈里森的《下午的約會》。年輕的女售貨員在電腦裡找了半天也沒有結果。「你肯定這書名沒錯？」她咬著嘴角問武男，那嘴角邊上顯出一對細線。武男不知道那是皺紋還是傷疤。

「沒錯。你們有這個作者別的書嗎？」

「沒有，我這裡沒看見。」她眼睛一直盯著屏幕。

「你們進過這本書嗎？」

「沒有進過。」

武男沒有再去找，因爲手上已有的九本詩集夠他看兩三個月了。再說他肯定迪克有這本書，他可以向他借。

迪克下次來金鍋時，武男提及他弄不到理查德．哈里森的書。迪克臉紅了，垂下眼睛，悶頭喝著海帶湯。「怎麼回事？」武男問他，「你有他的詩集嗎？」

「我當然有。我自己寫的嘛。」

「什麼？可你的名字是迪克，不是理查德呀。你的新書上，作者是『迪克．哈里森』。」

迪克神經質地笑了，臉上起了些皺紋。「你不知道『迪克』就是『理查德』的暱稱。」

「哦，我還眞不知道。你是說，就像鮑勃是羅伯特的暱稱，比爾是威廉的暱稱？」

「沒錯。從現在起，我用迪克當我的作者名字了。」

「我的天，我從來沒想到你會在這個書目裡。」

「爲什麼？你覺得我不夠格？」

「不是，我不是那個意思。我們中國人不會那樣做！」

「哪樣做？」

「把你自己的名字放到你自己開的書目裡。我沒有往你身上想。嗨，我不是要傷你感情。我只是告訴你事實。」

「我沒那麼脆弱。但是我得堅信自己的水平，甚至要自我讚揚。很多詩人只寫出一堆垃圾，可他們卻什麼都有——名聲、金錢，以及女人。」

「這麼說你是爲了那些而寫的？」武男半開玩笑地問道。

「爲什麼不？詩人不是聖人。我們也要在世上混嘛。」

「可是對我來說，詩歌似乎做不到這些。」

「你如果想寫得好，就得把它當成生死大事。」迪克熱切地說，下意識地放下勺子。

武男後來把朋友的話想了又想，卻並不確信。他看不出來詩歌怎麼能被用作爲獲得財富和名聲的手段，更別說獲得女人了。中國傳統裡，詩人往往甘於貧苦，相信苦難和貧困可以讓自己的藝術更完美、更成熟。另一方面，武男記得華萊士·史蒂文斯說過，金錢可以變成詩。可這個說法主要指的是詩人寫作需要的時間和精力；針對的不是迪克想的那種財富和名聲。武男不同意朋友的說法，他也不相信傳統中國詩人秉承的「窮而後工」原則。他覺得，太多的苦難會破壞詩人的敏感，窒息詩人的天分，就像他自己，數年的辛苦勞作就阻礙了他發展自己的詩才。現在他一定要保持頭腦敏銳和清醒，並找到自己的路。

4

三月裡，洛芝太太買了八隻小鴨子，每隻已經有十幾公分長了，把牠們全養在湖裡。牠們長得很快，兩個月不到就像大鴨子了，一搖一擺地扭著肥肥的屁股，在綠水裡游起來，看上去白得耀眼。牠們雖然不會飛到別的湖裡去，偶爾卻也游出去老遠，嘎嘎叫著，從湖的這一頭衝到那一頭。因爲牠們會飛，武男常常懷疑牠們是不是家鴨和野鴨的雜交。牠們八隻總是在一起。在水裡游來游去時，總是以最大的那隻公鴨爲首，一起組成了一支小型艦隊。濤濤管那隻頭鴨叫「惡霸」，因爲那傢伙總是追母鴨甚至母鵝。要是有一隻野鵝太大太高，牠無法交尾，牠便坐在人家背上跟著到處游，牠倆都發狂地尖叫。

五月的一天早上，武男和濤濤帶著星期天的《亞特蘭大新聞憲政報》從超市回來。他們一下車，濤濤就看見「惡霸」蹲在後院的門旁邊，不聲不響地在發抖。濤濤朝牠走過去，牠竟不動地方，也不出聲。濤濤用腳推牠；牠還是不動，渾身抖個不停。武男也過來了，他們看見牠頭上和羽毛上有血。「牠一定是受傷了。」武男用英語自言自語。

濤濤跑進屋去，兩手在腰上拍打著，像一對企鵝鰭肢。他喊著：「媽，『惡霸』跑到咱家院子裡來了，牠跑不了了！」

母子倆一起出來，武男正抱起鴨子，看見牠是被魚線和魚鉤弄傷了，舌頭掛在外邊，被一個大魚鉤從下面刺穿，幾節魚線纏在牠脖子上，勒得牠無法喘氣，翅膀也折斷了一隻，動不了了。武男撫摩著牠的羽毛，看見另一個鉤子刺在牠沒斷的翅膀上。他想方設法把牠身上的幾個鉤子取了出來，可是舌頭上那個他取不了，他一動它那鴨子就疼得不行，嘴上血流得更凶。這可憐的傢伙傷得太厲害，都發不出任何聲音了。

萍萍用剪刀把魚線剪斷，可是沒法把魚鉤弄出來，一弄就把鴨子的舌頭傷得更重。她回到屋裡拿來一把鉗子，圍裙口袋裡還有一個瓶子和棉球。武男用兩隻手使勁捏緊鉗子把鉤子掰斷，這樣倒鉤不會再刺傷舌頭，再把鉤子拉出來。鋼魚鉤硬得把鉗子都弄出缺口，捲了起來。「把牠嘴掰開。」萍萍一邊對武男說，一邊從圍裙口袋裡拿出一片阿斯匹靈藥片。

父親和兒子把鴨子嘴掰開。萍萍在中國曾在養雞場幹過兩年，知道怎麼給雞治病，她把阿斯匹靈掰成兩半，一半塞進鴨子嘴裡。鴨子把藥咽下去了，她又抹抹鴨脖子，好讓藥片沉到嗉子裡去。然後她用兩根小棍把鴨子傷口的蛆蟲都摘掉，又用沾著雙氧水的棉球小心翼翼地擦拭傷口；隨著鴨子腿一陣陣抽搐，傷口不斷地冒泡。治療之後，濤濤和武男抱著鴨子走到湖邊，把牠放回水裡。牠有氣無力地游走了，頭幾乎無法抬出水面。

這一天武男和萍萍都在談論惡霸鴨子，牠一定在他們家院子裡待了一整夜。那隻公鴨是那一窩裡最強壯的一隻，可是牠一旦受傷，就被拋棄到一邊，獨自死去，旁邊沒有一隻鴨子陪著。其他鴨子棲息在對岸的灌木叢裡，和往常一樣睡覺、吃食、交配。偶爾到水裡去嬉戲或捉魚、捉蟲。頭鴨缺席，可牠們的生活絲毫不受影響。萍萍嘆道：「跟人一樣——你病了，就被扔到一邊獨自去死。」

讓他們驚奇的是，兩天以後，「惡霸」又領著鴨隊在湖上游泳了，牠的頭昂得很高，叫聲和過去一樣響亮。牠又開始追母鴨了。這些鴨子都很喜歡武男家的後院。牠們在湖邊曬太陽，在猴子蘭草叢裡下蛋。這麼個小湖裝不下這麼多鴨子，所以萍萍在草裡只留了十個鴨蛋讓牠們去孵。其餘的蛋她拿回家，放在一個鹽水罐裡，都醃起來了。

5

濤濤一直在「學者杯」小組裡，但爸媽讓他退出了，因爲參加活動常常要缺課，還要經常外出參加比賽，而且一出門就得住旅館，兩個孩子睡在一張床上，這是濤濤最討厭的。此外，他從那些答案中也得不到太多收穫——爲了奪標，需要的不過是很強的記憶力和快速反應。不過，退出小組還是讓濤濤不樂意，常常在家裡發脾氣，對著父親吼叫。

濤濤在語文課上寫了一篇關於受傷頭鴨的作文，得了個A。他的老師阿什比在他的作業上寫了一個「好極了！」這讓他和爸媽都很高興。武男也爲這件事寫了首詩，但是無法完成，不管他怎麼改，那結尾就是不對勁。濤濤偶然看見被武男扔掉的詩稿，生氣地對父親說：「那是我的故事！你不應該偷了去！」

他爸媽都傻眼了。武男問：「你……你什麼意思？」

「我已經寫過那鴨子了。你要是再寫，就是剽竊。」

「那是什麼？」他母親問他。

「偷別人的構思。」武男對萍萍解釋，然後轉向兒子。「這是我們的故事。我們都參加了救鴨子的過程。我沒有用你的任何構思和句子，我用的是鴨子的口吻。你怎麼能說我是剽竊呢？」

「可我已經寫過這件事了。你不能再寫了。」

「誰說我不能？」武男火了，眼珠直跳。

「法律說的。」

「你拉倒吧！你又不是律師。」

「操你媽的！」孩子把飯碗摔在桌上，站起身來。

「你再說一遍！」武男跳起來，一把揪住兒子。但馬上他就停住了，鬆了手，只是瞪著兒子。

萍萍插進來干預：「濤濤，向你爸爸道歉。你先罵他的，你必須道歉。」

濤濤不理她的命令，扯起書包往肩上一甩，奪門而出，趕校車去了。這些天來他經常跟武男生氣，因爲武男每隔兩三天就悄悄搜他抽屜和書包，看他有沒有藏毒品，他一忘了關掉電子信箱，武男就會查看他的電子郵件。他跟爸爸說過多少次了不要侵入他的私人空間，可他爸爸就是不改，簡直把他當成假釋的犯人了。這個蠢貨。

濤濤大步往外走的時候母親追了上來。她抓住他胳臂使他站住，說：「你必須向爸爸道歉。」

「是他先開頭的。哎喲！我胳膊斷了！」

「我不管誰先開頭。你罵了他，你道歉。」她仍抓著他胳膊不放。

「我不！」

「他是你父親。找遍全世界你要是能找到第二個比爸爸對你還好的人，你就不用道歉。要是你找不到這樣的人，你就必須向他道歉。」

濤濤擰著眉毛看了看她，然後慢慢返回屋子。他一把拉開紗門，大聲喊道：「爸，對不起，好了吧？」

「沒關係。」武男說。

儘管與兒子的口角打擊了武男完成這首詩的欲望，他卻很驚訝在爭論的全過程中他兩人都沒有使用一個中文字。他走到涼台上，掃去花粉和灰塵，很高興他這次控制住了脾氣。

濤濤有時還是會對武男表示仇視。他經常扔給他的一句話是：「你從來都不在。」武男知道他是什麼意思——孩子仍然怨恨武男在他小時候不在身邊。但武男還是回答：「誰說我不在場？我是第一個看著你從你母親肚子裡出來的人。你的頭先出來，頭髮光溜溜的。」這話讓兒子更加惱怒。

很顯然，濤濤把武男當成這個家裡的某種競爭對手。一有可能，他就要爭奪母親全部的愛和注意力，他會打斷武男和萍萍的談話，或橫坐到爸媽中間，或什麼事做壞了就把責任推到武男身上。武男說他，長大了就要有個長大的樣子。快十三歲了，身高已經一米五二，可他跟小時候沒什麼兩樣。武男經常對他說：「你有伊底帕斯戀母情結了，長多大都是媽媽的寶貝。」這麼一說就更糟，濤濤會叫他「臭水缸」。武男不知道這個詞，在辭典上也找不到答案。他估計一定是個新俚語，編辭典的人還沒來得及收進去的。有一次他問兒子這個單詞怎麼拼音，可兒子不肯告訴他。

有時候，武男會想，要是他有個女兒而不是兒子會怎麼樣。內心深處，他願意要個女孩，女兒會對他更親密更依戀，還可以在餐館裡幫他更多的忙——不像濤濤，在他認識的孩子面前羞於收拾桌子，還對父母發牢騷：「我當奴工還沒當到頭啊？」武男聽了也不去反駁他，儘管他覺得萍萍把兒子慣壞了。要是他們有個女兒該多好！

6

一九九六年春天，萍萍發現自己懷孕了。家裡要添丁進口的前景讓每個人都不安起來。濤濤大發雷霆，說他爸媽眞叫無恥：「我都快十三歲了，讓我給這孩子當叔叔嗎？」他怒聲吼道。

武男反駁說：「你上大學以後，我們需要家裡再有個孩子呀。」

「我不想要弟弟妹妹。」

萍萍一言不發。明白濤濤是害怕這個新生兒會變成全家的中心。

「自私的小子。」父親說他。

「閉上他媽的嘴！」

武男壓住對兒子嚷回去的衝動。事實上，他是全家唯一對萍萍懷孕感到高興的人，因爲他憧憬著那孩子可能會給他的生活帶來新的意義。要是一個女孩，他會不惜用自己的後半生來撫養這個孩子的。

萍萍不像他，很害怕，因爲她已經四十歲，生孩子恐怕不會很容易。而且，這裡不像在中國，那邊有她當醫生的父母可以幫她。在這裡她是一個人，武男是不能指望的——他不會照顧別人。更讓人擔心的是，他們的健康保險只保意外事故，生孩子的醫療費將是一大筆。要是她分娩時死了怎麼辦？那濤濤不就沒媽了？武男也慘了。有太多的風險要考慮了，弄得她坐立不安。她跟武男說了自己的憂慮，可他回答說：「別擔心。一切都是可以解決的。我們現在有些餘錢了，養得起第二個孩子。」

諾克羅斯醫療中心的超聲波顯示，這是一個健康的孩子，只是現在識別是男是女還太早。不知怎麼，武男和萍萍都堅信這是一個女孩。護士讓武男從一個很像照相機的小黑盒子聽孩子的心跳，那心跳快得像隻鳥在拍打翅膀。「非常強壯。」武男說著，喜形於色，眼睛下面出現了細細的皺紋。

護士斯黛西告訴他們：「其實，脈搏現在有些淺短，但孩子長大一點就會強壯起來了。」她圓圓胖胖的手指不停地按著萍萍尚未凸起的肚子。孩子只有兩個月。

雖然檢查花了二百三十六美元，武男卻是興高采烈。接下來的幾天他和萍萍開始考慮給孩子起個什麼名字。不論他們起了什麼，濤濤都說難聽。萍萍和武男不理會他的不滿，確定了給孩子叫May——五月，和中文美麗的美、梅花的梅諧音。這個名字確實有點平常，但平平常常可以讓孩子更好養活。在中國，尤其在農村，父母經常故意給孩子起一些比較賤的名字，甚至叫孩子狗兒、驢兒、娃子，或者就是小子、丫頭，這樣孩子就不會被小鬼注意，不會被勾走了。

慢慢地濤濤也不那麼激憤了，願意接受家裡添一個妹妹，只有他母親依然焦慮。有時候，萍萍夜裡失眠，在床上翻來覆去，想著所有不可預知的情況。孩子要是個傻子或有遺傳病怎麼辦？我已經四十了——什麼情況都可能發生。要是我生孩子的時候死了怎麼辦？那可就害了濤濤也毀了武男了——這個家就完了。我不擔心武男，沒我他也能過。我死了，他很快可以再找個女人，甚至回中國去找蓓娜。別看他說累得愛不動任何人了，我比他自己還瞭解他——我一死，他很快就會把我忘了，跟另外一個女人結婚的。但我不會嫉妒他的。他應該繼續他的人生，組織新家庭。我不放心是，濤濤就該沒媽了。武男愛他，這是肯定的，但他不知道怎麼照料孩子。更別說新生兒了，得有人餵，有人帶。武男會提供家用，可不會是個眞正顧家的人。他生來是個作家和學者，別看他一樣沒當上。他就是爲這個一直生氣呢。要是我父母在這裡就好了，他們可以幫我籌劃安排所有事情。有他們在，我再要兩個孩子都不在乎。我喜歡孩子；武男也喜歡。我們應該有一個大家庭的。那樣會使他高興，有了女兒，他肯定會當一個寵愛她的好爸爸。哦，也不一定。他這人好像不讓自己和別人遭罪就活不下去。可我還是愛他。儘管有這些缺點，他仍是一個好人，看他多盼著這孩子出生。

他從來不爲我可能碰到的困難而擔心。總是那麼心不在焉。你可以移走一座山，卻改變不了一個男人的天性。別動這些不好的念頭了。睡一會兒吧。明天是星期一，自助餐要幹的活兒很多呢。

早上起來，萍萍的臉憔悴浮腫，還噁心乾嘔了好一氣。很多東西她的胃不能消化了：奶酪、豆腐、菠菜、魚、雞等等。可她又這麼容易覺得餓，一天要吃七八頓飯。「這個孩子簡直是魔鬼。」她不停地這麼說。

武男努力安撫著她。他不讓她在餐館裡幹任何重活。突然之間，他的生活似乎有了一個目的，一個中心，讓他覺得渾身是勁。他感激這第二次機會，因爲他當年沒有幫助妻子帶大濤濤，這一次他決心要當一個好父親。

7

武男用英文寫了四首短詩。他對這幾首詩很滿意，不知道應不應該拿給迪克看看。最後決定暫時不給他，倒是先給山姆．費舍和愛德華．尼爾瑞寄去了，因爲兩個詩人都說過要他寄詩作給他們。他希望他們對這幾首做些評點，理想的是幫他發表一兩首。

幾個月前，迪克建議武男寫一本回憶錄。武男被這個想法弄呆了，搖頭說他沒有這個打算，也無法想像當一個自傳作者。他覺得自傳是有過不凡經歷的人才該寫的。迪克說：「根據我聽到的，你的生活會是個很有意思的主題。」可武男還是不打算寫。另外，一本散文體的書要求作者的可就多了——長時間地集中精神和全身心地投入，這就意味著他在一兩年的時間裡要全職寫作，這種奢侈是他負擔不起的。他還是專心寫詩吧，寫詩只需要短期的能量噴發。

現在詩都寄出去了，他時刻盼著兩位詩人的回覆。可是三個星期過去了，沒有聽到他們的隻言片語。他疑惑了，決不定要不要再給他們寫信，然而他轉念一想，決定繼續耐心等待。

一天下午，迪克到金鍋來了，臉色陰沉，眼睛腫著。他比武男上次見到的那個歡快的迪克看上去老了好幾歲。武男拉出一把紅皮面椅子，在迪克對面坐下來。「你這是被什麼吃了？」（你怎麼不開心了？）他問迪克，用起剛從樹波那裡學來的俗語。

迪克發出一聲長嘆。「我的出版人把我吃了。哦，救救我！」他突然哭起來，臉都扭歪了。他伸出手抓住武男的胳臂，好像打算站起來卻又不能。武男吃驚地遞給他一張紙巾，迪克拿過去擤了擤鼻子。

「他們要你多賣些書？」過了一會兒，武男問道。

「不是，他們不肯出版《意外的禮物》了。」

「爲什麼？我正納悶兒那書怎麼回事呢，早就該出來了。」

「一開始他們推遲了出版，然後他們決定根本不出了。」

「怎麼會呢？」

「他們說我上一本書沒有達到銷量標準。其實那只是個藉口。我知道他們出的一些書賣得還不如我那本。他們只是想拋棄我，也許因爲我爲封面跟他們吵過。」

「你們不是有合同嗎？」

「我簽了合同，可是他們簽完字的那份從來沒給我寄回來。所以合同就是無效的。」

「那太糟了！」話雖那麼說，武男還是不很明白朋友爲什麼傷心成這個樣子。他又問：「他們不是已經都排版校對過了嗎？」

「是，可是出版人改主意了。我完蛋了，武男。我永遠也不會從這個打擊中恢復過來了。」

「別這麼悲觀。你還可以另找出版人，對不對？」

「你不明白，武男。一旦出版人拋棄你，你就完了。」

「怎麼會？」

「你現在屬於不同類型的詩人了，沒有出版人會把你的作品當回事了。就好像你變得無家可歸了。」

「就沒有商量的餘地了嗎？」

「跟誰？」

「出版人啊。」

「沒有。出版社的那個詩歌編輯是個蹩腳詩人，他用別人的詩句，我曾經批評過。這就讓整個事情更糟了。我知道那雜種會在我背上捅一刀的，但我沒想到他和出版人會合謀來幹掉我。這一刀捅到我這裡了。」他指著自己的心。現在他已經不哭了，眼睛還淚汪汪的。

武男還是很難理解，說：「這也不是世界末日啊。只要你一直努力，就會有辦法讓你的書出版的。」

「你不知道詩壇怎麼回事。就算運氣好，我至少要花半年時間，纔能找到另一家願意考慮我手稿的出版社。今年冬天我就面臨終身職的審核。如果我那時沒有一本書被出版社接受，愛默里大學就可能解僱我。如果被解僱了，我作為詩人就死掉一半了，就必須從頭開始我的生涯了。」

武男總算明白朋友的挫敗多麼重大了。他問：「那個詩歌編輯知道這會嚴重地毀了你的生涯嗎？」

「他當然知道。他一定在對我的痛苦幸災樂禍呢。詩人會比政治家還要惡毒的。」

「這太噁心了。」

「我可能不得不申請第十一章了。」

「你是說在迪凱特的那家書店？他們第十一章怎麼能幫你？」

迪克爆發出大笑，他的眼裡突然充滿閃光的淚珠。他的笑聲讓武男窘住了。迪克解釋說：「『申請第十一章』意思是宣布破產。你眞是個會逗笑的人，武男。」

「明白了。可你沒有損失任何資金，不需要第十一章，只需要努力和等待。」

「是，我還沒死。」迪克一敲桌子，「我要重整旗鼓，發起戰鬥。我馬上就開始尋找新的出版人。」

還沒到生意忙的時候，武男就要萍萍給迪克和自己做了麵條。兩個朋友就著一盤烤鴨和宮保雞丁一起吃了午飯。迪克吃飯時已經振作了一些。他說他去找山姆·費舍給自己幫幫忙。他必須讓自己的手稿在年底前被出版社接受，這樣他在終身職審核的時候纔有底氣。武男對他說，他肯定會找到新的出版社的。

迪克的挫敗讓武男不安。這讓他見識了一下詩壇內的明爭暗鬥。如果連迪克尚且遭此打擊，那麼像武男自己這樣還沒露頭、既無關係又無作品發表的詩人又會如何？但是，命運不確定、缺少運氣，都不應該是他不努力爭取的藉口。他一定要努力、再努力。

儘管他堅定了信念，他空閒時其實還是沒有寫作，因爲妻子懷孕了，需要他照顧。一連幾個星期，他都小題大作、過分殷勤地體貼著萍萍，甚至當著別人的面拍她的肚子或摟著她，弄得她不時要把他趕開，不過，他什麼時候想吻她，她都會把臉湊給他。

8

萍萍很高興武男突然轉變爲一個專心的丈夫了。她享受著他的關注，和愛她的小動作。他多麼愛他們未出世的女兒，經常無緣無故就笑起來，好像在品味什麼祕密。她仍然不確定他是不是愛她，但有了這個新嬰兒，她又可以牽住他很多年。她知道他可能仍在思念蓓娜，別看他不動聲色。幾天前，她看了他一些詩稿，有些顯然是寫給他初戀的人的。他對那個無情女人的感情仍會傷害她，那女人可能早就把他忘了。有時候，萍萍情不自禁地相信，武男只是想像出一個情人，好讓自己的靈魂充滿傷感，這樣他就能遭受更多的痛苦了。

這些天來她感到人很不舒服，渾身沒勁，焦慮不安。不管喝多少水，還是覺得口渴。檢查結果表明，她得了二型糖尿病。這個診斷嚇壞了武男和濤濤。濤濤聽說過有人死於這種疾病，害怕會失去母親，一邊哭一邊埋怨武男讓媽媽懷孕。「我恨你！我恨你！」他對武男嚷道。

武男雖然也很擔憂，卻相信萍萍的糖尿病可能是暫時的。營養學家說，很多懷孕婦女會得這種病，尤其是亞洲婦女，她們飲食中含有太多的澱粉，但是大多數人生完孩子不久，病就好了。

萍萍根據營養學家開出的食譜，一天吃五頓飯，都是低糖高蛋白的食品。她不喜歡給她規定的食品，但又不敢吃武男在餐館做的飯，怕把血糖搞亂。儘管對飲食很小心，她還是不舒服，白天裡總是疲憊、嗜睡，臉腫了，眼睛也淚汪汪的。夜裡起來很多次，對著馬桶嘔吐。她罪受得太大，說肚子裡這孩子是故意來折磨她，要把她拖垮的。

武男經常求她下午待在家裡。樹波在大佛餐館的工作因爲餐館的倒閉而丟了，他可以來頂替萍萍。事實上，樹波並不喜歡當調酒，而願意當廚師，所以他經常到金鍋來，跟武男學做菜。他掌握這門手藝的速度很快，武男有時讓他做做菜，他總是很高興地做。「你生來就是個廚子。」武男有一天逗他說。

「我不應該聽你的，把錢在調酒學校上打了水漂。」樹波說。

武男一請他來幫忙，他馬上就來。沒人在跟前時，萍萍經常看見樹波擁抱太太，或在她臉上親一口。與其說他是來幫萍萍的，倒不如說他是來幫妮燕的。他不放過任何一個和妻子在一起的機會，兩人像是新婚燕爾。萍萍和武男都覺得好玩，說他們像一對鴛鴦，老是摽在一起。

樹波建議武男弄一台卡拉ＯＫ機，可以吸引更多客人來，讓金鍋成爲一個大家晚上聚會的熱鬧地方，尤其那些專業人士，白天上班說了一天英語，需要一個中文環境來放鬆一下。「要讓這個地方受人歡迎，你就要營造氣氛。」他對武男說。

「我不想把這地方變成蛤蟆坑。我怕人多，你知道的。」武男笑著給樹波續滿茶。

「那你怎麼吸引來更多的生意？」

「我們的客人夠了。」

「要是來的人更多，你可以賺更多錢哪。」

「天啊，你眞是個派對動物。」武男改用英語說。看見朋友一副不知所云模樣，他又補充說：「沒聽過這個說法吧？哼。把牠寫你本子上吧——派對動物。」

「你眞是個難纏的人。」

樹波認識這邊中國社區不少人，多數是些寂寞的人，會到這裡來唱唱伴隨他們長大的老歌和「文革」中流行的樣板戲。但是武男不要買卡拉ＯＫ機，因爲他的客人大多是美國人，可能不喜歡一個喧鬧的金鍋。另外，他自己也怕吵。有一次他去一家台灣人開的餐館吃飯，一些穿著考究的大學生唱歌聲音太大，到第二天早上他耳朵還嗡嗡作響，從那次以後，他再也沒進過那家餐館的門。另外，他也不願意在這裡和中國專業人士接觸，他們中有人會看不起他的。在武男眼裡，他們只是些自作聰明的人，只看見自己。要是他們開始在這餐館裡唱起來，就可能想耗到下半夜。他和樹波開玩笑，說要是樹波每天夜裡都來，他就安個卡拉ＯＫ機。而那是不可能的，因爲樹波有個半職工作，每星期有兩晚上要到亞特蘭大去上班。後來武男跟樹波解釋，他現在不應該折騰更多的事，好讓萍萍壓力不要太大。樹波笑了，對武男說：「你是個模範丈夫。」妮燕說：「是啊，你要向武男學習。」

得知萍萍懷孕，珍妮特經常來金鍋看她。她也說了很多海麗的事，海麗現在會走了。可珍妮特很擔心：這孩子臉色太蒼白，身體太弱，好像更矮小了。有時候，海麗哭得上氣不接下氣，好像哪裡痛。雖然戴夫來餐館不如過去頻繁，武男夫婦看見過他在珠寶店，抱著海麗，或帶她在周圍走走，總是牽著她的手，邁著又短又慢的步子。除了問萍萍怎樣當父母的問題，珍妮特似乎害怕海麗沒有個伴。她對萍萍說：「你女兒長大了，能讓她和海麗一起玩嗎？」

「別說傻話啦。」萍萍說。「我們是朋友，所以她們也會是朋友。不過我怕我孩子不夠健康。」

「你怎麼會這麼說？」

「我不知道，這些天我感覺很不好。」

「你不會有事的。往好處去想。我們都聽見小腳丫的腳步聲了。」

珍妮特聽萍萍告訴她，武男急於想要個女兒，感到不可思議，因爲她和戴夫都以爲武男不喜歡孩子，尤其是女孩子，他們認爲，正因爲這個，他纔不肯當海麗乾爸的。萍萍也無法解釋武男的變化，但是她覺得這可能是因爲他現在年紀大起來，他們現在的生活也相對穩定了的緣故。

9

五月的一個晚上，迪克打來電話，嗓音嘶啞地對武男說：「老人去世了。」他像是喝醉了，聲音都變了。

「誰死了？」武男問道。

「山姆。」

「什麼？什麼時候的事？」

「昨天下午，他心臟病發作，送到醫院沒多久就死了。我明天去紐約參加葬禮。」

「對，你應該去。跟牛敏說我聽說山姆去世很痛心。」

「我可能見不到牛敏。哦，我沒告訴你他不再是山姆的男友了？」

「沒有，你沒告訴我。怎麼回事？」

「幾個月前，他離開山姆，和一個女士結婚了，可沒人確切地知道他的下落。我聽說他在香港一個大學裡教書。」

「我簡直不能相信。」

雖然吃驚牛敏是雙性戀，武男卻沒多言語。他讓迪克一路小心，不要過度悲傷，因爲山姆死時沒有太大痛苦。掛上電話，他禁不住懷疑，牛敏是不是對山姆並無眞愛，而只是利用老詩人。沒有山姆的資助，還給他付學費，牛敏不可能到美國來。等他從紐約大學拿到碩士學位，他就離開了山姆，開始去過他也許一直想過的那種生活了。武男懷疑牛敏就是那樣的一個心計多的人。

山姆的死，讓武男感到一種不同的悲痛。他和詩人沒有熟悉到缺他不可的程度，可詩人的去世還是讓他難過。可以在寫作上幫助他的山姆，就這樣在武男的生活中留下了一處空白。他的去世，讓武男覺得更加孤單，老是情不自禁地猜測，山姆死前有沒有讀到他的詩。也許沒有。

迪克星期一趕回來了，因爲第二天早上有課。到星期三下午，他才來金鍋吃午飯。看樣子他沒有哀傷過度，灰眼睛裡閃著柔和的光，臉上掛著神祕的微笑。武男一直看著他那張生氣勃勃的臉，聽他說，臨死以前，山姆計畫給養子在布魯克林買一套公寓，還夢想著怎樣能到西藏去訪問。妮燕把他點的棒棒雞拿上來時，迪克對武男說：「我的書被紐約一家出版社接受了，幸虧山姆。」

「恭喜恭喜！」武男爲他高興，「怎麼辦成的？」

「山姆給那家四大洲出版社的總裁打了電話，親自把我的手稿送過去。出版人看完以後，跟山姆說他會出版。現在山姆去世了，他更得履行自己的諾言。」

「做得好啊。山姆幫了你大忙。」

「這是個奇蹟。四大洲出版的詩歌系列，比我原來那家出版社還有名氣。」

「你看，我說過你很快會找到出版人嘛。現在你的終身職審核，應該沒有什麼問題了吧？」

「對。」

迪克嚼著一塊雞，改變了話題，開始談起元寶來，他也參加了山姆的葬禮。聽說元寶在美術界獲得成功，賣出去了很多幅畫，武男十分興奮。迪克笑嘻嘻地說：「他告訴我，他在中國有了個未婚妻。」

「他訂婚了？」

「是啊，兩個月前回去訂的婚。他高興得不得了，還邀請你我都去參觀他的畫室。」

「中國政府讓他回去啦？」

「看樣子讓他回去了。我不知道他怎麼搞成的。」

「這麼說他還記得我？」

「記得，印象特好。他說你才華橫溢。」

「你這是開玩笑了。」武男懷著些辛酸大笑起來，這使他的臉變成了一副苦相，好像胸口突然疼起來了。他又說：「也許是一個才華橫溢的廚子吧。你剛才說他有一個畫室——在哪裡呢？」

「在田納西州的一座山上。」

「那他現在是職業畫家了？」

「是的，很富了。他的畫賣得很好。」

迪克接著說，元寶半年前搬到田納西去，教當地幾個業餘畫家畫畫。其中一人是個有錢的律師，在山上有一塊地，所以那人就給老師在那裡蓋了個畫室。這樣他們那一班學生到元寶那裡上課也就有了個地方。迪克一席話激起武男的好奇，他從沒想到，原先不過是個寄生蟲的元寶，在美國居然也混出來了。也許那傢伙改變了，變成了一個勤奮的藝術家。

武男和迪克打算一起去看看元寶。金鍋星期天都是中午纔開門，傍晚前都不會有很多客人。所以武男請樹波來替他，這樣他下個週末便可以和迪克一道去田納西。

10

迪克和武男星期天一早出發。那天天氣極好，薄霧散去之後，涼爽、晴朗，陽光照在被露水打濕的樹葉上，微風一吹，閃閃熠熠。他們沿著五七五號公路開了一個半小時，在藍山休息了一下，然後繼續向北。半小時後，他們跨過了喬治亞邊界，在布滿急轉彎的山區碎石路上開了一陣之後，他們就在山上找到了元寶的寓所。讓武男驚訝的是，元寶現在眞是與世隔絕，過得像個隱士。從他的畫室看出去，見不到任何房屋。畫室是一個屋頂陡峭的巨大木頭房子，開著大大的窗戶。白色、粗糙的新鮮原木還沒刷漆，發出濃烈的松木清香。畫室背後停放著一輛褐色的旅行拖車，元寶在那裡頭做飯吃和夜裡睡覺。拖車旁邊還停著一輛紫紅色的廂型車，元寶有時候開著它，到北邊八公里外的波斯泰小鎮的中國餐館去吃飯。平時他全心投入作畫，到了週末纔給學生上課。

元寶同兩個客人熱烈擁抱。他現在更像中年人了，理著小平頭，胖了近十公斤，但看上去很健康。他曬黑的臉讓武男想到了在戶外幹活的農民。元寶告訴他們，他每天都在附近的一個人工湖裡游泳。

畫室裡坐著三個元寶的學生，其中一個是佛蘭克，四十多歲，戴著眼鏡，他就是擁有這片土地和畫室的那個律師。另外兩個學生布萊恩和蒂姆，都是二十多歲。蒂姆又細又高，但像個籃球運動員般的肌肉發達；布萊恩是個越裔美國人，生在越南，一副更像蒙古人的英俊臉龐。他告訴武男，他姓胡，他父親在七十年代西貢陷落後逃到美國，一年以後，他媽媽背著纔一歲的他也到了美國，和父親團聚。佛蘭克不像那兩個強壯的年輕人，看上去勤勉，瘦削，高度近視。學生們都對老師畢恭畢敬，元寶卻是很隨便的樣子，經常在他們肩上背上拍一拍。他比過去聲音高了，顯得快活了，說起英語來就好像對著什麼人吼叫，一句話後邊，經常加上一個尖聲大笑。武男不知道他從什麼時候開始，講起英語來毫不猶豫了。

武男把畫室到處看了一遍。牆邊靠著二十來幅畫，大都是靜物——水果、花、樹木、一碗碗的食物、岩石、靛青天空中的一團星星。也有幾幅質樸生動的動物和年輕女人，讓人聯想到法國印象派風格。

「我最近工作可努力了。」元寶告訴他們。「一天一幅畫。」

「那你一定掙到了不少錢。」迪克說。

「了不起。」武男也承認。

他注意到，這些畫和元寶過去的作品明顯地不同，大多都明亮、輕快，充滿活力、陽光和生氣，沒有他過去畫裡充斥的那些極端色彩和悲劇色調的痕跡。顯然，元寶在美國的生活已經影響了他的藝術。這些作品擺脫了抑鬱、焦慮，對世界的偏見眼光和悲觀絕望；給人以溫暖和滿足的感覺——到處都是光明。然而再想一想，武男又拿不準了，這些變化是源自作者內心，還是源自他迎合美國市場需要的努力呢？他從這些畫裡幾乎看不到任何原創性。

「這裡的每幅畫都值至少一千美元。」蒂姆告訴客人。

「這麼說那是你的價碼了？」迪克問元寶。

「實際上，他的華盛頓系列賣了四萬多美元呢。」佛蘭克插進來，推了推眼鏡。

「這裡，我給你們看看。」元寶帶著客人來到一個支架長桌前，桌上放著三個巨大的相冊。他打開其中一個，說：「這就是那個系列。」

武男和迪克細細去看那些畫的照片，畫得確實給人印象深刻，以一種新鮮明亮的風格呈現了美國首都，那城市彷彿是一個大公園，樹木在早晨的陽光下閃著亮，輝煌的大教堂雄偉如山。「我只畫了一個系列。」元寶解釋說：「我的經紀人想讓我多畫些這個系列，可我拒絕了。」

「為什麼？」迪克問道。

「我不想重複自己。」

這個回答讓武男不解。元寶本性是很精明和功利的。也許他打算保持自己作品的珍奇，好維持並增加它們的價值。武男沒再問下去，繼續翻閱著相冊。這本相冊裡有幾百張元寶不同風格的作品照片：顯示中國傳統畫影響的山水畫，先鋒派的作品，類廣告畫，印象派風格的不透明水彩畫，靜物寫生，透明水彩畫，女孩和各種藝術家的肖像。其中元寶非常自豪的，是幾幅他用調色刀畫出來的畫。那幾幅都市風景和河畔的作品的確活潑、鮮明、淳樸自然。他說，是他自己發明的這種技術，叫「刀畫」。雖然武男很欣賞元寶的畫作，他還是問道：「你還寫詩嗎？」

「不再寫了。我發現畫畫更適合我。」

「那你的回憶錄呢？」

「我還在寫著。」

武男覺得元寶永遠也不會完成那本書的，他一定早把它扔一邊去了。

過了一會兒，元寶切開了一個大西瓜，大家一起坐在涼台上，一邊聊著，一邊喝啤酒、吃西瓜、吃葡萄。蒂姆和布萊恩編輯了一本叫作《藍星》的藝術雜誌，剛剛發表了一長篇關於元寶和他作品的文章，讚揚他是「山裡的大師」。文章是蒂姆寫的，他很為自己的文筆自豪。

因為英語不好，元寶不能完全理解文章中精心炮製的句子，所以他請武男給他講講那些都是什麼意思。他堅持要武男當場逐字逐句地翻譯給他聽。雖然注意到布萊恩略帶嘲諷的笑容，武男還是一句句地把文章翻譯了一遍，元寶一個勁地點頭，聽得很專心，眼睛不停地眨著。武男覺得主人就像一個小男孩，十分自負，卻是以一種天眞的方式。現在的元寶和以前那個人非常地不一樣了，變得無憂無慮，自然本眞，儘管舉止上仍是有一點急躁，從他臉上仍可以看到一些把握不足。武男一用中文翻譯出吹捧他的句子，元寶便放聲大笑。

武男花了二十五分鐘，纔把文章翻譯完。然後他們接著談大家共同認識的住在紐約的那些人。元寶坦白說，兩年前他愛上了一個中國女子，可她的父母看不上他，不讓女兒嫁給他。在他們眼裡，他是個沒用的人，配不上他們女兒，人家在范德比特大學讀生物學博士呢。她媽當著他的面說他是癩蛤蟆想吃天鵝肉，可他還是追她追到納什維爾。「我給了他們十幅我最好的畫。」元寶告訴客人。

「現在他們一定發財了。」迪克說。

「那倒沒有。」

布萊恩插嘴說：「他們把他的畫當了桌布，一張一張地毀了所有的畫。去年秋天，他們到元寶在華盛頓開的畫展來，看見畫上的標價纔目瞪口呆，眼睛都離不開標籤了：天，每幅六七千塊呀。而他們毀了的那些，値的更多。」

「這都是老黃曆了。」元寶平靜地說：「她和我之間完了。我們沒運氣、沒機會、沒法在一起。她跟另一個人好了之後，我搬到山上來了，在這裡努力作畫。我是個蠢人，跟姑娘沒緣分。」

武男大笑，又忍住了。他記得元寶曾經是個好色的傢伙。這個浪子怎麼變了這麼多？也許他的成功給了他更多的自信，讓他想當一個負責任的男人了。

元寶發出一聲輕微的嘆息，對武男說：「那次戀愛傷我很深，改變了我。突然之間我覺得自己老了，渴望安定下來，想有一個家。」

武男把這話想了一想，認爲元寶現在可能是一個好一些的人了。

迪克和蒂姆站起身，到拖車裡去上廁所。武男對元寶的成功很好奇，納悶他爲什麼要以這種速度作畫，一天一幅，那不是成了製造商了。沒有哪個眞正的藝術家會強迫自己這麼幹的。他問道：「你幹嘛要畫得這麼快？」

「下個月在羅利有一個畫展。我必須交出十幅給他們。」

「你眞的需要這麼趕嗎?」

「我應該保持這個勢頭。我的畫在香港和台灣賣得非常好。人們經常問:『元寶,這傢伙是誰?』他們看見我的畫和一些大畫家的作品掛在同一個大廳裡。」他的聲調表露出一些自鳴得意,讓武男感到不自在。

「說實話,元寶,」武男說:「你不應該用這種不顧一切的速度作畫。放慢一點。現在是鞏固你成功的時節了。別太急。」

元寶露出一副吃驚的表情,然後說:「武男,坦白地告訴我,我該怎麼做。如果實話實說,成功是很傷腦筋的,有時候讓我害怕。我不過花一兩個小時划拉出一幅,就可以賣個幾百美元,有時候甚至上千美元,好嚇人哪。」

「別考慮掙錢的問題。記住你眞正的雄心。你的對手不是你同時代的人,而是那些已死去的大師。」

元寶的眼睛亮起來:「這話說得英明,武男。我跟迪克說過,你是我認識的最聰明的人之一,現在我得說,你還是個智慧的人。非常對,我現在應該考慮怎樣畫出不朽的作品。所有財富和名聲都是過眼雲煙和身外之物,不是我自己內在的一部分。」他伸出胳臂,好像在舉起一個重物。

「是啊,咱們已經人到中年,應該仔細計畫一下咱們的抱負了。」武男嘆氣道,想起了自己的狀況。過去五年裡,他什麼也沒寫,總是給自己提供藉口,說自己英語還不夠好。

「對,我會記住這個的。」元寶同意。

接著元寶告訴他,自己要去中國畫一些畫,因爲他的經紀人非常喜歡他的威尼斯系列,所以希望他再畫一組上海系列出來。等羅利的畫展一結束,元寶就動身去中國。還有,如果一切順利,他想在秋天跟未婚妻結婚。武男問:「這麼說中國政府讓你回去了?他們兩年前不是還逮捕你了嗎?」

「他們知道我不再是民主運動分子了。我作爲一個藝術家,可以隨時回去。一切都變了。你不想回去看看父母嗎?」

「想去，可我的情況不同——我不怕政府，但我怕那些高幹子弟。他們和我之間有仇。等我入了籍，可能會回去看看。」他們談著談著，武男意識到，元寶可能根據中國政府的要求，寫了一份聲明，宣布他堅決退出政治活動。

布萊恩從附近小鎮波斯泰的中國餐館買來午飯。大家吃飯時，元寶再次跟武男談起他的準新娘。

「她現在在哪兒？」武男問。

「她和她全家在廣州。」

「你怎麼不帶她到這邊來？」

「我試過，所以我們要儘快結婚呢。我已經申請入籍了。一旦我成爲公民，她就可以移民了。」

「你沒入籍她就不能來了？」

「她可以來，不過她跟家人在那邊過得挺舒服。她家有一個工廠，很興隆。我得掙好多錢，纔能讓她在這邊過得舒服。我正在考慮在這裡蓋一個房子。」

「你是說在你畫室附近？」

「沒錯。我可以從佛蘭克手裡買一塊地。」

「你瘋了？你怎麼會以爲你那新娘過得了這種與世隔絕的日子？你有你的工作，可她在這裡做什麼？養雞養鴨嗎？你不能那麼對待她。」

「說得好，我正需要你給出出主意。」

「也許你應該在一個城市裡蓋個房子，諾克斯維爾或亞特蘭大或華盛頓都行，然後在後院建個畫室。你不能讓新娘過你這種日子。另外，你們總會有孩子，你得把他們上學的問題也考慮進去。」

元寶搖著短粗下巴的腦袋說：「你眞是個聰明人。你爲什麼不學畫畫，咱們好搭夥一起幹？」

「我有我的難處。我一直嘗試寫詩。」

「用英語寫？」元寶語氣平淡地問。

武男意識到他一定從迪克那裡聽說了這事。「對，特不容易。」他承認。

「但你是個勇敢的人，決心闖你自己的路。」

「說老實話其實我也不知道該怎麼做。我老婆懷孕了，我們會添一個小女兒，這是我目前最關心的。我想當一個負責任的好父親，一個眞正顧家的人。」

「那也是非常有意義的。」元寶若有所思地說：「我們這一代中國男人中好父親和體貼丈夫不多，有些人連怎麼養活自己都不知道。咱們一些人經常被理想和雄心纏住，心氣太高，但說老實話，咱們好多人不過是些蠢貨。」

武男被元寶的話感動了，但又一想，不知道朋友這話是從自己心裡說出的，還是從別人那裡揀來的。元寶給皮帶鬆了一個眼兒，然後向前探了些身子。雖然別人誰也不懂中文，他還是用比耳語大不了多少的聲音對武男說：「我可以求你件事嗎？」

「當然。」

「你可不可以把蒂姆的文章給我翻譯出來？也不用仔細，把意思說明白就行了。」

蒂姆聽見了他的名字，就斜眼瞥了老師一眼。武男遲疑地回答：「我可以翻譯。翻譯完了我就寄給你吧。」雖然表示了同意，他卻感到不自在，好像他被騙了一樣。元寶在他原來的名片上寫下他的通訊處，他用的是波斯泰郵局信箱。

吃完午飯，佛蘭克到查塔努加去見客戶，其餘的人到山上的水庫去游泳。水壩下邊有一個已經廢棄了的小發電站，他們把車停在水庫邊，脫去T恤衫和褲子。布萊恩、蒂姆和元寶穿了游泳褲，兩個客人就穿自己的三角褲。武男把手錶放進鞋子時，看見迪克偷看布萊恩修長、肌肉發達的身材，那身材極其勻稱，比他的臉要青春得多。元寶大聲興奮地吆喝著，跳進涼涼的水裡，大家都跟著他跳進去。他們的喊叫和戲水聲在山那邊迴響，幾隻水鳥在遠遠的岸邊樹林旁慢慢飛著，輕聲嘶叫著。

武男仰面躺在淺水裡，其他人朝著水庫中間衝去。迪克游自由式，蒂姆和布萊恩游蛙泳，在水裡又噴又喘活像兩隻大青蛙。水很清亮，幾乎透明，讓武男想起自己的童年，和幾個小夥伴到一個岩石環繞的池塘裡去游泳。孩子們分成兩撥玩打水仗，把對手拉住往水裡按。有的孩子不小心喝了水，就會不住聲地咒罵起來。笑聲在下午的空中迴蕩。他們多快活啊！那都是三十年前的事了。現在，在這塊土地上，水還是同樣的水，人卻是不同的人了；鳥也不是原來的鳥，林子也不是原來的林子。改變了的生活充滿了神祕，誰能預測武男會在這裡住下來？

他也朝水庫中間蛙泳游過去，正迷失在思緒裡，突然看到一個小小的三角腦袋伸出了水面，接著，那褐色彎曲的玩意扭過身去，忽而緊縮，忽而在水面上滑動。「蛇！」他大喊一聲，轉回身，連滾帶爬地向岸邊游。

其他人都停下來，朝他看，接著從水庫中心傳來大笑和叫喊。武男到了岸邊，跪倒在地，大口喘著氣。他的右腿抽了筋，他握著大腳趾盡量把腿伸直，肌肉的疼痛減輕了幾分。大家仍在踩著水看他，他朝他們大叫：「喂——水裡有條蛇，這麼長。」他伸出手來，比劃著一米多長的距離。

「那不算什麼。」蒂姆叫著：「不過一條水蛇，不咬人的。」

他身邊布萊恩在游蝶泳，有節奏地濺起水花。

武男怕蛇，有毒的沒毒的都怕，所以他再也不下水了。終於元寶游到岸邊，他對武男說：「好傢伙，我不知道你這麼怕蛇。你不去碰牠們，牠們就不會靠近你。」

「牠一下子衝往我臉上來了。」

「好啦，牠不會怎麼咬你的。蛇都怕人，人比蛇毒得多。」

武男嘆氣道：「這就是我在南方的問題。我沒法和這裡的環境融為一體，總是和這裡的植物動物都搞不到一起。」

「我看你在亞特蘭大如魚得水，比我適應得多。」

「我有我薄弱的地方。」

「我們都有。」

一小時以後，回亞特蘭大的路上，迪克不停地談著布萊恩和蒂姆。他希望還能見到他們，多跟他們逗逗樂子。武男知道他迷上布萊恩了。他們一進入喬治亞，一陣好雨落下來，把一切洗得乾乾淨淨。不過，他們出了藍山後十五分鐘，雨突然就停了，太陽驅散了烏雲，柔和地照在變黑了的柏油路上。他們的輪子滾在潮濕的瀝青路上發出細碎響聲。前面有一輛藍色Volvo，車尾帶起一層水霧。快趕上它時，他們看見那車後的貼標，上面寫著「出過書的作家在此！」

「眞是大言不慚！」武男說。

「咱們看看司機長得什麼樣。」迪克加大油門。他的野馬一抖，向前衝去，超過了Volvo。他放慢了一點，好仔細看看那個當作家的司機。一個五大三粗的女子，化著濃妝，髮型蓬鬆，正茫然地開著車。她的腦袋又搖又晃，也許是應和著音樂。

「你認出她了嗎？」他們超過那車時武男問道。

「也許車不是她的。」

「如果她是個作者，一定是寫愛情小說的。」

他們仰著腦袋大笑。迪克說，他應該給自己的車設計個貼標，就寫「出過詩的詩人在此！」說不定會吸引一大幫女人。

還有一大幫男人。武男心想，但沒說出來。

11

愛德華・尼爾瑞終於給武男回信了，說他喜歡他的詩，特別是那首〈石榴〉。可是這些詩都不能算成品，需要「收緊一些」。他沒有把詩退回來，而是說，要和武男當面討論一下。九月分他會到西礁島去辦一個研討會，所以他希望武男也參加。他附上了一份介紹這個由著名作家定期舉辦的西礁島研討會的小冊子。

一開始，武男為詩人對他的親自關照感到激動。等他把信再讀一遍，就發現字裡行間有些不大對勁。有一段是這樣寫的：「我清楚地記得我們在愛默里校外酒吧裡度過的夜晚。你甜美的笑容給我留下了極深的印象。這麼說吧，它時常出現在我的腦海裡。請一定到西礁島去，我們可以在那裡相會，暢談你的作品。無疑地，你有很好的天分，可你需要指點。你是未加琢磨的一顆寶石，所以，好好利用這次機會。願我瞭解你更多。」

武男懷疑這個愛德華・尼爾瑞是不是在挑逗他。在金鍋的洗手間裡，他對著鏡子仔細端詳自己，發現自己的臉完全是男性的，四方下巴，闊鼻，分得很開、閃亮的眼睛。他看不出來自己怎麼會吸引男人。可是，在銀行、在書店，他好幾次看到男人鬼鬼祟祟地朝他看。在中國從來沒有出現過這種事，讓他很厭煩。那些偷窺的眼睛要是女人的就好了，那就可以極大地增強他的自信心。現在，尼爾瑞先生的建議讓武男不知所措，不知道自己該不該去西礁島。也許他連想也不該想，因為九月裡萍萍就到妊娠最後的三個月了，他不能離開她身邊。還有，他把生意扔下兩天都是不可能的，更別說是整整一個星期。不過，一個著名詩人給他這樣一個機會，也實在是難得，武男不由得一直在想著這個邀請。

迪克下次來時，武男就把尼爾瑞的信給他看了。迪克看完，把信放在桌上，惡作劇地咧嘴笑了。

「怎麼了？」武男問道：「你那樣笑幹什麼？」

「我覺得他是個老色鬼。」

「你是說他是同性戀？」

「不，誰都知道尼爾瑞是個追逐女色的老手。」

「那你壞笑什麼？」

「他記錯了，把你當成另一個人啦。」

「我不明白。」

「記得愛米莉．崔，一起喝酒的那個韓國女孩吧？他一定是把你跟她鬧混了。」

武男大窘，喃喃地說：「簡直荒唐。」他想起了那個年輕女子，她的確有一張甜蜜的臉，和明亮的充滿笑意的眼睛。

「你看，你的名字一定讓他想起女性——南西、南妮、南內特。其實啊，你這Nan就是安妮和安娜的暱稱。」

「實際上，我這『男』字是陽剛之『男』，我名字的意思是『勇武的男人』。」

「可尼爾瑞哪裡懂中文。」

「明白了。他只想跟我睡覺，對不對？」武男爆發出一陣歇斯底里的大笑。

迪克嚇了一跳，呆望著朋友，武男的臉被大笑擰歪了。等他笑夠了，迪克說：「別再想這封信了，好吧？你的詩隨時可以給我看，我會誠實地告訴你我的看法。」

「我會的，謝謝。」武男覺得好受了些，雖然臉上還在抽搐。他記得還在布蘭戴斯做研究生時，有一次收到一個小包裹，裡邊是一對月經棉條，指名是寄給他這位顧客的。這些年來，他碰見過很多中國人，把自己改成巴利、哈利、拉利，或瑪麗、卡麗，他也想過自己要不要改個名字，但他始終沒有改。

把《藍星》上的文章翻譯好以後，武男把它寄給了元寶。讓他意外的是，兩個星期後，一份在田納西、喬治亞、佛羅里達等州發行的中文報紙《華夏先驅報》刊出了這篇東西。沒有譯者的名字——這讓武男有些不快。他還反感那文章的口吻，把英文原文改變了不少，成了更為正式、更具權威的口氣。顯然，元寶和編輯都篡改了他的譯文。一個月內，同樣文章又出現在《藝術世界》雜誌上。看來元寶一直忙於推銷自己。他幹嘛把學生的文章這麼當回事？《藍星》不過是一本新創刊的無名小雜誌，這麼一篇業餘之作怎麼就把元寶迷住了？他也太虛榮了。怪不得他無法集中精神去畫出眞正的傑作。

武男感到，元寶這樣縱情地虛誇，已經超出了僅僅是虛榮心的程度。他在利用兩種語言之間的差別進行欺騙——沒幾個中國人熟悉《藍星》月刊和蒂姆的寫作，那篇譯文可能會誤導他們，使他們以為那是一份和中國各種大雜誌一樣有名氣的刊物，而蒂姆．都靈頓則一定是位公認的藝術評論家了。《藝術世界》是海外發行的一份高品質中文雜誌，所以，把原來那篇文章搬到這樣一個大雜誌上，就等於把元寶抬到了一個不同的位置，好像他在美國已經是個名人了。簡而言之，通過這誤導的過程，在中文讀者心目中就把元寶的形象拔高到他原本沒到的高度了。

這眞是個聰明的騙術。武男想，元寶要是把更多時間花在藝術上，他的畫會好得多。

幾天後，武男收到元寶的一幅畫，畫的是佛祖釋迦牟尼騎在一匹白馬上，引導著一群信徒，挺標新立異的。畫上題了字，送給武男。武男並不喜歡這張畫，因為看上去又黑暗又模糊，缺乏活力。沒有元寶寫在紙條上的解釋，他簡直不知道畫的是什麼。不過，這幅畫好歹也是個有成就畫家的作品吧，所以武男收到它還是很高興。接著他想到，元寶一定是用這張畫來償付他的翻譯，想要他對原文一事保持沉默。這麼一想，他對這禮物的興趣就更減弱了，甚至都懶得給元寶回信道謝。

12

萍萍的糖尿病被她用低糖飲食給控制住了。到六月底，她已經懷孕五個月。諾克羅斯醫療中心的產科醫生沃爾克大夫，建議她到設在頓伍迪的總部去做個定期檢查，因爲那裡有更先進的設備，生孩子也得到那裡去生。對於武男夫婦來說，跟那邊的醫生護士熟悉起來對他們更有好處。武男就給那醫院打了電話，跟史密斯大夫約好了時間。

星期五早上，武男和萍萍九點鐘來到頓伍迪中心診所。這個診所就像個小型醫院，占滿了整個一座四層樓房。見醫生前，萍萍先要經過一番全面檢查，包括超聲波、驗尿，和驗血。武男陪她一起，被帶到一間昏暗的房裡，這房間只有一扇窗戶，還遮著藍綠色窗簾。按照指點，她在一張斜床上躺下來。一個高個子金髮護士走進來，對萍萍說：「我要給你做個超音波檢查，好嗎？」

「好的。」

「又要添孩子了，高興吧？」

「高興。」萍萍微微有些笑意。

武男坐在牆角一把矮背椅子上，看著護士帶上一雙乳膠手套。然後她在萍萍肚子上塗上些潤滑液，然後用一個黑色傳感器，開始在塗上潤滑劑的地方順指針慢慢推摩起來。隨著檢查的進行，她的嘴不由得張開了。武男凝視著超聲波圖，看見小胎兒的形狀，卻沒有看見上次在諾克羅斯醫療中心檢查時候那顆閃爍的小星星。

「我找不到孩子的心跳了。」護士說。哀痛的表情使她的臉變寬了，眼睛垂下去。屋裡一片死寂。

武男驚愕萬分，說不出話，也動彈不得，他的眼睛仍然緊緊盯著黑色的屏幕。幾秒鐘以後女護士問萍萍：「你明白我的意思嗎？」

萍萍點點頭沒說話。武男的心收縮起來，彷彿被一隻手又拉又擰。他終於站起來，卻還是不知道該說什麼。

「眞遺憾。」護士說：「你應該馬上去見史密斯醫生。」

於是他們免去了驗尿和驗血，直接去了醫生辦公室。史密斯醫生是個魁梧的黑人，長著一張和藹可親的臉，留著灰白的小鬍子。他用溫和的聲音對萍萍說：「你的損失眞讓人遺憾。這是你這個年齡的婦女經常會發生的。很難解釋造物主爲什麼要這麼做。」

武男感到喉嚨裡升起一陣嗚咽，但他咽下去了。他看了妻子一眼，她似乎毫無表情，臉色比剛才更蒼白了，彷彿麻木得說不出話來，只是朝史密斯醫生點著頭，聽著他告訴她回家去等產科醫生給她打電話。「沃爾克大夫會告訴你該怎麼做的。」他說。

武男夫婦謝過了他，向停車場走去。

回家的路上他們一言不發，車子在高速公路的輔路上疾馳。藍天無雲，一架小飛機在滑翔，拖著一條可口可樂的廣告。武男被家中突然降臨的死亡打蒙了，他感到胸中一陣陣噁心，但他還是小心地開著車，兩手放在方向盤上兩點和十點的位置上。他心緒茫然，但竭力保持著平靜，不說一句話，以免引起妻子悲痛的迸發。萍萍神情木然，板著面孔，好像忘記了周圍的一切。快要開到八十五號高速公路，她終於開口了：「去韓國超市吧。」

「幹什麼？」她竟然想到要買東西，讓他吃驚不小。

「我答應濤濤給他買蒜苔的。」

武男下了八十五號公路，開上巴福特公路。超市前的停車場空了一半，一隻鴿子在他們車門上拉了一泡屎，武男懶得去擦那兩片白斑。他和妻子向店門走去時，他想攙著她的胳臂扶她一把，可是竟然做不到，他連自己的手都抬不起來了，兩條腿那麼虛弱，他都害怕自己隨時會倒下去，要跟上她都很費勁。

13

一到家，萍萍頓時垮了，痛哭起來，責怪自己沒有保住孩子。她不停地說：「咱們孩子是爲我犧牲的，她怕我生她的時候會死，不想讓我冒生命危險。」她越說，哭得就越凶。

武男同樣是再也控制不住了，也流淚了。他感到一陣悶痛在他體內越沉越深，把自己的每一點力氣都擠了出來。他眞該早點想到孩子有保不住的可能，眞不該抱那麼大的希望。現在他的世界完全亂套了。

萍萍點起兩支白蠟燭，放在客廳的餐櫃上那一細瓶黃色菊花的兩側。武男抱著一線希望，給醫療中心的沃爾克大夫打了電話。大夫已經得到了壞消息，要萍萍當天下午就來再做一次檢查，但他告訴武男，超音波的準確率超過百分之九十九。武男給金鍋打了電話，請妮燕和樹波今天照應餐館。下午，他帶妻子去見沃爾克大夫，檢查的結果完全一樣。現在，沒什麼可懷疑的了，孩子沒了，死胎必須儘快取出來，武男同意三天後，也就是星期一早上，帶妻子去北湖醫院做手術。

雖然給濤濤做了肉片炒蒜苔，吃飯時萍萍卻忍不住對他大發脾氣。她說只有武男一個人對胎兒好，濤濤和她自己都是無情和自私的。她對兒子說：「你從來就不想要妹妹。現在她沒了，你高興了吧！」

「媽，我也難過。」濤濤哀聲說道。

武男插進來說：「咱們不要互相責怪了。咱們還得活下去，那孩子是想要咱們好好過下去的。」

那天晚上珍妮特來了，她從妮燕那裡聽到了壞消息。她抱著萍萍，擦抹自己臉上的淚水。「這太殘酷了。」她一邊搖頭一邊說。萍萍把朋友帶進自己的臥室，給她看自己給孩子做的小衣服：一件小外套、兩個小圍嘴、一雙毛襪子、一條蠶絲被、一個小棉褥子還沒做完。珍妮特陪她待到十點鐘纔走。

武男打算把孩子埋在後院裡；萍萍也這麼想。他思忖把孩子放在兩年前死在湖裡的那隻俄國大天鵝旁邊，埋在最高的那棵香楓樹下。武男用一個褐色鵝卵石在那個地方做了記號。做完手術，他們要把孩子帶回家來。可是怎麼帶回來？他們不知道有沒有盛這麼小的屍體的棺材。這時已經是週末，勞倫斯維爾公路上的殯儀館已經關門。武男又去了趟韓國超市，買回一個大珠寶盒。他把盒裡的小抽屜拆掉，把它弄空，像一個骨灰盒。他打算把女兒放在這盒子裡帶回家，等下個星期殯儀館開門了，他再去給她買一個眞正的棺材，要能裝得下這個臨時棺柩的。萍萍則趕著縫好那個小棉褥子。她用自己準備好的小被子，在盒子裡給孩子鋪好了床，把這盒子布置得像一個小小的、舒適的搖籃。

14

星期一早上，萍萍按醫生囑咐，沒有吃早飯。兩人九點鐘以前來到北湖醫院。沃爾克大夫還沒來，一個穿著手術服的菲律賓護士，把萍萍帶到一間大屋子中一個用簾子圍起來的小間裡。萍萍脫去衣服，躺在一張輪床上；護士用被單把她蓋上，給她量了血壓，做了靜脈注射。一個麻醉師走進來，開始給她準備麻醉藥物。他對武男說：「我妻子去年也掉了胎。很痛苦的事情啊。我知道你們的感受。」他說話的時候，喉頭一抖一抖的。

武男說：「醫生，我們想把孩子帶回家。」

矮胖的麻醉師一臉驚詫，對武男說：「你得跟她的醫生說。據我所知，從來沒有人這麼做過。」

萍萍受到驚嚇：「我們想讓她跟我們永遠在一起。」

「我理解。」

那人的眼睛模糊了，他轉身快步離去。武男吻了萍萍，說：「別害怕，一切都會順利的。」她點點頭，露出一點笑容。護士用腳尖把輪床轆的鎖打開，把輪床拉到走廊，轉了個方向，推著床離去。他們接近手術室時，萍萍眼睛依然緊盯著武男，好像拼命要拉著他一起走。他胃裡一陣翻騰，強作笑臉，對她揮揮手讓她放心，她不會有什麼事的。

武男在走廊裡沿著牆踱來踱去，肩上背了個帆布包，裡邊裝著那個盒子。他擔心著妻子，暗自祈禱她能平安地從手術室出來。臉上坑坑窪窪的沃爾克醫生終於來了，疾步朝武男走來，用鼻音很重的聲音說：「我們一切就緒，她會平安的。」可是當武男說到想把孩子帶回家去，醫生轉開臉，垂下藍眼睛，不過他馬上又轉回來，看著武男說：「我可以感受到你的痛苦，但是嬰兒會不成人形，樣子很可怕。」

「你能讓我們把她帶走嗎？」

「我並不反對，只是因爲通常沒有人那麼做。不管怎麼說，別爲那孩子擔心了。我們現在必須全力保住母親。」

沒錯，是這樣，於是武男不再堅持。沃爾克大夫轉身離去，消失在手術區棕紅的門後。

武男繼續踱步，一邊想著醫生的話。他明白了，那孩子會不成人樣，可能在手術中給切割成碎片。也許因爲這個，手術後大家都不把胎兒帶回家。可是他仍然希望沃爾克大夫讓他保存女兒的遺體，不管是碎的還是囫圇的。應該把盒子交給大夫的。不過，武男並不後悔沒把盒子交給沃爾克大夫，因爲就算他堅持，大夫還是可能會拒絕的。醫生說得對——現在要緊的是萍萍的安全。她的生命可能的確有危險。這個念頭讓武男害怕。他不停地想像她在手術檯上怎樣受罪。醫生們會用什麼鈍重的金屬工具把她扒開，把死胎兒拽出來嗎？他們打的麻藥能鎮住那些疼痛嗎？不可能的。不管麻藥多有效，她都一定會感到自己在被人宰割。

整整一小時過去了，萍萍仍然沒有消息。武男向詢問台那個老太太打聽，他妻子現在怎麼樣了，可她還沒聽到手術室的任何消息。他太緊張了，在候診室走來走去。坐在塑料椅上的人們不時地打量他。胃裡什麼東西在翻騰，讓他直打嗝。他把拳頭壓在心口窩上，還是止不住胃的痙攣。要是岳父岳母在這裡就好了，那樣萍萍就會感到安全。她生濤濤時，她已退休的父母在她兩個月產假期間一直照顧她，因爲武男要住在學校裡讀研究生班。萍萍的父親很瘦，乾咳不停，但照樣抽菸，每天給萍萍做好東西吃，讓她有足夠的奶水。她父母把她養得可好了，以致她一些小毛病，像小便失禁和輕微頭疼，在產假期間都不治而癒，頭髮也更濃密了。她在哈爾濱和丈夫重逢時，覺得從來沒那麼健康。最近，萍萍和武男商量過請她父母到美國來住幾個月，可是他倆不敢邀請他們來，怕武男的父母會因爲嫉妒而找麻煩，至少會鬧著也要來。萍萍不可能跟婆婆合得來，婆婆太喜歡控制一切，一定會把她指使得團團轉。

武男正踱來踱去，詢問台的老太太走過來，說：「嗨，你妻子馬上就從手術室出來了。到大樓前門去接她吧。」

「她怎麼樣？」

「一切順利。快去開你的車吧。」

武男還沒來得及動身，沃爾克大夫來了，他的眼睛游移不定，看樣子很不安。他告訴武男，萍萍沒事，但手術比預期的時間要長。他沒提孩子的遺體，武男只牽掛著妻子，忘了問大夫胎兒的事。醫生遞給武男一張名片，說：「需要我的時候隨時打電話來。我下午給你們打電話，看看萍萍怎麼樣。」

武男剛接過名片，大夫就轉身大步走開了。

武男從旁門衝出大廳。他把號碼銅牌交給一個瘦高的黑人服務員，那人趕快去取他的車子。門口旁還有幾個人也在等自己的車。一個瘦骨嶙峋的中年人激動地告訴大家，他妻子剛剛生了一個健康男孩。他轉向武男，喜笑顏開。武男掙扎著說了聲：「恭喜！」

「你怎麼樣？快當爸爸了？」那人問道。

「我們剛失去一個女兒。」

「抱歉，實在抱歉。」那人看上去有些侷促不安。他轉身走開，把小費塞給那個把鑰匙遞給他的矮個子黑人。

「謝謝您，先生。」那泊車員高興地說。

不一會兒，武男從另一個泊車員手裡接過鑰匙，付了一美元小費。他把車子開到大樓的前門，萍萍坐在輪椅裡，一個戴著淺藍帽子的年輕護士站在她身後，兩手扶在輪椅背上。看見妻子兩手空空，武男知道沃爾克大夫沒有給她嬰兒的遺體，但他沒去問她，打開車門，把她扶進車裡。「她很虛弱，小心些。」護士囑咐說。

萍萍似乎麻痺了，頭和四肢幾乎都不會動了。武男給她繫好安全帶，然後馬上開了出去，因爲有很多車在等著接病人。他開出醫院，上了二八五號公路。在回家的路上，他時不時看看妻子。她閉著眼睛，眼皮抽搐著。看樣子她的麻醉勁還沒過去。她嘴唇鬆弛，兩頰腫著，蒼白得可怕，讓他想到了一團發麵。他的視線不斷地離開路面去看妻子，她臉上痛楚和受罪的表情，讓他看得難受得想哭。他突然感到一陣衝擊，心頭痛得厲害。他從來沒發現她的臉會這麼醜，卻這麼動人；他知道，她這副讓人悲傷的面容將深深地印在他腦海裡，讓他一想起來，心中柔情和憐憫的閘門便會打開。他一直不敢開口，生怕集結在喉頭的嗚咽會衝出來。

車子轉上八十五號公路，他終於開口問她：「你覺得怎麼樣，寶寶？」

「我快死了。從來沒有這麼難受，就像要死了一樣。」

「他們讓你帶咱們孩子回家嗎？」

「我什麼也不記得了，被麻藥弄迷糊了。」

「手術前我問了沃爾克大夫，他說他會負責的。」

「大概他們只顧著保我的命了。」

現在武男明白，醫生把名片遞給他的時候表情爲什麼那麼緊張了。

那天下午，沃爾克大夫打來電話，問萍萍還流不流血了。武男告訴他，不流了。「謝天謝地，她眞壯。當時她流了好多血。」醫生說。他叮囑，她得多喝雞湯，臥床休息至少兩天。

15

武男一家讓蠟燭在客廳的餐台上一直燃了一個月。兩個小蠟燭中間的花瓶裡，一直保持著一束鮮花——菊花，或者玫瑰，或者蝴蝶百合。萍萍的身體恢復得很快，但精神上常常處在恍惚之中。有時候，她會聽見孩子哭著喊她：「媽媽，媽媽，帶我回家！」站在客廳的玻璃門前，她常常看見涼台上有個紅臉蛋的小姑娘，彷彿是她的女兒五月，在那裡玩耍。就連湖面在陽光下的熠熠閃閃，都讓她想起聲波圖上閃爍的星星——孩子的心跳。每天夜裡，她伴著枕邊的空盒子一起睡，夜裡醒來時，常常聽到嬰兒對她咿咿呀呀不知說些啥。她要花兩年多纔能大致擺脫悲傷，不再跟丈夫嘮叨那個孩子。

武男以自己的方式哀痛。他沒有聽到過任何聲音，也沒看到過任何影子，但他感到抑鬱。失去孩子以後，有好幾個月，除了維持餐館，他不能集中精神幹任何事情。一種悶痛在他體內越沉越深。他覺得被命運欺騙了。原來他想，女兒的到來可以給他帶來極大的歡樂和安慰，會翻開他人生的一個新篇章。即使他的生命被移民生活截短了，削弱了，即使他在美國什麼成就也沒有，即使在別人的眼裡他完全是個失敗者，他還有個可愛的女兒可以去撫養，可以去愛，可以讓他爲之驕傲。他經常想像女兒的模樣，和她媽媽一樣好看。他想像著教她讀書，教她寫字，教她騎自行車，教她學開車，然後看著她打扮得漂漂亮亮去參加高中畢業舞會，送她上大學，最後送她走下教堂的通道，親手把她交給一個很棒的小夥子。有了她，自己的生活就沒有什麼受不了，在這塊土地上的苦難和孤單就會減輕。她可以成爲他的美國夢。

現在，他想像的所有美妙情景都化作烏有了，他又被扔回了艱難的現實。他意識到自己在某種程度上是自私的，熱切地要把女兒的生命變成自己人生的一部分；也就是說，他是爲了自己的緣故纔迎迓女兒到這個世界上來，這樣他自己就不必充分經歷此生，不用自己跟逆境搏鬥了。換句話說，潛意識裡，他希望用女兒作爲自己浪費生命的藉口。用英文進行創作，在新大陸找到自己的存在價值，做一個除了服從自己的意願之外不屈從任何別的東西的眞正獨立的人，是要披荊斬棘的，實際上，他害怕這些障礙。到目前爲止，他一直在想方設法地逃避搏鬥。這些年來，他把全部精力和熱情都投入經營餐館，付清了買房貸款，然而，擺脫債務的同時，也就意味著他再也沒有理由不寫作、不去做眞正該做的事了。於是他又沉湎於沒有出生的女兒，把自己的能量和生命消耗到這件事情上。到現在他終於明白了原來如此：他是個逃兵！他爲此而對自己感到厭惡！

這種厭惡，使他除了每天的餐館生意什麼也做不成了。一連幾個月，他陷入絕望之中，像個機器人，機械地在餐館和家之間往返走動。有幾次，他感到了要寫點什麼的衝動，可是一拿起筆，他腦子裡就空空如也，冷漠依舊瀰漫著他的身心。他明白自己早該走出這種昏睡狀態了。不管什麼命運在前邊等著，他都必須進行一番搏鬥，一定要重新開始寫詩。現在已經很明確了，他應該專心英文創作，這是唯一可走的路。他猶猶豫豫得太久了；是開頭之難把他嚇住了。意識到這一點，他更加憎惡自己，卻仍然不能使他一心一意地開始。這些天來他對創作想了好多，好像對他來說這是一個新課題。

「你看過〈再見，我的美國老闆〉那篇小說嗎？」一天下午，妮燕問武男。妮燕喜歡看暢銷雜誌，她丈夫時不時會給一些中文報紙寫點短文。

「沒看過，誰寫的？」武男問道。

「孟丹寧。是篇很有意思的小說，講的是費城的美國人對中國人多麼不好。你該看看，在最新一期《十月季刊》上。」

「我認識作者。他是我朋友。」

「我兩星期前剛收到他一封信。」

「眞的？他很有名啊。」

武男在世界書局看見過丹寧的幾本新書。他讀了其中兩篇，都沒留下什麼印象。雖然有「海外留學生文學領頭人」的名聲，可丹寧寫東西太注意迎合中國讀者的口味，太依賴於異國情調和民族感情了。這便使他的小說簡單化、油腔滑調，某些地方甚至是拙劣的。武男沒對妮燕說他不欣賞丹寧的作品。如果他來寫，他會強調「相似」而不是「差異」。不過，他憧憬著一種能夠與讀者的心靈直接對話的詩歌，不管他們是什麼文化、什麼種族背景。最首要的，是他的作品應該具有力量而不是美麗，美麗往往掩飾眞相。他想創作出文學，否則他決不該費神從事寫作。

16

武男一家沒去看奧運會，因爲亞特蘭大城裡的交通太擁擠，不過他們一直在看電視，關注奧運會的進展。天氣太熱，弄得有些運動員在比賽中間暈倒。當地的中文報紙登了文章，說設在喬治亞理工學院的奧林匹克村裡，美國工作人員如何給中國運動員暗中使壞，好讓他們在比賽中無法正常發揮。有天晚上，中國女子游泳隊員下榻的大樓發生火警，警察趕來讓所有人離開大樓。運動員在潮濕的夜裡待了整整一個小時，有幾個人後來都沒睡好覺，結果在第二天的比賽中她們表現不佳。更糟的是，奧林匹克總部提供的日程表和地圖謬誤百出，有人因此誤了比賽，或因爲遲到而喪失比賽資格。中國方面提出抗議；其他國家也有同樣情況發生。

武男一家對這些報導半信半疑，但樹波和妮燕卻堅信不疑。報紙上還登出了一篇長長的抗議信，譴責美國國家廣播公司那個主播在開幕式上對中國的評論，抗議者在徵求簽名。的確，那個主播列舉了中國的人權紀錄、對台灣的軍事威脅、運動員服用興奮劑、對侵犯知識產權的縱容。這邊很多中國人對他的話很不滿，覺得這是妖魔化中國的又一例證。這些天裡，奧林匹克總部接到了狂飆般的憤怒指責，要求國家廣播公司和主播羅伯特·科爾曼道歉。有些中國學生動員大家給國家廣播公司電傳更多的信去，「把他們的傳眞機用爆」。又有人籌集捐款，要在《紐約時報》上刊登全頁抗議廣告。

武男對樹波說：「既然中國對批評和公眾意見這麼敏感，它爲什麼不對天安門鎮壓民眾道歉？和中國政府相比，國家廣播公司那人就是完全無辜的了。我不明白人們爲什麼發這麼大火，恨不能讓他被開除。」

「這不只是政治，還有民族自豪感。」樹波說。他是來看電視裡轉播比賽的，屋角那台比他家電視的屏幕要大。

「民族自豪感？屁話。」武男說：「如今中國人能拿什麼來自豪，人口最多還是勞動力最便宜？」

「不管怎麼說，那個主播無權在開幕式上譴責中國。」

「爲什麼？就因爲他是美國人，就沒有權利批評中國了？我不明白這裡的中國人爲什麼也相信『家醜不可外揚』。」

「可咱們運動員是美國的客人，你不能邀請人家來了，又在公開場合羞辱人家。讓客人感覺受到歡迎，是主人的責任。」

「所有國家來這裡都是爲了贏獎牌的，誰管什麼友誼不友誼，禮貌不禮貌，好客不好客？那只是中國人的德性和虛僞。」

「你糟就糟在這張嘴上，武男，太難讓你滿意了。」

樹波現在在一家採石場做全職，所以武男需要人手時，他再不能有求必應了。武男找到了一位睡眼惺忪的老廚師穆先生，他湖南菜做得好，可是沒有工作許可，武男也不能用他太勤。移民局要是抓到穆先生在打工，會罰武男五千美元。這幾天晚上樹波都會過來，主要是看電視，也是想多陪陪他妻子。萍萍經常對妮燕說：「武男也像樹波這麼黏糊就好了。」妮燕往往笑而不答。

有一天，四年前來找武男夫婦爲中國洪水災民募捐的那個女士又來金鍋了。武男記得她的名字，洪梅。這一次，她拍著武男胳臂愉快地說：「武男，我們需要你的幫助給中國運動員送吃的去。」

「我們什麼款也不捐。」妻子走近時他這麼說。

「我不是來要捐款的。我們拿錢買你的飯。因爲你是中國人，我們信任你。」

「你是爲這個來的？」他一時不知所措。

「是啊，別的中國餐館也都出了力。我們不敢到外國人那裡買食品。」

「運動員為什麼不在奧林匹克村裡吃呢？那裡邊有餐廳，我在電視上看到過。」

「他們受不了美國食品——奶酪、漢堡、炸薯條、三明治、熱狗。難吃死了，那些東西吃了讓人長胖，還生病。」

「那泰森雞怎麼樣？至少和中國式燉雞、烤雞一樣好。」

她沒有答話，顯然不熟悉那個牌子。她想要金鍋每天給做五份白飯和青菜炒蝦仁，一共做兩個星期。她會在每天中午來取飯，付三十美元。這飯只給下午有比賽的運動員吃，算是一種款待吧。武男把看家本事拿出來，好好做這些飯菜，分量給得又足。洪梅每天來取，再開車送到喬治亞理工學院外邊的一個加油站，因為她沒有奧運村的通行證。一個中國代表團的工作人員在那裡等她，把食物接過去。奧林匹克運動會一下子調動起很多當地的中國人，大家思想上和精力上都擰在一起了。

儘管武男說他們都很荒唐，可一看到中國國旗在體育館裡升起，他還是忍不住動心。一打開報紙，他會先看看中國又得了幾塊獎牌。有時候，電視上一出現中國人的面孔，他就會格外注意，好像他認識那人。他意識到，情感上他沒法跟那些人一刀兩斷。這樣的認識讓他憂慮，一連幾天都情緒不穩。他這種混亂的精神狀態一直繼續到他看了一次鞍馬比賽，纔有所改變。那名不動聲色的選手名叫李東華，原來是中國體操運動員，現在是瑞士公民。那場比賽感動了武男，讓他陷入沉思。為了和一個瑞士姑娘結婚，李東華退出了中國國家隊，一九八八年離開祖國，在等待入籍的五年期間，他一直無法參加國際比賽。現在，在他二十九歲時，終於一個人代表瑞士的體操隊，來到亞特蘭大。別的運動員在為鞍馬比賽做準備工作時，他在一個角落裡睡覺，臉上蓋了本雜誌，兩隻鞋摞在一起放在腦袋下當枕頭。幾乎沒人注意他。直到輪到他了，他纔從地上爬起來。解說員開玩笑地說：「他終於醒過來了。」

李東華沉著地在鞍馬上開始比賽，兩條腿高高甩起時，腳面始終繃得直直，敏捷地做著交叉動作，好像兩腿毫無重量。接著，他輕鬆地在鞍馬上旋轉起來，兩腳併在一起，兩腿筆直，與上身成直角。他顯然比其他選手高出一籌。整個表演過程中，他的褲子一次也沒有碰到過鞍馬。武男目不轉睛地看著。雖然動作靈活，李東華臉上的肌肉卻全揪成了塊兒，汗珠在前額上閃光。他擺動雙腿，做了一個側騰越，穩穩地落地，掌聲頓時從四面響起。他得了九點八七五分，足夠得到金牌了。比賽結束時，他衝著坐在觀眾席上的妻子飛了一個吻，但他拒絕了跟在他身後的中國記者的採訪。相反，他轉身跟俄國優秀體操選手涅莫夫握了握手，朝他伸出大拇指。在後來的比賽中，武男很想再看到這小夥子，爲他喝彩，但李東華再也沒有在屏幕上出現過。

而另外一個場面卻讓武男不快。那是中國女子足球隊和美國隊的一場比賽。從電視屏幕上看到，觀眾中間有寫著中文字的幾條標語在揮舞，有一條橫幅標語由兩個人扯著，上邊寫著：「向前進，向前進！婦女的責任重，男人的怨仇深。」一名美國女記者問那幾個人標語上說的什麼，他們卻都搖頭，咧嘴笑著，假裝聽不懂她的話。那些話是模仿革命芭蕾舞劇《紅色娘子軍》主題歌的開頭幾句。記者略知一點標語的意思，可她沒辦法讓那幾個人對她說實話。那條標語讓武男和萍萍看了都覺得不舒服；他們推測，那兩個人可能是沒有找到像樣的工作，或是沒有拿到綠卡。

17

一天早上，洪梅來了，對武男說：「我們需要一些綠豆湯。咱們的運動員實在受不了亞特蘭大的高溫，有人都中暑了。咱們得想辦法幫他們解暑。」

「我們不做綠豆湯。」武男告訴她。

「哪家都不做，所以我來找你呢。」

「你想讓我做什麼？」

「煮一大鍋綠豆湯，我親自給他們送去。」

武男想問她付多少錢，但看到她誠懇的臉上蒙了一層汗，就沒提錢。綠豆並不貴——熬一大鍋也用不了一公斤，纔一美元多點。

第二天，他用一個大鍋煮好綠豆湯，再把湯裝到一個很深的不鏽鋼鍋裡。洪梅來後，用膠帶把鍋蓋封起來。武男幫她把鍋端到車後放好。她說今天就把鍋還回來，然後就開走了。

萍萍對洪梅很反感，說她簡直像個農村幹部，或者一些小機關的黨支部書記。「瞧她那樣子，好像她管著咱們的一切似的。」萍萍發著牢騷。

那鍋當天晚上並沒還回來。兩天過去了，不見蹤影。洪梅再來取蝦和飯時，武男問她鍋哪兒去了。一開始她敷衍搪塞，只是說一定還回來，後來又承認她也不知道鍋哪裡去了。她解釋說：「我跟他們說這鍋裡是綠豆湯，可他們不讓運動員喝，怕這湯會影響他們的尿液檢查。」

「什麼？」武男簡直不相信自己的耳朵，「那裡邊除了幾顆綠豆啥也沒有。我連糖都沒敢放。」

「我知道。可他們不聽我說，因爲上級有令，不接受任何外邊來的飲料。所以他們只要冰，不要綠豆湯。我們用那鍋往奧運村裡送冰來著。」

「那鍋怎麼就不見了？你怎麼不拿回來？」

「我想用鍋裝了冰，然後親自送進去，可門衛把我攔住了。有一個還叫著：『媽媽桑，沒有通行證不能進去。』見他的鬼！我像個韓國老女人嗎？」

武男忍住沒笑出來：「所以你把湯倒掉了，是不是？」

「是。眞抱歉。我找不到那鍋了。」

「我還想要那鍋呢，花了十九美元買的。」

「我再去找找看。」

這次對話以後，洪梅再也沒來取過飯菜，武男也就不再給運動員做飯了。武男夫婦很高興那女人終於從他們的生活中消失了。

18

迪克的詩集《意外的禮物》八月出版了，反響不錯。這些天他一直忙著在各大學和圖書館朗誦，很少到金鍋來了。武男在星期天的《紐約時報》上看到一篇雖簡短但讚賞備至的書評——他經常在克羅格超市買這麼一份報紙的週末版。他看得出來，迪克現在比較受批評家的青睞了。他給迪克打了電話，朋友不在家，所以他留了個言表示祝賀。迪克沒有回電話，他最近總在到處旅行。

武男拿不準朋友是不是拋棄他了。可有一天下午，迪克又來了，還是那個衣冠不整的傢伙，穿著沒扣扣子的粗布外套。他不像是很高興的樣子，告訴武男說：「我的書賣得不錯，但出版社不會再版了。」

「爲什麼？他們難道不想多賣書？」

「我也不知道。他們從來沒打算從詩集賺什麼錢。書一賣完，也就死了。」

「兩個月不到就死了？」

「這個嘛，現在還沒死，他們還有三百本庫存，可是把那些賣完，這書也就絕版了。」他發出一聲嘆息。

「那太可怕了。」

「你看，我每寫完一本書，就要經歷一次大危機，不知道誰會出版它。一旦我的書賣得還好，就構成又一次危機，因爲賣得好就意味著書死得快。一本詩集想保持三年的銷售是很困難的。」

「天哪，你讓我太洩氣了。」武男臉色黯淡地說。

「別煩別煩。我們是因爲愛詩才寫詩的。說實話，如果不寫，我都不知道能不能活這麼久。我不後悔寫詩。」

武男聽罷十分疑惑，覺得迪克不寫詩也可以過得輕鬆愉快。也許，迪克這麼說不過是爲了聽上去更戲劇化一些。看看武男自己——他很久沒有寫任何東西了，還不是活得好好的，還挺健康。所以他對迪克的坦白有些懷疑。直到幾年後，他纔完全明白朋友這番話的眞實性。

19

亞特蘭大的伯恩斯坦畫廊將要舉行秋季畫展，展出美國東南地區一些畫家的作品。元寶給武男寄來一張卡，上邊印著他那上海系列中的一幅畫，以及畫展的時間、地點等等資訊。元寶寫道，他希望在畫展上見到武男，還說他也給迪克發出了邀請。武男知道迪克是不會去的，因爲這段時間，不到非回來教課不可的時候迪克總是不在家，忙於到處去朗誦詩歌。

開幕那天，武男安排好時間去了畫展。他趕在下午人多之前到了，因爲他需要在餐館開始忙起來之前早點趕回。元寶還沒到，武男得以走了一圈，把二十三位畫家的作品細細地看了一番，發現只有少數人的畫稱得上出色。他還注意到畫上的標價不如他預期的那麼高，最貴的價格是六千美元。在所有畫中，元寶的畫一點也不突出，大多標價在三千美元上下；顯然，武男去拜訪的那次，蒂姆和布萊恩誇大了事實。他對元寶的新作品也沒看出多少妙處來。整個上海系列就像是對梵谷作品的模仿，不過色彩陰暗，有些地方甚至疙裡疙瘩，沒有大師的鮮明和生動。黃浦江邊的外灘被畫成了一幅街景畫；不看標題，沒人能夠把它和外灘聯繫起來。另一幅街景缺少特點，說它是一幅十九世紀巴黎的街景也差不多。元寶主要作品的下面放著一個箱子，裝著他畫的很多小幅作品：靜物畫〈菊〉、鉛筆畫〈一隻喜馬拉雅貓〉、水粉畫〈跳舞女孩〉、還有小幅的海景。這些畫都標價一百五十到三百元之間。這些讓武男聯想到一個中國式的自助餐廳，什麼菜餚都有，可一樣也不精緻、不高檔。顯然，元寶利用成功只顧賺錢，分散了精力，失掉了自己的創作重心。這讓武男很不以爲然。

矮胖黝黑的伊恩·伯恩斯坦是畫廊的老闆，又是元寶的經紀人，他佈滿青筋的大手裡舉著杯雞尾酒，迎接了早來的客人。武男和他站在元寶的畫前攀談起來。「你覺得元寶的新作怎麼樣？」他問伯恩斯坦先生。

「沒讓我傾倒。」老闆瞇起左眼。

「不如他的威尼斯系列，對不對？」

「誰買這些畫啊？畫裡沒有足夠的活力。連色彩，對我來說都太黯淡了。」

「我同意。」

元寶在入口處出現了。伯恩斯坦先生迎上去，兩人熱烈擁抱。然後元寶走過來跟武男握了手。他比五個月前更胖了，穿了套深綠色西裝，繫了條淡黃色領帶，顯得拘謹又土氣。武男決意不讚揚他的新作，於是問起了他的身體和家人的狀況。元寶不僅結了婚，而且快當爸爸了；他妻子明年春天生。孩子一生下來，母子倆就到美國他這裡來。「我要在亞特蘭大郊外買一塊地，蓋上自己的房子。」元寶驕傲地告訴武男。

「那太好了。你選好在哪個地區了嗎？」

「也許在科布郡的什麼地方。」

「那是個好學區。」

「我也聽說是的。」

元寶那個當律師的朋友佛蘭克從後邊冒出來，把妻子和兩個兒子全都帶來了。元寶轉過臉去跟他們打招呼。

抓住這個機會，武男抽身走開了。他怕朋友要他對自己的上海系列做出評價。他有幾分想對元寶說實話，可那樣會弄得兩人都尷尬。他四下裡走走，看看其他人的作品，來到一個名叫肯特·菲利普的佛羅里達畫家的一組山水畫前。其他人在畫展上至少有半打作品，這人不一樣，只有三幅，都不十分搶眼，可武男卻非常喜歡，被它們幽深又明快的特點吸引了。畫中的每一條小溪、每一棵樹、每一隻動物、每一塊岩石，都具有一種超自然和神祕的精神。這些作品的深不可測，讓武男想起了新英格蘭的樹林。武男和站在自己畫旁的那位個子不高、胖胖的藝術家打了招呼，他好像和其他人融不進去，儘管三幅畫都標價五千美元以上。

「我喜愛你的作品。」武男眞誠地說道。

「謝謝對我的鼓舞。」

「這是在佛羅里達的什麼地方嗎？」他指著中間那幅。

「不是，我是在蒙大拿畫的。」

「怪不得草木都不蔥綠茂盛。所以沒有大沼澤和鱷魚，嗯？」

「沒有。」肯特．菲利普輕聲笑道，有些害羞。「我想讓風景稀疏一些，而用光來塡充。」

「看得出來。這些畫沒有燃燒，卻閃著光。那是我最喜歡之處。它們充滿著無聲的莊嚴。」

「謝謝！你也畫畫嗎？」顯然他把武男當成畫家了。

「我寫作。」武男勉強說道。

「寫哪類作品？」

「詩歌。」

「哇，我想像不出自己能寫詩，儘管我也愛詩。你一定要告訴我你的大作的書名，我到我們那邊的書店裡買一本去。」

「我一本都還沒出過呢。」武男有些尷尬。

「我知道寫詩很難，但不要放棄。等你達到一定高度，好事就會發生，只要你堅持不懈。」

「我會記住你的話。」

一位年輕侍者走過來，托著一盤塞著甜椒餡的橄欖，他二人都拒絕了。肯特把名片交給武男，說武男去佛羅里達的話就來找他。武男很高興，感到一股暖意在胸中流動，儘管他知道不大可能再見到這個人。很奇怪，和元寶在一起，他覺得不舒服，雖然認識他好多年了，可是和肯特．菲利普，這個陌生人在一起，他卻自由自在，不必斟酌用詞，不用求助於社交辭令。

該告辭了，武男到處找元寶，好說聲再見。在手工藝作品的展廳，他看見元寶正跟一個穿著紅絲裙、舉著一杯香檳的優雅黑人婦女在聊著。她是工藝品藝術家，他身後牆上那些華麗又猙獰的面具就是她做的。武男向他們走去時，聽見元寶稱讚那女子的作品：「美麗的手活兒，很獨特。」

「手工藝！」她糾正道。

「是的，我的意思是每一樣都是用手做的。」

武男悄悄溜了，一邊強忍住大笑。他溜回前廳，又出了畫廊。一陣寒風颳起一些樹葉，在一個垃圾箱跟前嘩啦啦掃過，箱上棲息著幾隻烏鴉。月亮看起來血紅血紅的，像個巨大的爛橘子。武男開車回家的路上想了又想，不知道元寶對他的不辭而別會不會不高興。那天一晚上，他在廚房裡幹活時，不禁一直想像著一種具有類似肯特．菲利普畫中的晶瑩的黑色詩歌。

20

這些天來，武男和萍萍在幫濤濤準備SAT考試。孩子剛上八年級，卻已經被選中參加一項「天才測試」，參加這個測試的孩子，都得在十一月裡參加申請大學纔需要的SAT考試。武男給了兒子一本布面精裝的《牛津英英辭典》，要他把不認識的詞都標出來，回頭再來複習這些生詞。等濤濤把整本辭典都看完，武男就給他一百美元。孩子不太願意，但父親告訴他，這個方法會使他詞彙部分的得分提高很多。更重要的是，他可以掌握很多生詞。即使在考SAT之前他讀不完整本辭典，考完他還可以繼續讀，讀完一樣可以拿到說好的一百美元。濤濤很想用那筆錢給他電腦買一個聲卡，所以答應了父親。至於數學部分，萍萍負責輔導他。其實幾乎用不著她再費什麼勁，她已經教了他不少了。

「我就知道我會考砸的。」濤濤對父母發牢騷說：「我這不是讓自己出醜嗎？全年級今年沒有一個人考SAT，這多愚蠢、多可惡！要是我考得還可以，人家會覺得我是個天才少年。我不想當天才少年，像個八哥似的。我想和大家一樣。」

「被『天才測試』選中是一項榮譽。」武男說道。

「我沒有天才，不想要那榮譽。讓他們試驗別的怪物去吧，別找我。我不參加考試。」

「你只是怯場。」萍萍插嘴說：「你要是不考，我就再也不教你了。你自己決定著辦吧。」

「媽，你太狠心了！」

抗議歸抗議，濤濤還是在十一月的最後一個星期六考了SAT。他對自己考得好不好心裡沒底，父母要他不必多慮，因爲離他爲上大學而正式參加考試還有三年呢。四個星期後，成績來了：數學七百一十分，語文五百八十分，父母看後心花怒放。這些年來武男一直擔心兒子的大學學費怎麼辦，現在很清楚了，如果濤濤成爲美國公民，就能從很好的大學拿到獎學金。武男鬆了一口氣，催促兒子繼續讀完那本辭典，濤濤現在剛剛看到第三百五十頁，還沒到一半呢。ＳＡＴ的結果，使濤濤夠格參加杜克和約翰．霍普金斯這兩所大學爲天才少年組織的夏令班，可他哪個大學也去不了，因爲爸媽不相信那些項目，也付不起學費。他曾有一個機會可以得到這類項目的獎學金，但他暑假裡還是寧可待在家裡。

21

武男三個月前遞交了加入美國國籍的申請。整個入籍過程至少需要半年。只有他成爲美國公民，濤濤和萍萍纔可以開始申請入籍。武男申請美國公民時，心情並不輕鬆，但這是唯一明智的選擇。除了濤濤需要是個美國公民以外，武男還覺得很久以前就被中國開除了。他和全家沒有其他地方能夠居住、願意居住。他的家園和生計都在這裡。去年春天，他讀到老詩人楚詠的一篇文章，楚詠在羅德島一所大學裡教中文，武男六年前在紀念天安門死難者的集會上見過他。在〈爲什麼我不想當美國公民〉一文中，楚先生坦率地寫道，一旦美國和中國開戰，他不知道自己站在哪一邊。公民身分要求他拿起武器，捍衛美國憲法，與所有外國敵人作戰，至少在戰爭期間參加非戰鬥性的服務。楚先生說，他的內心不允許他站在祖國的敵對一方，而他想誠實地活著，所以不會加入美國籍。現在，武男不能確定一旦中美開戰自己會站在哪一邊。這種不確定折磨著他，但他也知道，一旦在入籍儀式上宣了誓，他就要遵守自己的誓言。對他來說，一個承諾應該重於一個國家。

他想到了兩個比喻，中國好比母親，而美國如同他所愛的女人。他肯定以前有人用過這種陳腐的比喻，不過，這可以幫他理清自己的情感。作爲一個成年人，他不能永遠和母親生活在一起，而必須選擇和心愛的女人共度人生。若是老母和愛妻之間有了紛爭，他當然不能打罵母親。可以做的，就是幫助她們雙方互相理解，儘管她們可能永遠也不能達成一致。懷著這個想法，他參加了在中國城的社區中心舉行的一次集會。

最近，大陸的幾名年輕記者出版了一本書，《中國可以說不》，激烈地抨擊美國，說美國是中國的頭號敵人。書寫得很糟，充滿錯誤和歪曲，可它十分暢銷，再版了多次，作者離譜到宣稱中國將「燒毀好萊塢」，「讓美國嘗嘗戰爭之斧的滋味」。很明顯，有些高官支持了這本書的出版，想利用仇恨和恐懼來凝聚大眾。這本書在海外華人中間也引起不小的轟動，所以亞特蘭大的華人社區邀請了學者、作家、學生以及其他民眾，在一月的第一個星期六下午舉行研討會，討論這本書。

社區中心的會議室裡已經擠滿了人，不少人只能沿牆站著。武男早來了十分鐘，坐在靠近前台的一把摺疊椅上。面對聽眾的那張桌前已經坐著兩位男士和一位女士。很多聽眾不懂英語，所以討論用中文進行。主持人介紹了今天發言的老人，那位戴著角質架眼鏡的歷史學家清了清喉嚨，便尖聲尖氣地開始發言。他批評了那本書，說它不過是重複「義和團的情緒和廉價的沙文主義」。而且，它的主要觀點多半基於錯誤的信息和不精確的統計，是為了替中國現行政策服務而寫成的，與真正的學術研究無關。他越說越激昂，鏡片一閃一閃的。他強調說，美國從來沒有像其他外國勢力那樣劫掠過中國，日本和俄國纔是中國應該譴責和提防的。任何一個具有一些現代史常識的人都可以清楚地看到這一點。簡而言之，這本書是膚淺的、外行的、不負責任的，不應該拿它當眞。他又推薦了幾本可以讓人們更好地瞭解中美關係的書籍。他講著講著，聽眾中間響起了不滿之聲。

武男同意發言人的觀點，但他不喜歡老人刺耳的聲音和盛氣凌人的態度，尤其是用他粗粗的食指指著聽眾，好像大家是他的學生。

第二個發言的人年輕一些，有一雙疲憊的大眼睛，是喬治亞理工學院的政治學學者。他認為，這本書過於情緒化，但他可以看到作者表明的這種過激情緒有著兩個起因。第一，中國政府因為天安門悲劇毀壞了自己的形象，西方人開始把中國視為極權主義國家，關於這一點，責任在共產黨領導人。第二，美國對華政策近年來缺乏一致性，這一點傷了中國人民的自尊。比如，一九九五年五月，美國政府允許台灣總統李登輝訪問美國，這就違背了「一個中國」政策，加劇了海峽兩岸的危機。

「閉嘴！」一個瘦長的男人大喊一聲，從後邊站了起來。「你滿嘴噴糞，想討好台灣的國民黨。這個社區都被國民黨把持了。你憑什麼因爲這本書的作者年輕衝動就想扳倒他們？我們中國人一定要有我們的自豪感，一定不能向美國人低頭。我來這裡兩年了，吞下了多少苦水？我在天津的時候是個醫生，可是在這裡我只能當個擦窗戶刷馬桶的清潔工。誰肯理睬我？誰會爲我說話？誰知道一個中國人在這裡的眞實感受？你爲什麼替美國人說話，而不爲自己的同胞說話？」那男人哭了起來，再也說不下去。他坐了下去，兩手捂住臉。前邊有人大聲笑起來。

全屋有片刻的沉默。很快大家就開始議論紛紛，有譴責美國政府的，有指責這本書作者的。武男轉頭看了看，那個大喊大叫的人穿著一件黑衣服，還在哭著。圓臉的主持人揮手請大家安靜，然後請那個台灣女評論家發言。

那個中年女作家把麥克風挪近一些，又略向前探著身子。她說：「我想哭，這麼一本低級的、沒有頭腦的貨色居然成了暢銷書。這表明大陸人民精神狀態已經越來越惡化。作者怎麼可以用這種污穢的語言描述台灣？我不明白『私處』一詞，所以我查了字典。他們怎麼能說台灣是外國勢力不可以染指的中國『私處』！作者是粗魯的、愚蠢的，甚至是瘋狂的。他們把沒把台灣人當人看。他們關心的只是所謂『中華民族』，所謂『大中國』。他們讓我感到作嘔！他們過分到竟然宣稱台灣是『中國的睾丸』，現在被美國抓住了。他們是多麼無知和無恥啊！在附錄裡他們甚至說，紐約的高速公路還不如中國的高速公路，說紐約沒有新建築。你們都看見美國了，可以形成你們自己的看法。如果你們眼睛沒瞎，就能自己作出判斷。」

她說得動了感情，再也說不下去。一個目光犀利的男人，也許是個訪問學者，從聽眾席中站起來，抓過麥克風大喊道：「同胞們，朋友們，對美國動搖不定的對台政策，我們必須說不！」

聽眾鼓起掌來。

他又大喊道：「對日本的反華行徑，我們必須說不！」

掌聲再次響起。

「對美國國會打壓中國，我們必須說不！」

鼓掌的人更多了。

「對美帝霸權主義，我們必須說不！」

掌聲再次雷鳴般響起。

「對所有敵視我們中華民族的人，我們必須說不！」

聽眾中有人站起來鼓掌。接著那人平靜下來，好像要澄清自己的觀點。他對聽眾說：「即使我們說不，也必須合乎理性，我們的觀點和判斷，要基於準確的信息和事實。否則，我們就可能犯下災難性錯誤。在譴責別人的偏見和言行不符的同時，我們應該防止自己頭腦過熱。」他確信，二十一世紀將屬於中國，也就是說，中國將成為世界第一強國，所以中國人應該自信，不必走美國的路。

武男被這人的表演弄糊塗了，納悶他到底支持哪種意見。這人說話像個老練的官員，操縱著聽眾的情緒，有些人邊聽邊點頭表示贊同。

接著，一個穿咖啡色羊毛衫的瘦削女子拿過了話筒。她腰上掛了個不鏽鋼小暖水瓶。儘管她新換了髮型，武男還是認出她來——洪梅。「我必須同主席台上的幾位爭論一下。」她強調說：「你們說，作者年輕、感情衝動、又無知。你們知不知道年輕不一定就是錯的？拿破崙開始征服歐洲的時候也是個年輕人。你們說他們太情緒化，沒有深切的、眞誠的感情你能完成什麼使命？幾年前我去參觀了北京郊外上個世紀被八國聯軍燒毀的圓明園，看到那些倒塌的石頭柱子和燒黑的橫梁，我就忍不住眼淚，我的心在疼、在流血。我怎麼能不衝動？你們說作者是無知的，可他們鼓起了勇氣去面對美帝國主義。就算你們有很多知識，受過高等教育，為什麼沒為揭露反華陰謀做任何事？為什麼說話像美國政府豢養的走狗？可恥！」

零零落落的掌聲在聽眾中響起。台上三位發言人表情驚愕。那女作家嘆了口氣，一會兒搖搖頭，一會兒掐掐鼻梁。

洪梅繼續說：「有一天我女兒告訴我，她班上一個韓國男孩哭了，因爲有同學叫他『中國人』。這讓我想起有一次，一個無家可歸的乞丐衝著我喊『中國人』，就因爲他討錢我沒理會他。他並不確切知道我是哪國人，但他爲什麼叫我中國人？爲什麼韓國孩子覺得『中國人』一詞羞辱了他？我對此做了些調查，這裡我把我的發現告訴大家。」她從褲兜裡拿出一張紙，打開來，繼續說：「英語中的後綴『ese』，表明『劣等的、低微的、虛弱的、奇怪的、小的。』你們都知道『China』是什麼意思，意思是『變硬的粘土或泥土』。把兩個部分放在一起，『中國人』的意思就是『小小的、次要的、奇怪的泥土或粘土人。』在《牛津英語辭典》上查了詞根，我終於明白『中國人』一詞是有種族侮辱性的，是最初被英帝國主義用來羞辱我們的人民、削弱我們的精神的。不光是我們，還有其他種族，比如日本人、越南人，好像我們都是矮小民族，無足輕重。比較一下後綴爲『上等』種族的『an』，比如羅馬、美國、德國。這種在給不同民族取名上的差異，意味著種族偏見已經在英文的語言中編好碼了。德國生產香腸——爲什麼不管它的人民叫『香腸ese』？義大利以披薩餅聞名——爲什麼不叫義大利人『披薩ese』？英國曾經出口羊毛紡織品——爲什麼不叫他們『羊毛ese』？美國出產大量玉米——爲什麼不叫他們『玉米ese』？瑞士人爲什麼不叫『奶酪ese』？」很多人大笑起來，洪梅四下看看，臉繃緊了，胸脯一起一伏的，好像一個嚴厲的老師面對一個吵吵鬧鬧的課堂。

等聽眾安靜一些後，她繼續說：「很顯然，英語有意歧視我們和其他有色人種。現在我明白爲什麼那麼多從我們祖國來的人稱自己『亞洲人』，因爲他們直覺地感到英語的『中國人』、『越南人』、和『日本人』等等，都是爲了貶低他們而被創造出來。所以，我們——從『中心之國』來的人們，要拒絕『支那ese』的稱呼，就像黑人拒絕被稱爲『黑鬼』一樣。」

她的激烈演說弄得她接不上氣來。她坐下去，兩頰泛紅虛腫。聽眾聽得雲山霧罩，所以多數人一聲不響。有幾個人暗中竊笑。

武男站起來拿過麥克風。他說：「我不想反駁洪梅語言學研究的準確性，因爲我好久沒碰《牛津英語辭典》了。我只是呼籲各位運用自己的常識。我們都是人，應該合乎情理。大詩人切斯洛夫．米洛茲說：『人類理性是美麗和無敵的』，所以我們應該依賴自己的智力而不是其他東西。美國人沒有強迫我們到這裡來，對不對？中國是我們的出生地，美國是我們後代的家鄉——也就是說，是我們未來的地方。如果中國和美國打起仗來，對我們在座的任何人有什麼好處？」

「你想說什麼？直說吧！」一個女聲從後邊響起。

「我想說的是，我們必須停止製造敵意，必須記住這本書好鬥的作者不代表我們的利益說話。他們只是販賣仇恨的人。我們同他們利益不同，因爲我們不會再回中國生活了。我們不要追隨他們，盲目地咒罵美國。」

洪梅銳聲叫道：「我說的根本不是這個問題！」她專橫的聲調激怒了武男。他大聲說：「你還沒還我湯鍋呢！你五個月前就答應還我了——爲什麼你不遵守諾言？我再也不會信任你了。你談了這麼多民族自豪和榮譽，可你爲什麼不尊重自己的許諾？你做人爲什麼不能講究些信義？」讓他意外的是，他的問題使她啞口無言。洪梅垂下眼睛，臉色變黑。幾個人咯咯笑了。

接著一個年輕婦女站起來，質問武男：「你是不是個中國人？」

「我生在中國——」

「給我們一個簡單答覆，是，還是不是！」

「我馬上要成爲美國公民。我相信你們大多數也會——」

「滾出去，你這無恥的美國人！」一個男聲叫道。

「讓他說。」另一個男聲打斷他，「我也即將成爲美國公民。」

「美國人滾出去！美國人滾出去！」幾個聲音一齊喊起來。

「這是自由國家，我有言論自由的權利。」武男說道。

「我們不想聽你說。」

「沒錯，滾出去！」

「讓他說完。」

「噓——噓——！」

「聽著。」武男繼續說：「你們這些人總是說你們的國家，你們的中國，好像你們每個人都是那個國家的棟梁。讓一個國家凌駕於個人生活之上，比其他一切都重要，你們有沒有想過，這種成見是危險的？法西斯主義的定義是什麼？你們知道嗎？」

眾人一下子安靜了。

有人叫道：「不要再說謊了。」

武男平靜地回答說：「法西斯主義的第一原則就是國家和種族高於個人。如果你們不相信我的話，可以查一查《韋氏大辭典》第十版。如果不停止這種盲目的中國自大論，我們就可能最終毀了自己在這裡的生活。」

「你倒真是語不驚人死不休。」洪梅站起來，「你是個不折不扣的精神病。我告訴你，你是個崇洋媚外的東西！」她手指朝著武男猛戳，「沒有哪次你不是鄙視我們中國和我們語言的。所以你用英文寫作，夢想成爲另一個康拉德或納博科夫。我告訴你，你只是一個小丑！清醒點吧——別把自己當成個大詩人了！」

武男蒙了，覺得喉嚨發堵。但他掙扎著回答說：「用英語寫作是我個人的選擇。我不像你，我想當個眞正的個人。」

「是呀，當一條孤狼。」洪梅嘲弄地說。

「沒錯！」

這話把她噎了回去，有人笑起來。武男對著聽眾說：「我要說的是，我們應該首先做個講理的人，公平正直地對待他人和我們自己。」

主持人用筆敲著桌子，可是沒人聽她的。「不要爭了！」她懇求大家，可是現在更多的人在七嘴八舌地議論，整個屋子裡一片喧嘩。很多人站起來，有觀戰的，有叫喊的。台上三個人也站起來，收拾起東西打算離開。屋裡一片挪椅子聲和腳步聲。

幾雙眼睛對著武男怒目而視，武男只當沒看見。要是他聽萍萍的話待在餐館就好了。他不應該到這種烏煙瘴氣的地方來找不痛快。有些人是不可理喻的，他感到自己不再屬於這一群人。這些人都是群居心態，認為一個人價值的實現取決於一個群體的成長和發展。武男猶豫要不要和台上那個歷史學家聊一會兒，但決定還是算了。他寧願孤身獨處。

22

武男去參加集會的同時，萍萍和妮燕正在忙著準備晚餐。那天是星期六，他們三點以後就會忙起來。武男說好三點半以前回來，萍萍把他頭天晚上切好的牛肉和雞肉從凍箱裡拿出來化凍。她給收銀機換上新的一卷空白收據，然後打算包些春捲。她還沒有完全從手術恢復過來，雖然糖尿病的症狀基本消失了，她還是不時會感到腰疼。妮燕在餐廳裡，舉著一把長塑料拍子在追一隻蒼蠅。桌上的佐料瓶和餐巾都已經擺放停當。

她們正忙著，一個毛髮蓬鬆、穿著栗色防風衣的男人走進來，腋下夾著個半滿的矮粗琥珀色酒瓶子。他東倒西歪直奔櫃檯，砰地把那個標著「野火雞」的威士忌瓶子放到收銀機旁，掏出一把短筒左輪手槍，衝著萍萍斷聲說道：「把所有的現錢都交出來。」

她嚇傻了，一時間沒有反應。那人又說：「把抽屜裡的錢全都給我！」他的紅鬍子濃密得把他嘴都遮得看不見了，說話的時候鬍子一顫一顫的，一股熱哄哄的濃烈酒氣直撲萍萍的臉。

她一聲不吭地打開收銀機，拉出錢抽屜，裡邊有十幾張一元的，四張五元的票子，還有一些硬幣。機器裡抽屜下邊，有一紮二十元的票子，有二百多美元，她總是在那底下放著這些錢，以備不時之需，可她沒動那個。她用發抖的手把錢抽屜放倒那人面前，說：「我們還沒開門呢。」她從眼角餘光看見妮燕急步衝出前門。想到只剩下自己一個人面對搶匪，她嚇呆了，不由吸著鼻子哭泣。

她的哭聲似乎讓那人驚醒了一些，他抓起錢，把紙票子全塞進防風衣的口袋，卻沒動硬幣。「今天什麼歹運啊！」他咕嚕著，一雙醉眼飄忽不定。

「求你快走吧！」萍萍懇求道。

「不走。我餓了，想吃點東西。」

「我們還沒開門呢。」

「少來這一套！」

「我不會做飯。」

「你怎麼不會，我以前來過，看見你在裡邊做飯。」

「你要吃什麼？」

「我看看。」他翻開櫃檯上的菜單，「蒙古烤肉，這個，辣的。」

「我丈夫是廚師。我不會做蒙古烤肉。」她的確不知道他點的這菜怎麼做，因爲蒙古烤肉是不辣的。

「別騙我，我可不是傻瓜。我就要辣的蒙古烤肉。」

「我不知道怎麼做。」

「你想不想要我進來幫你做啊？」他瞇起眼睛，不懷好意地看著她。

「行，行，我試試看能做成什麼。」她退進廚房。

在她快要逃到後門時，一陣尖利的報警器聲響了起來，聲音越來越大。那人被嚇著了，轉身衝向前門。還沒來得及跑出去，三名警察進來了，用手槍指住了他。「不許動！」其中一名命令道。

那人呻吟一聲，跌倒在地。他嘶啞地哀號著：「對不起呀！我實在是走投無路，需要點錢給孩子買生日禮物。」

警察把他按在地上，銬上手銬，然後把他拽起來。妮燕走進來，一口啐在那人臉上，說：「不要臉！銀行就在對面，你怎麼不上那兒搶去？我們也是窮人。」她抬手摘掉他的髒帽子，黑色和橘色毛線織的，上邊還帶著沃爾瑪商店的標籤——三元七毛五。

「嘿，嘿，別碰他！」腆著啤酒肚的矮個子警察對她說，擺弄著小手槍的槍筒，退出了子彈。其他警察在檢查犯罪現場，一個警察進了廚房。

「實在是混不下去了。」那人對妮燕咕噥著。

「別騙人了！」她厲聲打斷他：「你還有錢買新帽子呢。」

「那是我女朋友送的禮物。」他哼哼唧唧地說。

妮燕轉向萍萍。「老天爺，聽見沒有？他都這樣了還把著個女人呢。」她把帽子塞進他的左兜。

萍萍對那人說：「你應該爲自己感到羞恥。」

「對不起呀，太太。」那人喃喃說道，垂下頭，腦袋頂上有一塊頭髮已經發白了。

萍萍把他的半瓶酒塞到他胳臂底下。「把你的東西拿走。」然後她從他右兜裡掏出所有鈔票，一邊對警察解釋：「他從我們機器裡把錢都抓走了。」

「好啦，我們走吧。」矮個子警察拍拍罪犯的後背，然後押著他朝門口走去。

一個年齡大點的警察開始向萍萍和妮燕問問題。妮燕自誇，她本可以奪過那人放在櫃檯上的槍，對他開槍，可她還是給警察打電話了。「他眞蠢，對吧。」她說著，一手放在臀部上。

「不要自己動手執法。你打電話，就做對了。」那個強壯的警察一邊用鼻音很重的聲音說，一邊在紀錄板上寫著。

萍萍爲警察趕來相救對他謝了又謝。

武男回來時，妻子仍然驚魂未定，衝著他喊起來：「我以爲你忘了這塊地方了呢？你來幹什麼？」

武男被她的滿臉淚痕嚇了一跳，沒有回答。她說話時還在發抖。聽她說完了經過，他向她道了歉，並答應說再也不去參加那類的集會了。

萍萍不依不饒說：「要不是妮燕給警察打了電話，那個搶犯還會衝進廚房把我打死在裡邊呢。我嚇死了。兩條腿到現在還直打顫。」

妮燕嗤嗤笑了。武男伸出一隻胳臂抱住妻子，對她說：「咱們也很窮。我從來沒想到還會有人來搶咱們。別哭了，萍萍。我再也不會把你一個人留在這裡了。那個人一定是窮極了。」

「也許是。他不像個慣犯，也許他也嚇得要死。我肯定他是喝醉了。」

妮燕插嘴說：「也許我們應該有把槍。」

「不，不，絕對不要！」武男說。「要是搶匪再來，他要什麼給他什麼就是了。最重要的是保全你們人沒事，懂了嗎？」

「是啦，閣下。」妮燕笑著回答。

23

雖然濤濤有時候會讀《牛津英英辭典》，卻不肯再學中文了。他爸媽一催他寫漢字，他就說他的手好疼，得了腕隧道症候群。那是什麼？爸媽都不知道，只知道問題出在他腦子裡，因爲他懶惰，纔造成他中文書寫持續退步。他可以說和聽得懂中文，但再也不會讀和寫了。即使他講的中文，也是很初級的。父母總是嘮叨，掌握雙語將具有何等優勢，他都聽煩了。一天下午，他父親在貯藏間裡朝他叫，要孩子答應努力寫好漢字，可濤濤就是不說，反而抱怨說，中文對他的生活一點用處也沒有。樹波恰好在場，想勸說孩子相信保持母語的必要性。

「太難學了。」濤濤說。「我爲學它已經花了這麼多年，卻連六歲以前學過的詞都保不住了。」近年來，他開始憎惡難寫的字。在他能認的那些字裡，他最恨那個要命的「藏」字，你永遠也記不住它的筆劃和順序。

「你從來沒上過心學中文，當然會退步了。」武男說。

樹波哄道：「濤濤，別放棄。一斧一斧地砍，你終能砍倒一棵橡樹。」

「我不想砍倒任何樹！」

「我的意思是，不勞則無獲——你不斷努力，就可以掌握中文。」

「機會夠『肥』的。」濤濤咕噥著。

「是啊，你還有的是機會。」

「我不是那個意思。」

他父親插嘴說：「我知道你的意思——機會非常小。不管怎麼樣，你一定要繼續學中文。」

萍萍不像武男，她很可憐兒子。私下裡，她對武男說，濤濤再怎麼學，也達不到能去考ＳＡＴ中文科目的程度。武男想想她有道理，就饒孩子幾天。

現在，孩子要決定初中和高中裡選修哪門外語。愛默里大學有週末中文班，很多孩子都去上課了，可是武男和萍萍週末都要上班，不能開車送兒子進亞特蘭大上課。還有，萍萍不相信濤濤學會了中文能有多大益處。她覺得英語更有表達力，也更有用。在中國時，她幾乎寫不出任何東西，可在這裡，一旦她學會一點英語，就發現自己能寫出不少東西，彷彿她寫到紙上的什麼東西都變得有意思起來。武男也贊成她這話。與寫中文比，英語的確是一種普通人的語言，儘管要想精通它也很難，語法太不嚴謹，慣用語又不講邏輯。毫無疑問，他們兒子會把力氣更多花在英語上。

所以他們不再逼著他寫漢字了。要是孩子不喜歡中文，光靠抄字抄詞，是永遠精通不了的。也許有一天，他們暑假把他送到外公外婆那裡去，那樣他就可以重新揀起他母語的口語和識字。在他的學校裡，選修拉丁語很普遍，他也申請了這門課，卻沒能進得了這個班。據說有的學生拉丁文學得很好，都可以用這種死文字記日記了，好讓他們家長看不懂他們寫了些什麼。武男知道，拉丁語的知識會加強兒子的英語，所以他對濤濤未能註冊上這門課很不順心。

後來萍萍發現，除了英語，很多科學報告都是用其他三種語言發表的：法語、德語和日語。濤濤學校裡開了德語和法語課，如果他能選修德語或法語，其實更好。下個學期一開始，他就選了法語課，發現法語對他來說很容易，他很快就在班上名列前茅了。

有一次他問父母：「我可不可以在大學裡主修法語？」

「你應該當醫生。」萍萍說：「什麼職業能比治病救命還好？」

「我不喜歡醫學。藝術史或英語怎麼樣？我可以主修藝術史嗎？」

「那你就會一輩子當個窮學者。」武男說。

「我不在乎。」

「你不在乎是因爲我們日夜苦幹爲你掙錢。」他母親反駁他說：「你像個不需要職業的富家孩子。」

濤濤轉向父親。「你不是告訴我，要追隨自己的選擇嗎？你不是說：『任何事情只要你做好了，都不會餓肚子』嗎？」

「沒錯，我說過。可你也應該考慮媽媽的意見。」

「要是我拿到獎學金，我可以學自己願意學的專業嗎？」

他父母沒回答，知道這孩子是勸不住的。武男知道，濤濤要是成爲一個醫學院預科生的話，萍萍會高興的，但他們不會強迫兒子做任何違反他意願的事。是的，他想讓孩子追隨他自己內心的選擇。

24

「有好事啦。」迪克一跨進金鍋，就對武男說。他的聲音裡透著喜悅。他拉掉脖子上的栗色圍巾，頭髮被雨水打濕了，兩頰熱氣騰騰。外面還下著小雨，餐館裡正是下午生意清淡的時候。

「什麼好事？」武男問道。

「我的書得了國家圖書批評獎。」迪克的眼睛閃閃發亮，他容光煥發得似乎年輕了好多。

「這獎有多大？」

「差不多是普立茲了。」

「我的天哪，恭喜恭喜！」武男給了他一個大大的擁抱，在他肩膀上拍了又拍，「也就是說現在你和愛德華．尼爾瑞一樣有名啦？」

「離得更近了。」

「你鼓舞了我。」武男眞誠地說。的確，昨天他還沒把迪克當成重要詩人；現在一夜之間他的朋友變成個文學人物了。

「現在我的任務就是怎麼安排成功。」迪克說道。

「你這是什麼意思？」武男糊塗了，不懂成功怎麼會是可以被安排的。

「我一定得利用這個機會把我自己和我的作品宣傳一下，價碼也要漲。」

「什麼價碼？」

「我詩歌朗誦和演講的酬金。」

「哦，你要往裡摟愛德華．尼爾瑞那種大錢了？」

「你算說對了。」

武男十分驚訝，因為迪克的口氣就像個商人。不過武男還是說：「我們得慶祝一下。」

「對，咱們慶祝一下。謝謝。」

武男走進廚房去做蟹肉芙蓉和豆豉扇貝。這兩樣菜都容易做，扇貝又是迪克喜愛的菜式之一。武男要妮燕給迪克拿兩瓶青島啤酒來，他對萍萍說：「迪克的詩歌剛剛贏了大獎。他現在是明星了。」

「不是開玩笑吧？什麼獎？」

「忘了叫什麼了，跟普立茲獎差不多。」

「天啊，我應該去祝賀他一下。」

「跟他說我再有幾分鐘就好了。」

萍萍和妮燕都對迪克表示了祝賀。他高興得正發狂，不再用桌上的玻璃杯了，直接從瓶子裡一氣猛灌。他的眼睛濕潤了。一會兒微笑，一會兒嘆氣，搖著頭好像被這麼個好運氣給弄蒙了。

幾個星期後，迪克告訴武男，他得到愛荷華寫作中心的一份工作，決定接受下來。武男聽說過那個地方，知道這是朋友事業上的一個巨大進展。至少迪克不用為愛默里的終身教職而忐忑不安了。武男又感到煩惱，因為從現在起，作為一個苦鬥中的詩人，他又是完全孤單的一個人了。這些天來，他已經用英文寫了些詩歌，儘管有幾分沒太當真，打算等潤色一下之後，給迪克看幾首關於動物的詩歌。現在朋友就要離開了，這對他幾乎是個打擊。

武男極力表現出祝賀的神情，其實內心裡希望迪克能在亞特蘭大再待上幾年。迪克似乎感到了武男的失望，所以他答應一定和他保持聯絡，甚至說：「你一定要到愛荷華來看我。」

「我盡力吧。」武男愁眉苦臉地說。

「我會懷念金鍋的，你知道。」

二人都笑了。「你想來吃飯，隨時歡迎。一定回來看我們。」武男對他說。

看到迪克沒有回答，知道他一定很得意能離開亞特蘭大，武男補充說：「這裡的冬天很暖和。」

「是的，當然。我肯定咱們還能再見面的，你去或是我來。」

一九九七年五月，迪克賣了他的公寓，動身去了紐約。在那裡過完夏天之後，他開始在愛荷華大學教書。正像他答應的，他一直和武男保持著通信。

第七部

1

這些天來，珍妮特和戴夫正爲女兒的身體焦慮不安。海麗三歲了，接連不斷地感冒，總是沒有食欲。她吃得少極了，似乎停止了發育；常常哭哭啼啼，就連她哭，都不再像過去那樣大聲尖叫了，小腿不再亂踢，胳臂不再揮舞，四肢蒼白得連血管都清晰可見。一天夜裡，她鼻子流血了，花邊襯衣前襟上的血印子讓她爸爸媽媽大爲震驚。

第二天早上，珍妮特帶她去了醫院。高個子、面容憔悴的兒科女醫生威廉姆絲聽了海麗的胸，又摸了她的肚子，發現她的肝和脾都很柔軟，可能是腫了。她當即把孩子送去驗血。一個護士從海麗胳膊上抽出了三管血，說要到兩天以後纔有結果。回珠寶店的路上，珍妮特路過金鍋，進來和萍萍聊了一陣，萍萍手裡抱著海麗，一邊搖著，一邊嘴裡哄著，可孩子一聲不吭，眼神黯淡，口水順著塌陷的嘴角流下來。珍妮特含著眼淚告訴萍萍：「我禱告了再禱告，希望她好起來。」

「先別太焦急，海麗會好的。小孩子總是要鬧點毛病的。不常生點病，就不會聰明。」

「這是什麼邏輯？」

「我說的是實話。我妹妹小時候就總生病，所以她是我們家最聰明的一個。」

「我寧可海麗不聰明但健健康康的。」

「她會好的。」

海麗像是睏了，所以珍妮特沒待幾分鐘就走了。武男一直在廚房裡忙，她們的談話他也聽見了；他對萍萍說起米歐爾夫婦：「現在他們知道做父母是怎麼回事了。」這幾年武男已經非常喜歡海麗了。不知是什麼緣故，那孩子一看見他，就舉起小胳膊叫道：「抱抱」，彷彿在表明與他的一種特殊關係。而武男也會把她接過來抱著。要是米歐爾夫婦現在要他做孩子的乾爸，他會痛痛快快地答應的，可他們再也沒問過他。

威廉姆絲大夫兩天後給珍妮特打來電話，用一種撫慰的語調，把血液檢查的結果告訴了她：白血球的數量不正常，可能是白血病的癥狀。不過她需要給海麗做個骨髓穿刺，纔能確診。她又勸米歐爾夫婦不必驚慌。

第二天早上，珍妮特又帶海麗去了醫院。一個眉毛稀疏的男護士在孩子臀部做了局部麻醉，說她不會覺得疼的，珍妮特不必顧慮。她用巴掌把女兒的眼睛遮上，看著男護士把一根長針插進海麗的髖骨。慢慢地，深紅色的骨髓出現了，抽滿了一針管。珍妮特嚇得轉過頭去，覺得好像有一隻手在她五臟六腑裡猛拉猛擰。孩子發出了一聲微弱的呻吟，但沒有踢腿。

骨髓化驗得出同樣的結果。威廉姆絲大夫告訴米歐爾夫婦，海麗得的是急性白血病。從現在起，醫院裡的幾個醫生同時給海麗治療，威廉姆絲仍然是她的主治大夫。她堅持讓孩子立即住院。她還說，珍妮特和戴夫沒有理由絕望，美國將近百分之七十的白血病人都治癒了，兒童的治癒率就更高。

米歐爾夫婦仍是疑慮重重，六神無主，打算再找一個醫生聽聽第二種意見。威廉姆絲大夫贊成他們去找專家諮詢，把海麗血液和骨髓的化驗結果，傳眞給愛默里醫院的專家卡魯斯醫生。第二天，卡魯斯的診斷送回來了：還是白血病。

珍妮特和戴夫摟抱在一起哭了一場。然後，他們把女兒帶到格威納特醫院做化療。一個透明的管子連通了海麗胸前的靜脈血管，抗癌藥物順著這個管子注入她的血液。她最開始的化療反應把父母嚇壞了：臉色發綠，不時地嘔吐，不停地呻吟，連大哭的力氣都沒有。不管珍妮特和戴夫怎麼哄，她都吃不下任何固體食物，只能喝點果汁和牛奶。接著孩子的頭髮開始脫落，威廉姆絲大夫說，這是正常的。她告訴米歇爾夫婦，這些副作用都會消失，一旦停止化療，頭髮還會長出來的。

三月中的一個早上，萍萍和武男去看海麗，給珍妮特帶去一罐切好的新鮮水果，她這些天來經常忘了吃東西。海麗朝萍萍微笑，叫她「阿姨」；然後又叫武男「叔叔」，但是沒有力氣舉起胳臂叫他抱抱了。

「這裡疼嗎？」萍萍拍著她扎了很多針眼的小臂。

「不疼。」她低聲說。

武男想撫摸孩子的臉，但珍妮特攔住了——孩子的免疫系統被藥物弄得太脆弱了，不戴手套誰也不許碰她的臉。

雖然海麗精神挺好，她看去卻是衰弱不堪，瘦了好多，皮包骨頭。「多吃點東西。」萍萍對孩子說，「你很快就會好的，就像個新寶寶。」

孩子又笑了，不過兩個星期，她就像長大了好幾歲。她母親告訴武男夫婦，戴夫晚上會來照顧海麗。他們在壁櫃放了張摺疊床，這樣戴夫夜裡可以把它打開來睡在女兒旁邊。按照醫生的囑咐，來醫院之前，他得在家裡換好衣服洗好澡。

一個老護士走進來，給靜脈輸液管裡加了些藥物。武男夫婦起身告辭，十點以前要趕回金鍋。

此後他們不時給米歇爾夫婦打個電話，看看海麗情況如何。化療三個星期後，又一次的血液檢查表明，白血球有了明顯減少，顯然她的白血病得到了控制。孩子恢復了體力，開始吃東西了；她的脈搏也越來越有力，說話的聲音也活潑起來。珍妮特和戴夫都很高興，充滿希望，儘管醫生告訴他們，要經過很長時間孩子纔能完全康復。

偶爾地珍妮特會到金鍋來和武男夫婦聊聊海麗，問他們怎麼纔能找到孩子的親生父母，好瞭解一下她家族的病史。萍萍甚至給西雅圖那個聲音圓潤的中介人如華打過電話，請求她幫助米歇爾夫婦。如華答應去查問這事，但一個星期後打來電話，說她沒有辦法找到線索——中國方面只是支支吾吾，不回答她的問題。武男代表米歇爾夫婦，直接給南京孤兒院的彭院長寫了信。不到一個月彭院長就回了信，抱歉說他幫不了孩子的領養父母，因為孩子小時候是從一個養豬場揀來的，根本無法知道她生身母親是誰；那個縣有兩百個村莊，孩子父母住在其中哪個村，也無從判斷。他表達了孤兒院領導和職工對孩子的掛牽，說海麗仍是他們的女兒。

2

武男把迪克推薦的所有詩集讀了又讀。他喜歡這些詩集，但覺得羅伯特．佛羅斯特和奧登更合他的口味，所以這些天來他又重讀了佛羅斯特。另外，這段日子他一有空就用英文寫詩。最近他集中精神寫一首長詩，題目叫〈天堂〉，他打算把它獻給迪克，給他一個驚喜。武男感到，不論怎麼努力，都寫不出任何自己喜歡的作品。他的詩不夠持重，缺少神韻，而且他看得出來，如果繼續這麼寫下去是寫不出名堂的。他得找到不同的角度，重新構思他的長詩，要使他的作品達到最高目標，具有那種幽深、明快、絕對優雅的品質，一如他從肯特．菲利普的畫上得到的鮮明印象。他知道，身居喬治亞，是不可能在自己的詩歌裡展現菲利普那種風景的，但他不必依賴於物質的世界。他應該憑依的，是一個可以迸射出激越詩句的躁動的靈魂。

一連數月，他對自己寫的東西感覺不到激動，彷彿他的精神還沒有從一種休眠狀態中醒來。他租回來一些電影，夜裡看到很晚，可那些影片也沒有幫他產生任何詩意的衝動，很快他就厭倦它們了。四月裡一個星期六的下午，他去了亞特蘭大市中心，出席一個香港即將回歸祖國的慶祝會，一個女高音歌手在舞台上的大幕前放開歌喉，兩首喚起他童年記憶的歌曲，把他感動得淚水盈眶，然而在大堆人群中，他卻更加感到孤單。他不知道這種精神上的惰性狀態，與他多年來沒能遇到一個讓他從靈魂深處激情迸發、全身心愛戀著的女人有沒有關係。當然，有過一個蓓娜，她依然令他魂牽夢縈。可他不清楚現在她在哪裡，也許還在哈爾濱呢！要是知道怎麼和她聯繫該多好。

眼下，他真誠地愛著妻子，卻是以一種平靜的、世俗的方式。和萍萍在一起，他感到的是安寧。他照料著餐館、家園，她則更多地把時間花在濤濤身上，給孩子做早飯，督促他的學習。她還負責記帳、開支票、每天到銀行存錢轉錢、每季交稅。他們獨居的日子加強了他們之間的彼此倚靠和依戀，而這些又轉化爲愛和信任。然而，武男所盼望的能激起他詩興的那種興奮，他們的婚姻並沒有提供。他覺得自己所需要的，是一種能夠昇華成靈感的強烈激情。

他對寫詩靈感的渴求，經常使他想到那些文學作品中的女性，如何給詩人帶來靈感，甚至成爲詩歌的主題，像佩脫拉克的蘿拉，但丁的碧翠絲，和齊瓦哥醫生的拉娜。要是他的生活中也有這麼一個女子就好了！一個只要一想到她，他的靈魂就會燃燒的女子——他相信，只要遇到這樣一個女子，他就可以著魔一般地寫作，他的精神就可以變成一股源泉，充盈著激情的詩句就會噴湧而出。有時候，他意識到這很可笑，可他情不自禁，還是屢屢沉迷於幻想。

出於這種隱密的企盼，他租了電影《齊瓦哥醫生》，和萍萍一直看到深夜兩點。影片深深地觸動了他們，讓兩人一連幾天都覺得難受。他們把片子推薦給妮燕和樹波，他們看了也很欣賞。這部電影讓他們幾個都想起了在中國的日子，那裡和動亂的俄國相似：人命不值錢，仇恨和盲目的激憤肆虐爲害，槍大於法。萍萍鼻子不通氣了好幾天，一談起電影裡的情景，夫婦倆的眼睛就會潮乎乎的。

不過，他們仍被影片的美和氣勢所打動。武男希望看到齊瓦哥醫生在被迫爲布什維克效力時如何掙扎著寫詩，可影片裡並沒有展現詩人爲創作所做的努力。有一次，在一個破舊冰封的大宅裡，在拉娜熟睡、外邊野狼嚎叫之際，他曾經抓起筆寫起來。可是，那並不能解釋他是如何成爲一位傑出詩人的。

武男又從鎮上圖書館借回那部小說。十五年前他讀過中文譯本，沒有留下什麼印象，主要是因爲他沒能從結構上領會這部作品。這一次，他把全書仔細看了一遍，發現它眞是好極了。對巴斯特納克來說，別的小說簡直就不存在。全書結構鬆散，似乎沒有節制，可是看完最後一頁後，武男感到書中的一切其實都前後呼應，驚人地渾然一體。這是多麼奇妙的一本書啊！他還是希望書裡能揭示主人公爲寫詩所進行的掙扎，可詩歌創作在小說裡幾乎沒有提及。他仔細研讀書後邊附的詩，卻看不出來它們與整個故事有什麼聯繫。他把小說推薦給萍萍，她讀了幾頁就讀不下去了。她不喜歡這本書講故事的方式，而更喜歡讀史坦貝克，只要一有時間，她就會讀一讀他的書。有時候，即使她沒有把一段完全看懂，她還是喜歡沉浸在作者那種自然曉暢的語調裡，就如同傾聽著一個智慧的朋友在聊天。

珍妮特是史蒂芬·金和安·萊絲的忠實書迷，幾年來一直努力說服萍萍加入她的讀書俱樂部，但萍萍沒有參加。她沒有空閒，而且，她喜歡看的是老書。

3

武男和萍萍都患有牙齦炎，這是亞裔移民中常見的毛病，因為大家在祖國時沒有什麼口腔保健。他倆沒有牙醫保險，所以無法定期去看牙醫。濤濤來美國以後，他們也只是最多每年去洗一次牙。最近，有兩顆臼齒在折磨著武男，嘴裡牙床都發炎了，引起了喉嚨疼，儘管他的扁桃腺十六年前就割掉了。他去李本公立圖書館附近的日昇廣場看牙醫，莫瑞爾醫生建議他把四顆智齒全部拔掉，不然它們以後會影響到旁邊的其他臼齒。醫生告訴他：「智齒你保不住，肯定的。有七八顆全有很深的牙袋。我們應該採取措施保住你其他的牙齒。」

「可我沒有牙醫保險。」

「我只收你兩百美元好了。」

「等我先和妻子商量一下。」

「當然。你想做的時候就給我打電話。」

武男沒有當場答應，因為萍萍不喜歡莫瑞爾醫生。他是個矮胖子，三十多歲，開始時他對武男夫婦不怎麼好。有一次，在給萍萍牙床動個小手術之前，他說：「怎麼，三十七歲了，啊？」他壞笑著，滿臉堆肉。很顯然，他是從萍萍填的病歷表上算出萍萍年齡的。她反感地側過臉去，但什麼也沒說。在整個治療過程中，她一直閉上眼瞼，免得看他那張醜臉。雖然有那次經歷，她卻承認莫瑞爾醫術不錯，所以她還是讓全家每年去他那裡一次。

這一次萍萍鼓勵武男趕快拔掉智齒，別拖延下去。她擔心他會生病，因爲壞牙讓他常發低燒。一個星期後他又去了牙醫診所。拔牙並不很疼，只用了不到一小時。莫瑞爾醫生告訴武男，他的牙根出奇地深，所以最後一顆花了將近二十分鐘纔拔出來。武男用舌尖小心翼翼地探探嘴裡邊留下的幾個洞，每個洞都讓他想起冒煙的炸彈坑或火山口。走之前他向牙醫討他的牙齒，護士替他用棉紗布包了起來。

走出診所，他仍然覺得有些懵懵懂懂，看了一下自己的四顆智齒，顆顆都圍了一圈牙垢，又血跡斑斑，其中一顆還粘著一絲肉，另一顆從中間裂成兩半，是使勁拔它時造成的。武男用舌頭去找嘴裡邊的峭壁深谷，意念裡奇異地充滿了一股強烈的痛感，讓他想起納博科夫《普寧》裡的一段，普寧在牙科手術以後，也曾經是這樣的。作者把他的舌頭描述成一隻肥肥的、柔滑的海豹，在冰河下的「溝溝坎坎鑽進鑽出」。武男在小說中文譯本的註解上看到，這一段描寫了納布可夫自己的拔牙經歷。不知怎的，那一段的記憶讓武男憂鬱，更加沮喪。

他把車在金鍋餐館後邊停下，又打開紗布，仔細端詳他的牙齒。要不要留著這些牙？留著做什麼？給妻子看，給兒子看，還是將來給孫子們看？

說也奇怪，他的意識忽又離開原來的思路。他想起了一個傳說，佛教創始人釋迦牟尼在世上留下了兩顆牙，被叫作舍利子。亞洲地區每過些年就有人宣稱新發現了舍利子，中國有些寶塔就是爲了保存號稱是釋迦牟尼神聖的牙齒而建的。

接下來，武男麻藥作用下的幻想更狂野了。他想像著納博科夫、喬伊斯、葉慈、佛羅斯特的牙齒都變成了舍利子，和他們的手稿信件一起在圖書館陳列。他們的牙齒會是多麼珍貴？會有多少拜謁者對那些小東西表示敬意？有些人可能還要摸摸它們，希望從那上面蹭些天賜的靈感下來。這個奇異的幻象讓武男淚水盈眶。他想起，濟慈死於二十五歲，可他的輝煌詩篇直到今天還被人們傳誦著。相比之下，自己只在肉體上活著。爲什麼他應該這麼活著？一個只有肉體的生命，活著的意義是什麼？

他越想下去，就越發暈，有什麼東西不停地捶擊他的太陽穴。他臉色蒼白，病容滿面，肩膀靠在餐館後牆的一片塗鴉上——那是一顆碩大的紅心，中間印著一個大嘴唇。他那些拔下來的爛牙是何等的沒有價值，因爲他這一生什麼成就也沒有！而他還在這裡想著他牙齒的價值，多麼荒唐、多麼不知天高地厚啊！

他旁邊有一隻藍尾巴的黑蜥蜴，在牆上一躥一躥地爬著，鑽進金鍋後門下邊的一個洞裡去了。過了一會兒，武男抑制住紛亂的思緒，警告自己說：「發瘋了是不是？別自作多情了！這些破牙跟狗牙沒什麼區別。」他走向垃圾箱，把牙全扔了進去，然後走進餐館。

萍萍一看見他就問：「感覺怎麼樣，武男？」

「還行，有點頭昏眼花。」

「你的臉都小了一號。我的天，讓我看看，你現在更俊了。」

妮燕插嘴說：「武男，你眞的更好看了。」

他在洗手間的鏡子裡打量著自己。確實，四顆大槽牙一拔，他兩腮的輪廓不像以前那麼四四方方了，新的臉型給他增添了一點成熟，就連下巴都有個更清晰的稜角了。多棒啊！眞像做了一次整容——下巴再造了一番。他搓了搓臉，對自己自嘲地一笑。

4

海麗病情復發，又住進了醫院。這一次，醫生說化療也許不會產生效果了，因爲經過三個月的治療，癌細胞已經產生了抗藥性。確實，儘管使用著多種藥物，病情緩解的跡象越來越小，最後一點也沒有了。相反，在海麗血液裡發現了大量新生的、不成熟的白血球細胞。共同負責治療她的醫生們建議做骨髓移植，這只能到更大的醫院纔做得了。

一連幾個星期，米歇爾夫婦徒勞地尋找著骨髓捐贈人——捐贈人必須和他們女兒的白細胞抗原相匹配。愛默里醫院的卡魯斯醫生，把海麗血液數據傳眞給在明尼蘇達州聖保羅市的國家骨髓捐贈登記中心，那裡收有一百多萬志願捐贈人的資料，可是沒有找到匹配的骨髓，因爲登記捐獻骨髓的亞洲人比例很小。根據卡魯斯醫生給米歇爾夫婦的材料，在同一種族的人們中間，匹配率要高得多，所以珍妮特來問武男夫婦，中國有沒有一個存有骨髓捐贈人名單和資料的中心。萍萍到處打聽，甚至問了中國駐休士頓總領事館的官員，但誰也沒有聽說過中國有這樣一個機構。要是米歇爾夫婦能夠找到海麗的親生父母就好了。他們肯定，她的某個兄弟姐妹或表親中間有人和她匹配。

武男和萍萍都自願去驗了血，看看自己能不能給海麗捐贈骨髓，接著濤濤也驗了，可惜三人誰也不匹配。米歇爾夫婦還是很受感動，戴夫對武男說：「我們感激你努力幫助她，你是好人。」

「沒什麼。要是你或珍妮特得了白血病，我們也會這麼做，我不是因爲海麗是中國女孩纔願意捐贈的。」

「我明白。」

接著，武男想到一個主意：幹嘛不和當地華人社團聯繫，看看他們可不可以幫上忙？珍妮特和戴夫都贊同這個建議，可是他們認識的中國人不多，只有幾家是有孩子上愛默里週末中文學校的。武男認識的人也不多，可他鼓起勇氣給洪梅打了電話，請求她幫助——儘管估計到她一定恨透了自己。讓他吃驚的是，她很熱心地答應在中國學生和唐人街社區中把消息傳開。她還表示要和亞特蘭大所有的華人教會聯繫，懇求救援。她甚至說，自己也要去愛默里醫院驗血。

後來，她不必去了，因爲在當地中文報紙報導了海麗的病情、刊登了米歇爾夫婦求援的呼籲以後，去驗血的人數之多，以致在查博利的唐人街廣場建立了一個臨時驗血站。一個星期後，讓所有的人驚訝的是，德盧斯一個叫茉莉的十三歲女孩驗血結果和海麗相匹配。茉莉的父母都是新移民，在和平超市工作，一開始，他們拿不準讓不讓女兒捐獻骨髓，但洪梅說服他們一定要捐，說如果他們不救海麗，就會遭到這裡全體華人的唾棄。她還告訴他們，骨髓移植和輸血差不多，對捐獻人的健康沒有傷害。女孩的父母便答應了，甚至同意洪梅帶他們女兒接受了記者的一次採訪。

聽到了好消息，米歇爾夫婦喜極而泣。戴夫擁抱著武男，哭得像個小孩子。他和珍妮特誠惶誠恐地給洪梅打了電話，確認了女孩的父母不會違背諾言。洪梅事實上成了女孩一家的代言人，因爲茉莉的父母都不會說英語。在武男看來，那女人簡直就是把整個事情操縱在自己手裡，好像她是孩子的姨媽。

武男困惑了。對他來說，洪梅只是個進攻性強的煽動者，但頭腦簡單。如果她女兒的血液匹配，他懷疑她會不會讓自己的孩子去捐獻骨髓。他跟她談到茉莉時，她兩眼盯著他說：「你認爲我是個僞君子嗎？嗯？我告訴你，如果茉莉是我的女兒，我也會讓她捐骨髓的。我們家的每一個人都驗了血。海麗是個中國女孩，所以我們必須想盡一切辦法救她。如果你的血液匹配，你會不捐骨髓嗎？」

「我當然會捐，我也驗血了。」武男說。

經過全面體檢，確認茉莉十分健康。通過洪梅的翻譯，卡魯斯醫生跟女孩的父母解釋了骨髓捐獻的過程。夫婦倆明白了捐獻骨髓不會損害他們女兒的健康，就在有關文件上簽了字。武男和萍萍納悶，別人為她決定，那女孩子自己怎麼一言不發。她自己想不想捐？她害怕不害怕？萍萍問了茉莉一次，可那南瓜臉的孩子只是回答：「洪阿姨說，我應該幫忙救海麗的命，要是我病了，別人也會捐給我的。」再多問，她就不多說了。萍萍對她好生同情，特地裝了一盒子開胃小吃給她，可是茉莉不要，一直到洪梅讓她拿回家，告訴她的爸媽，是金鍋送的，她纔接了。

幾天以後，茉莉的骨髓注入了海麗的身體。孩子最初的反應令人沮喪。她發起高燒來，肺部出現的積水使她哮喘。X光顯示，她心臟大了好多，一直被列為特別護理。海麗的醫生們說，在骨髓移植後這些反應都是正常的，現在下結論說治療失敗還為時過早。米歇爾夫婦不斷地禱告。

一個星期後，海麗的高燒退了，柔和的光澤又回到她臉上。她微笑起來時，眼睛裡又出現了光彩。肺部開始乾淨，腫大的心臟也收縮回去。所有檢查都表明，移植的骨髓已經在她的血液裡開始產生新的細胞。現在，可以肯定，她的白血病緩解了。

海麗的身體漸漸恢復了，洪梅當了她的又一個乾媽，不過武男夫婦還是盡量躲著那女人。

5

六月初，武男在大熊貓超級市場中了一個彩，得到一張從亞特蘭大到北京的雙程機票。如今他已經成爲美國公民，從中國駐休士頓總領事館得到一張去中國的旅遊簽證不會有任何困難。他要不要回去看看？他問妻子的意見，她卻反對他去。那麼就讓價值六百五十美元的機票這麼白白浪費了？

武男懇求萍萍讓他回去一趟，不多待。這些天實在太熱，餐館沒什麼生意；有穆大廚在這兒，金鍋沒有武男也不會受什麼影響。可是萍萍不讓他走。他一連向她懇求了幾個星期，都無濟於事。最後他說，他想在父母死之前看看他們，這話纔使妻子心軟了。

武男打算說走就走，一個星期內成行。他不知道該不該到濟南也看看岳父母去，可萍萍想了一陣，跟他說不要去了——她想讓他儘快回來。她打算好了，一旦入了籍就回去看自己的父母。武男答應她，此行決不聲張，一個星期左右就回來。她還警告他，不要公開說任何反對中國政府的話。過去警察常找他弟弟妹妹詢問他在海外的活動，直到兩年前他們纔不再騷擾他們了，因爲他爸爸對當局保證過，武男已經「改邪歸正」，不再是異議人士了。

萍萍不知道的是，武男想回中國還另有原因——去看蓓娜。他並不打算與她重續舊情；他只需要看到她那張臉、聽到她的聲音，來重新點燃他的熱情，好使他能寫出詩來。爲自己的藝術，他需要看到一個理想女性的身影，就像一個畫家使用一個模特兒。沒錯，他想利用她，就像她曾經利用過他一樣。

七月底的一個早上，武男登上飛往北京的波音七三七。飛機在跑道上滑行時，不知怎的他並不激動。

他四週看看，只見近一半乘客都是華人，沒人在意馬上就要起飛。他記得平生第一次乘飛機從北京到舊金山那次，自己和其他乘客所體驗的激動之情：飛機起飛時，很多人歡呼起來，有些人靠在舷窗前，穿過破碎的雲層，鳥瞰首都的都市風景，飛機側身轉彎時，大地也傾斜了。他還記得他和同機的其他人——大多是學生——被飛機上的某種味道熏得噁心，覺得塑料盤裡的乾酪烤雞無法下咽。那是會讓初來的人作嘔的典型美國氣味。美國到處都有這種甜甜的味道，好像是什麼化學東西，尤其在超級市場裡，連蔬菜和水果都有那味兒。第二個星期裡的一天，武男突然發現他的鼻子再也覺察不到那味道了。他又想起第一次飛行的另一件事，不禁笑了。和那些第一次跨越太平洋的乘客一樣，吃完午飯，他擦乾淨塑料刀叉，發現別人也都你看我我看你，不知道該把這些東西怎麼辦。有人把刀叉放進口袋或提包裡，帶著它們下了飛機，因爲他們無法想像，所有這些塑料餐具都是一次性的。他們完全不知道在這塊新大陸上，將遇到何等的充裕和浪費。

不過，這次旅行武男激動得不一樣。他計畫到北京看望他的朋友丹寧，然後到哈爾濱看望自己的父母，蓓娜一定也住在那裡。他沒跟他們任何人說他要回來，有意要給他們一個驚喜。

他隨身帶了一本厚厚的詩集《我們心中偉大的聲音》，在飛行中時時讀上一讀。可他不斷地打盹，因爲頭天晚上沒有睡好。他很高興他的座位在緊急出口這一排，這樣腿可以伸直一些。左邊座位上是個面容粗糙的人，回他任職的上海，但爲生意上的事先去北京待一兩天。那人自我介紹他叫方宇靖，爲了一路都不能抽菸而發牢騷。因爲他在靠窗座位，沒法跟別人交談，便專和武男攀談。他說他在芝加哥大學拿了工商管理碩士學位，在中國爲通用電氣公司工作，而他妻子和兩個孩子住在紐澤西，他一年回來看他們幾次，公司付他機票。

「那可不容易。」武男說道，「我是說，跟家人分離。」

「是啊，剛開始，光電話帳單一個月就五百美元，不過現在我用電話卡了，我們也習慣了分居。」

「你幹嘛不在美國找份工作？」

「我在上海的職位很重要，待遇也好。我是公司在那邊一個部門的主管。」

「他們付你美國薪水嗎？」

「當然。」

「那你一定是百萬富翁了。」

「說老實話，我買東西的時候從來不算小錢。」

「你說說，國內現在時興什麼禮物？」

「還是彩電比較像樣。空調、數碼相機、電腦——啊，對了，維他命。」

「大家都吃維他命嗎？」

「對呀。二十瓶多種維他命很拿得出手了。威斯康辛花旗參也總是受歡迎的。」

「現在國內很多人的生活一定好得多了。十年前很少有人買得起這些東西。」

「上海剛開始時興另一種貴東西。」

「是什麼？」

「洗腸。」

「你說什麼？」

「洗腸，就是時不時把你的腸子清洗清洗。」

「幹嘛要洗腸子？」

「預防癌症什麼的。」

「那玩意兒怎麼當禮物？」

「好辦。你在一家醫院買好一本子洗腸票，你送給誰，誰就可以定期到醫院去做了。」

「明白了。」武男不禁莞爾，覺得這禮物實在滑稽。也許只有上海人才會用這樣的禮物。

「不過，那是很貴的。」方宇靖接著說，「只有富人，像企業家、運動員、演員什麼的，纔定期洗得起。」

「不過，我怎麼能給我爸那樣的禮物呢？」

「哦，我以爲你要賄賂當官的或什麼大人物呢。其實，洗腸這玩意兒也許只是風行一陣子。去年電動剃鬚刀非常流行，可現在已經熱過去了。還有，要是給年輕人，名牌衣服和名牌鞋總是受歡迎的。」

「什麼牌子呢？」

「Polo衫和耐吉鞋。」

武男慶幸自己沒給父母弟妹買任何禮物。要是他買，他會買兩三部傻瓜照相機，幾個袖珍計算器，給侄子侄女買兩台電子琴，一堆手錶。按照這位同機人說的，這些東西多半人家都看不上眼了。武男帶了三千美元，打算給家裡每人一些鈔票——眞正的美國錢。萍萍覺得送錢不是好主意，她擔心公公婆婆會把錢都暗吞了，然後跟大家說武男什麼也沒給他們買。這老頭老太太最摳門了，也許會花點錢買點吃的，那樣誰也不會知道是武男給的錢。他要是買些高級衣服就會好得多，他父母穿著美國外套或夾克，戴著美國帽子，誰都可以一目瞭然。不過武男動身匆忙，來不及去服裝店。另外，他對名牌又不在行，也想輕裝上路。

後邊的飛行他就不想跟方宇靖聊天了，怕那人問他是幹什麼的。他不在乎說自己是開餐館的，可要是承認自己只僱了一個人，還是有點尷尬的。所以方宇靖一張嘴想聊天，武男就假裝睏了，大打哈欠。他大半時間裡一直閉著眼睛打盹，就像坐在他右邊那個有一雙多節大手的老婦人一樣，她幾乎一路都在睡覺。

6

武男幾乎認不出北京了。他在火車站下了出租車，在火車時刻表上找到去哈爾濱的車次。他打算在北京待一天，隔天早上坐火車回家。火車站外，大街上的車那麼多，使他感到有點膽怯，便站下來好一會兒，看著來往的車輛。遠處有幾部大吊車靜止不動地矗立著，像個黑色的骨架，橫在搭起腳手架的大樓上方。周圍的人們熙熙攘攘、匆匆忙忙。讓他驚訝的是，這裡也有黃色出租車了，跟紐約市裡一樣。宮殿式火車站的站前廣場上，比十二年前他來北京申請赴美簽證那次更擁擠、更混亂。到處是一群群的年輕人，穿著灰領或藍領的T恤，有的坐在鋪蓋捲上，焦慮地抽著菸，有些人把報紙鋪在水泥地上，躺在上邊打盹。顯然，這些農村人是來找工作的。他們風吹日曬的臉上透著麻木，讓武男想起亞特蘭大無家可歸的人來。不知道北京有沒有給「盲流」提供免費伙食的救濟中心。也許沒有。

武男在公用電話亭給孟丹寧打了電話。聽說他回來了，丹寧欣喜若狂，把到他家的路線怎麼走告訴武男，要武男今晚就住在他家。武男答應了。他招來了出租車，直奔丹寧在西單的住處。一路上嚴重塞車，似乎連自行車都比汽車動得快。司機不時地對行人按著喇叭，嫌他們躲車不夠敏捷。一次遇到紅燈，幾個小販走過來，兜售葡萄、冰棍、桃子和番茄之類。

讓武男意外的是，丹寧住的是一個小小的傳統四合院，高高的磚牆，大紅門，瓷磚門楣。門半開著，武男沒敲門就走進去了。裡邊是一個石板鋪成的四方小院，四面是房間。他沒想到丹寧住得這麼寬敞，這種老式房子如今很罕見了。正房大門兩側是兩棵沙　樹，沿著兩側廂房，擺著幾個種著金橘和竹子的木盆。「家裡有人嗎?」武男喊道。

孟丹寧從客廳走出來,緊緊地擁抱了武男,勒得他幾乎叫出來。「我們終於又見面了!」主人動情地說道。雖然有點發福,頭髮稍白了些,他沒怎麼見老。

「你成暴發戶了,住這麼好的地方。」武男笑逐顏開地說。

「我花了三萬美元買下這個院子,可我們也許很快就要搬走了。」丹寧一個勁打量著武男,眼睛笑瞇了,眼角下垂。他把武男帶進擺著古董雕花傢俱的客廳。

「幹嘛不住這地方了?這裡多舒服,比什麼樓房都好。」武男在沙發上一落座就問道。

「有家公司想在這裡蓋一家酒店,所以這一帶再過一兩年就全不見了。」

「多可惜呀。這種四合院纔是眞正的老北京呢。」

丹寧的女兒薇薇進來了,對武男叫了聲「武叔叔」,然後對爸爸說,她把武男的箱子拖到客房去了。客房在東廂房,挨著丹寧的書房和他們家的活動室。女孩戴了副眼鏡,看上去是個用功念書的孩子,但營養不良,雖然十五歲了,卻瘦得如同還沒到發育期。爸爸讓她準備一盆熱水,好讓武叔叔擦把臉。

兩個朋友聊著聊著,武男覺得喉嚨有一陣癢癢的感覺。他下意識地用拇指和食指去按摩喉結下面。對這點不舒服他也沒多想,只是一個勁喝丹寧倒給他的茉莉花茶。等薇薇準備好熱水,武男就走出去洗臉。沙樹下的石頭凳子上擱著一個銅盆,盆邊擺著一條摺疊著的毛巾,一個塑料盒裡放著一塊綠色香皀。武男把毛巾放到水裡浸濕,然後把臉和脖子好好擦了擦。

他很快洗好,回到房裡,急於和丹寧繼續交談。洗完以後雖然感覺清爽一些,他的喉嚨還是覺得癢。呼吸越來越不順暢,不過他盡量不去理會。

喝著茶,兩人互相談了近況。丹寧現在在北京作家協會工作,在寫一部電視劇。他不喜歡這部作品,因爲講的是六百年前的明朝的故事,不過報酬豐厚,比寫小說掙得多得多。「爲啥寫古代故事呢?」武男問道。

「寫古代安全。很多很多作家現在都寫古代的東西了。」

「這些作品不是很難成為文學嗎？」武男認眞地說。

丹寧一拍大腿笑起來。「武男啊，你要在這兒混，就得把『文學』二字忘了。上級巴不得我們寫死人、古人，因爲這樣我們就搗不了什麼亂、起不了什麼干擾作用了。這是他們控制中國作家創作精力和天才的手段。最悲哀的是，這麼一來，我們就只能生產些過眼煙雲的作品了。」

「明白了，這是個圈套。」

丹寧嘆了口氣，說他把精力用錯地方已經太久了，必須儘快回到創作眞正的作品上來。武男沒問，什麼作品是他腦子裡的「眞正的作品」，而是對朋友已經出版的五六本書表達了欽佩之意。「沒有一本像樣的。」丹寧毫不含糊地說道，「我一直都在浪費生命。這裡不像在美國，我不用為生計發愁。你看，我過得很舒服。我只需要接活兒，寫完，拿錢。」他一副無精打采的模樣，雖然樣子還挺年輕，卻似乎已經是個老人了。武男注意到，他已經有些謝頂，使他額頭看上去比以前更大了。而且丹寧還有了雙下巴，不過被他的鬍子幾乎全蓋住了。雖然生活這麼愜意，雖然他家房子這麼寬敞，雖然他挺成功，丹寧卻無疑毫不快樂。

武男又喝了很多茶來潤喉，卻依然感到呼吸不暢，氣管發緊。丹寧給正在上班的妻子打了電話，看她要不要和他們一起到外邊的小餐館吃午飯。她很高興，說她會來。出門前，武男終於跟朋友說：「我喉嚨又乾又不對勁。大概出毛病了。」

「呼吸困難是不是？」丹寧狡黠地笑了。

「沒錯，跟發了哮喘似地。」

「你猜怎麼回事？你一定是過敏了。」

「是嗎？對什麼過敏？」

「空氣，煙霧。我老婆從美國回來時也一樣，過了一個月纔適應了這邊的空氣，又變成一個中國人。」他仰頭大笑。「我看看我們還有沒有苯海拉明。」他走進臥室，拿出來一個褐色瓶子。「給你。」他往武男接著的手心裡倒了兩片藥出來。

雖然知道這藥會讓他打瞌睡，武男還是吞了兩片下去。他們一起走出家門。薇薇正在看電視裡播的一部電影，就沒跟他們去。她讓爸爸給她帶個肉餡燒餅回來。

7

「永愛餐廳」是個小地方。窗臨一個人工湖，一灣水白沙環繞，更像一個池塘，沒有任何魚或水鳥的影子。兩個十幾歲的孩子在離對岸不遠的地方游著泳，紅白相間的帽子在綠水中乍隱乍現。丹寧認識餐館的老闆，一個英俊、瘦臉的男子。他向那人介紹了武男，說是他海外回來的朋友。「歡迎回國來。」老闆熱情地說，揮了揮手指間的香菸。

他們在窗邊一張桌子上坐下。屋裡有一股淡淡的酸味，是從玻璃櫃裡大搪瓷盤上那一碟碟涼菜散發出來的。一個端肩的女服務員走過來，把一個瓷茶壺和兩個杯子放在兩人中間。「這家拿手的是滷豬肚牛筋。」丹寧告訴武男，「他們中午還賣炒麵、炒飯。不過他們做的可能遠遠比不上你的餐館，所以別要求太高。」

「拉倒吧，你以為我是大財主呀，吃東西還講究？」

「你現在是商人了。」

「我在那邊能生存就不錯了。」

「可是你有錢哪。」

「只是按中國標準吧。」

「我就是這意思。」

丹寧的妻子思榕含笑走進來，她是一個小巧玲瓏的女子，大嘴巴，鼓眼睛，讓武男想起一條大金魚，其實她脾氣溫厚，無憂無慮。她朝武男伸出手來，說：「終於見到你，太好了。丹寧總提到你。你什麼時候到的？」

「三個小時前。」他握了握她的手，那手又小又軟。

「怎麼樣，對北京感覺如何？」

「車更多了，大樓更多了，人更多了。」

他們兩口子都笑了。「看得挺準的。」丹寧說著轉向妻子：「我跟你說過他是個刻薄傢伙。他和你剛回來的時候一樣對空氣過敏。」

「是嗎？」她問武男。「怪不得你臉色不好。不過不用擔心，很快就會好的。這只是重新適應的一個過程。不出一個月，你就覺得啥事沒有了。」

武男想告訴她，他下星期就回美國去，但又忍住了。他不想多說，只是聽他們聊。女服務員又過來了，在思榕面前放了一個茶杯。思榕點了碗餛飩。

炒麵、餛飩和牛筋來了，思榕對武男說：「我得承認我還是很想念美國的。」

「你最想念什麼？」

「大蘋果、大三文魚、大龍蝦。」她眞誠地說，「還有，我特愛吃巧克力，他們那些五花八門的巧克力我都很想念。」

武男大笑，跟她說：「我們餐館每天都賣三文魚。你應該上我們家來做客。」

「我很想去。嗯，我到現在都記得，在普利茅斯離五月花號不遠的一家螃蟹屋吃過的龍蝦和炸蝦。你看，這裡的魚都不肥，水果個兒也小。中國人吃得太多，把土地都耗盡了。」

丹寧也對武男說：「吃得太多現在也是下一代的問題了。」

武男點點頭：「今天早上我是看見了些超重的孩子，跟美國一樣了。」

「不光孩子吃得過量，大人也一樣。」思榕說道，「丹寧一個星期至少有四次在外邊吃請，看他現在多胖了，另外他的膽固醇和血壓都高。」

確實，丹寧至少胖了十幾公斤。武男對他說：「你是要當心身體，不是年輕人了。」

「說實在的，」丹寧說：「我在同事中間還算好的。他們很多都有糖尿病和高血脂，肉類和糖吃得太多了。我老闆的三酸甘油脂有七百多。他老說，不定哪天他就中風或是倒街而死。說到吃請，我今晚上又得跟一群作家一起吃飯。武男，你要不要跟我一起去？挺好玩的，你會看見一些重要人物。」

「好啊，我去。」

思榕一點半以前要回去上班，所以吃完餛飩就先走了。兩個朋友在後邊慢慢回家，丹寧拿著一個豬肉韭菜餡餅給女兒帶回去。在一個衣服攤上，武男給丹寧的女兒買了件格子裙，儘管當爸爸的阻攔，說：「她衣服已經太多了。」

兩人一邊走，一邊聊著共同認識的朋友。丹寧提到劉滿屏，一個月前去世了，只有一家小報紙登了一個簡短的訃告，因爲老學者拒絕收回他關於共產黨政權民主化之必要性的聲明，拒絕寫他們研究所黨委要求他寫的檢討。丹寧去了他的葬禮，只有三十個人參加。兩人還談到元寶，去年秋天，他的畫和另外兩個藝術家的作品一起，在北京一家畫廊展出過。丹寧不清楚他的作品在這裡反響怎麼樣，不過他的一些同事喜歡那個畫展。一個發行量很大的週刊《藝術新聞》，還發表了關於元寶的一篇長文，是美國一個藝術評論家叫蒂姆·都靈頓的寫的。武男沒有置評，看來和上次一樣，他這個譯者的名字一定沒有出現。

武男又疲憊又頭昏眼花，在客房裡睡了一下午。他鼾聲大作，讓隔壁的薇薇覺得不可思議，她從來沒見過有人睡著了還能鬧出這麼雷鳴般的大動靜呢。按她爸爸說的，她把電視聲音調小了，可是當武男的鼾聲從牆那邊穿過來，屏幕上數學老師的聲音都聽不清了，她就把音量又調高了。可她一開大聲音，爸爸就從書房出來命令她調小——除了不想吵醒武男，電視聲音太大，他自己也想不成事了。

8

快傍晚時，一輛車窗貼膜的深藍色奧迪來接丹寧。他和武男坐進帶空調的車裡，汽車安靜地駛向海淀區。戴著飛行員眼鏡和鴨舌帽的司機看上去很機靈，跟丹寧很熟，不過，丹寧和武男在後座上說話時，他一聲也沒吭。兩個朋友聊著北京的房地產市場，這幾年一直在飆升，平均住房價格一年增長百分之二十，有些人幾年前非常便宜地買了兩套公寓，現在無意中竟成了百萬富翁。丹寧勸武男在這裡買一處住宅，又不用每年都交地產稅，武男輕聲笑笑，說他可沒有三萬美元的閒錢。

司機按響喇叭，催一個騎自行車的人讓開路，汽車一躥一躥，好像要撞那自行車，但騎車人就是不理不睬。直到那人拐了彎，他們的車纔又恢復了正常速度。司機的後視鏡上掛著一個小小的橢圓型毛主席像，垂著金穗子。武男心想，那該不是某種護身符吧。

快開到一個十字路口時，紅燈亮了，可他們的車並沒停下。司機打了轉彎燈，向左轉過去，完全不管別的車的鳴笛聲。一輛綠色摩托車從後邊上來，車斗裡的警察用手提擴音器喊道：「靠邊停車！」

「操他媽的警察！」司機罵道，頭也沒動。他打開右閃燈，減了速，把車停下來。

「他們會給你開罰單嗎？」武男問他。

「這個嘛，我從來沒交過罰款。」

武男回過頭去，看見兩個警察從摩托上跳下來，大步朝他們走來。不過他們快走到跟前時，其中一個指了指奧迪車後邊，然後他倆改向一個書報亭走去，好似那邊有什麼更緊急的事情。武男糊塗了。

司機小聲說：「雜種，他們還不蠢。」他平穩地把車開走了。

「他們怎麼又不來了？」武男問道。

「這是輛軍車。」丹寧解釋說，「他們看見了後邊的車牌。」他用拇指往後窗一指。

「部隊的車不用遵守交通規則嗎？」武男又問。

司機說：「他們想開多少罰單就開多少，可他們根本拿不到罰款。」

丹寧衝武男使個眼色，改用英語說話，好讓司機聽不懂。「你看，槍桿子裡面出政權。」

武男說：「這太厲害了，跟二十年前一樣。」

「沒錯，基本上什麼都沒改變。」

他們開進一個中等規模的賓館，司機告訴他們，他九點半回來接他們。丹寧和武男走過一個月亮門，來到大樓後面的庭園，只見一座兩層小樓，被高高的柏樹遮住一半。樓前有一個小池塘，佈滿青苔的岩石立在池塘中間，水裡游著鯉魚和金魚，魚尾和魚鰭在水裡搖曳，如同漂浮的薄紗。丹寧和武男走進門，轉進位於一樓的餐廳，裡面只坐了幾個人。燈光幽暗，讓人感覺壓抑，四葉大吊扇發出刺耳的聲音在頭上旋轉。

「歡迎歡迎！」一個又圓又胖的人向他們叫著，顯然是主人。他穿了一件人字呢西裝，腳上是一雙亮的淺幫皮鞋。他把他們引到牆角一張桌子前，桌旁已經坐了五個人。一看見丹寧，他們都站起來，伸出手來，丹寧一一跟他們握了手。

他驕傲地把武男介紹給他們，說這是自己的美國朋友，他們見到武男都很高興。桌上有兩個盤子，裡邊盛著甜煉乳和一個竹籃子，裡邊裝著小饅頭，這是開胃小吃。他們繼續閒聊著北京文學界最近的事情：本年度大獎的提名，都有哪些單位參與；兩位美女作家中哪位的書賣得更好；兩個詩人得到一個機會，明年春天到巴黎去走一趟；一個編輯上星期被撤職，因爲出版了一本得罪當局的書，現在當局改變策略了，過去是作者倒楣，現在則拿編輯是問；馬上要爲誰誰的第一部小說開新聞發布會了，那個年輕人的老爹是國務院的高官。武男對他們的世界一無所知，只是聽著。

孟飛是他們當中嗓門最大的一個，他是一個空軍中校，知名的小說家，長著一張多肉的臉，公牛脖子，粗壯的肩膀，就是他派奧迪去接丹寧的。他還在解放軍藝術學院兼職教文學理論和現代小說，剛剛在一流的《花都》雜誌上發表了個中篇，所以他召集了一幫作家朋友來慶祝一下。來的人中還有一個軍官，是個上尉，詩人，其他的都不是軍人了。武男依稀記得在報紙上看到過一個坐在他對面的那個禿頭男人的照片。那人自我介紹說他叫范龍，是作家出版社的編輯。坐在中校旁邊的是一個瘦高個，是專門寫報導文學的記者，但他說話不多，因爲他一張嘴就結巴。武男不像他們，沒沾那瓶瀘州老窖，他嫌酒勁太大，只用高杯啜飲著五星啤酒。

女服務員走進來，把菜單遞給他們。武男被那些菜名弄得稀里糊塗，這麼多不熟悉的東西，讓他不知道點什麼好。他問丹寧：「『母子相會』，這是什麼？」

丹寧咧嘴一笑：「就是黃豆和黃豆芽。」

「那我可不吃掉它們全家。」武男也笑了，沒再問其他稀奇古怪的菜名。其他人根本不看菜單，就讓范龍給大家點了。此公以擅長安排筵席著稱，對著服務員點了十幾個菜，然後又給每個人再要了些飲料和啤酒。

「武男，美國最近又出了什麼熱門小說？」孟飛問道，他似乎對當代美國小說挺熟悉。他以前是去過美國的，在史丹佛當過訪問學者，談話中他常常炫耀的一句是「我在美國的時候」，丹寧跟他說今天這場合別提這個，在這裡他用不著向其他人顯擺。

「有本叫《冷山》的小說這時候正熱。」武男告訴孟飛。

「誰寫的？」

「一個新作家，叫查爾斯·佛瑞哲，不過我還沒看過這本書。」武男停了一下，又說：「我給丹寧帶回來一本《美國牧歌》。」

坐在孟飛旁邊那個長著八字眉的瘦高個子尖聲說道：「那——啊是菲利普·羅斯的新——嗯小說！」

「沒錯。」武男說道。

范龍接話說：「我特喜歡羅斯，尤其是他的《鬼作家》。」

「我覺得索爾·貝婁更好。」坐在丹寧旁邊戴眼鏡的那人咕噥一聲。

「嗯，貝婁聰明又風趣。」孟飛說道，咂巴著嘴唇，好似在品味自己的話。

除了炫耀他們對美國文學的知識，他們也談了卡爾維諾、昆德拉、莒哈絲，眼下在這邊正走紅，武男則一概不熟悉。所以在孟飛問到他的意見時，武男說：「我不常看小說。我讀詩比較多。」

「太好了。」明亮眼睛的上尉接了話。

范龍補充說：「我們剛買了德瑞克·瓦科特的新書。」

武男一驚，意識到這些人可能是中國文學界的官僚。現在他對自己要說的話應該更謹慎一些，也許他們通過翻譯的確對美國作家很瞭解。

菜來了，放在小餐車上推來的。兩個繫著豆綠圍裙的年輕女服務員把菜一一放到桌上。「這是『走在鄉間的小路上』。」其中一個報著菜名。武男眨著眼，仔細看看那道菜。天哪，只不過是紅燒豬蹄，點綴著幾葉芫荽！雖然心下迷惑，他卻沒有作聲。接著，兩個服務員一起端上一個大盤子，裡面是一條炸比目魚。還有幾個冷盤和素菜。高一點的那個服務員雙手端著最後一個盤子放到桌上，說：「這是『悄悄話』。」武男往盤子裡一看，拼命忍住笑——只不過是牛舌頭拌豬耳朵。

服務員拉著餐車還沒走遠，武男就放聲大笑，鼻子裡發出冒泡的聲音。他對大家說：「咱們悄悄說，悄悄說。」幾個人心領神會，都笑起來。

「幸虧我們舌頭還在。」孟飛一本正經地說。

大家笑得更歡了。他們幾人吃著聊著，餐廳裡的人多起來，桌子幾乎全坐滿了。屋裡有好幾撥聚會的，但每一群食客都是旁若無人。武男喜歡魚，吃了好幾塊。其他的菜嘛，味道平平，不過他還是努力表現出欣賞。這會兒他意識到，這個地方一定是給官員、企業家和文化精英提供的某種俱樂部。

過了一陣，武男對那個資深編輯范龍提到迪克．哈里森的新書，《意外的禮物》。范龍一臉茫然，眨著他的肉袋眼說：「我對當代美國詩歌瞭解不多，給我說說這個詩人。」

武男沒有提及自己和迪克的友誼，只是介紹說，他是美國詩壇一顆上升的新星。他甚至引用了迪克〈兒子的理由〉一詩的最後一節，眾人聽了最後一句都大笑起來──「母親，我愛你／只是遠遠地。」

「迪克．哈里森剛剛在愛荷華寫作班開始教課。」武男告訴范龍。

這下大家都注意了。他們都知道那個寫作班和愛荷華國際寫作間，後者每年接受兩三名中國作家去學習交流。圍繞這個機會的競爭，在詩人中尤爲激烈，因爲那同時還能有進帳。在愛荷華大學學習一個學期，除了參加這樣一個寫作間所帶來的榮譽，還可以存下兩到三千美元。

丹寧告訴大家：「迪克．哈里森其實是武男的好哥們兒。」

桌上的幾張臉明顯地改變了。范龍也是出過書的詩人，開始更認眞地傾聽武男的話了，還一個勁地問了很多關於美國詩歌界的問題。他甚至用一種誇張的聲音對武男說：「希望有一天我能到喬治亞去拜訪你。亞特蘭大一定是個國際大都市。」

「當然，隨時歡迎。」武男覺得自己的話不是發自內心──不知道萍萍會是什麼態度，但此時此刻，他只能符合禮節。

不高的舞台旁邊那桌上有幾個人，伴隨著剛響起來的卡拉ＯＫ機，開始唱起歌來。孟飛站起來說：「咱們也樂呵樂呵去。」他們都走過去觀看那群人。

幾個像是這裡服務人員的年輕女子也在唱歌人中間。這之前，每個人都安安靜靜的，卻一下子男男女女都喧鬧起來，讓武男懷疑他們都是憂鬱症病人，急欲通過唱歌來發洩心中的鬱悶。他們大聲唱了一首又一首——有時候只有一男一女二重唱，有時候好多人一起聲嘶力竭地喊。范龍也走上前，和一個留著金色髮捲穿著件紅旗袍的女人一起，開始唱一首老民歌：

在那遙遠的地方，有位好姑娘，
人們走過她的氈房，
都要回頭留戀地張望。

她那粉紅的小臉，好像紅太陽，
她那美麗動人的眼睛，
好像晚上明媚的月亮。

我願拋棄了財產，跟她去放羊，
每天看著那粉紅的小臉，
和那美麗金邊的衣裳。

我願變一隻小羊，跟在她身旁，
我願她拿著細細的皮鞭，
不斷輕輕抽在我身上。

唱完歌，范龍扭著大屁股，咩咩叫了兩聲，引發一陣大笑。然後他拉著那女人的雙手，在小吊燈下跳了幾下快步舞，兩腿輕捷地甩著，臉上汗珠閃閃。那女人跟著他的步子，臀部一扭一擺，臉揚得高高，毫無笑意。雖然觀眾喧嘩，他兩人看去卻是相當自然。

武男有點累了，但覺得應該陪著朋友。丹寧這會兒正和孟飛、上尉、記者在自己桌上玩牌。他們請武男一起玩，可武男已經忘了怎麼打百分了，就站在一邊看他們打。

兩個濃妝艷抹的女孩子走過來，坐在男人們旁邊。其中一個對孟飛說：「中校，你今晚不想散散心、舒服舒服？」

「等我再減幾斤肉再說吧。」孟飛轉了轉他的牛眼珠。除了武男，大家都咯咯笑了。武男對他的回答摸不著頭腦，但他什麼也沒說。

另一個女孩轉向丹寧：「喂，大作家，你都把我忘了？你答應我的香水呢？」

「下次吧，小貝，好嗎？我今天這兒有朋友。」他朝武男一伸下巴。

「你朋友不覺得孤單嗎？他太安靜了。」

「那你問他。」

女孩滿臉堆笑，往武男跟前湊湊，輕佻地問道：「你不想認識我？」

「可以呀。」武男出於禮貌地回答。

「你想不想和我一起待一會兒？」

「幹什麼呢？」

孟飛捧腹大笑，說：「武男太純潔了。他和我們不一樣，還沒有墮落。」

「跟著她去就是了。」丹寧告訴武男：「她會讓你知道幹什麼。」

「誰付錢呢？」武男問。

「當然是你啦。」孟飛指著他說：「現在我看出來了，你不是我以爲的那麼純潔。我掏飯錢酒錢，可不掏口交費和性交費。」

坐在他不遠的女孩噘著嘴說：「他這人就是臉皮厚，滿嘴粗話。」

武男半開玩笑地對他旁邊的女孩說：「我沒有錢，除非你願意免費和我一起待一會兒……」

「你不用現在就付。」

丹寧制止住：「武男，別逗她了。她知道你是從國外來的。要是你沒興趣，就說你不想要。你要免費從她那裡得了什麼，她會找我負責的。」

「好好好。」武男轉向女孩，「今天我太累了。我剛從美國飛來，飛了將近二十個小時，時差還沒倒過來呢。」

「美國？那太棒了。你不想要我的電話以備萬一嗎？」

「我已經結婚了。」

這話讓全桌人都狂笑起來。「我們都已經結婚了。」孟飛說著，用手掌根在前額上拍擊了三下。「武男啊，不要提醒大家我們的墮落。」他盯著那兩個女孩子，她們終於安靜下來。過了一會兒，她倆都挪到旁邊一桌去了。

回家的路上，靠在奧迪車裡，武男問丹寧，「孟飛爲什麼跟那女孩說，等到他再減幾斤？」

「哦，他有一個理論——性快感的強度，和你減肥的重量成正比。」

「奇怪。你相信他嗎？」

「肚子上膘太厚，是會讓肉體感覺遲鈍的，對不對？」

「明白了，你們這些傢伙都成專家了。還有，那餐館幹嘛給那些菜都起些稀奇古怪的名字？」

「好招攬生意嘛。所有的人都想賣、賣、賣，靠坑矇拐騙撈錢，弄得大家都不能用本來的名稱了。」

武男又問他，今天那是個什麼地方。「怎麼像個妓院？」他說。

朋友大笑。告訴他，北京現在有很多那樣的酒吧、沙龍、酒店。利用美色來招徠生意，如今司空見慣。

武男想問問丹寧，他是不是經常和那些女孩子鬼混，但還是忍住了。丹寧毫無疑問是個常客；他那些朋友也是。武男不知道如果自己生活在這裡，是不是也會變成他們中間的一個。

9

坐了一整夜的火車，他一大早就到達了哈爾濱。火車站翻新過，添了一片遊廊和一個巨大的進站口，看上去比十二年前對旅客更歡迎了。這裡的人別看掙錢少一點，穿得卻比北京人更五彩繽紛。然而整個城市顯得死板和老態；城東南的老式俄國建築，雖然有著大球形銅頂，還是一副灰禿禿和年久失修的模樣。車站前的廣場上，幾個穿運動服的男孩女孩在練武術，跳躍、踢腿、出拳，要麼上身挺直，雙膝成直角，向身體各部位運氣。廣場西邊，食品小攤排成了一條線，叫賣著炸油條、豆漿、糖餅、豆腐腦、炒黃豆、炒花生。幾個顧客坐在馬扎上，邊吃早飯邊聊天或看報；一個女人用一根長長的皮帶拽著一隻小狗，那狗的小短尾巴不停地搖著。武男招來一輛出租車，向父母居住的南崗區駛去。

市裡變化不大。不錯，街上車是多了些，但不像北京，這裡私家車似乎不很多。武男喜歡高高的新式公共汽車，看上去寬寬敞敞，像旅遊客車。五分鐘後，他讓司機停在友誼大道上，這裡離他父母住的風鐘街還有近三百米遠，他想走一走。出租司機是個缺了顆門牙的年輕人，武男給了他二十元，叫他不必找錢了。然後他便拖著行李箱朝他父母家走去，他沒看路牌子，兩腳如同知道要把他帶到哪裡。

一進居民大院，他就聽見一個男聲在反覆念叨著：「吸氣，吐氣，吸氣，吐氣……」緩慢、飄忽的音樂像是古代曲子，沒精打采地伴隨著這兩個單調的詞。拐過第一座樓的一角，武男看見一群老人，大約有三十來人，在兩座水泥公寓中間的空地上做早操。他們有節奏地邁動雙腿，先放下腳跟，同時左右甩臂，眼睛半閉著。武男看著他們覺得挺可笑，好像在夢遊，又好像在跟影子摔跤。在老人中間他看見自己的父母，他們正懶散地把肩膀一端一放，他父親戴了頂棕色扁帽，他母親穿了條紫色燈籠褲和白色短袖衫。讓他吃驚的是，他們兩位的變化都不大，只是腰粗了一些，四肢看上去有點僵硬。所有人都面無表情，身體隨著男聲和音樂的節拍活動著，宛如在催眠狀態下舞蹈。武男下意識地停了下來，胸中充滿了感情，讓他幾乎無法呼吸。他的眼睛模糊了。然而他繞開了，決定不叫他父母，不把整個一群人喚醒。他繼續向前走，臉朝著大樓的牆，走過這群人。

他爬上樓梯，到了父母家門口。門是鎖著的，他就靠在樓梯平台的鋼扶手上，等著。他父親母親幾年前就退休了，拿著和工資一樣多的退休金，生活得很安逸。武男看得出為什麼他一在信裡抱怨中國政府，他父親就回信來叱責他，說他太幼稚，太魯莽。老人是堅定的共產黨人，從來沒有懷疑過社會主義比資本主義優越。他有一次甚至譴責兒子，說就算武男住美國房，開美國車，說美國話，吃美國食，放美國屁，所有這些好處，都不能證明他「辱罵」中國政府是對的。現在武男明白了，他父母的生活靠的是國家的扶持。

「那是誰呀？」她母親一邊爬上樓梯一邊發問。

「媽，是我啊。」

「男！你眞是男嗎？」她加快腳步跑上來，忽地在樓梯上一腳踩空，趕快伸出手來抓欄杆。

「別跑！」他趕緊下了幾步來迎她。

她伸開雙臂抱住他，高興得流下眼淚。「我的兒啊，媽想死你了！你一人回來的？」

在他的雙臂裡，她就像個腰間長著贅肉的丸子。他說：「是，萍萍和濤濤不能跟我回來。」

「讓我好好看看你。」她推開他，瞇起眼睛打量，「男啊，你現在成了個中年人了，變化好大。美國的日子一定挺艱難。」

「是不容易，但我們都過來了。您看上去不錯，媽。我剛才在外邊看見你和爸了，可我沒叫你們。」他們朝家門走去。從旁邊看，他發現她背比過去駝了，可她頭髮漆黑，顯然是染過的。

「哎呀，你只管叫我們停下嘛。」她繼續說：「我們才學會這種新氣功。很有奇效呢，做了一個星期以後，每天都覺得好多了。嘿，老頭子，咱們兒子回來了。」

武男的父親出現在樓梯口。看見武男，他腳步加快了。一進門，他就問：「你什麼時候到的？」

「剛到幾分鐘。」

「事先怎麼不打個招呼？」他笑著，飽經風霜的臉上現出了皺紋和掩飾不住的高興。

武男告訴父母他中獎得了回國的機票。母親開始忙活早飯了，廚房裡傳來鍋碗的叮噹聲。武男看見熱水的蒸汽從龍頭裡流出來——這可是以前沒有的。

老人和武男在客廳的沙發裡坐下來。他對兒子說：「我和你媽鍛煉那會兒你沒走過來是對的。趙叔叔就在我後邊。他還是對你一肚子不高興呢。」

「因爲我沒幫他在美國辦畫展？」

「沒錯。」

「那都是幾年前的事了。他還懷恨在心哪？」

「他有時候埋怨你忘恩負義，我只能表面上敷衍他。」

「可我在美國算個什麼，我怎麼能幫他舉辦畫展呢？」

「我不是怪你，男。他只是太固執了一些，可我不想失去他這麼個老朋友。所以你白天不要出去，別讓鄰居看見你，不然趙叔叔就知道你回來了。」

「行，我就待在家裡。」武男又累又睏，正好只想待在家裡。

「你要想出去，從後面胡同出去，戴上墨鏡，別從前門走。」

「後胡同還在呀？」

「在，除了人老了，沒什麼大變化。」

吃早飯時，武男問起弟弟妹妹。父母告訴他，他們家很幸運，武男的弟弟妹妹都沒有下崗。現在失業的人太多了，弄得城裡到處是扒手。在公共汽車上和商店裡，武男一定要當心錢包，尤其在電影院裡，黑咕隆咚的最容易藏賊了。母親還告訴他，他弟弟武寧現在賭博上癮，有時候一賭就是通宵。他老婆一直設法控制他這壞毛病，可他就是改不了。她甚至說要離開他，他還是停不了手。

「他怎麼成這樣了？」武男問道，憐愛地想起弟弟。

「憂鬱症。」

「什麼？憂鬱症？」

「是啊。幹什麼都振作不起來。」他父親插進來說。

武男覺得奇怪，武寧過去是個快快樂樂的年輕人，竟然頹廢成這樣。離開中國前，武男從來沒聽說過憂鬱症這個詞，現在他母親提起這個詞就好似一個日常用語。

武男交給父母每人五百美元，說他離家匆忙，沒能給他們帶任何禮物來。一看到那些綠票子，父母喜形於色。父親從一沓鈔票中拿起一張二十美元，對著窗戶瞇起眼睛，在陽光下仔細觀察，彷彿在看它是不是眞的。「這是二十美元。」他說：「我還從來沒見過美國錢呢。」

「是眞錢。」武男點頭。

「我從沒想到萬能的美元這麼難看。」

母親趕快插嘴說：「說什麼傻話。錢還有難看的？」

老人咯咯笑了，吸了一口氣。「這話不假。這麼一張鈔票就夠我買一百碗麵條了。」他轉向武男，「現在跟我說說，生意好時你那餐館一天賺多少錢？」

「差不多一百美元吧？」

「五張啊！」他抖著手裡的二十美元，「怪不得人們都說美國是最富的地方。」他咧嘴笑起來，咂著舌頭，塌鼻子旁邊的皺紋都變成深溝了。

武男沒再說什麼，轉身去洗臉刷牙。然後他脫掉了衣服上了床，一氣睡了八個小時。

10

天擦黑時武男和弟弟武寧一起去江邊。他推著父親的鳳凰牌自行車，從堆著垃圾的後胡同穿過。不過，他出來後騎上自行車，卻騎不穩了，蹬得七扭八歪，險些撞上一對年輕夫婦。他弟弟又高又瘦，看得直搖頭，喊道：「按鈴啊！」四周響起一片笑聲。

武男從車上下來了，兩人一起走著去松花江。他們轉上中央大道，這條大道向北延伸大約一兩公里，一直通到江邊。武男當年很喜歡這條俄國人在十九世紀修建的鵝卵石路，可是不知怎的，現在看它一點也不奇特了。他感到這條街挺狹窄的，也許因爲兩邊建築上掛的商業招牌太多了。

武男兄弟走進斯大林公園的中心廣場，廣場中央立著一個頎長的紀念塔，是爲紀念一九五七年戰勝特大洪水而建的。石頭柱子支撐的半圓形環廊圍著紀念塔，很像一個巨大的馬蹄形鐵。這個建築讓武男景仰了很多年，可現在看上去卻很脆弱，不再給他恢弘的感覺。兄弟倆再接著朝公園深處走下去，就到了水邊。江濱和武男記憶中的不一樣了。這個地方曾經像個公園，到處是花草樹木，可是現在，樹木大多不見了，到處是小攤和小亭，出售食品、水果、飲料和紀念品。到處是熙熙攘攘的人群，買來的東西裝在網兜裡，拎在手上或吊在肩上。還有一群群的遊客在遊覽，有些人嗑著五香紅西瓜子，殼就吐在地上。東邊不遠處，矗立著一群高高的住宅樓，擋住了原本能望見的草地。整個江邊現在活像個市場。鋪了水泥磚的地面上撒滿瓜子皮、冰激凌杯、壓碎的蛋殼、冰棍的棍兒、包裝盒和菸頭。武男和武寧靠著江堤上的欄杆，看著江對岸逆流而上的住家船，鐵錨在船尾搖晃著，浪花泡沫在船後翻滾。江面大大地縮小了，現在只有不到兩百米寬，裸露出寬寬的一條沙灘。「輪船都哪兒去了？」武男問弟弟。

「這裡鬧過一次乾旱，水淺得船都開不過來了。」武寧舔了舔厚嘴唇。他的娃娃臉上邊窄下邊寬，有點浮腫，兩眼盯在一條停泊的划艇上。

「這條江變得太厲害了。我從來沒想到它會這麼衰敗了。」武男說。他夢裡看見過松花江很多次，還是水波無涯，寬闊得像個大湖。現在他猜想，他夢裡的這條江一定是跟哈德遜河和拉尼爾湖混到一起了。

「你應該早上來看它是什麼樣子。」武寧說。「這裡人好多，像個運動場。到處都是鍛煉和跳舞的人。」

「幾年前他們不是在那邊建了一個遊樂園嗎？」武男指著江中心樹林掩映的太陽島，小島的上空一架雙翼飛機正慢慢飛著，像一隻遇到風的大蜻蜓。

「沒錯，可是我要是你，我不會去那邊。從這兒看要好看得多。那兒人太多了，成了旅遊熱點了。」

確實，從江岸這邊看去，太陽島很可愛，有像畫片那樣美麗的建築和色彩鮮明的住房。十二年前那邊是綠樹蔥蘢，武男十幾歲時，常常下午來橫渡松花江，躺在熱乎乎的江灘上睡一覺，現在江灘都被更衣室、船庫占滿了，還有一個長長的平台架在墩子上，一定是個碼頭。他對武寧說：「我曾想過要去島上看看，但現在覺得沒必要了。水面這麼窄，我覺得都可以蹚過去。」

「中國也跟這條江一樣，能量耗盡了，已經爛到了心。哥，你留在美國就對了。」武寧對準繞著他的頭打轉的馬蠅一拍，卻沒打著。

「那邊生活也不容易。」武男說。

「可是，你在那邊有希望，對不對？」

「我不知道。」武男想說：「什麼希望？」但忍住了，不想讓弟弟煩惱。

「哥。」武寧看上去有些忸怩，「我想到澳大利亞去。」

「去幹嘛？」

「移民。」

「那可太難了，武寧。你把所有手續辦好不知道要多少年。你要是個年輕女人，去澳大利亞也許日子還不那麼困難。中國男人和中國女人相比，在國外更難混一些。」

「那為什麼？」

「中國女人更可能被接受一些，因為男的白人喜歡她們。而且，一般來說中國女人比中國男人能吃苦。要是你帶你老婆去澳大利亞，她適應起來會比你快。說老實話，你們一旦去了，敏妍可能就不會老守著你了。我在美國看見移民中間有過很多破裂的婚姻，因為老婆們變心了。我很幸運，萍萍對我很忠實，很多苦她都比我能忍。沒她的話，我在那邊是活不下去的。」他不得不停了嘴，因為一陣感動湧上心頭，讓他幾乎掉下淚來。他開始明白，也許他的弟媳敏妍，是想把武寧帶到別的國家，好讓他離開這邊的賭友。武男幾個小時前見到了敏妍，很喜歡她，可是覺得她不是太靠得住。她是個美女，而且很聰明。他可以斷定，要是她和武寧去了澳大利亞，她在那邊一定過得不錯，而武寧天性敏感，可能會迷失，會重新走上老路，頻頻光顧賭場和賭賽馬。他弟弟是家裡的老么，總是受寵，沒有足夠的定力在外國土地上打拼。

武寧嘆了口氣。「我在這兒的生活看不到一點意義。工作就是差不多每天晚上去吃請。我討厭喝酒，可是非喝不可，一個星期要醉上好幾回，不然別人就覺得你不可深交。我煩透了這種生活，煩透了對那些我一點兒也不想見的人陪笑臉，煩透了出席那些廢話連天的宴會。我想到國外去，過點安靜日子。」

「這裡你起碼有好多朋友。」武男說。「我們在美國的生活是很冷清的。在澳大利亞忍受孤獨，你會覺得受不了。」

「我不怕寂寞，寂寞比絕望要好。這個地方完全被毀了。你應該看看這裡冬天像個什麼樣子——煙霧濃得有時候連太陽都變顏色了，你什麼時候出去都得戴口罩，要不你鼻子就得被煤灰堵住。我不知道你注意到沒有，成百萬的中國人肺都有毛病，因為中國已經沒有肺了——沒有讓人呼吸新鮮空氣的地方了——所有森林都砍了。更糟糕的是犯罪的人到處都是。失業的人太多，不擇手段地謀生。我一個同事，去年春天就在我們辦公樓外邊的橋底下被人捅了兩刀，因為搶劫的傢伙嫌他身上現錢不多。在這個地方要老老實實地活著根本不可能——你得不停地撒謊，因為所有的人都在撒謊。你不騙，別人就會占你便宜。自由市場上，一半的秤都動了手腳。咱們鄰居牛阿姨，一月裡一個晚上從一個小販那裡買了一袋黏糕糰，回家一看，都是凍驢糞蛋子。我一個朋友是個警察，在公共汽車上撿到一個裝著現金的信封，交還給了失主，為這個，老婆跟他離婚了，管他叫『神經病』，連他岳父岳母都說他是個傻蛋。」

「你這麼想想吧，武寧，你快三十五了，一句英文也不會說。就算你走運，花大錢最後到了澳大利亞，你也得花好幾年纔能安頓下來。在一個別人的國家，你過了四十歲，再想重新開始生活，幾乎是不可能的，除非你有很多錢，或有過人的才能。那種掙扎太殘酷了，會把你逼瘋的。寧，決定去澳大利亞之前，你可一定要仔細考慮好了。按我的意見，你屬於這塊地方。至少在這裡你有一份舒服的工作，作為一個記者，人們尊重你。」

「其實，敏妍比我更想出國。她一直上著學英語的夜校。」

「明白了。你做決定之前，一定要考慮周全了，好吧？」

「好的。」

有人在岸邊划艇上唱起民歌來。一列貨車拉響汽笛，越過半個多世紀前日本人在下游修建的那座黑暗老橋。好多盞燈已經亮起，在江上懶洋洋地閃爍著。沒多會兒，兄弟倆轉身回家，都一隻手握著車把，推著自行車。路上，武男給了武寧三百美元，叮囑他把這錢交給妻子管著。

11

武男也給了妹妹武英三百美元，她並不缺錢，因爲她丈夫開著一家很贏利的園林公司。不過美元是硬通貨，讓她很高興。

武男跟父母說，不要給他買燒雞或鮮魚，因爲他在美國天天吃這些東西。他只想吃些家常飯，像小米粥、棒子麵粥、炸醬麵、炸香椿。這些東西很好做，他母親甚至都不用上市場去買什麼。他住在農村的姨媽家後院有四棵香椿樹，每年春季都會給他父母寄一大袋子香椿葉來。儘管武男很懷念這些飯食，可他覺得這些東西沒有他企盼的那麼好吃了。不知怎麼的，所有東西都跟他記憶中的味道不一樣。也許他失掉了一些味蕾，也許所有對那些美味的記憶，都不過是遺留下來的童年感覺。

第二天下午，家裡就他和母親。他父親去參加一個剛剛去世的同事的追悼會。母親在茶几上給他放下一陶壺菊花茶，坐下來嘆了一口氣。

「怎麼了？」他問道。

「我想濤濤。」

這很奇怪，武男記得她從來不喜歡這個長孫，有一次他和妻子需要參加一個會議，她卻拒絕了幫他們照看濤濤。萍萍對此至今耿耿於懷。武男跟母親說：「別爲他擔心。他挺好的，現在是個拔尖的學生，將來的前途錯不了。」

「我想見他。」

「好吧，我會跟萍萍商量商量，看看明年夏天能不能把他帶回來。那樣他也跟您和爸學點中文。」

「不是，我想到美國去看他和萍萍。」

「您何必自己跑去呢？這把年紀了，出那麼遠門多不安全。」

「多大年紀？我還沒那麼老吧。」也是，她剛滿六十五歲。

「我明年夏天會把濤濤送回來陪您，好不好？」

「我想親眼看看美國。」

「媽，您在這兒不是過得挺舒服的。要是在那邊病了，您沒準就死在國外了。您不是有動脈硬化和頭暈病嗎？」

「我現在挺好，死以前我就想看看美國。」

「跟您說實話，老人在那邊生活沒有在這邊自在。」

「我不在乎，我可以打工。」

「打工？您這把歲數？」

「是啊，打工沒什麼丟人的。誰都知道在美國掙錢特容易。你前天給完我們那些錢，你爸就跟我說：『媽的，咱們這一輩子還從來沒有過這麼多錢呢。你看武男甩出一千美元來有多容易，纔去了十二年，他就變得這麼有錢了。』兒子，你知道，你給我們的那筆錢，足夠我們過一年的了。」

「我們在那邊掙得多可花銷也大。」

「你不是有家餐館嗎？」

「是有家餐館。」

「我可以給你打工。我可以餃子皮、餛飩皮、麵條，做各種包子和餡餅。一個小時五美元，我一天就可以掙四十美元。一年就是一萬多，夠我和你爸這輩子花的了。男，我就在你那兒待一年，一年後我就回來。

你帶我去美國吧。」

「您去美國，那我爸呢？」

「他就待在家裡。」

「可他連飯也不會做。」

「他可以僱個保姆。」

武男知道，他父親不去，是因為他在這邊朋友多，可以每天晚上打麻將，也因為他要留在這裡領他們的退休金，照看這個家。武男說：「這事我得先跟萍萍商量，不能我一個人說了算。」

母親的臉沉下來，頸子上顯出幾道褶子。她說：「你們家誰說了算啊？你是她男人你就有權力，她當然應該聽你的。」

「媽，我不能那樣。餐館也有她一半，我們倆是合股人，就像互助組。」

她似乎意識到，萍萍不會讓她去美國，因為她倆一直合不來。她嘆了口氣，放低了語氣繼續說：「你不是我從前那個兒子了，有了媳婦，就用不著娘了，跟你弟弟妹妹一樣。沒良心，你們幾個都沒良心。」她噘起嘴唇，鼻子抽起來。

武男想說：「萍萍這麼些年跟著我受罪掙扎的時候你在哪兒？我們掉了孩子時你跟我一起掉過眼淚嗎？我們付不出帳單你擔過心嗎？你只知道占我們便宜，跟我們要錢。貪心不足，你二老都貪心不足。」但他忍住了，垂下眼睛，低聲說道：「母親，您不知道萍萍和我的日子有多艱難。換個人，她老早就把我甩了。她是我們全家的支柱。」

「我明白，你老媽媽現在對你沒用了。」她站起身，塌著兩個肩膀，慢慢地走開了。

武男枕在沙發背上，閉上了眼睛。這番談話讓他感到悲哀。他想起昨天，他提到萍萍的流產，母親只是說了句：「要是你們多孝順孝順父母，這種禍事就不會再發生了。」這句話到現在還讓他心頭怨痛。他怎麼能使她明白，她不再是他小家庭的一員了？他怎麼能使她相信，萍萍是他唯一可以依靠的人？貪心加上虛榮，母親只顧做發財夢，好向街坊四鄰和親朋好友們炫耀。武寧跟他說過，父母經常跟別人誇口要到美國去旅遊，看孫子。他母親甚至還答應她的幾個朋友，等他們孩子長大了，就要武男幫著他們也到美國留學去。結果，好多人都開始巴結起他父母來。武男意識到，對他和萍萍在美國所體驗的恐懼和憂愁，老頭和老太太是不可能感同身受的。在父母家裡，他感到多麼孤單，好像根本不是在這個家裡長大的。也許，他從一開始就不該回來。

12

「我想像不出來要嫁給一個比我年齡小的男人。」蓓娜十六年前說過的這句話，武男一到家起就一直迴響在腦海裡。實際上，她恰恰比他大了四個月。他對求婚那次的記憶仍刺痛著他。他向她求婚時，大片大片的雪花紛紛揚揚地飛舞，他說，爲了她的幸福，他什麼都可以做，包括大部分家務。他還向她保證，將來他們會搬到南方的城市去，因爲她不喜歡這裡的寒冷氣候。然後他緊張地等著她回答。幾隻睏倦的小鳥在樹頂上呱呱叫著，樹枝被落雪裹得厚墩墩的。她一開口便尖刻無禮，儘管他已經做好了最壞的打算，還是讓他惴惴不安。她最後的答覆出口了，讓他受傷、心碎，靠在一棵結了冰的小白樺樹樹幹上。「我要走了，再見。」她說完就走開了，消失在黑暗裡。抑制不住的滾燙淚水在他臉上流淌。

要是他那次就斬斷了對她的情絲該多好。可是他沒有，後來又找過她，在她的迷魂陣裡越陷越深。

現在，一連幾天，他都一直在想著她，她幸福嗎？現在她什麼樣了？成了個中年女人嗎？不可能。她知道怎麼保養自己。她還記得我嗎？她丈夫，那個兔子臉的男人，眞的愛她嗎？她願意見我嗎？我的出現會妨害她嗎？她在做什麼？還給縫紉機廠信息資料室當翻譯嗎？

他沒有向弟弟妹妹打聽蓓娜，也沒人提到過她，但他決意要在回美國前見她一面。他並不期望她與自己重燃舊情，他想要的就是再見她一次，這樣他就能在記憶中，保存一個遙不可及的動人的女子形象，一個仍然支配著他靈魂的人，讓靈感的光輝重新沐浴著他。

星期天早上，他去了道裡區，尋訪蓓娜的家。整個三公里路程他都是步行，先是沿著和平街，然後再走工農大道。人行道上的白楊樹比他以前看到的粗了一倍，但是沿街的多數建築都更顯髒暗，如同蓋了一層煤灰。到家以後，他吃了些中藥丸來減輕過敏，所以他現在可以呼吸自如了。他經過縫紉機廠，見大門口掛了好幾個牌子，其中一個顯示，這裡也生產摩托車了。一過工廠，他拐進一條小胡同，一下子就找到了蓓娜家的洋房，藏在兩幢公寓樓後面，他曾擔心早給拆掉了呢。這座日式房子時常出現在他腦海裡，往往被櫻花和鬱金香環繞著，可現在，站在這座房子前，他只看見幾株似乎已經枯萎的白楊。原來在房子東面遮蔭的葡萄藤架子也沒有了，現在是一個小園子，裡邊種著些茄子、柿子椒、番茄和四季豆。那棵他經常站在下邊仰望二層樓上蓓娜窗戶的大柳樹，如今也殘敗不堪，彷彿遭過雷擊，乾枯的枝條在微風中飄拂。他在樹下站了好一陣，讓自己定定神。然後，懷著一顆顫動的心，他登上磚頭台階，敲了敲門。敲完他退後了一步，胃裡翻騰起來。

裡邊傳出響聲，一個穿著淡藍色太陽裙的年輕苗條的女子走出來。她看上去很眼熟，但武男不能確定以前見過她沒有。「您找誰？」她用充滿睡意的聲音問道，眼睛直盯著他。

「蘇蓓娜。這裡還是她的家，對不對？」

「對。我認識您嗎？」

「我是武男。」

那女子的眼睛睜大了，發出夢幻的光彩。「哦，我聽說過你。進來進來。我是蓓婭，蓓娜同父異母的妹妹。」

她把他帶進極乾淨的客廳。他在印花棉布沙發上一坐下，她就問他想喝點什麼，茶還是啤酒。啤酒在哈爾濱是家常飲料，男人女人甚至小孩子都愛喝。「白開水就行了。」武男告訴她。

她把一杯溫水放在他面前，然後自己也坐下，開口說：「你和蓓娜交過一段朋友，是不是？她常常提起你的。你不是八〇年代到美國去了嗎？」

「是的，十二年前去的。」

武男仔細觀察著她的臉。她的小鼻子和濃密睫毛的眼睛和蓓娜一點也不像。一個穿著深藍色開襠褲的小男孩正在屋裡玩皮球，他到處爬著或蹣跚走著，追著他的皮球，肉乎乎的小屁股扭來扭去。蓓婭把他抱起來，放在自己腿上。

「你姐姐提——提到過我？」武男的聲音哽住了。他端起杯子喝了一大口，水裡氯氣味兒很重。

「是呀。她說你現在一定是個有錢人了。」

「我也就是還過得去。」

「這麼說你在美國沒有碰見過蓓娜？」

「什麼？你是說她也在美國？」

「是呀，在伊利諾。」

「她一個人在那邊？」

「不是，她全家。」

「她哪年走的？」

「差不多五年前。」

「哦，要是我知道就好了。」驚愕之間，他忽然覺得筋疲力竭。一種奇怪的感情壓倒了他，彷彿他一直被騙了。他問蓓娜的地址和電話號碼，蓓娜的妹妹用紅圓珠筆飛快地給他寫下來。從她的態度和一副心照不宣的笑容，他估計她知道蓓娜拒絕過他的求婚。她的聲音裡似乎有一點悲哀和同情。

「她在伊利諾過得怎麼樣？」他強撐著問道。

「她總是叫苦，得拼命工作來養活全家。」

「剛開始都是困難的，得努力奮鬥在美國扎下根。一般要花十年時間纔能安頓下來。」

「這麼說你有了綠卡了？」

「我已經入美國籍了。」

「那太棒了。我姐姐還沒拿到綠卡呢。」

「那對她來說不會太困難。」他苦笑了一下。

他還想再多問問蓓娜的情況，卻忍住了。那孩子餓了，想吃媽媽的奶，於是武男抓住蓓婭轉身給兒子餵奶的時機起身離開了。

回家路上，他感到茫然，魂不守舍地向東蹓躂。他的手一路拍著人行道上的楊樹幹。有些行人回頭看他，好像看一個精神病人。快到家時，他忘了該從後邊胡同進院子，而是走了前門，甚至跟坐在傳達室裡的人點點頭。有個人認出他來，跟屋裡其他人對武男一起指指點點。他們湊在開著的窗戶前看武男，他現在是海外華人了。他們耳語著：「看他的臉哪，氣色多好，他一定每天都喝牛奶。」

武男假裝沒聽見。不過，他剛一轉過第一座樓的樓角，趙叔叔出現了，拎著一個電鍍水壺。他是個瘦小的老人，麻子臉，濃眉毛，舉步僵硬地走近武男，說：「大侄子，你還記得我嗎？不記得了？你的記性眞叫差。」

武男認出他來，但也想起父親要他避開這怪老頭的告誡。他勉強笑著，臉上紅一陣白一陣：「我當然知道您，趙叔叔。您好吧？」

「我很好。你什麼時候回來的？你爸爸怎麼一點口風也沒露？」他一臉不快，凸起的前額上眉頭擰緊。

「我回來的事也沒告訴他。這次是出差回來的，順便看一眼我父母。」

「你回來好幾天了？」

「沒有，昨天到的。」武男只好撒謊，替父親開脫。「趙叔叔，我得走了。我媽在等我。」

「我明白。」雖然那麼說，老人看上去很不高興，臉上有些變色，好像武男輕視了他。

趙叔叔那天下午打來電話，邀請武男和他父親明天晚上過去吃飯。武男父親一個勁謝他，同時爲武男去不了而道歉。他說：「他明天早上就走了。本來沒打算回家，是在北京談生意，中間抽個空回來……不行，今天晚上不行，我們全家人要到孔雀閣聚聚。武男還沒見過侄子和外甥呢……你看，他眞的時間很緊……哎，你幹嘛那麼說呢？當然，他很感激。只是因爲他沒時間去看任何人。聽著，老趙，他給你帶回東西了。我現在不告訴你是什麼……不要發這麼大火，好不好？……我回頭見你再說。」他掛上了電話。

武男對父親給趙叔叔的許諾感到不安，說道：「你要給他什麼東西？」

「那就看你了。你想花多少錢？」父親齜牙一笑，上牙上有片茶葉。

「我沒時間給他買任何東西。」

「沒有問題。你可以留點錢給我，我給他買個禮物，就說是你帶回來的。」

「但他會看出來那是騙他的。」

「你別操心了。給我兩百美元。」

「買什麼？」

「我可以買個小空調給他。說眞的，這不多。你欠他的——他給了你四幅他最好的畫，哪一幅都值你那二百美元了。這比安排他去美國便宜多了，是不是？他老夢想著在那邊舉辦個人畫展呢。」

「好吧，好吧。」

武男拿出錢夾子，給了父親四張五十美元的鈔票。他覺得這麼著倒也挺好，因爲他橫豎要還趙叔叔的債。要是他去老人家吃飯，那老頭一定會想方設法要他答應在紐約、華盛頓、或亞特蘭大幫他張羅辦個書畫展。他可不想再見到那個「一根筋」了。

13

一連串嘶叫之後，開往北京的火車猛地後挫，把武男弄得往前趔趄了一下，然後開始駛出哈爾濱車站。他跟月台上的父母弟妹揮手道別。母親和妹妹哭了起來，他的眼睛也濕了。他覺得自己大概再也不會回來了。

他坐在臥鋪間裡，臉靠在窗框上。車外掠過一塊塊綠草地。起伏的曠野延伸進遠方飄忽的朦朧中。沿著路基，地面上聚集著一層霧幔，厚得宛如田野邊蒙上一層雪。沒過多一會兒，一片住宅群出現了，周圍是菜地，婦女和老人蹲在地裡間苗，還用手撒著肥料。武男一看各家門前停的那些日本、德國的汽車便知道，那些鄉間別墅裡住的大多是富人。衛星天線從房頂伸出來，活像碩大的蘑菇。要是他從美國搬回來，他是住得起這樣的地方的，但面對這種景象他會感覺很不舒服：窮苦的農民像他們祖先幾個世紀前一樣，辛辛苦苦在地裡幹活，似乎是他們幹得越賣力，就越貧窮。

大小村莊近了，又遠了。它們都沒改變，有些村落除了幾道炊煙從茅草屋頂升起之外，再無生氣。在一所學校房前，一幫孩子在追逐一隻足球，個個光著膀子。武男估計，村裡的勞動力大概都到城裡鎮上找工作去了。確實，很多田地看上去沒有耕種，似乎被人們拋棄了，而這黑土地是多麼肥沃，廣闊的平原向來是以中國的「糧倉」著稱的。

臥鋪間裡還坐著另外兩個乘客，一位胖胖的老太太，和一位整潔的商人。他們一邊抽著紅塔山香菸，一邊聊著官僚腐敗。那個胖臉老太太過去一定是個高官，不停地說她懷念毛主席的領導，他老人家不僅關心人民群眾的疾苦，而且比現在的國家領導人都要乾淨。她的話讓武男想起毛澤東的私人醫生最近在美國出版的那本回憶錄，那本書打破了偉人所謂廉潔正直的神話。很顯然，這裡的人們看不到那樣的書，他們不知道，在整個國家沒有人能拿到版稅、作家們寫東西只能拿到一點點稿費的年代裡，毛澤東憑著自己的書，特別是那本小紅書，拿到了巨額版稅。他們也不知道，偉大領袖跟不同的女人睡覺就像換件衣服。

斜眼的商人嘆了口氣，說他有個表兄，一家人窮得送不起兒子去醫院，兒子胃潰瘍都穿孔了，只好找來一位巫師跳大神，給孩子驅鬼。結果，他們唯一的兒子就這麼死了。可是當地的很多縣領導，用公款給自己蓋房子，有的甚至給情婦蓋房子，有個當官的還給連懷都還沒懷上的孫子蓋了豪宅。

女人也嘆氣，她對男人說：「這些天來看到的窮人太多，我經常納悶，我們共產黨當初為什麼要搞革命？我那保姆在農村的哥哥給他小女兒起名叫『彩電』，因為他和他媳婦經常夢想著一台電視機。」

武男不想和他們談這些，就爬到上鋪躺下來打起了瞌睡，任憑車輪R唧R唧地作響。在某種程度上，他很後悔回來看父母弟妹，他們似乎比從前和他更為疏遠。他不明白為什麼那麼多海外華人退休後會回到這塊瘋狂的土地上來；在這裡你想辦任何事情，都得賄賂官員、請人吃喝纔行。很清楚，像他這樣的人，在這邊是沒法生存的。現在他更加希望生活和長眠在美國了。他多麼懷念在喬治亞的家啊。

14

丹寧告訴武男，邵婭女士——就是五個星期前丈夫剛剛去世的劉太太——希望能見他一面。武男喜歡劉先生，雖然無法認同他的民族主義熱情。他一直覺得，老人被他的愛國主義都弄得盲目了。丹寧招來了出租車，他倆一起去劉家。雖然距離不過五公里，他們卻花了四十分鐘。街上堵滿了各種車輛——汽車、自行車、三輪車、甚至還有馬車。武男不明白北京怎麼還有那麼多人想買車。他看見一排凱迪拉克和寶馬，停放在一個多層公寓樓前。毫無疑問，有些人家花在車上的錢比花在房子上的錢還多。

邵婭熱情地迎接了武男和丹寧，給他們泡了一壺普洱茶。她穿了件深褐色外衣，看上去比八年前稍老了一點，但她神態愉快，像是很喜歡獨自生活。邵婭想請武男幫個忙：她丈夫的遺願是把骨灰帶到加拿大，他們女兒正在加拿大的阿爾伯塔大學學化學，邵婭想讓武男幫助劉先生實現遺願——只要他把骨灰帶到美國，把它寄給他們女兒。

這個要求讓武男意外，喚起他複雜的感情。劉先生是一個強烈的愛國者，可是為什麼他想把骨灰運出自己的祖國？他對中國改變看法了？他不再熱愛這個國家了？他一定經歷了苦澀的理想幻滅。武男腦子裡轉動著這些問題，但還是對邵婭說：「我可以帶他的骨灰走，不過我也沒把握把它交到你女兒手裡。」

「中國海關可能會沒收。」丹寧添上一句。

她說：「我也想過這事的風險，不過從這裡我沒法寄出去。我們的信件都是被檢查的。」

「我帶一半骨灰走怎麼樣？」武男提出來。「怕萬一讓海關抓到了。」

「這正是我先生的願望——他想把自己的一部分留在中國。所以我只包了一半的骨灰。」

她起身去了裡屋。武男嘆了口氣，喝了一口熱茶，有點像草的味道。丹寧小聲對他說：「劉先生說過，他想埋在一個乾淨地方。」

「你覺得他懷念北美嗎？」

「可能吧。有一次他說，他想『從籠中釋放』他的靈魂。」

邵婭拿了一個磚頭大小、用藍色塑料布裹得緊緊的包裹來了，上面貼著個小信封，裝著給她女兒的信。她把包裹放在茶几上。武男用雙手把它端起來，分量很輕，不到半公斤。他小心翼翼地把它放進挎包。

他們又談起了住在紐約的大家都認識的熟人。邵婭說，要是她能在美國再多待三年就好了，那樣她就可以掙夠領取社會保障的點數，可她去年必須陪著病重的丈夫回來。現在她不得不依靠女兒從加拿大寄來的匯款，因爲她的工資只夠吃飯住房的。她打算過離開中國，可是看起來短時間裡似乎做不到——警察扣了她的護照不還給她。

從劉家出來，丹寧帶著武男來到不遠的一條街上，說他們回家前再去見一個人。武男跟著他走進一座磚樓，這裡是一家美國快餐公司的總部。他們上了電梯，來到三樓，找到財會部。丹寧大聲跟年輕的女祕書打了招呼，她的眼線膏塗得太厚，弄得她的眼皮如同多長出好幾層褶子。他對她說：「我想見你們老闆。」

「她正接電話呢。」

「跟她說，一個老朋友到這裡來看她了。」

「好吧。」她轉身要去通報老闆。突然她腰間的銀色手機響起來，她把它關掉了。

「好傢伙，你那電話鈴聲跟火警似的，嚇出我一身汗來。」丹寧說道。

她吃吃一笑，衝他點點頭，就進了辦公室。

武男沒有料到，走出來的是高雅芳，笑著朝丹寧揮手。「歡迎歡迎。」她用英語說道。她戴著金絲眼鏡，穿著米黃色彼得潘翻領套裝和露趾高跟鞋。雖然比以前穿得講究了，她還是見老了，有了笑紋。她認出武男來，臉上馬上放光，伸出手來。「武男！你什麼時候回來的？」

「前幾天。」

「你要在北京工作嗎？」

「不，我明天早上就回美國。」他說著，看見一道陰影掠過她的臉。她的眼睫毛不停地忽閃著。

她把兩人帶進辦公室。武男走在她後邊，注意到她的一隻鞋的高跟比另一隻矮。他們在人造革組裝沙發上一坐下，祕書就端著個放了三杯咖啡的托盤進來了。雅芳是這裡的財會部主任，她的公司在中國開了好多家快餐連鎖店。她用左手舉起杯子時，武男看見她手指上一枚鑽戒，想起來她是個左撇子。顯然她已經訂婚或結婚了，可他拿不準該不該問問她。他們聊了聊北京的生活，和一些從國外回來的人。很多人掙了大錢，有了房子、汽車，甚至開了公司，可是壓力也很大，因為商業界的競爭很殘酷。武男對自己在喬治亞的生活沒怎麼談，只告訴她，他還在開著那家小餐館，還在努力寫詩，不過現在是用英文寫了。他等著她對他堅持寫作發表些意見，可她根本沒接那個茬。他感到有些受挫，心想，對她來說，他一定是個窮人，也許還是個失敗者。

她邀請他倆到附近一家韓國餐館吃午飯，但武男拒絕了，說下午要給家裡人買買東西。她也沒堅持，站起身來送他們出去。在走廊裡，丹寧去上洗手間，剩下武男和雅芳一起等他。她湊近一些，小聲對武男說：「七年前我剛到美國時是個傻丫頭。你要是不告訴別人我當時那些事，我會感激你的。」

「我不是愛嚼舌頭的人，嘴很緊的。」確實，除了對萍萍，武男從來沒有對任何人提過陳恆跟她的事。

「我努力忘掉那場惡夢，可是忘不了。到現在還是傷痛。」

「你這麼去想吧：陳恆得到了應有的下場，整個人已經毀了。你現在幹得很好，那就是最大的報仇了。」

她笑了，這次是感激的微笑。「我就知道你是個君子，武男。有時候我很想紐約，可是這裡是家。」

「我也巴不得可以這麼說。」他的喉嚨發緊，聲音有點打顫。

她看了看他的臉，眼裡放出溫柔的光芒，說：「你一定有個幸福的家庭。從美國回來的人，很少有你這麼安詳的。」

「我很幸運，我妻子願意過一種孤寂的生活。」

丹寧在走廊裡出現了，朝他們走過來。雅芳擁抱了武男，說：「保重。祝你的寫作好運。」

「呵，這麼親熱。」丹寧對她說：「你對我總是握握手而已。」

她還沒來得及回答，電梯叮地一聲開了門，他倆邁了進去。他們回去的路上，丹寧告訴武男，雅芳的丈夫是外貿部的高官，紈子弟，在倫敦經濟學院拿的博士學位。夫婦倆在北京商業圈裡都是很有名氣、很有影響力的人物，也因他們的私人基金會而知名，他們的基金會已經資助了好幾所農村小學了。丹寧認識他們剛剛一年，雅芳曾說過武男很多好話。

15

武男筋疲力竭地回到亞特蘭大，還加上胃疼。萍萍給他按摩後背，幫他排出氣來，可她止不住他打嗝。她一邊給他按摩一邊問：「你這是吃了什麼，存下這麼多氣？」

「沒吃什麼不好消化的。我只是太失望了。」

他告訴她，他母親如何想來給他們打工，趙叔叔怎樣仍然存著到美國辦個人畫展的念頭，走這麼一趟多麼受罪，他應該聽萍萍的話，她要他別回去，他只是浪費了時間和金錢。「我覺得在中國不論到哪兒都格格不入。」他告訴她：「垃圾啊，到處是垃圾，好多地方就像個垃圾場。我光受罪了，光受罪。」

萍萍聽說他沒有答應他母親，大大鬆了口氣。她不僅不喜歡那老太太，而且還怕她。偶爾她會做惡夢，夢見婆婆用手指猛戳她臉，嘲笑她，咒罵她。從他們結婚的第一天起，她就想離她婆婆老玉蘭越遠越好，可是不論她在哪裡，都從來不能完全與婆婆隔斷。不論何時她打開婆婆的信，都禁不住有點發抖，夜裡她常常聽見婆婆那沙啞的聲音。要是她能從腦海裡消除對婆婆的恐懼就好了。另一方面，她又喜歡公公，對他心懷感激，因爲老人經常把濤濤馱在肩膀上，讓孩子在他的大辦公室裡玩耍。有一次，濤濤在爺爺的辦公桌和沙發上到處抹牙膏，可老人一點也沒生氣，只是要孩子保證下次再不幹了。所以武男給他父親五百美元，萍萍是心甘情願的，就算是給趙叔叔買空調，錢花的也是地方，等於清了他們欠他的人情債。

武男懷著更大的熱情又投入到金鍋的生意裡，對每天工作十幾小時不再像以前那麼討厭了。他很感激萍萍，她這些年來在餐館裡花的時間比他要多。不論好歹，這個地方是他們自己的，靠著這個餐館，他們可以過上一份實在的、像樣的日子。但是幾個星期後，武男又開始不安生了，一有時間就划拉幾行詩。一個新的擔憂也開始困擾他。現在他們已經存了近三萬美元，這個錢放在銀行裡，幾乎是不增值的。他們應該再買一家餐館嗎？他和萍萍商量過這事，但決不定該怎麼辦，因爲開個新餐館意味著他們必須僱人，那麼賺了錢也多半要作爲薪水付出去，就算不會顆粒無收。

珍妮特建議萍萍考慮買股票。她借給萍萍幾本《金錢》，看了這些雜誌，萍萍開始明白什麼是共同基金。珍妮特還告訴武男夫婦，戴夫留著退休的錢已經全部投入共同基金，所以武男和萍萍確信，買些股票並不是過分冒險。他們買了兩萬美元的「斯坦普五百指數」。從這時起，萍萍就開始緊盯道．瓊斯指數，不過武男懶得爲錢費神，他只考慮生意和詩歌的書。

最近他愛上了一本詩集——林達．德維特的《失去的地理》，根據書後邊的作者傳記，德維特住在佛蒙特州。他喜歡她的黑色抒情詩體風格，讓他想起了肯特．菲利普的畫。這個巧合多麼奇怪啊。畫家畫的是蒙大拿的風景，而老詩人寫的是新英格蘭的人和事，可他們作品所具有的精神卻如出一轍。也許，幽深而又明快的精神不是來源於外部，而是出於內部，來自他們靈魂的深處。武男還相信，德維特詩歌之美，可以歸因於傾訴者心靈中始終存在的死亡意識——即使在她讚美大自然、頌揚生命之時。她的詩句那麼優雅，那麼流暢，而且總是富有才智，比如：「想像一下，在北方的黃昏／連微風都帶給你額外的光亮」，還有「我恨你愛慕的侵蝕／並將不再面帶笑容。」武男爲德維特的詩歌傾倒，一有空閒，就捧讀不已，甚至把最喜愛的句子都抄寫下來。

有一天，他意外地接到元寶的一封信。是一張畫著一對天鵝在微波上戲水的卡片，信寫在卡片裡面：

一九九七年八月二十六日

武男：你好！

你看到這封信的時候，我已經在回中國的路上了。美國的日子對我來說太困難了，而且我不願意讓妻子過這裡的生活。她是家裡最小的孩子，若是我留在這裡，她也許不能忍受這種寂寞，無法在此地奮鬥。另外，她父母也不讓她離家太遠。而且，他們也離不了外孫女，我那小女兒。現在我是美國公民，可以來回跑，所以我下了決心，把家安在祖國。我肯定會懷念藍脊山的，不過我打算每年在山裡作畫三到四個月。也就是說，從現在起，我要過世界公民的日子了。我回來會事先告訴你。祝你的生意和寫作雙豐收。

一如既往的

元寶

在武男看來，元寶是非常成功的，這封信卻讓他陷入沉思。是什麼讓元寶引退中國？他不是已經在科布郡給自己未來的新居買了一塊宅地嗎？爲什麼突然之間又改變計畫了？他似乎放棄得太輕易了。聰明，那傢伙實在太聰明了。

武男無法想像元寶的實際處境，但他可以肯定，朋友在信中提到的理由或許不是眞正的理由。他懷疑元寶是在藝術上遇到了挫折。也許，在元寶的上海系列一敗塗地以後，他的經紀人伊恩·伯恩斯坦對他失去了興趣和信心。回想起來，武男可以看到，這是必然會發生的，因爲元寶畫得太過匆忙，毀在摟錢太急，而沒有去追求更高的藝術成就。即使在這片資本主義的土地上，眞正的藝術家也應該唾棄金錢的誘惑。確實，中國可能更適合元寶這樣的人。武男想著寫一封回信，可元寶沒留回信地址，他一定走得很匆忙。

後來武男聽說，那個律師佛蘭克，把元寶畫室所在的那塊地賣給了開發商，一下子弄得他的老師在這個國家無家可歸了。

16

武男偶爾用在世界書局買的電話卡給迪克打打電話；打美國國內一分鐘只要三美分，而且在電話帳單上也不會留下紀錄，這樣萍萍也就無從抱怨或懷疑迪克，覺得他可能會把武男引到什麼可疑的方向去，甚至把武男從她身邊奪走。秋天裡，迪克邀請武男去看他，說如果武男喜歡愛荷華寫作班，他可以幫他爭取一個獎學金名額，倘若武男在詩歌上下了功夫，拿得出幾篇夠分量的作品，迪克就可以拿去向他同事證明武男的水平。武男雖然不相信這類寫作班，卻對迪克的設想很感興趣，也渴望見到好朋友。萍萍對這計畫卻不滿意，對他說：「你兩個月前剛從中國回來，可不能再把餐館丟給我一個人了。」

「就這一次，求求你。以後就再也不去了，我向你保證。」

「不行。」

「讓我去看看寫作班是怎麼回事嘛。」

「我說了不行。」

這個話題每天說一遍，一個星期後，萍萍讓步了。他們請樹波來替武男，樹波欣然答應。他又失業了，因爲採石場關了門。穆先生去了阿拉巴馬州的莫比爾，給在那裡新開了餐館的侄子當大廚去了。樹波炒菜的手藝雖然趕不上武男，可在需要時，萍萍可以在廚房給他幫把手。武男答應妻子，頂多只去五天。

還有另外一個想法他沒有透露給萍萍，那就是他打算這一趟旅行中去看看蓓娜。他知道這很不可思議，那女人可能並不樂意看見他，可他就是忍不住，彷彿有一種超自然的力量在支配著他，驅使著他去尋訪蓓娜。按武男的想法，就算她不高興看見他重新出現，但在這塊土地上見到他的初戀，可能會重新點燃他寫詩所需要的強烈激情，爲了這種激情，他不在乎讓自己再受新傷。

他知道自己像個不計後果、愛得發狂的年輕人，可是儘管不安，他還是迫不及待要見她——彷彿他的心智取決於這樣一次見面。他的老福特車由於離合器壞了已經報銷，他將開著去年冬天買的二手掀背車上路，這輛可靠的道奇會使這趟旅行成爲享受，而不是受累。

九月二十二日，星期一，天還沒亮他就上了路，沿著七十五號公路駛向西北，然後轉上二十四號公路。他很喜歡在田納西州的群山和森林中穿行，但肯德基州對他來說就過於平坦了，儘管一路行來安穩舒適，車輛很少。不時地會來上一場雨，模糊了農田的視野——有些地裡剛剛收割完畢，玉米、大豆和菸草田已經呈現斑駁的褐色。有些地方，廢棄的農田、破房、穀倉都被野葛吞沒了。武男不喜歡這種野草叢生的景象，它讓人覺得裡邊潛藏著毒蛇野獸。他常常懷念北方的森林，那裡的野草疏疏朗朗。快到傍晚時，一層濃霧開始聚集，簡直把路標都遮擋了，他下了五十七號公路，在伊利諾州的佛農山找了家經濟汽車旅店住了下來。旅店是個三層磚樓，房間的窗戶都很寬大。前台那個圓滾滾的女人給了武男一間三樓上的乾淨房間，比樓下的房間便宜五美元。武男煮了方便麵當晚飯，直接端著鍋吃，配著一罐韓國泡菜，邊吃邊看CNN對波希尼亞的聯合國維和部隊中一個頭戴藍鋼盔的美國將軍的採訪。洗過熱水澡以後，他就上了床，一直睡了九個小時。

第二天早上，他沒做早飯，只吃了兩塊巧克力餅乾，喝了一大杯旅館走廊裡二十四小時供應的咖啡。他上路比較遲，八點多纔動身，因爲前邊只有六百多公里了。

是個好天，農田黑油油的，沃野無垠，平坦得連天空似乎都比昨天低些。一大片風車散落在大草原上，像一群巨鳥在翱翔。武男尤其喜歡看玉米田和大豆田，有些田裡聯合拖拉機康拜因在收割，旁邊經常跟著卡車。他很驚訝地看到，穀粒的金瀑布直接傾瀉進卡車後廂，用不著農民再去脫粒、揚場。他在國內東北農村見過一種收割機，不如這種先進，都屬於國營農場，每個國營農場至少都有五百農工。而這裡每個家庭都用這種機器。

武男靠路邊停下，從車裡出來，坐在草地上觀看一台康拜因收割玉米。那情景打動了他，讓他想起上中學時，有一次他們全年級同學到鄉下幫助農民收莊稼。頭一天已經用手掰下了一塊地裡所有的玉米，現在每個同學分了一壟，用鐮刀把玉米稈割下來，當地老鄉會把玉米稈外皮剝下來編蓆子。多麼繁重、累人的活計啊！不到兩個小時，大多數同學都抱怨背疼，手上都打起了泡，可他們還得接著幹，一直幹了一整天，纔把那塊地裡的玉米稈全部割完。相比之下，這裡的康拜因把玉米稈切碎，就留在地裡當肥料。這裡的一塊地要比中國的大得多，收割時卻只需兩個人、只用幾個小時。武男觀看著收割機，想著中國那邊白白消耗的人力，淚水湧上眼眶，模糊了他的視線。他巴不得能多待一會兒，再多看看收割莊稼。

浩瀚的土地，卻人口這麼稀疏，稀疏得偶爾會顯得像是荒無人煙。有些農莊已被廢棄——紅色斜屋頂的穀倉，銀白圓頂的糧倉，甚至白色的農家房，都顯出破損失修，其實就在它們不遠處，草地上星星點點到處是新鮮的乾草捆，奶牛懶散地吃著草。武男禁不住遐想，那些住得遠離高速公路的農民們會感到多麼孤單寂寞啊，尤其是冬天，他們被大雪困住的時節。

他下午六點纔到達愛荷華城，因爲在達文波特附近遇到了車禍——一輛十八輪大卡車擦撞上一輛小型貨車，高速公路上堵塞了一陣子。他沒費什麼勁就找到了迪克的公寓，一座斜屋頂的磚樓。迪克看見武男安全到達纔鬆了一口氣。那天晚上他要主持一個學生詩歌朗誦會，武男太累，就不跟他去了，留在家裡洗了澡，給自己簡單弄了點飯吃。吃完飯，他瀏覽迪克收藏的詩歌書籍，大多是精裝本，放滿了四個高高的書架。迪克還有數百盤音樂磁碟和影碟，有些是香港功夫片，都靠牆擺著。武男很感興趣，但此時太累，沒有一一細看。他在書房的長沙發上給自己鋪了床，然後倒頭便睡，落地檯燈也沒關。

夜裡下了霜，第二天一早，整個城市亮得耀眼，雖然人行道上鋪滿了濕葉子，溫暖的太陽卻照在街道上、屋頂上、電線上和樹上。武男喜歡清冷的天氣，在讓人清醒的空氣中散了散步。迪克沒有跟他一起來，因爲他要準備下午的詩歌研討會，一上午也都有會。武男看見幾座紅色屋頂、紅色百葉窗和紅色涼台的白房子，宛如巨型玩具，讓他看了又看。走過一個小池塘，一片黃色荷花忽然出現在眼前，有幾朵荷花葉子大得像圓茶几，他以前從來沒見過這樣的花，雖已枯萎，仍令他高興不已。隨著撲通一聲，一條小魚跳出水面，又不見了，留下一環套一環的漣漪。在這樣一個秋天的早晨，走在這個中西部的小城裡，讓他感到渾身恢復了活力，而且充滿了期待，好像又回到大學畢業時節的自己了。路邊田裡的黑色泥土散發著熟悉的芬芳，讓他想起了東北家鄉。偶爾地有一兩輛自行車迎面而來，騎車人對他親切地打招呼，或者歡快地點點頭。

中午一過，他便去了迪克的寫作班。他很容易地就在北克林頓街上找到了「文學創作項目」的白色殖民式木頭房子，門窗和屋檐都是墨綠色的。入口處長著一棵年幼的橡樹，房子周圍種著楓樹，有風吹來，便把楓樹葉子淺色的背面翻了上來。屋子裡面的裝潢比外表要漂亮多了，木工精緻，還有幾扇彩色玻璃窗。討論會的教室在一樓的後側，武男走進去，沒跟任何人說一句話。他靠牆坐下，靜靜地看著學生們在兩張拼起來的大桌子周圍落座。屋子的另一邊立著一個金屬櫃子。迪克沒有向班裡介紹武男，只是提了一句他們今天有個客人，然後他就開始講課了。他身後的牆上掛著兩個黑板；一塊上面還留著上次課的三行字，舉出韻律的範例，在頭韻上打了勾。武男喜歡討論會的氣氛，溫馨、又不拘禮節。這些有抱負的詩人大多是聰明、善言的，富於敏感的活力，可他對於正在討論的詩歌卻不敢恭維，對他來說分量太輕、太文藝腔了些。有一首形容作者自己的乳房是一對小朋友，另一首是關於薄荷巧克力給上顎帶來的感覺。

這些初學的寫作者似乎十分脆弱，又似乎主要是爲自己或爲精英讀者小圈子而寫詩。沒錯，他們面紅耳赤地激烈爭論，狡黠得意地壞笑，可是那些激情似乎發自個人感情和對語言技巧的癡迷，而很少發自對思想和深層情感的喜好。詩歌在這裡簡直變成了一種小圈子藝術，而喪失了它的生命力和眞誠。

一場熱烈的辯論，在一個拉丁裔男人和一個近視的金髮女子之間爆發了，他們爭論詩歌吸引讀者的威力，是來自音樂還是來自內容。那男的理著平頭，戴著一隻耳環，他強調說，眞正的詩人是一定要唱的，就像藍調，而內容是第二位的；而那女子則反對，說沒有內容的旋律是空洞和沒有價值的，所以在詩歌作品中，語義應該被優先考慮。她一邊說著，一邊從無框眼鏡上方不時朝武男看一眼，好像在等著他反對似的。迪克打斷了他們的爭論，開始談「聽覺理解」，他說，有時候即使沒有明白一首詩的意思，我們還是可以通過聽到它而被它感動，所以說，在聲音和內容之間，必定有著某種內在的聯繫。理想地說，正如亞歷山大・波普三個世紀前就說過的，聲音應該是感覺的共鳴。雖然老師這麼說了，兩個學生似乎並沒有釋然，不時地互相瞪對方一眼。武男心想，他倆會不會有什麼私人間的不和。迪克宣布休息十分鐘，武男就此離開，下半節課沒有再回去。

課後，一邊喝著美樂葡萄酒，迪克一邊問武男：「你覺得我的學生們怎麼樣？」

「很不錯，尤其那個金髮近視眼。」

「你是說薩曼莎，高個兒的那個？」

「是的，她挺聰明。」

「薩曼莎在班上比別人知道的都多。她已經出版了一本小冊子。你想不想到這裡來參加我們這項目？」

「我現在不能決定，這事我得非常慎重。你知道我是有家室的人，還有一份生意要照顧。」

「我以前就跟你說過，你應該嘗試逐漸成爲一個職業詩人。」迪克的聲音變得嚴肅起來。「『男人的理智被迫選擇/完美的生活，還是工作。』」

武男知道他在引用什麼人的詩句，但詩人是誰他說不上來。他問：「爲什麼非此即彼呢？爲什麼一個人就不能有條中間道路？」

「怎麼說？」

「你一定要過文學生活纔能寫出文學作品嗎？」

「這個嘛，詩歌有它自己的邏輯。你要想當詩人，可能就沒有作品和生活的兩全其美。取決於你願意犧牲多少。

「你就因為這個纔沒有家庭嗎？」

「在某種意義上，是的。」

「對我來說這太過分了些。讓我想想吧，好不好？我很快會把我的決定告訴你，很快。」

「好吧。記住你是有天分的，但你需要放棄很多，纔能發展你的天才。」

「我明白你的邏輯，但我不能倉促決定。」

「我理解。我有些學生來我們這裡註冊之前也有很好的工作。記得那個留鬍子的黑伙計嗎？」

「記得。他也很聰明。」

「他曾經在密爾沃基當醫生，杜克大學的醫學博士。他到這裡來，是因為他想當另一個蘭斯頓．休斯。」

「這個麼，他若是當過水手或侍應生，情況會更好一些。」

迪克似乎沒有聽出來武男的諷刺。不過武男自己的「水手」一詞讓他的心頭一緊。在被蓓娜拋棄之後尚未遇見萍萍以前，他曾經夢想過跟著商船周遊世界，就像蘭斯頓．休斯曾經在貨船上幹活那樣。當水手，他就可以有很多時間讀書寫作，那是成為一個作家的好方法。他給幾家海運公司發出了求職信，附上自己的一頁簡歷，可是沒有一處理會他。人們一定覺得他不正常，因為他們從來沒收到過求職申請，工作都是國家分配的，纔不管個人喜好呢。

迪克提出晚上帶武男去一家法國餐館，但武男不喜歡到外邊吃飯。他對餐館食物實在厭倦了，想吃點簡單和健康的東西。迪克的碗櫥裡有些大米，所以武男煮了點粥，用番茄丁炒了四個雞蛋，又煎了一包波蘭香腸。迪克實在喜歡武男做的飯，他說那是他對亞特蘭大的唯一懷念。他們兩人喝了兩瓶葡萄酒，一直聊到深夜。

17

武男開上七十四號路往家返，在蓓娜所住的伊利諾州的紅杉城，他下了高速公路。進城路上，他在一家食品市場停下來，給濤濤買了一包牛肉乾。他向女店員打聽了路，她告訴他，休倫路在北邊，離這裡不到一公里，離一個墓地不遠。他隨即驅車開進紅杉城。這時已是上午十點多鐘，可這個更像個大村莊的小城似乎還沒睡醒，白牆板房被雨水打濕了，有些房子被灰色灌木遮住了一半。過了一個紅綠燈後，出現一家咖啡館的黃色小房子，不過看上去裡邊是空的，儘管門口停著四輛車。沿街有幾家人的前院裡，樹下撒著些蘋果和梨，被鳥和小動物啃了半粒去，小黃蜂在鳥兒給果子戳的洞裡鑽進鑽出。武男毫不費力地找到了蓓娜的住處，一間掉了漆的粉色房子，二樓突出來。房子座落在斜坡上，在一條窄窄小街的盡頭。他的心怦怦跳著。她會在裡邊嗎？今天是星期四，她可能出去上班了。他走上前門，按了按門鈴，可門鈴不是壞了就是接觸不良，裡邊沒有聲音。於是他又叩了叩那個馬蹄形的銅門環，希望出來的人不會是她丈夫。

一個穿著粉藍色便服的中國老太太出現了，門只開了一半。「你找誰？」她打量著武男，眼睛裡沒有神采卻還敏銳。

「蘇蓓娜住在這裡嗎？」武男問道。

「是啊。你是……？」

「我是她過去的一個同學——我是說在中國的時候。她在家嗎？」

「她不在。」她的臉色不變。「她在辦公室，昌西街五十七號，麥當勞附近。沿著路第二個紅綠燈向左轉，就是昌西街了，你會找到的。」她朝南邊指著一個大大的橘色廣告，那上面寫著「驚人廉價！」

武男很驚訝她對他就好像他是個鄰居。他問道：「阿姨，您是她婆婆嗎？」

「是的，我幫他們帶孩子。我兒子在家——在改學生作業。你要不要進來跟他說說？」

「不了，不用打擾他。我不能多耽擱。」

他謝了她，慢慢開走了，覺得幸虧沒撞上蓓娜的丈夫，那個兔臉的人，他說不定可以猜出武男是誰。

拐了兩個彎，又過了幾家店和一家有個兒童遊樂場的麥當勞，武男找到了昌西街五十七號，這是一座二層的磚房，有幾家辦公室。他後悔沒有問問老婦人，蓓娜是幹什麼工作的，不過看了一遍前廳裡的指南，他看見了「東方康復藝術中心」和「瑜珈工作室」。他決定先去二〇六室，康復中心。木頭樓梯台階的角上包著鐵皮，他上樓時，尖銳的吱吱嘎嘎聲從腳底傳出來。他努力走得輕一點，可響聲仍是不散。他往上看看，可以看出來這裡一定曾經是個工廠，天花板至少有四五米高，巨大的木頭柱子依然可見。

不知什麼原因他的心這麼平靜，好像這裡是他經常去的保險公司或醫生診所。二〇六室的毛玻璃門邊放著一棵小小的人工梨樹，栽在一個塑料花盆裡。武男敲了敲門，可是沒有人應。他擰開把手走了進去。

門鈴一響，裡邊屋裡一個女人的聲音喊道：「我馬上就來。」武男聽出了蓓娜的聲音，聽上去很有精神，不過有幾分不得已、不確定，有一種職業性的語氣。然後她用放柔和的聲調問著什麼人：「我捻這根針時你什麼感覺？」

「麻刺感沒有了。」一個男人說。

「這根呢？」

「感覺不到什麼。」

「好。現在我可以把針拔出來了。」

武男悄沒聲地在很像火車站裡的那種高背椅子上坐下來，閉上了眼睛，兩腿交叉。右邊牆上掛著一幅老油畫，畫的是一艘大帆船，周圍環繞著小划艇；靠近窗戶的桌子上立著一盞檯燈，罩著白色金屬燈罩。武男再一次想像蓓娜現在是什麼樣子，可不知怎的他就是無從想像出一個清晰的面孔來。他把拇指放在手腕上去摸自己的脈搏，跳得不快，一分鐘七十下。他不知道自己怎麼會不激動呢。

一個長著連鬢鬍子的高個男人從裡間走出來，他穿著法蘭絨襯衣，牛仔褲，勞動靴子，邊走邊扭著臉對跟在後面的蓓娜說著：「這法子眞的讓我放鬆不少。現在我睡得好多了。」

「我跟你說過嘛。」她用媚人的聲音回答。

那男人看見武男便喊了一聲：「你好。」

武男也問了他好，那人向門口走去的時候他站起身。蓓娜看見他便走上前來，微笑著伸出手，好像對他的到來並不意外。她穿了身粉色套裝，身材稍顯得扁平，兩隻手腕上都戴了玉鐲。武男明白了，她那妹妹一定把武男在哈爾濱造訪她家的事情告訴她了，剛才她婆婆也一定給她打了電話；不然蓓娜不可能這麼神情自若。不過他還是迷惑。難道她不曾戲弄過他的眞心嗎？對於給他造成的傷害，她一點不內疚嗎？她不覺得他可能會恨她嗎？她怎麼這樣地心平氣和？

「快坐。」她微笑著露出小虎牙，拍了拍她桌邊的椅子背。倒了兩杯茶後，她在自己的旋轉椅上坐下來。

「什麼風把你吹到紅杉來了？」她問道。

「我到愛荷華大學看一個朋友。」武男說著，坐在桌邊椅子上。桃花心木的桌上鋪了一層陽光，他仔細地端詳著她。她現在幾乎是個中年婦人了，臉上微微有點發黃，劉海開始泛白。低頭的時候，她脖子上出現了幾道小皺紋。還是那雙會笑的眼睛、還是那對豐滿的嘴唇，可她似乎溫馴得多了——火氣、媚態、無憂無慮等等曾經使他全部生命爲之癲狂的東西都統統不見了。就連她的聲音也失去了那種乾脆、明朗的音質。她現在只是一個平凡的女人了，有著懈怠的眼神和開始顯現的雙下巴。

武男努力想顯得自然點，可是一打算微笑就覺得兩顎發緊。他不停地舉起茶杯往嘴上送，這樣就不必一直面對著她了。他沒談自己，只是聽她說。她說她羨慕他，沒給移民律師花大錢就拿到綠卡了。要是她和丈夫在天安門鎮壓之前來到美國就好了。那樣他們就也會自動拿到永久居留權了。現在拿綠卡可難了，她都不敢肯定他們律師能不能眞的幫上他們。

接著她提出要帶武男去麥當勞，他們可以邊吃午飯邊談，但武男拒絕了，說他每天都吃餐館的飯，給他喝杯烏龍茶就很好了，況且他還急著趕路。「你喜歡這裡嗎？」他問道，希望聽到些消極的話。

「我也不知道——我想喜歡吧。我丈夫洪斌在讀學位，所以我得工作養活全家。」

「他學什麼的？」

「公共衛生。」

「跟日本有關係嗎？」

「沒有，他都快把日語忘光了，這裡用不著麼。」

「明白了。他來你這裡幫忙嗎？」

「沒有。我自己給人針灸，掙不了幾個錢。我們來美國以前，我學針灸學了整整一年，所以在這邊通過了考試，拿到了執照。你怎麼樣？我聽說你有好幾家餐館了。」

「我們就開了一家，很小，我不喜歡開餐館，一直在寫作。」

「武男，看得出來你沒什麼變化，還是愛夢想。你的心還是很年輕。」她笑著搖搖頭，像是不以爲然。

「我想也是。除了夢想，我還剩什麼了？」他彷彿是在對自己說話，意識到自己再也無法與這個十六年前幾乎讓他發了瘋的女人有任何共同語言了。

她舉起茶杯喝了一口，然後繼續給他講自己在這個小城裡的日子。「洪斌和我挺喜歡在這裡定居。這裡的公立學校很好，在全州平均水平線以上。最主要的是這裡房子便宜，十五萬美元就可以買個大房子，後院還有游泳池。你剛才看見我婆婆了。她身體挺好，幫我看著孩子，尤其是那個小的，剛兩歲。你看見我兒子麥克了嗎？小的那個？」

「沒有。」

「他好玩極了。我婆婆的問題是太摳門了，一買東西總是要在心裡把美元換算成人民幣，她是永遠不會適應美國生活的。可是她喜歡我的孩子們，我還是很感激的。孩子是我生活的中心。現在我知道父母之愛是怎麼回事了，難怪孔夫子教導人們孝順父母。爲了孩子我什麼都可以做，爲他們死都行。你看，我是個盡責的妻子。」

「還是一個好母親。」

「你說對了。」

「不過，在家裡一定是你說了算的。」他腹內一陣刺痛，可他努力作出笑臉，用手指梳理著厚厚的頭髮。

「跟我說實話，你爲什麼跑來看我？」她撇撇嘴，圓臉上有些泛紅。

「來看看你還是不是那個我經常夢見的蓓娜。」

「那，說老實話，你來得晚了點。十一年前，我請你幫我來美國，可你多蠢，竟沒有抓住機會。那個時候我沒有孩子，正考慮離開洪斌。」

「你是說，你可能會到這裡來跟我過？」

「這個麼，那是一種可能。我心裡對你總有一份親切，因爲你傷了我。」

「我傷了你？」

「沒錯。你放棄我放棄得太輕易了，好像我是一個不值得你跟洪斌去爭的女人，更可惡的是，你把給我寫的詩全燒了，那等於是你把送給我的禮物又拿回去了。你羞辱了我。」

「你等等。我是一個你拋棄的窮光蛋，我買不起洪斌從日本給你帶回來的紅摩托。」

「可是後來你到美國來了，你不會說，給我買輛紅汽車嗎？哪怕是騙騙我說這麼一句呢？」她竭力想表現出輕浮，拇指捻著無名指。

「我懂了。我成了你的財神爺了。可是你憑什麼以為我會願意給你買輛車呢？」

「因爲你愛我。」

「所以你肯定我會爲了你拋棄妻子和兒子？」

「你不會嗎？你跑了這麼老遠不就是爲了看到我嗎？我肯定你老婆根本不知道你此刻在哪兒。」她的眼睛冒出火來，他進門以後第一次從她臉上看到那熟悉的潑婦表情。然後她厭煩地抬起下巴，顯然注意到武男眼睛下邊的肉袋。

他用半無禮的聲音說道：「別以爲你老遠地吹聲口哨，我就會跑來對你有求必應。我太老了，再也當不動愛情的奴隸了。還有，你怎麼那麼肯定，過了這麼多年，我還會迷戀著你？」

「我是你的初戀。」

「這話什麼意思？」

「對你這樣的男人來說，初戀總是燃燒你的心的火焰。你失戀曲唱得停不下來。」

「你倒小看了我。我現在知道了什麼是眞正的愛情，你從來沒有一心一意地愛過任何人，而我的妻子愛我，隨時準備和我一起受苦受難。」

「可是，你卻並不愛她，對不對？我敢肯定你還會來看我的。可你不要以爲我是在邀請你。」

「哦，你覺得你依舊能勾去我的心？」

「你把鉤子摘掉唄。」

「咱們走著瞧。」他哈哈大笑，但輕鬆不起來。他的胸口抽緊了。

內心深處，他知道這趟旅行是個錯誤——所有這些年來的渴望和苦惱，統統不過是被幻覺引發的，他所有的痛苦和嘆息，統統是毫無根據的，浪費在一個錯誤的人身上。他是個多麼傻的白癡！

然而這種幻覺的破滅對他來說也許是必要的，可以讓他清醒過來，開始癒合傷口。確實，儘管離蓓娜這麼近地坐著，他已經不再感到那種悶痛了。喉嚨裡什麼東西在發癢，弄得他想放聲大笑，可他忍住了，生怕自己爆發歇斯底里。他看到她與他之間彷彿有堵牆。也許在他到來以前，她腦子裡已經豎起了這道屏障，又或許這道牆只是她的另一個手段。就算她不那麼做，他也想像不出來還能再跟她走得很近了。

幾分鐘後，他告辭了。一陣風吹過空無一人的街道，吹起他腦後的一撮頭髮。他跨進自己的車，上了路。蓓娜沒有問他的電話號碼或地址，但給了他一張名片，那上邊有一對仙鶴飛向長壽的王國。在心裡，他知道自己不會再跟她聯絡了。開上七十四號公路之前，他搖下車窗，把名片扔了出去，它被吹進亂草。

18

武男一連病了好幾天，可還是照常去餐館幹活。愛荷華一行使他陷入了一種沮喪，再加上徹骨的疲憊。在某種意義上他恨蓓娜，她改變太大了，和他想像的那個人太不吻合，打破了他對她的幻想。他心裡不舒服，便對妻子格外地體貼起來。萍萍對他突然的變化警覺起來，催他去看看病——起碼要看看中醫，那不會太貴。她擔心他陷入早期中年危機，某種男性的更年期。可他回答說：「我是心有了毛病，心臟病專家查不出來，也無藥可醫。」

儘管意氣消沉，他還是拿出更大的努力，又寫起詩來。他給一家叫《黃葉》的小雜誌又寄去了一批詩作，因爲看見那雜誌發表了一些亞裔作者的作品。他沒有抱著發表的希望，只是例行公事般寄去自己的作品。他給迪克打了電話，告訴他，不去他那裡學習了，因爲自己還是願意和家人守在一起。迪克說，這對武男是一個巨大的損失，他已經四十一歲了，如果不能儘快集中精神，或作出必要犧牲，那麼要開發出他的天才就會太晚了。武男謝了他，但自己的決定毫不動搖。他知道從這時起，就不得不孤軍作戰了，迪克和他也許就此分道揚鑣，因爲迪克身爲著名詩人，身邊圍繞的總不乏其人。換句話說，武男的環境將是一種孤立狀態，他的寫作將沒有讀者，他的傾訴將面對著虛空。

一天下午，金鍋的電話響了；武男拿起來，聽到孟丹寧爽朗的聲音：「哎，武男，我想來看看你。」

「你在哪兒呢？」武男好激動。

「在華盛頓呢。」

「幹什麼來了？」

「開作家會議，兼旅遊。本來應該是個劇作家來的，可是她中風了，所以我頂了她的缺。」

「你能到亞特蘭大來嗎？」

「當然。所以我給你打電話啦。」

丹寧將在武男家住兩天，然後再到密西西比的牛津城和中國作家代表團會合，那是福克納筆下約克納帕塔法郡首府的原型，他們會在城裡參觀，瞻仰大作家的故居，據說那故居在他活著時，是全城最大的一座房子。武男和萍萍對朋友的到來都很興奮，那天晚上他們把家裡稍微打掃了一下，不過，在餐館累了一整天，他們打算的大掃除就沒精力做了。丹寧將住在武男的房間，武男很高興把床給朋友讓出兩天來，自己去和萍萍睡。他衝萍萍不懷好意地笑笑，讓萍萍直皺眉頭。萍萍愛是愛他，可是不喜歡跟他睡一床，因爲他睡得晚，經常到凌晨纔上床，打鼾聲音又大。她得睡好了第二天才有精神幹活，也不想有太勤的性生活。

丹寧兩天後到了，代表劉太太，爲武男把她先生的骨灰寄到加拿大他們女兒那裡而感謝了武男。他送給萍萍四本他的書；她對那些書印象不佳，但還是擁抱了他作爲感謝。她仍舊無法欣賞他的小說，這些年來，她在雜誌上讀到他一些中篇和短篇，大多數她都不喜歡，所以她知道他這幾本是什麼類型的。儘管對他的作品評價不高，她對他跑這麼老遠來看他們還是很高興的，招待得很殷勤。而且，武男高興了，她就高興。

丹寧對武男家的餐館和房子、還有後院的小湖都印象很好。他在房子周圍轉了轉，對武男說：「你家的風水很不錯。看這些樹，絕對棒啊。而且這些都是你的。明年春天我們搬到公寓大樓去以後，在北京就連一根草也不能說成是我的了。」一看見那些水鳥他就驚呼道：「我的老天，你在這裡簡直是個安靜的天堂。這一切多麼好啊！我做夢都沒想到過住在這麼一塊寧靜的地方。武男，你眞是個有福之人，想要的都有了。我是妒火中燒啊。」他聲音裡透出眞誠和感動。

午飯間他跟武男說：「你在這裡的生活這麼乾淨、這麼正派，你留在美國的選擇是對的。我巴不得自己也沒回去，留在這裡過著像你一樣的誠實日子。」

「可你成爲著名作家了呀。」

「別人可以這麼說，但我知道自己成就了什麼——啥也沒有。嚴肅的創作是一個人生命的某種延伸，而我只是浪費了生命在製造一些轉瞬即逝的噪音。名聲値幾個錢？不過是更多的麻煩。唯一有意義的事情，唯一的救贖，就是你的作品，而在目前的中國，偉大的作品是不可能出現的。除了審查以外，這個國家太浮躁了，所有的人都急著忙著要撈點什麼。所有的人都被發財迷了心竅，金錢成了上帝了。」他嘆了口氣，眼淚汪汪了。

武男說：「你不知道萍萍和我幹得多苦。」

「我當然可以想像。但你得到了回報。你有自己的生意，自己的家園，甚至有了兩輛車。你是殷實的商人。在這裡你的確要拼命幹活，可你日子過得順暢。而且，濤濤是個好孩子，你不必爲他的教育擔心。我女兒明年春季就要考高中了。她喜歡畫畫，可我們得勸阻她，千萬不能把藝術當大學專業，頂多選擇廣告設計。你兒子就不一樣了，他可以按照自己的興趣、自己的心意做事。這就是咱們孩子生活中最根本的不同。」

「我兒子功課好，是因爲他媽媽每天都幫他。」

「你眞是太有福了，你太太不僅漂亮、肯幹，而且還對你忠誠。」不知怎麼丹寧的聲音哽咽了。他咽了下口水，擦了一把淚眼。

「你怎麼啦？」武男嚇了一跳。

丹寧發出一聲長嘆：「思榕和她一個同事婚外戀。婚姻之外再有個情人，如今是很普遍，甚至很時髦的。」

武男斗膽問道：「她打算離開你嗎？」

「沒有，這是最要命的。我女兒非常喜歡她，超過喜歡我父母，所以我們得維持這個婚姻。」

武男後來又想起他們的對話。他覺得丹寧說的只是一面之辭，丹寧肯定也有別的女人，至少在酒吧、理髮店、夜總會裡跟那些女孩子鬼混。他自己追女孩可能刺激了他妻子與別人有染，這不怪別人，全怪他自己。

第二天，丹寧想讓武男帶他去中國城。萍萍又找了樹波來替武男；一吃完飯，兩人就駕車向西，沿著巴福特公路朝錢伯利方向開去。一進入諾克羅斯，他們看見穿著橘色馬甲、戴著橘色帽子的清理工在收拾垃圾，路邊停著一輛藍色小貨車，拖著個拖車，上面裝著鏟子、耙子和桶。丹寧問武男道，這些年輕人是什麼人，怎麼這麼晚了還在幹活。「囚犯。」武男告訴他。

「這倒是個改造他們的辦法。我不知道美國囚犯也要幹活。」

「有的要幹。我看見過一次犯人在種樹種花。」

看到這些囚犯，讓武男想起了他們都認識的朋友韓松，就是八年前在麻州得了精神病、因爲女朋友在天安門廣場失蹤而朝一個老人開槍的那位。武男知道韓松三年前被遣送回國的時候還沒服滿刑期。他問丹寧：

「你知不知道韓松怎麼樣了？」

「你沒聽說他結婚了？」

「你是說，他從監獄裡給放出來了？」

「是，不過他在中國找不到份正式的工作，誰願意跟他學英語呢，所以他是自由職業做翻譯。」

「他是個很聰明的人。多浪費人才。」

對話暫停時，武男覺得難過。紅燈亮了，他踩住剎車。今天不知怎麼回事，所有紅燈都趕上了，讓他心中湧起一個預感：今天晚上可能會出麻煩。

他們在韓國市場不遠經過一個購物廣場時，丹寧喊起來：「停停停！往回開，往回開。我看見那邊有個脫衣舞酒吧，咱們去找點樂子吧。」

武男猶豫了一下，還是踩住了剎車。他調了個頭，把車開進購物廣場。停車場上都滿了，所以他們把車停到酒吧的房後邊，一家成人電影院前邊。武男想著他是不是應該先進去偵察一下，可丹寧已經朝酒吧大門走去了，他只好跟在後面。他們一跨進門去，一個凶神惡煞的強壯漢子就對他們叫道：「一人五塊錢。」

武男給了他十塊。裡邊煙霧騰騰，吵吵嚷嚷。一條走廊通向一個門上標著ＶＩＰ（貴賓室）的小房間，他們在離走廊不遠的地方選了張桌子，因為舞台前所有的桌子都坐滿了。從這張桌子，他們可以從側面看到表演。沿牆站著一些墨西哥工人，戴著牛仔帽，喝著啤酒。他們似乎不願意坐在桌前，那樣就等於邀請舞女來跳膝上舞和桌上舞。穿淡紫色丁字褲的短頭髮女招待走過來問武男和丹寧：「你們想喝點什麼？」

丹寧晚飯時候已經喝了幾杯葡萄酒，可他還是點了一小杯波旁威士忌和一大杯淡啤酒。武男要了莫爾森啤酒。他怕朋友會喝多，但什麼話也沒說。桌子之間有幾個半裸的女子在跳膝上舞。在一個角落裡，一個穿藍色比基尼的女孩翹著瘦削的屁股，衝著一個矮粗的墨西哥人扭來扭去，那墨西哥人舉著一長罐啤酒，似乎被逼得無路可退，後背已經抵到牆上了。那女子短內褲的帶子上，幾張鈔票隨著她屁股的扭動在忽閃著。她太瘦了，肋骨都顯現出來。白人不像墨西哥人，他們在桌前坐得很自在，任憑那些裸體女子在他們面前擰來扭去，或在他們腿上不停地旋轉，沒有誰覺得亢奮，頂多有人覺得很好玩罷了。

隨著砰然一聲，鏗鏘的樂聲又響起來，兩個穿著高跟鞋的年輕女郎走到台子中央，開始跳舞。其中一個騰地躥起來，把著一根合金桿，一條腿展開，圍著桿子旋轉屈伸。喧鬧聲震耳欲聾，炸得武男耳膜發癢。

他從沒有到這種地方來過，一時覺得頭暈眼花。每個星期一早上去世界書局買週末報紙的路上，他都會經過這家夜總會，總以為裡邊一定很時髦，跳脫衣舞的姑娘們頂多是半裸的。現在他驚訝地看到，有些姑娘簡直一絲不掛，還有幾個女人，怕都有三十多歲了，扭著她們不成個樣子的寬大屁股四處送酒，還帶著兔子尾巴。他看一眼丹寧，只見丹寧一副心醉神迷的模樣，咧嘴笑著，眼裡放光。他兩隻巴掌輕輕拍著桌面，像是跟著音樂在敲鼓。整個酒吧烏煙瘴氣，人影憧憧，武男覺得好像被悶在船艙裡。

一個微黑的高個子女人走過來，眨著黑眼睛問他們：「要不要我跳個膝上舞？」聽她口音，一定是最近從東歐來的移民。

武男低了頭，看見她大腿內側有一隻蝴蝶的刺青。「多少錢？」他喃喃問道，覺得臉上發燒。

「十塊。」

武男還沒來得及說話，丹寧砰地一巴掌拍在油乎乎的桌面上，歡叫著：「要，給我們跳一個。」姑娘一扭身，屁股搖擺起來，開始一點一點退下胸罩。武男抬起眼睛，看見她那對青春的乳房，乳頭堅挺，乳暈粉紅，點綴著幾個小粉刺；武男強迫自己抬高眼睛，去看她的臉。她裝模作樣地衝他飛著媚眼，舌尖在唇齒間游來游去，一邊衝丹寧翹起屁股，扭過來扭過去。又伸長了脖子，輕輕在武男耳朵下面一吻。武男不知道她會不會在那裡留下痕跡。她用耳語的聲音呻吟道：「你想要我不想？」微笑著張開嘴，只見她舌尖上有一顆小小的珍珠。武男呼吸急促起來，嘴裡發乾，完全不知道該怎麼回答。他弄不清那珍珠是不是永遠釘在她舌頭上了。嘴裡有那麼個東西她怎麼吃飯？刷牙也是個麻煩。釘那玩意幹啥用？那珍珠為什麼一定要鑲在舌頭上呢？他正胡思亂想，她上半身抬起一點，開始用屁股去蹭丹寧的膝蓋。隨著音樂聲節奏更快、聲音更大，她的旋轉也更加瘋狂。她屁股一個勁扭下去，丹寧的笑聲也越來越大。

「哎喲！」她叫起來，直起身子，「不許摸！」

丹寧大笑，露出大齙牙。「接著跳！」他口齒不清地說。

她又開始跳起來，可沒多一會兒又停下來，一臉惱怒，衝著丹寧氣急敗壞地說：「你再碰我，我就叫保安了。」

丹寧嘻嘻笑著，親了親自己的胖手指頭尖。「你味道好極了。」他說。

武男看了看大門，那裡站著一個彪形大漢，留著平頭，正朝他們這邊觀望，還活動著他滿是肌肉的胳膊和發達的胸脯；他右耳朵的上半部不見了。可丹寧已經喝得太多，肆無忌憚了。他用中文對那個不肯接著跳的姑娘說：「你這小婊子，想打發我？知不知道我是誰？看看這張臉。」他指著自己的鼻子，「沒認出我來？我是個大作家，獲過獎的，全國聞名。老老實實給我們跳，我們那些錢不能白給你。你剛才給那人跳得可比這長也比這好，對我們你怎麼不像對那人一樣地笑了？」他指著一個禿頭白人，那人眼睛半閉著，一個姑娘正仰靠在他身上，胳臂向後伸出去，環繞著他的脖子。

「請你說英語。」跳舞女郎反擊說：「我不懂韓國話。」

武男害怕了。他站起來，遞給她二十美元。「拿著，小姐，不用找了。對不起，他喝醉了。我這就把他帶走。」

那女郎伸出右腿，抻開繞在腿上的橡皮筋，已經有些一塊的五塊的鈔票綁在一起。武男把二十元票子插進去，另一張票子卻掉到地上。他把票子揀起來，也一樣塞進去。她微笑著，在他臉上啄了一下，悄聲說了句：「謝謝你了，親愛的。」說完她轉身回了吧檯，那邊有一群女郎坐在蘑菇凳上。

丹寧拿出一張印著他頭銜的名片，上邊寫著他是北京作家協會理事，北京大學兼職教授。「你讓我把名片給她，行不行？」他咧嘴笑著對武男說，然後轉向那女郎。

「好啦，快走吧！」武男抓住他的胳膊。

大塊頭保鏢走過來，幫著武男架著丹寧朝門口走。名片掉在地板上，仰面朝天。

19

第二天是星期天，丹寧說想去教堂參加禮拜。這個請求讓武男疑惑，但他還是開車帶丹寧去了德盧斯那家卞世明當牧師的華人教堂。街上車輛稀少，除了甜甜圈店，大多數鋪子都還沒開門。頭天夜裡下了一場雨，所以樹木和屋頂都被沖洗一新，顏色變得新鮮、耀眼。武男把車開進教堂籬笆圈起來的停車場，倒進一個車位，旁邊車已經停得半滿了。朝大門走去時，他跟丹寧開起玩笑來，問他：「你會去懺悔間嗎？」

「不去，只做做禮拜。我感覺很糟，昨天晚上簡直精神錯亂了。」

武男沒有作聲，在脫衣舞夜總會的情景，到現在依然令他不安。兩人一起走進教堂的大廳，武男一看日程表，想不到時間改了——國語的禮拜十一點纔開始，他們來早了一小時。不過，英語的禮拜在正殿旁邊的小禮堂剛剛開始，於是他們決定就去參加英語禮拜。小禮堂裡沒有固定長凳，而是放了幾排椅子，屋角裡有一架黑色管風琴，琴跟前坐著一個小小的婦人。聖壇只是一個普通的台子，上方牆上掛著一個巨大十字架。台上站著個一臉柔和的女子，留著短髮，還有兩個男青年，一個拿著一把電子吉他，另外一個戴著眼鏡，手裡拿著一疊紙。武男和丹寧在最後一排椅子上剛坐下，戴眼鏡的那人要大家全體起立，台上三個年輕人開始唱起了讚美詩，歌詞用投影機投放到牆上，供大家跟著唱。三個唱歌的人手拿麥克風，眼睛半閉著。屋子前方天花板上懸著一對山葉擴音器。音樂是開朗、昂揚的，由風琴手和吉他手一起演奏，全屋的人都唱著：

「來吧，現在就一同敬拜／來吧，現在就一同與上帝相見。」

歌聲感動了武男。丹寧被音樂感染，大聲和眾人一起唱著。他的男中音十分突出，彷彿在領唱一般。

武男驚訝地發現朋友還能這麼投入地唱讚美詩，一邊唱，一邊頭還搖過來搖過去。這一曲唱完，又唱了另一曲。然後卞牧師走上台去，用英文做了禱告。他英語說得不太流利，好像舌頭僵硬、鼻子堵塞，但他的聲音飽含感情。他乞求上帝保佑全教區的人，寬恕他們中間的罪孽，撫慰一個在車禍中失去一個孩子的家庭，給這個社區的每一個人提供力量，使他們能夠戰勝惡魔，更多行善。卞先生比他兩年前瘦了一些，可他的臉上容光煥發，舉止更有威嚴，看樣子已經不再是一個異議人士，而是一個純粹的牧師了。他精神飽滿，連頭髮似乎都比以前濃密了。所有的人都低著頭，武男卻沒有，他時不時抬起眼睛觀察牧師。兩年來，卞牧師發表過幾篇文章，修正自己的政治觀點，勸告人們把中國與中國政府區別開來。他認為，只有牢記這種區別，纔能抵禦共產黨的宣傳，避免讓愛國主義凌駕於個人生活之上，因為有比國家和民族更高的價值準則。

卞牧師禱告完畢後，又高又瘦的羅伯特·麥克尼爾牧師走上講檯，發表一篇題為「抓住機會」的長篇佈道。他讀了《聖經·以弗所書》之五：八—二十，然後詳細闡述了「要愛惜光陰，因為現今的時代邪惡」一句。他說，上帝的仁慈就像一個大派對，邀請所有的人參加。不論何時，一個罪人懺悔了，上帝就會因他的悔過而喜悅。但是令人悲哀的是，大多數人不來出席上帝的派對，他們好像沉睡著還沒有醒來，太懶惰，太愚蠢。所以我主有言：「通向毀滅的門是大大的，道路是寬闊的，很多人進去了。但是通向生命的門是小小的，道路是狹窄的，只有少數人看到了它。」牧師宣稱，享有上帝之愛和寬恕的眞正方式，是避開魔鬼，是傳播主的聲音。每一個眞正的基督徒都必須不斷地努力，引導其他人認識耶穌基督。牧師的口才令武男印象深刻。這老人引用起《聖經》來可以連書也不碰，甚至可以指出這是哪篇哪節。他號召教徒抓住每一天，去追隨主的道路。他還提到，瓦爾特·司各特把這些話刻在自己的日晷上：「所謂白天，我必須在家工作；鑒於無人能工作時夜晚來臨。」因為司各特總是意識到死亡的接近，他從來不浪費時間，從而設法完成他的著作。

武男聽著，被深深吸引住了。不過他對《新約》不熟悉，不能完全明白麥克尼爾牧師的話。丹寧則聽得全神貫注，眼睛緊盯著牧師那滿是皺紋的臉。武男正在從側面瞟一眼朋友，一個紅色的奉獻袋傳到他手上。他沒想到有這一項，趕快從褲兜裡扯出一塊錢放進袋子。讓他吃驚的是，他剛把袋子傳給丹寧，丹寧便把手插了進去。顯然丹寧是有準備的，像常來做禮拜的人那樣奉獻。

牧師佈道完畢，人們全體起立，按照映射到牆上的歌詞，再唱一首讚美詩。唱到最後的副歌時，武男看見丹寧已淚流滿面。他是眞正被大家的吟唱感動了：

呼求聖潔，聖潔，聖潔，
呼求聖潔，聖潔，聖潔，
呼求聖潔，聖潔，聖潔，
神的羔羊！

麥克尼爾牧師舉起枯瘦的手，用洪亮的聲音祝禱：「願上帝賜給我們如日光一樣明亮的智慧。願上帝賦予我們勇氣，把自己全部袒露在聖靈面前，使我們能夠日日更新。願上帝用歡樂和愛保佑我們，使我們能夠把他的愛傳播給世界上的每一個人！」

「阿門！」全屋人一起喊道。

那個膚色黑黑的女人開始用風琴彈奏舒緩的終曲，牧師宣布：「現在你們可以散了。」

一來到大廳，武男便問丹寧：「你還想參加國語的禮拜嗎？」

「不必了，我今天已經可以了。」

正廳的門開著，武男看見裡邊有幾百人，坐在長椅上，等著禮拜的開始。卞先生坐在講檯上，馬上要用中文佈道。走廊裡站著幾個人在閒聊，一張長桌子旁邊有兩個女人在給新來的人發傳單。武男和丹寧走出教堂。柏油地面在陽光下微微反光，空氣似乎比一個小時前更明淨了。開出停車場時，武男問朋友：「老牧師講的你都能明白嗎？」

「不能，不過他讓我感覺好些，好得多了。我現在乾淨了。」丹寧口氣很嚴肅，像是在沉思，彷彿是太累了。

「你相信基督教嗎？」

「不太相信，但偶爾我會喜歡參加做禮拜。在北京我不能去任何教堂或寺廟，因爲我是作家協會裡的小幹部，要是去教堂，我會有麻煩的。」他嘆了口氣。「唉，像條小魚，我也留戀清水。」

武男在比佛路上慢慢跟著車流走，依然不解丹寧所說的「比過去要乾淨」的話。不過，他確信，如果丹寧經常去去教堂、寺院或清眞寺，他可能確實會成爲一個好男人。

看著丹寧坐上沒有多少乘客的灰狗，到密西西比州的牛津城去，武男感到鬱鬱寡歡。他覺得也許再也見不到這個朋友了。丹寧似乎被某種焦慮折磨著，只要住在北京，守著他的官位，他的焦慮就可能不會減輕。武男從來沒有想到他這朋友會因爲自己的名聲而走下坡路，這個名聲似乎把他內心的魔鬼釋放出來了。

丹寧的造訪讓武男煩惱。接下來的一個星期，他一直在跟妻子說，成功爲失敗之母——這話是從毛澤東引用過的名言「失敗爲成功之母」倒過來的。

20

從中國回來以後，武男一直還爲另一個原因坐立不安——在寫作上他沒有任何進展。尋找一個理想女性幻想的破滅，使他創作一組愛情詩的計畫就此擱淺。他懷疑自己是不是遇到了寫作瓶頸。一天下午，午飯高峰忙過去以後，他坐在櫃檯前，埋頭讀一本叫做《關於寫作的忠告》的書。萍萍和妮燕也在休息，坐在一個火車座上，喝著茶，嗑著五香瓜子。珍妮特也在座，不時拿起茶杯，吹開上面的茶葉。她正在興奮地講著她和女兒在愛默里的週末學校多快活，那個學校是一個中國研究生辦起來的，現在已經有一百六十多個學生了。她說話間常常蹦出一個中文字或短語來。

書中引自福克納的一段話，引起了武男的注意。那段話說：「作家務必要認識到，最可鄙的就是畏懼；他還要告誡自己，永遠忘掉畏懼，讓他的作品只爲人類心目中的眞理而存在。缺少了包括愛情、榮譽、憐憫、自尊和犧牲精神的古老而普遍的眞理，任何作品都注定只會是曇花一現。」

這段話的頭一句就讓武男猛吃一驚，他恍然大悟自己困境的眞正根源。這麼些年來，他對於寫作的進進退退、猶猶豫豫，就是出於畏懼：害怕成爲他人眼裡的笑料；害怕還沒寫出什麼名堂就先把自己的生活搞糟；害怕拋棄自己過去的無用、累贅的部分，好給自己人生創造一個新的參照系；害怕不回頭地邁向未來。就是這種畏懼，驅使他到處尋覓，而惟獨沒有從自己的內心去發現創作的靈感。就是這種畏懼，讓他誤以爲用英文寫詩的困難是不可克服的，而他是不可能寫出自然的、充滿活力的詩句來的。現在，這個認識令他難受，憎惡自己。他把福克納的話再讀了一遍。他的心思幾乎沒在這段話的後半部分，而前半部分再次讓他震驚。眼淚從他臉上滾下來。他多麼痛恨自己啊！浪費了這麼多年的時光，錯過了他眞正願意做的，虛構了各種各樣的藉口——爲兒子付出的犧牲，付清房屋貸款的努力，對美國夢的追求，對英文把握的不足，全家人對財政保障的需要，對女兒到來的期盼，自己生命中一個理想女人的缺失，等等等等。他越想自己的眞實處境，就越厭惡自己，尤其是他在掙錢上花的精力，浪費了他那麼多大好年華，消融了他追隨自己內心的意願。一陣厭惡的狂潮襲來，他轉向收銀機，從抽屜裡拿出所有的鈔票，走到供財神的壁龕，他們每個星期在那兒給財神爺上一次供。他猛地一揮手臂，把酒杯子、香、幾盤水果和杏仁餅統統都打飛了，開心果、鹽腰果撒了一地。火車座裡的三個女人都住了嘴，一齊朝他看。他隨後把一張五美元的鈔票放到蠟燭的火苗上去，鈔票頓時捲了邊，燒了起來。

「我的天，他在燒錢！」珍妮特急促地喊道。

她們三人一齊跳起來，衝了過來。武男將手中的一把錢都放到火苗上，妮燕見狀，直用巴掌打嘴。「你幹什麼你？」他妻子叫起來，從後邊用力去扳他的肩膀。

他一屁股坐到地上，鈔票在他手裡還在燒著。他看上去神志恍惚，淚眼汪汪。萍萍又叫道：「別燒咱們自己的血汗錢哪！」

妮燕去掰他的另一隻手，硬奪下來幾張沒燒的鈔票，他把剩下的錢朝那個笑眯眯的財神爺扔了過去。萍萍把他猛地一推，想去搶救正在燃燒的鈔票，武男放開手，痛叫起來：「我想把它全燒了，這些『臭田』（dirty acre）！」

「他一定是精神失常了。」珍妮特說。

「我恨這些錢，這些個『臭田』！」他用近乎哽咽的聲音喊著，眼裡冒著火。

「他在說些什麼？」萍萍問珍妮特。珍妮特搖搖頭，也完全摸不著頭腦。

武男想說的是「臭錢」（filthy lucre），可是在狂亂的痛苦之中，他用錯了成語。他從地上爬起來，在沒滅的鈔票上踩了幾腳，咬牙切齒地說：「臭田！臭田！」他的臉扭曲了，眼裡鬱積著痛苦。

她們幾個都被他弄糊塗了，不知該怎麼回答。武男轉身，一陣風衝回了廚房。萍萍擦了擦眼睛，妮燕咂了咂舌頭，自言自語地說：「他怎麼跟錢這麼大仇恨？」

珍妮特搖搖頭。「也許他精神突然崩潰。這種情況經常發生在平時壓力太大的人身上。」

「他眞是瘋了。」妮燕說道，好像有點幸災樂禍。

「他只是個有病的人。」萍萍痛哭起來，她的臉扭曲了，「現在你們看到了，這是眞正的武男。他總是想法兒折磨我。」

武男從廚房裡大吼一聲：「沒錯，我就是有病，煩透了這裡的一切，煩透了我自己，煩透了你們所有的人，煩透了這他媽該死的餐館！」

她們都蒙了。誰也沒想到他還有這麼刺耳和嚇人的聲音。「也許他應該去看精神科醫生。」珍妮特建議說。見萍萍抽泣得氣結，珍妮特邊說邊拍著她的後背。

武男從後門出去，在購物中心毫無目的地逛了好一會兒，腦子裡仍是一片混亂。太陽在頭頂上烤著，沒多一會兒汗水就濕透了他的後背。走一走讓他平靜了一些，儘管他的腦筋還是不能集中在任何念頭上。在購物中心東側那頭的一家照相館大門不遠處，一隻雜色的灰鴿子，像是不同種鴿子的雜種，跛著左腳，斜著的小腦袋不停地擺著，正向武男蹣跚而來。武男平素經常餵牠，這時在兜裡摸索了一氣，只摸到幾個硬幣，所以他閃開身，免得擋了牠的道。鴿子經過他之前，停頓了一下，搧了搧翅膀，那翅膀在陽光裡突然閃起微光。要是武男帶了麵包或什麼吃剩的東西來就好了。他喜歡這隻孤獨的鳥兒，牠很堅強，一點不怕人。

二十分鐘後武男回到金鍋，又變成他自己了，一個字也沒說，就開始切那一籃子茄子。茄子都很嫩，又沒有籽，是萍萍在農夫市場上精心挑選的。這天餘下的時間裡他始終非常安靜，把該做的全做了。

21

萍萍對武男燒錢一直很生氣，足有三天，她幹活時都避而不碰他，也不跟他說話。不管他怎麼百般招她開口，她都雙唇緊閉，頂多在他說了什麼可笑的或發傻的話時，她露一點點似有似無的笑容。

星期一早上，送菜的貨車像往常一樣來了，照例把兩筐芹菜和大白菜，還有一桶豆腐放在餐館後門。平日都是武男把菜搬進廚房來的，這次萍萍卻沒叫他，自己往裡搬。她拿起菜筐時，突然背上一陣撕裂的疼痛，雙膝一軟，倒在水泥台階上了，無論如何爬不起來。「武男，快來幫我！」她大叫起來。兩隻蒼蠅驚得從豆腐上飛起來，嗡嗡嗡地打著轉。

武男肩膀上搭著條毛巾衝了出來，看見妻子躺倒在地上。她的臉變了形，手按在後腰上。「怎麼回事？」他驚呼著，彎腰去扶她，「你怎麼不用推車？」

「哎呀，我後背斷了！」

「你能動嗎？」

「動不了了。後背折了。」她睫毛上淚光閃閃。

武男幫她往起站時，她大聲呼痛，把他嚇壞了。他放下她，飛快跑到停車場，去把他們的車開來。他不知道她是不是真的斷了後背，但她那樣子已經半癱瘓了。他必須立即送她去醫院。他要妮燕去叫她丈夫來幫忙，要是樹波來不了，她上午就把店先關門吧。

萍萍在格威納特醫院急診室被緊急送進一間小屋。一個瘦高的男護士說，她不可能折斷後背。「也許她是椎間盤突出。」他告訴武男說。

一個臉盤粗獷的高個兒男醫生走進來，自我介紹是格里茨醫生。他看了看萍萍肘上的青腫，護士已經給她包紮上了，又在她後背上這裡按按那裡按按。「這兒疼不疼？」他不停地輕聲問著。

她傷在脊椎上，就在腰的上方，但是肉眼看不出任何異常來。醫生對武男說：「我要給她拍張X光片，看看骨頭傷著沒有。」

「好的。請你該做什麼就做什麼。」

X光片顯示一切正常，於是格里茨醫生決定用核磁共振，看看肌肉和韌帶有什麼損傷。男護士用蒼白的手拉著輪床，武男跟著他，推著萍萍走過長長的走廊，來到掃描室。在半黑的屋裡，一個女技師和武男一起，幫著萍萍躺到窄窄的台子上去。在把她推進厚重的掃描儀管道裡去之前，那女技術員告訴萍萍：「要是你覺得很不舒服，就抬一下腿讓我知道。」萍萍點點頭，然後她的臉就消失在管道裡了。技術員開始掃描萍萍的腰部。

核磁共振儀發出舊洗衣機似的隆隆聲響，萍萍直挺挺地躺著，像在熟睡。武男心想，也不知道她受不受罪。不會受罪吧，因為她似乎挺安寧。

核磁共振的造影表明，有一處椎間盤突出，壓迫了兩塊椎骨中間的一些韌帶。格里茨醫生說，這不像是椎間盤斷裂，所以還不是那麼緊急，萍萍應該做的，就是臥床休息幾個星期。他給開了些布洛芬和類固醇，並跟她說，在疼痛減退之前，不要活動太多。她覺得想走時可以走一走，但務必不要做任何劇烈活動。格里茨還推薦她去找諾克羅斯診所的萊文醫生。「我是個整形外科醫生。」他對萍萍說：「背疼專家可以幫你解決更多問題。」

儘管他們買的低額醫療保險付了大部分費用，第一張醫院帳單還是讓武男夫婦吃驚不小，總共要付三百多美元。武男和萍萍都感到心神不寧，都知道這只是開始。要是他們買個更好的醫療保險就好了。兩天後，武男帶妻子去看了萊文醫生，這次又花了八十美元。從現在起，她每個星期要去看兩次萊文醫生。醫生說，如果她的疼痛持續兩個月，他們就要認眞考慮動手術了，開刀可以幫助大多數背痛病人完全康復。儘管有專家的保證，武男和萍萍都不相信她有必要動手術，害怕一旦出現任何問題，就可能傷害她的脊椎，造成癱瘓。除了恐懼，還加上他們不知道將付多少醫療費，現在這事成個問題了，因爲餐館最近幾乎掙不到錢——大部分贏利都付給妮燕和樹波了。而且，萊文醫生說，萍萍可能需要做理療或脊椎按摩。天知道這些治療要進行多長時間。武男每天都把一個熱水瓶子包上毛巾，然後放到萍萍背上。他還給她做按摩，輕輕做些脊椎推拿，希望突出的椎間盤完全歸位。他一碰到她的傷處，她就呻吟不止，可是每次按摩之後，她都會覺得稍好一些，所以她讓武男給她一天按摩兩次。她很容易消沉沮喪，對自己急眼，常常說自己完全是累贅。

「別胡說了。」武男會這麼跟她說。

他害怕萍萍也許永遠也不會復原了；更糟的是，就算傷好了，她可能會落下坐骨神經痛。萊文醫生說，萍萍長時間的工作造成她腰部肌肉的損傷，使椎間盤突出驟然發生。這還意味著對於武男夫婦來說，像過去一樣繼續經營餐館，可能會很困難。這些天來，武男一直在考慮找一份提供健康保險福利的全職工作。如果他找到這樣一份工作，就把餐館賣掉。他跟妻子說了自己的想法，她同意放棄金鍋，雖然後來她哭了，不想離開自己的生意。可兩人都知道，這也許是唯一明智的選擇了。

22

武男把自己要賣餐館的決定告訴了樹波和妮燕，讓他鬆一口氣的是，如果價錢合理，他們想買下這餐館。武男說，如果他能在什麼地方找到全職工作，他們肯出兩萬五千美元的話，他就賣給他們，這個價格和他當初買下時是一樣的。武男知道自己本可以再多賣個幾千美元，但樹波兩口子是朋友，武男夫婦也想把金鍋交給他們。

這事一定，武男就開始在報紙上看廣告找工作。招聘廣告很多，但提供醫療保險的就很少了。兩天之內他跑了九個地方——三家餐館、四家商店、兩家辦公室，填了申請表、調查表，然後被告知回家等消息。所有地方的工作時間都是白天，只有一份工作提供不錯的健康福利，可是要到工作三個月以後，纔能享受福利待遇。他感到灰心喪氣，覺得這些地方都不會僱他的，而他需要的是一份立即提供醫療保險的工作。

最後，他來到巴福特公路上的葵花旅店。這是一家汽車旅館，老闆叫詹姆斯·李，是個韓國人。他們在《世界日報》上登了廣告，要一個前台辦事員。武男當即被僱下來，也許因爲李先生對他的英語相當滿意。老闆舔著他的拱形嘴唇說：「現在我們只有夜班。」

「這沒問題。」武男回答說：「只要你們提供一份好的醫療保險，我就接受這個工作。我有個孩子，全家沒有保險，實在太冒險了。」

「我們提供保險，但你一個月要付三百美元。其實，我們有些員工都不參加我們提供的保險，覺得太貴。」

「我理解，但我很願意從你們這裡買保險。」

於是第二天夜裡武男就開始在前台上班了。他工作的時間是夜裡十一點到早上七點。夜裡只有他一個人上班，直到早上六點女廚師吉妮婭來上班；她是個中年韓國女人，負責準備歐式早餐。武男非常喜歡這個工作，午夜以後，走廊裡安靜下來，他就可以讀書思考，只是他會時常牽掛萍萍，她還在家裡臥床。這些天來，雖然還是疼痛、虛弱，武男不在家時她還是給全家做飯。除了給自己熬的粥她能吃幾勺，別的她幾乎什麼也不能吃。她的小腿總是冰冷，所以只好一直穿著護腿。武男要她多休息、多吃東西，說她若是老不能正常吃飯是會死的，沒了她，他可就不知道怎麼過下去了。她已經成爲他生命中不可分割的一部分了，這麼些年來，默默地受苦，無條件地爲全家作出犧牲。他越想他這一輩子，就越感到悔恨。他希望從現在開始贖罪還不晚，要全心全意地珍惜她、愛她。爲了她的康復，他甚至向上帝祈禱。

23

按照理療師的囑咐，萍萍每天進行些輕微鍛煉，開始覺得好些了。腰也不像以前那麼麻木和疼痛了，所有的症狀都略有減輕。她又恢復了食欲，臉色也好了起來。看著她在好轉中，武男和濤濤總算鬆了一口氣。

「我好了以後還想去餐館工作。」一天下午萍萍對武男說。她很後悔匆匆忙忙就賣掉了餐館，但她也想到自己可能根本不會復元了。兩天前，她不顧武男的反對，給妮燕打了電話，妮燕向她許諾，她全好了以後，歡迎她到金鍋來上班。

「那也好。」武男對她說：「我跟樹波也說說。他們說不定需要你去的，但你應該至少再休息幾個星期。我自己可是幹夠餐館了，挺喜歡旅店這工作。而且咱家必須有這份健康保險。」

一個星期後，武男跟樹波談了萍萍的意願。讓他吃驚的是，樹波竟說，如果他打算讓萍萍繼續留在金鍋，把餐館賣給他就應該更便宜些，現在武男不可以妨礙他的經營。氣憤之際，武男發作了：「這是很低的價了。我降了大價，讓你買下這個餐館，因爲我覺得你是我的朋友。但是我需要你幫助時，倒聽了你這番話。你這算是什麼朋友啊？」

「在商言商嘛。」樹波哼道。不過他不敢跟武男對視。

「我從來不知道你是這麼個生意人。」武男一巴掌拍在樹波剛安裝好的卡拉ＯＫ機上。

「咱們現在這是在美國，對這種事情應該頭腦冷靜。」樹波的聲音是不耐煩的，手指頭在桌上敲著。他身後，一個木匠正忙著修建一個吧檯。

妮燕對武男說：「我們現在不缺人。需要萍萍時，我們會找她的。」她下意識地用牙咬著上嘴唇。身旁飲料機上貼著「無限續杯」的標誌。

「是啊，你要去參加派對時會叫萍萍來替班。」武男冷笑道。

「你等等，」樹波接過話去，「我不是好幾年被你隨叫隨到嗎？」

「怎麼著呢？你就這麼學會了這一行。那是你學徒的過程！」

「武男，你有失去理智的傾向，氣急敗壞是你的致命傷，知道吧？」樹波嘬起面頰，鬍茬子直立。

「就因爲我太容易上別人的當了。有一個像你這樣的好朋友，誰還需要敵人？」

「我們現在確實不缺人手。你這不是不講理嘛。」

「至少我還沒有忘乎所以——還沒忘了我怎麼起家的。好吧，多謝了！」他覺得噁心，不想跟樹波再吵下去，猛地轉身，大步走出了金鍋。

「看他那火爆脾氣。」樹波對妻子說著，把手指關節掰得劈啪響。

「我答應了萍萍讓她來打工的。」

「那又怎麼樣？我們改主意了。現在咱們是店主，要用自己的方式經營。萍萍一來，武男也必定會來管咱們的閒事。」他換成英語：「龍多了天會旱。」

「人家美國人的成語是『廚子多了湯會壞』。」

「你知道我意思就得了。」

「可萍萍和武男不是我們的朋友嗎？」

「友誼都是有條件的。」

妮燕發出一聲嘆息，沒再說話，覺得他是對的。在這塊土地上，你就得自己照顧自己。友誼都是要以彼此用得著爲基礎的——只有個人利益，纔會使人凝聚。

24

自從武男開始在旅店上班，他就堅持寫詩歌日記，寫這種詩話是中國古代詩人的一種傳統。在他藍色螺線筆記本的第一頁上，他抄下了佛羅斯特〈灶頭鳥〉中的句子：

那鳥會停止，跟別的鳥相同，
不過他知道何時該唱，何時該停。
他的問題不具有言辭——
如何利用已經破碎的東西。（哈金譯）

入夜時分，在他寫下自己的想法和對詩歌與寫作的反思之前，他會經常讀一讀那些詩句。他後悔沒有早點開始寫日記——用詩話的形式來組織自己的想法，也爲他的詩提供材料。當他一個人坐在前台時，他感到內心寧靜。他終於可以這樣坐下來，一心一意地思考和寫作了。人生是多麼神祕、多麼不可思議啊！就連萍萍的腰傷，都成了對他的幫助，促使他改變了生活。他不禁驚嘆，這是不是一種超自然力量的鬼斧神工，把他從舊的軌道上拔了出來。有萍萍這樣的妻子和共患難的人，他是多麼有福氣啊！

他每天都對她說，一定得專心恢復健康，剪紙絕不能太累——她現在開始給珍妮特的珠寶店剪紙，幹得非常有樂趣。賣剪紙的錢，她和珍妮特兩人平分。萍萍還想學更多的花樣，改進剪功，提高手藝。她想像著，有朝一日，她要向母親展示她的剪紙，那會逼得老太太承認，她的大女兒在藝術上勝她一籌。武男全力支持萍萍的想法，給她買了不同顏色的紙，還有大大小小一套剪刀。但他勸她，把剪紙主要看作一個愛好，不要當成個職業。換句話說，不要給自己任何壓力，一定要休息好，不要坐得太久，又把腰傷了。他還叮囑她，別去金鍋，她很可能已經看不慣了。樹波和妮燕已經把它變了樣，現在很多華人顧客，包括一個四人合唱組，都去那裡，唱卡拉ＯＫ一唱就是半夜。

武男一家商議過萍萍復元以後可以做些什麼。她考慮，比較理想的是，去拿個圖書館學碩士學位，然後找一份圖書館的工作，不過這個不大行得通。除了她不會寫英文，學費又太高以外，她也不能扔下全家去上學。濤濤在今後幾年裡會需要她的幫助，而且她一走出家門就很不放心。作爲折衷，她考慮在比佛山廣場裡開一家服裝店。他們可以從中國和其他亞洲國家買進一些時新服裝，在這裡賣了賺錢。他們在麻州認識一些做這一行做得很好的人。於是武男去找了購物中心的房產主，人家同意把珍妮特的小店旁邊那家鋪面租給武男家，那鋪面空了有半年多了。武男夫婦打算在兩三個月內就開張他們的新店。

終於擺脫了餐館，武男對食品的態度變得頗爲謹慎了，開始有意識地控制自己旺盛的食欲。這些天來，他一天只吃一頓飯，一般都在傍晚。如果他上班中間覺得餓了，就喝一杯咖啡，多加些牛奶和糖，如果白天覺得餓，就吃根香蕉或吃個橘子，好像減少進食可以使他的身體和精神強壯似的。他不知道這樣的節食他可以持續多久，但他想充分鍛煉一下自己的意志力，過上一種與從前不一樣的生活。

一天早上，武男將要離開旅店時，李先生從他的辦公室打來電話叫他去一下。老闆眯著和善的小眼睛說：「武男，你願不願意做這裡的經理？我會給你大大加薪的。」武男想也沒想就回答：「不，我想上夜班，這樣我下午可以到學校接兒子，他課外有不少活動。」這是實話。濤濤現在終於可以參加象棋小組了，雖然由於這麼多年來都沒有參加體育小組的活動，濤濤在任何眞正的運動項目上都還不夠好。武男還沒到旅店工作時，濤濤一放學就只能立刻上校車回家。如今，他放學後有文體活動趕不上校車，武男也可以到學校去接他，星期四晚上武男還會開車送他去勞倫斯維爾，到紅十字會辦公室去做義工。有時候，父子二人會聊聊濤濤該上哪所大學。濤濤已經上了高中一年級，比媽媽都高半個頭了，他總說要回東北部去上大學，部分因爲他仍是紅襪棒球隊的球迷。這些天來，他一直在說上大學想學社會學專業。武男知道濤濤可能還會在人文科學和社會科學領域內轉變興趣，就沒有阻止他，只是要求他每年至少要回來看母親兩次。他懷疑兒子可能仍然打算和莉維婭見面，也擔心她可能仍然在吸毒，但他沒有問兒子。他可以肯定他們仍在互通電子郵件。到時候他會勸阻濤濤去東北部的大學，因爲萍萍希望他離家近一些。

李先生以爲武男會欣然接受這個提升呢，因爲武男工資的幾乎三分之一都買健康保險了。他被武男的回答所感動，說：「你是一個好父親。我理解。」

老闆打算提升他的事，在某種程度上讓武男感到悲哀。讓他想起了七年前，曼哈頓丁家餃子館的老闆霍華德對他的那次面試。霍華德也是要把他最終培養爲一個經理。武男的生活似乎轉了一個圈，現在又回到原點。但是他可以看到，自己已經不再是同一個人了。他因爲掙扎奮鬥、因爲自己犯下的失誤、因爲適應新環境的必要過程等等，已經變得堅韌多了，因爲他走過了每一個像他一樣的移民都會經歷的過程。而且，他的全家已經有了相對穩定的生活。他甚至可以說，他現在是一個更好的人了，更智慧也更能幹，決心要追隨自己的心願。

空閒時坐在前台，他會思考自己的人生，尤其是在美國的十二年半的光陰。很多從前他看不清楚的事情，現在變得透明了。美國夢的概念讓他迷惑了整整十年；現在他明白了，對他來說，這樣一個夢不是要去實現的東西，而是只去追求的東西。這一定是愛默生那句名言的眞正含義，「把你的馬車套在星星上」。做一個自由的人，他就得走自己的路，就得忍受寂寞和孤單，就得丟掉成功的幻想，以便適應他作爲一個新移民、作爲另一種語言的初學者而被貶低的境地。除此以外，他還要冒著消耗生命而什麼也沒得到的風險，冒著成爲別人眼中笑料的風險。最後，他還得有足夠的勇氣，專心致力於寫詩而不是掙錢，而且甘願面對失敗。

星期五，聖誕之夜，他一生中第一次爲萍萍寫了一首詩。他在筆記本上寫下這些詩句的時候，落筆自然又毫不費力。看到紙上的詞句，他被感動了，同時感到敬畏，他的視線有些模糊了。詩這麼寫道：

遲到的愛

多少年來我四處流浪，
像一隻風箏，從你手上掙脫
那根靈活的線。
無數次我的翅膀折斷，
被雨水浸蝕，被風吹垮。

然而，我仍然直衝浮雲
尋找一個面孔，好把我腦海中的火花
變成燦爛的詩行。
我懷著一顆沸騰的心在空中
飛翔，追逐一片壯美的迷霧。
此刻，我在你腳下，
滿腔熱情所剩無餘，

翅膀已經斷裂，
嘴裏吐不盡悔意，
字句含混不清。
我想說的是，「萍萍，
我回來了。」

再讀一遍這首詩，他哭了，淚水打濕了他的指頭。他從來沒能寫得這麼流暢，這麼感情充沛。他把詩推敲了又推敲，調整了幾行的順序，又在幾處換了幾個詞。他不停地修改它。

四點鐘過後，睏意終於襲來。他把頭枕在櫃檯的皮墊子上，睡著了。他那本《柯林斯英英辭典》躺在他肘邊，字典上邊是一本林達．德維特的詩集。現在，他只用全英文的辭典了，這樣他可以更準確地理解一個詞的含義，更快地掌握這門語言。

武男被通向廚房的走廊裡歡快的問候聲驚醒。低屋頂的走廊裡洋溢起新鮮咖啡和鬆糕的香味。他揉揉眼睛，微笑著，穿著灰色棉猴的李先生走進來接班。雖然必須在節日裡上班，武男卻感覺到由衷地高興。「聖誕快樂！」他對老闆說。

「也祝你聖誕快樂！」

「聖誕快樂！」

李先生不解地看著他，當然還是回答了他的問候。「我以爲你聖誕夜得上班會不高興呢。」他好奇地說。

「不會，我每天夜裡在這裡上班都很高興。」武男雖然面有倦色，卻是一臉笑容。

武男朝自己的車走去，一個無家可歸的漢子吉米，正背靠著旅店的牆蹲在地上。他是個越南退伍老兵，經常向過路人討要香菸。他站起來，衝著武男咧嘴一笑，說：「聖誕快樂，先生。您能給幾個子兒嗎？」他伸出他黑皮膚的手，左手無名指和小指頭都沒有了。

「聖誕快樂！」武男也說道。他把手伸進褲子後兜，把裡邊所有的錢——四張一塊的和一些硬幣全掏出來，遞給吉米。

吉米說：「你送給我一個眞正的節日。謝謝你！」

「去買一杯咖啡和一個甜甜圈吧。」

「我會的。」

武男可以感到吉米的眼睛一直跟著他走到他的車前。天空中多雲，寒風四起，像是要下雪了。他抬頭看著壓低的陰雲。下雪會讓今天更像個聖誕節，萍萍和濤濤又可以在後院滾雪球了。武男感到了睏意，前額發木，可他精神是振奮的。他把車開出停車場，打開收音機，裡邊正播著激揚的聖歌。他提醒著自己，回家的路上一定不要打盹。

尾聲

武男詩話摘抄

一九九八年一月三日

幾天前，在「書角」舊書店，我拿起一本詩集，達布尼・斯托克維爾的《特殊時代》。翻了一下，我感到這是本出色的作品：新鮮、優雅、知心，詩行充滿神祕。可是對這位詩人卻找不到更多的資料，如果他還活著，一定已經七十多歲了。邦諾書店和博德書店都沒有他的書。這讓我悲哀，這表明一個詩人的名聲可以是多麼脆弱和短命。在致謝裡，斯托克維爾列出了一些雜誌的名字，大多數詩都在那些雜誌上發表過。顯然，在詩集出版的一九六九年，他即使不是大名鼎鼎，也是爲人所知。不論一個人的詩有多麼好，它的存留也似乎取決於機遇。所以，一個人不應該指望任何成功。也許最終只有失敗。

一九九八年一月三十日

我發現，聽詩的人，也就是「你」，在抒情詩中的構成詩歌的聲音方面是極其關鍵的。它的功能就像傳聲結構板，幫助決定音響的高低，和講話的音量和音調。總的來說，有效方法是在一首詩裡確定聽詩人，這樣讀者就可以弄清楚是誰在對誰說話。

一九九八年三月九日

好消息。《黃葉》雜誌接受了兩首詩，〈石榴〉和〈公鴨〉。儘管它退回了我其他三首，這還是我第一次被接受，我希望它預示著吉利的開始。編輯建議只做一處小小的修改——去掉一個逗號。我稍微改了一下另外四首詩，給《靜水觀察》寄出去了。

一九九八年四月七日

在很長時間裡我都不能決定應該用哪種英語寫作。我曾經避免使用美式英語，因爲有些詩是關於中國的。這些天來我感到必須依靠美國英語，不能把自己再局限於《聖經》裡使用的那種中性的英語裡了。我的主題漸漸地都是關於美國的，所以我應該準備好迎接使用美國英語的任務。我不能生活在過去，一定要把精力集中在現在和未來。

一九九八年五月四日

今天收到《箭》的回音。編輯蓋爾·厄普徹奇力勸我放棄寫詩。她說：「我承認你的勇氣，但應該讓你知道，你在浪費時間。英語對於你來說太難了。你或許逐漸能夠用英語寫散文，但詩歌是不可能的。所以不要再浪費更多時間了。做些你能夠做的事情。比如，寫一本關於『文化大革命』的回憶錄，我可以肯定那一定是不同凡響的。要不就寫一些文章。簡而言之，你使用語言的方式太笨拙了。對於一個像我自己這樣英語是母語的人來說，你的寫法簡直等於是一種侮辱。」

見你回憶錄的鬼！那是小孩子的玩意。我不在乎自己的寫作侮辱了什麼人。一個詩人就應該是引起別人激憤的。蓋爾·厄普徹奇說得好像我不知道自己在進行一場失敗的戰鬥，她不知道我已經把自己當成個失敗者了，我再沒有什麼可以失去的了。寫詩就是爲了存在。

一九九八年六月十三日

中國詩歌裡沒有繆斯的概念。結果，詩的語言只能產生於人類領域。這是一個有趣的現象，標誌著中文詩歌和英語詩歌根本的不同。也許這可以解釋爲什麼中文詩歌更爲現實，和這個世界上的事物有著更多的關聯。我應該相信繆斯嗎？我不知道，但我可以看到，對繆斯的信仰可以幫助詩人，給他信心。但是，我們怎麼能確定什麼作品具有神性的支持，什麼作品沒有？就算我們確定，這種確定不會只是一種幻覺嗎？換句話說，我們怎麼能信任自己的視覺和眼界呢？也許待在人類領域是一個更好的方式吧。

一九九八年七月六日

杜甫說：「文章千古事，得失寸心知。」他似乎十分確定，他的一些詩會流傳千古。儘管他是一個偉大的詩人，也許是中國最偉大的詩人，他的信心也近乎狂妄了。一個人詩歌的存活是由很多因素而定，這些因素大多都是詩人無法控制的。相比之下，賀拉斯說，他希望自己的作品可以留存一個世紀。這比較通人情，意識到了自己的限度。

一九九八年七月二十日

昨天晚上跟迪克通了電話。他在愛荷華覺得無聊，說要試試，看能不能跟大學商定一個方案，可以一年只教一個學期的課。他懷念紐約，尤其是那裡的夜生活。他反對自費出書的主意，因爲自費出版的書會被職業詩人看不起。見他媽職業詩人的鬼！威廉·布雷克的《天眞與經驗之歌》就是自己花錢出版的；A·E·豪斯曼的《什羅普郡一少年》也是。一旦我寫夠了一本書的詩，我不會拒絕自費出書的。

一九九八年八月二十二日

五首詩被《詩歌》拒絕了，但編輯寫了一段鼓舞人的話，說他「從每一首詩裡」都看到「一絲天資」。他似乎把我當成個年輕女人了。我已經修改了那些詩，很快會投到其他地方去。

一九九八年九月六日

美國有太多人把自己稱爲詩人了，就像有很多人把自己稱爲藝術家——這裡就連大騙子，都被稱爲「行騙藝術家」。我不相信詩歌的「藝術」，對我來說，它就是一門技巧，跟木匠、石匠沒什麼太大不同。它就是讓我能夠保持情感平衡、使我能夠活得更好的一種工作。所以，我寫作只是因爲我不寫不行。

一九九八年九月二十七日

蓋爾·厄普徹奇又來信了，說她還是看不出我的詩有任何長進。她引用了葉慈的話，他在一封信中宣稱，一個不用母語寫作的詩人，無法寫出富有音樂感和力量的詩句來。這段話令我氣餒，因爲我很喜歡葉慈的一些詩。我感到被劈面拍了一磚頭。再想一想，我又相信葉慈的話可能只是在他的時代是眞的。如今，到處是電視和廣播，你每天都可以聽到英語是母語的人講話，所以，一個作家選擇用第二語言寫作，也許不像當年那麼難了。

另一方面，蓋爾·厄普徹奇提出了一個嚴肅的問題。她寫道：「我勸你寫散文的理由是，散文的主要功能是講故事，而詩人則應該另有一種雄心，這就是，（作品）要進入他們所使用的語言。你能想像你的作品成爲我們語言的一部分嗎？」

我沒有回答那個患有外國人恐懼症的問題，它忽略了這樣一個事實：英語的生命力，很大程度上在於它吸收各種外來營養的能力。從現在起，我不會再給《箭》雜誌寄作品了，也會避開蓋爾·厄普徹奇，那個掃興的人。她甚至說：「所以，在你學會如何給『橘』字押韻之前，不要繼續寫詩了。」

一九九八年十月二日

今天我在國家公共電臺聽到，林達·德維特兩個星期前去世了。聽到這個消息，不知何故我不覺得悲哀，也許因爲我覺得她的詩對我來說變得更加寶貴了。雖然已經有了她的《詩集》，我還是去博德書店又買了她的兩本專集。我很高興她的去世在某種程度上把她神聖化了；對我來說，她的存在現在只是一個體現在她書中的靈魂。如果遇到了她本人，我說不定會失望的，就像我見到霍華德·尼爾瑞以後失望了一樣。這樣纔更好，讓林達·德維特的詩歌作爲她的形象，永遠完美地保持在我腦海中吧。這就是爲什麼一個人要寫作——要創造出一些比自己好的東西來。

一九九八年十月三十日

今天早上給《肯揚觀察》送出了五首詩。

這些天來，我打算每天背下幾行奧登的詩。可悲的是，我的記憶力不再像十年前那麼強了。今天我幾乎想不起昨天背了些什麼。也許我的創作力已經過了巔峰，而且我開始得太晚了。可是對我來說，只剩下了努力，如果我能夠在這個旅店工作許多年的話，我會很幸福的。

武男的詩

明迪／譯

啓示

突然，他看見母親醜陋的臉，
看慣了她微笑三十年。

突然，他聽見母親野獸般的喊叫聲，
還記得她所有的搖籃曲。

突然，他發現母親的祕密膳房，
裡面裝滿了人的血肉。

第一次他嚐到憤怒的眼淚，
痛恨她仍然叫他的小名。

不久他去了一個遙遠的地方，
在那裡過起隱沒的日子。

合同

很久前他們許給我一份合同。
這使我感到富裕，勇敢。
我發誓以忠貞回報，
一心去效勞和讚美。
我是一個正常的孩子，知道
什麼該愛什麼該恨。

長大後我得到了合同。
裡面是整個國家的地圖，
沒有提到錢或財產，
但保證給我一個幸福的未來。
我知道沒有人值得我羨慕，
也沒有別的東西能讓我成功。

我把合同帶到另一個國家，
交給一個國際銀行。
人們縮頭縮腦，竊竊私語。
一個大塊頭男人打著嗝對我說，
「先生，這玩意兒啥都不是。」
我忍住眼淚，嘀咕了一聲「謝謝」。

祖國

你在行囊裡裝了一包土，
作為祖國的一部分。你對朋友說，
「過幾年我會回來，像一頭獅子。
沒有其他地方我可以稱之為家，
無論走到哪裡我都會帶著祖國。
我會讓孩子說咱們的語言，
記住咱們的歷史，遵守咱們的習俗。
放心吧，你會看到這個由忠誠
鑄就的人，從別的土地上
帶回禮物和知識。」

你回不去了。
看，大門在你背後關上了。
對於一個從不缺少公民的國家，
你同其他人一樣，可有可無。
你會徹夜難眠，
困惑不解，想家，默默哭泣。
是的，忠誠是一個騙局，
如果只有一方有誠意。
你將別無選擇，只好加入難民的
行列，改換護照。
最終你會明白，
生兒育女的地方才是你的國家，
建築家園的土地才是你的祖國。

哀憫

我可憐那些崇拜成功和權力之徒。
他們懦弱時就關閉邊界，
強壯時就擴張。
他們讓一個獨眼王領著
跌跌撞撞地過河，他們被告知
摸著水下的石頭
可以直接走到對岸。

我可憐那些智慧的世俗之流。
青年人死去他們十分鎮靜，
老年人斷氣他們就會崩潰，
他們搥胸頓足，哭天喊地，
彷彿願意去陪死。
在他們眼裡生命是循環的，
所以解決危機的策略是等待，
等待命運之輪的轉動。
他們喜歡說，「歷史
將會自己理清自己。」

我可憐那些熱衷於安全和統一之輩。
他們滿足於生活在地窖裡，
在那裡飯菜飲料都是現成的。
他們的肺不用於呼吸新鮮空氣，
他們的眼睛在陽光下模糊不清。
他們相信最糟糕的活法
也勝過於及時的死亡。
他們的天堂是一桌宴席。
他們的贖救取決於一個強權者。

春天

傍晚前，一群鳥兒唱個不停，
搖動著一條載滿希望的小船，
船早就被遺忘，但仍漂泊在港灣裡。
如果你心裡充滿遠行的
渴望，現在是時候了。
你必須一個人出發——
別指望有什麼旅伴，除了星星。

黃昏裡，一大片金色的雲彩在翻滾，
預示著一個遙遠卻可盼的豐收。
也許你的靈魂忽然被一個旋律
揪緊，這旋律使你想起
一個未實現的承諾，
或一段只綻放在心中的愛情，
或一所房子，建了一半，
又放棄了……

如果你要歌唱，
就放聲唱吧。
讓悲痛激昂你的歌。

變化

你沒有來。我獨自在那裡
看濕淋淋的蜻蜓
緊偎著你架子下的葡萄，
聽一支竹笛
在關閉的花圃那邊顫顫低迴。

我獨自站在雨中，對著風
輕聲吟唱，讓仍穿梭在
蒙蒙夜色中的翅膀
把我的歌帶走。

我看見我的歌詞落在一個山坡上，
那裡草和樹木正在枯萎。

一次又一次
你那扇小門開了又合，
彷彿在說「走開」。

後來，我以為
戒了愛情，厭惡一切，
我就會停止歌唱。
然而詞語列成行，紛紛而來，
但我在歌聲裡聽見一個
不同的音調。

愛情鳥

我真想是一隻鳥，
　關在你的愛巢裡。
你叫我麻雀但更喜歡
　老鷹或者鴿子。

你把我從舒適的屋簷下噓走，
　讓我使用翅膀。
我又急又怕，連哭帶喊。
　你只說了聲「可憐蟲」。

穿越海洋和大陸，
　我飛行著，與風搏鬥。
我好想家，心裡常常
　為有強壯寬大的翅膀而遺憾。

我失去了麻雀的旋律，
　找不到你的屋子。
許多次你肯定看見我，
　以為我在雲裡出生。

石榴

再下一場雨它們就會裂開——
齜牙咧嘴，在曾經
擋住它們面頰的
密葉之間微笑。
我將為這些石榴拍張照片，
給你——只給你
一個人看。你和別人一樣
多麼饞這些
果實，卻忽略了
鮮紅的花朵
曾被蟲子和風傷害。
你無法想像

有些花朵會結出
這麼沉甸甸的驕傲。
告訴你吧，它們真酸。

一九八七年一月的告別

「上車！」列車乘務員喊道。
父親抱著我三歲的兒子
送我去另一個大陸。

「濤濤，再見。」我揮揮手，
但孩子不說話，
繃起臉盯著我，

他的眼淚流了下來。
多希望能帶他一起走！
車輪嘶嘶響，就要

轉動了。「不要再見，」
他終於哭喊出聲，「媽媽，不要再見。」
我強裝笑臉，轉身爬上

門梯，被痛苦刺穿。
村子的站台開始後退，
模糊起來，消失在平原。

自那時起，他的眼淚和我的交織，
常常浸透我的惡夢，
儘管他八九年又與我團圓。

我發誓決不再
與兒子告別，直到
他從園景高中畢業。

毛驢

媽媽，你還記得那天下午
倒在街上的毛驢嗎？
還記得車翻了，車輪仍在轉動，
海蚌和蛤蜊一堆堆地散了滿地嗎？
他躺在溝裡，肚子冒汗，
喘著氣，血從嘴裡流出。
那個趕車的老獨眼龍踢他一腳，
吼道：「起來，你這畜牲！」
只有長耳朵動了一下，好像說：「我在盡力。」
我發誓，他累得站不起來了，
不像馬那樣會偷懶，
他太虛弱了，不可能裝病。

媽媽，我仍然看見海鮮堆成的山，
那個車把式站在上面啪啪地抽鞭子。

我的鴿子

一整夜我都聽到鴿子咕咕叫，
告訴我有一場暴風雪在聚集。
他們曾是白花花的羽毛，
變灰了，凌亂脫落，但飛起來時，
十一年前我繫在他們腿上的銅哨
依然發出清亮的響聲。
他們凍得發抖。
短短的尖嘴失去了玉般的剔透，
比以前更加脆弱。
誰現在餵養他們？他們的窩建在
誰家的屋簷下？他們還去楊樹林裡
找蟲子嗎？那些貓
還襲擊他們，偷他們的小鴿子嗎？

一次又一次，他們好像在哭喊，
「武男，武男，回來把我們領走吧。」
他們使我的早晨變得幽藍，
比冷冰冰的傍晚還要藍。

一整天我看見他們翅膀的
影子飛來飛去——
穿過我的草坪，沿著柏油路滑行，
在餐廳的牆壁上往來，
晃動廚房的地板，圍著鍋台盤旋……

土撥鼠的時辰

土撥鼠進到我家院子時
房子裡的噪音都停止了。
我不敢抬高嗓門
告訴廚房裡的家人
來了一位小訪客，
一位穿棕色外套的胖傢伙。
如果聽到這裡有任何動靜，
他就會搖著肥屁股跑掉。

他用後腿站起來，
狗熊一樣的腦袋下兩手抱拳，
右邊看看再左邊看看，好像要確定
沒有被自己的影子跟著。
然後他在草地上溜溜達達，
品嚐我們的三葉草和紫苜蓿，
逮住一隻昆蟲或蝸牛。

他從不像表兄弟松鼠那樣上躥下跳。

我怎樣讓他知道他總受歡迎呢？
他是一個謙卑的客人，完全不清楚
我們以他的名字為節日慶祝一天。
我把臉從窗口挪開，
好讓他安靜地飽餐一頓，
或讓他沐個日光浴，
就像他經常在自己家裡那樣。

每當他來到這裡，
我的冬天便縮短，灰臉變綠。

公鴨

哦，什麼王八蛋把線和鉤子
拋進了湖裡？
沒逮著魚卻把我鉤住啦，
割裂了我的舌頭，扭傷了我的翅膀。
我那群鴨子都以為我完蛋了，
把我拋棄在岸上等死。
我知道他們在爭奪我的王位，
他們在林子裡尖叫——
嘎嘎，咯咯，呱呱。

哦，連上帝都得孤獨地死去，
我不會抱怨或哭泣，
儘管我心裡悶痛，
被麻木的睡眠緊緊箍住。
我必須像蚯蚓一樣沉默，
像樹木一樣厚實。
但願我能夠再次起來游水，
再次指揮我的部下——
嘎嘎，咯咯，呱呱。

哦，我怎樣謝武家才能謝夠？
他們剪斷線，拔出鉤。
他們清洗掉我傷口的蛆，
甚至給我吃了片藥，
才把我放回到湖裡。
現在我要重新加入我的部落，
幹掉新的首領。
首先他們應該知道我還活著——
嘎嘎，咯咯，呱呱。

武男——愛幻想的丈夫

我夢想成為悠閒的武男，
日曆上每天都是空白一片。
別怪我如果我就是這麼個懶漢——

一心做球迷什麼也不幹，
從銀行取現款等於上班。
我夢想成為悠閒的武男。

科學家、藝術家、政治家都在忙亂，
而我全由好運照管。
別罵我如果我就是這麼個懶漢。

麻煩總會找上門如果事事盤算，
正面攻擊，又從兩側進犯。
我夢想成為悠閒的武男。

早上我吃火腿煎蛋；
天氣好就去江邊轉轉。
別掐我如果我就是這麼個懶漢！

時間會把一切碾成一團。
何必為金錢、權力、名利、地位而拼命幹？
我夢想成為悠閒的武男，
別殺我如果我就是這麼個懶漢！

父親的藍調

再一次，我又回到了原地，
每一條街上都寫著「死胡同」。
我曾想我那還未出生的女兒
會為我指明出路。

再一次，我又回到了原地，
面對空空的院子，這裡以前有過一座房子。
孩子曾是我的期盼，我迷失在其中。
多希望我擺脫了自私的家長欲。

再一次，我又回到了原地，
抱著小小的棺木，無法埋葬。
我的孩子肺還沒長好就死去了。
真想知道他們把她扔到了哪裡。

再一次，我又回到了原地，
在這裡，一個男子漢必須獨自重新開始。
不要讓我看見女兒閃動的脈搏，
讓我在自己的靈魂中找到里程碑。

母親的藍調

昨夜我又抱著小寶寶了。
她捲曲在我身邊說，
「媽咪，你的床真舒服。
外面好冷，
我害怕。」

「孩子，別怕。」
我拍拍她柔滑的頭髮。

她又說，「媽咪，
我不會把你的床弄濕的。」
我說，「別傻了——
你太小，還不會尿尿呢。」

醒來後發現她的小棺材貼著我的臉，
裡面還放著小棉被和小褥子。

哦，真想能夠再懷著她。

今天早晨我又看見了小寶寶。
她在涼台上學走路。
一次又一次她從玻璃門
往家裡看，嘴裡咿咿呀呀。

家庭作業

他的鉛筆下出現了一片領土。
他說，「我在畫一個國家。」

很快，畫面上綻放出許多色彩。
藍色的海灣沿著冰川的肩頭
彎成一隻馬蹄。

下面，群山蜿蜒，
在雨林中呈現一片綠色。
再往下，他畫了些礦山：
鋁、銀、銅、鈦、
鐵、金、鈾、鎢、鋅。

河流分支旁的兩個油田
被一座叫「趣味」的山脈隔開。
南邊，一個平原延伸到
一大片肥沃的土地，

他用蠟筆畫了些農場，那裡盛產橘子、
馬鈴薯、蘋果、草莓、
小麥、花椰菜、櫻桃、西葫蘆、
家禽、牛肉、羊肉、奶酪。
（沒有魚類，
因為他討厭海鮮。）

在同一張地圖上他繪了一個圖表——
陸地上鐵路縱橫；
高速公路、輸油管、河渠
連貫交錯；海上航道彎曲
入洋，機場高舉起
空中的網絡。
他還劃分了五個時區。

在孩子眼裡，國家是一個
沒有導彈和艦隊的
地方。他不知道
如何行使權力
去發放簽證或下達密令，
或像打彈弓一樣發射核彈。

她的夢想

是沒有責任，
生為家中老么，
被父母寵愛，被
哥哥姐姐關懷，然後
嫁給一個脾氣溫和的人，
由他去操所有的心——錢、
生意、家務事、當地政府。

但她生為老大，
不得不照顧弟弟妹妹，
為鴨子和鵝割草，
在山谷裡拾柴，
走好幾里路去村裡買東西。
如果母親被病人耽擱了，
她還得做晚飯。

和許多同輩的女人一樣，
她不記得有什麼愉快的
童年趣事。但她打定主意
給孩子們一個充滿愛的家，
使他們不至於大驚小怪
如果有人悄悄對他們說「我愛你」。

身分

他們指的是去年五月
我寄回家的照片。
照片裡我皮帶上掛著手機，
在醫院樓前靠著一輛
生了鏽的雪佛萊。
他們在信裡說，我兩個弟弟
都在上海有了高薪工作——
一個在外資銀行當顧問，
另一個在足球隊做經理。
「他們都和你一樣帶著手機，
但還沒有買車。」

我父母忘了，我帶手機
是因為在醫院裡做清潔工……
廁所需要清洗時好隨叫隨到。

自戒

你所有的痛苦都是想像的，
你所有的損失都不值一提，
只要你記住那些日常所見——
農民在春天吃樹葉和樹皮，
工人為了長薪水而宴請老闆，
警察圍捕拒絕搬遷的村民，
女人生了第一胎就被結紮，
新婚夫婦在牛棚裡建新房，
信徒們被逮捕，如果不反悔
就只給吃腐爛食物——
相比之下，你的不幸全是虛構。

在美國你可以說話，可以喊叫，
儘管你得找到獨特的聲音及合適的聽眾。
你可以出售時間，誠實地換取麵包，
你可以吃剩飯仍夢想富裕和強壯，
你可以盡情哀嘆自己的損失，
即使沒有聽眾也可以講給孩子們聽，
你可以學會借債，並慢慢習慣於
生活在債務的陰影下……
然而，你的悲哀別人也曾
感同身受——愛爾蘭人、非洲人、
義大利人、斯堪地納維亞人、加勒比海人。
你的困境再普通不過，
是幸運，許多人求之不得。

移民之夢

她也在美國出賣時間。
她的夢想已演變成一棟房子，
兩英畝地，再加一個游泳池。
她曾想成為一名歌唱家，
或電影明星，或者是
精於竹子和魚的畫家。
但她放棄了藝術學校，
到這裡來發展自我。
至少她打算這麼做。

他不知道她實際上
是一個母親和妻子，
一個喜歡漢堡和薯條的女人。
的確，美元能擺平多數生命。
他真希望再回到二十歲，
或停止用戰戰兢兢的音步和韻律
來修補他的夢想。

天堂

——給迪克

每一個宗教都許諾獨特的天堂，
那裡沒有疾病、年老、疼痛、或死亡。
在佛教淨土真宗裡，天堂據說在
西邊的某個地方，
如果你行善，每天背誦阿彌陀佛，
從不殺生，就可以到達那裡。
你會在拱形的蒼穹裡再生，
不是通過痙攣的子宮，
而是通過荷花——這樣出生
可以使你不再輪迴到地球上的凡胎。
一旦在淨土安身，
你將不會遭受寒冷或炎熱；
你會得到漂亮的衣服
和美食，隨時都有，總是熱乎乎的。
那裡將不會有憤怒、貪婪、
嫉妒、無知、懶惰、或爭鬥。
那裡珠寶燦爛，
聳立著瑪瑙建成的塔、鑽石砌成的宮殿。
掛滿各種翡翠的巨大樹木上
花果累累，常年新鮮。

碩大的荷花四處飄香。
鑲嵌了七種寶石的水池裡
裝滿了最純淨的水，自動調節
每一個沐浴者所需要的深淺和溫度。
你的腳下伸展著玉石鋪成的路面。
天空日夜降落著花朵，
被金、銀、珍珠織成的網遮蓋。
空氣中飄著天籟之音和芳香。
更別提與觀音和菩薩同在。

肉身俗胎，飽受牽掛折磨，
我怎能不讚歎那些美妙的東西？
我怎能不想修行
以進入那絢麗的地方？

然而，厭倦了旅行，被塵網糾纏，
我將祈求全能的至上：
讓我死後成為地球上的一棵樹吧，
一棵每年夏天開花結果的樹。

讚歌

對，讚美——讓我來想想某個人，
他在受苦受難時，仍然把幸福
視為與生具有的權力；
他找不到遺失的手套時，
會想起那些沒有手的人；
他照看自己的上帝，
卻不對他人的上帝皺眉頭；
他剛輸了一場比賽，
仍準備向打敗自己的對手敬禮；
他在喧嚷的街頭，還能夠聽見
遠山中的鳥鳴；
他既合群，
又不被群憤擾動；
他愛國，但從不讓這種愛
超過對一個女人和孩子們的愛；
他對災難和勝利同等地接受，
與它們誰也不調和；
他把豪華轎車只看作是交通工具，
宮殿不過是個住宅而已；
他同權貴喝咖啡時，
也能毫不猶豫地走出門，
呼吸一口新鮮空氣。

交鋒

你被自己的愚蠢誤導，
一心去步康拉德
和納布可夫的後塵。你忘了
他們是歐洲白人。
記住你的黃皮膚
和那點才分——不可能
讓你大器晚成。
幹嘛相信你可以用英文寫詩？
英語的樂感對你並非自然。

你背叛了我們的人民，
用拼音文字塗塗寫寫，
你蔑視我們古老的文字——
漢字堅如時間之河中的岩石，
抵制垃圾語言的潮汐。
你沉溺於仇恨，
誤把消遣當成所愛。即使你走運，某一天
在高鼻子鬼的廟裡坐上一把交椅，
你真以為他們會
因你寫出好詩而接受你？
小心啊——他們中有些人要過無賴，
會稱你為精明的支那佬。

☆

看在上帝的份上，放鬆些吧。
別沒完沒了地談論種族和忠誠。
忠誠是條雙向街。
為什麼不談談國家怎樣背叛個人？
為什麼不譴責那些
把我們的母語鑄成鎖鏈的人？
這條鎖鏈把所有不同方言

禁錮在執政的機器上。
是的，我們的語言曾經像條河，
但現已萎縮成一個人工池塘，
你被困在其中，半死不活，
像寵物一樣去服從和取悅。
所以我寧可在英語的鹹水裡
以自己的速度爬行。
至於廟裡的鬼神，
為什麼我要在意他們接不接受？
黎明的曙光不歧視。
樹木、蝴蝶、或小溪
（不像被人類傳染的狗）
不會注意你的膚色。

用這個語言寫作，意味著孤獨，
意味著生存在邊緣，在那裡
讓孤單成熟為清寂。

另一個國度

你必須去一個沒有邊界的國家，
在那裡用文字的花環
編織你的家園，
那裡有寬大的樹葉遮住熟悉的面孔，
它們不會再因為風吹雨打而改變。
沒有早晨或夜晚，
沒有歡樂的叫喊或痛苦的呻吟；
每一個峽谷都沐浴著寧靜的光輝。

你必須去那裡，悄悄地出發。
把你仍然珍惜的東西留在身後。
當你進入那個領域，
一路鮮花將在你腳下綻開。

致謝

衷心感謝約翰．西蒙．古根漢基金會提供的優厚研究基金，使我得以在二〇〇〇年完成了本書的初稿；感謝維吉尼亞創作藝術中心的駐市項目，爲我〈武男的詩〉的寫作提供了環境。

感謝LuAnn Walther對書稿的意見和建議；感謝Lane Zachary對本書的評論；感謝Wilborn Hampton對本書前幾章的閱讀；感謝Dick Lourie和Donna Brook對詩歌部分的評語。

導讀

放浪與曠達

文　顏擇雅

哈金算是我經常推薦的作家。推薦他，我不必擔憂對方是否對文學具有成見。我非常清楚有些「理工腦」是連村上春樹都覺得浪費時間的。哈金卻一向替缺乏耐心的讀者著想，修辭樸素，而且不管情節動力強弱，讀起來一定很順，讓人一直想翻頁。

想翻頁當然是因為不悶，而且有收獲。這收獲主要來自哈金敏銳的人情世故觀察。

《自由生活》主角是武男，一九八五年去美國留學，本想念完博士就回中國當大學教授，但六四改變了他的計畫。

他決定待美國，美國也可以讓他待，原因是六四屠殺的電視畫面震撼全世界，整個西方對中國民運無比同情，不只逃出來的民運人士都輕易獲得政治庇護，美國政府也破例廣發綠卡給有意留下來的中國留學生。綠卡就是移民簽證。有了它，居留一段時間就能歸化公民，變美國人。武男想走這條路是確定的，他說：「中國不再是我的國家了。（略）忠誠得是雙向的，中國背叛了我，所以我也不再當它的順民了。」

小說中，他這選擇是奇特的。他接觸的很多人，特別是男性，都寧願回中國。例如孟丹寧，也是留學生，跟武男一樣都有寫作夢，不考慮待美國的原因是「我覺得在這個國家我老得特快」。透過他回中國後的一路發展，讀者可以看到九十年代「一切向錢看」的中國社會如何腐蝕人心。

另一個令人難忘的角色是劉滿屏，學術界的民運領袖，明明被迫害，六四後只能流亡美國，卻依然忠於黨國，總以為中國的未來還是要寄望於黨的自我改造。他顯然服膺馬克思主義，卻一到美國就迷上炒股，把妻子辛苦賺的錢賠光。他宣揚說，爲了阻止台獨，中國可以攻打台灣，並故意在達賴喇嘛的演講場合發言挑釁。這種言論當然不需要運用美國賦予他的自由。果然流亡不出五年，他就向北京求情，讓他回去養病了。回去後他行動處處受限，很不快樂，這下子，只能交待遺願說希望死後骨灰能被帶回美國了。小說接近尾聲，就是武男把他的一半骨灰帶出來。爲什麼只帶一半？因爲怕被海關沒收。這就是哈金最擅長的諷刺。他的諷刺從來不在腔調，而在材料本身。

孟丹寧與劉滿屛無法待美國，武男卻待得下去，一大差別是價値選擇。他說：「我祇想做個正派的人。」爲了這個選擇，他願意有所犧牲。他不介意大才小用，先在波士頓附近工廠擔任守夜人，再轉去紐約兼兩份差。同一段時期妻子萍萍則給富人幫佣換宿。兩年後夫妻攢夠錢去喬治亞州頂下一家餐館，用貸款買房，從此爲了保住房子就必須更努力工作。哈金藉由這對夫妻的奮鬥過程，呈現出「美國居，大不易」是怎麼回事。「居大不易」的可不只是他們這種英文不好的成年後移民。哈金筆下有一位唐人街律師，在美國念法學院，會說怪腔怪調的簡單中文，可見不是移民第二代，就是很小去美國的第一代。這種人在美國是沒有文化隔閡的。他對顧客的口頭禪是「恭喜即將成爲百萬富翁」，可見他本人好想發財。但他的律師費已經比別家便宜了，律師樓還隔出一半爲禮品店，結果還是在景氣下挫時關門大吉。

還有個角色更慘，房子法拍，只能流落街頭。這人是白人，在美國已不知幾代土生土長了。

哈金說《自由生活》行文有受托爾斯泰影響。所謂托爾斯泰影響，不僅指章節短，人物多，還必須章節與章節之間有各種關係，或連貫，或襯映，或共鳴交響。在此以第二部第九章爲例，看看它和哪些章節發生關係。

這一章，武男開車擦撞，惹到一位惡警察，威脅要開槍的。武男竟然求他現在就開槍打死自己。這顯然跟第五部第四章既反襯又連貫。說是反襯，因爲武男如今已從受害者變施暴者，家暴自己兒子。說是連貫，則因爲武男施暴完就求兒子打電話報警，跟他受到暴力威脅的反應如出一轍。兩章都突顯了他易失去理智的特質。跟小說開頭他提議綁架中國高官子女，還有近尾聲他燒鈔票的瘋狂行為，也整個連貫起來。

第二部第九章跟第六部第二十二章也有襯映關係，但很難說是正襯還是反襯。這一章的警察是眞動手、眞拔槍的，卻變成武男一家的拯救者，即時趕來逮捕搶匪。兩章一起看，哈金把美國警察文化的好壞兩面都呈現了。

第四部第十九章的名詩人在女孩面前大談權勢與金錢，擺出豪氣付帳的樣子，私底下卻偷偷向別人請款，這點跟前面那位兇神惡煞的警察有共鳴交響之妙，因為那位警察根本沒權力吊銷駕照，卻騙說他已經把武男的駕照吊銷。兩章呈現的都是美國男性「裝逼」的自我武裝，應該是強調競爭的社會氛圍養成的。

問題來了：如果警察可以隨意威脅老百姓說要開槍，還騙說已經吊銷駕照，那美國有什麼自由可言？為什麼書名「自由生活」？

其實關於美國，這本書著墨的不自由遠比自由還多。惡劣治安與警察濫暴，代表人民沒有免於暴力的自由。社會安全網不足，代表人民沒有免於匱乏的自由。那外人最常拿來歌頌美國的政治自由呢？這點在《自由生活》只有一處著墨，就是中國國族主義者利用美國的言論自由，在美國發表反美言論。大多數讀者讀到這段，應該是不舒服的。

那小說中的美國人都怎麼利用自由？有一位大詩人對書迷說：「怎樣？你想讓我操你屁股嗎？」過兩頁，他如此描述自己參加的佛教教派：「我們完全自由，（略）毒品、性、婚姻、酒精，一切隨你，除了暴力什麼都行。」

這位詩人定義的「自由」比較接近放浪，顯然不是美國建國先賢想要保障的那種。

那武男來美國後，到底追求到哪一種自由？

這就要講到《自由生活》的奇特點，明明前面三分之二都在寫武男如何「當服役的馬，拉全家的車」，小說卻不是選在韁索鬆脫的那一刻結束。當武男還完房貸，餐館業務也蒸蒸日上，這一刻可說是他經濟自由的高峰。哈金卻讓小說繼續進行，並在剩下的三分之一讓武男一家突遭厄運，逼得武男必須賣掉餐館，轉職去當旅館櫃台夜班。這不很像小說開頭那個工廠守夜人的工作？哈金為何讓筆下主角彷彿回到原點？

答案是在小說結尾，武男的確有達到他之前一直無法觸及的一種自由，卻不是《美國憲法》保障的那種。那是終於可以進入創作狀態的自由。他終於不再念念不忘前女友，不再拿她當藉口來解釋自己為何無法愛妻子或無法寫詩。我們可以說他終於放下「我執」，獲得「自在」。

這時的他只是溫飽沒問題，全家也享有健保，但為了寫詩，他拒絕了老闆提供的升遷機會。這是《老子》所謂的「恬淡」與「知足常足」，還有《論語》所謂的「無入而不自得」，《孟子》的「不動心」。當然他可能永遠無法寫出他想寫的那種詩，但他願意與失敗的可能性共處，這叫「曠達」。

這些都是關於精神自由的中文詞彙，卻很難譯成英文，因為西方本來就沒有修養、境界、氣象這些概念。

這是這本小說的最重要意義。憲法保障的自由當然重要，它讓人可以選擇做一個問心無愧的人。但要追求圓滿幸福的人生，人卻還需要心靈層次的自由。這種自由是無法靠體制或外在環境的，只能靠自己修練。

大師名作坊 189

自由生活（十五週年紀念新版）

作　者—哈金
譯　者—季思聰
編　輯—張瑋庭
美術設計—黃子欽
內頁排版—邵麗如
總 編 輯—嘉世強
董 事 長—趙政岷
出 版 者—時報文化出版企業股份有限公司
108019臺北市和平西路三段二四〇號三樓
發行專線—（〇二）二三〇六—六八四二
讀者服務專線—〇八〇〇—二三一—七〇五・（〇二）二三〇四—七一〇三
讀者服務傳真—（〇二）二三〇四—六八五八
郵撥—一九三四四七二四時報文化出版公司
信箱—一〇八九九臺北華江橋郵局第九九信箱
時報悅讀網—http://www.readingtimes.com.tw
電子郵件信箱—liter@readingtimes.com.tw
法律顧問—理律法律事務所　陳長文律師、李念祖律師
印　刷—勁達印刷有限公司
初版一刷—二〇〇八年七月十四日
二版一刷—二〇二二年五月二十七日
二版二刷—二〇二二年八月九日
定　價—新臺幣五八〇元
（缺頁或破損的書，請寄回更換）

時報文化出版公司成立於一九七五年，
並於一九九九年股票上櫃公開發行，於二〇〇八年脫離中時集團非屬旺中，
以「尊重智慧與創意的文化事業」為信念。

自由生活（十五週年紀念新版）／哈金著；季思聰譯 . – 二版 . – 臺北市：時報文化, 2022.5
面；公分 . –（大師名作坊;189）
譯自：A Free Life

ISBN 978-626-335-467-8

874.57　　111007169

ISBN 978-626-335-467-8
Printed in Taiwan